Crónicas de Térragom - Volumen IV

La entrega

LIBROJUEGO

Juan Vicente Pérez Javaloyes

Primera edición: octubre de 2019

Crónicas de Térragom - Volumen IV
La entrega
LIBROJUEGO

© Juan Vicente Pérez Javaloyes
https://twitter.com/CTerragom
https://www.instagram.com/cronicasdeterragom
cronicasdeterragom@gmail.com

Accede en el siguiente enlace a recursos descargables de apoyo a la aventura:
http://www.cronicasdeterragom.com

Editado por Juan Vicente Pérez Javaloyes

A los aventureros soñadores
que aman seguir siendo niños

¿Qué es esto que tienes en tus manos?

Estás a punto de adentrarte en una historia de ficción interactiva en la que tú eres el auténtico protagonista. A diferencia de los relatos convencionales, donde lees una historia lineal de inicio a fin, en tus manos tienes algo distinto, un libro donde el desarrollo de la trama va a depender de las decisiones que tomes, tus características personales y la fortuna. Vamos, como la vida misma. En lugar de ser espectador de lo que sucede, vas a influir en el desarrollo de una historia con múltiples tramas y finales. Este concepto, a caballo entre un libro y un juego, recibe precisamente el nombre de *librojuego*.

Puede parecerte algo totalmente novedoso, sobre todo si es la primera vez que te acercas a este género. Sin embargo, si tienes la suficiente edad, puede que recuerdes que los librojuegos proliferaron allá por la década de los ochenta en el siglo pasado. Fueron un auténtico *boom* pero acabaron cayendo en un letargo del que ahora quieren despertar...

Atrévete y vive la experiencia de algo totalmente nuevo o rememora tus tiempos mozos con este librojuego que adapta el género dándole un aire fresco, actual y con mayor profundidad y contexto en sus múltiples tramas.

Si has leído hasta aquí, creo que estás preparado para lo que te espera...

Juan Vicente Pérez Javaloyes
Octubre de 2019

Aviso importante antes de leer

Si no has vivido las aventuras de *"Resurgir y búsqueda"*, *"Desafío inminente"* y *"La última etapa"*, los tres primeros librojuegos de la serie de *Crónicas de Térragom*, te recomiendo que leas este comentario antes de seguir adelante.

El libro que ahora tienes en tus manos es la cuarta entrega de la saga ambientada en *Térragom*, un extenso mundo de fantasía medieval repleto de facciones en constante pugna por el poder. La acción continúa justo en el punto en que acabó el anterior volumen.

No obstante, no es imprescindible que juegues a los tres anteriores librojuegos para poder arrancar con este cuarto volumen, ya que está diseñado para que lo puedas disfrutar de forma totalmente autónoma e independiente al resto de entregas de las *Crónicas de Térragom*.

Sin embargo, vivirás una experiencia más profunda si empiezas la aventura desde el inicio con los tres anteriores libros. Conocerás tus humildes orígenes y los antecedentes que te impulsaron a esta gran aventura. Además, vivirás una frenética búsqueda y un peligroso viaje por tierra, por mar y por las profundidades… Aunque, como te digo, esto no es indispensable.

Si has decidido seguir adelante con este cuarto volumen, ha sido también una buena elección y te doy mi más cordial bienvenida al mundo de *Térragom*. Prepárate para lo que te espera y échale un vistazo al resumen de lo que sucedió en las anteriores entregas…

En anteriores volúmenes de Crónicas de Térragom...

Si has jugado a *"Resurgir y búsqueda"*, *"Desafío inminente"* y *"La última etapa"* y conseguiste llegar hasta el final, no es necesario que leas este apartado. Es un resumen de los hechos principales sucedidos en estos tres libros. No obstante, siempre puedes echarle un vistazo para refrescar la memoria.

Tu vida había transcurrido gris y mediocre como mozo en las cuadras de Lord Rudolf, señor del país de Tirrana, hasta que un accidente te invalidó una mano y provocó que fueras expulsado por ya no ser productivo. Tras deambular por las calles de la pequeña ciudad de Sekelberg buscando un sentido para tu vida, finalmente recordaste tu pasado. Naciste en el seno de una humilde familia de granjeros asentada en la aldea de Schattal, a apenas un día de camino al noroeste. Tu infancia transcurrió hasta que a los siete años tu padre falleció y tu madre tuvo que procurarte un futuro entregándote como criado en las cuadras. Sin dudarlo, decidiste emprender el viaje de regreso a tu hogar con la intención de iniciar una nueva vida.

Tras una emotiva vuelta a casa, te incorporaste a las duras tareas de la granja. Además de reencontrarte con tu madre y tu hermana, estableciste una sincera amistad con un joven de espíritu soñador llamado Gruff, miembro de una de las otras dos familias que, además de la tuya, son las responsables de trabajar la tierra y alcanzar la producción mínima exigida por el Lord.

También por entonces entablaste relación con un hombre particular y de fama excéntrica llamado Viejo Bill. Éste había regresado a Schattal hacía poco de no se sabe dónde. Al parecer, en una de las muchas escapadas con las que tenía acostumbrados a los aldeanos, quienes lo veían con recelo como alguien de costumbres peligrosas y ajenas a las mundanas labores del resto de vecinos.

Viejo Bill, que por su aspecto y a pesar de los deterioros de la edad, parecía más bien un hombre de aventuras y de mundo que no un campesino, os contaba a Gruff y a ti historias del Imperio y de otros lugares más lejanos de los que nunca antes habías escuchado hablar. Disfrutabas con sus relatos, que permitían evadirte de tu convencional vida, con la ventaja de no verte expuesto a los peligros que Bill narraba en los mismos.

Tu vida pareció pues volver a la normalidad,...pero sólo por un tiempo.

Un día de verano, la granja recibió la nefasta visita de los recaudadores de Lord Rudolf reclamando a tus familiares el pago de una deuda de 280 coronas de oro. Es una cuantía enorme que tus allegados y tú no podéis sufragar con la humilde producción que genera la tierra, pero los recaudadores son implacables y os amenazan con cobrar la deuda a toda costa... incluso empleando métodos que te repugnan (ves cómo uno de ellos mira acosadoramente a tu querida hermana). Indican que tenéis un plazo de 4 meses para acumular el dinero debido o pagar las consecuencias...

Bloqueado por la amenaza y frustrado por la situación, te preguntas qué puedes hacer para ayudar a tu familia. Y es entonces cuando, acompañado por tu inseparable amigo Gruff, encontráis una posible vía para salvar la situación. Es arriesgada y de resultado incierto, pero no tenéis otra alternativa que asumirla por todo lo que está en juego.

Una de las muchas tardes después de la jornada de trabajo en la que Gruff y tú marcháis a la aldea para charlar con Viejo Bill, éste escucha vuestra preocupación y os propone una misión complicada pero que puede solventar el problema de la deuda de vuestros familiares. Los últimos días Viejo Bill se había mostrado algo nervioso y parece relajarse tras contaros lo que os espera. Al parecer le venís muy bien en un asunto que tiene entre manos y que comenzaba a incomodarle.

Vuestro reto consistía en marchar al bosque de Táblarom y encontrar un misterioso cofre escondido en un claro del mismo. Viejo Bill te facilitó un mapa de la zona y te dijo que estaba dispuesto a entregarte una recompensa de 300 coronas de oro si encontrabas y portabas el cofre de forma secreta hasta la lejana Meribris y lo entregabas a un tal Sígrod, quién te daría a cambio un pergamino sellado que debías dar personalmente a Viejo Bill a tu regreso. En el inicio de la misión estarías acompañado por Gruff, pero tras encontrar el cofre y volver a Tirrus, capital de Tirrana, debías continuar tú sólo el viaje hasta Meribris.

Tras vencer tus miedos, aceptaste la misión y partiste acompañado de Gruff hacia el profundo bosque. Viviste muchas aventuras y durante largos días tuviste que salvar considerables peligros hasta dar con ese maldito cofre.

En esa misión, te cruzaste con una partida de caballeros de la vecina y aliada nación de Gomia que perseguían a tres soldados tirranos con los que previamente también te habías topado. Aún no habías iniciado tu búsqueda del cofre en el bosque y te llamó profundamente la atención lo extraño de ambos encuentros. Sobre todo el rostro con aspecto de zorro de uno de los soldados tirranos que huyó y también el porte del hombre de larga melena rubia y tatuaje en forma de dragón en el lado derecho del cuello que parecía ser el líder de los caballeros perseguidores de Gomia.

Pero esos no fueron los únicos encuentros extraños que viviste, ya que, justo en el momento en que encontraste por fin el cofre en un claro del bosque, de pronto aparecieron otros dos hombres vestidos de soldados tirranos que merodeaban en las inmediaciones. Para más inri, sospechaban de Viejo Bill, como también preguntaban por él los anteriores tres soldados tirranos que huían de los caballeros gomios.

Sospechaste que todos esos extraños encuentros guardaban cierta relación con el conflicto entre Gomia y Tirrana por el presunto asesinato de Wolmar, el hijo del Lord de Gomia, por parte de soldados tirranos justo cuando Wolmar y sus hombres marchaban hacia la frontera tirrana en ayuda de sus aliados. No hay que olvidar que Tirrana y Gomia habían mostrado fidelidad al Emperador Wexes y, por tanto, son teóricos aliados en la guerra civil que enfrenta al Emperador contra los partidarios de Aquilán (conspiradores que habían tratado de apoderarse del trono de Tol Éredom como viste en "Resurgir y búsqueda", el primer volumen de esta saga). Así pues, ¿cómo es posible que Tirrana agreda a su aliada Gomia precisamente cuando ésta venía en su ayuda frente al enemigo común?

Con tu cabeza inmersa en un mar de incertidumbres y experimentando un impulso casi irrefrenable por satisfacer tu curiosidad, tuviste la ocasión de decidir si abrir o no el maldito cofre y ver qué contenía en su interior, a pesar de las instrucciones claras de Viejo Bill en las que abrirlo estaba terminantemente prohibido.

- Si decidiste abrir el cofre en los librojuegos previos, <u>ve a la SECCIÓN 148 y regresa aquí</u>.
- Si no lo hiciste, no vayas de ninguna manera a esa sección y sigue leyendo.

Y así es cómo, una vez conseguido el cofre, iniciaste el largo viaje para transportarlo a la lejana Meribris.

Tu primer destino fue Tirrus, capital de Tirrana, tu país. Allí descubriste que Lord Rudolf estaba recabando tropas para llevarlas a la frontera oriental con Gomia y así cubrir este nuevo conflicto (el otro era el frente norte contra Grobes, uno de los países del bando aquilano). Tras explorar varias *localizaciones de la ciudad, sufriste un repentino ataque en la oscuridad de la noche mientras te disponías a descansar en una posada después de la última cena en compañía de Gruff. Unos encapuchados penetraron silenciosamente en vuestra alcoba y pudiste salvar la vida de milagro huyendo por las calles desiertas de la ciudad, tras abandonar a toda prisa la posada por la ventana de tu habitación. Mientras corrías alejándote de allí, tu mente era incapaz de olvidar la mirada de uno de los asaltantes que había logrado escapar en el último momento. Era alguien que ya conocías: el hombre de mirada zorruna vestido de soldado tirrano con el que te habías topado cuando te dirigías al bosque para buscar el cofre…*

Consciente del renovado peligro de tu misión, pero determinado a cumplirla para salvar a tus familiares, te despediste de forma brusca de tu fiel amigo Gruff, obligándolo a cumplir con lo estipulado: él debía regresar a vuestra aldea para reencontrarse con Viejo Bill, mientras tú debías marchar al este en solitario. Fue duro ver a tu amigo llorar mientras se alejaba de ti, pero ya estaba hecho.

Y así es cómo abandonaste Tirrus para dirigirte a la lejana Tol Éredom, la capital del Imperio y la última escala antes de zarpar hacia el destino final: Meribris. No fue nada fácil esta nueva etapa del viaje, en la que finalmente acabaste recabando en el Serpiente Dorada, un gran navío que podía llevarte a tu siguiente meta sin aparentes problemas y en un tiempo menor que atravesando las inertes llanuras.

Pero nada más lejos de la realidad. No te estaba preparado un tránsito sencillo y apacible. De nuevo fuiste víctima de un asalto nocturno en la oscuridad de tu camarote y de nuevo el agresor era el hombre de mirada zorruna acompañado de uno de sus secuaces. Sorprendentemente, Gruff apareció en mitad de la escena para ayudarte. No entendías nada. ¿Por qué te estaban intentando asesinar? ¿Puede que para arrebatarte el cofre? ¿Qué hacía tu amigo ahí? Gruff debía estar regresando a casa y no a bordo de ese navío en mitad del mar. En cualquier caso, a pesar del lío en que estabas metido, agradecías de nuevo tener cerca a tu fiel amigo.

El percance acabó con tu arresto y el de Gruff y tu agresor (de nombre Zork como averiguaste después) por parte del Capitán Döforn y sus hombres. Los tres fuisteis llevados a juicio por delito de sangre, en el que el capitán debía esclarecer la responsabilidad de los asesinatos que se habían producido esa noche en tu camarote. Mientras esperabais para ser juzgados, atados a unos pilares de la bodega del barco bajo la vigilancia de un par de marineros, Zork intentó sembraros la duda acerca de la naturaleza e intenciones de Bill al contratarnos. Dejó entrever que el viejo le había engañado, por lo que había decidido seguir adelante con el "plan" a su manera. Finalmente, el día siguiente fuisteis condenados y, por unos momentos, temiste que ese fuese tu final y el de tu aventura. Un fracaso que arrastraría a tu familia también a la catástrofe.

Pero un repentino e inesperado ataque en plena mar de una escuadra de galeras juvis al Serpiente Dorada, sumió en el caos al gran navío. La situación era desesperada, pero aprovechaste la ocasión para conseguir liberarte, reagruparte con Gruff y luchar por escapar de la ratonera en la que se había convertido el navío mientras decenas de juvis armados con espadas y ballestas ligeras impregnaban de sangre la cubierta y las plantas inferiores del barco. De pronto, estabas inmerso en un hecho inaudito en la guerra civil entre los wexianos (partidarios del Emperador) y los aquilanos (la facción conspiradora de la que los juvis eran aliados de conveniencia): nunca antes los juvis habían llevado a cabo un ataque tan directo y explícito limitándose, hasta la fecha, a sabotajes y pequeñas incursiones.

Por fortuna, tras muchos sufrimientos, escapaste del abordaje y alcanzaste a nado uno de los botes salvavidas que consiguieron alejarse del barco en llamas. Tras sufrir una angustiosa persecución por parte de embarcaciones juvi, lograste llegar nadando a la costa acantilada. Junto a tu amigo Gruff, conseguiste escapar por fin y te adentraste en la agreste e infértil llanura rocosa, esa vasta y desolada extensión de territorio entre Morallón y el río Tuf, donde deambulaste durante largos días hasta alcanzar la orilla del río.

Llegados a este punto, Gruff y tú debatisteis sobre los siguientes pasos a seguir. La decisión no era nada fácil, máxime cuando constataste con tus propios ojos los rumores que ya habías escuchado antes: la frontera entre Gomia y Tirrana estaba viviendo una brutal escalada de tensión bélica. Por fortuna, lograste salir con vida de un asalto de soldados gomios a una pequeña aldea a orillas del río Tuf, en la que pretendías coger una embarcación para cruzar las aguas. Los aldeanos huían de los asaltantes en el momento de tu llegada, poco antes de la irrupción de caballeros tirranos que también entraron en escena atacando a los militares extranjeros. No había duda, por tanto, de que la frontera estaba en guerra.

Al norte de la anterior aldea, se encontraba Túfek, la última población tirrana antes de alcanzar el país de Gomia. Ésta había sufrido varios asaltos por parte de los gomios y resistía a la desesperada con la esperanza de aguantar hasta la llegada de los refuerzos de Tirrus y Morallón que se le habían prometido. Ante la necesidad de fuerzas con las que proteger Túfek, el Capitán Koltmar, responsable de la defensa de la frontera, había decretado que todo aquel que pudiese empuñar un arma quedaba alistado en las milicias sin opción a alegar. Por tanto, temiste ser reclutado a la fuerza y verte envuelto en un conflicto ajeno a tus objetivos primordiales.

Así pues, tuviste que meditar bien cómo continuar tu viaje hacia Tol Éredom, capital del Imperio y última escala hasta tu destino final: Meribris.

Una opción era intentar atravesar el peligroso río para marchar al este, alcanzar el linde del bosque de Mógar y bordearlo en dirección noreste hasta alcanzar el camino que atraviesa Domia y acaba en Tol Éredom.

La otra opción era avanzar al norte hasta llegar a la localidad fronteriza de Túfek (donde a buen seguro podría atravesarse el río). Tras cruzar la población, podrías marchar igualmente al este hasta el bosque de Mógar o, por el contrario, avanzar a través del paso de los Montes Godom, cruzar la frontera de Gomia y alcanzar la población de Módek, desde la que se podía seguir el curso del río Menraj hasta llegar al mismo camino mencionado antes (el que atraviesa Domia y desemboca en Tol Éredom).

El caso es que tuviste que superar terribles peligros y vivir grandes pesares hasta acabar desembocando en una ruta que no estaba prevista en ninguno de tus planes. Contra todo pronóstico, te viste obligado a cruzar el bosque de Mógar de oeste a este. Y para más inri, no por su superficie, sino a través del subsuelo.

No son pocos los sufrimientos que tuviste que padecer hasta dar con una vía para salir del laberinto, un complejo subterráneo de antigua construcción ahora colonizado por los infectos y sucios grabbin. Pero no estabas dispuesto a desfallecer, te empleaste a fondo y lograste tu cometido. Por fin volviste a la superficie y poco después atravesaste el último tramo de bosque hasta alcanzar el camino que te iba a llevar a Tol Éredom. Ya no eras el torpe e inseguro granjero que abandonó su aldea para iniciar una misteriosa aventura. Seguías inmerso en esa misma misión, pero tus logros y vivencias te habían transformado en un verdadero aventurero.

Y así es cómo llegaste por fin a la tan deseada Tol Éredom. Era ya de noche cuando cruzaste sus puertas, acompañado por un grupo de lugareños que portaban madera y piedras desde una población vecina para las construcciones defensivas de la ciudad que se estaban reforzando. Te dio mala espina constatar que el Emperador estaba más preocupado en fortificar su plaza fuerte, que no en frenar la escalada bélica entre sus aliados de Gomia y Tirrana, claves para enfrentar al bloque de los partidarios de Aquilán, los conspiradores que trataban de apartarle del trono del Imperio. Pero esos no eran tus problemas, tú estabas ahí para otra cosa. Debías descansar esa noche y al día siguiente, sin falta, localizar el barco que tenías que tomar para iniciar la última etapa de tu viaje.

La aventura continúa en la *SECCIÓN 1*, pero si no has jugado todavía a los librojuegos de esta saga, te recomiendo que le eches un pequeño vistazo a las reglas de juego que puedes encontrar en este mismo libro y también en la página web de *Crónicas de Térragom*: ***http://www.cronicasdeterragom.com***

INDICE

REGLAS DEL SISTEMA DE JUEGO

Antes de arrancar con la historia, es recomendable que le eches un vistazo a las próximas páginas. Aquí se resumen las reglas del sistema de juego necesarias para que el librojuego fluya en toda su dimensión.

Piensa que durante la historia conversarás, tomarás decisiones, combatirás, te esconderás, investigarás, evolucionarás como todos hacemos en la vida real ganando experiencia, comerás, dormirás y un largo etcétera de aspectos de gran realismo e interactividad.

¡Vamos pues a por ello!

¿Qué cosas necesito para jugar?

En este librojuego sólo necesitarás:

Dos dados de seis caras (en adelante 2D6 para mayor brevedad) como los que todos tenemos en casa. Servirán para realizar tiradas a las que sumarás o restarás unos puntos modificadores la mayoría de las veces. El resultado indicará el total de tu tirada y en función de dicho resultado sucederán cosas distintas. Los resultados por encima de 12 se considerarán siempre 12 y los menores de 2 se considerarán siempre 2. Los modificadores indicados antes podrán venir especificados por la sección de texto en cuestión o estarán referenciados a los puntos de características de tu personaje (inteligencia, destreza, carisma,...), que tendrás anotadas en tu ficha de personaje. *NOTA: puedes jugar sin dados* haciendo uso de las dos tablas de simulación de lanzamiento de dados de seis caras que encontrarás al final del libro. Otra opción, si no tienes dados a mano, es descargarte alguna de las muchas aplicaciones móviles disponibles *online* que permiten simular dichos lanzamientos.

Lápiz o bolígrafo y Ficha de Personaje impresa donde anotarás el nombre de tu personaje y todas sus características, objetos, armas, pistas, etc. que vaya consiguiendo a lo largo de la historia. Tienes permiso para copiar la Ficha de personaje que viene incluida en este librojuego (ver índice). Durante tus aventuras podrás conseguir objetos o habilidades especiales que varíen los puntos de características originales de tu personaje (en adelante PJ). También gastando puntos de experiencia podrás mejorar tus características o conseguir habilidades especiales. Pero no te preocupes, ahora te lo explico todo.

Nota: Te recomiendo que consultes la web de *Crónicas de Térragom*, donde podrás descargar recursos de utilidad como la ficha de personaje, mapas, etc.: **http://www.cronicasdeterragom.com**

Vamos pues a ver los conceptos generales del sistema de juego...

CONCEPTOS GENERALES DEL JUEGO

La mecánica principal del librojuego es muy simple y realmente adictiva. Empezarás a leer por la SECCIÓN 1 y a partir de ella irás de sección en sección siguiendo las indicaciones que indique el texto. Algunas secciones te obligarán a tomar decisiones, otras a efectuar lanzamientos de dados y otras simplemente te indicarán la siguiente sección a leer. Así de sencillo.

Entorno a esa mecánica principal tenemos una serie de conceptos que enriquecen la experiencia de juego dotándolo de un mayor realismo y profundidad. Vamos pues a ver esos conceptos:

Tiempo: en esta historia van a transcurrir los días y las noches como en la vida real. El transcurso del tiempo tiene efectos en los sucesos que pueden ocurrir y puede ser clave en algún punto de la historia (por ejemplo, puede que sea demasiado pronto o demasiado tarde para que suceda alguna cosa o para que acabe en éxito o fracaso aquello en lo que estés inmerso).

En algunas secciones del juego verás que se te indica que sumes 1 o más días al contador de tiempo de tu Ficha de PJ. Cuando esto suceda, simplemente actualiza el contador y sigue con la historia.

Comida: necesaria para que puedas proseguir con tu aventura sin morir de inanición. Siempre que transcurran uno o varios días (ver concepto de Tiempo explicado antes), debes restar una dosis de comida por cada día transcurrido o perderás 5 puntos de vida (PV) por cada día en el que no comas. Sin embargo, por cada día finalizado en el que sí comas, recuperas 5 PV sin rebasar nunca el máximo indicado en la sección de creación de PJ que veremos más adelante.

La comida tiene el tratamiento de objeto a efectos de inventario como veremos en el apartado de Inventario. Salvo que se indique lo contrario en la sección en la que acaba el día, tendrás que emplear comida si no quieres perder los puntos de vida indicados antes.

Dinero: como no podría ser de otra forma, también tendrás que ahorrar y gastar dinero. En Térragom la moneda más extendida es la corona de oro (en adelante CO). Anota la cantidad en tu Ficha de PJ cuando ganes dinero y así lo indique la sección de texto en la que te encuentres. Puedes ganar dinero de múltiples formas posibles (ya sea tras vencer a un rival, trabajar para alguien percibiendo un salario diario, jugando en las tabernas, vendiendo parte de tus posesiones o por cualquier otra forma que indique el texto). Sin embargo también perderás dinero ahorrado y por tanto tendrás que restarlo en tu Ficha de PJ cuando compres objetos, armas, comida, sobornes a alguien, seas atracado, lo pierdas jugando en las tabernas o por cualquier otra forma que indique el texto.

Puntos de Experiencia (P.Exp): durante la historia vas a ir consiguiendo logros y viviendo experiencias que permitirán que tu personaje evolucione y por tanto mejore sus características, consiga nuevas habilidades especiales, mejore sus puntos de vida (en adelante PV), aumente sus puntos de valor de carga (VC) o adquiera puntos de ThsuS. Ahora te explicaré en qué consisten esos conceptos, pero de momento debes saber que, cuando acumules suficientes P.Exp, podrás canjearlos por UNA de esas mejoras según esta tabla:

Canjea tus P. Exp por una de estas mejoras. Elige bien qué aspecto mejorar en cada momento en función de tus necesidades	Coste en P.Exp
Sumar +1 pto a una característica (nunca puedes tener una característica con un modificador superior a +3 salvo Combate)	100 P. Exp
Añadir una habilidad especial	100 P.Exp
Sumar +3 ptos a los puntos de vida (PV) máximos de tu personaje. Recuerda que inicialmente empiezas con 25 PV. Además, automáticamente recuperas todos los PV que hubieras perdido en el momento de gastar los 100 P. Exp.	100 P.Exp
Sumar +3 ptos a los puntos Valor de Carga (VC) máximos que puede soportar tu personaje (sin superar nunca los 21 VC que es el máximo posible). Recuerda que inicialmente empiezas con 10 VC.	100 P.Exp
Adquirir 1 pto de ThsuS	100 P.Exp

Los P.Exp pueden conseguirse al vencer en combates, realizar acciones con éxito, resolver enigmas, conocer pistas, llegar a sitios, etc. En cualquier caso, la sección correspondiente indicará la cantidad exacta de puntos de experiencia que ganas (verás dicha cifra al lado del número de la sección en este formato: *+x P.Exp.*). Cuando esto suceda, simplemente actualiza el contador de P.Exp en tu Ficha de PJ y sigue con la historia.

COMBATE:

En ocasiones no tendrás más remedio que hacer uso de la fuerza para sobrevivir en el peligroso mundo de Térragom. El combate en este librojuego es una experiencia intensa y emocionante que se efectúa por turnos. En cada turno comenzarás atacando tú y a continuación lo hará tu oponente. Se realizarán tantos turnos como haga falta hasta que uno de los dos oponentes pierda todos sus puntos de vida (PV).

Mecánica de cada turno de combate:

1. Tira 2D6 para el atacante. Recuerda que, en cada turno, salvo que se indique lo contrario, comenzarás atacando tú (es decir, lanzando 2D6) y a continuación, si sigue vivo, atacará tu oponente (lanzando igualmente 2D6). Ten presente pues quién está atacando en cada tirada, si eres tú o tu rival. El que no está atacando se considera defensor para esa tirada.

2. Mira, en la Tabla de Combate que tienes más adelante, la fila correspondiente a la tirada (verás tantas filas como resultados posibles existen con el lanzamiento de dos dados de seis caras: 2,3,4,5,6,7,8,9,10,11 y 12).

3. Ve a la columna correspondiente a la resta de los puntos de Combate del atacante menos los puntos de Combate del defensor.

4. Mira la celda donde se crucen la fila y la columna obtenidas en los dos puntos anteriores y ese valor de la celda indica los puntos de vida que pierde el defensor que ha recibido el ataque del atacante. Resta esos puntos de vida a los que le queden al defensor en ese momento.

5. Si los puntos de vida del defensor:

   o siguen siendo mayores que cero, ve al paso 1 y repite la secuencia. Ahora le tocará atacar al que había sido defensor y viceversa.

   o si son cero o menos, el defensor habrá muerto y el combate habrá finalizado.

      ▪ Si eres el ganador, ve a la sección correspondiente a la que te lleve el texto. Seguramente ganarás Puntos de Experiencia y, según la sección, posiblemente podrás registrar a tu oponente y quedarte con los objetos que éste tuviera y que vendrán indicados en el texto.

      ▪ Si eres el perdedor, ve a la sección reservada en el texto para este caso. Es probable si esto sucede que tu personaje muera si así lo indica el texto. En ese caso ver apartado "Muerte del PJ y conceptos de Lugar de Despertar y de Todo ha sido un Sueño (ThsuS)"

Tabla de combate (puedes consultarla al final del libro)

Tabla de Combate	PCA – PCD Puntos de Combate del **Atacante** (PCA) menos Puntos de Combate del **Defensor** (PCD)												
Resultado 2D6 del atacante	El atacante es más fuerte							El defensor es más fuerte					
	+6 o más	+5	+4	+3	+2	+1	0	-1	-2	-3	-4	-5	-6 o menos
2	0	0	0	0	0	0	0	0	0	0	0	0	0
3	3	2	2	1	1	0	0	0	0	0	0	0	0
4	4	3	3	2	2	1	0	0	0	0	0	0	0
5	6	5	4	3	3	2	1	1	0	0	0	0	0
6	7	6	5	4	3	3	2	1	1	1	0	0	0
7	8	6	6	5	4	4	3	2	2	1	1	1	1
8	9	8	7	6	6	5	4	3	3	2	2	2	1
9	10	8	8	7	7	6	5	4	4	3	3	2	2
10	12	10	9	9	8	7	6	5	5	4	4	4	3
11	M	12	11	10	9	9	8	7	6	6	5	5	4
12	M	M	M	M	12	11	10	10	10	9	9	8	7

M: muerte inmediata

Si combates contra más de un oponente:

- los efectos de tener compañeros que se explican más adelante no se aplican,
- puede que tengas que enfrentarte de uno en uno a cada uno de ellos si así lo indica el texto,
- o puede que el combate se realice como si se tratara de un único oponente ya que se agrupan en un solo ente (lo que ocurre es que los puntos de Combate y los puntos de Vida de tu grupo de rivales verás que son altos por ser varios).

Huida: en ocasiones el texto te indica que puedes intentar huir para evitar un combate. Para ello debes lanzar 2D6 y sumar tus puntos de la característica Huida. Si el resultado es igual o superior a 9 o al valor indicado en la sección, habrás logrado evitar el combate y podrás seguir en la sección correspondiente a la huida. Si fallas la tirada, entonces sufres 1D6 de PV automáticas y comienza el combate (ver apartado Combate).

Daño y curación: como es de esperar, deberás tener muy en cuenta el daño recibido y la curación de tu PJ para no caer antes de tiempo en tu aventura. Puedes ser dañado en combate (ver el apartado de Combate) o porque así lo indique alguna sección correspondiente (trampas, caídas, etc). Cada vez que eres dañado pierdes una cantidad de puntos de vida (PV). Si llegas a 0 o menos puntos de vida mueres. Puedes recuperar puntos de vida si:

- **Si usas las pociones o plantas curativas correspondientes** (se pueden usar en cualquier momento salvo durante un combate o huida y restauran un número variable de puntos de vida).

- **Si en alguna sección indica que recuperas cierta cantidad de PV.**

- **Si vas al médico, físico o sanador en una población o lugar que lo tenga** (para recibir atención médica debes pagar la cura según la tarifa indicada en el texto, entonces deber lanzar 2D6 y aplicar el modificador del médico en cuestión; si el resultado es igual o superior a 7 recuperas 2D6 de PV; si es inferior el médico te daña en 1D6 PV).

- **Al finalizar un día**, si tomas una comida recuperas 5 PV (ver apartado de Tiempo). Si la sección indica que transcurren varios días, recuperarás 5 PV por cada día de los transcurridos en los que tomas comida y perderás 5 PV por cada día que no lo hagas. Tú decides de esos días transcurridos cuántos comes y cuántos no.

- **Aunque la sección en la que estés no indique que ha transcurrido el día** (ver punto anterior), podrás recuperar también PVs si aumentas tu contador de días en la Ficha de PJ. Por cada día que aumentes y tomes la correspondiente comida, recuperas 5 PV. Ojo, ten presente que si aumentas muchos días pero no dispones de comida para todos ellos perderás 5 PV por día aumentado sin comida. **IMPORTANTE:** Para poder aumentar el contador a tu voluntad y curarte de esta forma debes estar en una sección donde no haya tirada de dados, combate o elección por tu parte de a qué sección ir. Sólo podrás hacer uso de esta forma de curación si te encuentras en una posada y contratas hospedaje o si estás como invitado en alguna vivienda u hogar con cama. Finalmente, ten cuidado con aumentar mucho tu contador de días para sanarte, ya que ello provocará que consumas tiempo extra de tu misión y esto puede hacer que ésta fracase por llegar tarde.

Muerte del PJ, Lugar de Despertar y Todo ha sido un Sueño (ThsuS).

Pues sí. Desgraciadamente es posible que mueras en tus andanzas. Puedes morir si tus PV llegan a 0 o menos o cuando así se indique en la sección correspondiente del librojuego. Cuando esto sucede, afortunadamente puede que no esté todo perdido, ya que puedes retomar la partida desde el último *Lugar de Despertar* que visitaste y siempre que gastes 1 punto de ThsuS ("Todo ha sido un Sueño"). Si no te quedan puntos de ThsuS, no tienes más remedio que empezar la partida desde el principio (SECCIÓN 1) o desde algún *Lugar de Despertar Especial* que no necesite del gasto de ningún punto de ThsuS.

Los *Lugares de Despertar* son secciones especiales del libro cuya numeración deberás anotar en tu ficha de PJ para retomar la partida en caso de que mueras y tengas que recurrir a ellos. Si eso pasa, indicará que todo lo que ha sucedido desde que te marchaste del *Lugar de Despertar* habría sido un sueño, no habría sucedido realmente y por tanto puedes continuar la partida desde dicho *Lugar de Despertar*.

Junto al número de la sección, anota también el valor del contador de tiempo de la primera vez que llegaras a ese Lugar de Despertar, ya que cuando mueras y regreses a él, deberás retomar la cuenta de tiempo desde el valor que anotaste (lógicamente si todo ha sido un sueño, el tiempo no ha transcurrido realmente desde que te marchaste de allí).

Siempre que retomes la partida desde un *Lugar de Despertar*, pon tus PV al máximo y reduce a la mitad tu dinero acumulado. Además, lanza 1D6 y consulta esta tabla para ver qué ocurre con tus posesiones materiales (objetos, armas y armaduras):

Resultado de la tirada de 1D6	Qué ocurre con tus posesiones (objetos, armas y armaduras)
1	Sólo conservas los ítems que tienen 0 VC.
2	Puedes conservar un total de ítems que sumen 4 VC.
3	Puedes conservar un total de ítems que sumen 6 VC.
4	Puedes conservar un total de ítems que sumen 7 VC.
5	Puedes conservar un total de ítems que sumen 8 VC.
6	Puedes conservar un total de ítems que sumen 10 VC.

Algunas de tus posesiones materiales habrán desaparecido misteriosamente... tu profundo sueño no te permite recordar qué ha sido de ellas. Sin embargo, conservarás todos tus recuerdos (rumores, pistas y cualquier ítem inmaterial).

INVENTARIO

A continuación, repasaremos los distintos ítems que puedes conseguir para tu inventario y que anotarás en tu Ficha de PJ a lo largo de la aventura.

Pistas:

En cualquier sección del librojuego puedes encontrarlas y pueden serte muy útiles más adelante. Pueden ser rumores, información relevante, sitios visitados, personas con las que has coincidido, mapas de lugares, esquemas, enigmas, etc. Cada pista tiene un código único que deberás apuntar en tu Ficha de PJ. Deberás proceder con cada pista conforme indique el texto del librojuego. No olvides apuntar ningún código de pista ya que seguramente en posteriores secciones que leas se hará mención a ese código y si lo tienes irás a una sección distinta que si no lo posees o evitaras ciertas tiradas de dados. Por tanto, no olvides anotar las Pistas en la Ficha de PJ con su código correspondiente (no hay limitaciones en el número de pistas que puedes anotar en tu hoja de PJ).

Objetos:

Los objetos son todos aquellos ítems del inventario que no sean armas, armaduras, pistas o compañeros. Por tanto esta categoría aglutina desde objetos como una cuerda o una antorcha hasta una planta curativa, por ejemplo.

Puedes comprarlos en aquellas secciones que así se indique, al precio que aparezca en dicha sección o, si el texto lo dice, al precio estándar indicado en la tabla que veremos ahora. Normalmente podrás adquirirlos en tiendas, mercados, posadas o negociando con comerciantes ambulantes. Ten presente que no siempre van a estar disponibles todos los objetos en todos los lugares de compra, ya que en algunos de ellos puede que no dispongan de ciertas referencias.

También puedes conseguir objetos sin necesidad de comprarlos. Por ejemplo, registrando a oponentes a los que hayas vencido. O puedes recibirlos de personajes que aparezcan en la historia, encontrarlos ocultos en alguna sección, robarlos o incluso fabricarlos si tienes las materias primas requeridas y la sección correspondiente te lo indica.

Más abajo tienes una lista estándar de objetos, pero también hay objetos especiales que puedes encontrar en algunas secciones del librojuego (los efectos de dichos objetos especiales se indicarán en la sección correspondiente donde han sido conseguidos).

Deberás anotar todos los objetos en la sección de inventario de la Ficha de PJ. Cada uno de ellos tiene un **Valor de Carga (VC)** que simboliza el peso o la dificultad que conlleva transportarlo contigo. Cada vez que cojas un objeto, resta su valor de carga (VC) de tu **Capacidad de Carga** (ver apartado "Capacidad de Carga" en el capítulo de creación y características del PJ). Como es lógico, no puedes llevar contigo todos los objetos que desees sino aquellos que eres capaz de transportar. Por tanto, elige bien cuáles quieres portar contigo en función de tu capacidad de carga. La comida, cuyos efectos en el juego ya hemos visto antes, tiene tratamiento de objeto a efectos de valor de carga (VC) para el inventario.

Objeto estándar	Efectos en la partida	Valor carga (VC)	Precio estándar
Comida (para 1 día)	Evita perder 5 puntos de vida cada día que pasa sin comer	1	1 CO
Pócima curativa +1D6	Permite recuperar 1D6 puntos de vida	1	5 CO
Pócima curativa +2D6	Permite recuperar 2D6 puntos de vida	1	10 CO
Cuerda	Puede ayudarte en algunas secciones	1	1 CO
Antorcha y encendedor	Puede ayudarte en algunas secciones	1	1 CO
Manta	Puede ayudarte en algunas secciones	1	2 CO
Cantimplora	Puede ayudarte en algunas secciones	1	2 CO
Anzuelo y sedal	Si estás al lado de un río, lago o mar (porque así lo indique el texto de la sección en la que te encuentres), puedes intentar pescar si tienes este objeto. Para ello, haz una tirada de 2D6 y suma tu modificador de Destreza y si sacas un 7 o más puedes evitar usar una comida al final del día.	2	4 CO
Cepo	Si estás en un bosque o campo a través (porque así lo indique el texto), y mientras no estés en una población, desierto o montaña, puedes intentar cazar si tienes este objeto. Para ello, haz una tirada de 2D6 y suma tu modificador de Destreza y si sacas un 7 o más puedes evitar usar una comida al final del día.	3	8 CO
Ganzúa	Puede ayudarte en algunas secciones	1	10 CO
Brújula	Permite aumentar +3 a tu tirada de Inteligencia si la sección correspondiente indica que debes orientarte. Puede que el modificador sea otro distinto a +3 si la sección correspondiente así lo especifica.	1	10 CO
Ropajes caros	Aumentan +1 a tu modificador de Carisma.	1	30 CO

Armas y armaduras:

Puedes conseguirlas de las distintas formas que ya se ha indicado para los objetos. Más abajo puedes ver una lista estándar de armas y armaduras con sus efectos y modificadores en las características de tu personaje. Pero puedes encontrar armas y armaduras especiales en ciertas secciones del libro (los efectos de dichas armas y armaduras especiales se indicarán en la sección correspondiente donde han sido conseguidas).

Todas las armas deben anotarse en la sección de inventario de la Ficha de PJ. Cada una de ellas tiene un **Valor de Carga (VC)** a restar a tu **Capacidad de Carga** (ver apartado "Capacidad de Carga" en el capítulo de creación y características del PJ) que hará que no puedas llevar todas las que desees. Ten presente que al atacar sólo podrás emplear una arma a la vez de las que tengas en tu inventario, así que decide bien cuál es tu arma principal en cada momento de la partida.

Arma estándar	Modificador al Combate (Combate sí puede ser menos de -3 o más de +3)	Modificador a la Destreza (nunca Destreza puede ser menos de -3 o más de +3, así que los efectos de las armas no se considerarán en caso de que se rebasen esos umbrales)	Valor de carga (VC)	Precio estándar
Espada	+1	+0	3	20 CO
Espada corta	+0	+0	2	15 CO
Daga	-1	+1	1	7 CO
Garrote	-1	+0	2	1 CO
Mangual	+3	-2	4	50 CO
Lanza	+0	-1	3	10 CO
Hacha	+2	-1	5	40 CO
Sin armas	-3	+3	0	0 CO

Armadura estándar	Daño que evita que pierdas cada turno de combate donde eres herido	Valor de carga (VC)	Precio estándar
Coraza de cuero	1	1	20 CO
Cota de mallas (incompatible con la coraza de cuero)	2	3	45 CO
Escudo	1	2	20 CO
Sin armadura	0	0	0 CO

Como puedes ver en las dos tablas anteriores, las armas te otorgan una bonificación a tu característica de Combate y modifican tu característica de Destreza en ocasiones mejorándola y en otras penalizándola. En cuanto a las armaduras, permiten que el daño que recibes en combate se reduzca cada vez que seas dañado (para más detalle acerca de cómo se inflige y se recibe daño en una pelea, ver la Tabla de Combate de la sección Combate que hemos tratado antes).

Compañeros:

Durante tu aventura puedes cruzarte con PNJs (personajes no jugadores) que pueden aliarse contigo y acompañarte en tus andanzas. No tendrán más efecto en la partida salvo que:

- así se indique en la sección correspondiente (puede haber alguna sección donde ir acompañado pueda serte de ayuda…o no)

- en los combates, permiten que provoques un daño automático cada turno de ataque a tu oponente de 1 PV por cada acompañante que vaya contigo, siempre que inflijas como mínimo 1 punto de daño. Esto sólo aplicará en caso de que pelees contra un solo oponente y tú vayas acompañado.

- algunos acompañantes adicionalmente te otorgan beneficios a alguna de tus características (Combate, Percepción, etc.) que deberás anotar en tu Ficha de PJ para tenerlos en cuenta cuando te sean de utilidad.

CREACIÓN Y CARACTERÍSTICAS DEL PJ

Vamos con el último punto del sistema de reglas. Ni más ni menos que el que concierne a la creación y características de tu personaje (PJ). *Al final de este apartado, tienes la ficha de PJ donde podrás crear tu personaje desde cero. Lo ideal es que vayas cumplimentando esa ficha a medida que vayas leyendo este apartado. No obstante, en las páginas finales del librojuego dispones también de una ficha de PJ pregenerado y listo para jugar (en ese caso, empieza directamente con la historia en la SECCIÓN 1 y no es necesario que sigas leyendo).*

Características del personaje

Más abajo puedes ver las 6 características de tu personaje. Corresponden a los atributos que identifican tus puntos fuertes y débiles y que determinarán en gran medida tus posibilidades de salvar las distintas situaciones que vas a vivir en tu historia.

Cada una de estas características puede tener un valor entre -3 y +3, ni por encima ni por debajo, salvo Combate que puede tener cualquier valor. Este valor es el modificador que deberás aplicar a las tiradas de 2D6 cuando así se indique en la sección correspondiente al combatir, al huir, al detectar algo, al intentar hacer razonamientos lógicos, etc. Vamos pues a explicar un poco cada una de estas características:

- **Combate**: empleado para luchar (ver capítulo de Combate).
- **Huida**: empleado para escapar de tus rivales o de alguna situación peligrosa (ver capítulo de Combate). Aunque también puede ser empleado para perseguir a alguien o algo.
- **Percepción**: indica la agudeza de tus sentidos (vista, oído, olfato,...).
- **Destreza**: indica tu pericia y maña en situaciones donde sea requerida.
- **Inteligencia**: tu agudeza mental, de cálculo, de razonamiento y juicio.
- **Carisma**: es el atractivo social, gracia, don de gentes y la capacidad de seducir, actuar en público, liderar, negociar o ejercer poder de tu PJ.

Al crear tu PJ por primera vez, para este cuarto librojuego de la saga, tienes 7 puntos de características que puedes repartir entre las 6 características anteriores como consideres. Por ejemplo, puedes poner 4 puntos a Combate (que es la única característica que puede rebasar el +3) y 3 puntos a Destreza; o por ejemplo poner 3 puntos a Combate, 2 puntos a Percepción y 2 puntos a Inteligencia, etc.

IMPORTANTE: Ten presente que aquellas características donde no hayas puesto ninguno de los 7 puntos iniciales de los que dispones, comenzarán con un valor negativo de -3, lo que indicará que eres bastante torpe en esa característica. Así que piensa bien cómo hacer el reparto.

IMPORTANTE: al conseguir armas, armaduras u objetos, los modificadores de las 6 características anteriores pueden sufrir cambios y por tanto podrían superar el valor de +3 o quedar por debajo de -3. Cuando esto suceda, deja el valor en +3 o en -3, ya que nunca podrán rebasarse esos umbrales (salvo en la característica de Combate que puede tomar cualquier valor). Anota los cambios en la columna modificaciones por inventario.

Como hemos visto en el apartado de "Puntos de Experiencia", podrás canjear P.Exp. para sumar +1 a la característica que desees siempre que no supere +3 (salvo Combate que puede alcanzar cualquier valor).

Raza: tu PJ pertenece a una de las siguientes razas de Térragom, dotándolo así de un rasgo adicional de profundidad. Existen más razas en este vasto mundo que estás a punto de descubrir, pero no puedes jugar con ellas. La raza incide en las características de tu PJ según la elección que realices:

- *Humano de sangre tirrana*. Suma +1 a Percepción.
- *Humano de sangre chipra*. Suma +1 a Huida.
- *Enano tullo* de una familia de granjeros venida a Tirrus. Suma +3 al Valor de Carga que tienes al inicio (en lugar de 10 tendrías 13).
- *Juvi* miembro de una familia de mercaderes juvi caídos en desgracia y reconvertidos en granjeros. Suma +1 a Destreza.

Ejemplo: Si Percepción es una de las características con valor -3 (por no haberle asignado ninguno de los 7 puntos iniciales a repartir como hemos comentado antes), entonces ahora pasa a tener un valor de -2 tras mejorar en +1 por el bonificador de raza (en caso de que elijas el humano tirrano). Si ya tenías puntos asignados a Percepción, suma el +1 adicional que otorga la raza tirrana pero recuerda que nunca puede ser mayor que +3. Esto mismo es aplicable para Huida y Destreza y las razas humano chipra y juvi, respectivamente.

Nivel de dificultad: este librojuego permite elegir la dificultad que vas a tener que salvar para avanzar en la historia. A continuación tienes los niveles de dificultad. Debes elegir un nivel antes de empezar la partida en el momento de creación de tu PJ, anotarlo en la ficha y aplicar sus efectos:

Nivel pardillo:	tienes 4 ptos de ThsuS al inicio de la partida
Nivel medio:	tienes 2 ptos de ThsuS al inicio de la partida
Nivel avanzado:	tienes 1 pto de ThsuS al inicio de la partida
Nivel leyenda:	tienes 0 ptos de ThsuS al inicio de la partida

Puntos de vida: la cantidad máxima de puntos de vida (PVs) que tiene tu PJ al inicio de la aventura es de 25 PVs. Aunque, como hemos visto en el apartado de Puntos de Experiencia, puedes incrementar este valor a medida que avance la historia gastando 100 P. Exp. por cada 3 PV que sumes.

Capacidad de carga: como se comenta en los apartados de Objetos, Armas y Armaduras del capítulo del Inventario, cada ítem tiene un **Valor de Carga (VC)** que se resta a la Capacidad de Carga restante que tiene tu PJ. Cuando este valor llega a cero (nunca puede ser negativo), el PJ ya no podrá cargar más cosas y tendrás que deshacerte de los ítems que no desees para poder transportar nuevos. Tu capacidad de carga es de 10 VC, pero como se indica en el apartado de Puntos de Experiencia, puedes incrementar esta capacidad a medida que avances en tu historia.

Inventario inicial: en tus andanzas previas has podido reunir una espada, una coraza de cuero, dos pócimas curativas +2D6 PV, una cantimplora y raciones de comida para 3 días (mira los efectos y valor de carga de estos ítems en el apartado de Inventario y anótalos en tu ficha). También tienes el cofre que debes transportar (ocupa 1 VC), un pasaje para el barco que te llevará de Tol Éredom hasta Meribris (0 VC), los mapas que puedes consultar al final del libro y 40 coronas de oro.

Contador de tiempo inicial al crear el PJ: 240 días transcurridos (ten presente que este es el cuarto volumen de la saga; por eso el contador no arranca desde cero).

Habilidades especiales: además de las 6 características que hemos visto antes, hay una serie de habilidades especiales que tu PJ puede tener y que representan pericias en las que eres especialmente bueno. A continuación aparece la lista de habilidades especiales que podrás ir adquiriendo al conseguir P. Exp. (ver apartado de Puntos de Experiencia). Cada habilidad especial (HE) tiene unas particularidades que pueden serte muy útiles durante la aventura. Anota los efectos de cada HE que poseas para tenerlo presente durante la partida (en el caso de que alguna HE que poseas tenga como efecto modificar un valor de una de las 6 características de tu PJ, actualiza dicho valor en tu hoja de PJ). En algunas secciones se te preguntará si tienes tal habilidad especial y si la posees podrás salir airoso evitando tiradas de dados o teniendo buenos bonificadores a esas tiradas. Al crear tu PJ, _puedes elegir 5 HEs con las que arrancas_, pero puedes ir adquiriendo nuevas conforme aumente tu experiencia. _Nota: si has jugado a los librojuegos anteriores de esta saga, notarás que ahora puedes empezar con más HE desde el principio al crear un PJ desde cero. Esto representa que ya tiene cierta experiencia acumulada como aventurero._

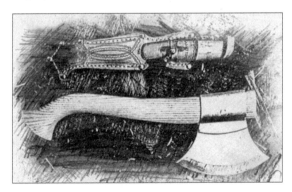

Hab. especial	Efectos en la partida
Analizar objetos	Según se indique en el texto, usa esta habilidad para saber más sobre un objeto evitando tener que pasar una tirada que pudiera requerir el texto u otorgando modificadores positivos a dicha tirada.
Rapidez	Aumenta tu característica de **Huida** en +2. Recuerda que nunca puedes superar +3 en una característica salvo Combate.
Nadar	Permite evitar tiradas de **Destreza** asociadas a nadar o aporta un modificador positivo a dicha tirada si así lo indica la sección.
Escalada	Permite evitar tiradas de **Destreza** asociadas a escalar o aporta un modificador positivo a dicha tirada si así lo indica la sección.
Camuflaje	Permite evitar tiradas de **Destreza** asociadas a ser detectado al ocultarte o aporta un modificador positivo a dicha tirada si así lo indica la sección.
Silencioso	Permite evitar tiradas de **Destreza** asociadas a ser detectado al caminar o aporta un modificador positivo a dicha tirada si así lo indica la sección.
Robar	Permite evitar tiradas de **Destreza** asociadas a robar cosas o aporta un modificador positivo a dicha tirada si así lo indica la sección.
Puntería	Permite evitar tiradas de **Destreza** asociadas a lanzamientos o aporta un modificador positivo a dicha tirada si así lo indica la sección.
Rastreo	Permite evitar tiradas de **Percepción** asociadas a seguir rastros o aporta un modificador positivo a dicha tirada si así lo indica la sección.
Oído agudo	Permite evitar tiradas de **Percepción** asociadas a escuchar cosas o aporta un modificador positivo a dicha tirada si así lo indica la sección.
Vista aguda	Permite evitar tiradas de **Percepción** asociadas a ver cosas o aporta un modificador positivo a dicha tirada si así lo indica la sección.
Mente fina	Aumenta tu característica de **Inteligencia** en +2. Recuerda que nunca puedes superar +3 en una característica salvo Combate
Don de gentes	Permite evitar tiradas de **Carisma** asociadas a ciertas interacciones sociales o aporta un modificador positivo a dicha tirada si así se indica.
Negociador	Permite evitar tiradas de **Carisma** asociadas a negociaciones o aporta un modificador positivo a dicha tirada si así lo indica la sección.
Sexto sentido	Cuando así se indique, podrás evitar tiradas o evitar tener que tomar una decisión sobre en qué sección seguir al advertir el riesgo de antemano de una de las opciones.
Primeros auxilios	En vez de recuperar 5 puntos de vida cada día que pase por vía natural y siempre que comas, recuperas 8 puntos de vida.
Suerte	**Una vez al día**, ya sea en combate o no, puedes repetir una tirada de dados que no te haya satisfecho. Debes decidir si usas Suerte sin leer las consecuencias de lo que pasaría si fallas la tirada en cuestión.
Fuerte	Suma +1 a la característica de **Combate**. Recuerda que Combate es la única característica que puede tener un modificador mayor que +3.
Don de lenguas	Serás conocedor de muchas lenguas que pueblan Térragom y, aunque no tengas un nivel fluido en ellas, podrás evitar ciertas tiradas de **Inteligencia** o tener bonificadores para entender qué dicen los individuos a los que intentas escuchar.

FICHA DE PERSONAJE

Nombre: ....

Raza: ....

Nivel dificultad: ....

Características	Valor inicial (repartir 7 puntos)	Modificador por raza	Modificador habilidades especiales	Modificador por armas y/o objetos	VALOR TOTAL (suma de los anteriores)
Combate					
Huida					
Percepción					
Destreza					
Inteligencia					
Carisma					

Compañeros (anota los posibles efectos especiales que tengan):
Aplica +1 PV de daño causado a tu rival por cada acompañante que vaya contigo siempre que tu rival luche en solitario y le inflinjas daño

_____

_____

_____

_____

Puntos de Experiencia
(P. Exp) (0 al inicio):

Lugares de Despertar (anota los Códigos de las secciones y el contador de tiempo en el momento de llegar a ellos):

Puntos de ThsuS (según nivel de dificultad tienes un valor al inicio):

Habilidades especiales

PISTAS (anota los Códigos):

Puntos de Vida (PV) (25 al inicio)	Días transcurridos:

-Inventario-

Valor de carga restante (valor inicial 10 y máximo 21)	Dinero restante (COs):

Armas	Modificador al Combate (Combate sí puede ser menos de -3 o más de +3)	Modificador a la Destreza (nunca Destreza puede ser menos de -3 o más de +3)	Valor de carga (VC)

Armaduras	Daño que evita que pierdas cada turno de combate donde eres herido	Valor de carga (VC)

Objetos	Efectos en la partida	Valor de carga (VC)

¡COMIENZA TU AVENTURA EN TÉRRAGOM!

Ve a la SECCIÓN 1...

SECCIONES

SECCIÓN 1

- *Si no has jugado a "Resurgir y búsqueda", "Desafío inminente" y "La última etapa", los tres primeros volúmenes de "Crónicas de Térragom", o si necesitas refrescar todo lo que sucedió cuando los jugaste, ve al apartado que encontrarás al inicio del libro llamado "<u>En anteriores volúmenes de Crónicas de Térragom…</u>"*
- *De lo contrario, sigue leyendo…*

Tras dormir largo y tendido en una posada cercana al puerto, te despiertas por fin con una reconfortante sensación de descanso. Sin embargo, eres consciente de que tu misión es una lucha contra el tiempo, así que convienes con Gruff que debéis permanecer en Tol Éredom lo mínimo posible para pertrecharos antes de zarpar en el *Rompeaires*, el barco que tenéis que encontrar cuanto antes.

Te asaltan entonces las dudas. ¿Hallarás ese navío? ¿Por qué tiene que estar ahí amarrado esperándoos? Quizás tengas que buscar un medio de transporte alternativo, en caso de que ya no esté, o en caso de que seas incapaz de localizarlo. El puerto de Tol Éredom debe de ser inmenso. No va a ser fácil encontrarlo. Impulsado por tus inseguridades, indicas a Gruff que lo primero es buscar el *Rompeaires* para asegurar vuestro viaje y ver cuánto tiempo disponéis para visitar la ciudad antes de que el barco zarpe.

Y así es cómo, siguiendo las indicaciones de los transeúntes de las atestadas calles de Tol Éredom, alcanzas el Muelle Oeste, uno de los dos puertos de la capital. Te impacta la magnitud de esa inmensa obra de ingeniería y la cantidad ingente de embarcaciones de todo tipo que ves amarradas o entrando y saliendo de la gran ría colonizada por la civilización. El puerto más importante del Imperio está ahí delante y la suerte está de tu parte. Tres preguntas a tres personas adecuadas y una larga caminata después, por fin encuentras lo que buscas. No es fruto de tu imaginación. Tan real como toda la inmensidad que te envuelve, ahí está el barco que va a llevarte al final de tu viaje. Un navío más entre todo este hervidero de embarcaciones, pero para ti el más grandioso de todos ellos.

Nota del autor:

Antes de seguir adelante, te informo de una característica de juego que puedes aplicar conjuntamente con el resto de reglas. Si has llegado hasta tan lejos en tu viaje, puede que quieras que tus andanzas pasen a la posteridad. Te explico…

Como sabes, a la hora de crear tu personaje, debes elegir el nivel de dificultad con el que quieres afrontar la aventura. Son cuatro niveles (pardillo, medio, avanzado y leyenda) que determinan el número de Puntos de ThsuS con los que cuentas al inicio de la partida.

*Pues bien, como comentamos por primera vez en el librojuego "La última etapa", puedes introducir una nueva variable **opcional** a la hora de modular la dificultad con la que quieres jugar. Hablamos del **Alcance de la Gesta (A.G.)**, que simboliza la trascendencia en el tiempo en la que tus hazañas serán recordadas por generaciones venideras. A mayor A.G., mayores sacrificios tendrás que superar, pero también serás más recordado en el tiempo. Puede que sólo pases a ser un personaje más en la tradición oral local o puede que, si tu A.G. es lo suficientemente alta, incluso acabes entrando en las Crónicas de Térragom. En tus manos está perpetuarte en el tiempo.*

A continuación puedes ver los distintos niveles de A.G. disponibles, los efectos de cada uno de ellos en la partida y la trascendencia para la posteridad tras tu muerte:

A.G. 0: *Sin efectos en la partida. Tus hazañas serán recordadas por familiares y allegados hasta que ellos perezcan.*

A.G. 1: *Suma +1 a los Ptos. Combate de todos tus rivales. Tus hazañas serán recordadas por todos los aldeanos de Schattal hasta una década después.*

A.G. 2: *Suma +2 a los Ptos. Combate de todos tus rivales. Tus hazañas serán recordadas en toda el área de influencia de Sekelberg y poblaciones satélite hasta un par de décadas después de tu muerte.*

A.G. 3: Suma +3 a los Ptos. Combate de todos tus rivales. Tus hazañas serán recordadas en todo el oeste de tu país y en su capital, Tirrus, hasta medio siglo tras tu muerte.

A.G. 4: Suma +4 a los Ptos. Combate de todos tus rivales. Tus hazañas serán recordadas por la tradición oral en todo el país de Tirrana hasta un siglo tras tu muerte.

A.G. 5: Suma +5 a los Ptos. Combate de todos tus rivales. Tus hazañas serán recordadas en todo el Imperio para siempre y serán incluidas en las Crónicas de Térragom, aunque sea en único párrafo o frase dentro de las mismas.

*Decide pues si quieres jugar o no con la opción de **Alcance de la Gesta**.*

Recomendación del autor:

Si no estás jugando con un personaje que ya empleaste en los librojuegos anteriores, o si tus Puntos de Combate tienen un valor de 6 o menos, te recomiendo que elijas un nivel de A.G. bajo (0 o 1) y que te concentres en mejorarlo a base de acumular puntos de Experiencia.

Si tu personaje tiene entre 7 y 9 Puntos de Combate, te recomiendo que escojas un nivel de A.G. medio (2 o 3).

Finalmente, si tienes 10 o más Puntos de Combate, podrías escoger un nivel de A.G. elevado (4 o 5), aunque, como he dicho, esto son solo recomendaciones y eres tú quien decide la dificultad que quieres afrontar.

Antes de empezar una partida podrás aumentar o disminuir el A.G. con el que estabas jugando, según tus pretensiones de pasar a la historia. Tras este inciso, <u>arranca la aventura y ve a la SECCIÓN 75.</u>

SECCIÓN 2   +8 P. Exp.

Estás en la localización L6 del mapa. Antes de seguir, anota en tu ficha que has visitado un nuevo lugar hoy (recuerda que puedes ir a un máximo de 4 sitios cada día; uno menos si anoche te alojaste en la librería de Mattus). No vas a tener que realizar ninguna tirada de encuentros con tus perseguidores para esta localización en concreto.

Cruzas un número incontable de callejuelas hasta alcanzar el pie de una colina despejada que difiere de la construcción descontrolada de los barrios que la rodean. Sólo unos cuantos edificios se encuentran esparcidos de forma armoniosa a lo largo de toda la suave pendiente, en claro contraste con el caos del último barrio que has atravesado. Acabas de llegar a la Colina de los Templos, una especie de centro religioso bastante impresionante. El aire fresco llega a tu rostro tras superar el agobio de las estrechas calles.

Exploras la colina dedicando el tiempo suficiente para poder familiarizarte con los emplazamientos que aquí te pueden resultar de interés. *Ésta es la lista de lugares que podrías visitar ahora:*

L7 -> SECCIÓN 835 – La Gran Catedral Domatista Wexiana
L8 -> SECCIÓN 61 – Santuario hebrita al que no lograsteis entrar porque fuisteis asaltados en su puerta antes de dirigiros a la librería de Mattus
L9 -> SECCIÓN 335 – El viejo cementerio del Hebrismo
L10 -> SECCIÓN 1001 – La librería de Mattus
L58 -> SECCIÓN 976 – Pequeños santuarios de distintas confesiones
L59 -> SECCIÓN 846 – Antiguo templo hebrita convirtiéndose al domatismo

Si no te interesa ninguna de las localizaciones anteriores, puedes continuar con tu investigación en cualquier otro lugar del mapa.

SECCIÓN 3 – Anota la Pista LVS y suma 5 P. Exp.

Colgado de la pared, encuentras un juego de llaves que decides quedarte. Anótalo en tu ficha de personaje (no ocupa VC). También puedes hacerte con una cantimplora, una manta y una cuerda si lo deseas (cada uno de estos objetos ocupa 1 VC). Por último, puedes coger los dos candelabros tras quitar las velas encendidas (cada uno de ellos ocupa 1 VC pero podrás canjearlos por 8 CO cada uno si vas a una casa de empeños). **Recuerda anotar la pista LVS** *y ve a la SECCIÓN 912.*

SECCIÓN 4

Tras bajar el corto tramo de escaleras, accedes a la primera planta debajo de la cubierta. Te encuentras ante un corredor que parte recto enfrente de ti y ante sendos pasillos perpendiculares a tu derecha e izquierda. *Haz una tirada de 2D6 y suma tu modificador de Inteligencia:*

- *Si el resultado total está entre 2 y 5, ve a la SECCIÓN 803.*
- *Si está entre 6 y 12, pasa a la SECCIÓN 600.*

SECCIÓN 5

- Levanta el picaporte. Hay tres pequeñas ruedecitas numeradas donde hay que introducir la clave de acceso. Prueba con la combinación 483. Si no recuerdo mal, era la contraseña que empleaba Sígrod – dice Zanna en voz baja.

Haces caso a la muchacha e introduces las cifras que te ha indicado. Pero lamentablemente la combinación ha sido modificada, dado que el robusto portón se mantiene sellado. Zanna maldice por lo bajo y te mira desesperada mientras te dice:

- Quien cambió la combinación, tuvo que conseguir del propio Sígrod la anterior clave. Sólo así es posible programar una nueva.

Debes pensar rápido cómo proceder. Ve a la SECCIÓN 55.

SECCIÓN 6

Tras encender tu antorcha, descubres dónde te encuentras. Parece una especie de despensa anexa a las cocinas. No parece ser una habitación secreta que albergue lo que busques, pero al menos puedes hacerte con unas cuantas raciones de comida si lo deseas. *Puedes coger 1D6+6 raciones diarias de comida (cada una ocupa 1 VC).*

También descubres con alegría un buen puñado de árbelas, hierbas curativas que suman +1D6 de PV cada una cuando las consumes. No ocupan VC en tu inventario y hay un total de 2D6 dosis. Recuerda que no puedes tomarlas durante un combate pero sí al finalizarlo.

Parece que no sólo alimentos alberga esta despensa. Puedes anotar hasta 2D6+6 flechas y 3D6+3 dardos para ballesta en tu ficha de personaje (no ocupan VC en tu inventario).

Finalmente regresas fuera y abandonas este pasillo dejando la puerta cerrada. Aquí ya no hay nada más que hacer. *Ve a la SECCIÓN 820.*

SECCIÓN 7

- ¿Por qué nos están persiguiendo esos tipos? ¿Qué es lo que quieren exactamente? – preguntas ansioso.

- Creo que nos están siguiendo por el cofre que portas y también por mí. No creo que dejen de buscarnos mientras no den con una y otra cosa... - indica Zanna con gesto serio.

Decide cuál va a ser tu próxima pregunta...

- *"Zanna, sospechaba que están tras la pista de este maldito cofre, pero no entiendo por qué deberían estar buscándote también a ti..." - Ve a la SECCIÓN 996.*

- *"Me gustaría hablar sobre el contenido de este maldito cofre que tuve que buscar y traer hasta aquí, tan lejos de mi casa. Todo gira en torno a él, no puedes negármelo. Necesito saber cosas del mismo de una puñetera vez". - Ve a la SECCIÓN 505.*

SECCIÓN 8

- *Si acusas a los aquilanos con el argumento de su interés en dividir a sus enemigos, los partidarios de Wexes, en la guerra civil por el control del Imperio, **anota la pista AWQ.***
- *Si culpas a los inquietantes silpas de la pujante nación de Héladar en su interés de ganar influencia más allá de Valesia, donde ya se están haciendo fuertes y ya habían traicionado a Wexes, **anota la pista PSS.***
- *Si incriminas a los violentos azafios del Patriarcado de Sahitán, la otra potencia exterior que está debilitando al Imperio, en esta ocasión en el continente de Azâfia, **anota la pista SHT.***

***Recuerda anotar la pista correspondiente** y ve a la SECCIÓN 125.*

SECCIÓN 9

Tras efectuar una seña para que todos tomen asiento, la propia Déuxia hace un gesto al mismo heraldo que ha anunciado su entrada para que pase a detallar todos los puntos del orden del día. Éste pasa a enumerarlos de forma mecánica, sin énfasis alguno en sus palabras:

- Estado de la guerra contra los aquilanos.
- Medidas para la pacificación del conflicto Tirrana-Gomia.
- Estado de las obras de fortificación de Tol Éredom.
- Análisis de las Finanzas Imperiales.
- Estudio de la situación tras la noticia del brote de enfermedades infecciosas surgidas en los arrabales.
- Celebraciones previstas en conmemoración del próximo cumpleaños de la Honorable Madre del Emperador.
- Análisis de la petición formal enviada por los gobernadores hebritas de Meribris para optar a tener representante en el Consejo de Tol Éredom.
- Traición de los silpas en Valdesia. Debate sobre el envío o no a esa zona de un representante del Consejo para presionar y exigir explicaciones.

Sin más preámbulos, arranca este Consejo en el que van debatiéndose, uno a uno, todos los anteriores puntos. Te mantienes atento a todo lo que sucede y tomas buena nota de cualquier información o detalle que pueda ser relevante.

En lo que se refiere al estado de la Guerra Civil Sucesoria contra los aquilanos, la situación no parece estar nada clara para los intereses de Wexes. Los distintos frentes de la misma están en peligro, ahora agravado por el conflicto interno entre gomios y tirranos. Pero, además, terceras naciones en expansión están aprovechando la coyuntura para efectuar considerables avances a costa del Imperio. Sin ir más lejos y dejando el caso de los silpas aparte, en Azâfia, el Patriarcado de Sahitán está poniendo contra las cuerdas a los territorios controlados por Wexes. Los consejeros valoran la posibilidad de ceder Casbrília al Patriarcado con tal de aplacar su ambición y congelar por un tiempo sus agresiones. Finalmente, aprueban entregar esa estratégica ciudad por amplia mayoría de votos, a pesar del tímido intento de Sir Crisbal de Réllerum para impedir la concesión de esa urbe perteneciente al territorio que él representa. El aire no sopla a favor de Wexes en los diversos frentes bélicos que tiene abiertos.

El punto de la pacificación del conflicto entre Gomia y Tirrana, no produce ninguna conclusión productiva por parte del Consejo, sino todo lo contrario, ya que acaba explotando en una discusión acalorada entre los consejeros representantes de uno y otro país. Sir Wimar y Sir Ballard están a punto de llegar a las manos, pero afortunadamente Déuxia interviene en el momento justo para señalar que lo mejor es posponer el asunto para ser tratado en posteriores reuniones, cuando los ánimos estén más calmados. Durante toda esta discusión, has escuchado con gran sorpresa las últimas noticias que llegan de la frontera entre ambos países en disputa. Al parecer, la ciudad tirrana de Túfek finalmente ha caído en manos de las fuerzas gomias, quienes han pasado a controlar la fronteriza urbe haciéndose en ella fuertes. No obstante, en estos momentos los gomios están en una tensa espera para hacer frente a la llegada de un amplio contingente de tropas provenientes de Tirrus y Morallón, un ejército que está a punto de alcanzar la ciudad con el objetivo de reconquistarla para Lord Rudolf, Señor de Tirrana.

El Consejo pasa página al anterior punto enquistado y procede a escuchar la presentación que hace Regnard Dérrik del estado de las faraónicas obras de fortificación de las defensas de la ciudad. Edugar Merves, Consejero de los Caudales, efectúa incisos durante la presentación para detallar costes y para reclamar un recrudecimiento de las penas por diversos delitos en la ciudad, de tal forma que aumente el número de presos que puedan ser empleados en las murallas o en otros menesteres como trabajadores forzosos. Grandes recursos se están invirtiendo en este proyecto, lo que te hace pensar que el Emperador y su madre están pensando más en garantizar su propia seguridad que no en priorizar otros frentes quizá más urgentes. Entre otras decisiones, el Consejo aprueba seguir empleando esclavos aquilanos como mano de obra forzosa y barata para acelerar las obras que se están realizando en distintos puntos del perímetro de las murallas. "Quizás si me acercara a esos muros, podría dar con alguno de esos aquilanos arrestados y averiguar algo más acerca de ellos", te dices antes de seguir atendiendo el transcurso del Consejo.

- *Si tienes la pista AZH, lee el contenido de la SECCIÓN 251 y luego vuelve aquí para seguir con el resto de puntos del Consejo (anota el número de esta sección para no perderte al regresar).*

En lo que se refiere a las Finanzas Imperiales, de nuevo Edugar Merves toma la palabra para constatar el fuerte déficit existente en el balance. Son elevados los gastos que está teniendo que sufragar el Imperio para mantener sus múltiples compromisos y sus complicados frentes. Sin embargo, en palabras del Consejero de los Caudales, la situación no es insostenible, ya que el Banco Imperial que él mismo regenta seguirá inyectando la financiación que la situación requiere. Todos asienten ante la explicación que Edugar realiza y el chipra Fento Chesnes parece estar contrariado aunque no dice nada. Finalmente, Déuxia Córodom, con la venia de Wexes, autoriza el paso al siguiente punto del Consejo.

El inquietante asunto del brote infeccioso surgido en los arrabales se trata de forma rápida y se acuerda por unanimidad otorgar poderes a la Academia de Sanadores, sita en el Distrito de las Artes y los Saberes, para que acometa cuantas medidas de salud pública considere. *Se desbloquea la siguiente localización del mapa:*

L27 -> SECCIÓN 341 – La Academia de Sanadores.

Mientras se tratan los eventos y conmemoraciones previstos para homenajear a la Madre del Emperador, *(el más destacado de ellos, la Cena de Gala prevista para el día 20 del "contador de tiempo de la investigación")* y mientras el Sumo Sacerdote Hërnes Pentûs se explaya en los rituales y ceremonias que están preparándose, tu mente desconecta un poco y se pone a trabajar.

¿Podría ser alguno de los presentes el precursor en la sombra del ataque a Sígrod y, por ende, a los intereses de los hebritas del Gremio? De ser así, ¿quién de ellos podría ser? Decides no descartar a nadie de momento y tomas buena nota de los gestos y opiniones vertidas de tus nuevos sospechosos.

Nota: *es interesante que apuntes el nombre de todos los consejeros (indicado en la SECCIÓN 487) para seguir adelante en tu investigación. Ve a la SECCIÓN 879.*

SECCIÓN 10

Elavska se ve envuelta en un nuevo combate mientras agarras a la chica azafia y tiras de ella con fuerza hacia la puerta. A pocos metros, ves cómo el gigante Azrôd deja caer al suelo a Sígrod y desenfunda su temible sable. Os mira con sus ojos de distinto color inyectados en sangre. El temible azafio avanza dispuesto a destrozaros con una sucia sonrisa en el rostro.

-   ¡Elavska! ¡Nooo! ¡No lo hagas! ¡Ven o me quedo aquí contigo! – grita desesperada la chica azafia resistiéndose a ir contigo.

-   ¡Zanna no! ¡Márchate! ¡Sabes que no hay alternativa! – grita Elavska mientras detiene los mandobles de su oponente acompañada del juvi al que da su última orden -. ¡Jinni, déjame estos cabrones a mí! Confío en ti. ¡Llévate a Zanna y a los dos capullos del cofre! ¡Diablos! ¿A qué coño esperas?

El juvi se queda bloqueado por un instante ante la inesperada orden y mira al gigante azafio que pronto va a sumarse a su compañero en el combate contra Elavska. Parece dudar por un momento, pero reacciona rápido.

-   Sí Elavska. Como quieras – responde escuetamente el juvi, quien corre hacia ti mientras te apremia con la mirada para que le sigas.

Sigue en la SECCIÓN 267.

SECCIÓN 11

*Estás en la localización L71 del mapa **(si ya has estado antes en esta localización, no sigas leyendo y ve a otro lugar del mapa)**. Antes de seguir, anota en tu ficha que has visitado un nuevo lugar hoy (recuerda que puedes ir a un máximo de 4 sitios cada día; uno menos si anoche te alojaste en la librería de Mattus). No vas a tener que realizar ninguna tirada de encuentros con tus perseguidores para esta localización en concreto.*

La orgullosa nación de Safia fue fundada por los safones, uno de los siete clanes humanos burfos que emigró de oriente (de la zona hoy conocida como la Marca del Este) tras sobrevivir a la primera invasión de los Xún hace casi dos mil años. Los safones son el único pueblo burfo que, desde entonces, ha mantenido una casi total independencia respecto a los domios, el clan que ha dominado la historia hasta la fecha y que fue capaz de aglutinar al resto de pueblos burfos como los tirranos, gomios, grobanos, hermios y esvelios, así como a parte de los enanos, juvis, hebritas y humanos chipra, bajo la bandera del Imperio.

Safia ha sido históricamente la rival natural de los domios y, por ende, del Imperio y, en su trayectoria, ha demostrado su fuerte sentimiento racial, contando con grandes masacres al pueblo chipra, sobre todo en sus inicios. Sin embargo, actualmente es un colaborador interesado de Wexes en Valdesia, ya que a Safia le interesa ejercer presión sobre Tallarán, una región valdesiana independizada de su estado en la Guerra Civil Safona que estalló hace unos 30 años. Tallarán apoya a Aquilán en la sombra y esto es un buen pretexto para que Safia tome posiciones contrarias al respecto.

Anota en tu ficha que ya no puedes volver a visitar esta localización *y haz una tirada de 2D6 sin aplicar ningún modificador de característica de tu PJ (pero resta 3 al resultado si tu raza es humano chipra, resta 1 si es juvi, no sumes nada si es enano y suma 2 si es humano tirrano):*

- *Si el resultado está entre 2 y 5,* <u>*ve a la SECCIÓN 589.*</u>
- *Si está entre 6 y 8,* <u>*ve a la SECCIÓN 1028.*</u>
- *Si está entre 9 y 12,* <u>*ve a la SECCIÓN 340.*</u>

SECCIÓN 12

Decide qué quieres hacer ahora:

- *Si quieres divertirte un rato y apostar para ganar unas cuantas monedas de oro jugando a los dados en alguna de las muchas mesas de juego de la taberna,* <u>*pasa a la SECCIÓN 259.*</u>
- *Si quieres salir al patio para ir a la tienda de la posada y ver qué artículos están disponibles,* <u>*pasa a la SECCIÓN 560.*</u>
- *Finalmente, si deseas abandonar "La posada del Camaleón Braseado" y continuar con tu misión,* <u>*puedes continuar con tu investigación en cualquier otro lugar del mapa.*</u>

SECCIÓN 13

Todo ha dado un vuelco inesperado. Te resulta muy complicado poner tus ideas en orden en una situación así. Estás siguiendo a quien ha intentado asesinarte en varias ocasiones, mientras huyes a la carrera de tu hogar, donde esperabas encontrar a tus familiares y, sin embargo, te has topado con todo esto. Solo cuando os habéis internado lo suficiente en la espesura, Zork para la marcha, se gira y, aún jadeante, te dirige la palabra.

- Ha llegado la hora de ponernos al día. Como acabas de comprobar, las cosas no van como se esperaba.

- ¿Qué demonios haces aquí? ¿Por qué espiabas en nuestra propia casa? ¿Dónde están nuestras familias? – preguntas.

- No tenemos tiempo para andarnos con largas explicaciones. Quédate con que espiar es lo mejor que podía hacer dadas las circunstancias y, en cuanto a vuestros allegados, debéis saber que esos soldados de Gomia se los han llevado…- a pesar de la oscuridad, puedes apreciar la mirada zorruna que te escruta.

- ¿Cómo? ¿Qué locura es ésta? – salta Gruff sin poder contenerse.

- Lamento ser yo quién os informa de ello. A decir verdad, no tengo nada personal contra vosotros. No lo tuve tampoco cuando intenté acabar con vuestra vida. Son solo negocios. Tenía que asegurarme de que el cofre llegara a su destino cumpliendo el acuerdo con los hebritas. Dado que quien debía llevarlo al este no tuvo agallas de cumplir su cometido y lo dejó en manos de dos pardillos inexpertos, lo mejor era hacerlo yo en persona, por todo el dinero que había en juego. No obstante, debo reconocer que soy el primer sorprendido por veros aquí. No hubiera apostado ni una corona por vuestro regreso, os hacía en el fondo del mar siendo pasto de los fothos – dice Zork sin rodeos.

- El mismo destino creíamos para ti o, mejor dicho, deseábamos – dice Gruff.

- Todo ese asunto del cofre ya no importa – dices -. Lo único que quiero es reencontrarme con mis seres queridos. ¿Qué sabes de su paradero? No te andes con evasivas. Ésta vez no te escabullirás como estás acostumbrado. Somos dos contra uno – amenazas en tono imperativo.

- Vaya con el granjero. No se anda con chiquitas. No haré que pierdas el tiempo, a todos nos interesa que todo esto se solucione cuanto antes – te responde -. Tus familiares han sido llevados por esos gomios hasta una cueva en la espesura del bosque, a pocas horas de marcha desde este punto en el que nos encontramos. Durante semanas, he seguido las idas y venidas de esos extranjeros hasta hallar su guarida secreta. Con ellos, también en calidad de rehén, está alguien bien conocido por ambos, Viejo Bill, el imbécil causante de todo esto.

- ¿Viejo Bill? – pregunta Gruff.

- El mismo. Los soldados extranjeros irrumpieron en su casa y, tras hacerle confesar, siguieron sus indicaciones hasta dar con vuestra mísera granja – contesta Zorro.

- Pero, ¿por qué todo eso? ¿Qué diablos quieren esos gomios de mis familiares? – preguntas desesperado.

- De tus familiares nada. Te buscan a ti. Tu queridita madre y tu hermana son la moneda de cambio, el cebo para que acudas directamente a ellos y así poder echarte la mano encima – dice Zork sin apartarte la mirada.

- ¿Qué quieren esos tipos de mí? ¿Quién eres realmente y qué pintas en todo esto? – preguntas ansiando respuestas.

- Bueno, por fin te dignas a parlamentar con el detalle que corresponde. Te explicaré lo que sé, pero antes necesito una prueba – te reta con el tono de sus palabras.

- ¿A qué prueba te refieres? – tu voz suena cada vez más nerviosa.

- Al pergamino de Sígrod. Necesito saber si completaste el transporte. No he sufrido tanto para nada y quiero saber si puedo exigir mi parte de la recompensa – contesta Zork despertando en ti una repentina idea.

- Contestaré a esa pregunta si nos llevas a esa cueva y constato que mis familiares siguen vivos. No me fío de tu viperina lengua – espetas.

- Está bien. Me parece un trato justo. Podré aguardar unas horas tras tanto tiempo de espera – responde Zorro cerrando la negociación a la primera, a la par que inicia su relato.

Ve a la SECCIÓN 23.

SECCIÓN 14   +20 P. Exp.

Echando mano de tus energías restantes, logras combatir y derrotar a esos dos fieros guardias azafios. Por fortuna, tu amigo Gruff también ha logrado escabullirse y escapar de su rival, que ha tropezado cayendo al suelo. Entonces ves cómo Elavska acaba sucumbiendo y cae al suelo entre gritos de lamento. El gigante azafio traidor rompe a reír a carcajadas mientras dirige su musculoso brazo hacia ti apuntándote con su dedo índice. Por fin comprendes que sería un suicidio quedarte y que tienes que huir de ese monstruo cuanto antes. Mirando por última vez a Elavska, corres junto a Gruff y alcanzas poco después al juvi, que está teniendo serios problemas para llevar con él a la chica azafia, una brava joven que por fin entra en razones al veros llegar, no sin antes dejar escapar amargas lágrimas. Detrás de ti, oyes las carcajadas incontroladas de Azrôd y sus dos secuaces supervivientes. *Pasa a la SECCIÓN 48.*

SECCIÓN 15

- *Si no tienes la pista RRT, deseas averiguar algo más de la rivalidad política entre Tövnard y el consejero Rovernes y le preguntas a tu acompañante. Ve a la SECCIÓN 330 y regresa de nuevo aquí para seguir leyendo (anota el número de esta sección antes de ir para no perderte).*
- *Si ya tienes esa pista, sigue leyendo…*

Tu mente da vueltas en torno a esta rivalidad entre ambos consejeros.

- *Si tienes la pista TMR, ve a la SECCIÓN 1011, **pero al acabar con aquella sección NO VAYAS a las secciones siguientes a las que ésta te pudiese llevar.** En lugar de eso, cuando acabes de leer esa sección, regresa aquí para seguir leyendo (apunta, por tanto, el número de esta sección en la que estás para no perderte al volver)...*
- *Si no tienes esa pista, sigue leyendo...*

Hay un comensal que ha sido invitado a la mesa principal en honor y homenaje al fallecido Rovernes. Se trata de Sir Alexer, su primo, quién aún no ha sido nombrado oficialmente consejero en sustitución del primero.

- *Si tienes la pista HIC, ve a la SECCIÓN 194.*
- *Si no tienes esa pista, pasa a la SECCIÓN 408.*

SECCIÓN 16

- Modérate amigo. No estás en condiciones de exigir respuestas. Estaba comenzando a incomodarme por tu tardanza. Comenzaba a plantearme mandar ejecutar al Viejo por emplearte cambiando al emisario original, pero ese jodido Bill ha vuelto a demostrar que tiene tino en sus apuestas. La prueba es que estás aquí de una pieza,... y supongo que trayendo eso que habías de transportar, ¿me equivoco?

Ve ya mismo a la SECCIÓN 153.

SECCIÓN 17 – Anota la Pista NPV y la Pista TSF

Y así es cómo te despides del Consejero Tövnard, al que posiblemente ya no verás de nuevo. Éste os pide con gesto preocupado que recuperéis los malditos papeles y rescatéis a Sígrod antes de que sea demasiado tarde y todo se destape. Añade que sabrá recompensaros por ello. Le contestáis que haréis todo lo que esté en vuestras manos y que los dioses le acompañen en su largo viaje. ***Recuerda anotar la pista NPV y la pista TSF** y puedes continuar con tu investigación en cualquier otro lugar del mapa.*

SECCIÓN 18

Casi una hora después, abandonas el recinto sin haber encontrado nada más que pueda ayudarte en tu investigación. La reunión con el asesor de Merves finalmente no ha sido posible y, por tanto, tu espera ha sido una pérdida de tiempo. Lo único positivo es que te has dejado la puerta abierta para poder regresar otro día *(puedes volver aquí a partir de mañana, si así lo consideras). Puedes continuar con en cualquier otro lugar del mapa.*

SECCIÓN 19

- *Si tienes la pista RIR, ve a la SECCIÓN 624.*
- *Si no tienes esa pista, pasa a la SECCIÓN 266.*

SECCIÓN 20   +1 día al contador de tiempo

No es necesario que consumas raciones de comida de tu inventario. Recuperas 5 PV, siempre sin rebasar el máximo, por el alimento que se te ha dispensado en la Embajada. Además, antes de separarte de Zanna tras la cena para irte a tu cama, ésta te ha aplicado su cura de +2D6 PV con una sonrisa en la cara. Ve a la SECCIÓN 485.

SECCIÓN 21

- Guardemos estos papeles y no digamos a nadie que los tenemos – dice Zanna, agitada por la emoción pero mostrándose a la par reflexiva.

- ¿Ni siquiera a nuestros aliados? Mattus el librero y el consejero Tövnard tienen nuestro mismo interés en que estos contratos no cayesen en manos de esos matones – pregunta Gruff extrañado.

- Especialmente a ellos dos no debemos confesarles que ya los tenemos. Nada mejor que sigan temiendo por ellos para que no duden en seguir colaborando – contesta firme pero alegre la inescrutable y bella chica.

- ¿Entonces los ocultamos en algún sitio o los llevaremos ocultos todo el tiempo? – preguntas a la joven.

- Creo que la segunda opción es la óptima. Cuanto más cerca de nosotros mejor. No desearía que nos viéramos otra vez en la tesitura de tener que ir a rescatarlos de su nuevo escondite. Habría una tercera opción, pero también la descarto. No es opción enviarlos con un cualquiera a Meribis y yo en persona no puede hacerlo porque entonces dejaría de buscar a Sígrod, que es nuestra nueva prioridad. Es vital encontrarle antes de que se deje vencer por los interrogatorios que a buen seguro estará sufriendo. Con estos papeles a buen recaudo y con Sígrod de vuelta con nosotros sin haber confesado, se podrá acusar a los hebritas de su estratagema por tomar control en el Consejo de Tol Éredom, pero nadie podrá demostrarlo…

Ve a la SECCIÓN 333.

SECCIÓN 22 – Anota la Pista UUG

En una corta conversación con el escriba, descubres que Tövnard ha sido enviado en misión diplomática a la lejana región de Valdesia, al oeste del mar de Juva. El Consejo de Tol Éredom ha designado a Tövnard para exigir explicaciones a los dirigentes silpa de esa zona, responsables de la traición del acuerdo firmado con el Emperador Wexes.

***Recuerda anotar la pista UUG** y ve a la SECCIÓN 644.*

SECCIÓN 23

Y así es cómo averiguas que Zork es uno de los responsables del asesinato de Wolmar, heredero de Gomia. El hombre de mirada zorruna y otros miembros de la compañía de Viejo Bill y Elavska, realmente toda una escuadra mercenaria disfrazada con uniforme tirrano que ahora está maltrecha, desperdigada y siendo perseguida por los gomios que les plantaron cara.

Por el relato de Zorro, averiguas también que él nunca llegó a conocer el paradero del cofre en el bosque de Táblarom, ya que, tras el sangriento ataque a los gomios, él y otros muchos huyeron en todas las direcciones intentando atraer a los soldados de Gomia hacia sí y dando tiempo para que la cabeza del heredero fuese llevada en secreto y fuera de su alcance. Precisamente, cuando te topaste con Zork por primera vez, antes incluso de iniciar tu búsqueda del cofre en el bosque, él y sus acompañantes huían de una partida de caballeros gomios con los que también te topaste más tarde. Ahora entiendes a qué se debía esa huida. A tu mente regresa la escena de forma muy viva: primero, los ojos zorrunos del que fuera a posteriori tu perseguidor, preguntándote por Viejo Bill y, después, el porte del hombre de larga melena rubia y tatuaje en forma de dragón en el lado derecho del cuello, que parecía ser el líder de los caballeros perseguidores de Gomia.

Así pues, mientras Zork y otros huían de los gomios, dos de los mercenarios de su compañía desaparecieron con la cabeza cercenada del heredero extranjero. Finalmente, llegaron a una posada en plena encrucijada entre el camino de Tirrus y el Gran Camino del Paso. Desde allí, escribieron a Viejo Bill informándole de las malas noticias y adjuntándole un mapa esquemático del bosque en el que habían enterrado el cofre, en uno de sus claros y donde debía acudir el viejo.

En el plan original, Viejo Bill era el encargado de recibir el cofre y llevarlo hasta Meribris, pero para nada estaba previsto que decenas de gomios estuviesen a la caza y, por tanto, no se esperaba tener que enterrar el cofre, ni mucho menos. Todo debía de haber sido más limpio y el cofre tendría que haber llegado al viejo mediante una entrega en mano. Pero las cosas no salieron como debían y así es cómo, con esa carta, Viejo Bill fue informado del repentino cambio de planes: era demasiado arriesgado, para los dos mercenarios huidos, marchar con el cofre hasta la aldea Schattal y hacer la entrega en mano, por lo que habían improvisado esconderlo y decirle al viejo que fuera él quien acudiera al norte a buscarlo. Bill es un viejo que no levantaría sospechas y sería difícil de detectar por los gomios que baten la zona. Además, no había participado en el ataque.

Está claro que esos dos tipos que enterraron el cofre comenzaron a desconfiar de Viejo Bill cuando éste no contestó a su mensaje, a pesar de que esperaron varios días en la posada antes mencionada. Por ello, decidieron regresar al claro donde habían ocultado el maldito objeto y allí aguardaron a que por fin viniese. Como dos líderes de la compañía, debían regresar al norte para reorganizar a los mercenarios que huían en desbandada, pero optaron por esperar allí para asegurarse de que el plan seguía su cauce. Esos dos líderes eran esos dos tipos que te asaltaron justo en el momento en que diste con el cofre en aquel claro. Ahora todo concuerda.

Y así es como descubres que Viejo Bill, intuyendo el peligro que debía asumir para cumplir su parte, decidió finalmente contratar a otros para que hicieran el trabajo sucio. Por una ínfima cantidad de dinero en comparación con todo lo que se manejaba en una conspiración como ésta, consiguió encontrar a dos pardillos desesperados, tu amigo Gruff y tú. Ahora entiendes por qué se mostró Bill algo nervioso aquellos días.

Zork añade que el viejo pensaría que, en caso de que triunfarais encontrando el cofre, él sería conocedor de ello nada más llegarais a Tirrus y le informarais de tu partida a Meribris, tal como estaba estipulado. Y en caso de que fracasarais y esto no se diera, entonces habría pasado un tiempo prudencial hasta que los acontecimientos se enfriaran, los gomios se dispersaran y él tuviera la ocasión de acudir al bosque en persona y sin tanto peligro.

El relato de Zork explica también que, en su huida intentando despistar a los gomios que le perseguían, decidió ir a ver a Bill para debatir cómo reorganizar el plan y los próximos pasos a seguir tras todos los imprevistos. En ese momento, desconocía que los dos mercenarios fugados con el cofre lo habían decidido esconder y que reclamaban al viejo que fuera a recogerlo. Una vez con Bill, Zork descubrió todo este asunto y sonsacó, tras no pocas preguntas, el cambio unilateral de planes del viejo al contrataros. Zorro se enfadó mucho con la decisión de involucrar a dos pardillos en el asunto del transporte y consiguió, espada en mano, arrancar la confesión de Bill acerca de la posada de Tirrus por la que los muchachos debían pasar una vez se hubiesen hecho con el cofre, así como la descripción física de los mismos con todo lujo de detalles.

La discusión entre Zork y Bill continuó hasta el momento en que hicieron acto de presencia los caballeros gomios que venían tras la pista del primero. Los extranjeros lograron espiar buena parte de la conversación antes de intervenir, averiguando así que había dos jóvenes granjeros por los que interrogar a estos mercenarios, una vez fueran apresados. Pero Zork se escabulló en el último momento y solo se hicieron con el viejo.

Con tu descripción y la de Gruff, así como con el nombre de la posada de Tirrus en la que teníais que hacer escala, Zork inició su plan de asalto para interceptar el cofre y asegurar su correcto transporte a Meribris. Con Viejo Bill fuera de juego tras ser atrapado por los gomios, Zorro había decidido asumir la responsabilidad por todo el dinero en juego que no convenía arriesgar.

A partir de aquí, vinieron los asaltos en la noche y el intento en varias ocasiones de arrebatarte el cofre, hasta que el naufragio en alta mar provocó que Zorro, uno de los pocos supervivientes y en un maltrecho estado, decidiese regresar atrás dándoos por muertos. A partir de ahí, Zork esperó nuevas instrucciones por parte de las instancias superiores de su compañía mercenaria, a las que escribió sin obtener respuesta por las circunstancias que, ajenas a Zorro, se estaban produciendo en Tol Éredom con el secuestro de Sígrod y Elavska.

Tras el detallado relato, entiendes a la perfección por qué Zork desea que le muestres el pergamino de Sígrod que se te tendría que haber entregado al llegar a Meribris, algo que le has prometido hacer una vez te lleve hasta la guarida donde los gomios, teóricamente, tienen recluidos a tus familiares. Esperas que cumpla su parte y que sea real lo que dice, antes de plantearte cualquier cosa. *Ve a la SECCIÓN 306.*

SECCIÓN 24   +10 P. Exp.

No sin esfuerzos, logras superar las defensas de tu peligroso enemigo y acabas derrotándole. El azafio grita desangrándose en el suelo hasta morir. El estruendo del combate hace que muchos curiosos se hayan acercado al lugar y temes que una patrulla de guardias de la ciudad pueda acudir y arrestaros. Estáis a plena luz del día en la ciudad más populosa de todo el Imperio. Agradeces a los dioses y a la suerte el hecho de que Gruff se haya deshecho pronto también de su rival y, aunque tocado, no sufre heridas de gravedad que le impidan continuar.

Sin necesidad de mediar palabra, arrancáis a correr siguiendo a Zanna, dejando atrás a la pequeña muchedumbre de lugareños que os ha visto y adentrándoos de nuevo en el intrincado laberinto de callejuelas del barrio del puerto. *Sigue en la SECCIÓN 855.*

SECCIÓN 25   +3 días al contador de tiempo

Emplea tres raciones de comida de tu inventario si no quieres perder 5 PV por cada ración no usada. Si las tomas, en cambio, recuperas 5 PV por cada una de ellas, siempre sin rebasar el máximo. Durante tu trayecto puedes alimentarte en posadas y tiendas a razón de 3 CO por día.

Finalmente resta otras 11 CO correspondientes al alojamiento en posadas durante tu marcha a casa. Haz las anotaciones oportunas en tu ficha y ve a la SECCIÓN 656.

SECCIÓN 26

Ves a un hebrita con aspecto de erudito, ataviado con una toga, cuyo rostro refleja auténtico pavor. Le acompaña un humano de aspecto nórdico y brazos fuertes, seguramente su guardaespaldas, quién se interpone entre el anterior y un grupo de una docena de enaltecidos hombres, la mayoría chipras, en actitud muy agresiva.

Cuando irrumpís en la pequeña plaza, el líder de los fanáticos, un humano domio sin lugar a dudas, os detecta antes de que podáis reaccionar:

- Eh, vosotros. Llegáis justo a tiempo. Habéis tenido suerte y podréis participar en la fiesta. Este hebrita y su mercenario necesitan que se les recuerde qué senda deben tomar. Se han descarriado del verdadero camino… - exclama el panzudo líder mientras toquetea la medalla que porta en su pecho, en la que ves un sol radiante atravesado verticalmente por una espada de doble filo, el emblema de la religión oficial del Imperio, el domatismo.

Parece que vas a presenciar un linchamiento. En tus manos está decidir si intervenir en favor de uno u otro bando o abandonar la escena…

- *Si te sumas a la lapidación del hebrita, pasa a la SECCIÓN 822.*
- *Si intentas protegerlo de los fanáticos, ve a la SECCIÓN 311.*
- *Si crees que lo mejor es intentar huir de aquí, ve a la SECCIÓN 151.*

SECCIÓN 27

Al instante, en la abertura de una pequeña cámara que hay en la popa de la cubierta, a tu izquierda, detectas el acceso a las escaleras que descienden a las plantas inferiores del barco. *Te encaminas rápidamente hacia allí, momento en que debes hacer una tirada de 2D6 y sumar tu modificador de*

Percepción (si tienes la habilidad especial de Oído agudo, suma +3 extra al resultado):

- *Si el resultado total está entre 2 y 8, ve a la SECCIÓN 862.*
- *Si está entre 9 y 12, pasa a la SECCIÓN 84.*

SECCIÓN 28

- ¿Elavska? ¡Por Domis! ¿Qué diantres haces aquí? – exclamas boquiabierto, sin dar crédito a lo que estás viendo.

La valiente y dura amazona, lideresa de Viejo Bill, Zorro, Jinni y otros miembros de la compañía mercenaria al servicio del Gremio, está al fondo de esa sala, justo al lado de la única puerta. Maniatada, amordazada y atada a una silla, con claros signos de tortura y violencia, pero viva al fin y al cabo. La diste por muerta al huir del *Rompeaires* por primera vez, mientras ella os cubría la retirada quedándose para combatir a Azrôd y sus secuaces... Zanna la lloró durante unos días. Tratando de reponerte del impacto, *ve ya mismo a la SECCIÓN 859.*

SECCIÓN 29 – Anota la Pista FEC

Estás de nuevo oculto, esta vez tras una esquina desde la que observas a esos misteriosos tipos. Parece que habéis dado un rodeo desde la zona de las dársenas durante la persecución que has hecho con el mayor de los silencios. Al menos, eso es lo que escuchas decir a uno de ellos con un marcado acento norteño, mientras descansan durante unos instantes dejando en el suelo el pesado bulto.

Unos minutos después, los encapuchados retoman su marcha y tuercen varias esquinas hasta llegar a una pequeña plazuela en la que, con gran sorpresa, ves a otros dos encapuchados que esperaban montados en una carreta de dos ruedas tirada por un delgado caballo. En ella cargan el bulto que han transportado. **Recuerda anotar la pista FEC** y *ve a la SECCIÓN 670.*

SECCIÓN 30

- *Si decides seguir al gigante azafio, ve a la SECCIÓN 474.*
- *Si crees que ya has conseguido bastante con salvar la vida y desistes de ello, pasa a la SECCIÓN 406.*

SECCIÓN 31   +8 P. Exp.

Con gran sigilo, lográis llegar a las cajas amontonadas cerca de la pasarela sin que vuestros enemigos os descubran. Entonces esperas el momento oportuno para actuar, justo cuando una de las parejas de centinelas pasa a pocos metros de vosotros y se aleja de la rampa de acceso. Tenéis unos segundos valiosos para llegar a toda prisa a la cubierta del barco antes de que una pareja de guardias se dé la vuelta y os descubra (en estos momentos justo todos os están dando la espalda). *Haz ya mismo una tirada de 2D6 y suma tu modificador de Huida:*

- *Si el resultado total está entre 2 y 6, ve a la SECCIÓN 583.*
- *Si está entre 7 y 12, pasa a la SECCIÓN 96.*

SECCIÓN 32

Das un rodeo por las inmediaciones de la entrada tratando de no llamar demasiado la atención cuando, de pronto, descubres un resquicio tras la garita de los guardias. Entre ella y la muralla hay el espacio mínimo como para que alguien pueda pasar de lado y colarse hasta alcanzar el umbral de la entrada. Si se es lo suficientemente hábil y se hace coincidir esa acción con el momento en que ninguno de los seis guardias esté mirando en esa dirección, entonces podría haber alguna posibilidad de escabullirse dentro y alcanzar el recinto al amparo de la oscuridad de la noche…

Puede que sea demasiado arriesgado como para intentarlo. Si te descubren no tendrías posibilidades ante la cantidad de centinelas que podrían embestirte en cuestión de segundos, tras saltar las alarmas. No hay que olvidar que estás a las puertas del recinto que alberga a la guarnición de la ciudad y que es la base de operaciones de la guardia personal del Emperador…, pero quizás debas dejarte llevar por esa dosis de locura que se necesita para intentarlo…

- *Si optas por la prudencia y te marchas, puedes continuar con tu investigación en cualquier otro lugar del mapa.*
- *Si te arriesgas y lo intentas, sigue en la SECCIÓN 122.*

SECCIÓN 33

Los transeúntes os miran con cierto recelo y aceleran el paso disculpándose de forma seca y concisa. Está claro que desconfían de los desconocidos. La vida en los barrios pobres de la capital les ha curtido y les ha hecho aprender que es mejor no relacionarse con extraños. *Ve a la SECCIÓN 416.*

SECCIÓN 34

Ya no tienes tiempo para arrepentimientos. Lucha contra los dos mercenarios azafios que te embisten, mientras Gruff se encarga de uno de los dos encapuchados, el que ha optado por atacaros en lugar de quedarse con Azrôd como ha hecho el otro. Acaba con tu primer oponente antes de luchar contra el siguiente y suerte.

GUARDIA AZAFIO 1	*Puntos de Combate: +5*	*Puntos de Vida: 18*
GUARDIA AZAFIO 2	*Puntos de Combate: +6*	*Puntos de Vida: 25*

- *Si logras salir airoso de estos dos duros combates, <u>ve a la SECCIÓN 14</u>.*
- *Si no es así, <u>pasa a la SECCIÓN 681</u>.*

SECCIÓN 35

El recinto en el que reside el Consejero de los Caudales es todo un alarde de ostentación. A pesar de la oscuridad de la noche, puedes ver sus cuidados jardines, separados de la calle empedrada por un muro de más de dos metros de altura. En el centro de la propiedad, se alza la mansión de Edugar Merves, alrededor de la cual ves varios pequeños edificios que seguramente corresponden al personal de servicio y a los guardias que se encargan de la seguridad.

Verdaderamente, el Consejero es alguien que otorga importancia a su protección personal. Hay varios centinelas que patrullan el complejo o que aguardan en el acceso exterior y en la puerta principal de la propia mansión. Tu adrenalina se dispara cuando reconoces a uno de los guardias que se acerca a saludar al Consejero, una mole gigante de nombre Azrôd. ¡Es ese monstruo del barco! ¡El gigante azafio traidor que dirigió el ataque contra Sígrod! ¡El mismo que se dispuso a despedazar a Elavska mientras tú huías del navío! Sí, Azrôd se llamaba. ¡Maldita bestia infame! Y ahora aparece aquí, en mitad de la noche, siendo la prueba irrefutable de que es Edugar Merves quién está detrás de toda la trama... *<u>Ve ya mismo a la SECCIÓN 53.</u>*

SECCIÓN 36   +15 P. Exp.

Para ti era impensable derrotar a un fiero rival como éste cuando comenzaste tu largo viaje. Lejos queda ya el asustado mozo de cuadras convertido en granjero. Eres un auténtico maestro en el manejo de las armas, pero ahora no tienes tiempo para la autocomplacencia ni las celebraciones. Agarras a la niña y te la cargas al hombro. Entonces arrancas a correr seguido por tus compañeros y por Lóggar y sus tres últimos hombres, justo en el momento en que la avanzadilla de la escuadra de soldados eredomianos atraviesa la puerta trasera del edificio. Se inicia así una desesperada huida, ya que quedarse para luchar sería elegir la muerte.

Nota de juego: *ha llegado el momento de determinar si tu grupo y tú os movéis rápido y con soltura a través de las calles de la ciudad y podéis finalmente escapar dejando a vuestros perseguidores atrás.*

Para poder dar esquinazo a vuestros oponentes, tendrás que superar 4 tiradas de 2D6 a las que debes sumar tu modificador de Huida (con una penalización de -1 para tu caso en concreto dado que llevas a la niña en brazos). Para tus compañeros y para Lóggar y sus tres hombres, debes superar también 4 tiradas aplicando un modificador conjunto para todos ellos de +1 a la Huida (los tratarás a todos ellos como una entidad única, en lugar de efectuar tiradas individuales para cada uno de ellos).

Una tirada se considerará superada, tanto para ti como para el grupo que forman tus acompañantes, si alcanza un valor de 7 o más, tras aplicar los modificadores correspondientes.

Cada vez que aciertes una tirada, te quedará un éxito menos para escapar. Lo mismo ocurre con el grupo que te acompaña. Habréis huido con éxito cuando, tanto tú como también el grupo que te acompaña, alcancéis 4 éxitos cada uno de ambos por separado. Cuando uno de ambos ya haya conseguido los 4 éxitos, ya no tendrá que seguir lanzando dados (sólo deberás tirar para el que aún no haya logrado alcanzar esos 4 éxitos).

Cada vez que tú falles una tirada, pierdes 1D6+3 PV debido a que un dardo de ballesta de tus perseguidores te impacta. Además, si fallas más de 3 veces antes de conseguir 4 éxitos, se dará por finalizada tu huida, ya que serás definitivamente alcanzado. En ese caso, ve a la SECCIÓN 579.

Cada vez que tu grupo de acompañantes falle una tirada, uno de ellos morirá ensartado por los dardos de ballesta. Morirán en este orden: aquilano 1, aquilano 2 y aquilano 3. Si fallan más de 3 veces antes de conseguir 4 éxitos, se dará por fracasada su huida y tú irás en su ayuda aunque sabedor del destino que te aguarda. En ese caso, ve a la SECCIÓN 579.

Si tanto tú como tu grupo de acompañantes conseguís escapar al fin, pasa a la SECCIÓN 944.

SECCIÓN 37

Tu fiero oponente te supera haciendo que tropieces y te tambalees. Parece que todo está acabado cuando, de pronto, lo ves caer inconsciente tras estallar una botella de vino en su desprotegida cabeza. ¡El señor Úver te ha salvado!

Por su parte, Gruff ha logrado esquivar a su rival en este preciso momento, mientras el tercer soldado se dispone por fin a atacar.

El señor Úver te ordena que huyas mientras estés a tiempo. Esta vez vas a hacer caso a lo que se te indica. Sorteas a tu rival y sigues a Gruff en su carrera hacia la parte trasera de la casa, donde sabes que hay una ventana por la que puedes escapar. Cuando pisas la hierba tras saltarla, una mano te agarra. Su mirada zorruna está a dos palmos de ti y te indica que calles y le acompañes. Junto a Gruff y beneficiado por la oscura noche, sigues a Zork hacia el bosque que está a unos doscientos metros al norte de la casa.

Deja tu contador de puntos de vida en 1D6+3 PV y ve a la SECCIÓN 13.

SECCIÓN 38

Llegas casi a la altura de una de las parejas de guardias encapuchados que en estos momentos está pasando justo por delante de la pasarela de acceso al *Rompeaires*. Los tipos te descubren y paran de caminar mientras tú te acercas. *Haz una tirada de 2D6 y suma tu modificador de Carisma para simular que estás aquí como emisario y que tienes que entrar al barco para cumplir tu cometido sin demora (si tienes la habilidad especial de Don de gentes suma +2 extra al resultado):*

- *Si el resultado total está entre 2 y 7, ve a la SECCIÓN 641.*
- *Si está entre 8 y 12, pasa a la SECCIÓN 819.*

SECCIÓN 39

No tardas en averiguar lo que está provocando tanto revuelo entre los presentes. Todos ellos son fanáticos miembros de *"Los Cerdos"*, uno de los dos equipos que se ha enfrentado en el Torneo que acaba de celebrarse en una de las grandes plazas de la ciudad, un evento que ha desembocado en graves daños y destrozos tras el enfrentamiento violento entre *"Los Cerdos"* y *"Las Ratas"*, sus enconados rivales. Los exaltados seguidores emiten cánticos en honor de su equipo y maldicen a los miembros de la facción rival con toda clase de chanzas e improperios. No tienes intención de meterte en problemas, así que decides alejarte de la algarabía para explorar otras partes de la ciudad. *Puedes continuar con tu investigación en cualquier otro lugar del mapa.*

SECCIÓN 40

Decide qué pregunta formular.

- *"¿Por qué el Gremio de Prestamistas de Meribris estaría interesado en eliminar al heredero de Gomia? ¿Por qué esta conspiración?"* - *Ve a la SECCIÓN 550.*
- *"Háblame de la organización para la que trabajas, el Gremio de Prestamistas. Necesito saber más".* - *Ve a la SECCIÓN 536.*
- *"Quién es realmente Sígrod y qué papel tiene en el Gremio en el que trabaja. ¿Qué objetivo busca con todo esto?"* - *Ve a la SECCIÓN 569.*

SECCIÓN 41

Se rumorea que Wexes está avergonzado por lo sucedido en el Torneo y su precipitada huida hacia el Palacio Imperial, donde decidió permanecer oculto junto a su madre mientras ordenaba a Regnard Dérrik que encabezara a la guardia de la ciudad para aplacar la revuelta que se produjo. De milagro se consiguió restablecer la paz en las calles, aunque hubo graves daños materiales y se dice que unas treinta personas del público y siete de los participantes en el Torneo acabaron falleciendo.

A estas víctimas hay que sumar al desgraciado ingeniero jefe constructor de la plataforma que posibilitaba el juego, que fue sacrificado en público por orden del propio Wexes, en un intento vano de calmar los ánimos del público que protestaba ante el fallo acaecido en el sistema de poleas de dicha plataforma. Y no hay que olvidar a todos los grabbins que fueron empleados en la competición como meros elementos del juego y que pagaron con su vida por ello.

El Emperador sigue sumido en su letargo mientras preside la cena y siguen sirviéndose los suculentos platos. No te gustaría estar en la piel de este hombre. El asunto del Torneo es una mota de polvo de todos los problemas que rodean a la figura que rige el Imperio. *Vuelve a la SECCIÓN 786.*

SECCIÓN 42

Rodeáis por el sur el pequeño montículo. Con extrema cautela ganáis metros hasta situaros al noroeste, donde por fin puedes ver, oculto entre los matorrales, la entrada a una gruta natural, a unos cuarenta metros. Te resulta extraño comprobar que no hay ningún centinela guardando esa entrada, aunque por otro lado, este lugar es tan remoto que nadie transita por aquí. Sea lo que fuere, tomas la iniciativa y encabezas el avance hasta esa cueva... *Pasa a la SECCIÓN 52.*

SECCIÓN 43

Nota de juego: puedes volver cuando lo consideres a esta localización L49 del mapa. Para ello, _deberás visitar la SECCIÓN 720_ teniendo en cuenta que dispones de la pista GLN. No son pocos los que se acercan hasta esta taberna para contratar mercenarios o guías acompañantes conocedores de la ciudad. Al parecer, este antro tiene fama por los buscavidas que aquí ofrecen sus servicios y que venden sus armas al mejor postor. Lóggar y Essaia están en deuda contigo y prometen ayudarte siempre que pases por aquí en busca de estos colaboradores.

¿En qué consiste su ayuda? -> podrás tener siempre disponible y sin coste a un mercenario de los que se ofrecen en esta posada, quién será un simpatizante aquilano que los jóvenes líderes pondrán a tu disposición si así lo consideras. Recuerda que no podrás tener más de un mercenario gratuito por esta vía. Este mercenario te otorga un bonificador de +2 a tus Ptos de Combate siempre que permanezca contigo y morirá si tus puntos de vida se reducen a 9 o menos.

Además, podrás disponer de un guía local también sin coste y que te permitirá visitar una localización adicional del mapa por día, gracias a sus conocimientos de la capital del Imperio, lo que te hará ganar mucho tiempo.

Si vuelves aquí a partir de mañana (solo si es la primera vez que lees esto), Lóggar y Essaia ya habrán buscado a tus dos colaboradores y éstos empezarán a ayudarte de inmediato. _Puedes continuar con tu investigación en cualquier otro lugar del mapa._

SECCIÓN 44

Os encontráis en el amplio patio de la posada, una vez atravesada la puerta fortificada de entrada.

En una ojeada rápida, ves a tu izquierda un gran edificio dedicado exclusivamente para cuadras, carruajes y transportes. Cerca hay un pequeño granero que contendrá seguramente el forraje para los animales. Hay varios mozos ajetreados moviéndose de un lugar para otro e inmersos en la frenética actividad del lugar. También hay un taller-almacén donde un herrero y sus ayudantes trabajan y guardan sus herramientas. Una diligencia está en estos momentos a punto de partir con varios huéspedes de la posada que están instalándose en ella apresuradamente.

Siguiendo la panorámica, a la derecha del complejo de las cuadras, observas dos pequeños edificios adosados de una sola planta. Los carteles en sus puertas indican que se tratan de la consulta del físico-sanador y de la tienda de la posada. No hay mucha actividad ahí, pero las luces de las ventanas delatan que están abiertos.

Tras todos estos edificios, ya tocando con el muro defensivo norte, hay un corral con cobertizo donde observas gallinas, cerdos y otros animales domésticos. En la planicie que hay entre los edificios y esta pequeña granja, ves varios soldados mercenarios entrenándose con espadas sin afilar y varios trabajadores de la posada portando bultos.

Continuando con tu examen visual del lugar, enfrente de ti se encuentra el edificio principal del complejo. Se trata de la gran posada de piedra de cuatro plantas de altura, en la que estarán alojados todos los huéspedes y el personal del lugar. Una pequeña garita de guardia con dos hombres vigila la entrada. El edificio acaba en dos plantas adicionales de altura en forma de torre, donde seguramente se encuentren los aposentos del gobernador de este sitio, un tal Frómek de Mírdom. Al pensar en este hombre con poder absoluto en este lugar, deduces que su autonomía tiene cierta lógica: al parecer esta posada es centenaria y siempre ha estado ubicada fuera de las murallas de la ciudad, con lo que ha tenido que apañárselas para defenderse por su propia cuenta, ganando así su independencia y cierto estatus especial respecto a Tol Éredom.

Finalmente, a tu derecha, se encuentra el tercer gran edificio del complejo: una bulliciosa taberna donde los huéspedes y visitantes hacen vida social, beben, comen, juegan y disfrutan de su estancia. La puerta de la misma está cerrada, pero escuchas el griterío de la multitud y la música de algún juglar que ameniza la velada. Hasta ti llega el irresistible olor a comida recién preparada y a vino y buena cerveza. A pesar del murmullo, oyes el ruido de las tripas famélicas de tu buen amigo Gruff, que te mira y ríe visiblemente satisfecho por haber llegado a este lugar. Inmediatamente os dirigís a la taberna. *Pasa a la SECCIÓN 12*.

SECCIÓN 45   +23 P. Exp.

Con dos certeros golpes, acabas también con el encapuchado que te ha salido al paso y embistes a otro enemigo haciéndolo retroceder. Entonces irrumpes en la sala que se abre tras la puerta. Edugar Merves, el tipo de cabello rojo y el otro hombre que les acompañaba en la cena, se agolpan en el fondo de la estancia. Su rostro está blanco por el pavor. Azrôd está delante de ellos protegiéndoles y no deja de observarte desafiante.

Entre tú y el gigante azafio se encuentran, no obstante, los dos últimos enemigos, mientras fuera, en el jardín, aún escuchas el fragor del combate entre tus compañeros y los guardias. Los dos temibles rivales que tienes ante ti aguardan tu embestida con actitud confiada.

El primero de ellos, de figura fibrosa y agilidad patente, te espera en una extraña posición con sus piernas exageradamente flexionadas, mientras empuña sendas dagas largas y curvadas. Es un guerrero conocedor de las viejas artes de lucha marcial azafia. Sin duda, un enemigo peligroso en combate singular cuerpo a cuerpo.

El otro es un tosco guerrero con la capucha echada hacia atrás que te permite ver su rostro brutalmente borrado por el fuego. Sonríe desdeñosamente mostrando unos dientes amarillentos que contrastan con el color chamuscado de su epidermis muerta. Tus ojos se centran en esos dos orificios que sustituyen a sus orejas y en esos labios que ya no lo son. Esa aberración que te produce náuseas es el Capitán de la Hueste de los Penitentes, la clandestina tropa de encapuchados negros alistada por Edugar Merves como brazo armado para llevar a cabo sus planes.

- *Si tienes la pista ESK, ve a la SECCIÓN 1023.*
- *Si no tienes esa pista, ve a la SECCIÓN 676.*

SECCIÓN 46

Antes de marcharse, en voz baja mientras mira alrededor para asegurarse de que nadie os escucha, el hebrita os comenta que se ha celebrado una importante reunión del Consejo en el Palacio del Emperador *(el día 12 en la localización L66 del mapa -> SECCIÓN 922).*

Uno de los puntos que se trató fue la inclusión o no de un representante de los hebritas en el mismísimo Consejo de Tol Éredom, el organismo que gobierna el Imperio. Comenta que en la Embajada han estado muy atentos a lo que allí se decidiera, ya que concierne directamente a los intereses de la comunidad hebrita.

Con gesto contrariado, el funcionario os informa que el Consejo ha declinado la posibilidad de que un hebrita ocupe un sitial en el órgano de gobierno. Al parecer, la votación ha finalizado con bastantes votos en contra a su entrada en el Consejo. En estos momentos, comenta que la Embajada trabaja a todo ritmo para averiguar el sentido del voto de todos y cada uno de los miembros del Consejo, pero tienen claro que el consejero Tövnard sí votó a su favor, lo cual agradecen.

Unos minutos después, se anuncia el cierre por hoy de la Embajada a la atención al público en general y debes abandonar el edificio. *Puedes continuar con tu investigación en cualquier otro lugar del mapa.*

SECCIÓN 47

Uno de los comensales que tienes cerca de ti, te informa de que el hombre de cabello rojo que acompaña a Edugar Merves es Dinman, su asesor personal.

- *Si tienes la pista HDP, ve a la SECCIÓN 548.*
- *Si no tienes esa pista, ve a la SECCIÓN 483.*

SECCIÓN 48 - LUGAR DE DESPERTAR

Anota el número de esta sección en tu ficha de personaje junto con el contador de tiempo en el momento en que llegaste aquí por primera vez. Esta sección es un Lugar de Despertar, por lo que ya no necesitas comenzar desde el inicio del libro en caso de que mueras y tengas al menos 1 punto de ThsuS (Todo habrá sido un Sueño).

Corréis por el pasillo atestado de los cadáveres de aquellos que han defendido a Sígrod y de los que lo han traicionado sumándose a los encapuchados asaltantes.

La destrucción impera también en la lujosa estancia de entrada que atravesaste cuando entraste a esta planta del barco. No queda un sólo combatiente en pie y el lugar está en un angustiante silencio únicamente roto por los sonidos que te llegan de la habitación de la que finalmente has escapado.

Sin tiempo para respirar, aunque fuera un sólo instante, corréis a la desesperada y no tardáis en alcanzar la cubierta del *Rompeaires*. Os dirigís hacia la rampa de bajada al muelle ante la mirada atónita de un par de marineros que, al igual que vosotros, están intentando huir de la muerte en estos momentos. En el suelo ves tendidos varios cadáveres cuyos rostros mortuorios aún conservan la mirada de sorpresa ante el inesperado ataque.

Pero antes de pisar tierra firme, con angustia descubres a cuatro encapuchados negros y a otros dos mercenarios azafios ataviados con sus morados ropajes. Todos ellos están al pie de la rampa. No tienes duda de a qué bando corresponden, como compruebas enseguida por su reacción al veros. Maldices tu estampa, pero tienes que decidir qué hacer antes de que lleguen hasta vosotros.

- *Si te abalanzas contra ellos para enfrentarles, ve a la SECCIÓN 438.*
- *Si crees que es menos locura empujar a tus compañeros y luego lanzarte al agua para evitar a nado a tus rivales, ve a la SECCIÓN 925.*

SECCIÓN 49 - Anota la pista HDH y suma 100 P. Exp y 22 días a tu contador de tiempo

Wolmar comprende tu necesidad de descansar y disfrutar del reencuentro con tu familia, dejándote marchar en paz tras una solemne despedida.

Los próximos días son tremendamente felices tras regresar a tu amado hogar. A las celebraciones y el disfrute de la compañía de tus seres queridos, se suma el hecho de que, por fin, quedan saldadas las 280 CO de deuda de tu familia con los recaudadores del Lord de Tirrana. El resto de la recompensa lo divides a partes iguales con tu fiel amigo Gruff, 160 coronas de oro para cada uno, unos buenos ahorros como red de seguridad de cara al futuro.

*Anota la anterior cantidad de oro en tu ficha. En cuanto a la alimentación, no necesitas emplear comida de tu inventario. La deliciosa cena caliente de tu querida madre te embriaga todos estos días de celebración, reencuentro y emociones desbordadas. **Recuerda anotar la pista HDH** y ve a la SECCIÓN 748.*

SECCIÓN 50

Déuxia Córodom aglutina buena parte de la atención de las principales personalidades que esta noche se dan cita en la cena de gala. La mujer se emplea a fondo en atender de forma diligente todos los protocolos y homenajes que recibe, destilando una gran vitalidad originada por sus fuertes convicciones. Detrás de ese rostro arrugado por la edad, hay una mujer firme de gran carácter y ambiciones, no tienes dudas de ello. Tratas de averiguar algo sobre ella propiciando una aparente conversación sin trascendencia con los comensales que están cerca de ti.

Lanza 2D6 y suma tu modificador de Carisma (si tienes la habilidad especial de Don de gentes, suma +1 al resultado):

- *Si el resultado está entre 2 y 7, no logras que tus comensales se involucren en tu conversación y vuelves a la SECCIÓN 786.*
- *Si el resultado está entre 8 y 12, ve a la SECCIÓN 317.*

SECCIÓN 51

*Estás en la localización L72 del mapa **(si ya has estado antes en esta localización, no sigas leyendo y <u>ve a otro lugar del mapa</u>)**. Antes de seguir, anota en tu ficha que has visitado un nuevo lugar hoy (recuerda que puedes ir a un máximo de 4 sitios cada día; uno menos si anoche te alojaste en la librería de Mattus). No vas a tener que realizar ninguna tirada de encuentros con tus perseguidores para esta localización en concreto.*

La temible Héladar es la nación cuna de los silpas, unas criaturas verdaderamente desconcertantes. Se dice que son capaces de controlar las mentes débiles penetrando en ellas y que, a pesar de que sus ojos ya no existen en sus blanquecinos rostros, son perfectamente capaces de ver a través de sus esclavos mentales.

Los desconcertantes silpas venidos de las Islas Héladar están en clara expansión por Térragom, ocupando territorios lejanos para ti como son Vesys, Mablung, Hoch, Núbrex, etc. Además, acaban de traicionar un acuerdo con Wexes en Valdesia, arrebatando una zona de esa región llamada Sífrex e iniciando así un claro pulso con el decadente Imperio por la hegemonía continental.

El ambiente en la Embajada de Héladar es tan frío como la naturaleza de su pueblo. Se desconoce si el edificio va a ser finalmente clausurado y si la legación diplomática va a regresar a su país debido a la situación tensa con el Imperio. Por fortuna, no te cruzas con el Alto Emisario Silpa ni ninguno de los asesores personales de su estirpe. Pero sí cruzas alguna palabra con los humanos angos que trabajan, como acólitos, para ellos. Sus miradas acuosas y algo perdidas te desconciertan sobremanera. Algunos, incluso, parecen estar comenzando a perder sus ojos, sustituidos por una membranosa epidermis que te causa profunda repulsión. Quizás no haya sido buena idea hacer esta visita...

***Anota en tu ficha que ya no puedes volver a visitar esta localización** y <u>ve a la SECCIÓN 589</u>.*

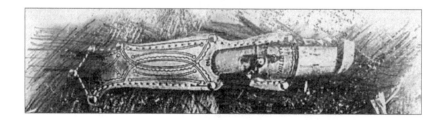

SECCIÓN 52

Con gran sigilo, lográis alcanzar la entrada, momento en el que detectáis el resplandor de unas luces tras un recodo al final del sinuoso corredor que se abre, de forma natural, en la piedra. Temes que tus pasos resuenen en la roca húmeda, pero no has venido hasta aquí para quedarte parado.

Intentando hacer el menor ruido posible, con el corazón en un puño, alcanzáis el recodo y dais con una caverna natural en la que ves restos de mantas y utensilios esparcidos por el suelo y varias antorchas colgadas en sus paredes, pero en la que no hay nadie en estos momentos. Un corredor se abre en el lado contrario de la cueva. Decides registrar esos restos de actividad humana y avanzas unos pocos metros cuando, de pronto, ocurre lo que no querías. Desde ambos corredores de la caverna, las únicas salidas que tiene la misma, os sorprende la aparición repentina de una partida de guerreros. Son soldados gomios con sus espadas desenvainadas portando a vuestros familiares amordazados y a empujones. Entre los rehenes, ves a un viejo conocido de nombre Bill. Cuentas una decena de enemigos que os rodean por todos los lados. ¡Os han tendido una emboscada!

Las palabras de Zork eran ciertas y ahí están tu madre y tu hermana, así como los familiares de Gruff. Delante de ti los tienes, ¡a solo unos metros! Pero no esperabas tener que lidiar con esto. Te juegas todo en este lance final. Eres consciente de ello. Echas mano de tu arma y te preparas para lo que sea. *Ve de inmediato a la SECCIÓN 721*.

SECCIÓN 53   +100 P. Exp.

¡Por fin has dado con el escurridizo enemigo que tanto te ha costado encontrar! Tu pecho está a punto de estallar por la intensidad del momento mientras observas la escena, oculto entre las sombras de la noche. Los tienes ahí delante, a una treintena de metros. *Ve a la SECCIÓN 156*.

SECCIÓN 54

Es imposible acercarse al Emperador y a su honorable madre mientras los sigues desde una prudente distancia. Una fuerte escolta de guardias eredomianos les acompaña hasta la entrada del Palacio Imperial, donde van a descansar esta noche intentando apartar sus preocupaciones por unas horas. Has tomado una decisión fatal. Ni Wexes ni Déuxia tienen nada que ver con el asesinato de Mattus ni el secuestro de Sígrod. Vuelves sobre tus pasos intentando de forma desesperada dar con el resto de comensales, pero al llegar a los jardines donde se ha celebrado la gala, solo ves a los mozos que trabajan cansados recogiendo las mesas. *Ve a la SECCIÓN 840*.

SECCIÓN 55

Regresas sobre tus pasos, con la intención de volver al salón de los tapices, cuando tus ojos reparan en un cuadro colgado en la pared del pasillo que viene de la puerta blindada. Es extraño, pero dirías que alguien rasgó voluntariamente esa pintura. No parece posible que esos finos desgarros sean fruto del brutal combate que se produjo aquí. Son demasiado sugerentes como para asociarlos a la mera casualidad.

Tu mente paranoica te invita a pensar que podría ser que alguien, en su desesperación, tratara de dejar algún tipo de mensaje velado en ese cuadro:

Entiendes que no puedes irte de aquí sin resolver este enigma. Tu intuición te dice que es imprescindible abrir el portón blindado para poder cumplir tu misión con éxito.

Nota de juego: ha llegado el momento de averiguar esa combinación de 3 cifras que permite desbloquear la puerta de acceso a la estancia donde viste a Sígrod. En el cuadro del pasillo tienes todo lo que necesitas para poder dar con ese código que buscas. Una vez tengas una posible cifra, visita la sección cuyo número coincida con ella. Si es la contraseña correcta, el propio texto de la sección te lo indicará. Si no es así, no habrás dado aún con el código que necesitas y tendrás que seguir pensando.

Importante: no tendrás todo el tiempo del mundo para averiguar la cifra correcta; si te demoras mucho aquí, es muy posible que algún enemigo venga y te descubra. Para simbolizar esto, hazte con un reloj o cronómetro y fija en 3 minutos el tiempo que dispones para dar con la clave. Si pasado ese tiempo aún no lo has logrado, lanza 2D6 y consulta lo que te ocurre en función del resultado de la tirada:

> **Resultado = 2** -> *la fatalidad hace que un tropel de enemigos aparezca y eres eliminado sin remedio. Es tu FIN si no tienes Ptos. de ThsuS.*

> **Resultado = 3, 4 ó 5** -> *dos centinelas azafios te descubren y debes luchar. AZAFIO 1 (Ptos. Combate: +4; PV: 24). AZAFIO 2 (Ptos. Combate: +5; PV: 27).*

> **Resultado = 6, 7 u 8** -> *un centinela azafio te descubre y debes acabar con él. AZAFIO (Ptos. Combate: +5; PV: 25).*

> **Resultado = 9 ó 10** -> *por fortuna no sucede nada.*

> **Resultado = 11 ó 12** -> *ve inmediatamente a la SECCIÓN 694.*

Una vez hayas hecho lo que se te indica, dispones de otros 3 minutos adicionales para seguir pensando en la solución del enigma. Si vuelven a pasar esos 3 minutos sin haber encontrado la solución, deberás repetir la tirada de 2D6 anterior y consultar qué sucede. Y así debes proceder sucesivamente hasta que encuentres la solución o mueras en el intento...

SECCIÓN 56 – Anota la Pista RCZ

Maldices tu estampa mientras eres arrastrado por los guardias hasta el exterior del recinto. El tendero te ha descubierto con las manos en la masa y, antes de que pudieras reaccionar, ha dado la voz de alarma y varios guardias te han interceptado.

Además, como castigo por tu delito de intento de robo, siguiendo las leyes que aplican en esta posada con jurisdicción propia, eres despojado de una parte de tus posesiones antes de que te puedas marchar. *Consulta la siguiente tabla tras efectuar la oportuna tirada:*

Resultado de la tirada de 1D6	Qué ocurre con tus posesiones (objetos, armas y armaduras)
1	Sólo conservas los ítems que tienen 0 VC.
2	Puedes conservar un total de ítems que sumen 4 VC.
3	Puedes conservar un total de ítems que sumen 6 VC.
4	Puedes conservar un total de ítems que sumen 7 VC.
5	Puedes conservar un total de ítems que sumen 8 VC.
6	Puedes conservar un total de ítems que sumen 10 VC.

*Haz las anotaciones oportunas en tu ficha, **recuerda anotar la pista RCZ** y puedes continuar con tu investigación en cualquier otro lugar del mapa.*

SECCIÓN 57

- ¡Maldito rufián! ¡El cabrón que buscamos está aquí! ¡A por él! ¡Que no escape! – grita con un fuerte acento sureño el azafio que acaba de descubrirte, dando la voz de alarma.

De pronto, escuchas un estruendo de pasos tras el recodo por el que ha aparecido el maldito mercenario, así como unas voces de llamada a la acción que no anuncian nada bueno. Un tropel de enemigos debe estar movilizándose para venir aquí y aplastarte.

- *Si te preparas para el duro combate y no esperas más tiempo para atacar a este primer rival, pasa a la SECCIÓN 585.*
- *Si corres volviendo atrás con la esperanza de llegar a las escaleras que suben a la cubierta antes de que aparezca la turba de enemigos que viene hacia aquí, ve a la SECCIÓN 948.*

SECCIÓN 58

Llegas a la altura de tu sorprendido oponente y le embistes con furia.

AZAFIO   *Ptos. Combate: +5*   *PV: 26*

- *Si vences, pasa a la SECCIÓN 725.*
- *Si caes derrotado, ve a la SECCIÓN 911.*

SECCIÓN 59

Las conclusiones de la conversación mantenida con el representante de la Embajada de Tirrana son claras. Constatas que se respira un aire de incertidumbre e inquietud respecto al conflicto en ebullición contra los gomios y conoces, con gran sorpresa, las últimas noticias que llegan de la frontera entre ambos países en disputa. Al parecer, la ciudad tirrana de Túfek ha caído en manos de las fuerzas gomias, quienes han pasado a controlar la fronteriza urbe haciéndose en ella fuertes. No obstante, en estos momentos, los gomios deben prepararse para hacer frente a la llegada de un amplio contingente de tropas provenientes de Tirrus y Morallón, un ejército que está a punto de alcanzar la ciudad con el objetivo de reconquistarla para Lord Rudolf, Señor de Tirrana.

Con notable resquemor en sus palabras, el funcionario añade que los gomios están acusando vilmente a los tiranos de un crimen que no han cometido y que no hay fundamento alguno en pensar que Tirrana estaba interesada en asesinar al heredero de Gomia.

Todo esto es turbador, pero no estás aquí por ello, sino para intentar averiguar algo acerca de tu investigación. Intentas sacar el tema de los hebritas y sus aspiraciones a ocupar un sitial en el Consejo de Tol Éredom para pulsar qué opinión merece esto en la Embajada de Tirrana. *Lanza 2D6 y suma tu modificador de Carisma (suma +1 si tienes la habilidad especial de Don de gentes):*

- *Si tienes la pista LGC, tienes éxito automático en la tirada y <u>vas a la SECCIÓN 633</u>.*
- *Si el resultado está entre 2 y 8, <u>pasa a la SECCIÓN 657</u>.*
- *Si está entre 9 y 12, <u>ve a la SECCIÓN 633</u>.*

SECCIÓN 60

Con gran agilidad, engañas a los soldados que hacia ti se abalanzan y logras esquivarlos. Corres como un condenado, seguido de Gruff, hacia la parte trasera de la casa, donde sabes que hay una ventana por la que puedes escapar. Cuando pisas la hierba tras saltarla, una mano te agarra. Su mirada zorruna está a dos palmos de ti y te indica que calles y le acompañes. Junto a Gruff y beneficiado por la oscura noche, sigues a Zork hacia el bosque que está a unos doscientos metros al norte de la casa. *Ve a la SECCIÓN 13.*

SECCIÓN 61

- *Si **no tienes la pista DOC** y el "contador de tiempo de la investigación" es de **3 o más días**, <u>pasa a la SECCIÓN 596</u> **y no sigas leyendo**.*
- *Si el "contador de tiempo de la investigación" **es mayor de 20 días**, <u>ve a la SECCIÓN 840</u> **y no sigas leyendo**.*

Te acercas a la localización L8 del mapa. Anota que has visitado un nuevo lugar hoy (recuerda que puedes ir a un máximo de 4 sitios cada día; uno menos si anoche te alojaste en la librería de Mattus).

- *Si ya tienes la pista SHI, <u>pasa a la SECCIÓN 428</u> y no sigas leyendo.*
- *Si no tienes esa pista, sigue leyendo...*

Lanza 2D6 para ver si tienes algún encuentro. Si el resultado es de 10 o más, no te topas con ningún enemigo y puedes seguir leyendo. Si es inferior, debes evitar o vencer a los siguientes tipos que os descubren, para seguir leyendo (los enemigos indicados son los que debes enfrentar en solitario; no se detallan los rivales que atacan a tus compañeros y se considerará que ellos vencerán su combate si tú ganas el tuyo):

ENCAPUCHADO NEGRO 1	*Ptos. Combate: +4*	*PV: 24*
ENCAPUCHADO NEGRO 2	*Ptos. Combate: +5*	*PV: 27*
ENCAPUCHADO NEGRO 3	*Ptos. Combate: +3*	*PV: 17*
ENCAPUCHADO NEGRO 4	*Ptos. Combate: +3*	*PV: 19*
ENCAPUCHADO NEGRO 5	*Ptos. Combate: +5*	*PV: 24*

ENCAPUCHADO NEGRO 6   *Ptos. Combate: +5*   *PV: 28*

Nota: *No puedes evitar este combate, ya que eres sorprendido antes de que puedas intentar escapar.*

Ptos de Experiencia conseguidos: *33 P. Exp. si vences.*

Cruzáis un número incontable de callejuelas hasta alcanzar el pie de la colina poblada de templos. El aire fresco llega a tu rostro tras superar el agobio de las estrechas calles. Aunque ya has estado antes aquí, el complejo religioso vuelve a resultarte impresionante.

Enseguida te diriges hacia el pequeño santuario hebrita que trataste de alcanzar tras tu primera huida del barco. Te extrañó constatar la existencia de un santuario que profesa el Hebrismo en plena capital, cuna del Domatismo (la nueva fe que había sustituido a esa vieja religión de origen hebrita para pasar a ser la creencia oficial del Imperio).

Pero, sobre todo, a tu mente viene el tremendo sobresalto que sufristeis cuando fuisteis asaltados por esos encapuchados que esperaban ocultos entre las sombras, más allá del umbral de la entrada. Ese pórtico oscuro que, de nuevo, tienes ahí delante, a unos veinte metros... *Sigue en la SECCIÓN 584.*

SECCIÓN 62

Estás en la localización L12. Anota que has visitado un nuevo lugar hoy (recuerda que puedes ir a un máximo de 4 sitios cada día; uno menos si anoche te alojaste en la librería de Mattus). También lanza 2D6 para ver si tienes algún encuentro con los matones que os persiguen. Si el resultado es de 9 o más, no te topas con ningún enemigo y puedes seguir leyendo. Si es inferior, debes evitar o vencer a los siguientes tipos que os descubren, para seguir leyendo (los enemigos indicados son los que debes enfrentar en solitario; no se detallan los rivales que atacan a tus compañeros y se considerará que ellos vencerán su combate si tú ganas el tuyo):

ENCAPUCHADO NEGRO 1   *Ptos. Combate: +4*   *PV: 19*
ENCAPUCHADO NEGRO 2   *Ptos. Combate: +5*   *PV: 26*

Nota: *puedes tratar de evitar el combate si lanzas 2D6 y sumas tu modificador de Destreza obteniendo un 9 o más (si tienes la habilidad especial de Silencioso o de Camuflaje suma +2 por cada una de ellas). Si logras evitar a esos tipos, darás un largo rodeo hasta que puedas quedarte tranquilo y constates que les has dado esquinazo definitivo. Podrás seguir leyendo con normalidad esta sección, pero habrás agotado un tiempo* *considerable que hará que puedas visitar una localización menos del mapa en el día de hoy (o mañana, si ésta era la última que podías visitar hoy).*

Ptos de Experiencia conseguidos: *9 P. Exp. si vences; 3 P. Exp. si escapas.*

Estás en el Barrio Norte, una zona residencial de clase media-baja. Tras explorar durante un tiempo sus calles, sólo encuentras los siguientes lugares de interés:

L60 -> SECCIÓN 65 – Armería de Guttard de Safia
L61 -> SECCIÓN 479 – Casa de empeños

- *Si tienes la pista DJT, puedes ahora leer el contenido de la SECCIÓN 109.*

Finalmente, si no te interesa ninguna de las localizaciones anteriores, puedes continuar con tu investigación en cualquier otro lugar del mapa.

SECCIÓN 63

- ¿Quién coño eres? ¿Qué buscas aquí? ¡Trömko, ven! ¡Este tipo no es de fiar! – exclama alterada la prostituta a la que te has acercado preguntando por Elaisa. Es evidente que has asustado a la chica y ésta ha llamado la atención de uno de los tres hombretones que garantizan la seguridad en el interior del local.

Sin tiempo para reaccionar, ves cómo el tal Trömko, una mole de músculo y cara agresiva, te alcanza.

- ¡Eh, tú! ¡Imbécil! No incomodes a la señorita. ¡Apártate de ella! ¿Qué ha sucedido Unma? – espeta el gigantón.

- Ha preguntado por Elaisa. No sé qué busca aquí… - contesta la chica delatándote.

- Vaya. Con que esas tenemos. No serás ningún espía, ¿verdad? No hay nada que odiemos más aquí que aquellos que quiebran la confidencialidad de estas paredes para desvelar secretos puertas afuera. Lo que sucede en este lugar, aquí se queda… - Trömko te espeta retándote con la mirada.

Debes reaccionar rápido. No tienes tiempos para lamentos… Haz otra tirada de 2D6 y suma tu modificador de Carisma (si tienes la habilidad especial de Don de gentes suma +1 extra al resultado):

- *Si el resultado total está entre 2 y 7, pasa a la SECCIÓN 1012.*
- *Si está entre 8 y 12, sigue en la SECCIÓN 1037.*

SECCIÓN 64 – Anota la Pista RCH

"¿Por qué no me he dejado llevar por mis impulsos irrefrenables? Quizás debería haber aceptado la invitación sugerente de esa mujer y entrar…"

No dejas de preguntarte estas y otras cuestiones, mientras te alejas por el lujoso pasillo dejando atrás el foco de tu tentación. **Recuerda anotar la Pista RCH** y <u>ve a la SECCIÓN 542</u>.

SECCIÓN 65

Estás en la localización L60 del mapa. Antes de seguir, anota en tu ficha que has visitado un nuevo lugar hoy (recuerda que puedes ir a un máximo de 4 sitios cada día; uno menos si anoche te alojaste en la librería de Mattus). No vas a tener que realizar ninguna tirada de encuentros con tus perseguidores para esta localización en concreto.

Siguiendo las indicaciones de los transeúntes, alcanzas la famosa armería del norteño Guttard de Safia, un extranjero de gesto duro y orgulloso, el arquetipo perfecto de guerrero safón, ahora aposentado en la sureña Tol Éredom, donde ha pasado de empuñar las armas a comerciar con ellas.

En la armería principal de Guttard encuentras todas las armas y armaduras estándar que puedes consultar en las <u>tablas del apartado de reglas</u> al inicio del libro. Su coste es el indicado en esas tablas.

Además, aquí puedes adquirir otras armas que no son fáciles de encontrar en las armerías comunes de ciudades menores:

<u>Arco (35 CO de coste) y flechas (1 CO cada una)</u>

El arco es un arma a distancia que te permite efectuar un disparo antes del inicio de un combate, salvo que seas sorprendido por tu adversario y así se indique en el texto (en ese caso, no podrás usar esta arma). Puedes emplear el arco siempre que te encuentres en espacios abiertos (por tanto, no en el subsuelo ni dentro de edificios). Para hacer uso de él, debes hacer una tirada de 2D6 y sumar tu modificador de Destreza. Si tienes la habilidad especial de "Puntería" suma +2 extra al resultado. Si obtienes un total de 8 o más en el total de la tirada, habrás impactado en tu objetivo y le causarás un daño automático de 1D6 + 3 PV. Si sacas un resultado de 7 o menos, no provocas ningún daño a tu adversario. En cualquiera de los dos casos, tras efectuar tu lanzamiento, empezará el combate cuerpo a cuerpo de la forma habitual y ya no podrás emplear el arco en el resto del combate ni contra tu oponente actual ni contra el resto de oponentes de ese mismo combate (en caso de haber varios enemigos). Si tienes venenos contigo, puedes impregnar las flechas con ellos para convertirlas en más mortíferas. Cada vez que lances una flecha, deberás restarla de las que te queden en el carcaj salvo que lances 1D6 y consigas un resultado par (en cuyo caso podrás recuperar la flecha lanzada y reponerla en tu carcaj, aunque ya no tendrá ningún veneno impregnado en caso de que lo hubieses aplicado antes). El arco ocupa 2 VC en tu inventario. Las flechas no ocupan VC.

Ballesta (55 CO) y dardos (1 CO cada uno)

Funciona igual que el arco, ocupa también 2 VC en tu inventario y tiene exactamente sus mismos efectos, pero podrás realizar dos lanzamientos en lugar de uno antes de iniciar el combate.

Casco (35 CO de coste)

Evita que pierdas 1 PV de daño cada turno de combate donde eres herido. No ocupa VC en tu inventario.

Espada larga (35 CO de coste)

Ofrece un bonificador de +2 a los Puntos de Combate y +0 a la Destreza. No obstante, es incompatible con portar escudo, ya que se trata de una arma a dos manos. Si tienes escudo y espada larga, antes de combatir deberás decidir de cuál de ambos prescindes. Ocupa 4 VC.

Cuando acabes de realizar tus compras, _puedes continuar con tu investigación en cualquier otro lugar del mapa._

SECCIÓN 66

Estás en la localización L29 del mapa. Antes de seguir, anota en tu ficha que has visitado un nuevo lugar hoy (recuerda que puedes ir a un máximo de 4 sitios cada día; uno menos si anoche te alojaste en la librería de Mattus). También lanza 2D6 para ver si tienes algún encuentro con los matones que os persiguen. Si el resultado es de 10 o más, no te topas con ningún enemigo y puedes seguir leyendo. Si es inferior, debes evitar o vencer a los siguientes tipos que os descubren, para seguir leyendo (los enemigos indicados son los que debes enfrentar en solitario; no se detallan los rivales que atacan a tus compañeros y se considerará que ellos vencerán su combate si tú ganas el tuyo):

ENCAPUCHADO NEGRO 1	Ptos. Combate: +4	PV: 25
ENCAPUCHADO NEGRO 2	Ptos. Combate: +5	PV: 28

Nota: puedes tratar de evitar el combate si lanzas 2D6 y sumas tu modificador de Destreza obteniendo un 9 o más (si tienes la habilidad especial de Silencioso o de Camuflaje suma +2 por cada una de ellas). Si logras evitar a esos tipos, darás un largo rodeo hasta que puedas quedarte tranquilo y constates que les has dado esquinazo definitivo. Podrás seguir *leyendo con normalidad esta sección, pero habrás agotado un tiempo considerable que hará que puedas visitar una localización menos del mapa en el día de hoy (o mañana, si ésta era la última que podías visitar hoy).*

Ptos de Experiencia conseguidos: *9 P. Exp. si vences; 3 P. Exp. si escapas.*

En el *Barrio de las Artes* abundan los amantes de lo bohemio. Artistas de todas las disciplinas se concentran aquí, llegados de todos los rincones del Imperio y de más allá de sus fronteras, buscando un momento de gloria en sus difíciles carreras. Pero no son los únicos moradores de este lugar, ya que son bastantes los rufianes, trileros y estafadores que aquí encuentran su caldo de cultivo y operan con relativa impunidad. Prueba de ello son los abundantes casos registrados de robos y asaltos a jóvenes artistas regresando a sus casas tras una noche de borrachera en alguna de las tabernas de moda del lugar.

Vigilando siempre tus bolsillos, efectúas una completa exploración de la zona, tras la que tomas nota de los lugares que te podrían interesar.

L31 -> *SECCIÓN 180 – Calle de los Teatros*
L32 -> *SECCIÓN 338 – Tabernas de moda*
L33 -> *SECCIÓN 709 – Residencia de estudiantes artistas*

Si no te interesa ninguna de las localizaciones anteriores, puedes ir al cercano Barrio de los Saberes (SECCIÓN 935) o también puedes continuar con tu investigación en cualquier otro lugar del mapa.

SECCIÓN 67

Controlas tus pulsaciones a la espera de la refriega que va a comenzar. Lo primero será eliminar al tipo que ha dado la voz de alarma, lo que tendrás que hacer en solitario, mientras tus amigos se preparan para la batalla.

ENCAPUCHADO   *Ptos. Combate: +4*   *PV: 24*

- *Si consigues derrotar a tu rival, suma 10 P. Exp, prepárate para un nuevo combate y ve a la SECCIÓN 448.*
- *Si tu rival te vence, pasa a la SECCIÓN 72.*

SECCIÓN 68

No tardas en ser llevado ante el consejero Tövnard por uno de sus mayordomos. Al parecer, éste ha dado indicaciones a sus sirvientes para que te lleven directamente ante él si te personaras de nuevo por estos lares. Pocos minutos después, estás delante de este hombrecito de nariz exagerada y mirada astuta aunque inquieta. *Pasa a la SECCIÓN 892 para ver qué averiguas.*

SECCIÓN 69

Cruzáis un número incontable de callejuelas hasta alcanzar el pie de una colina despejada que difiere de la construcción descontrolada del barrio del puerto. Sólo unos cuantos edificios se encuentran esparcidos de forma armoniosa a lo largo de toda la suave pendiente, en claro contraste con el caos del barrio que habéis atravesado. Dirías que son templos y santuarios todos esos edificios que pueblan la ladera, una especie de centro religioso bastante impresionante. El aire fresco llega a tu rostro tras superar el agobio de las estrechas calles.

-   Allí es adónde vamos. El sacerdote principal es aliado y nos dará amparo – rompe el silencio el juvi señalando un pequeño santuario al pie mismo de la colina, a un centenar de metros de distancia.

-   Es un templo hebrita. Estará de acuerdo en ayudar a quienes sirven a un miembro del Gremio de Prestamistas de Meribris como es Sígrod, si le explicamos nuestra urgencia y desesperación. Buena elección Jinni – añade animada Zanna.

Te extraña constatar la existencia de un santuario que profesa el Hebrismo en plena capital, cuna del Domatismo (la nueva fe que había sustituido a esa vieja religión de origen hebrita para pasar a ser la creencia oficial del Imperio). Te acercas al oscuro umbral de la entrada del edificio religioso intentando entender todo esto. Pero no tienes oportunidad de preguntar por ello, ya que ocurre algo que os obliga a pasar a la acción de nuevo… *Ve ya mismo a la SECCIÓN 791.*

SECCIÓN 70   +15 P. Exp.

¡Genial! Gracias a tus dotes de actor y a la capucha que oculta tu rostro, logras engañar también a estos dos tipos que, tras escuchar tu versión, pasan de largo y doblan la esquina de la pequeña cámara situada en la popa de la cubierta y se dirigen hacia la parte del barco que da a la ría, la contraria a la que tiene la rampa de acceso por la que has subido. Escuchas al azafio dando órdenes al marinero al respecto de unos aparejos que es conveniente reparar antes de partir y abandonar el puerto. Los dos hombres se encuentran en estos momentos al otro lado de la pequeña cámara de madera, ocasión idónea para atravesar la abertura que lleva a las escaleras que descienden a las plantas inferiores del barco… *Sigue en la SECCIÓN 4.*

SECCIÓN 71

Esperas agazapado tras un bajo mueble anexo a un viejo escritorio que ocupa un lateral de la pequeña y oscura estancia. Fuera, en el pasillo, oyes las voces de los mercenarios alejarse en dirección a la intersección de pasillos al pie de la escalera que sube a cubierta.

El corazón bombea en tu pecho descontrolado, consciente como eres de lo cerca que has estado de ser descubierto. Pero has tenido un golpe inesperado de fortuna, que te permite seguir con tu misión de infiltración en este maldito barco.

Tras unos minutos de angustiosa espera, donde te aseguras no escuchar nada más allá de la puerta de la estancia en la que te encuentras, por fin te decides a salir y te diriges hacia el recodo que hay al final del largo corredor que has recorrido. *Ve sin descanso a la SECCIÓN 581*.

SECCIÓN 72

Te encorvas ante tu oponente, tras encajar una serie de ataques que no logras detener. El frío acero atraviesa tus entrañas y escupes sangre. La vista se te nubla por momentos y te arrodillas antes de desplomarte por completo.

*FIN – si tienes algún punto de ThsuS, "Todo habrá sido un Sueño" y podrás retomar la aventura desde el Lugar de Despertar que desees entre los que tengas anotados en tu hoja de personaje. Si no es así, debes comenzar de nuevo desde el principio o desde algún Lugar de Despertar Especial que tengas. **Recuerda resetear, en tu FICHA DE INVESTIGACIÓN, tus dos cuentas de tiempo y las pistas conseguidas a las que tuvieras cuando llegaste a ese Lugar de Despertar del que reinicias.***

SECCIÓN 73   +33 P. Exp.

Con gran solvencia y maestría, doblegas a todos tus rivales al tiempo que tus compañeros acaban con los suyos. Solo tres de los fanáticos siguen con vida, pero en estos momentos huyen despavoridos.

Sin tiempo para nada *(salvo si tienes la habilidad especial de Robar, en cuyo caso te haces con la bolsa del líder gordo que contiene 2D6+6 coronas de oro)*, abandonas el lugar llevando al hebrita contigo y poniendo tierra de por medio. Cuando ya os consideráis a salvo, te dispones a hablar con él. *Sigue en la SECCIÓN 793*.

SECCIÓN 74 – LUGAR DE DESPERTAR ESPECIAL

*Anota el número de esta sección en tu **FICHA DE INVESTIGACIÓN** y **haz una fotografía a la misma** asegurándote de que aparezcan en ella los **dos contadores de tiempo** y las **pistas conseguidas** hasta el momento en que llegaste aquí por primera vez. Esta sección es un Lugar de Despertar Especial, por lo que ya no necesitas comenzar desde el inicio del libro en caso de que mueras pudiendo seguir desde aquí y **además sin gastar ningún punto de ThsuS** para este Lugar de Despertar en concreto. Simplemente **resetea tus dos contadores de tiempo y tus pistas** a los de la fotografía que tomaste según lo indicado antes y reinicia la partida. De esta forma, si mueres y tienes que volver a este lugar de despertar en concreto, podrás "resetear" las pistas a las que tuvieras en el momento en que llegaste por primera vez aquí y, a partir de ahí, volver a ir coleccionando pistas que has perdido y otras nuevas que puedas conseguir.*

Anota ahora también la pista TSF, en caso de que aún no la tuvieras, y sigue leyendo...

Tras una espera que se prolonga casi dos horas, con gran frustración averiguas que el Consejero Tövnard no se encuentra en su residencia. Pero no sólo está ausente de este lugar,... ¡sino también de la propia ciudad! Al parecer, acaba de ser enviado en misión diplomática al extranjero sin fecha estimada de vuelta. Te quedas de piedra ante esta información que te da uno de los sirvientes, que se ha apiadado de ti al ver tu angustiosa espera sin que nadie te atendiese.

Esto es un fuerte revés para tu investigación. Se ha esfumado un poderoso aliado sin que hayas podido reunirte con él para solicitarle ayuda. A saber qué consecuencias puede tener esto y qué es lo que ahora te espera... *Recuerda anotar la pista TSF.*

- *Si tienes la pista TOV, CAR, SAR o NHR (cualquiera de ellas), <u>pasa a la SECCIÓN 360</u>.*
- *Si no tienes ninguna de esas pistas, <u>puedes continuar con tu investigación en otro lugar del mapa</u>.*

SECCIÓN 75

Con la respiración alterada por la emoción, te acercas a la rampa de acceso a la cubierta del barco, al pie de la cual ves faenando a un grupo de marineros. Te diriges de inmediato a uno de ellos, un joven desgarbado con una grave cicatriz en la parte derecha del rostro. Le enseñas el pergamino con un lazo verde que Viejo Bill te dio y éste busca a otro de los hombres para que se acerque. Es probable que el joven sea mudo o no sepa leer, pero el caso es que un marinero de panza prominente es el que rompe el silencio y lee en voz alta el contenido del pergamino, mientras te mira inquisitivo.

- Mediante la presente, autorícese al portador de este pasaje a disfrutar de alojamiento y manutención en el navío Rompeaires, en el trayecto convenido con su Capitán entre Tol Éredom y la ciudad de Meribris, tanto en su marcha como en su regreso a la capital del Imperio. El sello al pie de este escrito acredita el fehaciente pago de las expensas de este viaje por parte del Gremio de Prestamistas de Meribris. Y para que a tal efecto conste, se extiende el presente salvoconducto con el conveniente acuerdo de todas las partes.

El grueso marinero te escudriña de arriba abajo y se vuelve para mirar a sus compañeros, que ves que han dejado de faenar para también observarte. Te sientes incómodo ante la inspección de esos hombres y el silencio que sigue. Pero de pronto el grueso vuelve a hablar:

- Espera aquí. No te muevas. Ahora vuelvo – dice el marinero ascendiendo la rampa sin esperar respuesta por tu parte y mientras el resto de hombres sigue sin quitarte el ojo de encima.

Unos minutos de tensa espera después, ves cómo vuelve a aparecer el grueso marinero. Pero esta vez va acompañado por una mujer alta de pelo rasurado, mirada áspera y apariencia andrógina, a la que escoltan dos enanos de ceño fruncido y un escurridizo juvi. Al ver llegar a la mujer, todos los hombres inmediatamente vuelven a faenar y ya sólo te miran de soslayo antes de que ella hable.

- Vaya. Por fin te has dignado a aparecer. Espero que tengas buenas explicaciones para tu tardanza. Y tú debes ser... ese tal Gruff, ¿cierto? – dice mientras mira con frialdad a tu amigo y sientes cómo se te hiela la sangre por momentos.

- Eh... ¿Cómo dices? – balbucea Gruff totalmente trastocado.

- O estabas pudriéndote en una cuneta del camino, tras volver de Tirrus para reencontrarte con Viejo Bill o, como ha sucedido, quebrantaste los términos del acuerdo y seguiste adelante pegado al culo de tu amigo, a pesar de que ello te estaba prohibido – dice la mujer a Gruff.

- ¿Cómo estás tan segura de saber quiénes somos? - te atreves a decir al fin mientras el nerviosismo se apodera de ti.

- Dos cosas os delatan. El sello de tu pasaje de embarque y el mensaje que recibí de Viejo Bill en el que me dio tu descripción y me notificó del cambio del portador del envío. Demasiadas explicaciones tienes ya. No te incumbe nada de todo eso – dice cortante la amazona.

- ¿Cómo es que conoces a Viejo Bill? ¿Cómo sabes todo eso del acuerdo? ¿Quién eres? – la intriga supera a tu sensatez y persistes.

La mujer te fulmina con la mirada y vierte toda su atención en ti tras calmar con un gesto a los escoltas que la acompañan.

- Nuestros informantes nos indicaron que habíais pasado, tal como estaba estipulado y según se os indicó, por la Posada del Cisne en Tirrus. Pero, al parecer, tuvisteis allí un percance nocturno con unos tipos encapuchados y habíais tenido que salir por patas, momento en el que os perdimos la pista. O seguíais juntos, como así ha sido, o tu amigo Gruff la había palmado de regreso a la aldea de Schattal buscando reencontrarse con el Viejo – dice la mujer.

- Posiblemente conozcas a uno de esos encapuchados que nos atacaron. Intentó asesinarnos, no sólo ahí, sino en otros momentos de nuestro viaje. De mirada zorruna y mente aguda, decía llamarse Zork y portaba un tatuaje idéntico al que tienes en tu antebrazo – dices retándola con la mirada.

- No conozco a ningún Zork que responda a esa descripción, pero ello no impide que pueda estar trabajando para mí, como muchos otros. Debe de ser un miembro menor de la compañía. No sería la primera vez que alguno de mis hombres se desvía y olvida para quién trabaja. Si es cierto lo que dices y ha intentado interferir en el envío, pagará como corresponde – indica con firmeza la amazona.

- Sigues sin decirnos quién eres, cómo sabes todo eso y qué quieres de nosotros – te sorprendes a ti mismo al insistir. Te intriga todo ese plan que no acabas de comprender y del que pareces ser un simple títere.

Ha llegado el momento de comprobar tu contador de tiempo. Recuerda que estás en una lucha contra reloj en la que debes completar tu misión y regresar a casa antes de que los recaudadores del Lord reclamen la deuda a tus familiares (lo que ocurrirá entorno al día 300, si es cierto el plazo que dieron la última vez que estuvieron en vuestra granja de Schattal).

- *Si dicho contador es igual o inferior a 240 días, pasa a la SECCIÓN 880.*
- *Si, por el contrario, es superior a esa cantidad, ve a la SECCIÓN 16.*

SECCIÓN 76

- *Si tienes la pista MPQ pero NO tienes la pista AJC, ve a la SECCIÓN 719.*
- *Si tienes la pista MPQ y también la pista AJC, ve a la SECCIÓN 227.*
- *Si no tienes la pista MPQ, ve a la SECCIÓN 281.*

SECCIÓN 77

- Lo primero es hablar con el librero cuando baje aquí a vernos tras cerrar su tienda. Quizás nos pueda dar alguna información adicional interesante. Tras eso, esperaremos un par de días escondidos en este refugio para recobrar fuerzas y dejar que los matones que nos persiguen se dispersen y aumenten el radio de búsqueda a otros puntos de la ciudad al ver que nos hemos esfumado. También, para que sus espías e informantes, que seguro han contratado, bajen algo la guardia. Será entonces cuando arranquemos nuestra investigación hasta dar con Sígrod y liberarlo – explica Zanna con gesto serio.

- De acuerdo. No tengo tiempo que perder. He de regresar a mi casa lo antes posible. Pero veo que lo más sensato es lo que dices – contestas - Ya has oído Gruff, amontona bien tus mantas y prepárate un buen lecho. No veremos la luz del sol hasta dentro de un par o tres de días y para entonces tendremos que estar a pleno rendimiento, ya que no va a ser fácil lo que nos espera.

Sigue en la SECCIÓN 529.

SECCIÓN 78

- *Si tienes la pista TPZ, ve directamente a la SECCIÓN 581.*
- *Si no tienes esa pista, sigue leyendo:*

Te dispones a atravesar el largo corredor haciendo caso omiso a las distintas puertas cerradas que encuentras a uno y otro lado. Tu atención está puesta en el recodo que tuerce a la izquierda al fondo del pasillo.

- *Si tienes la pista NOC, ve a la SECCIÓN 512.*
- *Si no la tienes, pasa a la SECCIÓN 688.*

SECCIÓN 79

Por desgracia, el acceso al recinto a estas horas del día ya no está permitido al público y no puedes pasar. *Puedes continuar con tu investigación en cualquier otro lugar del mapa.*

SECCIÓN 80   +6 P. Exp.

Janmo no parece saber nada más allá del hecho de que, efectivamente, su señor Frómek está contento con las buenas ventas que se están dando de estas capas. Parece ser que una organización de la ciudad, cuyo nombre el tendero desconoce, es el principal cliente de este artículo.

Nota de juego: si compras la capa por 30 CO (con un descuento del 25 % si negocias con Janmo según lo indicado en la SECCIÓN 560), podrás beneficiarte de un modificador de +2 extra a las tiradas de encuentros en cada localización del mapa para ver si tienes algún encuentro con los matones que os persiguen (este modificador también aplicaría a las tiradas para evitar el combate en esas tiradas de encuentros con los matones).

Haz las anotaciones oportunas en tu ficha y, en caso de adquirir la capa, **anota la pista CSC**. *Vuelve a la SECCIÓN 12.*

SECCIÓN 81 - Anota la pista CHP y suma 15 P. Exp.

Como un fogonazo, viene a tu mente la conversación con Jinni en la que te habló de la *Hueste de los Penitentes*. Esa organización en la que entraban a formar parte los encapuchados sin rostro o, mejor dicho, con rostro quemado, que te persiguen por toda la ciudad… *Sigue en la SECCIÓN 18.*

SECCIÓN 82

Zanna te confirma que esta habitación era la del capitán. Al parecer, Sígrod se alojaba en una estancia anexa a aquella en el que lo viste por primera y última vez. *Pasa a la SECCIÓN 161*.

SECCIÓN 83

- *Si tienes la pista TBL, ve a la SECCIÓN 762 sin seguir leyendo.*
- *Si no tienes esa pista, sigue leyendo…*

La estancia que se abre ante ti, al cruzar el umbral de la puerta, es una espaciosa alcoba con una cómoda cama, armario ropero y escritorio personal. Parece ser el dormitorio del propio Sígrod. Registras a fondo la habitación hasta que das con un misterioso hallazgo. La sorpresa te invade por momentos. Has dado con un extraño mensaje escrito sobre una tablilla de madera fijada a la parte baja de uno de los cajones de la pequeña mesita anexa a la cama.

Decides extraer la tablilla para poder leer qué texto contiene. Para ello, debes hacer una tirada de 2D6 y sumar tu modificador de Destreza:

- *Si tienes la habilidad especial de Analizar objetos, tienes éxito automático y pasas a la SECCIÓN 1021.*
- *Si el resultado total está entre 2 y 6, ve a la SECCIÓN 546.*
- *Si está entre 7 y 12, sigue en la SECCIÓN 1021.*

SECCIÓN 84   +6 P. Exp.

Por fortuna, oyes a tiempo unos pasos que se acercan subiendo las escaleras. Con gran nerviosismo, te ocultas tras unas cajas que hay apiladas a pocos metros de la entrada a la pequeña cámara cúbica que guarda dichas escaleras. Un azafio y un hombre con apariencia de marinero están conversando distendidamente y parecen no haberse percatado de tu presencia.

Los tipos pasan de largo y doblan la esquina de la pequeña cámara situada en la popa de la cubierta y se dirigen hacia la parte del barco que da a la ría, la contraria a la que tiene la rampa de acceso por la que has subido. Oyes al azafio dando órdenes al marinero al respecto de unos aparejos que es conveniente reparar antes de partir y abandonar el puerto. Los dos hombres se encuentran en estos momentos al otro lado de la pequeña cámara de madera, ocasión idónea para salir de tu escondite y alcanzar la abertura que lleva a las escaleras que descienden a las plantas inferiores del barco... *Sigue en la SECCIÓN 4.*

SECCIÓN 85

Entonces adviertes que Azrôd no está solo. Le acompaña un tipo de llamativo cabello largo tintado en rojo y recogido en una coleta. Un cabello del mismo color intenso que el de su recortada barba. Viste ropajes caros y es de complexión mucho menos corpulenta que la del azafio, quién parece estar protegiéndole de la avalancha humana mientras le arrastra hacia alguna posible escapatoria.

*Sediento estás por ir tras ellos pero, antes de nada, tendrás que resolver tu situación. Estás en una tesitura verdaderamente comprometida. Haz **seis tiradas** consecutivas de 2D6 y suma tu Destreza en todas ellas para intentar salir como puedas de la marea humana. Por cada vez que obtengas un resultado igual o inferior a 9, recibes un daño de 1D6 PV por los codazos y empujones que se producen en tu zona. Realiza ahora estas seis tiradas antes de seguir leyendo...*

Además, por si lo anterior no fuera poco, de pronto se abalanza sobre ti un aficionado del bando de "Los Cerdos" con su arma desenfundada y dispuesto a cobrarse venganza. Lucha por tu vida contra este fanático.

FANÁTICO   *Ptos. Combate: +4*   *PV: 24*

Nota para el combate: *al final de cada turno de combate, justo cuando tu rival te ataque, lanza 2D6 y suma tu Destreza. Si obtienes un resultado igual o inferior a 10, tanto tú como tu oponente, recibís un daño de 1D6 PV por los codazos y empujones que se producen en vuestra zona.*

- *Si caes derrotado, <u>ve a la SECCIÓN 446.</u>*
- *Si vences, <u>pasa a la SECCIÓN 630.</u>*

SECCIÓN 86 – Anota la Pista CHF

Tu mente sigue procesando toda la información que tiene hasta el momento, pero tus pies no dejan de trabajar mientras tanto. Y así es cómo llegas, sin saber bien cómo, a una pequeña plazoleta en la que desembocan varias callejuelas. La violenta escena que se está produciendo te hace retomar la realidad... *Sigue en la SECCIÓN 26.*

SECCIÓN 87

Logras poner tierra de por medio entre tú y esos tipos. Tus compañeros te han seguido conforme te han visto huir despavorido. Habéis conseguido poneros a salvo de esos encapuchados, pero no habéis conseguido averiguar apenas nada de ellos. No obstante, seguís vivos y eso siempre es algo a tener en cuenta. *Puedes continuar con tu investigación en cualquier otro lugar del mapa.*

SECCIÓN 88   +10 P. Exp.

La esposa de Tövnard y amante de Rovernes tiene una actitud extraña que te hace sospechar que algo no va bien. Este triángulo amoroso no puede traer nada bueno... *Sigue en la SECCIÓN 1032*.

SECCIÓN 89 – Anota la Pista BCK

Mientras esperas en silencio a que Mattus el librero baje al sótano en el que estáis, las dudas acerca de él te acechan y decides que sería adecuado indagar un poco. **Recuerda anotar la pista BCK y** <u>ve a la SECCIÓN 496.</u>

SECCIÓN 90   +6 P. Exp.

Tumbas a tu rival de un seco golpe que rompe su cráneo. Sesos y sangre se desparraman salpicando tu rostro. Asqueado, aguantas como puedes las náuseas que te invaden y, por unos momentos te quedas bloqueado sin saber qué hacer. Pero enseguida los gritos del juvi te sacan de tu ensimismamiento.

- ¡Huid Zanna! ¡Cambio de planes! ¡Ya te hablé anoche de ese lugar adónde tenéis que marchar ahora! – dice Jinni mientras esquiva los mandobles de sus oponentes.

- ¿Y tú que vas a hacer? No podemos dejarte sólo – contesta preocupada la chica justo en el momento en que Gruff se deshace de su oponente.

- Les daré esquinazo. ¡Qué remedio! Por mi parte, recuerda el sitio adónde me dirijo. Espero encontrarnos de nuevo – remata el juvi arrancando a correr y llevando tras de sí a dos de vuestros oponentes.

Gruff y tú habéis acabado con otros dos de ellos, por lo que ahora frente a vosotros tenéis al fiero azafio y a uno de los encapuchados de negro.

Nota: quita a Jinni de tu lista de aliados junto a los bonificadores que te otorgaba.

- *Si tratas de huir, ve a la SECCIÓN 834.*
- *Si optas por hacerles frente en combate, pasa a la SECCIÓN 347.*

SECCIÓN 91

A través de un joven enano que está pletórico por haber logrado un reciente ascenso en la Embajada y que, por tanto, se muestra bastante locuaz y predispuesto a charlar, averiguas que Brokard Doshierros no está en contra de que los hebritas accedan al Consejo, pero tampoco hace mucha fuerza en su favor. Prefiere mantenerse al margen de este asunto declarándose como neutral al respecto.

Por una parte, Brokard no desea que los hebritas ganen cuota de poder para no perder los enanos la suya pero, por otro lado, sabe que los hebritas han sido históricamente importantes en los Consejos donde se daba peso a los enanos midok (estirpe de la que forma parte Brokard) frente al linaje de los nebrak (que han quedado siempre relegados en un segundo plano respecto a los primeros).

En cuanto al asunto de la traición de los silpas en Valdesia, al parecer, Brokard defiende que es inadmisible permitir esa afrenta al Imperio y que Wexes no debe temer a los silpas, por muchas leyendas y mitos acerca de ellos que corran. *Ve a la SECCIÓN 340.*

SECCIÓN 92

Sigues a Elaisa intentando que ésta no descubra tu presencia. Pero la mujer tiene unos sentidos muy finos y te detecta.

- Vaya. No puedes vivir sin mí por lo que veo. No me has quitado el ojo de encima en buena parte de la cena. Puedes acompañarme a mis aposentos. Pasaremos un inolvidable final de fiesta si lo deseas… - te dice la sensual mujer mientras tomas consciencia de lo tremendamente equivocado que estabas al perseguirla.

Has tomado una decisión fatal. Vuelves sobre tus pasos intentando de forma desesperada dar con el resto de comensales, pero al llegar a los jardines donde se ha celebrado la gala, solo ves a los mozos que trabajan cansados recogiendo las mesas. *Ve a la SECCIÓN 840.*

SECCIÓN 93   **+2 días al contador de tiempo**

No es necesario que consumas raciones de comida de tu inventario mientras te encuentres refugiado en casa de Mattus, dado que el librero se hace cargo de vuestra manutención y cobijo. Recuperas 5 PV al final de cada día debido a la alimentación, siempre sin rebasar el máximo.

Recuerda que las habilidades curativas de Zanna te permiten recuperar 2D6 PV al final de cada día, siempre sin rebasar el máximo.

También debes sumar ahora 2 días a tu contador de tiempo. Haz las anotaciones oportunas en tu ficha de personaje y sigue en la SECCIÓN 943.

SECCIÓN 94   **+6 P. Exp.**

De forma milagrosa y como buenamente puedes, por fin logras escabullirte de la aglomeración principal. La avalancha humana no ha cesado, pero por fortuna tus compañeros y tú estáis vivos y en una zona menos densa que os permite ya maniobrar.

Sin tiempo para descansos ni respiros, diriges tu mirada hacia la dirección donde viste por última vez al gigante azafio traidor. De nuevo la suerte está contigo. Aunque ya no está allí, detectas su impresionante figura a una distancia considerable pero no insalvable desde donde estás. El azafio ya ha salido a las calles circundantes a la plaza y tiene el camino más despejado para escapar del lugar. *Sigue en la SECCIÓN 30.*

SECCIÓN 95

Tras una breve escala de un día en Morallón, ciudad costera de tu país natal a la que llegáis al final de la séptima jornada, os hacéis de nuevo al mar buscando el puerto definitivo de vuestro viaje: Tirrus, capital de Tirrana.

Los vientos no son tan favorables en este tramo, lo que obliga a los remeros a emplearse con mayor energía para avanzar. Sin embargo, no ocurre ninguna circunstancia que afecte a vuestro viaje, más allá de esta demora que se acumula por las condiciones del mar. Ningún navío hostil ha sido avistado y, aunque hubiera aparecido alguno, es bien sabido que nadie osa atacar a un barco con la bandera del Gremio de Prestamistas. Aquilanos y wexianos necesitan su oro, la mejor garantía para poder navegar en paz.

Y así es cómo, por fin, arribáis a la meta. *Ve a la SECCIÓN 339.*

SECCIÓN 96   +10 P. Exp.

¡Bravo! ¡Lográis acceder a la cubierta del *Rompeaires* sin que los guardias os hayan descubierto. Habéis tenido mucha suerte. Esperas que la fortuna aún no te abandone. Te dispones a seguir con tu operación de rescate de Sígrod y los papeles... *Sigue en la SECCIÓN 388*.

SECCIÓN 97   +7 P. Exp.

Tirando de persistencia y tesón, consigues que uno de los funcionarios del Sindicato por fin te dé audiencia con Fento Chesnes. Eso sí, la espera ha durado horas *(hoy ya no podrás visitar ninguna otra localización del mapa; si ésta es la última que podías visitar hoy, entonces has tenido suerte y no te afecta)*. *Pasa a la SECCIÓN 674*.

SECCIÓN 98

Sólo consigues perder un tiempo valioso aquí. No consigues que nadie te atienda más allá de los afanados criados que andan de aquí para allá ocupados en sus quehaceres. Ninguno de ellos te sirve de ayuda, salvo un joven emisario diplomático extranjero con el que coincides y que te hace partícipe del rumor extendido en todos los corrillos palaciegos: la confrontación política entre los consejeros Tövnard y Roverness, cuyo fragor ha llegado incluso a oídos fuera de las fronteras. Finalmente decides que lo mejor es marcharte a otro lugar para seguir buscando pistas. *Puedes continuar con tu investigación en cualquier otro lugar del mapa.*

SECCIÓN 99

Presencias la populosa Asamblea que celebran los chipras en la zona sureste de la gran explanada. El Representante del pueblo Chipra en el Consejo de Tol Éredom y líder del Sindicato Chipra de la ciudad, Fento Chesnes, toma la palabra e inicia un acalorado discurso que enciende los ánimos y los corazones de los presentes.

De aspecto frágil y constitución delgada, típicamente chipra, Fento, sin embargo, dispone de una gran determinación y un carisma que le han permitido auparse con la victoria en las últimas elecciones celebradas hace poco para escoger al representante de su etnia en el Consejo de la ciudad.

Su postura es claramente contraria a que los hebritas entren a formar parte del Consejo. Se hace eco, con ello, del sentir del pueblo al que representa y que aún piensa que los "traicioneros hebritas" tienen mucha culpa de las desgracias del Imperio.

En su discurso, Fento también arremete contra los aquilanos y contra las células ocultas que éstos poseen en la ciudad. Alguien entre el público grita diciendo que bien tienen merecida la muerte a fuego en esta misma plaza, haciendo alusión a los ajusticiamientos que en este mismo lugar se producen de forma periódica y cada vez más recurrente.

Por último, el líder chipra realiza un duro alegato en contra de la casta de los *mergueses* y del poder que éstos están acaparando, siempre a costa de los derechos y libertades de los "humildes ciudadanos que trabajan esclavizados para ellos". Cuando expone su tesis contra esta clase social de mercaderes, el público asistente rompe en aplausos y entona cánticos en los que hacen alusión al tradicional Torneo que se celebra anualmente en la ciudad en honor al cumpleaños de la Madre del Emperador. En esta competición, el equipo de *"Las Ratas"*, como es conocida la escuadra apoyada por los chipras y las gentes humildes, se enfrenta a *"Los Cerdos"*, el equipo que cuenta con los mergueses y con los trabajadores acomodados como principales aficionados. Es evidente que el ambiente está muy caldeado en este sentido y que los fanáticos seguidores de *"Las Ratas"* sienten una gran animadversión hacia sus contrincantes. De hecho, escuchas entre los presentes mencionar varias localizaciones donde suelen frecuentar sus rivales, *"Los Cerdos"*, y en las que los ardientes chipras están planeando arremeter para provocar daños *(localización L53 del mapa -> SECCIÓN 602)*.

No tienes ocasión de hablar personalmente con el jefe del sindicato chipra, ya que son muchos los que se acercan a él cuando finaliza su discurso. Pero, tras preguntar a varios de los presentes, averiguas que Fento intenta ser accesible. Tiene muchas ocupaciones en su día a día, pero trata de atender a todo el que desea reunirse con él, aunque muchas veces no da abasto. Normalmente se le puede encontrar en la sede del Sindicato Chipra (*localización L35 del mapa -> SECCIÓN 274*).

Sólo si el contador de tiempo de tu investigación es menor de 15 días, *lanza ahora 2D6 y suma tu modificador de Carisma (si tienes la habilidad especial de Don de gentes, suma +1 extra al resultado):*

- *Si tu PJ pertenece a la raza chipra, tienes éxito automático en la tirada y* vas a la SECCIÓN 566.
- *Si el resultado está entre 2 y 7, no tienes nada más que hacer aquí.* Puedes continuar con tu investigación en cualquier otro lugar del mapa.
- *Si está entre 8 y 12,* pasa a la SECCIÓN 566.

Si el contador de tiempo de tu investigación es de 15 o más días, puedes continuar con tu investigación en cualquier otro lugar del mapa.

SECCIÓN 100 – Anota la pista TBL

Ya con la tablilla entre tus manos, lees con tremenda extrañeza el enrevesado mensaje que contiene:

> *"En la primera sólo la últimas, pero en la segunda son las primeras. En la tercera nada vale, la cuarta y la segunda son parejas y la quinta es igual que éstas. La sexta ni la mires, pero en la séptima la tercera es la buena y de nuevo en la octava y la novena manda la primera. A la décima le gusta la tercera y de la undécima y la decimotercera nada se aprovecha. Me he dejado la que hace doce entre medias y a ésta le va la quinta. La catorce, quince y dieciséis, te digo lo mismo que con la segunda, pero para la diecisiete te recomiendo la tercera. La dieciocho nada nos interesa, pero la diecinueve vale toda entera ella."*

- *Si tienes la pista ONL,* sigue en la SECCIÓN 689.
- *Si no tienes esa pista,* sigue en la SECCIÓN 537.

SECCIÓN 101

El odio te domina. Quieres concluir todo esto lo antes posible, pero tomas conciencia de que antes necesitas conocer dónde está el paradero de Sígrod y que Merves es quién lo sabe.

- No soy tan ingenuo como para revelarlo sin exigir garantías a cambio — te dice desafiante el Consejero brotando en él un último y desesperado rayo de valentía.

-   Maldito bastardo. No me hagas perder el tiempo. Si no colaboras date por muerto. Solo tienes una mínima posibilidad de vivir si ayudas a que esto finalice lo antes posible y no interfieres – respondes tajante.

-   Acaba pues con esto de una vez. No hago tratos injustos con ratas infectas como tú y, aún menos, cumplo órdenes – es la respuesta que recibes de Merves ante tu mandato.

Levantas tu arma dispuesto a acabar con la despreciable vida de ese desgraciado. Seguramente Sígrod esté escondido en algún lugar de la casa y no estás dispuesto a perder más tiempo. Hay que acabar con esto antes de que toda la guarnición de la ciudad venga hasta aquí y descubra lo sucedido. Coges aire y lanzas un mandoble directo hacia su desprotegida cabeza… *Sigue en la SECCIÓN 785.*

SECCIÓN 102

*Estás en la localización L78 del mapa (**si ya has estado antes en esta localización, no sigas leyendo y ve a otro lugar del mapa**). Antes de seguir, anota en tu ficha que has visitado un nuevo lugar hoy (recuerda que puedes ir a un máximo de 4 sitios cada día; uno menos si anoche te alojaste en la librería de Mattus). No vas a tener que realizar ninguna tirada de encuentros con tus perseguidores para esta localización en concreto.*

Arayum es una provincia federada autónoma del Imperio, situada en el norte de Azâfia, que se declara neutral en el conflicto entre aquilanos y wexianos. Argumenta que se trata de una lucha religiosa en el seno del domatismo, entre dos facciones de una fe que ellos no profesan.

La región de Arayum es semiárida con falsas llanuras y colinas abundantes que desembocan en el inicio del Gran Desierto de Tull, en la franja sur. La población vive de la ganadería y el comercio. Su principal ciudad es Abbisia.

El pueblo arameya es la base de su sociedad, como lo es de la colonia de Meribris, la ciudad del Gremio de Prestamistas para el que trabajas, donde los hebritas ocupan los puestos de poder pero donde la masa poblacional es de origen arameyo.

Eres atendido con amabilidad, en su Embajada, por los funcionarios con fuerte acento sureño con los que parlamentas.

Anota en tu ficha que ya no puedes volver a visitar esta localización *y haz una tirada de 2D6 sin aplicar ningún modificador de característica de tu PJ (pero suma +1 por cada 5 CO que desees invertir en sobornos):*

*   *Si el resultado está entre 2 y 8, ve a la SECCIÓN 1028.*
*   *Si está entre 9 y 12, ve a la SECCIÓN 340.*

SECCIÓN 103

- *Si tienes la pista TOV o la pista TSF, crees que ya no tienes nada más que hacer aquí, NO sigas leyendo y puedes continuar con tu investigación en otro lugar del mapa.*
- *Si no tienes ninguna de las dos pistas anteriores, sigue leyendo...*

Le preguntáis a Mattus por el escriba del consejero Tövnard que suele visitarle en la tienda. Es importante contactar con este ayudante de Tövnard para poder llegar hasta este último.

- *Si el "contador de tiempo de la investigación" es de 0, 1 o 2 días, ve a la SECCIÓN 541.*
- *Si dicho contador tiene un valor de 3 o 4 días, ve a la SECCIÓN 687.*
- *Si es de 5 días, ve a la SECCIÓN 195.*
- *Si es de 6 o 7 días, ve a la SECCIÓN 136.*
- *Si es de 8 días, ve a la SECCIÓN 303.*
- *Si es de 9 días, ve a la SECCIÓN 328.*
- *Si es de 10 días, ve a la SECCIÓN 615.*
- *Si es de 11 o más días, ve a la SECCIÓN 883.*

SECCIÓN 104

Alrededor de una hora después, el viejo librero baja al sótano en el que os encontráis acompañado por su hijo. Tras los protocolarios y banales prolegómenos y la oportuna conversación introductoria en la que permaneces en silencio, por fin intervienes con la clara intención de obtener más respuestas.

- Mattus, tengo una pregunta. No pretendo ser impertinente y agradezco tu hospitalidad, pero la duda me invade – dices antes de añadir -. Zanna me ha comentado que eres un colaborador bien valorado por el Gremio y que has facilitado enlaces de importancia para el mismo. Como ella te ha explicado, estamos inmersos en un problema bastante importante y necesitamos investigar acerca del paradero de Sígrod y de quiénes están detrás del asalto al barco. Creo que sería de gran utilidad conocer esos contactos de alto rango que has facilitado al Gremio por si alguno de ellos pudiera ser de interés para nuestras indagaciones o para, al menos, tener constancia de su existencia y valorar si intentar acceder a ellos en busca de ayuda. Todo aliado es poco, dadas las circunstancias – finalizas haciendo alusión a la descripción que ha hecho Zanna de todos los antecedentes.

Tras escuchar tu petición con atención, ves cómo Mattus se pone algo rígido y mira a Zanna con unos ojos que denotan incomodidad. Antes de que el viejo pueda decir nada, la chica interviene tratando de calmarle:

- Puedes hablar con tranquilidad, Mattus. Los dos chicos son de fiar y trabajan para el Gremio. Recientemente han cumplido una misión nada fácil por la que van a ser recompensados y ahora participan de lleno en esta dura investigación que tenemos por delante. Yo misma podría haberles indicado estos contactos por los que preguntan, pues sabes que he sido quién ha centralizado la gestión de las comunicaciones en representación de Sígrod y, por ende, del Gremio. Pero preferí por deferencia hacia ti tratar el asunto en tu presencia y que así pudiéramos conversar en tranquilidad todos juntos – dice Zanna.

El viejo librero suspira, mira a su hijo un momento y dice:

- Creo que no es necesario ahondar en tanto detalle, Zanna. He cumplido con creces mi parte de los tratos que he realizado con el Gremio. No conozco a estos dos chicos de nada y ni siquiera a ti tampoco te he tratado nunca en persona, sólo a través de papeles e intermediarios. No me malinterpretes, no pretendo ser desagradable, pero en estos tiempos que corren uno debe cubrirse bien las espaldas.

- Mattus, por todos los Dioses, ¿crees que tenemos pinta de agentes de contraespionaje? Míranos bien. El Gremio cuenta con varios en sus filas, pero te puedo asegurar que no estamos aquí en calidad de espías para constatar si eres fiel a la confidencialidad que nos prometiste. Puedes hablar tranquilo – indica Zanna firme, pero con una media sonrisa en el rostro.

- Ehh,… pienso que es suficiente ayuda el teneros alojados y a buen recaudo por unos días. No creo que…. - farfulla el librero antes de que la chica le interrumpa.

- Está bien. Prefería que no fuera así, pero me veo obligada a recordarte que nuestra copia de tu contrato con el Gremio puede estar en peligro de desvelarse en estos momentos. Dejé los papeles en el barco al verme obligada a huir. Podría ser que nuestros enemigos los encuentren y entonces todos tengamos problemas. El Gremio por supuesto, pero tú también Mattus. Cuatro generaciones de libreros intachables manchadas por estos pergaminos que no deberían ver la luz…

Las defensas del viejo librero por fin se derrumban. Su rostro incómodo se torna en una cara impregnada por el terror. Deduces que los papeles a los que ha hecho alusión Zanna deben de tratarse de alguna especie de contratos por los que el librero percibe compensaciones a cambio de facilitar esa serie de contactos de alto nivel al Gremio. Quizás el contenido de los mismos desvele datos o motivaciones oscuras que estén detrás de esa realización de los contactos en favor del Gremio... *Ve a la SECCIÓN 591.*

SECCIÓN 105

- *Si tienes la pista CRB, ve a la SECCIÓN 786 y no sigas leyendo.*
- *Si no tienes esa pista, sigue leyendo...*

Mientras sigues atento a todo lo que sucede, uno de los Embajadores extranjeros presentes en una de las mesas más importantes, se levanta y efectúa un discurso dirigido al Emperador. Unas palabras que no todos respetan mientras siguen haciendo buena cuenta del contenido de sus platos y sus rebosantes copas. Para poder saber de qué está hablando, vas a necesitar afinar tu oído. Quizás desde tu posición puedas escuchar qué dice. *Lanza 2D6 y suma tu modificador de Percepción (si tienes la habilidad especial de Oído agudo, suma +1 al resultado y si tienes Don de lenguas puedes acompañarlo con la lectura de sus labios y sumarte +2 extra):*

- *Si el resultado está entre 2 y 5, no logras entenderlo y vuelves a la SECCIÓN 786.*
- *Si el resultado está entre 6 y 12, ve a la SECCIÓN 139.*

SECCIÓN 106

Estás en la localización L3 del mapa. Antes de seguir, anota en tu ficha que has visitado un nuevo lugar hoy (recuerda que puedes ir a un máximo de 4 sitios cada día; uno menos si anoche te alojaste en la librería de Mattus). También lanza 2D6 para ver si, en el tránsito hacia esta localización, tienes algún encuentro con los matones que os persiguen. Si el resultado es de 10 o más, no te topas con ningún enemigo y puedes seguir leyendo. Si es inferior, debes evitar o vencer a los siguientes tipos que os descubren, para seguir leyendo (los enemigos indicados son los que debes enfrentar en solitario; no se detallan los rivales que atacan a tus compañeros y se considerará que ellos vencerán su combate si tú ganas el tuyo):

ENCAPUCHADO NEGRO 1	Ptos. Combate: +5	PV: 25
ENCAPUCHADO NEGRO 2	Ptos. Combate: +3	PV: 22
AZAFIO 1	Ptos. Combate: +6	PV: 30

Nota: *puedes tratar de evitar el combate si lanzas 2D6 y sumas tu modificador de Destreza obteniendo un 8 o más (si tienes la habilidad especial de Silencioso o de Camuflaje suma +2 por cada una de ellas). Si logras evitar a esos tipos, tendrás que marchar a otra localización del mapa (hasta el día siguiente no podrás intentar volver a este lugar).*

Ptos de Experiencia conseguidos: 12 P. Exp. si vences; 4 P. Exp. si escapas.

Avanzáis con extrema cautela por las callejuelas cercanas al Puerto Oeste. Vuestro objetivo es acercaros lo máximo posible al lugar donde recuerdas que estaba amarrado el barco *Rompeaires*.

- Si el *"contador de tiempo de la investigación"* es igual o inferior a 2 días, <u>ve a la SECCIÓN 365</u>.
- Si dicho contador es de 3 o más días, <u>pasa a la SECCIÓN 795</u>.

SECCIÓN 107 – Anota la Pista VCX y suma 22 P. Exp.

Imbuido por la grandiosidad del lugar, decides dedicar algo de tiempo a dar un paseo por la Vía Crixteniana, disfrutar de las grandes vistas y desconectar, por un rato, de tus obligaciones. También aprovechas para conocer algo más de esta zona noble de la capital, todo un portento de la arquitectura e ingeniería urbanas. Detrás de ese rostro bonito se encuentra una mente cultivada, como demuestra una vez más Zanna cuando pasa a relatarte la historia de este sitio.

De la chica azafia aprendes que el Gran Emperador Críxtenes II dotó a la ciudad de un arco de triunfo en memoria de la expulsión de los Xún del este. Este arco se encuentra tras la Puerta Dorada, la magnífica entrada norte de la ciudad. Del arco triunfal parte la principal avenida de Tol Éredom, la Vía Crixteniana, por la que transcurre un magnífico acueducto hasta llegar al punto donde están emplazadas las Grandes Cisternas de la Plaza de la Asamblea.

La Vía Crixteniana tiene en algunos puntos la friolera de cuarenta metros de ancho y cuenta con una longitud de varios kilómetros. Esta arteria es el centro de la vida social de Tol Éredom y se encuentra porticada a lo largo de todo su recorrido, transcurriendo el magnífico acueducto, como se ha dicho, en el tramo norte de la vía.

Parece ser que, un siglo y medio antes de Críxtenes, se dotó a la ciudad por primera vez de abastecimiento de agua, gracias al acueducto que mandó construir el Emperador de aquel entonces, cuyo nombre olvidas conforme Zanna lo menciona. La inexpugnable ciudad no sólo podía basar su defensa y supervivencia en sus recias murallas o en su extraordinaria y privilegiada situación, sino también en la capacidad para resistir prolongados asedios. Para ello, no bastaba sólo con abastecerla de alimentos por vía marítima, sino que también era necesario garantizar, por encima de todo, el suministro de agua a su población. Y ésta era una tarea muy difícil, pues se esperaba que en ella se establecieran varios cientos de miles de personas. Para dar una solución a este problema, los urbanistas que la diseñaron tuvieron la idea de dotarla de una red de cisternas subterráneas (que con el paso del tiempo llegó a superar el número de cincuenta). Y éstas, a su vez, debían ser abastecidas mediante acueductos que transportaban el agua desde montañas muy lejanas.

El agua que transportaba el acueducto vertía hacia un gigantesco depósito conocido como la Cisterna de Domos, de enormes dimensiones, 133 por 60 metros, guarnecido por dos dotaciones permanentes del ejército por su importancia vital. A posteriori, se añadió una cisterna anexa pegada a la anterior, la Cisterna Crixteniana, de dimensiones aún mayores. Ambas son las dos moles emplazadas en el extremo norte de la Plaza de las Asambleas, conocidas de forma pragmática como las Grandes Cisternas.

Un crecimiento tan desmesurado de la población requería también nuevas infraestructuras y servicios que no sólo cubrieran las necesidades de sus habitantes, sino que ofrecieran también trabajo a las grandes masas de desocupados que pululaban por las calles y que siempre estaban dispuestas a protagonizar sonoras protestas cada vez que la situación empeoraba. De este modo, fue preciso levantar un nuevo acueducto que ampliara el abastecimiento de agua, dando a la par trabajo a muchos ociosos. El más importante de todos ellos fue el que ordenó erigir el Emperador Críxtenes, como no, y traía agua desde distancias formidables de cientos de kilómetros.

En la tercera y más sureña de las plazas que recorre la avenida, en medio del caos que supone la Feria que se está celebrando estos días, ves la Columna Fundacional de la capital, donde se dice que se ideó la construcción original de esta magnífica urbe y el punto desde el que se miden todas las distancias hasta las distintas ciudades del Imperio (también representa el lugar donde acaba la Vía Crixteniana y donde das marcha atrás tras este agradable paseo). **Recuerda anotar la pista VCX.** *Regresa a la SECCIÓN en la que estabas antes de venir aquí y sigue leyendo.*

SECCIÓN 108

De pronto, recuerdas que portas contigo un pergamino que te dio, en señal de agradecimiento, el hebrita que rescataste del abordaje de los juvis en plena mar al *Serpiente Dorada*. El documento es un salvoconducto acreditativo para su portador de que es afín y simpatiza con la comunidad hebrita. Ahora es el momento de emplearlo. Lo muestras al viejo monje, quién te dedica una inquisitiva mirada mientras piensa si hablar. *Pasa a la SECCIÓN 932.*

SECCIÓN 109

Recuerdas que la guarida secreta de la banda de Jinni y Elavska se encuentra en este Barrio Norte. En concreto:

L38 -> SECCIÓN 1006 – Guarida secreta de la compañía de Jinni y Elavska

Puedes visitarla ahora, regresar a la SECCIÓN 62 desde la que has venido o puedes continuar con tu investigación en cualquier otro lugar del mapa.

SECCIÓN 110   +10 P. Exp.

Como un titán, aplastas a tu rival justo en el momento en que Gruff por fin decanta a su favor su combate y acaba con su oponente.

El ruido de muebles y cristales rotos, así como los gritos de los combatientes, invaden tus oídos mientras ves con gran sorpresa al gigante azafio llamado Azrôd entrar en la estancia. Se dirige directamente hacia el guardia que ha cercenado la cabeza de su compañero y que ahora mantiene su sable cerca del desprotegido cuello de Sígrod, al que mantiene apresado. Sígrod reclama desesperadamente la ayuda de Azrôd y éste se aproxima sin demora hacia él.

Pero, lejos de prepararse para la lucha, el guardia azafio que retiene al hebrita asiente con la cabeza y cede su presa al gigante recién llegado, que golpea el rostro de Sígrod con su puño cerrado haciendo que pierda inmediatamente la conciencia.

¿Qué diablos está pasando? ¿Qué traición está perpetrándose en esta sala de sangre y muerte en la que estás? ¿Por qué tienes tan mala suerte? Por desgracia no tienes tiempo para la autocomplacencia y de nuevo debes reaccionar al ataque de un temible guardia meribriano que se abalanza contra tu amigo Gruff y tú. *Recuerda beneficiarte de las ventajas de luchar acompañado contra un único rival.*

MERCENARIO DE LA GUARDIA MERIBRIANA
Puntos de Combate: +6   Puntos de Vida: 15 (está herido)

- *Si vences a tu rival, ve a la SECCIÓN 572.*
- *Si no es así, pasa a la SECCIÓN 681.*

SECCIÓN 111   +20 P. Exp.

Con sumo cuidado, entregas tus coronas de oro a la chiquilla, quién las coge con una mirada cargada de esperanza por vivir. No sabrás jamás si habrá servido de algo, pero tu conciencia respira muy tranquila y tus acompañantes te felicitan por el gesto de humanidad que has tenido.

Continúas tu marcha. *Haz las anotaciones oportunas en tu ficha de personaje y ve a la SECCIÓN 147.*

SECCIÓN 112   +14 P. Exp.

La persecución de la niña acaba unas pocas manzanas al noroeste de la atestada plaza, en una zona de intrincadas callejuelas. La chiquilla ha entrado en una vieja tienda de quincallería varia cuya puerta está abierta de par en par.

- *Si entras dentro del pequeño establecimiento, pasa a la SECCIÓN 531.*
- *Si optas por abortar tu plan y regresar a la plaza. Ve a la SECCIÓN 407.*

SECCIÓN 113

Entre la gran construcción que alberga la Escuela de Guerreros y otros edificios ubicados al oeste de la anterior, encuentras un lugar en el que hay multitud de carruajes, aparejos y objetos de todo tipo apelotonados. Es una zona donde hay muchos recovecos en los que podrías encontrar un escondite con el que burlar a la guardia y esperar a que caiga la noche. De tu pericia va a depender el éxito de tu estratagema.

Lanza 2D6 y suma tu modificador de Destreza (si tienes la habilidad especial de Camuflaje, suma +2 extra al resultado):

- *Si el resultado está entre 2 y 8, ve a la SECCIÓN 289.*
- *Si está entre 9 y 12, sigue en la SECCIÓN 695.*

SECCIÓN 114

Tras mucho insistir, no solo a este tozudo burócrata sino a algún otro funcionario al que pillas desprevenido en la amplia sala, finalmente eres recibido por un oficial intermedio en su despacho privado. Éste os dice que el Gobernador del Banco Imperial y también Consejero de los Caudales, Edugar Merves, no suele frecuentar esta sede y que suele encontrarse en su mansión privada, desde donde gestiona todos sus importantes quehaceres. Añade que el hombre que administra el día a día del Banco desde estas oficinas es el gerente Thomas Flépten, con el que hoy es imposible concertaros ningún tipo de cita. *Pasa a la SECCIÓN 905.*

SECCIÓN 115 – Anota la Pista DKA

Te interesas por los aquilanos de forma abierta y así se lo haces saber al monje. Le preguntas si sabe dónde son llevados cuando la guardia de la ciudad les pone la mano encima y éste comenta que los apresados son obligados a realizar trabajos forzosos en las murallas de la ciudad o acaban ejecutados. El delgado clérigo indica una zona del perímetro de la capital donde se están reconstruyendo dichas murallas *(localización L2 del mapa -> SECCIÓN 230)* y te dice que quizás allí puedas encontrar a alguno de esos bandidos herejes. Tomas buena nota de la información conseguida. **Recuerda anotar la pista DKA** y *vuelve a la SECCIÓN 219.*

SECCIÓN 116 – Anota la Pista GJM

No ha resultado fácil, pero por fin has logrado tu cometido. Necesitas saber cosas en esta guarida secreta. ¿Podría alguien de la banda de Jinni y Elavska haber traicionado a los hebritas, vendiendo la información extremadamente confidencial de la trama? ¿Estará ahí dentro Jinni, tal como os indicó cuando os separasteis?

A una treintena de metros, ves un viejo edificio que encaja con la descripción que el juvi le dio a la chica azafia. Las ventanas y el portón de doble hoja están cerrados a cal y canto, como si el edificio estuviese totalmente abandonado. Te acercas y te sitúas delante de la entrada. Un picaporte bajo un ventanuco de un palmo de anchura, es todo lo que ves en esa robusta puerta cuya cerradura encajaría con una llave gruesa. Haces sonar el picaporte y esperas, impaciente, a ver si hay respuesta…

- *Si tienes la pista DOC, ve a la SECCIÓN 276.*
- *Si no tienes esa pista, pasa a la SECCIÓN 225.*

SECCIÓN 117 – LUGAR DE DESPERTAR ESPECIAL

*Anota el número de esta sección en tu **FICHA DE INVESTIGACIÓN** y **haz una fotografía a la misma** asegurándote de que aparezcan en ella los **dos contadores de tiempo** y las **pistas conseguidas** hasta el momento en que llegaste aquí por primera vez. Esta sección es un Lugar de Despertar Especial, por lo que ya no necesitas comenzar desde el inicio del libro en caso de que mueras pudiendo seguir desde aquí y **además sin gastar ningún punto de ThsuS** para este Lugar de Despertar en concreto. Simplemente **resetea tus dos contadores de tiempo y tus pistas** a los de la fotografía que tomaste según lo indicado antes y reinicia la partida. De esta forma, si mueres y tienes que volver a este lugar de despertar en concreto, podrás "resetear" las pistas a las que tuvieras en el momento en que llegaste por primera vez aquí y, a partir de ahí, volver a ir coleccionando pistas que has perdido y otras nuevas que puedas conseguir.*

En los Jardines Imperiales, hoy se celebra un evento de la mayor magnitud política: la cena de gala en honor del cumpleaños de la Madre del Emperador. En él van a darse cita las principales personalidades de la ciudad y de otros lugares del Imperio. Tienes la firme convicción de que entre los asistentes se encuentra el artífice del secuestro de Sígrod y, por tanto, el objetivo de tus pesquisas. Es imprescindible que tú estés entre los presentes y des con él durante la cena.

- *Si tienes la pista SHI, pasa a la SECCIÓN 904 y regresa aquí de nuevo.*
- *Si no tienes esa pista, sigue leyendo...*

Es imposible que todos podáis entrar al exclusivo evento, así que te despides de tus compañeros, que marchan a casa de Mattus llevando consigo tus armas. La residencia del librero se encuentra al otro lado de la ciudad y hay un buen trecho hasta llegar allí, pero es vuestro centro de operaciones más seguro y el lugar que consideráis mejor para que ellos aguarden tu regreso con noticias. Esperas en las inmediaciones de los jardines hasta que los últimos rayos de sol desaparecen en poniente, momento en el que el repicar de las campanas en la Colina de los Templos anuncia el inicio del esperado acontecimiento. Te acercas al recinto dispuesto a realizar tu cometido...

Nota de juego: Ten presente que tus compañeros no están contigo y que tampoco tienes ninguna de tus armas (como es lógico no está permitido el acceso con ellas). También anota en tu ficha que has agotado todas las localizaciones que puedes visitar hoy, dado que ha caído la noche mientras esperabas a que empezara el evento.

- *Si tienes la pista ZAB o la pista NPV, pasa a la SECCIÓN 454.*
- *Si no tienes ninguna de las dos pistas, ve a la SECCIÓN 607.*

SECCIÓN 118   +20 P. Exp.

Dedicas un tiempo a indagar sobre el pasado de la capital del Imperio. Lanza 2D6 y suma tu modificador de Inteligencia. Si el resultado es igual o superior a 9, habrás sido ágil en recopilar y estudiar lo que buscas, invirtiendo, por tanto, poco tiempo. Pero si el resultado es igual o inferior a 8, anota en tu ficha que has agotado una localización adicional en el día de hoy (si no quedaban más localizaciones por visitar hoy, entonces debes abandonar la Gran Biblioteca y regresar otro día).

*Toma nota en tu ficha del número de esta sección, puesto que **ya no podrás regresar a ella**. Esto es lo que averiguas:*

Tol Éredom es la urbe más poblada del Imperio, con una población que roza los doscientos mil habitantes, según los censos más recientes. Centro político y religioso, es también un polo económico de primera magnitud, no sólo actualmente, sino desde hace siglos.

La ciudad no solo ha sido siempre una escala obligada de las principales rutas marítimas, sino que en ella también existe una poderosa industria que históricamente ha abastecido al resto del Imperio de joyería, tapices y textiles de alta calidad, iconos religiosos, libros y numerosos productos de lujo de muchas clases, entre ellos la preciada *selkdia*.

En época del Emperador Semeles IV, siglos atrás, dos monjes del Hebrismo (por aquel entonces la religión oficial del Imperio) viajaron, en el ejercicio de su actividad evangelizadora, hasta tierras lejanas más allá de la Marca del Este. Allí llegaron a contactar, según dicen las crónicas, con gentes extrañas que estaban acostumbradas a lidiar con los orientales y peligrosos Xún, a los que lograron satisfacer con tributos y de los que aprendieron el arte de cultivar unas plantas de la estepa conocidas como *selkaidas*. A ojos de estos dos monjes occidentales, todo en las costumbres de estas gentes resultaba chocante y revelador, máxime cuando descubrieron, con gran sorpresa, que esas anodinas plantas eran capaces de engendrar un material suave y bello, de especial elasticidad y resistencia, al que esos salvajes llamaban *selkdia*. Los Xún lo empleaban para confeccionar sus ligeros ropajes, con los que podían atravesar distancias enormes gracias a su especial naturaleza y estos bárbaros estaban aprendiendo a hacer lo mismo con ello. Servían tanto para batallar como para engalanarse, tal era su excelente condición. Los impresionados monjes, a su regreso a occidente, transportaron en el interior de sus báculos unas pocas semillas de *selkdia*. Las llevaron consigo en secreto y con gran discreción, puesto que exportarlas estaba castigado por los Xún con la pena de muerte, como bien aprendieron de los salvajes de las estepas. Y así es cómo finalmente estas semillas llegaron a Tol Éredom, dando origen a una de las más prósperas y lucrativas industrias, ahora ya extendida por medio Imperio.

No sólo por la *selkdia*, sino por otros muchos motivos, tanto económicos como sociales, religiosos y políticos, Tol Éredom prosperó a lo largo de los siglos. Y esto fue así hasta que, fruto de la tensión de las naciones vecinas y de las invasiones de los Xún del este, su crecimiento se estancó y, poco a poco, la ciudad se fue transformando internamente. Comenzó a descuidar sus monumentos, sus obras de arte y el mantenimiento de sus empedradas calles y pasó a centrarse en su propia seguridad, focalizando sus esfuerzos en las impresionantes murallas y en los sistemas de defensa de acceso a la ría, alzando estructuras gobernadas desde el Gran Faro.

Ya no llegaban tantos ingresos procedentes de los impuestos del exterior ni de los botines de conquista. El Imperio dejó de anexionar nuevas tierras con sus correspondientes recursos y la recesión tomó el relevo al crecimiento. Para colmo de males, los enemigos en algunos momentos llegaron, incluso, a hacerse con el control de las principales rutas comerciales, tanto de las terrestres como de las marítimas y, de esta forma, se redujeron sustancialmente los pingües beneficios que el comercio había reportado a las arcas imperiales. Y al no haber dinero, tampoco había obras. El tesoro imperial se había reducido casi a la cuarta parte del que había en los mejores tiempos y los gastos habían aumentado a consecuencia de las continuas guerras. Con esta situación, no es de extrañar que se abandonaran la mayor parte de las obras que hasta entonces se habían realizado para embellecer la ciudad o para dotarla de mejores infraestructuras y servicios. Incluso hoy en día, a pesar de la obra restauradora del Gran Críxtenes, el estado de deterioro de varias zonas de la ciudad es palpable, sobre todo si uno se aleja de la Vía Crixteniana, del Distrito Imperial con sus mansiones palaciegas y de los santuarios domatistas wexianos, cuyo mantenimiento es impulsado por sus clérigos y monjes.

Has averiguado un poco más sobre la ciudad y, aunque esto puede ayudarte poco en tu misión, has acumulado un buen puñado de puntos de experiencia por los conocimientos adquiridos. Vuelve a la SECCIÓN 836.

SECCIÓN 119

Tras tu estancia en el santuario, regresas al bullicio de las calles de Tol Éredom para seguir explorando la ciudad. *Puedes continuar con tu investigación en cualquier otro lugar del mapa.*

SECCIÓN 120

- *Si tienes la pista RCH, ve directamente a la SECCIÓN 779.*
- *Si tienes la pista CIT, ve directamente a la SECCIÓN 931.*
- *Si no tienes la pista CIT pero tienes la pista NAL, ve a la SECCIÓN 1002.*

SECCIÓN 121

Justo cuando alcanzas el pie de las estrechas escaleras y accedes a un largo pasillo recto, te topas de frente con dos hombres con aspecto de marinero. El susto que sufren ambos tipos al verte es tremendo. Para nada esperaban este encuentro.

- *Si les atacas directamente, pasa a la SECCIÓN 528.*
- *Si tratas de engañarles, ve a la SECCIÓN 758.*

SECCIÓN 122

Indicas a tus compañeros que te esperen fuera. Lo vas a intentar en solitario a pesar de los riesgos que conlleva. Desoyes sus consejos para que no lo hagas, esperas a que se alejen en dirección sur hacia las callejuelas que parten del lugar y repasas mentalmente la jugada varias veces antes de decidirte a actuar...

Lanza 2D6 y suma tu modificador de Destreza (si tienes la habilidad especial de Camuflaje suma +2 extra y si tienes la de Silencioso suma otro +1 extra):

- *Si el resultado está entre 2 y 8, ve a la SECCIÓN 852.*
- *Si está entre 9 y 12, sigue en la SECCIÓN 701.*

SECCIÓN 123

Antes de seguir, anota en tu ficha que has visitado un nuevo lugar hoy (recuerda que puedes ir a un máximo de 4 sitios cada día; uno menos si anoche te alojaste en la librería de Mattus).

Vas a visitar el Barrio de los Mergueses a nivel general con tal de entender su idiosincrasia y valorar si ésta puede ser o no una parte de la ciudad en la que continuar tus indagaciones. Estás en la zona del mapa entorno a L16. No vas a tener que realizar ninguna tirada de encuentros con tus perseguidores para esta localización L16 en concreto.

En esta localización genérica L16 no vas a ir a ningún edificio en particular, sino que vas a explorar las calles del barrio con tal de empaparte de las gentes que lo habitan y lo que aquí sucede. Para ello, sigue leyendo en la SECCIÓN 140.

SECCIÓN 124

Gracias a tu carta de recomendación, el Gerente es algo más locuaz y, tras sacarle tú el tema, te confirma que en el Banco Imperial están inquietos con todo el contexto que se está dando en la ciudad.

Acerca de los chipras indica que, pese a ser responsables de mucha inestabilidad, son un mal necesario como obreros que sustentan el sistema. Añade que tienen buena parte de culpa en lo caldeado que está el ambiente, pero opina que no solo por ellos se está viviendo un mal momento, sino que también el Gremio de Prestamistas de Meribris tiene su parte de culpa. En su opinión, el Gremio está jugando a dos bandas al reforzar financieramente tanto a wexianos como a aquilanos, sus acérrimos enemigos en esta Guerra. Los prestamistas hebritas están ahogando al Banco Imperial, que ha perdido influencia en la zona de control de los aquilanos, donde el Gremio parece moverse mejor a pesar de que también tiene su sede central en la zona controlada por Wexes.

Le preguntas acerca de esta última afirmación y el Gerente te contesta que no hay que olvidar que el Gremio de Meribris es un banco de raíces hebritas y que, en estos momentos, el país de Hebria, en el occidental Istmo de Bathalbar, está bajo el control de Aquilán. A través de los congéneres de esta nación, el Gremio está ganando peso en la zona aquilana. Remata diciendo que hay mucho en juego y se dispone a cambiar de tema.

- *Si le preguntas abiertamente acerca de qué tal le va al Banco Imperial a nivel de competencia de mercados financieros con el Gremio de Prestamistas de Meribris, ve a la SECCIÓN 575.*
- *Si te interesas por el término Mergués y lo que éste simboliza, así como acerca del nombre del Distrito de los Mergueses en el que se emplaza esta sede del Banco Imperial, ve a la SECCIÓN 415.*
- *Si le preguntas sobre su relación con Edugar Merves, el Gobernador del Banco Imperial y Consejero de los Caudales, sigue en la SECCIÓN 255.*
- *Si solicitas algún tipo de salvoconducto para poder visitar a Edugar Merves en su mansión privada, pasa a la SECCIÓN 392.*

SECCIÓN 125

Tras mandar apresar a Zork, quien vistas las circunstancias no ofrece mayor resistencia, Wolmar escucha atentamente tu relato de los hechos asintiendo y encajando todas las connotaciones y derivadas que de él se desprenden. Finalmente, cuando acabas, te estrecha la mano con firmeza en señal de agradecimiento. Sientes un amargo regusto tras haber mentido a este hombre que parece franco, además de ser consciente de que esta falsa acusación acarreará consecuencias imprevisibles en adelante. Pero no podías fallar a Zanna y a los hebritas, que han salvado las deudas de tu familia con el pago de tu recompensa.

- Acabas de hacer un gran favor a mi pueblo y también al Imperio. La amenaza externa debe ser erradicada. Ahora sé lo que necesitaba para regresar a mi país, demostrar que sigo vivo y comunicar toda esa trama – la decisión y las ganas de pasar a la acción gobiernan el semblante de Wolmar.

Tal como te ha prometido, el líder gomio libera a vuestros queridos familiares. Te fundes en un intenso abrazo con tu amada madre y tu querida hermana. Lágrimas liberadoras bañan tu rostro tras tantos meses de tensión acumulada. *Ve a la SECCIÓN 1029.*

SECCIÓN 126

"¿Por qué me he dejado llevar por la locura? No puedo ser más desgraciado. Ahora no es el momento de encontrarme con la muerte. No quiero. No, por favor. No quiero fracasar y fallar a mi gente..."

La mente te posee con estos pensamientos sombríos mientras resistes unos embates de lucha. Finalmente, una multitud de espadas ensartan tu cuerpo hasta arrancarle el último resquicio de vida.

FIN – si tienes algún punto de ThsuS, "Todo habrá sido un Sueño" y podrás retomar la aventura desde el Lugar de Despertar que desees entre los que tengas anotados en tu hoja de personaje. Si no es así, debes comenzar de nuevo desde el principio o desde algún Lugar de Despertar Especial que tengas. **Recuerda resetear, en tu FICHA DE INVESTIGACIÓN, tus dos cuentas de tiempo y las pistas conseguidas a las que tuvieras cuando llegaste a ese Lugar de Despertar del que reinicias.**

SECCIÓN 127

Los tipos que conducen la carreta hacen indicaciones al encapuchado que les estaba esperando y este último se sube al transporte al instante y sin rechistar. Sin tiempo para que puedas reaccionar, el carruaje parte raudo desapareciendo de tu vista. Es evidente que estos tipos esperaban descargar su "mercancía" en este edificio abandonado, dónde les estaba esperando el último de ellos. Pero sus planes se han visto truncados y parece claro que prefieren apartarse de esta zona para evitar que alguien dé el aviso y sus asuntos sean destapados. No sabes si tu frustración supera a tu curiosidad o si es a la inversa.

- *Si intentas dar el aviso de lo sucedido a la guardia de la ciudad y marchas a buscarla para, al menos, mostrarle el cadáver que seguramente yace todavía en el puerto, ve a la SECCIÓN 631.*
- *Si prefieres olvidar este asunto y volver a tus quehaceres, puedes continuar con tu investigación en cualquier otro lugar del mapa.*

SECCIÓN 128

Por fortuna, ninguna de las flechas te alcanza y sales ileso de esta ráfaga. Ve a la SECCIÓN 907.

SECCIÓN 129

Haciéndote pasar por aguador, consigues acercarte a uno de ellos, un hombre de aspecto famélico, repleto de sudor y suciedad. *Lanza 2D6 y suma tu modificador de Carisma para tratar de arrancarle algunas palabras al respecto del tema que te preocupa (si le entregas en secreto raciones de comida, suma +1 extra por ración; debes indicar cuántas le entregas antes de efectuar la tirada):*

- Si el resultado está entre 2 y 9, <u>*ve a la SECCIÓN 515.*</u>
- Si está entre 10 y 12, <u>*sigue en la SECCIÓN 422.*</u>

SECCIÓN 130

- **Si tienes la pista HIC,** *ve a una de las dos opciones siguientes:*
  - *Si el "contador de tiempo de tu investigación" es de 15 días o menos y además NO tienes la pista TSF, <u>ve a la SECCIÓN 753.</u>*
  - *En caso contrario, <u>pasa a la SECCIÓN 644.</u>*

- **Si NO tienes la pista HIC,** *ve a una de las dos opciones siguientes:*
  - *Si el "contador de tiempo de tu investigación" es de 15 días o menos y además NO tienes la pista TSF, <u>ve a la SECCIÓN 277.</u>*
  - *En caso contrario, <u>pasa a la SECCIÓN 22.</u>*

SECCIÓN 131

Estás en el hexágono F6. Caminas entre multitud de puestos de venta de alimentos variados. La verdad es que los precios son muy buenos *(puedes conseguir las raciones diarias de comida que quieras a un precio de 0,5 CO por día; cada ración ocupa 1 VC en tu inventario).*

Aprovechando un momento de distracción mientras tratas de evaluar la zona del mercado en la que te encuentras, un cortabolsas trata de robarte. *Haz ya mismo una tirada de 2D6 y suma tu modificador de Percepción (si tienes la habilidad especial de Sexto Sentido, suma +2 extra):*

- Si el resultado está entre 2 y 8, el maldito y escurridizo ladrón te arrebata parte de tu inventario sin que te des ni cuenta. Pierdes ítems en tu inventario por valor de 1D6+3 VC como mínimo. Elige qué objetos o armas sacrificas y maldice a todos los dioses por no haberlo detectado. **Recuerda que estabas en el hexágono F6.** <u>"Puedes seguir explorando la Feria en la SECCIÓN 413".</u>
- Si el resultado está entre 9 y 12, tienes éxito en tu detección y, aunque no logras atrapar al cortabolsas, no pierdes ninguna de tus posesiones y además ganas 10 P. Exp. **Recuerda que estabas en el hexágono F6.** <u>"Puedes seguir explorando la Feria en la SECCIÓN 413".</u>

SECCIÓN 132

Tu corazón se para de pronto y temes desmayarte por el impacto. Conoces ese rostro, esa cabellera rubia y ese porte de guerrero. El tatuaje en forma de dragón que posee en el lado izquierdo del cuello lo delata. Te topaste con él al inicio de tu aventura, cuando aún estabas encaminándote al bosque de Táblarom para encontrar el maldito cofre. ¡No crees lo que estás viendo!

Tu acompañante te dice que Sir Ánnisar es el hermano de Wolmar, el heredero de Gomia asesinado vilmente por los tirranos, mientras éste marchaba en ayuda de Tirrana en la guerra contra Aquilán junto a su hermano Kontar, menos conocido por ser el segundo en la línea de sucesión al trono de su país.

Entonces un rayo de clarividencia atraviesa tu mente y caes en la cuenta de que el tatuaje de Sir Ánnisar está en el lado izquierdo de su cuello, cuando el hombre con el que te topaste al inicio de tu aventura, de idéntico rostro a este, tenía dicho tatuaje en el lado derecho. Ambos no son la misma persona aunque se parezcan como dos gotas de agua. ¡Son hermanos gemelos! *Sigue en la SECCIÓN 613.*

SECCIÓN 133   +15 P. Exp.

La cimitarra de tu rival pasa rozando tu desprotegido cuello, aunque no acierta a alcanzarlo. Es un oponente escurridizo y traicionero que puede acabar con tu vida en cualquier momento. Pero no va a ser hoy el día en que sucumbas ante él. Por fin, encadenas una serie de mandobles que superan las defensas del azafio, quien cae abatido y sobrepasado por tu brutal fuerza. Eres un guerrero temible, ya nadie duda de ello. Incluso el propio Azrôd parece haberse dado cuenta de eso. Lejos de subestimarte, ves cómo decide huir en lugar de atacarte, momento en que emprendes una desesperada carrera tras él para intentar darle alcance. *Ve a la SECCIÓN 565.*

SECCIÓN 134

- Tenemos estos papeles. No hace falta que detalle lo que contienen. Puedes ver el sello que aparece como una de las firmas al pie de uno de ellos. Es el emblema de tu compañía mercenaria y se trata de un contrato que la vincula a nuestra causa – dices con toda la firmeza que eres capaz de reunir, mientras dejas entrever ese contrato.

Zanna añade varios apuntes acerca de vuestra misión y de la trama que une a los mercenarios de Elavska con el Gremio de Prestamistas de Meribris.

Los tres tipos os miran con el ceño fruncido, intentando asimilar la información que les dais y tratando de entrever si los estáis engañando. *Ve a la SECCIÓN 626*.

SECCIÓN 135

Lanza 2D6 sin sumar ningún modificador (salvo que tengas la habilidad de Suerte, en cuyo caso añade +1 extra al resultado):

* *Si el resultado está entre 2 y 9, ve a la SECCIÓN 367.*
* *Si está entre 10 y 12, pasa a la SECCIÓN 625.*

SECCIÓN 136

* *Si no tienes la pista ENV, ve a la SECCIÓN 290, lee lo que allí se indica y regresa de nuevo aquí (anota el número de esta sección para no perderte al volver).*
* *Si ya tienes esa pista ENV, ve a la SECCIÓN 463.*

SECCIÓN 137

* *Si tu contador de tiempo de la investigación es de 4, 9, 14 o 19 días, hoy es día de Asamblea en la plaza. Sigue en la SECCIÓN 99.*
* *En caso contrario, no tienes nada que hacer aquí. Puedes continuar con tu investigación en cualquier otro lugar del mapa.*

SECCIÓN 138

Tus compañeros y tú corréis como condenados alejándoos de los aquilanos. No quieres que se os relacione con ellos, aunque sabes que has perdido una buena ocasión para averiguar más cosas sobre ellos. *Puedes continuar con tu investigación en cualquier otro lugar del mapa.*

SECCIÓN 139 – Anota la Pista CRB

Parece que quien habla es el Embajador de la orgullosa nación de Safia, un estado con larga trayectoria histórica, más viejo aún que el Imperio (cuya fundación fue siglos después). Safia se encuentra al norte de Valdesia, región en la que están ganando poder de forma preocupante los silpas y en la que hay un pequeño país que antiguamente formó parte de Safia hasta su reciente independencia: Tallarán. Los safios temen que los silpas también anexionen, o pasen a tener en su órbita, a este territorio que, hasta hace poco, fue suyo.

Al parecer, los safios están preocupados por el cariz que están tomando los acontecimientos en esta extensa región de pastos verdes vecina a su estepario país y en la que tienen muchos intereses. Reclaman ayuda al Emperador para mantener a raya a los ejércitos a sueldo de los inquietantes silpas, quienes parecen tomar control de sus acólitos con el poder de sus turbadoras mentes. Parece que en Valdesia, los silpas no sólo cuentan con mercenarios contratados a sueldo, sino también con criaturas caóticas como orguls y grabbins, a los que someten y sobornan con parte de los botines que consiguen en su expansión constante en el continente. Lejos queda ya la era en que los silpas permanecían en sus gélidas islas de Héladar, en el lejano norte.

Estas sombrías noticias, unidas al firme discurso del Embajador de Safia y al rostro preocupado de no pocos asistentes, provocan que muchos comensales callen y pongan sus oídos a escuchar. Parece que la fiesta se está aguando por momentos y esto se percibe en el ambiente. Wexes toma la palabra para intentar levantar los ánimos y afirma que pronto la situación en Valdesia pasará a estar bajo control. Tiene toda su confianza intacta en que el consejero Tövnard, enviado con una legación diplomática a esa región para reclamar a los silpas la traición cometida al Imperio, logre su cometido y deje claro a los dirigentes de Héladar que no pueden campar impunemente y a sus anchas por donde se les antoje.

En este momento, para sorpresa de todos, Sir Crisbal de Réllerum, el consejero silencioso, toma la palabra mirando a Wexes.

- No solo en Valdesia asoma la desolación, mi excelencia. En Azâfia también tenemos serios problemas. El Patriarcado de Sahitán está poniendo contra las cuerdas a los territorios controlados por el Imperio. Los consejeros discutimos hace unos días la posibilidad de ceder Casbrília al Patriarcado con tal de aplacar su ambición y congelar por un tiempo sus agresiones. De hecho, esto se aprobó en el último Consejo. Debo recordar que estuve en contra de esta concesión y así lo mantengo, dado que esto solo habrá valido para demostrar a los sahitanos que somos débiles y pueden hacer más anexiones. Y para más inri, se une el hecho de que ahora los hebritas de Hebria, no muy lejos de mi tierra, Réllerum, son aquilanos y, por tanto, se suman a la lista de nuestros enemigos en la región – dice Crisbal mientras su rostro se torna rojo no por el vino, sino por haber vencido su timidez por unos segundos, antes de sentarse de nuevo.

El silencio es sepulcral cuando Fento Chesnes, el representante del pueblo chipra en el Consejo, toma la palabra. Arranca varios aplausos al atacar a los hebritas recordando a todos que nunca han sido de fiar y mucho menos ahora que la mayor parte de ellos están al amparo de los malditos aquilanos. Acaba su perorata diciendo que los chipras nunca olvidan e invita a todos a que hagan lo propio.

La temperatura de la cena parece haber bajado unos grados y la tensión es palpable. Pero entonces, la madre del Emperador, Déuxia Córodom, se alza en pie y mira a todo el mundo, levanta su copa y exhorta a todos a confiar en la ayuda del Dios verdadero en estos momentos de incertidumbre. Un Dios cuya sangre fluye aún en las venas de su legítimo heredero, su hijo, el Emperador Wexes. El Sumo Sacerdote se suma al brindis y, uno a uno, lo hacen casi todos los miembros del Consejo. Varios vítores suenan entre el público y pronto el regocijo y el alcohol vuelven a tomar el control del ostentoso evento. ***Recuerda anotar la pista CRB*** y *vuelve a la SECCIÓN 786.*

SECCIÓN 140 – Anota la pista MGU y suma 10 P. Exp.

Mientras caminas por las cuidadas calles del barrio donde se asienta la clase mercantil de la ciudad, escuchas atentamente la detallada descripción que Zanna te hace de los *mergueses*, el nombre con el que son conocidos los comerciantes, mercaderes y patrones de Tol Éredom. La chica azafia parece saber bastante del contexto de este estrato social de la capital y te lo cuenta mientras camina a tu lado.

Zanna comenta que, como gran ciudad comercial que es Tol Éredom, la clase pujante de los *mergueses*, instituidos muchas veces en castas nobiliarias a posteriori de su éxito empresarial, han arrebatado el poder en los últimos tiempos a las Viejas Casas cuyo poder estaba fundamentado en la posesión de tierras y las viejas conquistas militares.

Algunas familias de mercaderes habían prosperado tanto que acabaron convirtiéndose, incluso, en prestamistas que acabaron mutualizando riesgos, pero también beneficios, al fundar el Banco Imperial.

Así pues, deduces que hay, generalizando, una casta decadente (la vieja nobleza terrateniente) y otra ascendente (la nueva clase de los mergueses) y que ambas intentan ganar su influencia en el Consejo de Tol Éredom, donde seguramente tendrán representantes de cada bloque.

Según Zanna, la clase de los mercaderes y los gremios de artesanos dependientes de ellos para sus exportaciones, van ganando poco a poco la partida. Gracias a ello, poco a poco, han conseguido ir sustituyendo el *derecho feudal* por el *derecho de la merguesía*, que exige por razones de trabajo la libertad personal para los habitantes de la ciudad, la posibilidad de moverse a cualquier tierra a hacer negocio y la supresión de las trabas y el control feudal al comercio.

Así pues, parece que los ciudadanos de la capital disfrutan de un estatuto privilegiado respecto a los habitantes de otras zonas del Imperio. Qué decir de tus pobres familiares, con una libertad supeditada al cumplimiento de unas cuotas de producción so pena de perder la libertad por el impago de las deudas.

Los ciudadanos mercaderes disfrutan de exenciones de cargas, prestaciones públicas, supresión de pagos de impuestos por posesión de suelo y edificios, libre disposición de adquirir bienes y cambiar de residencia, derecho a celebrar mercados y, por último, liberación de todos ellos y sus empleados de las obligaciones de alistarse a las milicias en la guerra.

A pesar de todos estos privilegios, los mergueses están muy preocupados por el impuesto de circulación de mercancías, una tasa que el Emperador había ratificado recientemente tras las presiones de las Viejas Casas nobiliarias. Esta imposición, recordemos, había molestado tanto a los juvis de las Islas Jujava, que les había hecho decantarse a favor de Aquilán en la Guerra Civil Sucesoria. Pero esta tasa también había levantado ampollas entre muchos mergueses de Tol Éredom…

Sin embargo, el resto de privilegios y el aumento demográfico engendraron una prosperidad económica manifestada en una mayor difusión de los mercados, en un desarrollo desorbitado de los grandes puertos de la ciudad y en la aparición de gran número de artesanos, algunos de ellos desarrollando incipientes industrias textiles, de curtido, de forja y herrería, carpintería, etc. Una prosperidad que estaba sufriendo una clara erosión desde la Guerra. **Recuerda anotar la pista MGU** y _sigue en la SECCIÓN 552_.

SECCIÓN 141

No haces más que perder el tiempo, ya que no ocurre nada y parece que no hay nadie dentro. Desesperado por la espera, decides por fin largarte a otro lugar de la ciudad. _Puedes continuar con tu investigación en cualquier otro lugar del mapa (hasta mañana no podrás volver a esta localización)._

SECCIÓN 142   +8 P. Exp.

Parece que hay buenas noticias. Mattus os informa que el escriba contestó a su carta indicando el día exacto en que se pasará por la librería _(anota en tu ficha que será el día 10 de tu contador de tiempo de la investigación)._ _Puedes continuar con tu investigación en otro lugar del mapa._

113

SECCIÓN 143 – LUGAR DE DESPERTAR ESPECIAL

*Anota el número de esta sección en tu ficha de personaje junto con el contador de tiempo en el momento en que llegaste aquí por primera vez. Esta sección es un Lugar de Despertar Especial, por lo que ya no necesitas comenzar desde el inicio del libro en caso de que mueras pudiendo seguir desde aquí y **además sin gastar ningún punto de ThsuS** para este Lugar de Despertar en concreto en el que te encuentras.*

- Y bien amigos. No tenemos tiempo que perder. Yo mismo voy a tener que dar explicaciones en Meribris del atraso. He de reconocer que empezaba a estar ya nervioso ante vuestra tardanza. Pensaba que Elavska y los suyos iban a fallarme en el encargo y estaba revisando ciertas cláusulas económicas del contrato para compensar las molestias causadas. Pero por fortuna, parece que el plan ha llegado a buen puerto – dice el hebrita tratando de ser amable aunque su voz delata urgencia.

- Eh…, tuvimos que superar graves contratiempos hasta llegar aquí, mi señor. Un naufragio en alta mar, un conflicto en la frontera de Tirrana, un complejo subterráneo bajo el bosque de… - comienzas a justificarte antes de que Elavska te interrumpa apremiante.

- Venga, mojigato, no te andes con rodeos. Sígrod trata de ser amable contigo pero quiere que le des eso de una puñetera vez – remata la amazona fulminándote con la mirada.

- Efectivamente muchachos, Sígrod reclama el cofre. Confiad y dádselo – añade la chica azafia sin dejar que la sonrisa desaparezca de su bello rostro.

Estás a unos pocos palmos del tal Sígrod y todos en la sala te observan. Cruzas un momento la mirada con Gruff y al girarte de nuevo ves al hebrita alargando la mano para que deposites en ella el encargo. Uno de los dos guardias azafios a su espalda mira nervioso hacia fuera de la estancia.

No hay forma de que puedas atrasar más la decisión final. ¿Vas a entregar el maldito cofre? ¿Confías en el hebrita dando por acabada tu misión o crees que puede tratarse de un perverso engaño?

- *Si entregas el cofre, <u>pasa a la SECCIÓN 305</u>.*
- *Si evitas hacerlo confiando en encontrar una escapatoria, <u>ve a la SECCIÓN 181</u>.*

SECCIÓN 144   +10 P. Exp.

Sin excesivos esfuerzos, te deshaces de esos dos pobres desgraciados que seguramente formaban parte de la tripulación del barco. Está claro que no se trataba de guerreros encapuchados ni de azafios, lo que hubiera supuesto un combate de una dureza mucho mayor. No tienes tiempo para registros y ahora hay dos cadáveres en mitad del pasillo que pueden ser vistos por tus enemigos. Así que pones tierra de por medio sin perder un segundo.

- *Si sigues adelante por el pasillo para explorar esta segunda planta del barco, pasa a la SECCIÓN 247.*
- *Si regresas a toda prisa por donde has venido, ve a la SECCIÓN 527.*

SECCIÓN 145

Antes de que puedas decidir qué hacer, la intervención del gigante azafio que aguarda a la izquierda del hebrita desvía por unos segundos la atención de todos. Al fijarte mejor en su rostro, observas cómo el color de su ojo derecho es azul claro, mientras que el otro es negro como la noche. Su cuidada barba es espesa y acaba de forma puntiaguda desde su mentón. Se dirige al presunto Sígrod en un idioma extranjero y, tras una réplica no muy convencida del hebrita en la que parece llamarle por su nombre, la mole se encamina de motu propio hacia la salida de la estancia, mientras el hebrita lo observa frunciendo el ceño por un segundo.

Lanza 2D6 y suma tu modificador de Inteligencia para tratar de entender lo que el gigante azafio y el delgado hebrita se han dicho (si tienes la habilidad especial de Don de lenguas, suma +3 extra al resultado):

- *Si el resultado está entre 2 y 7, pasa a la SECCIÓN 708.*
- *Si está entre 8 y 12, ve a la SECCIÓN 177.*

SECCIÓN 146

El brebaje muscular contiene 3 dosis. Cada una de ellas permite que puedas sumar +2 extra a una de tus tiradas de Huida o Destreza, a tu elección. Cuando consumas las 3 dosis, el brebaje se acaba. No ocupa VC en tu inventario y su coste es de 20 CO (si tienes la habilidad especial de Negociador, entonces se queda en solo 12 CO). **Recuerda que estabas en el hexágono F15**. *"Puedes seguir explorando la Feria en la SECCIÓN 413"* o, por encontrarte en una de las tres salidas de la misma, *"puedes continuar con tu investigación en cualquier otro lugar del mapa".*

SECCIÓN 147

- *Si te diriges a la zona oeste del arrabal, ve a la SECCIÓN 646.*
- *Si optas por la zona que queda al este del camino que parte de la puerta norte de la ciudad, ve a la SECCIÓN 685.*

SECCIÓN 148

No eres capaz de quitarte de la cabeza la horrible visión del cráneo mutilado que transportas contigo. La cabeza que viste dentro del cofre, cuando lo abriste, estaba en un considerable estado de putrefacción, algo detenido por un ungüento embalsamador de naturaleza extraña, pero su descomposición era imparable. Destacaba la larga cabellera rubia que sobresalía de un casco de soldado. Te fijaste también en los restos de un tatuaje que aún se apreciaba en el cuello del desgraciado cuya cabeza había acabado ahí dentro.

De pronto, rayando la locura, constataste que ya habías visto tanto la insignia grabada en ese casco como ese tatuaje en descomposición. A tu mente regresó la imagen del líder de los caballeros de Gomia que perseguían a los soldados tiranos con los que te topaste cuando marchaste hacia el bosque de Táblarom en busca del cofre. Te llamó enormemente la atención el tatuaje en forma de dragón que poseía ese líder en el lado derecho del cuello. Un dragón que también aparecía en el blasón de su uniforme, sobrevolando lo que parecía un imponente puente de piedra. Es la enseña de Gomia, país vecino de Tirrana y teóricamente aliado en la guerra civil contra los partidarios de Aquilán, conspiradores aspirantes al trono de Tol Éredom. Parecía no haber duda pues. Aunque los rasgos faciales estaban ya muy deteriorados, ¡podrías jurar que era él!

Antes de este horrible hallazgo, ya eras consciente de que estabas metido a fondo en un embrollo cada vez más enrevesado, pero tras esta revelación el asunto había escalado a una dimensión mayor. Sentiste una tremenda inseguridad ante el cariz que estaban tomando las cosas. ¿Cómo es posible que el afable Bill esté inmerso en un asunto tan macabro? ¿Quién o quiénes están interesados en perpetrar tan horrible crimen y en mantenerlo en secreto? ¿Por qué es necesario transportar este cofre hasta la lejana Meribris? ¿En qué locura estás metido? ¿Cómo acabará todo esto?

Te cuestionaste seriamente si debías seguir adelante con tu misión y si debías ser cómplice de todo esto. Pero había una necesidad mayor que tu consciencia: la salvación de tu familia. Decidiste seguir adelante.

Vuelve a la introducción de este librojuego "En anteriores volúmenes de Crónicas de Térragom" para seguir leyendo.

Dedicas un tiempo a indagar sobre las catástrofes que ha sufrido la Gran Biblioteca. Lanza 2D6 y suma tu modificador de Inteligencia. Si el resultado es igual o superior a 9, habrás sido ágil en recopilar y estudiar lo que buscas, invirtiendo, por tanto, poco tiempo. Pero si el resultado es igual o inferior a 8, anota en tu ficha que has agotado una localización adicional en el día de hoy (si no quedaban más localizaciones por visitar hoy, entonces debes abandonar la Gran Biblioteca y regresar otro día).

*Toma nota en tu ficha del número de esta sección, puesto que **ya no podrás regresar a ella**. Esto es lo que averiguas:*

Al parecer, hace unas décadas, un devastador fenómeno hizo temblar la tierra bajo la ciudad causando terribles desperfectos, no solo en la muralla, sino también en otras muchas construcciones y edificios importantes. Uno de los temblores afectó sobre todo al edificio norte de la Gran Biblioteca, causándole tan graves daños que aún hoy se trabaja en recuperar obras centenarias dañadas o perdidas por la catástrofe. De hecho, el acceso a ese edificio no está permitido incluso disponiendo de la acreditación especial.

Pero esta tragedia no tuvo parangón con los dos grandes incendios que se declararon en el breve espacio de diez años, hace poco más de un siglo, y que acabaron devastando casi por completo la ciudad. La población se apiñaba en las estrechas callejuelas de los superpoblados barrios populares. La calidad del material constructivo de la mayor parte de estas viviendas era ínfima, por lo que ardían con gran facilidad. Si a esto se unía la inexistencia de un eficaz sistema de protección ante el fuego, los resultados abocaban a la ciudad a la catástrofe. Y la Gran Biblioteca, lamentablemente, no fue una excepción a ello.

Se dice que más de trescientas mil obras fueron consumidas por las llamas, perdiéndose antiguos conocimientos para siempre. Grandes autores clásicos se perdieron en ese momento con sus obras, causando gran dolor y angustia en los nuevos eruditos que bebían de sus sapiencias. La Gran Biblioteca tuvo que levantarse de nuevo, ya que prácticamente todos sus edificios acabaron calcinados. Aún a día de hoy, el número de obras almacenadas en sus estantes se encuentra en menos de la mitad de los que llegó a alcanzar y los sabios trabajan duramente, muchas veces viajando a lugares remotos con grandes peligros, con la esperanza de restaurar obras que se teme son ya irrecuperables.

Has averiguado un poco más sobre la Gran Biblioteca y, aunque esto puede ayudarte poco en tu misión, has acumulado un buen puñado de puntos de experiencia por los conocimientos adquiridos. <u>Vuelve a la SECCIÓN 836.</u>

SECCIÓN 150

No ves ni rastro de Azrôd hasta que alcanzas unas escaleras que aparecen ante ti. Las asciendes de tres en tres hasta que, tras abrir una portezuela horizontal, apareces de nuevo en la superficie. Estás en el jardín exterior de la casa, en su parte trasera. El gigante se ha esfumado, pero la algarabía en la parte delantera de la pequeña mansión es considerable.

Regresas al sótano, resignado a que Azrôd deberá esperar a su momento. El gigante traidor ha conseguido escapar, es cierto, pero al menos esta vez algo ha cambiado. No eres tú el que huye, sino él, tu moral se siente reforzada. Deseas ardientemente volverlo a encontrar y demostrarle quién es el más fuerte. Pero la prioridad ahora es rescatar a Elavska y abandonar este lugar antes de que la mitad de la guardia de la ciudad cerque la casa. *Sigue en la SECCIÓN 829.*

SECCIÓN 151

Das media vuelta y comienzas a alejarte cuando, de pronto, varios fanáticos chipra, que estaban acudiendo al linchamiento, aparecen por tu espalda y te cierran el paso. La huida no va a ser posible sin pelear. Maldices para ti, mientras tratas de pensar rápido en cómo deberías actuar.

- *Si te sumas a la lapidación del hebrita, pasa a la SECCIÓN 822.*
- *Si intentas protegerlo de los fanáticos, ve a la SECCIÓN 311.*

SECCIÓN 152

Sin pensarlo dos veces, saltas la baja valla con facilidad y entras en la parcela. Tus pies aplastan la hierba mojada del jardín mientras luchas por ganar metros. Tus pulsaciones están desbordadas y todos tus músculos están preparados para la acción. Inicialmente, Azrôd no te ve venir, dado que te acercas por su espalda, pero finalmente es alertado por los secuaces que han abierto la puerta, a los que se suman otros tres encapuchados negros. Cuando llegas al pie de los escalones que ascienden hasta el portón de la casa, ya tienes a tus enemigos prestos para el combate con sus armas desenvainadas.

Por tu cabeza pasan imágenes inconexas de distintos momentos de tu aventura, incluso de antes de que ésta comenzara. Ha llegado el momento de batirte en un combate de la mayor complejidad. Esperas estar a la altura necesaria.

Lucha por tu vida contra los dos encapuchados y el azafio que ha abierto la puerta. Este último, por su porte, parece algún tipo de lugarteniente del gigante Azrôd, incluso sus facciones te parece haberlas visto antes, quizás en el barco Rompeaires, cuando escapaste por primera vez. Tras ellos, Azrôd ha penetrado en la casa y brama reclamando la presencia de más subordinados. Tu combate transcurrirá en los escalones de la entrada, mientras tus compañeros se encargarán del resto de oponentes que han salido a vuestro paso.

ENCAPUCHADO 1	Ptos. Combate: +4	PV: 24
ENCAPUCHADO 2	Ptos. Combate: +7	PV: 28
LUGARTENIENTE AZAFIO	Ptos. Combate: +9	PV: 35

Nota para el enfrentamiento: *antes de cada turno de combate, lanza 2D6. Si obtienes un resultado par, indicará que en ese turno estarás en posición ventajosa frente a tu oponente por encontrarte arriba en los escalones respecto a él. Sin embargo, si obtienes un resultado impar, serás tú el que esté en desventaja. Aquel que pelee en desventaja debe lanzar dos veces sus dados a la hora de atacar y quedarse con el peor resultado de ellos.*

- *Si vences, pasa a la SECCIÓN 441.*
- *Si caes derrotado, ve a la SECCIÓN 744.*

SECCIÓN 153

Sabes a lo que se refiere con esa pregunta, es el maldito cofre que portas. Asientes con la cabeza como toda respuesta.

- Muy bien. Perdonaré el incumplimiento de cláusulas, así como la tardanza. Dame eso ya mismo de una puñetera vez – espeta la mujer penetrándote con la mirada.

En ese momento eres presa de un mar de dudas. Has recorrido medio Imperio para traer ese maldito cofre hasta aquí. ¿Deberías darlo ahora así, sin más, a esa desconocida? ¿Quién diablos te ha maldecido para tener tan mala suerte? ¿Qué debes hacer?

- Tenemos órdenes claras de entregar el envío personalmente a un hombre llamado Sígrod y obviamente tú no puedes ser – dices tratando de controlar tu miedo.

- Vaya con el mojigato. Tienes suerte de que no me conviene llamar la atención en público, porque mereces un buen escarmiento por tu osadía. Pero no importa, podemos hacer la entrega de la mercancía aquí mismo, dentro del barco – dice la mujer cortante.

- ¿En el barco? Sígrod me espera en la ciudad de Meribris, al otro lado del mar de Juva. Ni este es el lugar ni tú eres la persona a quién debo entregar eso – rematas alargando la mano para desenfundar tu arma si fuese necesario.

119

-   Cierto. No soy quien dices. En estos lares soy conocida como Elavska. He de decirte que nos tenías a todos ya un poco impacientes, también al propio Sígrod, quién decidió venir en persona para evitar mayores atrasos. Te está esperando ahí dentro, imbécil. Se lo podrás dar a él en persona si tanta ilusión te hace… Y, ah, por cierto, espero que no hayas roto también la principal cláusula… - la mirada inquisitiva de Elavska te traspasa.

-   ¿Qué cláusula…? – preguntas.

-   No abrir la mercancía ni aunque un rayo te parta - remata la amazona.

De pronto, ves cómo la mujer hace un ademán con la mano y los dos enanos que la escoltan enarbolan sus hachas, mientras que el juvi sonríe a su espalda. También los marineros dejan enseguida de faenar para ubicarse alrededor de ti con las manos preparadas cerca de sus espadas. En total son siete hombres, los tres escoltas y esta mujer de aspecto tan imponente como su carácter. La misteriosa amazona sonríe por primera vez y te dice:

-   Venga. No seas idiota y coopera. ¿Has venido desde tan lejos para morir ahora como una rata?

Finalmente comprendes que no tienes nada que hacer ante la superioridad de tus oponentes y te ves forzado a ceder. Asientes y sigues a la mujer hacia dentro del barco, mientras eres escoltado por los hombres armados… *Sigue en la SECCIÓN 796.*

SECCIÓN 154

Ahí tienes de nuevo a Sir Ánnisar, a quién viste llegar a la ciudad en tu visita a la Embajada de Gomia. *Sigue en la SECCIÓN 613.*

SECCIÓN 155

-   *Si tienes la pista AZE, pasa a la SECCIÓN 286.*
-   *Si no la tienes, ve a la SECCIÓN 71.*

SECCIÓN 156 – LUGAR DE DESPERTAR

Anota el número de esta sección en tu FICHA DE INVESTIGACIÓN y haz una fotografía a la misma asegurándote de que aparezcan en ella los dos contadores de tiempo y las pistas conseguidas hasta el momento en que llegaste aquí por primera vez. Esta sección es un Lugar de Despertar, por lo que ya no necesitas comenzar desde el inicio del libro en caso de que mueras pudiendo seguir desde aquí si gastas un punto de ThsuS de los que te queden. Simplemente resetea tus dos contadores de tiempo y tus pistas a los de la fotografía que tomaste según lo indicado antes y reinicia la partida. De esta forma, si mueres y tienes que volver a este lugar de despertar en concreto, podrás "resetear" las pistas a las que tuvieras en el momento en que llegaste por primera vez aquí y, a partir de ahí, volver a ir coleccionando pistas que has perdido y otras nuevas que puedas conseguir.

Seguido por tus amigos y con extremo sigilo, abandonas tu posición y te diriges hacia el flanco oriental del muro que delimita el recinto, libre de centinelas en este momento y fuera del alcance visual del Consejero y sus secuaces, situados en la entrada principal que da al sur. Oyes perfectamente lo que Edugar Merves está indicando a sus acompañantes. No se cuida de hablar en voz baja. Todos a estas horas están durmiendo y no sospecha que le sigues.

- Ha llegado el momento. Vamos a borrar del mapa a ese infecto hebrita – dice Merves sin rodeos.

- Está todo listo, mi Señor. Le estábamos esperando – contesta el gigante azafio en su acento sureño tan marcado.

Sin más preámbulos, todos ellos se dirigen al interior del recinto, en dirección a la gran mansión que está en el centro del jardín, momento en que dos encapuchados se disponen a cerrar la puerta con barrotes de metal de la entrada. Ha llegado la hora de actuar antes de que sea tarde.

- *Si tienes la pista CSC, <u>ve a la SECCIÓN 853.</u>*
- *Si no tienes esa pista, <u>ve a la SECCIÓN 1009.</u>*

SECCIÓN 157

Las largas mesas de los comensales están distribuidas como marcan los cánones y el protocolo. La del Emperador, su Madre y los Consejeros preside la cena desde una plataforma de madera fabricada para el evento a la que se accede a través de un par de escalones. Pero no es la única ubicada a esa altura. Los Embajadores y Legados de otras regiones del Imperio y de algunos estados exteriores, todos ellos acompañados por sus esposas y principales subordinados, ocupan otras tres mesas sobre ese estrado que abarca una tercera parte de la superficie reservada para los invitados. Las dos terceras partes restantes, cuyas mesas disfrutan de un espacio menor de tránsito entre ellas y sientan a más invitados apelotonados en cada una, contienen a funcionarios de cierto nivel, religiosos de jerarquía intermedia, mergueses de mayor o menor fortuna, caballeros condecorados, eruditos reconocidos y otros cuyo estatus merece el honor de comparecer. En las zonas más periféricas, se sientan burócratas menores, escuderos y pequeños mergueses, entre otros.

Tras la zona de los comensales, se ha instalado, exclusivamente para la ocasión, una carpa que emana aromas de carne asada, pescado a la brasa y todo tipo de manjares que te hacen la boca agua. Un reguero de camareros va y viene de ella en una constante actividad y evidente agitación. Más allá del recinto acotado, cuyo perímetro custodia la misma guarnición eredomiana, las sobras de comida llegan al pueblo llano que se arremolina esperando llevarse algo a la boca.

Los estandartes del Emperador y de las principales Casas de Domia, así como de los países aliados o adscritos al Imperio, penden de altos postes que rodean el banquete.

Un juglar y un grupo de bailarines amenizan el ambiente. La canción que están interpretando está escrita en la lengua común, pero es antigua y algunos vocablos solo los entiendes por el contexto, mientras que otros se pierden por el alboroto de las conversaciones, las chanzas de los invitados, el ruido de las copas al brindar y el sonido periódico de las campanas que resuenan a lo lejos, desde la colina de los templos, en honor de la Madre del Emperador.

Tus sentidos están saturados por tanto despliegue, así que intentas focalizar tu atención en alguna cosa en concreto hasta que, por fin, un detalle menor capta tu curiosidad. Los comensales de las mesas más nobles emplean un artilugio metálico, que evoca a un tridente en miniatura, con el que ensartan carne, pescado y verdura por igual. Te extrañan esos modales refinados para comer y no eres el único. Incluso ves a algún noble extranjero un tanto confuso por ese refinamiento mientras da buena cuenta de los manjares con sus manos, a la manera que ha sido siempre.

Desde tu posición, hace unos pocos minutos, has podido ver entrar al cortejo de las máximas personalidades, cada una de las cuales ha sido anunciada por un heraldo acompañado de los pertinentes aplausos y respetos del público. La última en hacer acto de presencia había sido Déuxia de la mano de su hijo, el Emperador Wexes. Cuando todos se hubieron sentado, tras un brindis del Emperador y unas palabras a su Madre que ella había contestado con una sonrisa y un ladeo de la cabeza, se había dado por inaugurado el banquete. *Sigue en la SECCIÓN 593.*

SECCIÓN 158

Cuando por fin alcanzas esta zona de ocio, te adentras en la taberna en la que parece haber mayor bullicio. Un golpe de calor y un intenso olor a cerveza, vino y comida, invaden todos tus sentidos menos tu oído, que en estos momentos lucha por acostumbrarse al griterío de la multitud que atesta el local.

Apenas puedes avanzar entre el gentío, la mayoría hombres jóvenes o de mediana edad, muchos de los cuales visten unas curiosas blusas en las que llevan una "C" bordada. No son pocos los que están ebrios y se respira un ambiente de alboroto desmedido.

- *Si el "contador de tiempo de la investigación" es menor de 15 días, <u>ve a la SECCIÓN 653</u>.*
- *Si dicho contador tiene un valor de 15 o más días, <u>ve a la SECCIÓN 39</u>.*

SECCIÓN 159 – Anota la pista NOC

Hace un rato que los últimos rayos de sol dejaron de bañar la extensa ría poblada de navíos y el Puerto Oeste poco a poco se sume en la tranquilidad de los instantes previos a la noche. Los operarios, marineros y gentes que atestan esta localización desde el amanecer hasta que el día cae, en estos momentos se retiran a sus casas o a las tabernas del barrio aledaño al puerto. Esperas a que la oscuridad se adueñe definitivamente del lugar mientras haces tiempo con tus compañeros deambulando por las estrechas callejuelas a poca distancia al oeste del sitio donde recuerdas que estaba amarrado el *Rompeaires*.

Beneficiado por la penumbra que impera unos minutos después, por fin te decides a abandonar el laberinto de callejuelas para abordar el espacio abierto que significa el gran puerto. Temes que tus enemigos merodeen en las inmediaciones del barco que estás buscando, listos para asaltarte cuando menos lo esperes.

Pero por fortuna, la oscuridad es tu aliada y consigues detectar el *Rompeaires* a pocas docenas de metros sin que nadie os haya visto. Estáis escondidos entre unas cajas amontonadas cerca de un viejo almacén con fuerte olor a pescado. Desde tu posición observas la escena.

Al pie de la pasarela que permite acceder al navío, hay otro cúmulo de cajas de mercancías tras las que te podrías ocultar. Pero ves a seis tipos encapuchados que patrullan por parejas y a paso lento de un extremo al otro del gran barco, pasando peligrosamente cerca de esas cajas de forma periódica. Dos de ellos parecen estar conversando distraídos, pero las otras dos parejas caminan atentas y en silencio en estos momentos.

Pones tu mente a trabajar a toda prisa pensando cómo proceder ahora. Se te ocurren varias alternativas... *(recuerda anotar la pista NOC antes de decidirte)*

- *Si tienes una capa con capucha en tu inventario y quieres hacer uso de ella, <u>ve a la SECCIÓN 445</u>.*

- Si te acercas a esos tipos a las bravas y arremetes contra ellos, *pasa a la SECCIÓN 980.*
- Si tratas de llegar sin que te descubran hasta el cúmulo de cajas que hay cerca de la pasarela de acceso al barco, *ve a la SECCIÓN 643.*
- Si te marchas de aquí porque consideras que es demasiado peligroso, **borra la pista NOC** y *puedes continuar con tu investigación en otro lugar del mapa.*

SECCIÓN 160

- ¿Cómo osáis impedir pasar a mi queridísimo primo? Sentíos afortunados si no doy parte de esta afrenta al propio Emperador en persona. Querido primo, acercaos y disculpad a estos torpes inútiles.

Como siempre, la sonrisa sensual de Elaisa te desarma. La damisela se agarra a tu antebrazo y te regala un casto beso en la mejilla mientras te acompaña al interior del recinto con gesto altivo. Su aroma te embriaga. Estás bloqueado por la inesperada irrupción de la mujer de Tövnard y amante del consejero Rovernes. No articulas palabra alguna mientras ella te deja en compañía de Élvert, el escriba y secretario personal de Tövnard, para dirigirse con sus andares seductores al aposento en la mesa presidencial que tiene reservado. Mientras saludas al escriba, que va a ser tu acompañante en el evento, tu interior te dice que acaba de suceder un milagro. Estás dentro de la Cena de Gala.

- Si tienes la pista TSF, *pasa a la SECCIÓN 157.*
- Si no tienes esa pista, *ve a la SECCIÓN 343.*

SECCIÓN 161

Te dispones a registrar la habitación. Haz una tirada de 2D6 y suma tu modificador de Percepción (si tienes la habilidad especial de Rastreo, suma +3 extra a la tirada):

- Si el resultado total está entre 2 y 7, *ve a la SECCIÓN 215.*
- Si está entre 8 y 12, *ve a la SECCIÓN 520.*

SECCIÓN 162   +20 P. Exp.

Aún no lo has asimilado del todo, a pesar de que ella ha sido totalmente directa y clara en sus respuestas. ¡Elaisa es la esposa de tu aliado Tövnard!..., ¡pero también es amante del consejero Rovernes, su principal rival político! La coqueta casa en la que estáis está costeada por el segundo de ellos para tener aquí sus encuentros amorosos.

Estupefacto por la revelación, atas cabos. Esto explica el que la hayas visto tanto en la mansión de Tövnard como en el palacete de Rovernes. *Pasa a la SECCIÓN 997*.

SECCIÓN 163

- *Si tienes la pista LFL, ve a la SECCIÓN 762 sin seguir leyendo.*
- *Si no tienes esa pista, sigue leyendo…*

Te dispones a registrar el arruinado sillón volcado en el suelo cuando, de pronto, te giras con espanto y ves a dos encapuchados y un azafio que han hecho acto de presencia de forma inesperada en la sala. Maldices tu estupidez por no haber cerrado la maldita puerta que tanto te ha costado abrir. No tienes más remedio que luchar por tu vida.

ENCAPUCHADO 1	*Ptos. Combate: +5*	*PV: 23*
ENCAPUCHADO 2	*Ptos. Combate: +4*	*PV: 22*
AZAFIO 1	*Ptos. Combate: +6*	*PV: 28*

- *Si vences en este cruento combate, pasa a la SECCIÓN 297.*
- *Si caes derrotado, ve a la SECCIÓN 911.*

SECCIÓN 164

Cuando los encapuchados te descubren, ya es demasiado tarde para ellos. Tus amigos y tú os habéis acercado tanto que os tienen prácticamente encima. Los sorprendidos tipos tienen el tiempo justo para soltar de forma brusca el bulto, que cae al suelo con un sonido macabro de huesos rotos.

- *Si tratas de intimidarles con la palabra e interrogarles, sigue en la SECCIÓN 455.*
- *Si crees que lo mejor es atacarles sin parlamentar, ve a la SECCIÓN 448.*

SECCIÓN 165

Un azafio gira en este mismo momento el recodo del final del pasillo y te descubre. No haces ademán alguno de sorpresa y, bajo la protección de tu negra capucha, sigues adelante. El guerrero entonces se para y te dice algo en su idioma sureño. *Tienes que hacer ya mismo una tirada de 2D6 y sumar tu modificador de Inteligencia:*

- *Si tienes la habilidad especial de Don de lenguas, tienes éxito automático en la tirada y entiendes qué te dice. Pasa a la SECCIÓN 618.*
- *Si el resultado total está entre 2 y 8, ve a la SECCIÓN 350.*
- *Si está entre 9 y 12, entiendes qué te dice y pasas a la SECCIÓN 618.*

SECCIÓN 166   +10 P. Exp.

Has acabado con tu rival, pero no evitas al tropel de mercenarios azafios que irrumpe en el pasillo. Debes luchar por tu vida frente a ocho temibles guerreros que están dispuestos a despedazarte.

AZAFIO 1	Ptos. Combate: +4	PV: 22
AZAFIO 2	Ptos. Combate: +6	PV: 27
AZAFIO 3	Ptos. Combate: +5	PV: 25
AZAFIO 4	Ptos. Combate: +5	PV: 28
AZAFIO 5	Ptos. Combate: +5	PV: 24
AZAFIO 6	Ptos. Combate: +5	PV: 28
AZAFIO 7	Ptos. Combate: +6	PV: 30
AZAFIO 8	Ptos. Combate: +7	PV: 33

- *Si vences en este infernal combate, pasa a la SECCIÓN 235.*
- *Si caes derrotado, ve a la SECCIÓN 911.*

SECCIÓN 167

- *Si tienes **18 o más puntos de influencia en Tol Éredom** anotados en tu ficha, pasa a la SECCIÓN 540.*
- *Si tampoco alcanzas esa cifra, ve a la SECCIÓN 321.*

SECCIÓN 168

Haz una tirada de 2D6 y suma tu modificador de Carisma (si tienes la habilidad especial de Don de gentes, suma +2 extra al resultado):

- *Si el resultado total está entre 2 y 7, tus ruegos no serán atendidos y no tendrás más remedio que luchar. En este caso, pasa a la SECCIÓN 528.*
- *Si está entre 8 y 12, ve a la SECCIÓN 211.*

SECCIÓN 169   +8 P. Exp.

Consigues dar por fin con una mujer bien entrada en los cuarenta, una de las prostitutas de edad más avanzada del local. Su rostro demacrado es un espejo de su insana vida, demasiado expuesta al descontrol y los excesos. "Quizás Elaisa hubiese acabado igual de no haber pescado a Tövnard", te dices antes de iniciar una conversación con la mujer en la que, de nuevo, vas a necesitar todas tus habilidades de persuasión.

Haz una nueva tirada de 2D6 y suma tu modificador de Carisma (si tienes la habilidad especial de Don de gentes, suma +1 extra al resultado; también puedes sumar +1 extra por cada 5 CO que inviertas antes de realizar la tirada):

- *Si el resultado total está entre 2 y 6, pasa a la SECCIÓN 887.*
- *Si está entre 7 y 9, ve a la SECCIÓN 189.*
- *Si está entre 10 y 12, sigue en la SECCIÓN 210.*

SECCIÓN 170

No haces más que perder el tiempo, la noche está ya a punto de caer y no ocurre nada. Parece que no hay nadie dentro y que no vas a tener suerte. Desesperado por la espera, comienzas a pensar en largarte a otro lugar de la ciudad cuando, de pronto, ves cómo una pareja de jóvenes se acerca a la puerta de la casa. No hay duda de que se trata de la mujer de Hóbbar y de su presunto amante, el forastero impagador de alquileres… Esperas a que pasen dentro de la casa y te acercas a la ventana de la fachada lateral, la que da a un estrecho y oscuro callejón, para espiarles desde ahí sin que nadie te vea. Tus compañeros han permanecido atrás para no hacer ruido.

Lanza 2D6 y suma tu modificador de Percepción (si tienes la habilidad especial de Oído agudo, suma +2 extra a la tirada):

- *Si el total está entre 2 y 9, ve a la SECCIÓN 590.*
- *Si está entre 10 y 12, ve a la SECCIÓN 678.*

SECCIÓN 171   +12 P. Exp.

No sabes cómo, pero consigues escapar en el último momento aprovechando la oscuridad de la noche y la cercanía del entramado de callejuelas que se extienden al sur de la Fortaleza. Unos minutos después, has dado esquinazo a los últimos centinelas que habían echado a correr tras de ti desde la custodiada puerta. Finalmente, te reagrupas con tus compañeros y, con un gesto resignado y teñido aún por el miedo, les prometes no ser tan temerario la próxima vez. *Puedes continuar con tu investigación en cualquier otro lugar del mapa.*

SECCIÓN 172

Maldices tu estampa al comprobar cómo una parte de la escuadra de soldados estaba esperándoos en este otro lado de la casa. Sois víctimas de una auténtica redada. Tienes el tiempo justo para desenfundar tu arma y prepararte para luchar. Una veintena de guardias eredomianos arremete contra ti y tus compañeros y contra Lóggar y su docena de sorprendidos aquilanos. Los transeúntes de la calle huyen despavoridos ante la escena de sangre y muerte que se va a dar.

Lucha por tu vida contra los dos soldados de la guardia que te embisten. ¡Acaba con el primero antes de pasar al segundo y suerte!

SOLDADO EREDOMIANO	Ptos. Combate: +5	PV: 23
SARGENTO EREDOMIANO	Ptos. Combate: +7	PV: 28

- *Si logras acabar con tus oponentes, ve a la SECCIÓN 663.*
- *Si no es así, pasa a la SECCIÓN 579.*

SECCIÓN 173

Recuerdas, de pronto, que te ganaste tanto el derecho de acudir al Torneo junto a la hinchada de "Las Ratas" como con los seguidores de "Los Cerdos". Así que en este momento te asaltan las dudas sobre a cuál de las dos aficiones te interesa acompañar a este multitudinario evento.

- *Si tienes pensado acudir al Torneo junto a la hinchada de "Las Ratas", ve a la SECCIÓN 492.*
- *Si tienes pensado acudir al Torneo junto a la hinchada de "Los Cerdos", ve a la SECCIÓN 927.*
- *Si prefieres acudir al Torneo de forma neutral y sin apoyar ningún equipo, ve a la SECCIÓN 824.*

SECCIÓN 174

Ante tu cara de verdadero asombro, pareja a la de Zork y la de Gruff, el gomio prosigue con tono afectado. Sobre todo mira a Zorro cuando dice:

- El hombre al que asesinasteis vilmente, cuyo cráneo decapitasteis con a saber qué fin, era mi querido hermano Kontar, segundo en la línea de sucesión al trono de Gomia, tras de mí. Mi pobre hermano, que pagó con su vida ocupando mi lugar durante vuestro traicionero asalto, simplemente porque así lo quiso el destino, que determinó que en ese momento tuviera mi rostro cubierto con el acero de mi casco.

- No puede ser… no teníamos constancia de… - son las palabras entrecortadas de Zork pensando en voz alta, totalmente descolocado.

- Pues sí. Admítelo. Hicisteis una gran chapuza que, además, está provocando una guerra entre dos antiguos aliados. Qué desastre para tu compañía si se llega a saber que no habéis cumplido vuestro encargo. ¿Para quién trabajáis? ¿Quién os paga? ¡Confiesa! – espeta Wolmar el gomio, desafiando a Zorro con la mirada, momento en el que agarra el antebrazo de Bill y arremanga su sucia camisa para desvelar su tatuaje de mercenario.

Ahora entiendes por qué Bill siempre iba con la camisa sin remangar, por mucho calor que hiciese. Hasta este momento, no habías visto el tatuaje que le delata como miembro de la compañía de Elavska, para la que Zork también trabaja.

- ¿No ha cantado el viejo todavía? Cuánto me extraña dados sus antecedentes. No dejo de quedarme sorprendido, menuda mañana… – contesta Zork tratando de mantener la compostura mientras mira con desprecio a Bill.

- No es inteligente por tu parte plantar cara en estas circunstancias. Lo más sabio sería contestar a mis preguntas. Quizás recapacites más tarde, mis hombres saben cómo sonsacar las palabras de ratas inmundas como tú – amenaza a Zork el heredero Wolmar, antes de cambiar su semblante a otro más afable y dirigirse a Gruff y a ti -. Y bien. ¿Qué hacemos con vosotros dos? Tengo entendido que sois meros títeres. Unos pardillos involucrados en todo esto por estar en el lugar y con las personas equivocadas. El viejo se ha prodigado en vuestra defensa todas estas semanas en las que le hemos preguntado por vosotros, aunque viendo la situación actual y todas las penurias que habéis tenido que pasar, no creo que debáis estarle muy agradecidos.

- Soltad a nuestros seres queridos y dejadnos marchar en paz. Ellos son inocentes y no queremos saber nada de todo esto. Simplemente queremos regresar a nuestro hogar y seguir con nuestra humilde vida – dice Gruff afectado por la emoción y la tensión del momento.

- Eso que ruegas se dará y volveréis con vuestros familiares, algo que no puedo decir del viejo y de ese tipo de mirada de zorro, sobre quienes la ley de Gomia debe aplicarse con toda su contundencia. No sé por qué nos tenéis, no andamos por ahí asesinando a mujeres, niñas y granjeros. Somos caballeros de Gomia y nos debemos a un código de honor. Pero antes tenéis que darnos la información que necesitamos. El viejo no se aviene a confesar y creo que ese que os acompaña, del que yo no me fiaría, va a dar guerra antes de soltar palabra. Ayudadnos vosotros, decidnos quién está detrás de toda esta trama para asesinarme y, por tanto, quién os ha pagado por hacer ese macabro transporte.

Antes de que puedas contestar, notas el tono casi suplicante del gomio cuando te dice:

- ¿A quién entregasteis el cofre y dónde habéis viajado para tardar tanto hasta vuestro regreso? Necesito saberlo. Hay una guerra a raíz de mi hipotética muerte que está derramando sangre de centenares de inocentes. Sin embargo, aunque lo lamente el resto de mis días, no desvelaré que estoy vivo, ni siquiera a mi propio padre, hasta que no descubra quién me quería ver convertido en cadáver y arruinar así el futuro de Gomia, el país que tanto amo.

Es evidente que va a hacer lo que dice. Siguiendo en la sombra, mientras todos lo dan por muerto, va a tener más opciones de ir hasta el fondo de la trama y averiguar cosas desde el anonimato. La convicción del líder gomio te hace dudar. ¿Tendrías que contestar a su pregunta y salvar así a tus familiares? Wolmar parece franco y cumplidor de su palabra pero, justo ahora, en tu mente emerge alguien que, en realidad, en ningún momento de tus pensamientos se ha marchado. Zanna...

Ha llegado el momento de enfrentarte a tu mayor dilema. Una decisión que influenciará el futuro de muchas cosas...

- *Si, con tal de asegurar la liberación de tus seres queridos, desvelas el plan de los hebritas con todo lo que esto puede acarrear y, por ende, delatas con ello a Zanna, pasa a la SECCIÓN 898.*
- *Si optas por no delatar a los hebritas ante el heredero de Gomia que está tratando de encontrar a los responsables de la guerra que está provocando la sangrienta muerte de sus paisanos, ve a la SECCIÓN 403.*

SECCIÓN 175

Tras deambular por los pasillos y despachos del edificio diplomático, por fin das con un burócrata que te puede atender y que te indica que el Legado no se encuentra aquí en estos momentos. Está de viaje de urgencia en su país, donde ha sido reclamado por su Lord, para gestionar los asuntos críticos que conciernen a la escalada de violencia con Tirrana. No obstante, se espera que la llegada del Legado a la ciudad sea inminente para participar en el Consejo que pronto va a celebrarse en el Palacio del Emperador *(día 12 en la localización L66 -> SECCIÓN 922)*.

Es intención de los gomios ejercer en dicha reunión toda la presión posible por la injusticia que, en su opinión, están sufriendo y que el Emperador no castiga como creen que merece. Tirrana ha asesinado a Wolmar, el heredero de Gomia, mientras éste marchaba en ayuda de los tirranos en la guerra contra Aquilán. Un ultraje y una afrenta en toda regla, en palabras de este burócrata, cuya sangre ves alterar conforme avanza su alegato.

Finalmente, ves que no tienes nada más que hacer aquí, salvo regresar dentro de unos días para ver si ya está de vuelta el Legado que ha marchado a su país. Quizás este diplomático regrese con novedades importantes que podrías intentar averiguar de primera mano... *Puedes continuar con tu investigación en cualquier otro lugar del mapa (puedes regresar aquí a partir de mañana).*

SECCIÓN 176

Sigues a Regnard Dérrik hasta su mansión en la ciudad. Has realizado todo el camino guardando una distancia prudencial para no ser detectado por la escolta que acompaña al consejero y a su acompañante durante la cena de esta noche: su hija Darena a la que pretende casar con el Emperador, como bien oyes en la charla que padre e hija mantienen durante buena parte del trayecto. Así pues, con gran frustración, descubres que las preocupaciones de Dérrik son otras y que nada tiene que ver con el asesinato de Mattus ni con el secuestro de Sígrod. Has tomado una decisión fatal. Vuelves sobre tus pasos intentando de forma desesperada dar con el resto de comensales, pero al llegar a los jardines donde se ha celebrado la gala, solo ves a los mozos que trabajan cansados recogiendo las mesas. *Ve a la SECCIÓN 840.*

SECCIÓN 177   +10 P. Exp.

Has entendido someramente lo que ambos extraños se han dicho. Al parecer, el gigante azafio de nombre Azrôd le ha indicado al hebrita que va a salir de la estancia para dar la orden al capitán del barco de que comience de inmediato con los preparativos para el regreso a Meribris. Considerando que la entrega del cofre por fin va a ser realizada, el azafio ha dicho que no hay tiempo que perder y va a asegurarse de que todo se prepara para zarpar. El hebrita ha replicado que no hay necesidad de tanta urgencia y que aguarde, pero el tal Azrôd ha insistido y se ha largado ante la mirada ceñuda del hebrita y varios de los presentes, entre ellos la bella chica azafia. *Sigue en la SECCIÓN 143.*

SECCIÓN 178   +22 P. Exp.

Con gran solvencia, te defiendes de los embates de tu rival hasta que ganas la iniciativa y tumbas a tu duro oponente. Te dispones a asestarle el último golpe justo en el momento en que una mujer bastante entrada en kilos y un muchacho de corta edad aparecen provenientes de uno de los pasillos laterales. Sin duda, el estruendo del combate les ha alertado.

- ¡Qué barbarie es ésta! ¡Deteneos! ¡No derraméis sangre de vuestros aliados! – grita la mujer.

- ¿Cómo? ¿Qué...? – mascullas totalmente desconcertado.

- La chica azafia. Idiotas,... ¿no recordáis lo que nos dijo Elavska de ella? – exclama la gruesa mujer refiriéndose a tus rivales y dejando a todos de piedra.

Sigue en la SECCIÓN 511.

SECCIÓN 179

Convencido de que ya no tienes nada más que hacer aquí, abres el portón blindado desde dentro y sales de nuevo al pasillo que te lleva, unos pasos después, al gran salón de los tapices. Sin perder un segundo, lo atraviesas y accedes al largo corredor que te lleva al pie de las escaleras que ascienden a cubierta.

- *Si te diriges al pasillo de tu izquierda (cuando bajaste de cubierta era el que quedaba a tu derecha), pasa a la SECCIÓN 856 (no puedes elegir esta opción si tienes la pista PBF).*
- *Si te encaminas hacia el pasillo del lado opuesto, ve a la SECCIÓN 595.*

SECCIÓN 180

Estás en la localización L31 del mapa. Antes de seguir, anota en tu ficha que has visitado un nuevo lugar hoy (recuerda que puedes ir a un máximo de 4 sitios cada día; uno menos si anoche te alojaste en la librería de Mattus). No vas a tener que realizar ninguna tirada de encuentros con tus perseguidores para esta localización en concreto.

Cerca de la entrada a uno de los teatros donde la función de hoy está a punto de comenzar, tienes la ocasión de entablar conversación con un grupo de jóvenes artistas. Se consideran ateos y firmes defensores de la tesis de que las religiones son uno de los mayores males históricos de Térragom. Aprovechando que están inclinados a hablar, indagas un poco más en el asunto y tus interlocutores apuntan a la tesis de que, detrás de los ataques que están sufriendo los hebritas en la ciudad, debe estar la causa religiosa.

- Yo de ti no metería mucho las narices en esos asuntos. Es peligroso molestar al verdadero poder en esta ciudad: el clero domatista wexiano. Quién si no podría estar más interesado en hundir a los hebritas y acabar de enterrar por siempre al hebrismo, la antigua religión oficial del Imperio... - remata uno de los actores antes de disculparse e indicar que va a comenzar la obra y que se debe marchar.

Poco más puedes hacer en este lugar y, aunque no estaría mal presenciar una obra de teatro, algo que jamás has podido experimentar, las obligaciones y la urgencia de tu misión te invaden. *Puedes continuar con tu investigación en cualquier otro lugar del mapa.*

SECCIÓN 181

No confías en todos esos extraños. La entrega debía hacerse en Meribris, tal como te había indicado Viejo Bill antes de iniciar tu aventura, y no aquí, tan lejos del destino fijado. Pones tu mente a trabajar a toda prisa en esos breves segundos de tensa espera, cuando de pronto todo da un giro para el que no estabas preparado... *Ve ya mismo a la SECCIÓN 214*.

SECCIÓN 182

Además de tu moneda, pierdes un valioso tiempo. *Anota que has agotado una nueva localización de las que podías visitar hoy (salvo que ésta fuera la última del día que podías visitar y, por tanto, tienes, aquí sí, algo de suerte). Puedes continuar con tu investigación en cualquier otro lugar del mapa (puedes regresar a esta localización a partir de mañana).*

SECCIÓN 183   +30 P. Exp. – Anota la Pista TOV

Mattus indica que el escriba del consejero Tövnard le confirmó por carta que hoy mismo se pasaría por la librería. Según el librero, no tardará mucho en aparecer por la tienda, ya que siempre suele venir alrededor de este horario. Así pues, decidís esperar pacientemente mientras repasáis todo lo que habéis logrado averiguar en vuestra investigación. Finalmente, alrededor de una hora después, aparece por fin en escena el esperado escriba llamado Élvert.

El recién llegado, un hombre de mediana edad, calvicie avanzada y panza algo prominente, escucha con atención la explicación de la tesitura actual que el librero y Zanna le hacen, una vez os habéis desplazado hasta el sótano que tan bien conoces. Durante momentos temes que Élvert no comparta la perspectiva de la situación que tenéis vosotros y subestime todo lo que está en juego. Por sus palabras, parece restar hierro al asunto minorando la importancia que la chica y Mattus le tratan de trasladar.

Es en ese momento cuando te sorprendes a ti mismo diciendo:

- Élvert, la chica y el librero están tratando de ser amables contigo. Podemos dar cuantos rodeos queramos para no pecar de ser demasiado incisivos. Pero el tiempo apremia y hay una realidad que nos quema a todos, así que te voy a ser claro. Existen unos papeles que a tu señor comprometen seriamente. Ambos lo sabemos. No creo que le agradara que los mismos salieran a la luz y su prometedora carrera en el Consejo se viera truncada...

- ¿Cómo osas dirigirte a mí de esa forma? – te mira desafiante el escriba.

Mattus intercede tratando de rebajar la tensión y, tras un suspiro cargado de preocupación, afronta el asunto de los contratos entre Tövnard y el Gremio de Prestamistas de Meribris, unos papeles en cuya firma el propio Élvert también intermedió.

Zanna asevera tus palabras y las de Mattus y por fin el escriba toma conciencia de la gravedad de la situación para él y para su señor. No es necesario que lo reconozca con palabras. El cambio de su semblante lo dice todo.

Antes de despedirse, Élvert asegura que va a hacer todo lo posible para que su señor os pueda recibir desde mañana mismo, a pesar de la complicada agenda que tiene. Agradecéis la colaboración al ahora intranquilo escriba y convenís que pasaréis a visitar a Tövnard lo antes posible. *Recuerda anotar la pista TOV y también apunta la fecha a partir de la cual podrás visitar a Tövnard (un día después del contador actual, o sea, mañana).* _Puedes continuar con tu investigación en otro lugar del mapa._

SECCIÓN 184

El hijo del mergués que regenta el negocio de contratación de *sefeyas,* un joven hebrita de porte altivo y carácter hablador, con el rostro repleto de erupciones cutáneas, parece estar dispuesto a charlar sobre el asunto que estás investigando. La conversación se produce mientras uno de sus empleados prepara el carrito que podéis contratar *(aún no le has indicado si vas a hacerlo para mantener la conversación viva).*

En su opinión, detrás de las agresiones que está sufriendo su estirpe en Tol Éredom, se encuentran los chipras. Inquieres si podrían estar detrás también de acciones contra el Gremio de Prestamistas de Meribris y el joven indica que todo lo que huela a hebrita como él, es sinónimo de animadversión en un chipra.

El joven hebrita describe a los chipras como gente de baja calaña y de poco fiar. Con gran desprecio en sus palabras, cataloga a éstos como perezosos y poco productivos, ridiculizando sus conocidas asambleas que duran horas en una de las tres grandes plazas de la ciudad *(localización L21 del mapa -> SECCIÓN 982).* Añade que están más dedicados a apalear a hebritas, a reclamar con resquemor por sus derechos o a perseguir a los aquilanos, que no en producir y generar riqueza como hacen las gentes de bien como aquellos que viven en el Distrito de los mergueses. Remata enfatizando la actitud irresponsable, en su opinión, que tienen los chipras, máxime cuando la Guerra está minando el comercio, la fuente de prosperidad que hay que salvar y potenciar en tiempos de crisis.

Después de escuchar el alegato del joven hebrita y de decidir si contratas finalmente o no un sefeya, puedes continuar con tu investigación en cualquier otro lugar del mapa.

SECCIÓN 185

Parece que no has llegado en buen momento. Eres incapaz de conseguir que alguien te atienda. El personal que trabaja para el Consejero Tövnard en su gran mansión está muy atareado y no tiene tiempo para ti. Finalmente, los guardias te "invitan" a regresar en otro momento... *Ve a la SECCIÓN 732.*

SECCIÓN 186

Estás en el hexágono F8. La Feria combina multitud de puestos fijos y temporales en los que puedes conseguir mucha variedad de productos. *En esta zona puedes comprar cualquiera de los objetos (excepto pócimas curativas, comida, armas y armaduras) que aparecen en el apartado de reglas al inicio del librojuego.*

- Si tienes la pista PDX y además el contador de tiempo de tu investigación es igual o inferior a 16 días, *ve a la SECCIÓN 486.*
- Si no tienes esa pista o si el contador de tiempo de tu investigación es igual o superior a 17 días, no tienes nada más que hacer aquí. **Recuerda que estabas en el hexágono F8**. *"Puedes seguir explorando la Feria en la SECCIÓN 413".*

SECCIÓN 187

Tragas saliva y optas por no hacer nada en favor de Viejo Bill. No obstante, el líder gomio, viendo la mirada afligida que diriges hacia el viejo, te deja una puerta abierta que no esperabas. *Sigue en la SECCIÓN 475.*

SECCIÓN 188

Recuerdas, de pronto, que te ganaste el derecho de acudir al Torneo junto a la hinchada de "Los Cerdos". Tienes indicaciones precisas para poder encontrarte con ellos antes de su marcha hacia la gran plaza.

- Si tienes pensado acudir al Torneo junto a la hinchada de "Los Cerdos", *ve a la SECCIÓN 927.*
- Si prefieres acudir al Torneo de forma neutral y sin apoyar a este equipo, *ve a la SECCIÓN 824.*

SECCIÓN 189

Segma confiesa que Elaisa fue íntima amiga suya cuando trabajaba en este local regentado por el avaricioso eunuco Legomio. Envidia a su antigua amiga por haber salido "de esta mierda de vida" cuando logró engatusar al mismísimo consejero Tövnard, por aquel entonces y aún después, gran asiduo de estos lares.

Elaisa se casó embarazada pocos meses después de haber mantenido reiterados encuentros carnales con el feúcho consejero. Desde entonces, se apartó de su anterior vida y pasó a codearse con la Corte del Emperador, pasando a ser una "honorable dama".

No obstante, Segma declara que Elaisa ha vuelto a este burdel en varias ocasiones. No son pocas las veces que esto ha ocurrido y, en casi todas ellas, venía acompañada por algún apuesto galán, no siempre de los estratos altos de la sociedad (parece pues que la dama no solo emplea su casa para sus prolíficos encuentros carnales y que, en ocasiones, prefiere traer a sus amantes hasta este lugar). Casi todos ellos tenían en común su hermosura, salvo su última cita, un hombre poco agraciado que parecía más bien un noble o alguien del mismo estatus de su marido Tövnard...

- *Si tienes la pista EXS, ve a la SECCIÓN 518.*
- *Si no la tienes, sigue en la SECCIÓN 942.*

SECCIÓN 190

Te encaminas hacia la localización L63 del mapa. Antes de seguir, anota en tu ficha que has visitado un nuevo lugar hoy (recuerda que puedes ir a un máximo de 4 sitios cada día; uno menos si anoche te alojaste en la librería de Mattus). También lanza 2D6 para ver si, en el tránsito hacia esta localización, tienes algún encuentro con los matones que os persiguen.

- *Si el resultado es de 8 o más y ADEMÁS NO TIENES LA PISTA MLS, no te topas con ningún enemigo y puedes seguir leyendo.*
- *Si es inferior o SI TIENES LA PISTA MLS, debes evitar o vencer a los siguientes tipos que os descubren, para seguir leyendo (los enemigos indicados son los que debes enfrentar en solitario; no se detallan los rivales que atacan a tus compañeros y se considerará que ellos vencerán su combate si tú ganas el tuyo):*

ENCAPUCHADO NEGRO 1	*Ptos. Combate: +4*	*PV: 21*
AZAFIO 1	*Ptos. Combate: +6*	*PV: 29*
AZAFIO 2	*Ptos. Combate: +7*	*PV: 32*
ENCAPUCHADO NEGRO 2	*Ptos. Combate: +5*	*PV: 26*

Nota: *tus enemigos te han sorprendido de tal forma que no vas a poder evitarlos y escapar de ellos sin luchar.*

Ptos de Experiencia conseguidos: *20 P. Exp. si vences.*

El palacete en el que reside el Consejero de los Caudales es todo un alarde de ostentación. Sus cuidados jardines, separados de la calle empedrada por un muro de más de dos metros de altura, contienen gran diversidad de especies vegetales, algunas de las cuales no habías visto jamás. También hay estatuas y fuentes, obras de arte que tus limitados conocimientos en la materia te impiden valorar como corresponde. En el centro de la propiedad se alza la mansión de Edugar Merves, alrededor de la cual ves varios pequeños edificios que seguramente corresponden al personal de servicio y a los guardias que se encargan de la seguridad. Verdaderamente, el Consejero es alguien que otorga importancia a su protección personal. Hay varios centinelas que patrullan el complejo o que aguardan en el acceso exterior y en la puerta principal de la propia mansión. *Ve a la SECCIÓN 233.*

SECCIÓN 191 – Anota la Pista CRR

Esperas en la sala de recepción hasta que Hóbbar llega, tal como se comprometió contigo. Tras una conversación banal, el mercader y tú pasáis a ver al director de esta sucursal bancaria, un tal Joss Herven. Tus compañeros aguardan pacientemente en la sala por consejo de Hóbbar, ya que, según él, seríais muchos y su amigo Joss podría atosigarse.

El despacho de Herven es coqueto pero funcional. El director de la sucursal se muestra muy amable y ríe los chistes de Hóbbar, aunque muchos de ellos no tengan ninguna gracia. Es evidente que al mercader le están yendo bien las cosas y que es un cliente de interés para el banco.

El caso es que consigues una flamante carta de recomendación para poder entrevistarte con el Gerente de la sede central del Banco Imperial, una persona de gran peso en el organigrama de la organización *(localización L18 del mapa -> SECCIÓN 809)*. **Recuerda anotar la pista CRR** y *puedes continuar con tu investigación en cualquier otro lugar del mapa.*

SECCIÓN 192

No sin esfuerzos, consigues arrancar cierta información a uno de los escribas. Éste te habla de la fuerte rivalidad existente, a día de hoy, entre dos de las tres Casas domias que tienen representación en el Consejo. Habla de los Tövnard y los Rovernes. Una rivalidad que ha beneficiado a los Dérrik, la tercera de las Casas, aunque el patriarca Regnard, en su hermetismo, no lo mencione explícitamente.

Si no tienes la pista RRT, *ve a la SECCIÓN 330 para conocer más detalles* *acerca de esta rivalidad entre los Tövnard y los Rovernes y regresa de nuevo* *aquí para seguir leyendo* (anota el número de esta sección antes de ir para no perderte).

Si ya tienes esa pista o si ya has leído el contenido de la sección anterior, *puedes continuar con tu investigación en cualquier otro lugar del mapa.*

SECCIÓN 193

Tratas de hacerte pasar por un aguador y te acercas a un grupo de presos, pero uno de los guardias te detecta y, a pesar de tu explicación, te ordena que te apartes dado que aún no ha llegado la hora del descanso. No tienes intención de enfadar al fornido soldado, máxime cuando hay una buena congregación de guardias no muy lejos de donde te encuentras. Desistes de tu intento dejándolo quizás para más tarde o para otro día. No obtienes nada de interés aquí, así que decides marcharte para seguir con tus indagaciones. *Puedes continuar con tu investigación en cualquier otro lugar del mapa.*

SECCIÓN 194

Centras tu atención en los miembros de la mesa presidencial. Ahí se encuentran, a pocos metros de ti, los consejeros del Emperador. No es la primera vez que has coincidido con ellos. La anterior ocasión fue en la celebración del Consejo en el Palacio Imperial. *Ve a la SECCIÓN 516.*

SECCIÓN 195

- *Si no tienes la pista ENV, ve a la SECCIÓN 290, lee lo que allí se indica y* *regresa de nuevo aquí* (**anota el número de esta sección para no** **perderte al volver**).
- *Si ya tienes la pista ENV, ve a la SECCIÓN 722.*

SECCIÓN 196

No puedes permitir eso, aunque conlleve poner tu vida y la de tus compañeros en riesgo. Desenvainas tu arma y te preparas para lo que viene… *Sigue en la SECCIÓN 863.*

SECCIÓN 197

No tienes más remedio que prepararte para el combate y acabar con tus enemigos antes de que den la voz de alarma. El segundo de ellos es un rival temible, un azafio de espada curvada que te embiste.

MARINERO   Ptos. Combate: +2   PV: 18
AZAFIO   Ptos. Combate: +6   PV: 29

Nota: *el azafio dispone de una protección especial que le permite evitar 2 PV de daño en cada golpe recibido.*

- Si vences, *ve a la SECCIÓN 346*.
- Si eres derrotado, *pasa a la SECCIÓN 911*.

SECCIÓN 198

Un escalofrío recorre tu espalda al sospechar que ese dibujo tiene algo que ver con los encapuchados sin rostro que viste en las estancias de Sígrod en el barco. El dibujo muestra una faz emborronada. Aquellos hombres habían sufrido quemaduras terribles que les habían borrado cualquier expresión humana de la cara... *Vuelve a la SECCIÓN en la que estabas antes de venir aquí para seguir leyendo.*

SECCIÓN 199

- *Si hoy es el día que le indicaste al mercader Hóbbar que ibas a venir a la sucursal bancaria y, por tanto, él iba a acompañarte, sigue en la SECCIÓN 191 (revisa tu ficha para ver qué día escogiste cuando anotaste la pista SBI).*
- *Si no es así, no tienes nada que hacer hoy aquí y puedes continuar con tu investigación en cualquier otro lugar del mapa.*

SECCIÓN 200

El Embajador enano está inmerso en una extensa conversación con el Sumo Sacerdote y otros comensales que están a su vera. Su rostro comienza a teñirse de rojo por el alcohol, aunque aún mantiene las formas y habla sin elevar excesivamente la voz. Para poder saber de qué están hablando, vas a necesitar afinar tu oído. Quizás, desde tu posición, puedas escuchar qué dicen...

Lanza 2D6 y suma tu modificador de Percepción (si tienes la habilidad especial de Oído agudo, suma +1 al resultado y si tienes Don de lenguas puedes acompañarlo con la lectura de sus labios y sumarte +2 extra):

- Si el resultado está entre 2 y 7, no logras escuchar la conversación y *vuelves a la SECCIÓN 786.*
- Si el resultado está entre 8 y 12, *ve a la SECCIÓN 268.*

SECCIÓN 201 – Anota la Pista JEE

Mientras tratas de recuperarte, ves a Jinni registrar a un encapuchado. Lo examina en detalle. Parece determinado a obtener más información.

- No tiene tatuaje alguno en su cuerpo. Qué raro... - dice con su habitual tono cordial, como si nada hubiese pasado.

- ¿Y eso qué interés tiene ahora? – pregunta Zanna.

- Si estos tipos fuesen hombres de armas al mejor postor, lo normal es que tuviesen el emblema de su compañía tatuado en el cuerpo. Es lo común en las sociedades mercenarias. Normalmente todos los guerreros a sueldo llevan tatuada la enseña de su compañía como prueba de que no podrán jamás traicionar a la organización que les paga. ¿Qué mejor manera de asegurar un juramento, que tatuarlo sobre la propia piel? Yo mismo tengo grabado en el cuerpo esta *cursilada* – dice Jinni en tono sarcástico mientras señala el tatuaje que tiene en el antebrazo, una espada en llamas sobre una esmeralda.

- Es raro sí... Lo normal es que se tratase de mercenarios. Si luchan codo con codo con los azafios y éstos últimos lo son, lo lógico es que los encapuchados estén metidos en esto también por dinero – interviene Gruff razonando en voz alta.

- Puede que no estén tatuados porque no sea necesario. Solo hay que ver su rostro para saber que están bien marcados – dices rompiendo por fin tu silencio.

Nadie contesta a tu última conjetura. Todos parecen estar inmersos en sus propios pensamientos, hasta que Jinni toma la palabra.

- Había oído algún rumor sobre ellos. Pero pensé que no tenía ningún fundamento...

- ¿Sobre estos encapuchados negros? – pregunta atónita Zanna.

- Así es. Hice mis indagaciones tras separarnos. Tengo contactos de dudosa dignidad, expertos en chismorreos, rumores y todo eso. Sólo hay que saber cómo buscarlos y darles lo que quieren a cambio de información que, a veces puede resultar de interés, y otras veces no es más que basura que no sirve de nada, como pensé que era en esta ocasión a la que me refiero. Me corrompía la curiosidad y necesitaba averiguar si se habían tenido noticias o se sabía algo de estos encapuchados que nos estaban persiguiendo por toda la ciudad – explica tranquilamente Jinni.

- Pues ya podrías habernos dicho algo antes, condenado juvi. Un poco más y se te olvida hacerlo. Mira que esperar a tener que ver esto para contarlo. No os entiendo a veces, a los hombres, sean humanos o juvis, qué más da… ¿es verdad que no lo hacéis aposta? – reprocha Zanna, entre la frustración y la complicidad.

- Créeme que no ha sido adrede. No le di ninguna credibilidad como os he dicho antes. ¿Quién iba a creer que esos encapuchados en realidad eran hombres sin rostro? Asesinos y criminales sentenciados a muerte, que habían esquivado su condena a cambio de aceptar que se les fuera borrada su identidad y jurar fidelidad a la Hueste de los Penitentes… - explica Jinni ensombreciendo por primera vez su semblante.

- ¿Hueste de los Penitentes? – pregunta Gruff con los ojos abiertos como platos.

- Así me dijeron que se les llama. Hasta nuestro primer encuentro con ellos, no tenía ni la más remota idea de su existencia. Estarán en circulación desde hace poco tiempo – contesta Jinni mientras mira el cadáver que tiene más cerca.

- Asesinos a los que se les ha dado una nueva oportunidad para esquivar a la muerte. Podemos aceptar eso, pero… ¿quién puede estar detrás de ellos? – preguntas intrigado.

- Alguien con la suficiente influencia como para poder eximirlos de su condena y ofrecerles una alternativa, una nueva vida a cambio de esa brutalidad que hemos visto – añade Zanna.

- ¿Dónde están los condenados de la ciudad? – le preguntas al juvi.

- Que yo sepa, acaban trabajando como esclavos en las murallas, pudriéndose en la cárcel de la fortaleza de la guarnición, ajusticiados en público en la plaza de las asambleas o…, por lo que acabamos de ver, pasados a la sartén y enfundados en capas negras – finiquita Jinni cerrando la charla.

Anota la pista JEE, regresa a la SECCIÓN en la que estuvieses antes de venir aquí y sigue leyendo.

SECCIÓN 202

Estás en la localización L40 del mapa. Antes de seguir, anota en tu ficha que has visitado un nuevo lugar hoy (recuerda que puedes ir a un máximo de 4 sitios cada día; uno menos si anoche te alojaste en la librería de Mattus). No vas a tener que realizar ninguna tirada de encuentros con tus perseguidores para esta localización en concreto.

Te encuentras en la zona de los silos del Puerto Este, donde se almacenan toneladas de mercancías y víveres que abastecen a la gran ciudad. Una heterogénea mezcla de olores invade tus receptores olfativos.

- *Si no tienes la pista FPT y además ésta es la última localización que ibas a visitar hoy, ve a la SECCIÓN 849.*
- *Si ya tienes esa pista o ésta NO es la última localización que ibas a visitar hoy, puedes continuar con tu investigación en cualquier otro lugar del mapa.*

SECCIÓN 203

Llevas a los guardias hasta el cuerpo del encapuchado que has derrotado antes. Aquel cuyo rostro y colgante habías revelado descubriendo el emblema del domatismo aquilano.

Te ves forzado a esperar una hora más hasta que aparece en escena un clérigo vestido con ropajes más lujosos que los del cadáver del saco. Le acompañan varios guardias que se suman a los que te mantienen retenido.

Das parte de todo lo sucedido y eres recompensado por el religioso, quién te entrega 30 coronas de oro mientras te invita a no revelar a nadie lo que has visto. *Puedes continuar con tu investigación en cualquier otro lugar del mapa.*

SECCIÓN 204

Al escuchar las palabras del religioso, recuerdas el encuentro que viviste con esos tipos encapuchados que portaban un pesado bulto en un saco. Descubriste que se trataba de aquilanos quienes se escondían tras esas capuchas. *Nota: si no lo has averiguado ya antes, en este momento inquieres que ese bulto podría ser el cadáver de un monje wexiano asesinado.*

- *Si no tienes la pista DKA, ve a la SECCIÓN 115.*
- *Si ya tienes esa pista, vuelve a la SECCIÓN 219.*

SECCIÓN 205

Estás en la localización L77 del mapa. Antes de seguir, anota en tu ficha que has visitado un nuevo lugar hoy (recuerda que puedes ir a un máximo de 4 sitios cada día; uno menos si anoche te alojaste en la librería de Mattus). No vas a tener que realizar ninguna tirada de encuentros con tus perseguidores para esta localización en concreto.

La situación diplomática de Hebria es complicada a día de hoy. Lo descubres, tan pronto accedes a su Embajada, gracias a un pase que Zanna muestra en la entrada principal que la acredita como cooperadora del Gremio de Prestamistas de Meribris.

Un atento y preocupado hebrita os atiende y os relata los últimos acontecimientos políticos y militares acaecidos en Hebria, su patria natal.

Hasta hace dos años, Hebria estaba en una situación indefinida en lo que se refiere a la Guerra Civil Sucesoria entre Wexes y Aquilán. Pero una serie de acontecimientos llevaron a esta comercial y fértil región a pasar a manos, prácticamente en su totalidad, de los aquilanos.

Primero fueron los juvis venidos de las islas Jujava, quienes comenzaron a decantar la balanza a favor de los aquilanos (que en ese momento luchaban a la defensiva contra los wexianos, principalmente conformados por tropas de la fiel Réllerum). Los combates fueron sangrientos, convirtiendo esta rica región en un campo de destrucción, caos y ruina. La intensidad de los combates se mantuvo en su cénit desde el año 23 d. Cx. hasta el 27 d.Cx., hace dos años. En palabras del funcionario que os atiende, durante ese periodo en Hebria no se identifica un frente claro ni se discierne qué bando va a resultar vencedor.

No obstante, un segundo acontecimiento sí que decantó la situación. El hebrita os dice que la llegada de los agresivos sahitanos a la zona, como mercenarios a las órdenes de los aquilanos, fue determinante. La importante ciudad de Hibris pasó al pleno control de éstos el año pasado y, este mismo año, también ha caído la ciudadela de Farnesio.

Así pues, el frente de Hebria, en estos momentos, ya se ha definido prácticamente en su totalidad y tiene un bando ganador. El funcionario os cuenta que los wexianos ya solo conservan la colonia oriental hebrita de Meribris y su zona de influencia, en el otro extremo de Azâfia, pero no poseen ningún territorio en Hebria central, en el istmo de Bathalbar al oeste del mar de Juva. Y precisamente este contexto pone en una situación complicada a la Embajada de Hebria en Tol Éredom. El funcionario comenta que siguen con gran atención todos los acontecimientos que llegan de la Guerra y que se emplean a fondo para evitar que las últimas relaciones diplomáticas acaben también destruidas.

Llegados a este punto de la conversación, tratas de averiguar algo más acerca del estatus de los hebritas en Tol Éredom. *Lanza 2D6 y suma tu modificador de Carisma (si tienes la pista HYI suma +3 extra al resultado y si tienes la pista XHH suma otros +2 adicionales):*

- *Si el resultado está entre 2 y 7, ve a la SECCIÓN 524.*
- *Si está entre 8 y 12, ve a la SECCIÓN 673.*

SECCIÓN 206

Te alcanza una flecha y sientes un profundo dolor en el brazo izquierdo. Pierdes 1D6 + 3 PV. *Ve a la SECCIÓN 907.*

SECCIÓN 207

La mayoría de los papeles parecen contratos administrativos, actas de reuniones o recibos de cobros y pagos que no puedes ahora analizar. El tiempo se agota y temes que el asesor y el escriba hagan acto de presencia. No pueden descubrirte hurgando en los papeles... *Pasa a la SECCIÓN 366.*

SECCIÓN 208

Enseguida sois llevados fuera por esos tipos, que cierran el doble portón en vuestras narices. Te marchas frustrado del lugar, sin saber dónde Jinni se encuentra. *Puedes continuar con tu investigación en otro lugar del mapa.* **Nota:** *puedes regresar de nuevo a esta localización, pero eso ya debe ser otro día.*

SECCIÓN 209

Tras mucho insistir, finalmente eres recibido por un oficial intermedio en su despacho privado. Éste te dice que el Gobernador del Banco Imperial y también Consejero de los Caudales, Edugar Merves, no suele frecuentar esta sede y que suele encontrarse en su mansión privada, desde donde gestiona todos sus importantes quehaceres. Añade que el hombre que administra el día a día del Banco desde estas oficinas es el gerente Thomas Flépten. Intentas conseguir una cita con este tal Flépten...

- *Si tienes la pista CRR y **NO tienes** la pista MLS, ve directamente a la SECCIÓN 561 y no sigas leyendo.*
- *Si tienes la pista MLS, ve directamente a la SECCIÓN 905 y no sigas leyendo.*
- *En cualquier otro caso, sigue leyendo...*

Haz una tirada de 2D6 y suma tu modificador de Carisma (si tienes la habilidad especial de Negociador o si entre tus posesiones dispones de "ropajes caros", suma +1 extra por cada uno de ellos):

- *Si el resultado está entre 2 y 8, ve a la SECCIÓN 905.*
- *Si está entre 9 y 12, sigue en la SECCIÓN 553.*

SECCIÓN 210 – Anota la Pista EXS y suma 10 P. Exp.

Parece que has dado con la tecla adecuada para que la demacrada prostituta cante lo que sabe. **Recuerda anotar la pista EXS** y <u>*ve a la SECCIÓN 189*</u>.

SECCIÓN 211   Anota la Pista MRH y suma 15 P. Exp.

Reconoces a los hombres que no tienes nada que ver ni con los encapuchados negros ni con los azafios, que realmente estás aquí para vengar sus crímenes y que necesitas su colaboración, al menos no delatándote.

Con gran sorpresa ves que, lejos de dar la voz de alarma o atacarte, los dos marineros se miran y el mayor de ellos asiente antes de decirte:

- Compañeros nuestros murieron en el asalto de esos criminales que ahora gobiernan el barco y nos tienen poco más que esclavizados. Si deseas su mal, eres nuestro aliado.

- Te lo agradezco sinceramente. Haré lo que pueda por ejecutar la venganza y liberaros. ¿Podéis indicarme si Sígrod, el hebrita del Gremio de Prestamistas de Meribris, sigue en el barco? – preguntas mirando a uno y otro lado temiendo que algún enemigo venga.

- Lamento decirte que ya no está aquí. Desde que se produjo el sangriento ataque, ya no hemos vuelto a verle. Supongo que se lo habrán llevado esos matones, con el gigante Azrôd a su cabeza – contesta el hombre maduro.

- Azrôd tampoco se encuentra en el *Rompeaires* por lo que dices, ¿cierto? – preguntas.

- Así es. Ni rastro de ese criminal.

- ¿Hay algo de interés en esta planta del barco? ¿Me puedes indicar si hay enemigos rondando por aquí? – dices tratando de controlar tu decepción al constatar que no vas a encontrar a Sígrod y buscando, al menos, algo de información que pueda serte útil en la exploración del navío.

- Pues te recomiendo que te largues de aquí y subas cuanto antes a la primera planta. Aquí abajo sólo encontrarás las cocinas y la despensa, la sucia bodega, las salas comunes donde se alojan todos esos maleantes y la sala de remos en la popa. Si puedes hacer algo por nosotros, no creo que sea en esta planta, salvo que seas capaz de limpiarla de todos esos temibles guerreros que la pueblan.

Asientes interiorizando las palabras de este buen hombre y agradeces su colaboración antes de que él y su acompañante se marchen. Tienen un encargo que hacer y no pueden demorarse. ***Recuerda anotar la Pista MRH.***

- *Si sigues adelante por el pasillo para explorar esta segunda planta del barco, pasa a la SECCIÓN 247.*
- *Si regresas por donde has venido, ve a la SECCIÓN 527.*

SECCIÓN 212

Justo cuando acaba de hablar el bibliotecario, un fugaz destello ilumina tu cabeza al recordar algo que portas contigo. Es el regalo que te dio el cronista hebrita que salvaste de la agresión de unos fanáticos. Y su regalo fue precisamente un pase para la Gran Biblioteca de Tol Éredom con acceso privilegiado a las zonas que requieren de una credencial especial. ¡Justo lo que ahora necesitas!

- *Si solicitas pasar a la zona restringida empleando la acreditación que el hebrita te dio, pasa a la SECCIÓN 792.*
- *Si quieres explorar el edificio al que tienes acceso con la acreditación de Zanna (es decir, el que ahora te encuentras), ve a la SECCIÓN 836.*
- *Si crees que lo mejor es no invertir tiempo en nada de esto y prefieres marcharte, puedes continuar con tu investigación en cualquier otro lugar del mapa.*

SECCIÓN 213

Tras consultar sus papeles y volverte a mirar de arriba abajo por enésima vez, finalmente el burócrata accede a facilitarte una cita con uno de los funcionarios representantes de la Embajada. A pesar de tus súplicas, constatas que es imposible tener una reunión con el Legado debido a la urgencia de los quehaceres que lo ocupan. Como menos es nada, te conformas con esta reunión de segundo orden. *Sigue en la SECCIÓN 59.*

SECCIÓN 214

El estridente grito de varios hombres que irrumpen en la sala exterior (en la que antes has visto a una docena de mercenarios azafios), seguido por un tremendo estruendo de combate, os deja a todos petrificados.

Sin tiempo para reaccionar, ves con horror cómo el guardia que ha mirado nervioso hacia el exterior de la habitación, antes de que pudieras decidir si entregar o no el cofre, desenfunda su curvada espada y secciona, con un seco mandoble, la cabeza del otro mercenario azafio que está a su lado tras el hebrita. A tu espalda, escuchas un chillido de dolor y al girarte ves caer a uno de los dos enanos que escoltan a Elavska. El primero de la pareja de guardias azafios que estaban cubriendo la puerta le ha ensartado con su espada y el otro está arremetiendo en estos momentos contra la sorprendida amazona y sus dos escoltas restantes, el otro enano y el escurridizo juvi.

La situación se torna caótica en cuestión de momentos. Los ruidos de lucha provenientes del exterior de la sala se intensifican cuando ves entrar a un grupo de mercenarios azafios acompañados por unos extraños encapuchados con capas negras. Para tu horror, se suman a los dos azafios de la puerta que ahora acorralan a Elavska y sus escoltas y a la guapa chica azafia. Pero también Gruff y tú sois sus objetivos, como compruebas con pavor y angustia al ver acercarse a dos de los asaltantes.

Lucha por tu vida contra uno de los adversarios, un avezado mercenario azafio, mientras Gruff pelea contra el encapuchado negro que le ataca.

MERCENARIO DE LA GUARDIA MERIBRIANA
Puntos de Combate: +5   Puntos de Vida: 26

- *Si logras acabar con tu oponente, ve a la SECCIÓN 258.*
- *Si no es así, pasa a la SECCIÓN 544.*

SECCIÓN 215

En tu registro, encuentras lo siguiente que puede serte de utilidad:

- *Ropajes caros (incrementan +1 tu Carisma). Ocupan 1VC.*
- *Una manta. Ocupa 1 VC.*

No quieres invertir más tiempo aquí, así que decides salir al pasillo. Pero ocurre algo que no esperabas... *Ve ya mismo a la SECCIÓN 456.*

SECCIÓN 216   +9 P. Exp.

Estás en la localización L39 del mapa. Antes de seguir, anota en tu ficha que has visitado un nuevo lugar hoy (recuerda que puedes ir a un máximo de 4 sitios cada día; uno menos si anoche te alojaste en la librería de Mattus). No vas a tener que realizar ninguna tirada de encuentros con tus perseguidores para esta localización en concreto.

Desde el Puerto Este, lugar en el que estás, puedes divisar a lo lejos, en dirección sur, el islote que domina la entrada a la ría. Un gran faro domina esa pequeña isla desde la que parte, tanto hacia el noroeste como hacia el sureste, un sistema de defensa como no hay otro igual en el Imperio y más allá de él. Se trata de una gran estructura metálica que la guarnición ubicada en el Gran Faro puede controlar, ya sea izándola sobre las aguas o haciendo que ésta descienda a la profundidad. En el primer caso, el tránsito de navíos y su acceso a los protegidos puertos de la capital queda imposibilitado, dotando de una seguridad adicional a la ciudad frente a invasiones marítimas o asaltos. En el segundo caso, con la estructura oculta bajo el mar, en cuya situación se encuentra ahora el sistema, la entrada a la ría está permitida para los navíos y el flujo de mercancías se produce con normalidad.

Al parecer, muchos en la ciudad están preocupados por la violación, por parte de los juvis, de las Prerrogativas de la Navegación Comercial. Los pequeños habitantes de las Islas Jujava están atacando a barcos mercantes, a pesar de que éstos están protegidos bajo la constitución de tregua a estos navíos en una extensión de hasta 15 leguas desde la costa, algo que se había respetado por aquilanos y wexianos desde el inicio de la Guerra Civil Sucesoria, pero que ahora se había roto. Quizás, pronto la superestructura que protege la ría deba ser izada de nuevo…

- *Si no tienes la pista FPT y además ésta es la última localización que ibas a visitar hoy, ve a la SECCIÓN 849.*
- *Si ya tienes esa pista o ésta NO es la última localización que ibas a visitar hoy, puedes continuar con tu investigación en cualquier otro lugar del mapa.*

SECCIÓN 217   +10 P. Exp.

Corres a toda velocidad siguiendo a Zanna y dejando atrás a la pequeña muchedumbre de lugareños que se ha acercado al lugar sintiendo curiosidad por la exótica escena. Vuestra huida os lleva de nuevo al intrincado laberinto de callejuelas del barrio del puerto. Estás inmerso en una persecución a plena luz del día en la ciudad más populosa de todo el Imperio y temes también que una patrulla de guardias de la ciudad pueda acudir y arrestaros. Pero poco a poco ganáis distancia respecto a vuestros dos perseguidores, hasta dejarlos por fin atrás tras doblar un par de intersecciones de callejuelas. *Sigue en la SECCIÓN 855.*

SECCIÓN 218

Tras un largo rato de cháchara y conversaciones banales, Jinni interrumpe repentinamente su exposición, sonríe de forma pícara y dice:

- Ahh, tengo una sorpresa que mostraros, se me olvidaba. Aparte de huir y esconderme como una rata, he hecho algo de provecho estos días. Acompañadme.

Seguís al pequeño juvi hasta el sótano del viejo caserón. Efectivamente era una sorpresa lo que Jinni quería mostraros. ¡Tendidos en el suelo ves los cuerpos de dos encapuchados negros!

- Tendremos que deshacernos pronto de ellos. Los cadáveres apestan en poco tiempo, tienen esa mala costumbre, digamos. Anoche estaban rondando las callejuelas cercanas a la guarida, nos dieron parte de ello nuestros informantes y mis compañeros y yo decidimos darles caza. El enano que habéis visto abajo tiene un mandoble indomable – explica Jinni en tono jocoso.

Te impacta la tranquilidad del juvi. Se nota que está acostumbrado a ese tipo de trabajos y al trato con los cadáveres. Por tu parte, estás a punto de no poder controlar las náuseas, pero sacas las fuerzas para informar al juvi del impacto que sufriste en las estancias de Sígrod, en el barco, cuando descubriste los rostros quemados y desfigurados de esos tipos encapuchados. *Ve a la SECCIÓN 201, lee lo que allí se indica y regresa aquí de nuevo* (anota el número de esta sección para poder volver sin perderte).

Cuando acabes, ve a la SECCIÓN 395.

SECCIÓN 219 – Anota la Pista MNJ

- *Si tienes la pista RIZ, ve a la SECCIÓN 983.*
- *Si tienes la pista QAD, ve a la SECCIÓN 204.*
- *Si tienes la pista GUP, ve a la SECCIÓN 726.*

*Nota: si tienes varias de las pistas anteriores, puedes leer el contenido de cada una de las secciones a las que te lleva cada pista. Cuando acabes de leer todas las secciones correspondientes, **recuerda anotar la pista MNJ** y sigue en la SECCIÓN 309.*

SECCIÓN 220

*Estás en la localización L65 del mapa **(si ya has estado antes en esta localización, no sigas leyendo y ve a otro lugar del mapa).** Antes de seguir, anota en tu ficha que has visitado un nuevo lugar hoy (recuerda que puedes ir a un máximo de 4 sitios cada día; uno menos si anoche te alojaste en la librería de Mattus). No vas a tener que realizar ninguna tirada de encuentros con tus perseguidores para esta localización en concreto.*

Tratas de realizar las preguntas oportunas con la suficiente cautela para no levantar sospechas y, con ello, poder averiguar algo de información sobre Sir Crisbal, Comisionado de Réllerum y el miembro más joven del Consejo de Tol Éredom.

La provincia federada imperial a la que representa Sir Crisbal, situada al norte de Azâfia, se ha mantenido hasta el momento totalmente fiel a Wexes, asumiendo incluso una cruenta guerra a la defensiva contra el agresivo Patriarcado de Sahitán, con Embajada también en esta ciudad, que ha aprovechado la debilidad del Imperio para anexionar territorios a su costa.

*Tendrás que ser hábil en tus dotes sociales para seguir averiguando información... **Anota en tu ficha que ya no puedes volver a visitar esta localización** y lanza 2D6 sumando tu modificador de Carisma (si tienes la habilidad especial de Don de gentes, suma +2 extra al resultado):*

- *Si el resultado está entre 2 y 6, ve a la SECCIÓN 589.*
- *Si está entre 7 y 12, ve a la SECCIÓN 1022.*

SECCIÓN 221

- Ese inútil no sería capaz de convencer ni a un mendigo desesperado para que fuera a vivir a su casa, a pesar de los lujos – continúa explicando Tövnard -. Estoy convencido de que él no ha sido. Simplemente es un beneficiario circunstancial. Hay alguien del Consejo al que le interesaba que yo marchara de la ciudad y movió hilos en favor de Rovernes. Por desgracia, lo ha conseguido.

- ¿Tiene alguna sospecha de alguien en concreto, mi Señor? – preguntas.

- No podría apuntar a alguien en concreto. Todo esto me ha pillado totalmente de improvisto y ha sucedido demasiado rápido. Está claro que la decisión ya estaba cocinada antes de que se celebrara el Consejo, ya que se me comunicó sin apenas debate - contesta Tövnard.

- ¿Podría, al menos, enumerar los miembros que conforman el Consejo? Quizás, a partir de ahí, podamos averiguar algo – comentas frustrado pero no dispuesto a desfallecer.

- Ehh, claro que sí. Por supuesto. El máximo órgano de gobierno de Tol Éredom está conformado por el propio Emperador Wexes, su madre Déuxia y diez Consejeros. Todos los miembros tienen voz y voto y las medidas normalmente se adoptan por mayorías, pero el Emperador tiene capacidad de veto sobre ciertas decisiones y su voto vale por cuatro en las discusiones sometidas a votación – explica Tövnard, quien pasa a enumerar a cada uno de esos miembros del Consejo junto con su residencia habitual en la ciudad.

Desbloqueas las siguientes localizaciones del mapa:

L7 -> SECCIÓN 835 – La Gran Catedral Domatista Wexiana (donde suele estar el Sumo Sacerdote de esta religión)
L24 -> Mansión del Consejero Tövnard (donde ahora estás)
L25 -> SECCIÓN 961 – Palacete del Consejero Rovernes
L35 -> SECCIÓN 274 – Sede del Sindicato Chipra (donde suele estar su representante en el Consejo)
L54 -> SECCIÓN 396 – Embajada del Legado de Tirrana
L62 -> SECCIÓN 677 – Embajada del Legado de Gomia
L63 -> SECCIÓN 190 – Mansión del Consejero de los Caudales
L64 -> SECCIÓN 437 – Embajador Enano de las Brakas
L65 -> SECCIÓN 220 – Comisionado de Réllerum
L66 -> SECCIÓN 922 – Palacio del Emperador (reside Wexes y su madre)
L67 -> SECCIÓN 1005 – Mansión de la Casa Dérrik

<u>*Ve a la SECCIÓN 753.*</u>

SECCIÓN 222

No tienes forma de iluminarte, así que tanteas con las manos a ciegas. Pasan unos largos minutos hasta que te haces una vaga idea del lugar en el que estás. Parece una especie de despensa anexa a las cocinas. No parece ser una habitación secreta que albergue lo que busques, pero al menos puedes hacerte con unas cuantas raciones de comida si lo deseas. *Puedes coger 1D6+3 raciones diarias de comida (cada una ocupa 1 VC).*

Te dispones a salir tanteando la última estantería que detectas cuando, de pronto, sientes un pinchazo en tu mano izquierda. *Has tocado la punta de un dardo de ballesta y pierdes 1D6 PV en este momento.* Insistes esta vez con más cuidado y descubres que hay un carcaj con flechas para arco y dardos para ballesta. Parece que no sólo alimentos alberga esta despensa.

Puedes anotar hasta 2D6+3 flechas y 3D6 dardos para ballesta en tu ficha de personaje (no ocupan VC en tu inventario).

Finalmente regresas fuera y abandonas este pasillo dejando la puerta cerrada. Aquí ya no hay nada más que hacer. *Ve a la SECCIÓN 820.*

SECCIÓN 223 – Anota la Pista CLX y suma 20 P. Exp.

Te sumerges en un mar de fruición y lujuria mientras experimentas unos estremecimientos de placer que nunca habías vivido con tal intensidad. La seductora mujer es una espléndida amante y te hace descubrir sensaciones que desconocías. Es evidente que nunca olvidarás el frenesí que has vivido en las tres últimas horas.

Ahora yaces en el lecho de Elaisa mientras miras el techo de la coqueta habitación. Ella duerme con su cabeza apoyada en tu pecho. Su fino aroma impregna este momento de relax hasta que tus ojos también ceden y te sumerges en un profundo sueño sólo perturbado por un vago recuerdo de la figura de Zanna. *Ten presente que ya no podrás visitar ninguna localización adicional en el día de hoy.* **Recuerda también anotar la pista CLX** y *sigue en la SECCIÓN 467.*

SECCIÓN 224

Aquí acaba el cuarto y último librojuego de la saga "Crónicas de Térragom". Enhorabuena por haber llegado hasta tan lejos y alcanzar con éxito tu difícil objetivo. Espero que hayas disfrutado mucho viviendo esta larga aventura, tanto como yo lo he hecho al crearla.

Te estoy muy agradecido por tu confianza. Para mí es un honor que hayas decidido invertir tu valioso tiempo en sumergirte y explorar los vastos territorios de Térragom. Todo esto es posible gracias a amantes de este género como tú, que tienen a bien apoyar obras como ésta, creada por un humilde compañero de afición que desea mantener viva la llama.

Me encantaría arrancar una nueva saga de librojuegos en el mismo mundo de Térragom, ya que, como has comprobado, tu personaje exige nuevos retos para calmar su sed de aventuras. Abusando de tu complicidad, te estaré enormemente agradecido si me ayudas a que ello sea posible con una pequeña reseña en Amazon o en redes sociales, la mejor forma, junto al boca a boca, de dar a conocer Térragom a más personas.

Como siempre, cuenta con mi hacha para cualquier comentario que quieras realizarme. Para ello y para lo que necesites, me puedes localizar en:

cronicasdeterragom@gmail.com
https://twitter.com/CTerragom
https://www.instagram.com/cronicasdeterragom
http://www.cronicasdeterragom.com

¡Larga vida a los librojuegos!
Juanvi

SECCIÓN 225

- Si el "contador de tiempo de la investigación" es igual o inferior a 2 días, ve a la SECCIÓN 276.
- Si dicho contador es de 3 o más días, pasa a la SECCIÓN 871.

SECCIÓN 226

- Si tienes la pista FRH, ve directamente a la SECCIÓN 595 sin seguir leyendo.
- Si no tienes esa pista, sigue leyendo...

La puerta está cerrada. No parece haber manera de abrirla salvo que dispongas de la llave adecuada. La cerradura es convencional, por lo que también podría valer una ganzúa.

- Si tienes la pista LVS, ve directamente a la SECCIÓN 926 y descarta las otras opciones.
- Si tienes una ganzúa, pasa a la SECCIÓN 802.
- Si no tienes ni esa pista ni la ganzúa, ve a la SECCIÓN 595.

SECCIÓN 227

Recuerdas las terribles ejecuciones públicas de aquilanos que se perpetraron en esta plaza y a tu cabeza acude también la imagen de la niñita con la que cruzaste la mirada antes de que ésta huyese. Por un momento, los pelos se te erizan al rememorar estas vivencias, aunque luchas por recobrarte del trance y seguir, cuanto antes, con la misión que tienes que cumplir. Te acercas a un grupo de chipras que, en estos momentos, están inmersos en una apasionada charla en mitad de la plaza.

- Si no tienes la pista WCW, sigue en la SECCIÓN 952.
- Si ya tienes esa pista, pasa a la SECCIÓN 137.

SECCIÓN 228

Como evitas registrar en detalle a tu rival caído, sólo puedes quedarte con lo que resulta evidente a la vista:

- una espada curvada que ofrece +2 a tus Puntos de Combate, +0 a tu Destreza y ocupa 3 VC
- un escudo que permite restar 1 PV a cada daño sufrido en combate y ocupa 2 VC.

Inmediatamente sales al pasillo y cierras la puerta. Ve a la SECCIÓN 460.

SECCIÓN 229

Tras el tremendo susto, intentas recomponerte lo antes posible para continuar. Esa maldita tablilla de casi acaba contigo, pero por nada del mundo renunciarías a leer su contenido. *Sigue en la SECCIÓN 100.*

SECCIÓN 230

Marchas hacia la localización L2 del mapa. Antes de seguir, anota en tu ficha que has visitado un nuevo lugar hoy (recuerda que puedes ir a un máximo de 4 sitios cada día; uno menos si anoche te alojaste en la librería de Mattus). También lanza 2D6 para ver si tienes algún encuentro con los matones que os persiguen. Si el resultado es de 7 o más, no te topas con ningún enemigo y puedes seguir leyendo. Si es inferior, debes evitar o vencer a los siguientes tipos que os descubren, para seguir leyendo (los enemigos indicados son los que debes enfrentar en solitario; no se detallan los rivales que atacan a tus compañeros y se considerará que ellos vencerán su combate si tú ganas el tuyo):

ENCAPUCHADO NEGRO 1	Ptos. Combate: +4	PV: 21
ENCAPUCHADO NEGRO 2	Ptos. Combate: +5	PV: 26

Nota: *puedes tratar de evitar el combate si lanzas 2D6 y sumas tu modificador de Destreza obteniendo un 10 o más (si tienes la habilidad especial de Silencioso o de Camuflaje suma +2 por cada una de ellas). Si logras evitar a esos tipos, darás un largo rodeo hasta que puedas quedarte tranquilo y constates que les has dado esquinazo definitivo. Podrás seguir leyendo con normalidad esta sección, pero habrás agotado un tiempo considerable que hará que puedas visitar una localización menos del mapa en el día de hoy (o mañana, si ésta era la última que podías visitar hoy).*

Ptos de Experiencia conseguidos: *9 P. Exp. si vences; 3 P. Exp. si escapas.*

Te quedas maravillado al observar, con más detenimiento, las rotundas murallas que protegen la capital.

- *Si tienes la pista MLL, ve a la SECCIÓN 368.*
- *Si no la tienes, sigue en la SECCIÓN 299.*

SECCIÓN 231

Dedicas un tiempo a indagar algo más sobre sentencias judiciales y actos administrativos. Lanza 2D6 y suma tu modificador de Inteligencia. Si el resultado es igual o superior a 9, habrás sido ágil en recopilar y estudiar lo que buscas, invirtiendo, por tanto, poco tiempo. Pero si el resultado es igual o inferior a 8, anota en tu ficha que has agotado una localización adicional en el día de hoy (si no quedaban más localizaciones por visitar hoy, entonces debes abandonar la Gran Biblioteca y regresar otro día).

*Toma nota en tu ficha del número de esta sección, puesto que **ya no podrás regresar a ella hasta mañana**. Esto es lo que averiguas:*

Buceas entre los montones de pergaminos y libros de archivos judiciales y detectas una cifra considerable de sentencias judiciales de los últimos años contra conspiradores aquilanos que operaban secretamente en células ocultas en la ciudad. Entre ellos hay nombres extranjeros, en su mayor parte grobanos y hermios, pero también se cuentan nativos de países aliados de Wexes, e incluso ciudadanos de la propia Tol Éredom desengañados con las expectativas que creó el Emperador al recuperar el trono. Adviertes que un buen número de los condenados aquilanos han acabado sentenciados a muerte en la hoguera y que sus ejecuciones se realizan en la Plaza de las Asambleas *(localización L21 del mapa -> SECCIÓN 982)*. Otros con mejor suerte, pagan su pena con años de trabajos forzosos en la fortificación de las murallas *(localización L2 del mapa -> SECCIÓN 230)*.

También detectas una considerable cantidad de denuncias de agresiones sufridas por los hebritas. En este sentido, parece palpable el incremento de dichos hechos en los últimos meses, contándose casos extremos donde el asesinato ha sido el fatal desenlace del suceso. No queda claro, sin embargo, si hay alguna organización detrás de estos atentados, ya que entre los condenados se cuentan miembros radicales del sindicato chipra, delincuentes que han agredido también a otras etnias en el pasado, unos pocos y muy contados aquilanos e incluso algún pequeño mergués desesperado y poseedor de deudas acumuladas con el Gremio de Prestamistas de Meribris.

Haz una nueva tirada de 2D6 y suma tu modificador de Inteligencia para seguir indagando:

- *Si el resultado está entre 2 y 7, ve a la SECCIÓN 490.*
- *Si está entre 8 y 12, ve a la SECCIÓN 972.*

SECCIÓN 232

Avanzas decidido a consumar lo que te has propuesto hacer cuando, de pronto, un grito a tu espalda te sobresalta. Al girarte, ves a dos encapuchados que han aparecido por sorpresa y que arremeten contra ti con sus espadas desenvainadas. No habías visto a estos dos tipos en ningún momento. Está claro que han venido siguiéndote hasta aquí a saber desde cuándo. Para mayor desgracia, los dos asaltantes braman en voz alta dando la voz de alarma y los seis centinelas que patrullan cerca de la pasarela de acceso al barco también os detectan. ***Elimina la pista ONL de tu ficha de personaje en caso de que la tuvieras*** *y decide rápido qué hacer:*

- *Si tratas de huir de este lugar antes de que sea demasiado tarde, ve a la SECCIÓN 1020.*
- *Si preparas tu arma y te dispones a pelear, pasa a la SECCIÓN 280.*

SECCIÓN 233

Te acercas a los cuatro guardias que custodian el acceso exterior al recinto. Tus compañeros esperan fuera. A ver si tienes suerte y te dejan pasar, aunque sea en solitario…

- *Si tienes la pista PTH, ve a la SECCIÓN 770.*
- *Si no tienes esa pista, ve a la SECCIÓN 889.*

SECCIÓN 234

Tus esfuerzos por agradar y crear algún vínculo con alguno de los presentes finalmente dan sus frutos cuando logras establecer contacto con un grupo de cuarentones de acomodada apariencia. Todos ellos visten blusones con la "C" bordada y uno de ellos, el que lleva la voz cantante en la conversación, parece tener un mayor estatus que el resto. Diriges tu foco a este tipo, tratando de ganarte su confianza, lo que consigues tras una hora de chanzas, jocosidades y alcohol. Al parecer, se trata de un pequeño mercader venido a más últimamente.

Nota: *resta 1D6 +3 CO de tu inventario, el coste de las rondas en las que has tenido que invitar a tus nuevos "amigotes". Si no tienes esa cantidad de dinero, serán tus compañeros los que aporten de su bolsillo la diferencia.*

Sigue en la SECCIÓN 387.

SECCIÓN 235 – Anota la Pista OZA y suma 80 P. Exp.

¡Aún no lo puedes creer! ¡Has limpiado el lugar de terribles rivales experimentados en el combate! ¡Lástima que un trovador no te acompañe para poder cantar en el futuro esta hazaña que has realizado!

Con el corazón a punto de estallarte en el pecho debido al tremendo esfuerzo que has realizado, te tomas unos segundos para tomar conciencia de lo que has logrado y recuperar la respiración acompasada.

Conforme te ves en disposición de continuar, optas por hacer un rápido registro de un par de los cadáveres que te rodean. No tienes tiempo para entretenerte y registrarlos a todos, puesto que nada te asegura que no puedan venir más enemigos aquí en cualquier momento. Priorizas, por tanto, a los dos que has visto más fuertes en el combate, dado que deben ser los mejor posicionados en la jerarquía de estos malditos mercenarios.

Consigues el siguiente botín: 2 pócimas curativas que permiten recuperar cada una 2D6 PV y ocupan 1 VC cada una, 55 coronas de oro, una espada curvada que ofrece +2 a tus Puntos de Combate, +0 a tu Destreza y ocupa 3 VC y raciones de comida para 3 días (cada día de comida ocupa 1 VC).

Recuerda anotar la pista OZA y *sigue en la SECCIÓN 581.*

SECCIÓN 236

Es el Emperador el que, con su dedo índice apuntando al cielo, dictamina que los componentes de ambos equipos ocupen sus posiciones. El público rompe a gritar con fuerzas renovadas y ves cómo la mitad de los hombres de ambas escuadras, aquellos que son más corpulentos y fornidos, escalan hasta la plataforma superior de la gran estructura de madera. Estos miembros de cada equipo se ubican a uno y otro lado del gigantesco tronco de pino juviano, talado para la ocasión por la misma guardia eredomiana encargada de la caza de los grabbins. Un tronco gigante que deben empujar con todas sus fuerzas, venciendo la resistencia y el empuje del equipo oponente, hasta que sean capaces de hacer que ruede hasta alcanzar el sistema de resortes que aguarda en el extremo de la vía que tienen enfrente o, por el contrario, sucumbir ante el empuje del equipo rival y ver cómo los resortes que están a su espalda son los que se activan.

Hasta este punto, es un juego de pura fuerza y resistencia, pero pronto se torna, de nuevo, en una macabra competencia. Con gran estupor, descubres qué ocurre cuando los resortes son alcanzados por el equipo de "Los Cerdos", que se ha mostrado más fuerte en la primera contienda. Los resortes mueven unas poleas que, a su vez, liberan las afiladas cuchillas que penden de su extremo. La cabeza cercenada del primer grabbin, que estaba atado a uno de los postes de la planta inferior, es el resultado de todo esto. El griterío a tu alrededor es infernal. Parecen disfrutar de la desagradable escena. Con estupor, ves el cuerpo inerte y mutilado atado a su poste, mientras los jugadores de ambos equipos, los que habían permanecido en el suelo de la plaza, pelean por hacerse con la cabeza sangrienta que cae como una manzana madura. Enseguida comprendes el uso que tiene esa cabeza cercenada en este espectáculo de sangre: haces las veces de pelota.

Ya entiendes para qué sirve esa gran estructura de madera y, poco después, comprendes qué objetivo mueve a los contendientes que ahora compiten a ras de suelo. Su meta es capturar y llevar la cabeza amputada hasta la zona de estacas puntiagudas que, para cada uno de los equipos, está ubicada en el extremo opuesto de la plaza. Estas dos zonas con estacas quedan cerca, cada una de ellas, de los respectivos sistemas de poleas hacia los que habían tenido que empujar los compañeros de su mismo equipo. De esta forma, tiene gran ventaja el bando que haya podido vencer en el duelo de fuerza en la planta superior de la estructura, dado que el cráneo del grabbin guillotinado caerá más cerca de la zona de estacas hacia la que deben llegar los miembros de ese mismo equipo que esperaban en el suelo de la plaza. La esperanza del equipo perdedor del duelo de fuerza es atrapar, antes que su rival, el cráneo cercenado y, entonces, correr esquivando a los rivales y pasándose la cabeza entre sí, hasta alcanzar la zona de estacas del extremo contrario de la plaza, a mayor distancia.

No tardan "Los Cerdos" en anotarse el primer tanto haciendo valer su ventaja. Este punto ya queda consolidado para el marcador final. La cabeza del desgraciado grabbin está empalada sobre una de las estacas de la zona sur de la plaza. Uno a cero y júbilo desbordado entre sus seguidores. Ira y abucheos por parte de los fanáticos de "Las Ratas". *Ve a la SECCIÓN 704.*

SECCIÓN 237

Con gran frustración, compruebas cómo tu juego de llaves no sirve de nada para abrir esta puerta. Debe de haber alguna llave en otro lugar del barco que permita desbloquear la misteriosa cerradura que tienes delante… *Ve a la SECCIÓN 954.*

SECCIÓN 238 – Anota la Pista TFF

Te acercas al maestro de ceremonias envalentonado y con la esperanza de conseguir el goloso premio que hay en juego.

- ¡Ohhhh! ¡Aquí tenemos a otro valiente que quiere demostrarnos que es el más fuerte! ¡Un gran aplauso también para él! – grita el animador del concurso de pulsos tras inscribirte.

La multitud que comienza a agolparse alrededor chilla y aplaude entusiasmada por el espectáculo que está a punto de contemplar y, tras la inscripción de cada nuevo aspirante, vitorea su nombre.

Tras unos quince minutos, se llega al cupo de los dieciséis concursantes, cada uno de los cuales ha abonado 5 CO para participar (*réstala de tu dinero*). El animador indica que se efectuará un sorteo para determinar los ocho duelos de la primera fase. De cada una de esas pugnas saldrá un campeón, quedando entonces ocho participantes y los otros ocho serán eliminados. Se volverá a hacer un sorteo para emparejar a esos ocho participantes y, tras esta segunda ronda, quedarán cuatro en la semifinal.

Se procederá de nuevo de la misma forma y finalmente quedarán los dos valientes que se batirán en la gran final. El premio al campeón será de 50 CO. Al resto simplemente se les agradecerá la participación y se les dará un fuerte aplauso.

Dudando si has hecho bien o mal al dejarte llevar por tu impulso, ya no tienes vuelta atrás. Sería un auténtica humillación el abandonar ahora con tanta presión que ejerce el ruidoso público a tu alrededor. **Recuerda anotar la pista TFF** y *sigue en la SECCIÓN 554.*

SECCIÓN 239   +6 P. Exp.

Oyes voces conversando en voz baja al otro lado de la puerta y también unos ronquidos de fondo, más allá de los hombres que están hablando. Controlando tus nervios, esperas con la oreja pegada a la puerta y distingues al menos, cuatro interlocutores diferentes. Hablan en la lengua común del Imperio pero dos de ellos tienen un fuerte acento sureño.

Al parecer, por lo que deduces de sus palabras, se disponen a descansar por hoy. Parece que esa estancia se trata de una especie de sala común donde se alojan los malditos mercenarios. Desconoces cuántos de ellos pueden estar al otro lado de esa puerta, pero no te da buena espina. Tu mente bulle de actividad mientras piensas qué hacer. *Ve a la SECCIÓN 813.*

SECCIÓN 240 – Anota la Pista NHR

Han transcurrido muchos días ya desde que iniciaste tu investigación y el escriba aún no se ha pasado por la librería. Le dices a Mattus que envíe la carta al escriba, a pesar de los riesgos, ya que es importante llegar al consejero Tövnard cuanto antes. **Anota la pista NHR** y *ve a la SECCIÓN 269.*

SECCIÓN 241

Corres como un condenado, seguido por tus compañeros, hacia la seguridad que os ofrecen las callejuelas aledañas al puerto. Has logrado escapar del *Rompeaires* con vida, pero tu misión no ha sido completada. No has rescatado los papeles secretos que viniste a buscar y tampoco has averiguado si dentro del barco permanece Sígrod. El único consuelo ahora es que sigues con vida y ello mantiene abierta la posibilidad de regresar a este lugar para intentar otra vez la proeza. *Esto será posible a partir de mañana, ya que hoy ya no puedes volver a este lugar.*

Si tienes la habilidad especial de Robar, puedes hacer un registro rápido de tus rivales abatidos para hacerte con 30 CO y una pócima curativa de 2D6 PV (ocupa 1 VC), antes de salir corriendo. Ve a la SECCIÓN 386.

SECCIÓN 242

La tensión sexual aflora en ti de forma incontrolada. La sangre bombea en tu interior y el pulso se te acelera cuando ves que la mujer comienza a desnudarse sin ningún rubor y sin mediar palabra. Hace mucho que no tienes un encuentro íntimo verdadero, desde aquellas noches de gloria en las caballerizas, en lo que parece ya otra vida. Tienes una necesidad física imperante que resolver y sientes una gran atracción por esa voluptuosa mujer, pero entonces tu mente colapsa de nuevo cuando, en este preciso momento, regresa a tu mente la cara alegre de Zanna, la guapa chica azafia. "¡Maldita sea! ¿Por qué viene ella ahora a mi cabeza? ¿Qué me está pasando?", te dices atolondrado.

A pesar de tu perturbación, tienes que decidir qué hacer...

- *Si te entregas al placer y a la lujuria, ve a la SECCIÓN 223.*
- *Si te echas atrás en el último momento, ve a la SECCIÓN 379.*

SECCIÓN 243

Controlando la tensión del momento, te acercas a la puerta principal mientras rezas para no ser descubierto. Te dispones a escuchar. *Lanza 2D6 y suma tu modificador de Percepción (si tienes la habilidad especial de Oído agudo, suma +2 extra a la tirada):*

- *Si el total está entre 2 y 7, ve a la SECCIÓN 924.*
- *Si está entre 8 y 12, ve a la SECCIÓN 1007.*

SECCIÓN 244   +12 P. Exp.

Tienes la angustiosa sensación de que no haces más que perder el tiempo sin conseguir ninguna información útil para tu investigación. Con paciencia, escuchas chismes y burlas acerca del estado de la ciudad y de los eventos que se están celebrando en honor de la Madre del Emperador Wexes. Varios chascarrillos después, piensas que quizás lo mejor sea ir a otra localización para seguir con tu cometido, cuando, de pronto, escuchas un rumor que despierta todo tu interés...

Parece ser que en las murallas de la ciudad trabajan forzosamente presos de distintos delitos, incluidos aquellos que han sido condenados por apoyo a la causa de Aquilán. También escuchas que esos mismos presos comentan que se está efectuando un extraño alistamiento de los condenados a muerte en una Hueste un tanto especial de hombres cuyo rostro no se ve... *Puedes continuar con tu investigación en cualquier otro lugar del mapa.*

SECCIÓN 245

Lucha por tu vida en este brutal combate.

ENCAPUCHADO 1	*Ptos. Combate: +4*	*PV: 22*
AZAFIO 1	*Ptos. Combate: +5*	*PV: 29*
ENCAPUCHADO 2	*Ptos. Combate: +4*	*PV: 27*
ENCAPUCHADO 3	*Ptos. Combate: +3*	*PV: 18*
AZAFIO 2	*Ptos. Combate: +6*	*PV: 29*
AZAFIO 3	*Ptos. Combate: +7*	*PV: 33*

- *Si vences en este cruento combate, pasa a la SECCIÓN 562.*
- *Si caes derrotado, ve a la SECCIÓN 911.*

SECCIÓN 246

Te abalanzas contra uno de los dos azafios, haciendo que caiga inconsciente de un rotundo puñetazo. Por fortuna, su compañero tarda en reaccionar, lo que aprovechas para tumbarlo de un seco golpe, tras romperle una botella en la cabeza que estalla en mil pedazos. Gracias al factor sorpresa, has logrado dejar fuera de combate a tus adversarios sin que puedan hacer nada. Pero el resto de enemigos te descubre en este momento. Con gran terror ves cómo una turba de temibles mercenarios azafios irrumpe en la pequeña estancia y se abalanza hacia ti con la intención de despedazarte. *Lucha por tu vida en este infernal combate.*

AZAFIO 1	*Ptos. Combate: +4*	*PV: 22*
AZAFIO 2	*Ptos. Combate: +6*	*PV: 27*
AZAFIO 3	*Ptos. Combate: +5*	*PV: 25*
AZAFIO 4	*Ptos. Combate: +5*	*PV: 28*
AZAFIO 5	*Ptos. Combate: +5*	*PV: 24*
AZAFIO 6	*Ptos. Combate: +5*	*PV: 28*

- *Si vences en este cruento combate, pasa a la SECCIÓN 235.*
- *Si caes derrotado, ve a la SECCIÓN 911.*

SECCIÓN 247

Avanzas por el largo pasillo dispuesto a explorar esta segunda planta del barco. Poco después, observas cómo hay tres corredores que parten del pasaje en el que estás. Todos ellos tuercen perpendicularmente a la izquierda, uno detrás del otro y separados entre sí por unos diez metros. Claramente, el pasillo por el que has venido transcurre pegado al casco lateral del barco, así que todos esos corredores se adentran en su interior.

- *Si te diriges al primer corredor a tu izquierda, ve a la SECCIÓN 390.*

- *Si vas al segundo, sigue en la SECCIÓN 620.*
- *Si vas al tercero, pasa a la SECCIÓN 1015.*
- *Si decides regresar arriba abandonando esta segunda planta, ve a la SECCIÓN 527.*

SECCIÓN 248

Maldices tu suerte, pero apenas puedes hacer nada en los momentos siguientes. Por tu espalda aparecen, de pronto, seis tipos cerrándote el acceso al pasillo exterior y ahí delante, en cuestión de segundos, tienes casi una decena de guerreros con el arma lista para despedazarte, más otros que están despertando en estos momentos. Ni siquiera puedes comenzar el combate. Un dardo envenenado se incrusta en tu mejilla y caes al suelo para no despertar jamás... salvo que todo esto haya sido una desagradable pesadilla...

FIN – *si tienes algún punto de ThsuS, "Todo habrá sido un Sueño" y podrás retomar la aventura desde el Lugar de Despertar que desees entre los que tengas anotados en tu hoja de personaje. Si no es así, debes comenzar de nuevo desde el principio o desde algún Lugar de Despertar Especial que tengas.* **Recuerda resetear, en tu FICHA DE INVESTIGACIÓN, tus dos cuentas de tiempo y las pistas conseguidas a las que tuvieras cuando llegaste a ese Lugar de Despertar del que reinicias.**

SECCIÓN 249

Sir Alexer trata de acaparar todas las conversaciones de su mesa en un intento, un tanto patético, de hacer valer su rango. Aún no es consejero ni su nombramiento ha sido oficial, pero está claro que él ya se cree el sucesor de su difunto primo Rovernes.

No parecen muy trascendentales sus intervenciones. Todas son cháchara y locuacidades engalanadas de un lenguaje a veces pedante. Detectas que Regnard Dérrik comienza a estar harto del joven presuntuoso y que le mira con desdén en cada intervención que hace. Tornas de nuevo tu vista hacia Sir Álexer, quien en estos momentos está asintiendo de forma exagerada a lo que está diciendo el Sumo Sacerdote mientras trata de buscar un hueco para colar de nuevo una de sus chanzas. *Vuelve a la SECCIÓN 786.*

SECCIÓN 250

No te arrugas ante la situación y das un paso al frente. Antes morir que entregar tus armas y quedar a merced de estos desconocidos. Te preparas para luchar contra los siguientes oponentes mientras tus compañeros se encargan del resto.

AQUILANO 1	Ptos. Combate: +4	PV: 23
AQUILANO 2	Ptos. Combate: +4	PV: 21
EMISARIO AQUILANO	Ptos. Combate: +5	PV: 25
LÓGGAR (líder tuerto)	Ptos. Combate: +6	PV: 31

- *Si logras acabar con tus oponentes, ve a la SECCIÓN 404.*
- *Si no es así, pasa a la SECCIÓN 1030.*

SECCIÓN 251   +20 P. Exp.

De pronto, viene a tu mente lo que descubriste en la puerta de las cárceles de la Fortaleza de la guarnición de la ciudad y atas cabos con el asunto de la Hueste de los Penitentes y la necesidad de aumentar sus efectivos a través del endurecimiento generalizado de las penas por delitos... Luchas para apartar de tu cabeza el terror y la ira que sentiste al ver a ese gigante traidor llamado Azrôd. Es importante que todos tus sentidos regresen al Consejo para seguir averiguando cosas... *Vuelve a la SECCIÓN 9 y sigue leyendo desde el punto en que lo dejaste*.

SECCIÓN 252

Tras cruzar varios lujosos pasillos repletos de ornamentos de gran valor, por fin alcanzáis una puerta guardada por un encapuchado al que Dinman ordena que no se mueva de su posición, abra la puerta que protege y arroje su arma al suelo. Los goznes chirrían y la madera se aparta para mostrarte por fin, después de tantas penurias, a Shyh-gyröd-tyk, el hebrita al que conoces como Sígrod. *Ve a la SECCIÓN 994.*

SECCIÓN 253

No va a ser fácil trepar, pero estás decidido a ello. Lanza 2D6 y suma tu modificador de Destreza (si tienes la habilidad especial de Escalada, suma +1 extra; si tienes una cuerda suma +1 extra; ambas bonificaciones son compatibles):

- *Si el total está entre 2 y 8, ve a la SECCIÓN 489.*
- *Si está entre 9 y 12, ve a la SECCIÓN 995.*

SECCIÓN 254

Apenas puedes avanzar entre el gentío, la mayoría hombres jóvenes o de mediana edad de raza chipra, muchos de los cuales visten unas curiosas blusas en las que llevan una "R" bordada. No son pocos los que están ebrios y se respira un ambiente de alboroto desmedido. Claramente son seguidores de *"Las Ratas"*, uno de los dos equipos que va a enfrentarse en el próximo Torneo en honor del cumpleaños de la Madre del Emperador *(esta competición se celebrará el día 15 del contador de tiempo de la investigación y sabes, por tu encuentro en la Plaza de la Asamblea donde pudiste intimar con algunos chipras, que ese mismo día puedes venir a esta localización L36 en la que te encuentras para ir de la mano de la hinchada de "Las Ratas" a dicho torneo, en lugar de acudir al mismo por tu cuenta).* *Puedes continuar con tu investigación en cualquier otro lugar del mapa.*

SECCIÓN 255

Unos tensos segundos transcurren tras tu pregunta. *Ve a la SECCIÓN 575.*

SECCIÓN 256   +10 P. Exp.

Estás en la localización L37 del mapa. Antes de seguir, anota en tu ficha que has visitado un nuevo lugar hoy (recuerda que puedes ir a un máximo de 4 sitios cada día; uno menos si anoche te alojaste en la librería de Mattus). No vas a tener que realizar ninguna tirada de encuentros con tus perseguidores para esta localización en concreto.

Dominando la avenida principal que parte de la Puerta Noroeste de la ciudad *(la que cruzaste cuando llegaste a Tol Éredom de tu largo viaje)*, encuentras un monumento magnífico. Se trata de una fuente bellamente ornamentada en la que una estatua colosal representa al Gran Emperador Críxtenes II, artífice de la expulsión de los invasores Xún del Este, y abuelo del actual Emperador Wexes.

Cuentan los lugareños que, si se lanza una moneda a la fuente y se es puro de corazón, es posible recibir una bendición que, según dicen, proviene del mismo Críxtenes, el Emperador convertido en Dios del Domatismo y conocido también como Domis.

- *Si tienes 1 CO y deseas arrojarla a la fuente, ve la SECCIÓN 425.*
- *En caso contrario, no tienes nada más que hacer aquí y puedes continuar con tu investigación en cualquier otro lugar del mapa.*

SECCIÓN 257

Cuentas una treintena de componentes en cada uno de los dos equipos que están a punto de competir. Son hombres de joven edad en su mayoría que, en estos momentos, están dándose un auténtico baño de masas. Arengan a sus respectivas hinchadas, emplazadas por seguridad en ubicaciones opuestas de la plaza, y entre las cuales se sitúa el público que podría declararse neutral (foráneos y visitantes, además de locales que no desean verse envueltos en la polémica).

Te llama la atención la espectacular estructura de madera que se alza a unos cinco metros sobre el nivel del suelo y que ocupa buena parte de la franja oeste de la plaza. La compleja estructura está coronada en su parte superior por un raíl paralelo al suelo sobre el que hay depositado un gran tronco de dimensiones espectaculares ubicado de tal forma que podría rodar sobre esa ancha vía. En ambos extremos del raíl de madera, ves sendos sistemas de poleas, activables por unos resortes de cuerdas, en los que están montadas unas enormes cuchillas afiladas de aspecto mortífero. "¿Qué uso tendrá esa estructura?", te preguntas.

De pronto, suenan las trompetas y aparece en escena una escuadra de guardias eredomianos escoltando dos carretas en las que viajan, enjaulados, unos seres que bien conoces y con los que te has topado en varias fases de tu viaje. Para tu sorpresa, ¡constatas que son grabbins!

La impaciencia y la pasión se apoderan de la grada cuando los grabbins son descargados a empujones y llevados a punta de espada, por parte de los guardias, hasta el mismo centro de la plaza. Al parecer, esa escuadra eredomiana ha tenido el dudoso honor de realizar la batida de caza de esos grabbins en el bosque de Mógar, un lugar donde se sabe que habita un buen número de esos miserables seres, doce de los cuales están en estos momentos en la explanada.

No empatizas con esas criaturas apestosas, de hecho, has acabado con un buen número de ellos en tus andanzas, pero siempre fue por supervivencia y no por placer, así que ahora sientes un cierto malestar al ver el rostro desencajado, cargado de terror, que exhiben estos miserables seres ante el bullicio y la algarabía del público, ansioso por que el espectáculo arranque de una vez por todas, lo cual ya no se hace esperar... *Ve a la SECCIÓN 621.*

SECCIÓN 258   +15 P. Exp.

Sacando fuerzas de la desesperación, logras tumbar a tu fiero rival y te dispones a ayudar a Gruff, que lucha a la defensiva contra su bravío oponente. Pero antes de llegar a él, uno de los encapuchados negros se interpone y se abalanza contra ti dispuesto a despedazarte. *Combate contra el nuevo rival y suerte. Ve a la SECCIÓN 658.*

SECCIÓN 259

Si ya has jugado a los dados antes, no puedes volver a intentarlo (incluso si jugaste otro día previo). Hay muchos clientes haciendo cola para apostar, así que no vas a tener posibilidad de repetir. En este caso, vuelve a la SECCIÓN 12. De lo contrario, sigue leyendo:

Las partidas de dados que se están realizando en varias mesas de la taberna son trepidantes y los hombres gritan ante cada lanzamiento. Tras recorrer las mesas y comprender las mecánicas de los juegos, piensas que hay tres en los que puedes intentar participar.

Elige bien a cuáles quieres jugar, porque sólo podrás jugar a dos de ellos y una sola vez para cada uno, dado que hay muchos clientes ludópatas esperando su turno para entrar a apostar en las timbas:

- *Juego de mayor, igual o menor: aquí puedes hacer un lanzamiento de 2D6 pagando 1 CO por cada lanzamiento. Tu objetivo es adivinar si el resultado del lanzamiento que vas a hacer va a ser mayor, menor o igual al resultado de la tirada anterior que hiciste. Cada vez que aciertes (por ejemplo si dices mayor y el resultado efectivamente es mayor) ganas 3 CO. Si fallas, pierdes la apuesta de 1 CO que habías depositado para lanzar los dados. La primera vez que apuestes, se considera que el resultado sobre el que debes adivinar si el nuevo lanzamiento va a ser mayor, menor o igual es 7. A partir de ahí, tu última tirada de dados será la que defina el nuevo umbral para la apuesta siguiente.*

- *Juego de ganar a tu rival: en este juego compites con un rival. Debes lanzar 1D6 para ti y 1D6 para él. Cada uno de ambos tiene que apostar 1 CO antes de cada tirada y el vencedor de cada ronda de tiradas (el que obtenga puntuación mayor) se queda el dinero de ambos (las 2 CO). Si hay empate en la tirada, se dejan las 2 CO de bote para la siguiente ronda y así sucesivamente hasta que en una ronda haya un ganador y se quede con todo el bote acumulado.*

- *Juego de acertar el número: este juego consiste en lanzar 1D6 tras decir en voz alta qué resultado crees que va a salir y tras apostar 1 CO. Si el resultado que sale es el que has dicho ganas 13 CO y si fallas pierdes la apuesta de 1 CO.*

Puedes jugar a dos de los anteriores juegos hasta que pierdas todos tus ahorros o hasta que acumules unas ganancias máximas de 30 CO en cada juego (en total pues 60 CO), en cuyo caso verás cómo las caras del resto de hombres de la mesa no serán precisamente amables y decidirás por tu seguridad abandonar la partida. Puedes parar de jugar, no obstante, en cualquier momento sin necesidad de esperar a ganar 30 CO en cada juego o perder tu dinero. En cualquier caso, cuando acabes de jugar, regresa a la SECCIÓN 12.

SECCIÓN 260

La puerta está cerrada y compruebas que dispone de un mecanismo que impide que pueda ser abierta con una ganzúa. Además, descubres que dicho elemento ha sido forzado sin éxito. Hay indicios de golpes y rasguños como prueba de ello. Te intriga saber qué puede haber dentro...

- *Si tienes la pista LFL, pasa a la SECCIÓN 815.*
- *Si no tienes la pista anterior, pero tienes la LVS, ve a la SECCIÓN 237.*
- *Si no tienes ninguna de ambas, ve a la SECCIÓN 680.*

SECCIÓN 261

- *Si quieres buscar al mercader Hóbbar para contarle lo que has averiguado sobre su joven esposa, ve a la SECCIÓN 327.*
- *Si finalmente optas por no delatarla, compruebas que ya no tienes nada más que hacer en este lugar. Puedes continuar con tu investigación en cualquier otro lugar del mapa.*

SECCIÓN 262

Sin mediar palabra, los tipos se apresuran a descargar el bulto mientras que el encapuchado que les estaba esperando se afana en abrir la puerta del edificio abandonado. No han llegado ni tan siquiera a introducir la carga en el inmueble, cuando el carruaje parte raudo con un único conductor a bordo y desapareciendo de tu vista. Segundos después, la puerta se cierra de nuevo con el resto de encapuchados dentro de la antigua posada.

Ha llegado el momento de decidir qué hacer...

- *Si prefieres olvidar este asunto y volver a tus quehaceres, puedes continuar con tu investigación en cualquier otro lugar del mapa.*
- *Si optas por vigilar el edificio abandonado con la esperanza de averiguar qué sucede, pasa a la SECCIÓN 519.*

SECCIÓN 263

El resto de sus compañeros sigue huyendo mientras te enzarzas en un combate contra el encapuchado que se ha quedado atrás. *Tus amigos aún vienen a la carrera así que, durante los cuatro primeros turnos, tendrás que luchar en solitario antes de beneficiarte de las ventajas de luchar acompañado contra un único rival (ver apartado de reglas al inicio del librojuego). Además, tienes un ataque adicional antes de empezar el combate, dado que golpeas por la espalda a tu despavorido rival.*

ENCAPUCHADO   *Ptos. Combate: +5*   *PV: 25*

- *Si consigues derrotar a tu oponente, ve a la SECCIÓN 461.*
- *Si tu rival te vence, pasa a la SECCIÓN 72.*

SECCIÓN 264

Antes de marcharse, en voz baja mientras mira alrededor para asegurarse de que nadie os escucha, el hebrita os comenta que va a celebrarse una importante reunión del Consejo en el Palacio del Emperador *(el día 12 en la localización L66 del mapa -> SECCIÓN 922)*. Uno de los puntos que se va a tratar será la inclusión o no de un representante de los hebritas en el mismísimo Consejo de Tol Éredom, el organismo que gobierna el Imperio. Comenta que en la Embajada están muy atentos a lo que allí se decida y dice que ojalá tuviera la oportunidad de estar presente para conocer las posturas de cada uno de los consejeros respecto a la comunidad hebrita.

Mientras tus ojos siguen al nervioso funcionario que se aleja, convienes con Zanna y Gruff que sería muy interesante averiguar algo más acerca de ese importante Consejo al que ha hecho mención el hebrita. Unos minutos después, se anuncia el cierre por hoy de la Embajada a la atención al público en general y debes abandonar el edificio. *Puedes continuar con tu investigación en cualquier otro lugar del mapa.*

SECCIÓN 265

- Por todo lo dicho, es más que probable que se tendrá que indagar por toda la ciudad para dar con el paradero de Sígrod. Poco puedo aportar en esta ardua tarea salvo facilitaros esto – dice Mattus acercándose al mapa de Tol Éredom que antes has visto colgado al lado del espejo.

Con la ayuda de su hijo, el librero descuelga el viejo mapa y os hace entrega de él en este momento. *Anota el mapa de Tol Éredom en tu inventario (no ocupa VC). Puedes consultarlo en su versión ampliada, a partir de ahora y siempre que lo desees, en las páginas finales del libro.*

Te abruma la inmensidad de la ciudad en la que estás, así como el minucioso acabado del mapa que tienes en tus manos, que describe con todo lujo de detalles el intrincado laberinto de distritos, barrios y calles de la capital. Lo observas durante unos segundos antes de enrollarlo y guardarlo en tu petate.

- Ahh. También se me ocurre otra forma humilde de ayudaros. No podéis contar con la fuerza de mis brazos, pero sí con todo el conocimiento que me encargo de archivar en esas estanterías repletas de libros – añade el viejo algo más animado.

- ¿A qué te refieres Mattus? – pregunta curiosa Zanna.

- Esperad un momento. Vuelvo enseguida – contesta el librero dirigiéndose a las escaleras que suben a la tienda.

Pasa a la SECCIÓN 348.

SECCIÓN 266

Decides poner toda tu atención en los comensales de la mesa de más alta alcurnia. Ahí se encuentran, a pocos metros de ti, los consejeros que rigen el destino de Tol Éredom y el Imperio. Sin embargo, faltan dos miembros de dicho Consejo que son firmes rivales políticos: Tövnard, ausente en el extranjero, y Rovernes, por el que preguntas a tu acompañante averiguando, con tremendo impacto, que acaba de fallecer hace solo dos días. No das crédito a lo que escuchas. Estás perplejo y totalmente descolocado. ¿Cómo ha sido posible? Era un hombre joven, apuesto y saludable. No es normal que el consejero Rovernes haya muerto. Un escalofrío recorre toda tu espalda a pesar del vino caliente de tu copa… *Ve a la SECCIÓN 15.*

SECCIÓN 267

Junto a Gruff, el juvi y Zanna, atraviesas a toda prisa el umbral de la puerta dejando atrás los combates que se están produciendo. *Ve a la SECCIÓN 48.*

SECCIÓN 268

Parece que su tertulia versa sobre la figura del mítico Emperador Críxtenes, artífice de la expulsión de la última invasión de los Xún provenientes de las extensas tierras más allá de la Marca del Este. Brokard defiende que la figura de dicho Emperador ha sido exagerada por la historia llegando incluso a ser una deidad, lo que le parece un despropósito. Añade que hubo también otros grandes gobernantes antes que él y apostilla que no todos fueron humanos. Tras un intenso trago a su copa, comienza a nombrar una larga retahíla de regentes, que por su nombre parecen enanos, y de los que ensalza sus virtudes y hazañas conseguidas.

En este punto, el Sumo Sacerdote, máxima figura del Domatismo Wexiano, bromea con una buena dosis de ironía y advierte al enano que eso que dice de Críxtenes bien podría catalogarse como una herejía. Ambos levantan su copa y brindan y el enano eleva su voz poniéndose en pie para decir que Wexes pronto también estará entre los mejores gobernantes que haya dado Térragom, cuando acabe con los malditos aquilanos y con el resto de buitres que planean alrededor de un Imperio que aún no es, ni mucho menos, un cadáver.

Muchos se suman al brindis y lanzan vítores y alabanzas al Emperador, quién rompe su serio semblante por un momento para contestar con una breve sonrisa y el alzamiento de su copa hacia el resto de comensales. *Vuelve a la SECCIÓN 786.*

SECCIÓN 269 – Anota la Pista CAR

Mattus asiente y se compromete a enviar la carta hoy mismo. Quedáis con el librero en que volveréis a pasar por aquí en los próximos días para ver si ya ha habido respuesta por parte del escriba. *Puedes continuar con tu investigación en otro lugar del mapa.*

SECCIÓN 270   +5 P. Exp.

La suerte está de tu lado cuando compruebas que la puerta de madera se abre, sin problemas, al instante. En estos precisos momentos, fuera, en el pasillo, escuchas las voces con fuerte acento extranjero de un buen grupo de mercenarios azafios. La muerte te acecha si no sales de este lugar antes de que te descubran. Deben de ser más de media docena de rivales. *Sigue en la SECCIÓN 155*.

SECCIÓN 271

Marchas hacia la localización L36 del mapa. Antes de seguir, anota en tu ficha que has visitado un nuevo lugar hoy (recuerda que puedes ir a un máximo de 4 sitios cada día; uno menos si anoche te alojaste en la librería de Mattus). También lanza 2D6 para ver si tienes algún encuentro con los matones que os persiguen. Si el resultado es de 8 o más, no te topas con ningún enemigo y puedes seguir leyendo. Si es inferior, debes evitar o vencer a los siguientes tipos que os descubren, para seguir leyendo (los enemigos indicados son los que debes enfrentar en solitario; no se detallan los rivales que atacan a tus compañeros y se considerará que ellos vencerán su combate si tú ganas el tuyo):

ENCAPUCHADO NEGRO 1	*Ptos. Combate: +4*	*PV: 23*
ENCAPUCHADO NEGRO 2	*Ptos. Combate: +5*	*PV: 31*

Nota: *puedes tratar de evitar el combate si lanzas 2D6 y sumas tu modificador de Destreza obteniendo un 8 o más (si tienes la habilidad especial de Silencioso o de Camuflaje suma +2 por cada una de ellas). Si logras evitar a esos tipos, darás un largo rodeo hasta que puedas quedarte tranquilo y constates que les has dado esquinazo definitivo. Podrás seguir leyendo con normalidad esta sección, pero habrás agotado un tiempo considerable que hará que puedas visitar una localización menos del mapa en el día de hoy (o mañana, si ésta era la última que podías visitar hoy).*

Ptos de Experiencia conseguidos: *9 P. Exp. si vences; 3 P. Exp. si escapas.*

Estás en una zona de varias calles adyacentes donde, al parecer, se concentran los locales sociales del Barrio Noroeste. Te adentras en la taberna en la que parece haber mayor bullicio. Un golpe de calor, un intenso olor a cerveza, vino y comida y un gran griterío, invaden todos tus sentidos. Multitud de clientes atestan el local.

- Si tienes la pista RTA, *ve a la SECCIÓN 715.*
- Si no la tienes, *pasa a la SECCIÓN 399.*

SECCIÓN 272

La doble misión que te ha llevado hasta aquí está clara: por un lado, averiguar si Sígrod sigue dentro de ese navío y, en ese caso, rescatarlo; por otro lado, encontrar los papeles que comprometen al Gremio y llevarlos contigo para evitar que vuestros enemigos destapen toda la trama.

Tras deambular por el muelle durante largo tiempo, la angustia se apodera de ti al constatar la evidencia: el *Rompeaires* se ha esfumado. Ya no está amarrado en el Puerto Oeste. "¡Maldita sea! ¿Qué habrá sido de ese maldito barco? ¿Qué voy a hacer ahora?", dices para tus adentros.

Tratas de averiguar algo sobre el navío desaparecido preguntando a marineros, operarios y otros transeúntes que a estas horas se afanan en el concurrido muelle. Con gran frustración tus esperanzas poco a poco se desvanecen hasta que tomas absoluta conciencia de que no hay manera de averiguar dónde se encuentra el barco. *Sigue en la SECCIÓN 732*.

SECCIÓN 273

La adrenalina toma el control de ti mientras das la orden de atacar. Tus compañeros tardan un poco en llegar a tu altura, justo en el momento en que la puerta se abre sin que hayas tenido tiempo para reaccionar. El tipo que ha salido se queda pasmado al verte y da la voz de alarma. En cuestión de segundos, escuchas pasos atropellados que se dirigen hacia la salida del edificio abandonado. Te preparas para luchar. *Ve a la SECCIÓN 67.*

SECCIÓN 274

Marchas hacia la localización L35 del mapa. Antes de seguir, anota en tu ficha que has visitado un nuevo lugar hoy (recuerda que puedes ir a un máximo de 4 sitios cada día; uno menos si anoche te alojaste en la librería de Mattus). También lanza 2D6 para ver si tienes algún encuentro con los matones que os persiguen. Si el resultado es de 6 o más, no te topas con ningún enemigo y puedes seguir leyendo. Si es inferior, debes evitar o vencer a los siguientes tipos que os descubren, para seguir leyendo (los enemigos indicados son los que debes enfrentar en solitario; no se detallan los rivales que atacan a tus compañeros y se considerará que ellos vencerán su combate si tú ganas el tuyo):

ENCAPUCHADO NEGRO 1	Ptos. Combate: +5	PV: 26
ENCAPUCHADO NEGRO 2	Ptos. Combate: +5	PV: 28

Nota: *no puedes tratar de evitar este combate.*

Ptos de Experiencia conseguidos: *9 P. Exp. si vences.*

Situada en el límite del Barrio Noroeste, a poca distancia de la Plaza del Torneo y el Distrito Imperial, encuentras la Sede del Sindicato Chipra.

- *Si tienes la pista RTA, ve a la SECCIÓN 654.*
- *Si no tienes esa pista, pasa a la SECCIÓN 867.*

SECCIÓN 275 – Anota la Pista SPX

- ¿Quiénes estarían interesados en atacar a Sígrod y quedarse con el cofre? – preguntas, de pronto, tremendamente intrigado.

- Esa es la pregunta clave en estos momentos. Pero es difícil de resolver. No son pocos los grupos de interés que quieren ver a los hebritas lejos del poder en Tol Éredom. Es algo que hay que averiguar para poder encontrar a Sígrod y reportar al Círculo Superior del Gremio – indica Zanna.

- ¿Tienes, no obstante, algún sospechoso en mente? – pregunta Gruff ante tu mirada de reproche al ver que está involucrándose en las pesquisas sin exigir contrapartidas.

- Son todo conjeturas lo que os puedo decir. Ha sucedido todo muy rápido. Por ejemplo, podría haber aquilanos infiltrados en Tol Éredom buscando dañar al Gremio – dice Zanna.

- ¿Con qué objetivo? – preguntas viéndote abocado a indagar tanto por la iniciativa de Gruff como por la intriga que te corroe.

- Para mantener su coartada de que fueron los hebritas quienes envenenaron al Emperador Mexalas. Si los aquilanos mantienen viva esta creencia en el pueblo llano, podrán seguir optando a gobernar el Imperio. Desde que Wexes accedió al trono, ha trabajado en desmontar esta tesis intentando desenmascarar la conspiración aquilana a ojos del pueblo, pero entre los chipras caló la propaganda aquilana contra los hebritas y no es tarea fácil deshacer esa creencia – explica Zanna.

- Así que los aquilanos podrían estar interesados en dañar a los hebritas y, por ende, al Gremio, para evitar que éstos progresen en Tol Éredom y ayuden a promover la verdad: que los aquilanos montaron su complot basado en esa burda farsa – dices reflexionando.

- Eso es – asiente Zanna.

- ¿Tienes algún otro sospechoso en mente? – preguntas.

- Pues siguiendo este hilo argumental, podría desconfiarse también de los propios chipras – dice pensativa la chica.

- ¿De los chipras? No entiendo la correlación – apuntas intrigado.

- Sí, me explico… Los chipras conforman buena parte del sustrato social bajo del Imperio. Son los autóctonos pobladores de toda la vasta región de Domos, donde se asienta la mayor parte del mismo Imperio. Fueron sometidos hace mucho tiempo cuando los clanes humanos burfos nativos de lo que hoy es conocida como Marca del Este, llegaron a esa extensa región huyendo de la primera invasión conocida de las Hordas Xún del Este. Los clanes burfos, antecesores de gomios, tirranos, grobanos, hermios y domios, entre otros, se hicieron con el control de las nuevas tierras y doblegaron a los chipras bajo su yugo. Y en esta sumisión vivieron durante siglos los chipras hasta que el Gran Emperador Críxtenes, artífice de la expulsión de la última invasión de los Xún, les dio libertades y derechos. Los chipras lo alzaron al altar de los dioses y fueron desde entonces el corazón de la nueva religión: el domatismo. Esta nueva religión, influenciada por los conspiradores aquilanos, trató como herejes asesinos a los fieles del Hebrismo, la anterior religión oficial del Imperio a la que demonizaron para instaurar sus creencias, persiguiendo y exterminando a los hebritas en todos los rincones, sobre todo en los compases iniciales de la fundación de la nueva fe – explica Zanna.

- Así que podríamos estar ante una célula extremista del domatismo conformada por chipras que buscan la ruina del Gremio de Prestamistas de Meribris, la organización bandera de los hebritas del Imperio – deduces en voz alta.

- Eso es. Los chipras podrían ser otra vía a investigar – apunta la chica antes de seguir -. Pero podría haber otras facciones sospechosas. El propio clero domatista wexiano, con mucha influencia en esta ciudad como pudiste ver, cuando huíamos de nuestros perseguidores, en la colina plagada de templos dedicados en su gran mayoría a su fe, podría estar interesado en promover acciones contra los hebritas, con tal de seguir manteniendo en la mediocridad al Hebrismo y seguir perpetuando su supremacía – especula Zanna pensativa.

- ¿Y no podríamos sospechar también de la propia compañía de Elavska? Es posible que algunos de sus miembros, conocedores del asunto que tiene entre manos la compañía con el Gremio de Prestamistas, hayan contactado con alguien dispuesto a pagar aún más que el propio Gremio por todo esto. Esos posibles traidores podrían lucrarse mucho al secuestrar a Sígrod y hacer que confiese, conseguir el cofre y mostrar su contenido y, en definitiva, destapar todo el plan… - comentas intentando hilar un argumento medianamente coherente.

- Lamentablemente no podemos descartar ninguna teoría. Esa también podría entrar dentro de lo posible – añade Zanna con gesto fastidiado antes de acabar -. Y también es plausible pensar en alguien de las altas esferas. Hay fuertes intereses económicos por parte del Banco Imperial, con sede en esta misma ciudad, frente a las pretensiones del Gremio de Prestamistas de Meribris, su tradicional competidor en las finanzas,... Incluso podríamos sospechar de alguien que forme parte del propio Consejo de Tol Éredom, ya que no hay que olvidar que los hebritas aspiran a ocupar un espacio de poder dentro de este órgano supremo de gobierno. Hay muchos intereses ahí en juego y podrían haberse movido hilos para arruinar nuestros planes y sacarlos a la luz para desacreditarnos y eliminarnos de la liza.

Así pues, de golpe y porrazo, de pronto tienes varios sospechosos encima de la mesa que podrían tener motivos para perpetrar el asalto al barco y atrapar a Sígrod. **Aquilanos infiltrados** *en la ciudad preparando el terreno para el regreso de su Emperador al trono,* **fanáticos domatistas chipras** *haciendo cumplir su fe, el propio* **clero domatista** *perpetuando su supremacía confesional,* **traidores de la compañía de Elavska** *buscando vender la información sustraída a un buen precio, el* **Banco Imperial** *mermando a su competidor financiero o incluso* **algún miembro del propio Consejo** *de la capital...*

La cabeza está a punto de estallarte, son muchos sospechosos de pronto y nada te garantiza que no pueda haber otros que ahora no adivináis pero que durante una investigación podrían surgir...

Nota del autor: *es recomendable que anotes en tu ficha de PJ todos los sospechosos que tengas para gestionar mejor tus líneas de investigación.*

Qué deseas tratar ahora. **Recuerda anotar antes la Pista SPX** *y decide...*

- *"¿Qué habrá sido de Sígrod? ¿Crees que estos bandidos habrán acabado con su vida?"* - *Ve a la SECCIÓN 384.*
- *"Me gustaría saber más acerca de la Guardia Meribriana. En particular, ¿quién es ese monstruo gigante que golpeó a Sígrod y trató de llevárselo tras dejarlo inconsciente?"* - *Ve a la SECCIÓN 752.*
- *"Entendido. Me gustaría cambiar de asunto".* - *Ve a la SECCIÓN 850.*

SECCIÓN 276

- *Si tienes la pista FIA, ve a la SECCIÓN 304 sin seguir leyendo.*
- *Si no tienes esa pista, sigue leyendo...*

De pronto, ves cómo la ventanilla se abre desde dentro. Un hombre barbudo, de profundos ojos negros y gesto serio, te observa desde el otro lado de la puerta.

- Quién va – dice secamente ese tipo, con una voz grave, de ultratumba.

- Buscamos a Jinni. Él nos dio esta dirección. Tenemos que verle. Es urgente – contestas controlando tus nervios.

El tosco hombre cierra de pronto la ventanilla sin mediar respuesta. Te quedas helado, sin saber qué hacer, durante unos segundos.

- Santo y seña – el tipo ha vuelto a abrir la portilla y te mira fijamente.

No sabes qué contestar, pero en este momento Zanna interviene. Jinni le dio la contraseña y ahora hace uso de ella. El rudo tipo os mira unos momentos, vuelve a cerrarse la portezuela y entonces ves que el doble portón por fin resuena. Su doble hoja comienza a abrirse dándoos paso a un lugar oscuro, inmerso en la penumbra. Tus pasos te llevan dentro.

- *Si el "contador de tiempo de la investigación" es de 0 días, ve a la SECCIÓN 556.*
- *Si dicho contador tiene un valor de 1 o 2 días, ve a la SECCIÓN 623.*
- *Si el contador es mayor que 2 días* **y tienes la pista DOC**, *ve a la SECCIÓN 623.*

SECCIÓN 277

Tövnard se muestra abiertamente contrariado, irascible incluso dirías, cuando os informa del revés que acaba de sufrir en el último Consejo (*celebrado el día 12 del contador de tiempo de la investigación*).

En concreto, se refiere a uno de los puntos tratados en el orden del día de esa reunión de las altas esferas, por el que se debatió la posibilidad de enviar a Valdesia a un representante del Consejo para exigir explicaciones a los dirigentes silpa asentados en aquella región, responsables de la traición del acuerdo firmado con el Emperador Wexes. En dicho pacto, mercenarios aportados por los inquietantes silpas debían luchar en esa región de Valdesia en favor de los wexianos y contra la facción partidaria de Aquilán. Pero los silpas habían roto unilateralmente el acuerdo aprovechando la debilidad del Emperador y una vez exprimidos sus recursos. Los traidores abandonaron, así pues, el conflicto y se apoderaron de la desprotegida zona de Sífrex, una franja de territorio al sudoeste de Valdesia.

- ¡Es indignante! El Consejo me ha designado para viajar a la lejana Valdesia y exigir explicaciones a esos seres inquietantes,… ¡cuando inicialmente iba a ser Rovernes el encargado! Tendré que abandonar la ciudad de inmediato.

- ¿Cómo es posible? ¿Qué me decís? – exclama Zanna asombrada.

- Habéis oído bien. Parte del Consejo de Tol Éredom venía forzando a Wexes desde hace un tiempo para que éste no cediera ante los silpas. Había que presionarles por la afrenta sufrida, dado que era vital no socavar la imagen del Imperio y no dar muestras de debilidad por parte del Emperador. Mostrar fortaleza evitaría que las naciones indecisas o neutrales en el conflicto, acabaran sumándose a la facción de Aquilán, el aspirante conspirador al trono, o que directamente atacaran por su propia cuenta al Imperio robándole tierras como había ocurrido con los silpas en Valdesia y con el Patriarcado de Sahitán en la sureña Azâfia.

El indignado Consejero emite un suspiro antes de seguir.

- En las últimas reuniones, todo apuntaba a que el enviado al distante oeste para pedir explicaciones a los silpas sería Rovernes. Lo más gracioso de todo es que yo era uno de los Consejeros partidarios de esta postura (presionar ya en lugar de posponer el asunto silpa para más adelante, como otros opinaban)… y ahora seré yo mismo el desgraciado que deberá marchar al extranjero… - explica Tövnard en un tono irritado, de auténtico fastidio.

"Está claro. Tövnard apoyaba esa posición de presionar a los silpas, ya que de esta forma apartaba del Consejo por un tiempo a Rovernes, su principal rival político. Y ahora se han girado las tornas y ha quedado atrapado por su propio argumento. ¡Maldita sea! ¡Vamos a perder un importante aliado de las altas esferas justo cuando más falta nos hace!", piensas.

- ¿Cómo es posible ese giro de guión durante el Consejo? ¿Qué hizo cambiar al candidato designado para marchar al oeste? ¿Qué hilos movió Rovernes para cambiar las cosas? – pregunta Zanna, claramente consciente del revés que todo esto supone.

- No sabría decir cómo ha sido, pero sí podría jurar que hay alguien en el Consejo que ha movido las piezas desde la sombra para precipitar el cambio… y no es el propio Rovernes… - remata Tövnard sumiéndote en la intriga.

Sigue en la SECCIÓN 221.

Estás en el hexágono F14, en el extremo sureste de la Feria.

Esta zona de la Feria contiene un buen número de tiendas de campaña esparcidas de forma improvisada. La que está ubicada en el centro es la más grande con diferencia. Preguntas por ella a un vendedor ambulante que pasa por tu lado y éste te informa que se trata del Tribunal de Picotas y las tiendas anexas de los sayak, los cobradores de impuestos desplazados hasta aquí para hacer caja y controlar la entrada y salida de mercancías. Añade que también ahí se alojan los funcionarios encargados de mantener en actividad la Feria como el zavak y sus ayudantes (cuya misión es controlar pesos y calidades, mantener el orden e intervenir en las disputas y diferencias que se produzcan) y una dotación de la guardia de la ciudad.

Al preguntar por los impuestos que pagan los mercaderes, tu interlocutor comenta que la Feria es un negocio redondo para el Emperador. Obliga a participar en ella a casi todos los comerciantes de Domia, el país de la capital, que tienen que pagar una cantidad para tener un espacio reservado dentro de la misma (aunque hay mercaderes venidos de todos los confines del Imperio, su número es muy inferior en comparación con el de las ediciones anteriores al inicio de la Guerra, donde los caminos y los mares eran más seguros). Además, los comerciantes deben pagar al Emperador sus correspondientes tasas y gravámenes sobre la venta de sus mercancías y, por si esto no fuera poco, si venías de fuera de la capital, es muy posible que tuvieras que pagar algunas coronas de oro adicionales por entrar a la ciudad.

Le preguntas si, con todos esos impuestos, les resulta rentable operar en la Feria, a lo que contesta el vendedor que, a pesar de todos esas tasas, se hace buen negocio dada la gran afluencia de clientes. No obstante, añade que la picaresca entre los comerciantes es bastante común pese a las normas. Hay quienes mojan sus existencias de especias para que pesen más, aunque esto provoque que se deterioren antes. Hay quienes elaboran panes con piedras dentro para llegar al peso mínimo legal estipulado por el Tribunal de Picotas, el encargado de velar por la legalidad en la Feria y donde se resuelven las mil disputas que aparecen cada día.

El locuaz comerciante comenta que también es bastante común el recibir quejas por carne o pescado vendido en mal estado o porque el vino está avinagrado y el pan un poco mohoso. Bajando su tono de voz, añade que si pillaban a un mercader en una de estas malas prácticas y éste no tenía influencia entre la clase influyente de los mergueses de la ciudad, lo normal es que acabara en el Tribunal de Picotas, donde tras un juicio rápido podía pasar a la picota, donde los asistentes a la Feria podían tirarle basura, comida podrida o cosas peores, siempre que éstas no fueran piedras u objetos letales.

Al ver tu gesto de asombro, el vendedor se apresura a recalcar que esas triquiñuelas no son cosa de todos y que hay muchos comerciantes de fiar como él, momento en que te enseña los productos que lleva dentro de su saco por si estás interesado en alguno de ellos. Miras dentro de su petate y ves un conjunto de frasquitos misteriosos cuya naturaleza desconoces. El vendedor dice que tienes pinta de guerrero (quién te lo iba a decir cuando eras un simple mozo de cuadras no hace tanto tiempo) y te ofrece un par de productos que pueden serte de utilidad en el combate.

Polvos cegadores. Te permiten efectuar un ataque extra antes de comenzar un combate de la forma habitual. Se pueden usar por cada enemigo al que te enfrentes (aunque haya un grupo de rivales en la misma sección), siempre que el texto no te haya indicado que éste te haya pillado por sorpresa. Para tener éxito en su empleo, tienes que lanzar 2D6 y sumar tu Destreza obteniendo un resultado de 7 o más. Cada dosis tiene un coste de 3 CO y no ocupa VC en tu inventario.

Veneno debilitador. Resta 1 Pto de Combate a tu rival durante el resto de la pelea si le inyectas una dosis al provocarle como mínimo una herida en tu ataque y si en los dados obtienes un resultado par. Si sacas impar, pierdes la dosis sin que ésta haya causado efecto. Una vez debilitado tu rival, no puedes quitarle puntos de Combate extra empleando más dosis. Cada dosis tiene un coste de 8 CO y no ocupa VC en tu inventario.

Recuerda que estabas en el hexágono F14. "Puedes seguir explorando la Feria en la SECCIÓN 413" o, por encontrarte en una de las tres salidas de la misma, "puedes continuar con tu investigación en cualquier otro lugar del mapa".

SECCIÓN 279

La inmensa explanada parece el lugar donde se haya producido una auténtica batalla campal. Los signos de violencia y los destrozos abundan en los edificios aledaños, así como en las graderías e instalaciones que se levantaron sobre la extensa plaza para la celebración de un multitudinario Torneo en honor de la Madre del Emperador. Un ejército de operarios, con la atenta vigilancia de una buena partida de guardias de la ciudad, se afana en intentar borrar las huellas de lo sucedido, aunque, de momento, sin mucho éxito, por toda la labor que aún les queda.

Los centinelas eredomianos no dejan pasar a nadie, salvo que tenga el permiso oportuno, así que debes abandonar el lugar. Entonces te topas con un grupo de chipras que se encuentra a unas pocas manzanas de la gran plaza. Parecen bastante excitados, poseídos por la adrenalina.

No tardas en averiguar lo que está causando tanto revuelo en esos tipos. Todos ellos son fanáticos miembros de *"Las Ratas"*, uno de los dos equipos que se enfrentó en el Torneo celebrado en la extensa plaza que acabas de abandonar, un evento que acabó causando graves daños y destrozos tras el enfrentamiento violento entre *"Las Ratas"* y *"Los Cerdos"*, sus enconados rivales. Los exaltados seguidores emiten cánticos en honor de su equipo y maldicen a los miembros de la facción rival con toda clase de chanzas e improperios. No tienes intención de meterte en problemas, así que decides alejarte de la algarabía para explorar otras partes de la ciudad. *Puedes continuar con tu investigación en cualquier otro lugar del mapa.*

SECCIÓN 280

Acaba con tus dos oponentes más cercanos antes de que vengan el resto de rivales. Por fortuna, vas a poder contar a tiempo con la ayuda de Gruff, que se encarga de uno de ellos mientras tú deberás luchar contra el otro.

ENCAPUCHADO NEGRO　　　　*Ptos. Combate: +6*　　　*PV: 25*

- *Si vences, ve a la SECCIÓN 583.*
- *Si eres derrotado, pasa a la SECCIÓN 911.*

SECCIÓN 281

Te acercas a un grupo de chipras que, en estos momentos, están inmersos en una apasionada charla en mitad de la plaza.

- *Si NO tienes la pista WCW, sigue en la SECCIÓN 952.*
- *Si ya tienes esa pista, pasa a la SECCIÓN 137.*

SECCIÓN 282

Tras formular tu pregunta acerca de Elavska, la joven azafia ensombrece su media sonrisa y suspira levemente antes de decir:

- Elavska es uno de los dirigentes de su compañía mercenaria. Por lo que pude saber por ella misma, es una de las doce personas que conocen al *Líder Esmeraltado*. Forma parte del círculo de confianza de ese cabecilla que gestiona en la sombra toda la organización recibiendo el asesoramiento y el apoyo de ese círculo de doce personas en el que hay dos grandes mercaderes, un par de políticos y una casa nobiliaria que no me quiso desvelar. Elavska es uno de los siete componentes de ese círculo cuyo papel es militar y, por tanto, efectúa trabajos de campo. Lo que ocurre es que tres de esos siete miembros castrenses cuentan ya con una edad bastante avanzada que les resta su vigor e ímpetu pasados, por lo que, en la práctica, el grueso del trabajo sobre el terreno está cayendo en Elavska y en los otros tres dirigentes militares de edades menos longevas – explica Zanna.

- ¿Viejo Bill es uno de esos tres miembros militares de edad avanzada que has mencionado? – preguntas.

- Pues tengo entendido que no. Elavska hacía referencia a él siempre en un tono de superioridad y tratándolo como un subordinado. Entiendo que ese tal Bill forma parte del grupo de enlaces dentro de la compañía que están ligados a la dirección de Elavska, aportándole informaciones de todo tipo y, por lo visto, carne fresca como sois Gruff y tú – remata Zanna en tono un tanto irónico.

Es tu turno, decide sobre qué quieres indagar...

- *"Zanna, he visto cómo Elavska te miraba y también tus reacciones al rememorar a esa mujer que hemos dejado en el barco y que cubrió nuestra huida arriesgando su vida. ¿Qué relación os une?"* - *Ve a la SECCIÓN 418.*
- *"¿Puedes decirme algo más acerca de Viejo Bill? - Ve a la SECCIÓN 988.*
- *"Háblame de la compañía de Elavska, Viejo Bill y Zork. ¿Qué papel juega en todo este asunto?"* - *Ve a la SECCIÓN 363.*

SECCIÓN 283

- *Si tienes la pista THV, ve a la SECCIÓN 232.*
- *Si no la tienes, puedes continuar en otro lugar del mapa.*

SECCIÓN 284

No tienes más remedio que prepararte para el combate y acabar con tus enemigos antes de que den la voz de alarma. Gruff se encarga del marinero mientras tú deberás enfrentarte con el rival más temible, un azafio de espada curvada que te embiste.

AZAFIO   *Ptos. Combate: +6*   *PV: 29*

Nota: *el temible rival dispone de una protección especial que le permite evitar 2 PV de daño en cada golpe recibido.*

- *Si vences, ve a la SECCIÓN 484.*
- *Si eres derrotado, pasa a la SECCIÓN 911.*

SECCIÓN 285

Estás en el hexágono F11. Cerca de unos puestos de comida para llevar en los que se sirven guisos, dulces y carnes cocinadas, te topas con un personaje que no puede faltar en toda feria que se precie. Se trata de un trilero que, en estos momentos, cuenta con un pequeño público entre el que hay varios incautos dispuestos a jugar.

El reto consiste en el lanzamiento a distancia de unos aros que hay que intentar pasar por unos postes de madera clavados al suelo. Los participantes no parecen tener mucho éxito y la práctica mayoría de los aros acaban desperdigados por el suelo, donde el pequeño golfillo ayudante del trilero no para de recogerlos. El trilero te llama la atención y te incita a jugar mostrándote un saquito repleto de monedas.

- *Si quieres probar suerte y ganar unas monedas, ve a la SECCIÓN 934.*
- *Si crees que no tienes nada que hacer aquí.* **Recuerda que estabas en el hexágono F11**. *"Puedes seguir explorando la Feria en la SECCIÓN 413".*

SECCIÓN 286

Oyes las voces de alarma de los mercenarios azafíos al descubrir el cadáver de su camarada que antes has vencido. En estos momentos estás agazapado tras un bajo mueble anexo a un viejo escritorio que ocupa un lateral de la pequeña y oscura estancia. El corazón bombea en tu pecho descontrolado, consciente de lo cerca que tienes la muerte.

- *Si tienes la pista ONL, pasa a la SECCIÓN 465.*
- *Si no la tienes, ve a la SECCIÓN 320.*

SECCIÓN 287

Metro a metro, recortas distancia hasta tener a golpe de mandoble al más rezagado de ellos. Tus compañeros se han quedado atrás en la carrera y no sabes si es momento de esperarles o de actuar.

- *Si golpeas por detrás al encapuchado rezagado, ve a la SECCIÓN 263.*
- *Si prefieres darle unos metros de ventaja y seguir con la persecución para ver hacia dónde se dirige, ve a la SECCIÓN 981.*

SECCIÓN 288

Cuando ya estás en plena calle y te dispones a abandonar la zona, un grupo de jóvenes borrachos, seguidores de *"Los Cerdos"*, te increpa e insulta por motivo de tu raza.

- ¡Eh tú! ¡Imbécil! Rata inmunda. ¿Qué haces aquí? Vete a tu sucia madriguera si no quieres que te parta ese cráneo sin cerebro que tienes – te provoca el más gordo de ellos haciendo que el resto rompa a reír a carcajadas mientras te señala burlándose de ti.

Es tu decisión valorar si respondes a la humillación.

- *Si retas al gordo borracho para darle su merecido, ve a la SECCIÓN 588.*
- *Si acatas sus órdenes y aceleras el paso para perderlos de vista y largarte de aquí, pasa a la SECCIÓN 816.*

SECCIÓN 289

Era una buena idea, pero te ves obligado a abortar tu plan antes de generar sospechas. Dos guardias te detectan cuando estás deambulando cerca de unos carruajes y te obligan a apartarte del lugar. Obedeces y te disculpas con una amable sonrisa. Además, para mayor desgracia, ambos soldados se quedan plantados en la zona que estabas explorando impidiendo así cualquier intentona de reactivar tu plan. Poco después te reagrupas con tus compañeros. *Vuelve a la SECCIÓN 799 para seguir explorando el recinto y ten presente que hoy ya no podrás intentar este plan otra vez.*

SECCIÓN 290 – Anota la Pista ENV

Mattus comenta con aire preocupado que el escriba no ha pasado por la librería aún, pero puede escribirle una carta si lo consideráis oportuno. En dicha carta podría invitarle a pasar por la tienda, ya que tiene un nuevo libro para él que es una joya y también porque hay cosas graves que comentar.

Justo en ese momento, un cliente entra en la librería y Mattus os deja unos instantes para ir a atenderle. Zanna aprovecha para decirte que tiene dudas acerca de si conviene enviar esa carta indicando que hay cosas graves que comentar. La chica argumenta que, en el caso de que sea interceptada, se descubriría tanto el refugio que supone la librería como los tejemanejes que estáis haciendo con el librero. Podría interesar esperar a que el escriba venga por sus propios medios, aunque puede que se atrase tanto en aparecer que para entonces ya sea demasiado tarde.

Tras despachar al cliente, Mattus regresa con vosotros y comenta que, si no le dice en esa carta que hay algo grave que tratar, el escriba no anticipará su llegada y sólo le contestará por vía postal que pasará cuando pueda a ver esa joya de libro, ya que está enormemente ocupado.

Regresa a la SECCIÓN en la que estabas antes de venir aquí y sigue leyendo.

SECCIÓN 291   +12 P. Exp.

Tras varias negativas a entablar conversación por parte de algunos de los altivos soldados, por fin das con uno que parece dispuesto a compartir algo de lo que sabe respecto al estado de la Guerra Civil Sucesoria contra los aquilanos y respecto al conflicto creciente entre Gomia y Tirrana.

Respecto a la Guerra Sucesoria, ve a la SECCIÓN 472, lee todo su contenido y después regresa aquí, en lugar de marchar a la sección que allí se te indique (anota el número de esta sección para poder volver de nuevo).

Respecto al conflicto entre Tirrana y Gomia, sigue leyendo...

Escuchas con gran sorpresa las últimas noticias que llegan de la frontera entre ambos países en disputa. Al parecer, la ciudad tirrana de Túfek finalmente ha caído en manos de las fuerzas gomias, que han pasado a controlar la fronteriza urbe haciéndose en ella fuertes. No obstante, en estos momentos, los gomios están en una tensa espera para hacer frente a la llegada de un amplio contingente de tropas provenientes de Tirrus y Morallón, un ejército que está a punto de alcanzar la ciudad con el objetivo de reconquistarla para Lord Rudolf, Señor de Tirrana.

Aprovechando su predisposición para hablar, preguntas a tu interlocutor si los gomios o los tirranos podrían estar interesados en agredir a los hebritas y, por ende, al Gremio de Prestamistas de Meribris. El soldado te mira sorprendido por tu afirmación y te dice que no cree que, en estos momentos, unos y otros tengan otras preocupaciones que no sean el destruir al contrario. Añade que el Emperador bien podría preocuparse más por este conflicto interno entre aliados que no en protegerse tras las murallas de la ciudad. En su opinión, la guerra contra los aquilanos puede decantarse en contra si no se resuelve esta grave disputa interna.

Finalmente, te despides del guardia para seguir explorando el recinto de la Fortaleza. *Vuelve a la SECCIÓN 799, pero hoy ya no podrás intentar de nuevo entablar conversación con los guardias.*

SECCIÓN 292

Te llama la atención la existencia de una querella judicial interpuesta hace sólo unos días por parte del Banco Imperial al Gremio de Prestamistas de Meribris. En ella, se denuncian irregularidades bancarias y tributarias por parte de la organización financiera hebrita. No acabas de comprender bien en qué consisten esas anomalías y tampoco crees que esos aspectos técnicos sean relevantes, así que no indicas a Zanna que se adentre en esos asuntos. Ya es bastante que puedas leer esos escritos cuando, hasta no hace tanto, eras totalmente ajeno al mundo de las letras. Sin embargo, sí te quedas con el aspecto de fondo más relevante: que el Banco Imperial está denunciando al Gremio de Prestamistas de Meribris ante la justicia. *Ve a la SECCIÓN 490.*

SECCIÓN 293

Sin perder un segundo, te dispones a salir de este lugar.

- *Si tienes la pista AZE o la pista OZA, ve a la SECCIÓN 716.*
- *Si no tienes ninguna de las dos pistas, ve a la SECCIÓN 679.*

SECCIÓN 294

Has tomado una decisión fatal. El Legado de Tirrana nada tiene que ver con el asesinato de Mattus ni con el secuestro de Sígrod. Lo compruebas cuando ves que éste se dirige hacia el edificio de postas y diligencias de la ciudad para enviar un mensaje urgente al Lord del país que representa informándole de las afrentas sufridas en la cena por parte de Sir Ánnisar de Gomia. Vuelves sobre tus pasos intentando de forma desesperada dar con el resto de comensales, pero al llegar a los jardines donde se ha celebrado la gala, solo ves a los mozos que trabajan cansados recogiendo las mesas. *Ve a la SECCIÓN 840.*

SECCIÓN 295

Te acercas a dos transeúntes que se cruzan contigo al girar una esquina. Están atareados en sus quehaceres cotidianos y caminan a paso rápido y sin titubeos. Al parecer, son conocedores de este lugar. *Haz una tirada de 2D6 y suma tu modificador de Carisma para intentar que te ayuden (si tienes la habilidad especial de Don de gentes, si eres un humano chipra o si gastas 5 coronas de oro, suma +1 extra al resultado por ítem que cumplas):*

- *Si el total está entre 2 y 8, ve a la SECCIÓN 33.*
- *Si está entre 9 y 12, ve a la SECCIÓN 116.*

SECCIÓN 296

El acompañante de Merves que está más callado es Thomas Flépten, el gerente que gestiona el día a día del Banco Imperial. *Ve a la SECCIÓN 786.*

SECCIÓN 297 – Anota la Pista RXS y suma 27 P. Exp.

Por suerte, reaccionas rápido y te deshaces de tus fieros oponentes. Estás hecho un auténtico guerrero, pero no tienes ánimos para celebrar tu victoria. Aún te recriminas el haber sido tan tonto como para dejar la puerta abierta. Antes de seguir con tu búsqueda, la cierras para asegurarte de que nadie venga... salvo que sepa la clave correcta.

Puedes recoger 20 coronas de oro, 2 pócimas curativas de +1D6 PV (ocupan 1 VC cada una) y 1D6 raciones de comida entre los cadáveres (cada ración ocupa 1 VC).

Tras recuperar el aliento y sentirte algo más seguro con la puerta de la estancia cerrada, tus ojos entonces se posan en los cuerpos tendidos de los dos encapuchados. ¿Quiénes son esos tipos? ¿Por qué ocultan su rostro con esa capucha negra? No te habías planteado de forma tan firme estas cuestiones hasta ahora. Los azafios son traidores de la Guardia Meribriana, pero estos hombres tapados son un auténtico misterio, ya que apenas sabes nada acerca de ellos.

Te agachas y apartas la capucha del más corpulento. Entonces ves que un pasamontañas oculta todo su rostro, salvo unos orificios en la tela negra que muestran dos ojos inyectados en sangre y una boca abierta con encías sucias y quebradas. Haciendo caso omiso a tu impulso para no hacerlo, tiras de la prenda que oculta esa cara.

Lo que ves te estremece. Unas irrefrenables náuseas te invaden y vomitas sobre el cuerpo del cadáver el poco alimento que tenías en el estómago. No tiene cara, o mejor dicho, ésta ha sido borrada. Donde debiera estar su nariz, sólo hay dos orificios negros y restos de piel muerta, al parecer quemada. Las orejas también han sido mutiladas y no hay rastro de pelos o vello en ninguna parte de su cráneo, salvo unos mortecinos cabellos en la parte superior de la nuca. Ese rostro, que no es rostro, está quemado. Cualquier rasgo humano, feo o bello, fue eliminado.

Impactado por lo que acabas de ver, tardas en reaccionar de nuevo. Pero finalmente, armándote de valor y obviando tus reparos, procedes de la misma forma con el otro cadáver encapuchado y te topas con la misma brutal estampa. Otro hombre sin rostro, con una piel quemada hace menos tiempo que la del anterior, ateniendo al estado y naturaleza de las cicatrices perpetradas.

Estás horrorizado. Quizás hubiese sido mejor no haberte dejado llevar por la curiosidad y no saber qué ocultaban esas oscuras capuchas. ¿Quién habrá hecho esa bestialidad a esos hombres? ¿Para quién trabajan? Está claro que quién esté detrás de ellos, lo está también de los mercenarios azafios que a los hebritas han traicionado. Y tú eres su presa...

187

Recuerda anotar la pista RXS.

- *Si tienes la pista JUJ y no tienes la pista ONL, ve primero a la SECCIÓN 201, lee lo que allí se indica y pasa después a la SECCIÓN 555 (anota el número de esta última sección para no perderte cuando tengas que ir a ella).*
- *En cualquier otro caso, ve a la SECCIÓN 555.*

SECCIÓN 298

Tus amigos y tú recortáis metros de distancia intentando que no os descubran pero, de pronto, uno de esos tipos parece inquietarse, se gira a un lado y otro, hace que sus compañeros se paren y finalmente os descubre. Maldices tu suerte. Están a una quincena de metros de distancia. Los sorprendidos tipos sueltan de forma brusca el bulto, que cae al suelo con un sonido macabro de huesos rotos, y arrancan a correr a toda prisa.

- *Si intentas perseguirlos a la carrera, sigue en la SECCIÓN 917.*
- *Si prefieres quedarte y registrar el bulto, ve a la SECCIÓN 385.*

SECCIÓN 299 – Anota la Pista MLL

Estás en la zona del perímetro sudeste, justo en el punto en que se están efectuando unas faraónicas obras de rehabilitación y fortificación adicional de los altos muros, así como una nueva muralla exterior que permita abarcar el barrio extramuros más al este de Tol Éredom, el rebautizado Arrabal de Intramuros. Un barrio en el que residen buena parte de los empleados que trabajan de sol a sol en el Distrito de los Mergueses y a los que sus señores desean otorgar mejores condiciones de vida, tanto para mejorar su productividad, como para evitar posibles levantamientos de protesta como los que ya se habían tenido en no pocas ocasiones.

Al ver de nuevo las murallas, te acuerdas de los hombres con los que llegaste por primera vez a la ciudad y la conclusión que Gruff sacó entonces: que el Emperador está más pendiente de la autodefensa de la capital que no en mediar en el grave conflicto que está llevando a Gomia y a Tirrana a una guerra fratricida.

En alguna conversación de taberna, habías escuchado que, en toda la historia conocida, Tol Éredom jamás había sido tomada por las armas, gracias en buena parte a esas rotundas murallas. Para conseguir que fuesen realmente inexpugnables, los antiguos gobernantes de la ciudad ordenaron edificar, en primer lugar, un amplio foso de un par de docenas de metros de anchura y diez metros de profundidad, al que se rellenó de agua para impedir el acercamiento de torres de asalto y de otras máquinas de guerra.

El foso fue rodeado por una primera muralla con una altura más bien baja, de unos dos metros, pero que impedía que un ejército pudiera aproximarse demasiado a la ciudad y abrir un pasadizo subterráneo o una brecha en sus muros. Tras esta primera muralla, existía un segundo recinto de quince metros de altura por seis de grosor. Y tras éste, otro tercer muro reforzado con decenas de torres, con nada menos que treinta metros de altura y quince de ancho.

Esta protección hizo que, a lo largo de los siglos, se fueran acumulando grandes riquezas en el interior de la ciudad y que ésta se hiciera enormemente poderosa. Y aunque hubo ocasiones en las que casi todo el Imperio se derrumbó y fue invadido por enemigos, la ciudad resistió cualquier intento de ser ocupada, lo que permitió finalmente que también el Imperio pudiera resistir y se acabara salvando.

Consideras demasiado exagerado el aumentar de nuevo la fortificación de la ciudad, con el consiguiente dispendio de recursos que serían clave para atender otros asuntos que, en estos momentos, acucian. Para más inri, has escuchado que Wexes no sólo se conforma con reforzar las murallas e integrar en el interior de las mismas al barrio más al este de la capital… **Recuerda anotar la pista MLL** y *ve a la SECCIÓN 373.*

SECCIÓN 300

Por fortuna, Zanna reacciona a tiempo y elimina el veneno de tu cuerpo tras efectuar un corte en la palma de tu mano. Entonces la venda y aplica una rudimentaria cura para evitar desangrarte. Para más inri, es la mano que empleas para empuñar tu arma, pero al menos se han evitado los efectos de esa temible ponzoña que estaba invadiendo tu cuerpo. *Durante 1D6 de días tendrás 1 punto menos de Combate por la herida que has sufrido (anótalo en tu ficha de personaje). Ve a la SECCIÓN 229.*

SECCIÓN 301 – Anota la Pista VST

- Es preferible que no nos vean juntos aquí. Mejor ven a mi casa si quieres que hablemos de algo… – te susurra la mujer antes de abandonarte en mitad del pasillo sin darte ocasión para la respuesta.

Cuando el poderoso hechizo de la damisela desaparece, piensas si pudiera ser interesante visitarla de nuevo en su residencia privada o si, por el contrario, va a ser una pérdida de tiempo porque ya sabes todo lo que necesitas de ella. Aquí ya no hay nada más que hacer, así que debes pensar dónde ir ahora. *Puedes continuar con tu investigación en cualquier otro lugar del mapa.*

SECCIÓN 302

Estás en la localización L26 del mapa. Antes de seguir, anota en tu ficha que has visitado un nuevo lugar hoy (recuerda que puedes ir a un máximo de 4 sitios cada día; uno menos si anoche te alojaste en la librería de Mattus). No vas a tener que realizar ninguna tirada de encuentros con tus perseguidores para esta localización en concreto.

La Gran Biblioteca de Tol Éredom es el edificio más representativo del Distrito de las Artes y los Saberes y uno de los más emblemáticos de la ciudad. Según afirma Zanna, en ella se puede encontrar la mayor colección de manuscritos, pergaminos y tratados científicos de todo Térragom, afirmación que habla por sí sola.

Tras acreditaros en la entrada, gracias a un pase que Zanna dispone, penetras por fin en el magnífico complejo. Éste consta de varios edificios entorno a un majestuoso patio central de dimensiones enormes que ves a través de los grandes ventanales acristalados que dan luz natural a la inmensa estancia en la que te encuentras. Estás en el refugio por excelencia del saber, un oasis de conocimiento acumulado con el transcurrir de los siglos, depositado en esa barbaridad de estanterías repletas de libros que ves nada más atravesar la puerta.

En estos momentos, os encontráis en el edificio sur, el que contiene la entrada principal y la sala de acreditaciones que acabáis de abandonar. Aquí tenéis acceso a una vasta colección de manuscritos de muy diversas ciencias y saberes, tales como la botánica, la cartografía, la historia, el derecho y la legalidad imperial, las artes numéricas o las ciencias de los mares, las tierras y los cielos. Un amable bibliotecario os informa de todo ello a la par que os indica que no se os permite acceder a ninguno de los otros cuatro edificios de la Gran Biblioteca, salvo que tengáis algún salvoconducto expreso para ello.

- *Si tienes la pista BIB, ve directamente a la SECCIÓN 710.*
- *Si no tienes la pista anterior, pero tienes la pista XHH, ve directamente a la SECCIÓN 212.*
- *Si no tienes ninguna de esas pistas, pero quieres dedicar un tiempo a explorar la Gran Biblioteca, pasa a la SECCIÓN 836. Si crees que lo mejor es no invertir tiempo en ello, puedes continuar con tu investigación en cualquier otro lugar del mapa.*

SECCIÓN 303

- *Si tienes la pista NHR, ve a la SECCIÓN 543.*
- *Si tienes la pista SAR, ve a la SECCIÓN 142.*
- *Si no tienes ninguna de las dos anteriores, pero tienes la pista CAR, ve a la SECCIÓN 183.*
- *Si no tienes ni la pista CAR, ni la SAR ni la NHR, ve a la SECCIÓN 965.*

SECCIÓN 304

La ventanilla se abre desde dentro. Otra vez el mismo hombre barbudo, de profundos ojos negros y gesto serio, te observa desde el otro lado de la puerta. Pero esta vez no es necesario dar el santo y seña para pasar. Dentro de la pequeña salita de la entrada están el enano y el joven fibroso que ya viste la otra vez. Los hombres os preguntan por vuestra visita y Zanna inicia su explicación, pero ésta pronto es interrumpida por una voz aguda y viva que enseguida reconoces. Proveniente del pasillo lateral derecho, ves aparecer a Jinni acompañado por una mujer bastante entrada en kilos y un muchacho de corta edad. Te alegra enormemente ver al juvi de nuevo. *Ve a la SECCIÓN 395*.

SECCIÓN 305

Ya está decidido. Vas a entregar el objeto que tanto te ha costado transportar hasta tan lejos de tu casa. Extiendes tu mano hacia el hebrita, confiando en que no sea todo una farsa, cuando de pronto todo da un giro para el que no estabas preparado… *Ve ya mismo a la SECCIÓN 214*.

SECCIÓN 306

La marcha en busca de vuestros familiares no se hace esperar. Al inicio te parece que es un tanto errática, pero eso cambia conforme Zork consigue dar con la senda utilizada, según él, por los gomios, para llegar a la cueva.

Con las primeras luces del día, por fin vuestro inesperado guía os hace parar y os indica que habéis alcanzado vuestro destino. Está señalando hacia un montículo inmerso en la floresta, a no más de cien pasos.

- Ya estamos. Ahora, dadme la prueba que os he pedido. Quiero ver ese maldito pergamino sellado por Sígrod – dice Zork con su mirada zorruna fijada en ti.

- Eso tendrá que esperar a que compruebe que lo que dices es cierto. Vamos, adelante – contestas.

Ha llegado el momento de la verdad. De acreditar si las palabras de Zorro son ciertas y ahí están tus seres queridos. *Ve a la SECCIÓN 42.*

SECCIÓN 307

- Ha llegado el momento de hablar, Zanna. ¿Qué está sucediendo? No entiendo nada – dices al fin intentando mantener la mirada a la guapa chica azafia.

- Está bien. Hablemos. No sé por dónde empezar. Mejor pregunta tú. Dispara… – contesta la joven sin dejar de mirarte.

Empieza a formular preguntas a Zanna. Por fin, después de tantos pesares, vas a obtener respuestas. Ve a la SECCIÓN 850.

SECCIÓN 308   +12 P. Exp.

Acabas también con este segundo rival, pero no tienes tiempo para registros ni celebraciones. Sin perder un segundo, antes de que más enemigos acudan a la escena y te descubran, te encaminas hacia la abertura que guarda las escaleras que descienden desde la cubierta. *Pasa a la SECCIÓN 4.*

SECCIÓN 309

Como ves que el monje está hablador, decides preguntarle por su postura y la de su culto en cuanto a los hebritas. *Lanza 2D6 y suma tu modificador de Carisma (si tienes la habilidad especial de Don de gentes, suma +1 extra):*

- *Si el resultado total está entre 2 y 7, ve a la SECCIÓN 356.*
- *Si está entre 8 y 12, ve a la SECCIÓN 381.*

SECCIÓN 310   +6 P. Exp.

Dejando entrever al escriba que más le vale colaborar, dado que todos estáis en el mismo aprieto si se revelan los comprometidos contratos, sonsacas algo más de información.

El último Consejo se celebró hace poco (el día 12 del contador de tiempo de la investigación). Al parecer, antes del inicio de dicha reunión, no estaba estipulado que Tövnard fuese quien debiera representar al Imperio en la misión diplomática a Valdesia, pero hubo un cambio de guión durante el transcurso del debate y la cosa acabó torciéndose para Tövnard, quien discutió acaloradamente en contra de este giro, aunque sin éxito. En palabras del escriba, los siguientes días Tövnard se mostró irascible y ausente hasta que tuvo que partir al oeste para cumplir su obligación (eso fue el día 15 del contador de tiempo de la investigación).

Inquieto por los últimos acontecimientos, te obligas a coger fuerzas para continuar con tus indagaciones. El futuro de tu familia está en juego y eso es razón más que suficiente para no desfallecer. *Puedes continuar con tu investigación en otro lugar del mapa.*

SECCIÓN 311

No puedes permitir eso, aunque conlleve poner tu vida y la de tus compañeros en riesgo. No llegas a tiempo para salvar al valiente norteño, quién cae muerto tras haber hecho frente a varios fanáticos eliminando a tres de ellos con su espada bastarda. Los chipras escupen en su cadáver y le tachan de hereje por haberse vendido por dinero a un sectario del hebrismo. Y entonces se giran hacia el hebrita para apalearlo, aunque con la sorpresa de descubrir que tus amigos y tú os interponéis para evitarlo... *Sigue en la SECCIÓN 863.*

SECCIÓN 312

Hablas con un chipra que no disimula su pasión por el discurso del agitador y éste te invita a asistir a las reuniones periódicas que celebran sus congéneres y simpatizantes en la Plaza de las Asambleas *(localización L21 del mapa -> SECCIÓN 982)*. **Recuerda que estabas en el hexágono F4.** *"Puedes seguir explorando la Feria en la SECCIÓN 413".*

SECCIÓN 313 – Anota la Pista BUR

Durante la conversación que mantienes con Elaisa, averiguas que está muy preocupada por que su marido, el consejero Tövnard, descubra el romance secreto que mantiene con el apuesto Rovernes, además su principal rival en el Consejo de Tol Éredom. La mujer teme represalias de su esposo en caso de ser destapada la infidelidad amorosa. Ves cómo está muy asustada y necesita desahogar su tensión hablando con alguien, algo que aprovechas sin dudar para tirarla de la lengua.

Es evidente que Elaisa no quiere a su marido Tövnard, al que se refiere con palabras como "bajo feúcho con una horrible narigona" o "pequeño déspota impotente". Al parecer, la mujer se casó con él para abandonar su anterior vida como prostituta. Unirse en matrimonio con un consejero le permitió salir del burdel y tener una mejor vida, pudiendo elegir además con quién yacer en la cama para dar rienda suelta a su evidente apetito sexual.

Durante la amarga explicación en la que la mujer se desahoga y se sincera contigo, desbloqueas la localización L44 del mapa donde se encuentra el burdel en el que trabajó Elaisa - SECCIÓN 1016).

En el tramo final de la conversación, crees entender por sus palabras que a la mujer le gustaría deshacerse de su marido. Elaisa vive en la abundancia pero no es feliz con su esposo y parece necesitar libertad y más vida. Comenta que Rovernes es un buen amante, pero le falta algo de mollera para tener alguna conversación interesante que también le estimule la mente. Sin embargo, el apuesto consejero es ideal para ir endulzando un poco su amargada vida. Ella te confiesa que no le gustaría nada que Rovernes fuera el elegido para marchar a la lejana Valdesia en una misión diplomática que está debatiendo el Consejo de Tol Éredom en sus últimas reuniones. Mientras dice esto, notas una fuerte decisión tanto en sus palabras como en su mirada. Parece resuelta a hacer lo que fuese necesario para que esto no ocurriese.

Recuerda anotar la pista BUR y *puedes continuar con tu investigación en cualquier otro lugar del mapa.*

SECCIÓN 314

Por desgracia, no eres tan hábil como esperabas y los guerreros te interceptan, cerrándote el paso. Lamentas cómo está degradándose la situación por momentos. *Ve a la SECCIÓN 966.*

SECCIÓN 315 – Anota la Pista DJT

- ¿Qué será de Jinni? El juvi dijo al huir que se dirigía a un sitio que, al parecer, ya te había revelado... - dejas caer buscando respuestas.

- Efectivamente, mientras Gruff y tú dormíais anoche, me comentó dónde iba a refugiarse en caso de que tuviéramos algún percance indeseado y nos separáramos, como finalmente ha sido. El juvi parece saber cuidarse bien. Conoce Tol Éredom mejor que muchos a su propia madre. Así que espero que haya podido escabullirse de esos tipos y que esté sano y salvo – dice Zanna sin lograr ocultar del todo su preocupación.

- Eso espero yo también. Pero, ¿se puede saber dónde tendría que estar en estos momentos el juvi si nada se ha torcido de nuevo? – preguntas.

- En principio, si nada raro ha ocurrido, lo cual, por otro lado, no sería de extrañar dadas las circunstancias, Jinni debería estar oculto en la guarida que su banda tiene como centro de operaciones secreto en la ciudad. Me dijo que nos esperaría allí en caso de que consideráramos volver a contar con su ayuda tras dejar pasar unos días ocultos en nuestro escondite. Me indicó la dirección y qué seña debíamos dar al llegar para que nos dejaran pasar dentro sin despellejarnos – remata Zanna dando por finalizado este punto de la conversación.

Asientes como toda respuesta mientras piensas la siguiente pregunta:

- *"¿Por qué nos están persiguiendo esos tipos? ¿Qué es lo que quieren exactamente?"* - **Recuerda anotar la Pista DJT** y *ve a la SECCIÓN 7*.
- *"Háblame de la banda de Jinni. ¿Qué papel juega en todo este asunto?"* - **Recuerda anotar la Pista DJT** y *ve a la SECCIÓN 363*.
- *"Entendido. Hablemos de otras cosas…"* - **Recuerda anotar la Pista DJT** y *vuelve a la SECCIÓN 850*.

SECCIÓN 316 – Anota la Pista HIC

En las inmediaciones de la entrada principal ves a un hombre bajito y de nariz prominente que conoces bien. Tövnard te saluda con cierto nerviosismo al verte llegar, al parecer ya estaba comenzando a impacientarse. Has venido sin acompañantes, tal como estaba estipulado. Sólo tienen permiso para acompañar al Consejero dos personas: su fiel escriba y mano derecha Élvert, que también te saluda con un leve gesto, y tú mismo en calidad de guardaespaldas personal. Tus amigos te están esperando no muy lejos de aquí, en los extensos Jardines Imperiales cercanos al Gran Palacio.

Más allá de esos magníficos muros que rodean la excelsa puerta de doble hoja, a la que accedéis tras subir una amplia escalinata de mármol, se va a celebrar una reunión del Consejo de Tol Éredom, el máximo órgano que gobierna los designios del Imperio. Los nervios te atenazan al tomar consciencia de que vas a ser uno de los asistentes. ¡Un mozo de cuadras convertido a aventurero va a estar en la misma habitación que la plana mayor del Imperio!

Recuerda anotar la pista HIC y *ve inmediatamente a la SECCIÓN 886*.

SECCIÓN 317

Las deliciosas bebidas especiadas comienzan a hacer mella en los comensales, quienes liberan su lengua con mayor facilidad dando pie a averiguar rumores que, en otras circunstancias, serían tabú.

Resulta que Déuxia conoció a Mexalas siendo prostituta de la ciudad, en una de las frecuentes visitas a su burdel del desgraciado Emperador que acabó encontrando una fatal muerte por envenenamiento, años después. Aunque existía una ley que prohibía a la nobleza casarse con personas de orígenes dudosos, Déuxia ya era por entonces una mujer decidida y firme en sus propósitos, a lo que acompañaba uno de los rostros más bellos de todo Tol Éredom. Sea como fuere, consiguió casarse con el Emperador. Pero no se conformó con ser su bella esposa. Consiguió que Mexalas cambiara la tradicional ley matrimonial que provenía de la era del Hebrismo, anterior religión oficial del Imperio impulsada por los hebritas. Con este cambio, se eliminó también el derecho masculino a la poligamia, lo que incordió no solo a aquilanos sino a aquellos que finalmente se decantaron por apoyarla a ella y a su hijo Wexes tras el asesinato de Mexalas. Pero ella, siempre firme y convencida, consiguió que esta reforma de la ley, así como otras que pudo impulsar más tarde, permanecieran intactas en el tiempo y así siguen vigentes hasta el día de hoy, si nada se tuerce... *Vuelve a la SECCIÓN 786.*

SECCIÓN 318

Lanza 2D6 y suma tu modificador de Carisma (si tienes la habilidad especial de Negociador, suma +2 extra):

- *Si el resultado está entre 2 y 8, no hay manera de hacerle entrar en razones que no sea mediante el uso de la fuerza. Ve a la SECCIÓN 629.*
- *Si el resultado está entre 9 y 12, consigues arrugarle sin necesidad de pasar a las manos y obtienes lo que quieres. El tipo te acompaña sumiso hasta la persona que te contrató, quién te entrega agradecida las 20 CO que te había prometido. Ve a la SECCIÓN 349.*

SECCIÓN 319

Un impulso te obliga a huir de ahí cuanto antes. *Haz una tirada de 2D6 y suma tu modificador de Huida, ya que tus dudas previas han hecho que tus oponentes estén demasiado cerca como para esquivarles sin problemas.*

- *Si el resultado está entre 2 y 6, pasa a la SECCIÓN 1010.*
- *Si está entre 7 y 12, ve a la SECCIÓN 345.*

SECCIÓN 320

De pronto, la puerta de la habitación se abre y dos azafios penetran en la estancia. No tienes escapatoria posible. Lo único que puedes hacer es intentar sorprenderles antes de que te descubran. *Haz una tirada de 2D6 y suma tu modificador de Destreza (si tienes la habilidad especial de Camuflaje o de Silencioso, suma +2 extra al resultado):*

- *Si el resultado total está entre 2 y 7, pasa a la SECCIÓN 523.*
- *Si está entre 8 y 12, ve a la SECCIÓN 246.*

SECCIÓN 321

Por más que emplees tus dotes de persuasión y aparentas ser un hombre de alta cuna, no logras convencer a los testarudos guardias que custodian la entrada al recinto acotado para el evento. No hay posibilidad de entrar a la Cena de Gala puesto que no has logrado conectar con nadie de la alta sociedad que pudiera hacerte un hueco en tan exclusivo acontecimiento. Colarte en él por las bravas tampoco es una opción dada la elevadísima vigilancia que hay en todo el perímetro cercado y puesto que, aún en el caso de conseguirlo, dentro serías un extraño sin invitación que pronto sería detectado y expulsado sin remedio.

Lamentas profundamente no poder asistir a la cena de gala en calidad de invitado y tienes el terrible presentimiento de que ahí se te escapa un **hito fundamental para tus pesquisas**... No tienes más remedio que volver en busca de tus amigos.

De pronto, sientes un agudo pinchazo en la parte derecha del cuello. Como acto reflejo, posas tus manos en esa zona y tocas una especie de objeto fino del que tiras sin pensar. Presa del terror, observas un dardo de metal con la punta tintada en negro, seguramente emponzoñada por veneno. Sin tiempo para reaccionar, te desplomas perdiendo la conciencia al momento.

No volverás a abrir los ojos. Has sido asesinado por tus enemigos, que te han seguido desde que abandonaste los jardines para atacarte en el momento más propicio para ello. La trama de los hebritas ha sido destapada debido al tiempo que ha transcurrido sin que hayas dado con Sígrod. Has fracasado, salvo que todo haya sido una desagradable pesadilla de la que es mejor, cuanto antes, despertar...

Nota del autor*: como habrás podido intuir, si no logras asistir a la Cena de Gala en calidad de invitado, puedes dar por fracasada tu misión, así que ten esto presente de cara a tu siguiente intento de encontrar a Sígrod y conseguir ese maldito dinero que necesitas para salvar a tus familiares.*

FIN *– si tienes algún punto de ThsuS, "Todo habrá sido un Sueño" y podrás retomar la aventura desde el Lugar de Despertar que desees entre los que tengas anotados en tu hoja de personaje. Si no es así, debes comenzar de nuevo desde el principio o desde algún Lugar de Despertar Especial que tengas.* ***Recuerda resetear, en tu FICHA DE INVESTIGACIÓN, tus dos cuentas de tiempo y las pistas conseguidas a las que tuvieras cuando llegaste a ese Lugar de Despertar del que reinicias.***

SECCIÓN 322

Tan pronto como haces el ademán de reaccionar, Wolmar da una orden y uno de sus soldados pone su espada en la yugular de tu querida madre. El líder gomio se muestra afectado por este hecho. No demuestra ningún placer en amenazar a una mujer indefensa, pero parece forzado por las extremas circunstancias en las que se encuentra. Comprendes que, si te mueves, acabará todo. Levantas los brazos en señal de rendición y te avienes a contestar.

- *Si inventas una farsa acusando a otros que no sean los hebritas del intento de asesinato de Wolmar, aunque esto pueda provocar en un futuro víctimas inocentes de la trama, pasa a la SECCIÓN 876.*
- *Si desvelas el plan de los hebritas con todo lo que esto puede acarrear y, por ende, delatas con ello a Zanna, pasa a la SECCIÓN 439.*

SECCIÓN 323

No obtienes nada de interés aquí, así que decides marcharte para seguir con tus indagaciones. *Puedes continuar con tu investigación en cualquier otro lugar del mapa.*

SECCIÓN 324 – Anota la Pista ZCH en caso de que aún no la tuvieras

A tu cabeza viene la horrible visión del cráneo mutilado que transportas contigo. La cabeza que viste dentro del cofre, cuando lo abriste, estaba en un considerable estado de putrefacción, algo detenido por un ungüento embalsamador de naturaleza extraña, pero su descomposición era imparable. Destacaba la larga cabellera rubia que sobresalía de un casco de soldado. Te fijaste también en los restos de un tatuaje que aún se apreciaba en el cuello del desgraciado cuya cabeza había acabado ahí dentro.

Aunque los rasgos faciales del cráneo que transportas estaban ya muy deteriorados, ¡podrías jurar que era el heredero de Gomia asesinado y que el recién llegado es su hermano gemelo!

Un heredero a quién la compañía de Elavska y Viejo Bill debía eliminar por encargo del Gremio de Prestamistas de Meribris y cuya cabeza embalsamada tú transportaste hasta aquí en ese maldito cofre como parte final del encargo. Es Gruff quien esta vez te agarra fuerte para que no te caigas por el impacto... ***Recuerda anotar la pista ZCH*** y *ve a la SECCIÓN 358.*

SECCIÓN 325

Pronto descubres que va a ser imposible atravesar la puerta del Palacio sin tener un permiso para ello. Además, no tienes gana alguna de confrontar con los abundantes centinelas que patrullan su perímetro. Dentro de esos magníficos muros se reúne periódicamente el Consejo de Tol Éredom para gobernar los designios del pueblo. Eres plenamente consciente de que hace unos pocos días se celebró la última reunión del mismo.

No tienes nada más que hacer aquí, puedes continuar con tu investigación en cualquier otro lugar del mapa.

SECCIÓN 326

No eres capaz de reaccionar a tiempo. Debido al factor sorpresa del asalto de tus oponentes, recibes un daño automático de 1D6+5 PV así como un ataque extra de tus rivales antes de iniciar el combate de la forma habitual. Ve a la SECCIÓN 908.

SECCIÓN 327

No tardas en encontrar al hombre que te solicitó que investigaras a su esposa. Sin embargo, sí necesitas tu tiempo y el uso de todas tus dotes de persuasión para convencer al tozudo mercader de que su mujer no le está engañando… al menos como él sospechaba. Para demostrar que estuviste en su casa alquilada y que realizaste tu investigación, describes físicamente a su joven esposa y a su hipotético amante, en realidad un familiar (su primo). Viste a ambos jóvenes entrar en la casa antes de espiar su conversación y recuerdas a la perfección sus rasgos principales.

Al fin, el mercader cuarentón parece cambiar su semblante desconfiado por otro cuya naturaleza no sabrías describir. Es en ese momento cuando te agradece tus pesquisas y te indica que va a cumplir su parte dándote acceso a uno de sus contactos principales en la ciudad. No sabes cómo encajará Hóbbar el hecho de que su mujer esté dando dinero a su primo a sus espaldas, pero ahora ya está dicho y no puedes cargar más peso en tu conciencia. Suficiente tienes ya con la misión que te apremia y de cuyo resultado dependerá tu futuro y el de tus queridos familiares.

Elige a uno de los tres siguientes contactos que Hóbbar está dispuesto a presentarte (sólo uno de ellos, así que piénsalo bien antes de decidirte):

- *El monje responsable del almacén de la comunidad de religiosos de la Gran Catedral Domatista Wexiana (localización L7 del mapa -> SECCIÓN 835). Si te decides por este contacto, **anota la pista TDW junto con el número de la localización**.*

- El director de una de las sucursales secundarias en la ciudad del Banco Imperial (localización L52 del mapa -> SECCIÓN 814). Si te decides por este contacto, **anota la pista SBI junto con el número de la localización.**
- El escriba que organiza la agenda del Legado de Tirrana en la ciudad (localización L54 del mapa -> SECCIÓN 396). Si te decides por este contacto, **anota la pista LGC junto con el número de la localización.**

El mercader te acompañará personalmente en dicha visita para poder presentarte a su contacto, siempre y cuando le indiques ahora en qué fecha sería la cita (anota en tu ficha el día en concreto de que se trata y ten presente que sólo podrás hacer uso de la pista que acabas de conseguir si la empleas ese día de tu contador de tiempo).

Tras agradecer la posibilidad de conocer a su contacto, dices a Hóbbar que debes marcharte para continuar con tus quehaceres.

- Si el contador de tiempo de la investigación es menor de 15 días, el mercader te hace un ofrecimiento adicional antes de que te vayas. _Ve a la SECCIÓN 570._
- Si no es así, _puedes continuar con tu investigación en cualquier otro lugar del mapa._

SECCIÓN 328

- Si tienes la pista NHR o la pista SAR, _ve a la SECCIÓN 142._
- Si no tienes ninguna de las dos anteriores, pero tienes la pista CAR, _ve a la SECCIÓN 525._
- Si no tienes ni la pista CAR, ni la SAR ni la NHR, _ve a la SECCIÓN 965._

SECCIÓN 329

No podrías ser más desgraciado. Justo ahora que estabas a punto de finalizar tu ardua misión, sucumbes en este combate. Tu sangre se mezcla con las desgarradas lágrimas que inundan tu rostro. Caes al suelo mientras sigues lamentando tu destino. Has fracasado, salvo que todo haya sido una desagradable pesadilla de la que es mejor, cuanto antes, despertar...

FIN – si tienes algún punto de ThsuS, "Todo habrá sido un Sueño" y podrás retomar la aventura desde el Lugar de Despertar que desees entre los que tengas anotados en tu hoja de personaje. Si no es así, debes comenzar de nuevo desde el principio o desde algún Lugar de Despertar Especial que tengas. **Recuerda resetear, en tu FICHA DE INVESTIGACIÓN, tus dos cuentas de tiempo y las pistas conseguidas a las que tuvieras cuando llegaste a ese Lugar de Despertar del que reinicias.**

SECCIÓN 330 – Anota la Pista RRT

Resulta que el origen de dicha disputa se encuentra en la ciudad de Mírdom, desde la que se controla el tráfico por vía terrestre hacia los dos grandes puentes de la frontera septentrional del país de Domia. Los hechos se produjeron varias generaciones atrás, hace casi doscientos años, en tiempos en los que el entonces Emperador estaba inmerso en la conocida como Campaña del Norte por la que intentaba anexionar las vastas tierras de la Península de Novakia.

Son sucesos antiguos, pero ambas Casas aún no los han olvidado y, aunque no han llegado nunca a las armas desde entonces, la lucha por ganar cuota de poder en el Consejo Imperial para influir en el control de Mírdom, no ha cesado en ningún momento.

Parece ser que hubo una estratagema por la que la Casa Tövnard intentó hacerse con el gobierno de la ciudad que ejercía hasta entonces la Casa Rovernes. No obstante, la artimaña acabó en fracaso y con el resultado de que ninguna de ambas Casas controló de, ahí en adelante, esa estratégica urbe, que pasó al "tutelaje temporal" de la Casa Dérrik, cuya reputación de fidelidad al Emperador de turno siempre había sido intachable.

Tu interlocutor te narra fríamente cómo fueron más o menos los hechos, por lo que él ha podido saber al respecto, con la perspectiva que le da la distancia en el tiempo.

Todo resulta partir de un conflicto de intereses producido tras la muerte del Gobernador de la ciudad, Lord Tannos Rovernes, quien estuvo casado con Felda Tövnard y con la que no tuvo descendencia (se decía que Lord Tannos no tenía muchas energías en la cama precisamente...). Tras la muerte del primero, Felda se casó con su primo hermano Ajxis Tövnard y tuvieron un hijo único llamado Áxeron al que enseguida nombraron heredero Gobernador de Mírdom, con el consiguiente enfado de Lord Tevos Rovernes, hermano del fallecido, quien se consideraba el legítimo sucesor. Como era de esperar, el conflicto se enquistó y acabó en las armas con una decisiva batalla a las puertas de la ciudad en la que Tevos Rovernes se alzó con una victoria pírrica.

Al ser derrotado, Ajxis Tövnard tuvo una idea suicida para recuperar el dominio de la deseada ciudad para su hijo. Consiguió que algunos de sus partidarios abrieran desde el interior una puerta de la muralla para que penetraran en la ciudad miles de mercenarios, a los que previamente había convencido para que lucharan en su favor y le devolvieran el control, a cambio de lo cual les prometía una elevada recompensa. Así sucedió. Los mercenarios penetraron subrepticiamente y sin apenas derramamiento de sangre en la ciudad, se dirigieron al Palacio de Gobernanza, lo asaltaron liquidando a la guarnición que lo defendía y proclamaron Lord al hijo del candidato que los había contratado. Pero cuando Ajxis Tövnard acudió al lugar donde se custodiaba el tesoro de Mírdom, que en otras épocas había sido inmenso por su situación estratégica en el transporte terrestre, se encontró con que allí no quedaba nada con que pagar a los mercenarios que lo habían aupado al poder. Lord Tevos Rovernes se había llevado todas las riquezas y allí no había dinero para saldar la deuda con los mercenarios. Cuando éstos se enteraron de que su esfuerzo había sido gratuito y de que el Lord sólo podía darles las gracias y poner carretas a su disposición para que se marcharan de allí y continuaran con su vida, la ira de los mercenarios estalló contra el nuevo Lord y contra los taimados domios que los habían engañado.

Los mercenarios procedieron no sólo al mayor saqueo de reliquias y objetos artísticos que tuvo lugar durante mucho tiempo, sino también, por desgracia, a la destrucción de la urbe más hermosa de Domia tras Tol Éredom y la única ciudad de tamaño mayor a una población menor. Durante este salvaje saqueo, no sólo fueron violadas, torturadas o asesinadas centenares de personas, sino que se procedió a una destrucción sistemática y carente de todo sentido de la mayor parte de sus monumentos.

El Emperador, apoyado por la fiel Casa Dérrik, tuvo que intervenir para aplacar la grave revuelta, eliminar a los mercenarios amotinados, castigar a las dos Casas que habían desencadenado el conflicto (los Tövnard y los Rovernes) e instaurar un "tutelaje temporal" de los Dérrik que aún se prolonga hasta hoy, con las correspondientes quejas de las dos anteriores Casas para que les sea restituida la ciudad sobre la que, según consideran, tienen legítimos derechos históricos.

Así pues, tras escuchar esta historia, te asalta una duda. ¿Podría Rovernes estar detrás del ataque a Sígrod para desactivar la ayuda del Gremio de Prestamistas a su rival político Tövnard? Cada uno de tus sospechosos tiene un móvil contra los hebritas y Rovernes no es una excepción en esto.

Nota del autor: *es recomendable que anotes en tu ficha de PJ todos los sospechosos que tengas para gestionar mejor tus líneas de investigación. Recuerda que puedes visitar la SECCIÓN 275 en cualquier momento para refrescar la memoria (en esa sección anotaste tu primera lista de sospechosos antes de iniciar la investigación).*

No olvides anotar la pista RRT y *regresa a la SECCIÓN en la que estuvieses antes de venir aquí para seguir leyendo.*

SECCIÓN 331

Respecto a los comprometidos papeles, le indicáis a Mattus que aún no habéis podido haceros con ellos. El librero se muestra inquieto por vuestro comentario y os recuerda que es importante rescatar esos contratos antes de que vuestros enemigos los descubran y se desvele toda la trama. Intentáis tranquilizar al hombre antes de seguir conversando.

- *Si el "contador de tiempo de la investigación" es igual o inferior a 2 días, ve a la SECCIÓN 103.*
- *Si dicho contador es de 3 o más días, pasa a la SECCIÓN 945.*

SECCIÓN 332

- ¿Documentos? ¿Qué documentos? – preguntas.

- Unos contratos cuyo escondite sólo Sígrod y yo conocemos. Estoy convencida de que Sígrod moriría antes de desvelar su paradero, pero podríamos haber tenido la mala suerte de que esos tipos hayan dado con ellos de forma casual y entonces estaríamos doblemente perdidos – contesta ella.

- ¿Qué contienen esos malditos documentos? – insistes inquisitivo.

- Sobre eso no puedo darte más respuestas. Sólo puedo decirte ahora que tienen que ver con un alto contacto que logramos establecer aquí en Tol Éredom y al que llegamos precisamente a través de un enlace del librero que nos acoge – dice Zanna paciente a tu insistencia.

- ¿A través de Mattus? – pregunta Gruff.

- Sí. A través de él. En un rato estará aquí con nosotros cuando acabe con sus quehaceres en la tienda. Tened paciencia. Eso es todo – cierra la cuestión Zanna por el momento.

Viendo que no puedes avanzar más por aquí, gestionas tu intriga y asientes.

- *"Entendido. Quiero preguntarte más cosas". - Ve a la SECCIÓN 850.*

SECCIÓN 333

Así pues, con los papeles bien guardados en tu petate, sales inmediatamente de la pequeña estancia y la cierras de nuevo con la llave. Sin perder un segundo, corres como un condenado hasta que alcanzas la cubierta del barco.

- *Si tienes la pista AZE o la pista OZA, ve a la SECCIÓN 716.*
- *Si no tienes ninguna de las dos pistas, ve a la SECCIÓN 383.*

SECCIÓN 334 – Anota PTH

No sin ciertas reticencias, Thomas Flépten te extiende un pase para poder acceder a la mansión privada de Edugar Merves. No obstante, se asegura de reiterar que esto no es un salvoconducto que garantice una reunión personal con el Consejero, sino una mera acreditación para poder traspasar la entrada y solicitar a uno de los secretarios de Merves algún tipo de audiencia. Agradeces su amabilidad y te despides con la mejor de tus sonrisas.

*Recuerda anotar la Pista PTH. Puedes continuar con tu investigación en cualquier otro lugar del mapa (anota en tu ficha que **ya no puedes visitar otra vez** esta localización salvo para operar con tu cuenta bancaria, en caso de que hayas abierto una; no ves que puedas conseguir algo más aquí).*

SECCIÓN 335

Estás en la localización L9 del mapa. Anota que has visitado un nuevo lugar hoy (recuerda que puedes ir a un máximo de 4 sitios cada día; uno menos si anoche te alojaste en la librería de Mattus). También lanza 2D6 para ver si tienes algún encuentro con los matones que os persiguen. Si el resultado es de 6 o más, no te topas con ningún enemigo y puedes seguir leyendo. Si es inferior, debes evitar o vencer a los siguientes tipos que os descubren, para seguir leyendo (los enemigos indicados son los que debes enfrentar en solitario; no se detallan los rivales que atacan a tus compañeros y se considerará que ellos vencerán su combate si tú ganas el tuyo):

ENCAPUCHADO NEGRO 1	Ptos. Combate: +4	PV: 25
ENCAPUCHADO NEGRO 2	Ptos. Combate: +6	PV: 35

Nota: *puedes tratar de evitar el combate si lanzas 2D6 y sumas tu modificador de Destreza obteniendo un 10 o más (si tienes la habilidad especial de Silencioso o de Camuflaje suma +2 por cada una de ellas). Si logras evitar a esos tipos, darás un largo rodeo hasta que puedas quedarte tranquilo y constates que les has dado esquinazo definitivo. Sin embargo, ya no podrás visitar esta localización en el día de hoy.*

Ptos de Experiencia conseguidos: *12 P. Exp. si vences; 4 P. Exp. si escapas.*

En la actualidad, sólo los hebritas siguen usando el antiguo cementerio para sepultar a sus difuntos. El recinto está deteriorado y en franco mal estado. El domatismo, la nueva fe del Imperio, entrega los cuerpos de sus muertos al fuego y los enanos prefieren enterrarlos en las profundidades de la tierra lejos de la gran urbe, a ser posible en las faldas de las Brakas.

En consecuencia, encuentras el lugar muy desolado y sólo unos pocos visitantes se cruzan en tu paso. No obtienes nada de interés para tu misión, así que *puedes continuar con tu investigación en cualquier otro lugar del mapa.*

SECCIÓN 336   +10 P. Exp.

Y así es cómo, por fin, tras muchos pesares, conseguís dar por finalizada la huida y dejáis de correr. Es Jinni quien rompe el silencio entre jadeos, mientras Zanna, Gruff y tú tratáis también de recuperar el aliento.

- De momento, creo que lo mejor es entrar en ese antro. Conozco al tabernero. Nos podrá alojar esta noche sin coste. Me debe favores – indica el juvi señalando un pequeño edificio sucio y destartalado con un cartel que indica "La rata degollada".

Nadie discute la decisión de Jinni y le seguís dentro. *Pasa a la SECCIÓN 920.*

SECCIÓN 337

Sir Crisbal es el miembro más joven del Consejo y, por lo que demuestra con sus gestos, parece alguien de una timidez latente, lo cual hace que sea una persona de pocas palabras.

En un momento dado de la cena, uno de los Embajadores extranjeros presentes en una de las mesas más importantes, se levanta y efectúa un discurso dirigido al Emperador. Unas palabras que no todos respetan mientras siguen haciendo buena cuenta del contenido de sus platos y sus rebosantes copas. Para poder saber de qué está hablando, vas a necesitar afinar tu oído. Quizás desde tu posición puedas escuchar qué dice. *Lanza 2D6 y suma tu modificador de Percepción (si tienes la habilidad especial de Oído agudo, suma +1 al resultado y si tienes Don de lenguas puedes acompañarlo con la lectura de sus labios y sumarte +2 extra):*

- *Si el resultado está entre 2 y 5, no logras entenderlo y *vuelves a la SECCIÓN 786.*
- *Si el resultado está entre 6 y 12, *ve a la SECCIÓN 139.*

SECCIÓN 338

Estás en la localización L32 del mapa. Antes de seguir, anota en tu ficha que has visitado un nuevo lugar hoy (recuerda que puedes ir a un máximo de 4 sitios cada día; uno menos si anoche te alojaste en la librería de Mattus). También lanza 2D6 para ver si tienes algún encuentro con los matones que os persiguen. Si el resultado es de 10 o más, no te topas con ningún enemigo y puedes seguir leyendo. Si es inferior, debes evitar o vencer a los siguientes tipos que os descubren, para seguir leyendo (los enemigos indicados son los que debes enfrentar en solitario; no se detallan los rivales que atacan a tus compañeros y se considerará que ellos vencerán su combate si tú ganas el tuyo):

ENCAPUCHADO NEGRO 1	Ptos. Combate: +5	PV: 28
ENCAPUCHADO NEGRO 2	Ptos. Combate: +4	PV: 24

Nota: *puedes tratar de evitar el combate si lanzas 2D6 y sumas tu modificador de Destreza obteniendo un 7 o más (si tienes la habilidad especial de Silencioso o de Camuflaje suma +2 por cada una de ellas). Si logras evitar a esos tipos, darás un largo rodeo hasta que puedas quedarte tranquilo y constates que les has dado esquinazo definitivo. Sin embargo, ya no podrás visitar esta localización en el día de hoy.*

Ptos de Experiencia conseguidos: *9 P. Exp. si vences; 3 P. Exp. si escapas.*

Dedicas un tiempo considerable a explorar las abundantes tabernas que pueblan el *Barrio de las Artes*, centrándote en aquellas que, al parecer, están de moda y que, por tanto, están repletas de clientes... y de rumores que puedes averiguar...

Lanza 2D6 y suma tu modificador de Carisma para ver qué frutos dan los distintos contactos que realizas (si tienes la habilidad especial de Don de gentes, suma +1 extra y, por cada 5 CO que inviertas en sobornar, suma otro +1 al resultado):

- *Si el resultado está entre 2 y 10, <u>ve a la SECCIÓN 696</u>.*
- *Si está entre 11 y 12, <u>ve a la SECCIÓN 244</u>.*

SECCIÓN 339

Para saber cuántos días finalmente han transcurrido en tu viaje por mar desde Tol Éredom hasta Tirrus, lanza 2D6 sin sumar ningún modificador, salvo si tienes la habilidad especial de Suerte, en cuyo caso aplica un +2 al resultado:

- *Si el resultado está entre 2 y 6, suma 14 días al contador de tiempo.*
- *Si está entre 7 y 10, suma 13 días.*
- *Si es 11 o más, suma 12 días.*

No es necesario que consumas raciones de comida de tu inventario. Recuperas 5 PV por cada día de viaje transcurrido, siempre sin rebasar el máximo, por el alimento que se te ha dispensado en el barco. Los hebritas consideraron en tu pasaje todo lo necesario para tu reposo, alimentación *incluida. **Recuerda sumar los días transcurridos en tu contador de tiempo** y ve a la SECCIÓN 683.*

SECCIÓN 340

*Gracias a tus esfuerzos en el edificio diplomático, anota en tu ficha de PJ que tienes **3 puntos más de influencia en Tol Éredom** (una cuenta que debes iniciar ahora en tu ficha de personaje en caso de que no lo hubieras hecho ya antes). No sabes para qué pueden servir en concreto, pero nunca está de más tener ciertos contactos en la burocracia, aunque no puedan catalogarse como relaciones de confianza sino más bien meros nombres que poder mencionar como referencias con tal de intentar codearte con contactos superiores de mayor nivel. Puedes continuar con tu investigación en cualquier otro lugar del mapa.*

SECCIÓN 341

Estás en la localización L27 del mapa. Antes de seguir, anota en tu ficha que has visitado un nuevo lugar hoy (recuerda que puedes ir a un máximo de 4 sitios cada día; uno menos si anoche te alojaste en la librería de Mattus). No vas a tener que realizar ninguna tirada de encuentros con tus perseguidores para esta localización en concreto.

Tras preguntar a varios viandantes, alcanzas la consulta de un conocido físico que forma parte de la afamada Academia de Sanadores de la ciudad. El erudito se presta a realizarte una concienzuda cura de tus heridas por un importe de 8 CO por tratamiento.

Por cada cura que contrates (puedes contratar tantas como desees hasta recuperar el total de tus PV), deberás lanzar 2D6 (sumando +3 al resultado por la habilidad sanadora del hombre que te atiende):

- *Si el total es igual o superior a 7, entonces el sanador habrá aplicado con éxito su tratamiento y recuperarás 2D6 de PV.*
- *Si el resultado total es inferior a 7, el tratamiento habrá sido defectuoso y perderás 1D6 PV pudiendo incluso morir si te quedas sin PV.*

Puedes hacer tantas tiradas de curación como desees siempre que pagues antes cada cura. Puedes continuar con tu investigación en cualquier otro lugar del mapa.

SECCIÓN 342

Los gritos y protestas dirigidos hacia el Emperador resuenan en la mitad de la plaza que sigue a "Las Ratas". Reclaman que Wexes anule sin contemplaciones el último punto, mientras la hinchada de "Los Cerdos" celebra la victoria hasta que ve al Emperador dudar, momento en que también se alza en protestas y abucheos.

Oyes insultos graves hacia la figura del Emperador y su corte de honor, mientras dos escuadras de guardias eredomianos comienzan a tomar posiciones defensivas entorno a su palco. Ves a Wexes muy enojado, exclamando algo que ni tú ni nadie en las gradas puede oír. También hace gestos y aspavientos hacia los que le insultan e increpan. Incluso envía a guardias para aplacar a los más vehementes en sus protestas, lo que acaba en mayor tensión y con esos guardias aplastados por la superioridad de un público que ya no es sumiso.

La situación está a punto de desbordarse, comienza a haber avalanchas entre el público y los primeros enfrentamientos ya son evidentes. Una revuelta está a punto de estallar.

Es en ese momento cuando, Déuxia Córodom, la matriarca, se acerca a su hijo, le toma del brazo y le dice algo al oído. El Emperador entonces ordena llamar a alguien a su presencia, mientras alza los brazos al aire tratando de calmar a las gradas. Casi al momento, sus guardias llevan ante él a un joven de tez blanquecina y cabello pelirrojo, el ingeniero jefe encargado del diseño y supervisión del ensamblaje de la estructura de resortes y cuchillas que ha fallado.

El grito de Zanna, a tu lado, sobresale del clamor de toda la plaza, mientras ves cómo ponen de rodillas al joven ingeniero y uno de los guardias eredomianos, tras la orden del Emperador, le cercena sin contemplaciones la cabeza. Pero esto no calma a la masa que, en estos momentos, es ya incontenible. De pronto, como una tempestad en alta mar, la violencia sin control estalla, provocando que una ola de cuerpos choque entre sí. Peleas, golpes, empujones y codazos. Gente que huye, otra que es aplastada y otra tanta que está paralizada por el horror. La plaza se convierte en una ratonera de violencia y sangre.

Si tienes la pista RTH o la pista HCC, lanza 2D6 y suma tu Destreza. Si obtienes un resultado inferior a 9, recibes un daño de 1D6+5 PV por los codazos y empujones que se producen en tu zona de la grada. Si superas la tirada, sufres un daño de 1D6 PV.

El Emperador y su madre ya no están en su palco y el resto de personalidades están siendo evacuadas por los desbordados soldados de la guardia, a través del túnel que conecta con Palacio. En el terreno de juego y en la grada, comienza a producirse una auténtica batalla campal ante la mirada de pleno horror del último grabbin superviviente y ante tu total estupefacción.

Tendrás que luchar por tu supervivencia y por la de tus compañeros. Prepárate para lo que te espera y ve a la SECCIÓN 902.

SECCIÓN 343

La cena de gala va a ser una fuente de rumores y una oportunidad incomparable de acercarte al responsable del secuestro de Sígrod. Pero no esperabas sorpresas tan pronto. Antes incluso de que tomes asiento, tu acompañante te revela un hecho relevante que desconocías. Te quedas de piedra al saber que el consejero Tövnard, el aliado de la causa hebrita, ya no está en la ciudad.

Éste ha sido alejado por un tiempo de Tol Éredom al ser enviado a la lejana Valdesia, región en la que tiene que desempeñar una complicada misión diplomática en representación del Consejo. Esta sorprendente e inesperada decisión del Emperador, posiblemente influenciada por quienes desean apartar a Tövnard del Consejo durante un tiempo, te recuerda que vas a compartir mesa con personajes inmersos en una despiadada lucha de poder. Suspiras y tratas de disimular tu inquietud mientras te acercas a tu asiento. *Sigue en la SECCIÓN 157.*

SECCIÓN 344   +12 P. Exp.

Golpeas a tu rival con un gancho certero que impacta en su quijada. El gordo escupe varios dientes entre un reguero de sangre y se arrodilla emitiendo un lastimero llanto. Sus amigos te miran perplejos sin atreverse a retarte. Dejas que Zanna te arrastre fuera del alcance de esos tipos a los que has demostrado tu habilidad en el combate. *Puedes continuar con tu investigación en cualquier otro lugar del mapa.*

SECCIÓN 345   +5 P. Exp.

Tus piernas te responden y, seguido de Gruff, logras escabullirte y partir a toda prisa alcanzando al juvi y a la chica azafia. *Pasa a la SECCIÓN 48.*

SECCIÓN 346   +30 P. Exp.

Con gran maestría, acabas con tus rivales, pero no tienes tiempo para registros ni celebraciones. Sin perder un segundo, antes de que más enemigos acudan a la escena y te descubran, te encaminas hacia la abertura que guarda las escaleras que descienden desde la cubierta. *Pasa a la SECCIÓN 4.*

SECCIÓN 347

Lucha contra el azafio mientras Gruff se hace cargo del otro oponente. Zanna espera atenta a pocos metros del combate por si vienen más enemigos.

AZAFIO   Puntos de Combate: +7   Puntos de Vida: 29

- Si logras acabar con tu oponente, *ve a la SECCIÓN 24.*
- Si no es así, *pasa a la SECCIÓN 830*.

SECCIÓN 348

A los pocos minutos, ves a Mattus regresar con una sonrisa comedida en el rostro y portando un manuscrito entre sus manos. Se trata de un tomo no demasiado voluminoso cuyo título en la portada de cuero negro reza *"Los Anales del Imperio Dom. Tratado histórico Por Grástyuk Sylampâs"*.

- Aceptad este libro como regalo. Además de serviros como entretenimiento en los días de espera aquí encerrados antes de que podáis emprender vuestra dura misión, podrá arrojaros algo más de luz sobre todas las cosas que están sucediendo en el Imperio y fuera de él. A veces es necesario conocer la Historia para entender los hechos que suceden en el presente. Como digo, aceptadlo como regalo de buena fe, quizás pueda serviros de ayuda – dice Mattus ofreciéndoos un rostro afable a la par de preocupado.

Anota "Los Anales del Imperio Dom" en tu inventario. Ocupa 1 VC (en caso de no poder transportarlo, será Gruff quien se encargue de ello).

Tras esto, ahora sí se da totalmente por finalizada la charla. Zanna, Gruff y tú acompañáis a Mattus y a su hijo hasta la planta superior del edificio, donde compartís una deliciosa cena preparada por la mujer del librero. Conversaciones breves y banales acompañan la corta velada, hasta que os disculpáis y decís que ha llegado el momento de retiraros para descansar.

De nuevo en el sótano, tumbado sobre las mantas de tu rincón que hay esparcidas por el suelo, tratas de buscar refugio en el sueño. *Pasa a la SECCIÓN 577.*

SECCIÓN 349

Estos son los anuncios que te llaman la atención y que aún no han sido cubiertos por nadie:

"Necesito hombres de armas que se encarguen de buscar y dar su merecido a un grupo de bandidos que ha atracado mi tienda. Varios rufianes me han informado que se encuentran en los arrabales extramuros. Recompensa: 50 % de los efectos que se puedan recuperar y 20 CO al regreso." -> Si te interesa este anuncio, ve a la SECCIÓN 951.

"Sastre de lujo necesita ayudante para tienda en zona oeste de la Feria. Salario 8 CO por día. Preguntar por Foldver el Sastre". -> Si te interesa este anuncio, ve a la SECCIÓN 900.

"Necesito recuperar el dinero que presté a un infame impagador. Facilito su dirección y ofrezco 20 CO al tipo con dotes persuasivas que consiga traerlo a mi casa para devolverme lo que es mío." -> Si te interesa este anuncio, ve a la SECCIÓN 975.

Puedes realizar todos los encargos que quieras (pero sin repetir más de una vez ninguno) o descartarlos todos. Cuando acabes, **recuerda que estabas en el hexágono F9**. *"Puedes seguir explorando la Feria en la SECCIÓN 413".*

SECCIÓN 350

No tienes manera de entender qué diablos te ha dicho ese maldito azafio y observas con frustración cómo desenfunda su curvada espada y se acerca hacia ti con gesto amenazante. *No ves mejor alternativa que desenfundar tu arma lo más rápido posible con tal de sorprender al azafio y atacarlo, pasa a la SECCIÓN 397.*

SECCIÓN 351

No has avanzado más que unos pocos metros desde el umbral de la entrada cuando, de pronto, oyes un estruendo que resuena a tus espaldas, ahí fuera, en el exterior, a una considerable distancia. Se están haciendo sonar cuernos y tambores, en un son continuo que perfectamente aprecias.

Como las abejas que salen de su colmena, de repente, ves cómo todas las puertas que dan al pasillo se abren y un buen grupo de funcionarios aparece dirigiéndose a paso rápido al exterior de la Embajada, en dirección a esos sonidos que suenan cada vez más cerca. La curiosidad te invade y les sigues, retornando sobre tus pasos y alcanzando de nuevo la salida.

La expectación entre los presentes es palpable, preguntas a un escriba que tienes al lado y éste, como primera respuesta, extiende su brazo señalando en una dirección hacia la que diriges tu vista.

Un grupo de caballeros con pendones gomios escolta una carroza en la que, ocultos tras las cortinas, viajan el Legado de Gomia en el Consejo y el Emisario llegado a la capital para denunciar el asesinato del heredero Wolmar por parte de Tirrana. Al menos, eso es lo que el escriba te cuenta.

Poco después, la comitiva alcanza la Embajada y los cuernos y tambores dejan de sonar. La puerta de la carroza se abre y aparece un hombre de mediana edad y piel clara, bastante entrado en kilos, de mofletes sonrosados y pelo escaso y rubio. Viste una amplia túnica de colores chillones que disimula algo sus carnes y ostenta caras joyas de los metales más nobles. El escriba que hay a tu lado te explica que es Sir Wimar, Legado de Gomia, de regreso a su Embajada tras un viaje de urgencia. Añade que, a pesar de su alto rango, el personaje importante de esta comitiva no es él, sino el hombre que en estos momentos sale de la carroza, el Emisario enviado por Lord Warnor para reclamar justicia al Emperador en su nombre... *Sigue en la SECCIÓN 582.*

SECCIÓN 352

En ese preciso momento, oyes con total claridad el sonido de unas botas que se aproximan desde el exterior hacia el umbral de la puerta. ¡Zork tenía razón! ¡Alguien se acerca!

- *Si tienes la pista NHC, ve a la SECCIÓN 559.*
- *Si tienes la pista ZRR, ve a la SECCIÓN 757.*

SECCIÓN 353   +20 P. Exp.

¡Has dado con la clave correcta! Lo descubres enseguida al probar la combinación de tres cifras en las ruedecitas ocultas bajo el picaporte del portón blindado. La emoción te invade, mientras entras en la sala que estaba sellada... Sigue en la SECCIÓN 970.

SECCIÓN 354

Tras deambular por el muelle durante largo tiempo, la intriga se apodera de ti al constatar la evidencia: el *Rompeaires* se ha esfumado. Ya no está amarrado en el Puerto Oeste. "Vaya... ¿Qué habrá sido del barco?", dices para tus adentros.

Tratas de investigar algo sobre el navío desaparecido preguntando a marineros, operarios y otros transeúntes que a estas horas se afanan en el concurrido muelle, hasta que constatas que no hay manera de averiguar dónde se encuentra el barco en estos momentos.

No hay forma de seguir indagando aquí, afortunadamente ya dispones de los papeles que pudiste rescatar y no tienes tiempo que perder. Debes continuar con tu exploración de la ciudad. *Puedes continuar con tu investigación en otro lugar del mapa.*

SECCIÓN 355

Nadas torpemente hacia la barcaza, pero tragas bastante agua sin lograr alcanzarla. *Pierdes 1D6 PV y debes repetir de nuevo la tirada sumando tu Destreza (si tienes la habilidad especial de Nadar, suma +3 extra al resultado):*

- *Si el resultado está entre 2 y 5, pierde 1D6 PV adicionales y vuelve a repetir la tirada.*
- *Si está entre 6 y 12, pasa por fin a la SECCIÓN 628.*

SECCIÓN 356

No vas a poder sacar información adicional acerca de los hebritas y crees que el monje comienza a incomodarse por tanta pregunta. Te despides amablemente y agradeces la atención prestada. *Puedes continuar con tu investigación en cualquier otro lugar del mapa.*

SECCIÓN 357

Ante ti tienes a un rival delgado y escurridizo. Su mirada es traidora y sibilina y la punta de su cimitarra tiene un color negro que no te gusta nada. *Lucha por tu vida contra este traicionero azafio.*

AZAFIO MAESTRO DE PONZOÑAS   Ptos. Combate: +5   PV: 28

Nota para el combate: *cada vez que recibas un ataque que te cause heridas, tienes que lanzar 2D6 de inmediato. Si el resultado de esa tirada es de 2, 3 o 4, el veneno impregnado en la cimitarra de tu rival penetrará en tu cuerpo, en cuyo caso, ve directo a la SECCIÓN 329 sin seguir peleando.*

- *Si vences, pasa a la SECCIÓN 45.*
- *Si caes derrotado, ve a la SECCIÓN 329.*

SECCIÓN 358   +33 P. Exp.

Aún aturdido, escuchas la conversación que mantienen dos burócratas que observan a la comitiva y que están cerca de vosotros. Sus palabras constatan la ira creciente de los gomios hacia sus antiguos aliados tirranos. Hasta tal punto esto es así, que sitúan la guerra contra los aquilanos como algo de segundo orden.

Además, se quejan de que, al parecer, Sir Ánnisar (el gemelo recién llegado) no ha sido autorizado por Wexes a comparecer en el próximo Consejo para evitar agravio comparativo hacia el consejero tirrano, ya que Gomia ya queda legalmente representada, al igual que Tirrana, con su Legado consejero. Sin embargo, Ánnisar sí ha sido invitado a la cena de gala en homenaje de la Madre del Emperador, que se celebrará en los Jardines Imperiales *(el día 20 del contador de tiempo)*. El Imperio está en claro peligro con tantas disensiones internas.

De pronto, tomas conciencia de que es peligrosísimo estar aquí con ese maldito cofre a cuestas. Los gomios se tomarían la justicia por su propia cuenta en caso de revelar su contenido y acabarían con tu vida y la de tus amigos a saber de qué cruenta forma.

Pones tierra de por medio mientras tratas de atar cabos. Deben de ser trillizos. Primero, el caballero gomio que viste cuando aún no habías iniciado la búsqueda del cofre en el bosque de Táblarom (el que estaba persiguiendo junto a sus hombres al tipo de mirada zorruna que más tarde intentó asesinarte en varias ocasiones); segundo, el desgraciado heredero cuya cabeza ha acabado en tu cofre; por último, Sir Ánnisar, el tercero en discordia que acaba de hacer acto de presencia. *Puedes continuar con tu investigación en cualquier otro lugar del mapa.*

SECCIÓN 359

Lucha por tu vida en este infernal combate.

AZAFIO 1	Ptos. Combate: +4	PV: 22
AZAFIO 2	Ptos. Combate: +6	PV: 27
AZAFIO 3	Ptos. Combate: +5	PV: 25
AZAFIO 4	Ptos. Combate: +5	PV: 28
AZAFIO 5	Ptos. Combate: +5	PV: 24
AZAFIO 6	Ptos. Combate: +5	PV: 28
AZAFIO 7	Ptos. Combate: +6	PV: 30
AZAFIO 8	Ptos. Combate: +7	PV: 33

- *Si vences en este cruento combate, <u>pasa a la SECCIÓN 235</u>.*
- *Si caes derrotado, <u>ve a la SECCIÓN 911</u>.*

SECCIÓN 360

A la desesperada, tratas de localizar al escriba del Consejero, el enlace de Mattus en toda la trama y al que el propio librero había contactado para concertar tu cita con Tövnard. Media hora después estás ante Élvert, un hombre de mediana edad, calvicie avanzada, panza algo prominente y mirada preocupada.

En una corta conversación con el escriba, descubres que Tövnard ha sido enviado en misión diplomática a la lejana región de Valdesia, al oeste del mar de Juva. Al parecer, el Consejo de Tol Éredom ha designado a Tövnard para exigir explicaciones a los dirigentes silpa de esa zona, responsables de la traición del acuerdo firmado con el Emperador Wexes. En dicho acuerdo, mercenarios aportados por los inquietantes silpas debían luchar en esa región de Valdesia en favor de los wexianos y contra la facción partidaria de Aquilán. Pero los silpas habían roto unilateralmente el pacto aprovechando la debilidad del Emperador y una vez exprimidos sus recursos. Los traidores abandonaron, así pues, el conflicto y se apoderaron de la desprotegida zona de Sífrex, una franja de territorio al sudoeste de Valdesia.

En palabras del escriba, parte del Consejo de Tol Éredom venía presionando a Wexes desde hacía un tiempo para que éste no cediera ante los silpas. Según su opinión, había que presionarles por la afrenta sufrida, dado que es vital no socavar la imagen del Imperio y dar muestras de debilidad por parte del Emperador. Mostrar fortaleza evitaría, según su postura, que las naciones indecisas o neutrales en el conflicto, acabaran sumándose a la facción de Aquilán, el aspirante conspirador al trono, o que directamente atacaran por su propia cuenta al Imperio robándole tierras como había ocurrido con potencias exteriores como los silpas en Valdesia y el Patriarcado de Sahitán en la sureña Azâfia.

Sin embargo, según comenta Élvert, también había consejeros que consideraban más importante focalizar los esfuerzos en los aquilanos y en calmar los ánimos de gomios y tirranos, en un claro conflicto interno en escalada. Para estos otros consejeros, el asunto de los inquietantes silpas podría dejarse para más adelante, aunque esto conllevase asumir esa imagen de cierta debilidad por parte de Wexes.

Tras escuchar atentamente la explicación del escriba, intentas ser más incisivo y averiguar más acerca de este asunto del Consejo. Por ello, te decides a preguntarle. Haz una tirada de 2D6 y suma tu modificador de Carisma (si tienes la habilidad especial de Negociador, suma +2 extra al resultado):

- *Si el resultado total está entre 2 y 6, pasa a la SECCIÓN 310.*
- *Si está entre 7 y 12, ve a la SECCIÓN 433.*

SECCIÓN 361

El maldito anciano parece saber algo. Ha cambiado su gesto al escuchar tu pregunta sobre la Hueste de los Penitentes. Pero parece no querer cantar. Te ves sin tus raciones de comida y sin tus respuestas. No es el lugar ni el momento para enzarzarte con ese desgraciado, sobre todo teniendo tantos guardias cerca. No tienes más remedio que largarte y tratarlo de nuevo en otro momento. *Recuerda restar las raciones de comida de tu inventario y puedes continuar con tu investigación en cualquier otro lugar del mapa.*

SECCIÓN 362   +10 P. Exp.

Tras un tiempo que no podrías precisar con exactitud, fruto de la tensión vivida, lográis alcanzar un punto que consideráis seguro para volver a tierra. Habéis dado un largo rodeo para desaparecer de la vista de vuestros rivales. Siguiendo el plan de Zanna, les habéis hecho ver que os dirigíais al Puerto Este (el que está en el lado opuesto de la ría), donde seguramente habrán enviado efectivos para esperaros. Pero, tras cruzaros con un par de barcos mercantes que salían de ese puerto, os habéis pegado a ellos ocultándoos de cualquiera que estuviera siguiendo vuestra ruta con la vista. Finalmente, habíais retornado hacia poniente para alcanzar tierra no muy lejos de la muralla de la ciudad, en el extremo sur del barrio del Puerto Oeste, bastante alejados de donde se encuentra amarrado el *Rompeaires*.

Sin tiempo para el descanso, ante la mirada atónita de quienes os ven salir empapados y heridos de la barcaza, os dirigís por fin hacia el entramado de estrechas callejuelas que os permite alejaros de la escena.

Corres como un poseso atravesando las múltiples intersecciones que encuentras en este barrio atiborrado de suciedad, olor a pescado y gentes humildes. Es Jinni quien encabeza la marcha. El juvi da la sensación de conocer bien estas calles, o al menos desprende una gran seguridad mientras avanza sin descanso. *Continúa en la SECCIÓN 336.*

SECCIÓN 363

Sobre la sociedad que conforman Elavska, Viejo Bill y los suyos, Zanna te comenta la información que conoce.

- Se hacen llamar la *Compañía de la Espada Esmeraltada*. Un nombre un tanto cursi, más propio de bardos y poetas, opinión personal que hice saber a Elavska las ocasiones que teníamos para conversar haciendo tiempo en vuestra espera. Ella me dijo que los versos de su Compañía no se escriben con tinta como los de los poetas, sino con la sangre de sus bravas espadas mercenarias, afirmación que no me atreví a negar, si todos sus miembros eran tan aguerridos como ella – dice Zanna con una mirada triste al rememorar a la decidida amazona.

- Ese nombre encaja a la perfección con el tatuaje que vi en varios miembros de esa sociedad, una espada en llamas sobre una llamativa esmeralda – añades.

- Normalmente todos los mercenarios llevan tatuado el emblema de su compañía como prueba de que no podrán jamás traicionar a la organización que les paga. ¿Qué mejor manera de asegurar un juramento, que tatuarlo sobre la propia piel? – interviene Gruff haciendo alusión a conversaciones de taberna en las que alguna vez ha participado y en la que este aspecto se ha comentado.

- Ese es el objeto inicial, Gruff, aunque en los tiempos actuales, ese viejo código ya no es tan respetado. Parece que se hace la vista gorda e incluso se promueve en algunas compañías mercenarias de nueva formación la captación de topos y desertores como fuente de información para espiar a la competencia. Son tiempos traicioneros sí. Hasta la propia Guardia Meribriana nos ha traicionado – indica la chica recordando el asalto en el barco del que habéis huido.

- ¿Tienes algo más que añadir sobre la *Compañía de la Espada Esmeraltada*, Zanna? – preguntas.

- Debes saber que se trata de una compañía mercenaria con una trayectoria respetada en buena parte del Imperio, sobre todo en las costas bañadas por el mar de Juva en todos sus puntos cardinales. Pero actualmente está en horas bajas, por lo que pude saber de palabras de la propia Elavska cuando me gané su confianza. El aumento de la competencia era una causa, el envejecimiento de sus dirigentes (la mayoría ya apartados del trabajo de campo) era otro motivo, algún impago de elevada cuantía se sumaba al cóctel y finalmente las grandes pérdidas sufridas por su Compañía durante el encargo del Gremio de Prestamistas, acababan de ennegrecer todas sus cuentas.

- ¿Grandes pérdidas durante el encargo del Gremio? ¿Qué sabes de esto? – preguntas.

- Efectivamente. Elavska me comentó que habían sufrido muchas bajas durante el asalto a la partida de soldados del heredero de Gomia, al norte del bosque de Táblarom y en pleno Camino del Paso, cuando los gomios marchaban al oeste en ayuda de los tirranos frente al enemigo aquilano apostado en el país de Grobes. En dicho ataque, en el que los compañeros de Elavska iban disfrazados de soldados tirranos para hacer ver una traición de Tirrana que no existía, los gomios se defendieron con uñas y dientes y hasta la última gota de sangre, provocando la muerte de considerables miembros de la compañía mercenaria, muchos de ellos de la mayor valía y experiencia, como Elavska me dijo después. Estaba claro que su compañía había apostado fuerte por nuestro encargo por las fuertes sumas de dinero en juego que podrían reflotar las dañadas cuentas de la *Compañía de la Espada Esmeraltada* – explica Zanna.

- Has comentado que Elavska se quejaba del aumento de competencia… - dices.

- Así es. Al igual que ellos, hay otras compañías trabajando para otras facciones políticas o grupos de poder en muchas partes del Imperio. Y todas compiten para captar las mejores espadas, máxime cuando hay tanto empleo disponible para un mercenario en estos tiempos de guerra donde tienen más trabajo, incluso, que las prostitutas – contesta Zanna.

- De ahí que fuera doblemente terrible para ellos perder tantos hombres valiosos en el ataque al heredero de Gomia – añades con el asentimiento de la chica.

Dándote por informado respecto a este asunto, decides cambiar de tema.

- *"Entendido. Me gustaría seguir preguntándote más cosas". - <u>Ve a la SECCIÓN 850</u>.*

SECCIÓN 364

Tras el espectacular triunfo en combate, corres como un condenado, seguido por tus compañeros, hacia la seguridad que os ofrecen las callejuelas aledañas al puerto.

Has logrado escapar del *Rompeaires* con vida y además tu misión ha sido completada con éxito. No has dado con Sígrod, pero tienes los comprometidos contratos que hubieran truncado toda esperanza de victoria en caso de haber sido descubiertos por tus enemigos antes de que tú lo consiguieses.

Si tienes la habilidad especial de Robar, puedes hacer un registro rápido de tus rivales abatidos para hacerte con 30 CO y una pócima curativa de 2D6 PV (ocupa 1 VC), antes de salir corriendo. <u>Ve a la SECCIÓN 386</u>.

SECCIÓN 365

- *Si tienes la pista DOC, <u>ve a la SECCIÓN 354</u>.*
- *Si no tienes esa pista, <u>pasa a la SECCIÓN 432</u>.*

SECCIÓN 366 – Anota la pista HDP y suma 15 P. Exp.

Cuando ya estás a punto de darte por vencido, de pronto, un pergamino te llama la atención por lo extraño de su contenido. No es un documento económico como la mayoría del resto. Es un escrito sellado con el emblema del Banco Imperial, extrañamente de naturaleza judicial, en el que constan varias sentencias de muerte que han sido conmutadas a cambio de que los desgraciados que ahí aparecen pasen a servir como hombres de armas en una organización etiquetada con las siglas "H. P.".

La curiosidad por el hallazgo te corroe. ¿Qué significa eso? Escuchas unos pasos que se acercan. Tienes que regresar de inmediato a tu asiento…

- *Si tienes la pista JEE, ve a la SECCIÓN 81.*
- *Si no la tienes, sigue en la SECCIÓN 18.*

SECCIÓN 367

La suerte no está contigo. Te desesperas por el tiempo perdido, aunque no descartas del todo seguir intentándolo, ya que has venido hasta aquí.

Nota de juego antes de seguir leyendo: *anota en tu ficha que has consumido una nueva localización extra. Si ya no te quedaban localizaciones por anotar hoy, entonces resta una de las que puedas visitar mañana.*

- *Si quieres seguir probando suerte con la esperanza de encontrar a alguien que te atienda, ve a la SECCIÓN 135.*
- *Si crees que ya has perdido bastante tiempo y prefieres largarte, puedes continuar con tu investigación en cualquier otro lugar del mapa.*

SECCIÓN 368

No son pocos los que en las murallas trabajan como esclavos pagando sus delitos y penas. Anti ti tienes una buena cantidad de ellos. También ves cómo una buena dotación de la Guardia Eredomiana, la guarnición permanente de la ciudad, vigila atentamente los movimientos de estos cansados operarios dirigidos por maestros canteros y oficiales libres de la construcción venidos de todos los rincones del Imperio.

- *Si tienes la pista HIC, puedes ir a la SECCIÓN 640.*
- *Si tienes la pista JEE y además el contador de tiempo de tu investigación es de 6 o más días, puedes ir a la SECCIÓN 899.*
- *Si tienes la pista JEE, pero el contador de tiempo de tu investigación es de 5 o menos días, puedes ir a la SECCIÓN 323.*
- *Si tienes la pista DKA, puedes ir a la SECCIÓN 419.*

- *Si no tienes ninguna de las pistas anteriores o no deseas hacer uso de ninguna de ellas ahora, sigue en la SECCIÓN 323.*

Nota: *si tienes tanto la pista HIC como la JEE y/o la DKA, elije por cuál de ellas te decantas ahora de cara a seguir con tu investigación, aunque siempre puedes volver a esta localización y elegir otra.*

SECCIÓN 369

Tras la fiesta, Su Santidad Hërnes Pentûs se dirige, acompañado por su escolta personal, a un lugar que no esperabas. Se adentra en un burdel y se entrega a los placeres de la carne, ajeno totalmente al asunto que te preocupa. Así pues, nada tiene que ver con el asesinato de Mattus ni con el secuestro de Sígrod.

Has tomado una decisión fatal, pero por fortuna no te has alejado mucho en tu persecución. Vuelves sobre tus pasos intentando, de forma desesperada, dar con el resto de comensales antes de que éstos se hayan alejado demasiado de los jardines donde se ha celebrado la cena.

- *Si no tienes la pista CUC, ve a la SECCIÓN 915.*
- *Si ya tienes esa pista, ve a la SECCIÓN 840.*

SECCIÓN 370

Jinni recaba ayuda para vuestra misión. No habéis rescatado todavía esos papeles ocultos en el barco y el tiempo apremia.

*Además de recuperar ahora mismo 1D6 PV, **durante lo que resta del día de hoy y los dos días siguientes**, el fiero enano que guardaba la sede os acompañará como refuerzo en vuestras andanzas. Anótalo en tu ficha de personaje. Mientras esté contigo estos días, el enano te ofrece un bonificador de +3 a todas tus tiradas en la tabla de combate. Por ejemplo, si sacas un 6 en la tirada, será un 9 el resultado a aplicar para ese golpe (mirarás la fila 9 en lugar de la fila 6 de la tabla de combate, dentro de la misma columna en la que estuvieras tras haber calculado la diferencia de puntos de combate entre tú y el rival contra el que te enfrentes).*

Puedes continuar con tu investigación en otro lugar del mapa.

SECCIÓN 371

¡Bravo! Has conseguido encontrar uno de los 3 ingredientes que necesitas para elaborar la pócima de evasión que te permite escapar automáticamente de los encapuchados negros que te persiguen por toda la ciudad. Recuerda los efectos de juego de esa pócima en la SECCIÓN 872.

Anota en tu ficha el INGREDIENTE A y anota también que, cuando consigas los otros dos ingredientes, podrás disfrutar ni más ni menos que de 12 dosis. Además, resta 3 CO que es el coste de este ingrediente.

Nota 1: Estas dosis sólo pueden ser empleadas durante los próximos 3 días dado que los efectos de sus ingredientes se pierden con el paso del tiempo, así que intenta conseguir hoy mismo el resto de ingredientes para no perder días de uso de este ingrediente que acabas de conseguir, lo que provocaría que perdieras días de uso del resto de ingredientes (al elaborar la pócima debes usar a la vez todos los ingredientes de los tres tipos que tengas, así que, si uno de ellos lo compraste, por ejemplo, un día antes que los otros dos, entonces solo dispondrás de 2 días para hacer uso de la pócima).

Nota 2: cuando se acaben las dosis y siempre que el contador de tiempo sea igual o inferior a 16 días, puedes volver a la Feria para comprar de nuevo los 3 ingredientes y disponer así de 12 nuevas dosis.

Recuerda que estabas en el hexágono F2. "Puedes seguir explorando la Feria en la SECCIÓN 413".

SECCIÓN 372

Durante las siguientes horas, puedes abandonarte a los placeres de la carne y evadirte de tu realidad a costa del chico o la chica que, para darte placer, te venda su cuerpo. *Si te lo replanteas y piensas que lo mejor es no hacerlo, vuelve a la SECCIÓN 811. En caso contrario, culminas y sigue leyendo...*

Al menos crees haber tratado bien a tu compañero/a de cama, incluso en algunos momentos has pensado que disfruta y que está en este lugar por vocación y placer. *Al acabar, resta 18 CO de tu inventario y haz una primera tirada de 2D6:*

- *Si el resultado está entre 2 y 5, tu compañero/a de cama te ha contagiado una enfermedad infecciosa que hace que tus puntos de vida máximos disminuyan en 5 PV (es decir, si por ejemplo podías llegar a tener 25 PV ahora sólo podrás llegar a tener 20 PV como máximo). Para curarte de esta enfermedad y dejar de tener estos efectos, debes recibir la asistencia médica de un físico y curarte al menos de 1 PV en esa sanación que recibas.*
- *Si el resultado es de 6 o más, afortunadamente no serás contagiado.*

Ahora haz otra tirada de 2D6 y suma tu Carisma para ver el grado en que has disfrutado y has hecho disfrutar a tu compañero/a de cama:

- *Si el resultado está entre 2 y 5, suma 20 P. Exp.*
- *Si está entre 6 y 8, suma 30 P. Exp.*

- *Si está entre 9 y 12, suma 40 P. Exp., ya que habrá sido una experiencia sublime.*

Haz las anotaciones oportunas en tu ficha de personaje, anota una localización extra visitada en el día de hoy por la duración de tu encuentro lujurioso y vuelve a la SECCIÓN 811.

SECCIÓN 373   +14 P. Exp.

Wexes ha dado las órdenes pertinentes y librado los fondos necesarios para poner en marcha su Gran Proyecto, que prevé empezar en un año. Ha decidido ampliar considerablemente la superficie edificada de la ciudad y quiere añadir una nueva muralla mucho más al interior de la lengua de tierra que ocupa Tol Éredom, intentando dejar dentro de la ciudad a sus granjas y arrabales. El nuevo recinto amurallado por tierra tendrá varios kilómetros de longitud, lo que le pareció una exageración a quienes contemplaron los esquemas de las obras. La idea del Emperador es incluir tierras de cultivo y granjas dentro del espacio protegido, además de una gran zona para el ejército, que ya no tendrá que acampar en las llanuras (salvando a las tropas de la Guardia Eredomiana que protegen al Emperador, que actualmente ya están asentadas en la fortaleza de la guarnición de la ciudad, *localización L1 del mapa*).

De esta forma, la superficie que ocuparía la nueva ciudad sería varias veces superior a la actual. Hasta el lugar se están desplazando los mejores canteros e ingenieros del Imperio. Se pretende transportar hasta allí a más de siete mil hombres para que lleven a cabo las tareas más duras de construcción, a cambio de evitar alistarse en el ejército para marchar al frente en la Guerra Civil Sucesoria (se prevén más de siete años de trabajos sin descanso).

También se están trayendo piedras y materiales de todos aquellos edificios que se encuentran en ruinas o en desuso. Otra importante cantera de materiales serán los templos paganos, que están siendo abandonados paulatinamente ante el creciente impulso de la nueva religión Domatista Wexiana. Por último, está emergiendo una industria floreciente de tráfico de materias primas entre las Brakas y aldeas limítrofes y la capital, como comprobaste de primera mano al conocer a esos canteros con los que penetraste en la ciudad por primera vez.

Así pues, a diferencia de Tirrana o Gomia, en Tol Éredom no se están reclutando hombres a la fuerza para ir a la guerra, sino para trabajar en sus defensas... *Pasa a la SECCIÓN 368.*

SECCIÓN 374

Enseguida constatas que en el código de Wolmar y sus hombres no cabe la liberación de Viejo Bill, ni mucho menos.

- Los dos mercenarios serán juzgados por lo ocurrido. En función de sus argumentos, quizás encuentren la piedad del jurado o pagarán con creces por los crímenes cometidos.

No obstante, el líder gomio, viendo la mirada afligida que diriges hacia el viejo, te deja una puerta abierta que no esperabas. *Ve a la SECCIÓN 475.*

SECCIÓN 375   +7 P. Exp.

Acabas con tu rival con notable solvencia y, junto a Jinni (que ha logrado zafarse de sus dos oponentes encapuchados con una hábil finta), corres tras Gruff y Zanna. Tu amigo y la chica han logrado ganar unos metros de ventaja tras dejar casi inconsciente al azafio que les había hecho frente. Por tanto, ahora sólo dos encapuchados, de los seis enemigos que os aguardaban al pie de la rampa, están en disposición de perseguiros en dirección a las estrechas calles del barrio del puerto, lugar hacia el que os dirigís a la desesperada ante la mirada atónita de los muchos transeúntes que circulan a plena luz del sol por esta zona. *Ve a la SECCIÓN 919.*

SECCIÓN 376

No tienes nada más que hacer en la mansión de Tövnard, así que poco más averiguas aquí. Recuerdas que estás citado para la cena de gala en honor del cumpleaños de la madre del Emperador, a la que podrías acudir como uno de los invitados. Sólo te queda seguir investigando en la ciudad y esperar al día de ese evento, yendo al lugar donde éste va a celebrarse *(día 20 del "contador de tiempo de la investigación" en los Jardines Imperiales de la localización L83 del mapa). Puedes continuar con tu investigación en cualquier otro lugar del mapa.*

SECCIÓN 377

Desde tu posición, compruebas que el semblante del Emperador no es ni mucho menos tranquilo o distendido como se pudiese esperar en un evento como éste, en el que se homenajea a su madre con grandes festejos. Tratas de averiguar algo sobre Wexes propiciando una aparente conversación sin trascendencia con los comensales que están cerca de ti.

Lanza 2D6 y suma tu modificador de Carisma (si tienes la habilidad especial de Don de gentes, suma +1 al resultado):

- Si el resultado está entre 2 y 6, no logras que tus comensales se involucren en tu conversación y *vuelves a la SECCIÓN 786.*
- Si el resultado está entre 7 y 12, *ve a la SECCIÓN 41.*

SECCIÓN 378

El hermano gemelo del heredero asesinado de Gomia vierte incisivos discursos intentando hacer saltar al Legado de Tirrana, quién aguanta como puede la compostura haciendo uso de todo su entrenamiento en el arte de la diplomacia. El impetuoso gomio muestra una gran seguridad en sí mismo y una firme determinación, pareja a la de la mismísima Déuxia Córodom.

Analizas sus gestos y palabras con detenimiento, tratando de entender lo máximo posible a pesar del gran ruido y alboroto que te envuelve. Pero todo parece pararse de pronto y se te congela la sangre cuando, a mitad de uno de sus incendiarios discursos contra Tirrana, Sir Ánnisar cruza su mirada contigo manteniéndola durante unos segundos.

Tratas de mantener la compostura como sea, ya que aún llevas el cofre contigo con la cabeza amputada del hermano gemelo del hombre que te mira… *Ve a la SECCIÓN 769.*

SECCIÓN 379 – Anota la Pista ZGA y suma 20 P. Exp.

Un inesperado reparo te atenaza. Sientes que no puedes seguir adelante con esto, a pesar de las tremendas ganas que te impulsan a ello. Una corriente fría te invade de la cabeza a los pies cuando tu subconsciente asimila tu decisión de rechazar a esa sensual dama. En un principio, ella parece no darse cuenta y sigue descubriendo su grandioso cuerpo con esas curvas de infarto. Pero, de pronto, parece percibir que algo no va bien, clava sus penetrantes ojos en ti y hace una mueca que no podrías describir bien. Quizás frustración, puede que fastidio o simplemente decepción…

No es necesario hablar con ella. Su experiencia no requiere de explicaciones. Sintiéndote como un perdedor, ves cómo Elaisa comienza de nuevo a vestirse… No es tu mejor momento, pero hay algo dentro de ti que aplaude tu decisión… "¿Será la parte de mí que no estaba aquí sino con Zanna?" **Recuerda anotar la pista ZGA** y *sigue en la SECCIÓN 467.*

SECCIÓN 380 – Anota la Pista MOC

Impelidos por la euforia que les otorga el alcohol, los chavales te hablan sin tapujos de la opinión que les merecen los seguidores de *"Las Ratas"*, sus enemigos en el Torneo pero también, por lo que descubres, rivales en terrenos que van más allá de esa competición.

Los mozos echan pestes de *"Las Ratas"* y de toda esa clase social a la que representan: los estratos bajos económicos, en su mayoría de la etnia chipra, inmigrantes y gente de baja calaña o, en su opinión, de poco fiar. Con gran desprecio en sus palabras, catalogan a éstos como perezosos y poco productivos, ridiculizando sus conocidas asambleas que duran horas en una de las tres grandes plazas de la ciudad *(localización L21 del mapa -> SECCIÓN 982)*. Añaden que sus rivales están más dedicados a apalear a hebritas, a reclamar con resquemor por sus derechos o a perseguir a los aquilanos, que no en producir como hacen las gentes de honor como ellos, máxime cuando la Guerra está minando el comercio, la fuente de prosperidad que hay que salvar y potenciar en tiempos de crisis.

Descubres que esta opinión es compartida por la práctica totalidad de los seguidores de *"Los Cerdos"* que, en estos momentos, atestan éste y otros locales aledaños esperando con gran expectación la llegada del Torneo que pronto va a celebrarse en honor del cumpleaños de la Madre del Emperador. Unos fanáticos seguidores que son, principalmente, miembros de la clase social de los mergueses y algún que otro burócrata o pequeño artesano. Aunque también en sus filas se cuentan muchos que no ostentan la propiedad ni la dirección de los negocios, pero que sí trabajan en ellos; gentes que han alcanzado ciertas dosis de bienestar y holgura económica según sus cargos y la riqueza de su patrón, formando parte de lo que podría catalogarse como una incipiente clase media que trata de escapar de la miseria en la que están inmersos otros estratos sociales.

Así pues, tus deducciones te llevan a catalogar al Torneo, y por ende a la rivalidad entre *"Las Ratas"* y *"Los Cerdos"*, como una vía de escape para la ira y el odio entre clases. Una forma de evacuar estos viscerales sentimientos sin llegar a la violencia o, al menos, intentando que ésta se canalice a través de esta competición deportiva, donde es verdad que se han vivido considerables episodios de peleas, aunque siempre limitados al entorno del propio Torneo. Siempre es mejor esto que no a través de una revuelta social sangrienta en las propias calles de la capital del Imperio.

De fondo, por tanto, hay una profunda lucha de clases que pugnan por presionar al Emperador y su Consejo. Unos por dar más derechos a los estratos sociales más bajos y otros partidarios de fomentar el libre comercio y el flujo del capital mercantil. ***Recuerda anotar la pista MOC y sigue en la SECCIÓN 597.***

SECCIÓN 381

El delgado monje comenta que los hebritas no levantan especial cariño entre los de su orden, como es obvio, ya que casi ninguno de ellos profesa el domatismo como fe. Añade que todavía muchos monjes wexianos sienten cierto complejo de inferioridad respecto al Hebrismo, que ha sido durante largos siglos la religión oficial del Imperio, así que necesitan desterrar ese complejo y tratan de empequeñecer el culto hebrita todo lo que pueden. Sin embargo, añade que él en particular no siente ningún odio especial hacia los hebritas y que reconoce su aportación mercantil y económica al Imperio. *Sigue en la SECCIÓN 356.*

SECCIÓN 382

La mujer está especialmente habladora. Es evidente que la alegría la desborda. Es relevante constatar que sabe muchas cosas de lo que sucede en el Consejo que gobierna la ciudad y el Imperio, así que la tiras de la lengua para saber más de dicho órgano de gobierno y de los componentes que lo conforman. Para ti es importante conocer la postura de sus miembros respecto a la causa hebrita para la que estás trabajando...

*Ve a la SECCIÓN 487 para conocer los detalles del Consejo de Tol Éredom pero, al acabar de leer aquella sección, **NO VAYAS a las secciones siguientes a las que te lleve**. En lugar de eso, continúa tu investigación visitando otra localización del mapa (o sea, que puedes continuar con tu investigación en cualquier otro lugar del mapa).*

SECCIÓN 383

Te diriges a toda prisa hacia la pasarela que permite alcanzar el muelle. Por fortuna, puedes bajar por la rampa sin que ningún enemigo te descubra y te alejas corriendo como un condenado, seguido por tus compañeros, hacia la seguridad que os ofrecen las callejuelas aledañas al puerto. Has logrado escapar del *Rompeaires* con vida y además tu misión ha sido completada con éxito. No has dado con Sígrod, pero tienes los comprometidos contratos que hubieran truncado toda esperanza de victoria en caso de haber sido descubiertos por tus enemigos antes de que tú lo consiguieses. *Ve a la SECCIÓN 386.*

SECCIÓN 384

- ¿Qué habrá sido de Sígrod? ¿Crees que estos bandidos habrán acabado con su vida? – preguntas.

- No creo, Sígrod vale más vivo que muerto. Estarán buscando que revele lo que sabe, aunque pronto comprobarán que Sígrod es tozudo como él sólo y que les va a costar arrebatarle cada palabra. Tenemos que encontrarle cuanto antes. Averiguar cómo llegar hasta él y liberarle – remata Zanna mirándote a los ojos sin pestañear.

Qué deseas tratar ahora.

- *"¿Quiénes estarían interesados en atacar a Sígrod y quedarse con el cofre que aún llevo conmigo? ¿Sabes quiénes podrían estar detrás del asalto que sufrimos ayer?" - Ve a la SECCIÓN 275.*
- *"Me gustaría saber más acerca de la Guardia Meribriana. En particular, ¿quién es ese monstruo gigante que golpeó a Sígrod y trató de llevárselo tras dejarlo inconsciente?" - Ve a la SECCIÓN 752.*
- *"Cambiemos de asunto". - Ve a la SECCIÓN 850.*

SECCIÓN 385 – Anota la Pista RIZ y suma 15 P. Exp.

Mientras tus compañeros vigilan que nadie se acerque, te dispones a registrar el saco que contiene ese inquietante bulto.

Controlando tus nervios, desatas el nudo y descubres el contenido. Es lo que ya sospechabas. Un cadáver aún caliente. Te quedas totalmente descolocado cuando descubres que viste túnicas propias de un monje. El emblema bordado en su pecho delata sus creencias. Ves un sol radiante atravesado verticalmente por una espada de doble filo, la insignia del domatismo en su rama wexiana. El cadáver está despojado de todos sus bienes y no puedes averiguar nada más inspeccionándolo. No das crédito a lo que ven tus ojos. ¿Quién se atrevería a asesinar a un hombre de fe, a un representante de la religión oficial del Imperio?

Tendrás que conformarte con lo averiguado y continuar con tus pesquisas en otro lugar de la ciudad, o acercarte al puesto de guardia que hay cerca de los muelles y dar parte de lo que has visto. ***Recuerda anotar la pista RIZ.***

- *Si crees que lo mejor es marcharte de aquí, puedes continuar con tu investigación en cualquier otro lugar del mapa.*
- *Si optas por dar parte de lo sucedido a los guardias del puerto, ve a la SECCIÓN 631.*

SECCIÓN 386

- ***Si tienes** la pista JUJ **y también tienes** la pista RXS, **pero no tienes** la pista JEE, ve a la SECCIÓN 990.*
- *En cualquier otro caso, puedes continuar con tu investigación en otro lugar del mapa.*

SECCIÓN 387

El tal Hóbbar se recrea en sus alegatos contra *"Las Ratas"* y todo lo que representan e incide en la necesidad de reducir el poder del sindicato de los chipras. Una organización que, en su opinión, no hace más que estorbar e interferir en el correcto crecimiento mercantil de Tol Éredom, además perpetrando crímenes contra colectivos económicos importantes como los hebritas. Varias rondas de cervezas después, el tipo te confiesa que hay un asunto que actualmente está enturbiando el feliz momento económico que vive... y precisamente no es la Guerra ni la incertidumbre política, sino algo mucho más mundano: cree que su joven mujer le está engañando (lo que por otro lado, según admite, él también hace con furcias y rameras). Lo que no puede soportar no es el hecho en sí, sino con quién sospecha que se acuesta. Desconfía de un joven forastero al que alquila, precisamente, una de las varias viviendas que tiene como propiedad en la capital. Lo peor de todo es que el apuesto inmigrante tiene retrasos en el pago de las últimas mensualidades y "su maldita esposa" lo defiende, lo que le hace sospechar.

Sea fruto de la paranoia o de la inseguridad, o realmente con fundamento cierto, el caso es que Hóbbar parece estar afectado por este asunto, lo cual para ti es una oportunidad cuando éste te ofrece investigar la cuestión y darle respuestas. A cambio, dice que puede presentarte personas influyentes, contactos de su círculo que te permitirán progresar. Le has caído bien y pareces tener sus mismos principios *(ya te has asegurado bien de asentir a todos sus alegatos políticos y sociales)*. Te comenta que le recuerdas a sus tiempos mozos, cuando era un simple aprendiz de artesano que no dominaba los secretos del oro y del capital...y desea ayudarte *(aunque para ti piensas que es más bien el asunto de su esposa y su desesperación lo que le muevan a requerirte, en lugar de sus deseos de ayudarte por tu aparente afinidad)*.

- *Si te ofreces a investigar el asunto y espiar a la joven esposa de Hóbbar, ve a la SECCIÓN 957.*
- *Si te disculpas, agradeces el rato de charla y comentas que tus obligaciones te impiden involucrarte, pasa a la SECCIÓN 500.*

SECCIÓN 388

Estás en la cubierta del *Rompeaires* tras haber superado el escollo de los centinelas que guardaban la rampa de acceso. Por suerte, no hay nadie aquí arriba. Tu corazón bombea descontrolado por la tensión del momento...

- *Si tienes la pista DCX, ve a la SECCIÓN 711.*
- *Si no tienes la pista DCX pero sí tienes la NOC, ve a la SECCIÓN 510.*
- *Si no tienes la pista DCX y tampoco la pista NOC, ve a la SECCIÓN 27.*

SECCIÓN 389

*Estás en la localización L73 del mapa **(si ya has estado antes en esta localización, no sigas leyendo y ve a otro lugar del mapa)**. Antes de seguir, anota en tu ficha que has visitado un nuevo lugar hoy (recuerda que puedes ir a un máximo de 4 sitios cada día; uno menos si anoche te alojaste en la librería de Mattus). No vas a tener que realizar ninguna tirada de encuentros con tus perseguidores para esta localización en concreto.*

Se rumorea que la pequeña y comercial Tarros apoya de forma encubierta a Aquilán, dado que le es de interés mantener su autonomía frente a cualquier pretensión de anexión por parte del Imperio. Al parecer, esta colonia a orillas del mar de Juva, en su extremo oeste, favorece el tránsito de los ejércitos aquilanos a través de sus territorios, puertos y ciudades, aunque no toma parte directa en el conflicto, conocedora de su humilde fuerza militar y la importancia de sus relaciones mercantiles a lo largo y ancho del mar de Juva. Por todo ello, sus diplomáticos y funcionarios atienden de forma amable a todo aquél que visite su Embajada y tenga algo interesante que comentarles.

Anota en tu ficha que ya no puedes volver a visitar esta localización *y haz una tirada de 2D6 sin aplicar ningún modificador de característica de tu PJ (pero suma +2 si tienes la habilidad especial de Negociador):*

- *Si el resultado está entre 2 y 5, ve a la SECCIÓN 589.*
- *Si está entre 6 y 8, ve a la SECCIÓN 1028.*
- *Si está entre 9 y 12, ve a la SECCIÓN 340.*

SECCIÓN 390

El pasillo desemboca a los pocos metros en una puerta de madera que está cerrada. Te acercas a ella con sigilo y con todos tus sentidos alerta. *Haz una tirada de 2D6 y suma tu modificador de Percepción (si tienes la habilidad especial de Oído agudo, suma +2 extra al resultado):*

- *Si tienes la habilidad de Sexto sentido, ve directo a la SECCIÓN 239.*
- *Si el resultado total está entre 2 y 7, ve a la SECCIÓN 813.*
- *Si está entre 8 y 12, sigue en la SECCIÓN 239.*

SECCIÓN 391

Haz una tirada de 2D6 y suma tu modificador de Carisma (si tienes la habilidad especial de Negociador, suma +3 extra al resultado):

- *Si el total está entre 2 y 7, ve a la SECCIÓN 567.*
- *Si está entre 8 y 12, ve a la SECCIÓN 626.*

SECCIÓN 392

Haz una tirada de 2D6 y suma tu modificador de Carisma (si tienes la habilidad especial de Negociador suma +1 extra; si entre tus posesiones dispones de "ropajes caros" suma +3 extra; ambas son acumulables):

- *Si el resultado está entre 2 y 8, ve a la SECCIÓN 575.*
- *Si está entre 9 y 12, sigue en la SECCIÓN 930.*

SECCIÓN 393 – Anota la Pista ZRR

No sabes bien por qué, pero haces caso a lo que Zork te dice y te mantienes en silencio. Te quedas en tu posición y haces un gesto a Gruff para que también se detenga. **Recuerda anotar la pista ZRR** y *ve a la SECCIÓN 352.*

SECCIÓN 394

*Estás en la localización L74 del mapa (**si ya has estado antes en esta localización, no sigas leyendo y ve a otro lugar del mapa**). Antes de seguir, anota en tu ficha que has visitado un nuevo lugar hoy (recuerda que puedes ir a un máximo de 4 sitios cada día; uno menos si anoche te alojaste en la librería de Mattus). No vas a tener que realizar ninguna tirada de encuentros con tus perseguidores para esta localización en concreto.*

Tallarán es una pequeña nación del oeste de Valdesia recientemente independizada de la orgullosa Safia en la guerra civil que estalló entre ambas hace tres décadas. Tallarán mantiene una tensa relación con Safia, con el objetivo de perpetuar su autonomía.

Se comenta que Tallarán apoya la causa de Aquilán en las sombras y que favorece el tránsito de los ejércitos aquilanos a través de sus territorios, dado que así entiende que podrá defender mejor su independencia respecto a las pretensiones de anexión de Safia.

Este pequeño país cuenta con una fuerte base social formada por los orgullosos safones. De hecho, hay muchos lazos de sangre entre los tallareses y sus primos, los safones de la madre Safia, con los que comparten su fuerte sentido racial y un pasado común de exterminio de pueblos como los chipras.

Anota en tu ficha que ya no puedes volver a visitar esta localización y *lanza 2D6 sin aplicar ningún modificador de característica (pero suma +1 si tienes la habilidad de Negociador y resta -2 si tu raza es humano chipra):*

- *Si el resultado está entre 2 y 5, ve a la SECCIÓN 589.*
- *Si está entre 6 y 8, ve a la SECCIÓN 1028.*
- *Si está entre 9 y 12, ve a la SECCIÓN 340.*

SECCIÓN 395 – Anota la pista JUJ y suma 15 P. Exp.

El alegre reencuentro con el aliado juvi aumenta la moral de Zanna, Gruff y, por supuesto, la tuya. Es un compañero eficiente y escurridizo, gran conocedor de la ciudad. El colaborador ideal para afrontar todo lo que tienes por delante.

Anota de nuevo en tu ficha a Jinni ya que, a partir de este momento, volverá a ir contigo. El juvi te otorga el bonificador estándar al combate, es decir, provocas un daño de 1 PV extra a tu rival en caso de que éste combata en solitario y le infrinjas daño en tu ataque. Adicionalmente, te otorga un bonificador de +1 a la Percepción mientras permanezca contigo (recuerda que sólo la puntuación de Combate puede ser superior a un +3).

Por último, marchar con Jinni (gran conocedor de los barrios de la ciudad) te otorga la posibilidad de visitar una localización adicional en aquellos días en que, al inicio de arrancar la jornada, lances 2D6 y obtengas un resultado de 8 o más en los dados. Si consigues un resultado de 7 o menos, los conocimientos de Jinni en esta materia no te ayudarán ese día.

Una vez aposentados en las habitaciones de la primera planta del viejo edificio, Jinni os cuenta que en la huida no le fue nada fácil dar esquinazo a sus perseguidores y que no quiso venir a esta guarida de forma directa para no desvelar su localización en caso de que le siguieran. Tuvo que esconderse en una taberna durante varios días hasta dar por sorteados a sus perseguidores y ha sido entonces cuando ha venido aquí para esperaros, tal como estaba acordado.

El juvi dice que, si hay traidores en la compañía de Elavska, por supuesto no son esos tres tipos que estaban en la sala de entrada y de los que, durante unos momentos, habías sospechado por la desconfianza y nerviosismo que te habían mostrado. Comenta que los conoce bien y que todos ellos le resultan de confianza.

- *Si tienes la pista RXS, ve a la SECCIÓN 218.*
- *Si tienes la pista DOC, ve también a la SECCIÓN 427 y vuelve luego aquí (anota el número de esta sección para regresar de nuevo y no perderte).*

*Finalmente, cuando acabes, **revisa bien si has anotado la pista JUJ en tu ficha** y ve a la SECCIÓN 921.*

SECCIÓN 396

Estás en la localización L54 del mapa. Antes de seguir, anota en tu ficha que has visitado un nuevo lugar hoy (recuerda que puedes ir a un máximo de 4 sitios cada día; uno menos si anoche te alojaste en la librería de Mattus). No vas a tener que realizar ninguna tirada de encuentros con tus perseguidores para esta localización en concreto.

La Embajada de tu país está ubicada en un coqueto edificio del Distrito Imperial. Tu acento al presentarte en la puerta te delata ante los centinelas tiranos que la guardan. Éstos te dejan pasar sin más trámites y pronto te ves en la sala de recepciones, donde unos atareados escribas faenan entre montones de papeles. Te diriges a uno de ellos con la esperanza de poder concertar una cita con algún representante de la Embajada.

Lanza 2D6 y suma tu modificador de Carisma (suma +2 extra si tienes la habilidad especial de Don de gentes):

- *Si el resultado está entre 2 y 7, pasa a la SECCIÓN 617.*
- *Si está entre 8 y 12, ve a la SECCIÓN 213.*

SECCIÓN 397

Prepárate para lo que te va a sobrevenir y pasa a la SECCIÓN 585.

SECCIÓN 398

Al girar el recodo a la izquierda, te topas con unas estrechas escaleras que descienden a la segunda planta bajo cubierta. Te asaltan las dudas de si descender por ellas o regresar por donde has venido. Por fortuna, no observas enemigos merodeando cerca.

- *Si bajas las escaleras hacia la segunda planta, pasa a la SECCIÓN 776.*
- *Si regresas al pie de las escaleras que bajan de la cubierta para encaminarte a otro lugar, vuelve a la SECCIÓN 642.*

SECCIÓN 399

Apenas puedes avanzar entre el gentío, la mayoría hombres jóvenes o de mediana edad de raza chipra, muchos de los cuales visten unas curiosas blusas en las que llevan una "R" bordada. No son pocos los que están ebrios y se respira un ambiente de alboroto desmedido.

No tardas en averiguar lo que está causando tanto revuelo y expectación entre los presentes. Al parecer, todos ellos son fanáticos miembros de *"Las Ratas"*, uno de los dos equipos participantes en el Torneo en honor de la Madre del Emperador *(día 15 del contador de tiempo de la investigación en la localización L20 del mapa -> SECCIÓN 955)*. Los exaltados seguidores emiten cánticos en honor de su equipo y maldicen a los miembros de la facción rival, *"Los Cerdos"*, con toda clase de chanzas e improperios.

Uno de los alcoholizados chipras te invita a participar en alguna de las Asambleas que celebran sus congéneres en una de las tres grandes plazas de la ciudad. Además, comparte contigo qué días van a realizarse *(días 4, 9, 14 y 19 en la localización L21 del mapa -> SECCIÓN 982)*.

No tienes intención de meterte en problemas, así que decides alejarte de la algarabía para explorar otras partes de la ciudad. *Puedes continuar con tu investigación en cualquier otro lugar del mapa.*

SECCIÓN 400

Esos tipos te dan mala espina. Está decidido. Vas a deshacerte de ellos por la fuerza. Desenvainas tu arma y te dispones a atacar al fiero enano, mientras Gruff y Zanna se encargan del fibroso joven de tupida melena y del tosco hombretón que viste en la puerta.

ENANO   *Ptos. Combate: +7*   *PV: 34*

Nota: *el enano dispone de una cota de malla que le permite evitar 1 PV de daño en cada golpe recibido.*

- *Si logras dejar a tu rival con menos de 10 PV, ve a la SECCIÓN 178.*
- *Si tu oponente te vence, ve a la SECCIÓN 498.*

SECCIÓN 401

No sabes si has actuado bien, pero has dejado que la prudencia se imponga. Esperas unos minutos en tu escondite antes de reanudar tu marcha. *Puedes continuar con tu investigación en cualquier otro lugar del mapa.*

SECCIÓN 402

Es una temeridad, pero no vas a abandonar a Lóggar y a los suyos. Sin mediar palabra, arrancas a correr hacia los enemigos de los aquilanos seguido de tus compañeros, que no van a dejarte que lo hagas tú solo.

El joven líder tuerto te mira con gesto solemne, asiente y se dispone a atacar ordenando a sus hombres que dejen de batirse en retirada. Es vital acabar con estos guardias eredomianos antes de que el tropel que está atravesando el edificio os alcance, lo que significaría vuestro final.

Lucha a la desesperada contra el que parece ser el líder de los soldados que tenéis enfrente. Debes acabar con él en 8 o menos turnos de combate, si quieres tener posibilidades de escapar antes de que llegue la escuadra de refuerzo de guardias eredomianos.

CAPITÁN EREDOMIANO   *Ptos. Combate: +6*   *PV: 32*

- *Si acabas con tu oponente en 8 o menos turnos, ve a la SECCIÓN 36.*
- *Si no es así, el grueso de las tropas enemigas os alcanza y debes pasar a la SECCIÓN 579.*

SECCIÓN 403

Tomas la decisión con el corazón, relegando así a tu cabeza. No vas a delatar a Zanna y a la causa que defiende. Los largos segundos hasta que abres tu boca para hablar hacen que la tensión del momento se incremente...

- *Si inventas una farsa acusando a otros que no sean los hebritas del intento de asesinato de Wolmar, aunque esto pueda provocar en un futuro víctimas inocentes de la trama, pasa a la SECCIÓN 8.*
- *Si optas por la vía violenta y preparas tu arma para luchar, ve a la SECCIÓN 322.*

SECCIÓN 404 – Anota la Pista AQM y suma 28 P. Exp.

La refriega es de tal calibre que la sala en la que estáis acaba totalmente destrozada. Los cadáveres siembran el suelo de la misma pero, por fortuna, no tienes que lamentar la muerte de ningún compañero.

Posas el extremo de tu arma en la yugular del último oponente vivo. Es Lóggar, el líder tuerto, cuyo único ojo te mira con extrema furia, encendido en odio, mientras se desangra en varios puntos de su cuerpo. Parece que la niña a la que has seguido se ha vuelto a escabullir, como compruebas con un rápido registro en el que sólo ves en pie a tus jadeantes y magullados amigos.

- ¿Qué tenéis que ver con los asesinatos que están sufriendo los hebritas de la ciudad? ¿Por qué deseáis el mal del Gremio de Prestamistas de Meribris? – espetas al joven líder moribundo tratando de averiguar algo sobre los propósitos de su banda de aquilanos.

Durante unos segundos no obtienes respuesta. Parece obvio que Lóggar no va a cantar, máxime cuando ya lo ha perdido todo, inclusive su propia vida, que se le escapa por momentos con cada reguero de sangre que su cuerpo expulsa al exterior. Pero entonces, con gran impresión, compruebas que el audaz líder aquilano sólo estaba en silencio tratando de aunar las energías mínimas para poder ser capaz de hablar. No desea callar. Va a enfrentarse a tus preguntas. Te mira desafiante con su único ojo, antes de inspirar y toser sangre roja por su boca. Sus palabras repletas de furia y desprecio hacia tu persona, así como su arrojo en estos momentos finales de su existencia, te ponen los pelos de punta.

- Los hebritas… aghh… y todos los que, como tú,…vendéis vuestra lealtad por su maldito oro,…aghh… no merecéis el menor de nuestros respetos. Pero no… aghh… pero no estamos organizándonos con el fin de acabar con vosotros… Al menos no,…de momento. – Lóggar se toma unos segundos para tomar aire antes de seguir - Los malditos hebritas para los que trabajas hace mucho que fueron derrotados …aghh… cuando su traición al Imperio fue destapada por el gran Aquilán, y pagaron con creces por su felonía…

- ¿Entonces cuál es vuestro cometido? ¿Con qué objetivo arriesgáis vuestras vidas y os exponéis a acabar en la hoguera de la plaza? – preguntas reuniendo fuerzas para continuar tu interrogatorio.

- El usurpador Wexes,…aghhh… con sus consejeros y toda esa casta de burócratas,…aghhh… nobles y mergueses que le adulan y amparan….aghhh… Y la víbora…la víbora de su madre, una ramera del difunto Emperador Mexalas,…aghhh… La furcia defiende unos derechos al trono para su hijo que no tienen fundamento alguno…aghhh… Wexes es un sucio bastardo…aghhh…un bastardo fruto del pecado, un desgraciado de baja calaña, poco más que tú y tus amigos…aghhh…

Parece que el joven tuerto no va a ser capaz de pronunciar más palabras, pero toma fuerzas arrancándolas de su moribundo ser.

- He dado mi vida por la causa,…aghhh… aunque esperaba más bien un final a fuego en la plaza….aghhh… El enemigo va a ser destruido desde dentro y no sólo en el campo de batalla….aghhh… Cada vez…aghhh… cada vez hay más hombres y mujeres dispuestos a luchar por la causa…aghhh… Domis castigará vuestras almas… - remata entre toses Lóggar antes de cerrar definitivamente su único ojo y dejando en un incómodo silencio la sala.

- Tenemos que salir de aquí cuanto antes – Zanna es quién rompe vuestro mutismo y os impele a escapar antes de que venga nadie a este lugar; asientes, tragas saliva y apartas tu vista de la escena de sangre, hay una investigación en curso y no puedes fallar…

Recuerda anotar la pista AQM y puedes continuar con tu investigación en cualquier otro lugar del mapa.

SECCIÓN 405

- Tenemos un asunto candente que resolver. Espero que no faltes a la cita,… me sentiría muy defraudada… - insinúa la dama desprendiendo su característico erotismo.

Te quedas sin respuesta y te ruborizas, lo que arranca una breve carcajada en la sensual mujer. Su voluptuosa figura desaparece, dejando tras de sí su característico aroma.

Cuando el poderoso hechizo de la damisela desaparece, piensas si pudiera ser interesante visitarla en su residencia privada. No puedes negar la atracción física que ejerce en ti, como tampoco el hecho de que resulta ser alguien tremendamente inquietante para tus pesquisas. ¿Cómo es posible que la hayas visto tanto en la mansión de Tövnard como en el palacete de Rovernes? *Puedes continuar con tu investigación en cualquier otro lugar del mapa.*

SECCIÓN 406

Abandonas el lugar, seguido por tus compañeros, mientras la masa desbordada se dedica a realizar tropelías y saqueos destruyendo los alrededores de la plaza. En tu huida, te cruzas con un numeroso tropel de guardias de la ciudad que han sido enviados para contener los disturbios y disuadir a la masa enfurecida antes de que se produzca un auténtico baño de sangre. Pero lo que suceda a ti ya poco te importa. Te preguntas si no hubieras hecho mejor en seguir al traidor azafio, pero ahora ya no hay vuelta atrás. *Puedes continuar con tu investigación en cualquier otro lugar del mapa.*

SECCIÓN 407

Resistes como puedes a la brutal escena que se produce ante tus ojos. Más de veinte seres humanos ardiendo como teas entre el griterío enfurecido de una turba sedienta de venganza. No recordarás más tarde el tiempo que duró el lúgubre evento de masas, pero el caso es que, por fin, éste parece finalizar y te encuentras en disposición de intentar hablar con alguno de los enardecidos chipras que repletan la plaza.

- *Si no tienes la pista WCW, sigue en la SECCIÓN 952.*
- *Si ya tienes esa pista, pasa a la SECCIÓN 137.*

SECCIÓN 408

Centras tu atención en los miembros de la mesa presidencial. Te fijas en la apariencia de cada uno de ellos y tratas de averiguar algo sobre su postura respecto al asunto hebrita preguntando a tu acompañante en esta cena. *Ve a la SECCIÓN 487 para conocer lo que sabe acerca de los consejeros presentes y ausentes, pero al acabar de leer aquella sección* **NO VAYAS a las secciones siguientes a las que te lleve.** *En lugar de eso, cuando acabes de leer la sección, pasa a la SECCIÓN 516 (anota este número en tu ficha para no perderte y continuar leyendo).*

SECCIÓN 409 – Anota la Pista DMT

Avanzas por un lujoso corredor de la mansión tratando de llegar lo antes posible a los aposentos del Consejero Tövnard, cuando el inesperado encuentro con una seductora presencia derrumba todas tus defensas. La sensualidad de esos ojos, que te desnudan con la mirada, hace que te estremezcas. Un pedazo de mujer, entrada ya en los cuarenta, ataviada con caros ropajes que delatan su alta clase social, se ha cruzado de forma sugerente mientras atravesabas el pasillo. El aroma de su sensual perfume acaba por conquistar todo tu raciocinio y la voluptuosidad y erotismo de su figura han despertado en ti unos impulsos que, hasta este momento, habías apartado por la urgencia de tu misión. Pero ahora parecen aflorar en ti de nuevo, mientras tomas conciencia de que no has tenido ningún encuentro de alcoba verdaderamente amoroso desde hace bastante tiempo.

El hechizo de esa sensual dama desaparece cuando, de pronto, notas un agudo golpe en el costado y te topas con la mirada pícara de Zanna, quién acaba de propinarte un pequeño codazo para que salgas de tu momentáneo trance. La guapa azafia te guiña un ojo mientras luce su radiante sonrisa.

- Vaya éxito que tienes. Parece que le has encantado a esa damisela. Siento despertarte de tu embelesamiento, pero tenemos cosas que hacer. Límpiate la baba y vayamos a ver a Tövnard, si te parece – dice la chica en un tono que no podrías definir bien.

¿Hay cierto reproche en las palabras de Zanna? ¿Podría estar molesta por tu actitud ante esa sensual señora? No eres especialmente hábil en entender esas sutilezas, quizás por tu falta de experiencia en estas lides. De todas formas, no tienes tiempo para elucubraciones. La obligación y la urgencia de tu misión, de nuevo, te reclaman. Asientes a la chica como toda respuesta y la sigues abandonando el corredor en el que esa mujer sensual ha desaparecido dejando solo el rastro de su aroma. ***Recuerda anotar la pista DMT*** *y vuelve a la SECCIÓN 848.*

SECCIÓN 410

Recuerdas, de pronto, que te ganaste el derecho de acudir al Torneo junto a la hinchada de "Las Ratas". Para ello deberías retroceder sobre tus pasos y marchar hacia la zona de locales de ocio habituales de estos aficionados donde se iban a concentrar para marchar juntos al Torneo.

- *Si tienes pensado acudir al Torneo junto a la hinchada de "Las Ratas", **suma el tiempo** correspondiente a una nueva localización del mapa visitada y ve a la SECCIÓN 492.*
- *Si prefieres acudir al Torneo de forma neutral y sin apoyar a este equipo, ve a la SECCIÓN 824.*

SECCIÓN 411   +12 P. Exp.

Sin tiempo para el descanso, combate contra el segundo de tus oponentes.

ENCAPUCHADO NEGRO   Ptos. Combate: +6   PV: 27

- *Si vences, ve a la SECCIÓN 308.*
- *Si eres derrotado, pasa a la SECCIÓN 911.*

SECCIÓN 412

El fervor de los chipras hiela tu sangre. Un irracional impulso de destrucción y venganza se apodera de la Plaza cuando los reos aquilanos son llevados hasta las piras donde van a ser consumidos por el fuego. El griterío es ensordecedor, un verdadero éxtasis de sangre y locura. No estás preparado para presenciar lo que va a suceder en unos pocos minutos. Ya has visto demasiadas cosas oscuras.

Apartas la vista cuando varios monjes domatistas wexianos se acercan con antorchas encendidas hacia las víctimas… y entonces tu mirada se cruza con la de una niña de unos diez años de edad. Su rostro no representa la sed de venganza desmedida que reina en la plaza, sus lágrimas de desesperación la delatan. La chiquilla se asusta al detectar que la estás mirando y, para tu sorpresa, arranca a correr entre las piernas de la muchedumbre que la rodea…

- *Si la curiosidad te invade y tratas de perseguir a la misteriosa niña, ve a la SECCIÓN 938.*
- *Si permaneces en la plaza con la intención de seguir averiguando cosas, ve a la SECCIÓN 407.*
- *Si crees que lo mejor es marcharte de aquí y dejar atrás la macabra celebración que se está produciendo, puedes continuar con tu investigación en cualquier otro lugar del mapa.*

SECCIÓN 413 – Anota la Pista FER

Nota de juego para la Feria: *esta localización es especial, ya que está compuesta por 15 zonas representadas con hexágonos a través de los que podrás desplazarte para explorar los recovecos que esconden.*

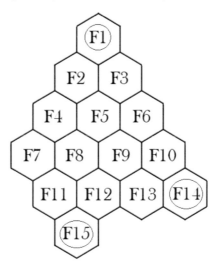

Cada vez que vengas a la Feria, lo primero será determinar en cuál de los 3 hexágonos de partida te encuentras (son los mismos que a posteriori permiten abandonar la Feria cuando quieras marcharte a otra parte de la ciudad y están rodeados por un círculo en el diagrama); para ello lanza 1D6:

* *Si el resultado es 1 o 2, estás en el hexágono F1.*
* *Si el resultado es 3 o 4, estás en el hexágono F14.*
* *Si el resultado es 5 o 6, estás en el hexágono F15.*

Una vez conocida tu posición inicial, podrás desplazarte de un hexágono a cualquiera de los que tenga adyacentes, cada vez que el texto de la sección diga que ***"Puedes seguir explorando la Feria"****. Cada hexágono de la feria corresponde con una sección de texto del librojuego que deberás leer cuando visites dicho hexágono. Para ello consulta esta lista:*

Hexágono F1 -> SECCIÓN 877.
Hexágono F2 -> SECCIÓN 838.
Hexágono F3 -> SECCIÓN 728.
Hexágono F4 -> SECCIÓN 800.
Hexágono F5 -> SECCIÓN 896.
Hexágono F6 -> SECCIÓN 131.
Hexágono F7 -> SECCIÓN 614.
Hexágono F8 -> SECCIÓN 186.

Hexágono F9 -> SECCIÓN 530.
Hexágono F10 -> SECCIÓN 547.
Hexágono F11 -> SECCIÓN 285.
Hexágono F12-> SECCIÓN 737.
Hexágono F13 -> SECCIÓN 580.
Hexágono F14 -> SECCIÓN 278.
Hexágono F15 -> SECCIÓN 910.

Cuando abandones la Feria por cualquiera de los 3 hexágonos que lo permiten (los mencionados F1, F14 y F15), contabiliza el número de hexágonos que has visitado y, por cada 5 hexágonos que hayas explorado, deberás agotar el tiempo equivalente a una localización visitada del mapa. Redondea los hexágonos sobrantes al alza, de tal forma que si, por ejemplo, has visitado 8 hexágonos, el equivalente será de 2 localizaciones del mapa (una localización por los 5 primeros hexágonos y otra por los 3 sobrantes redondeados al alza).

Ya estás listo para explorar la Feria. **Recuerda anotar la pista FER** *y ve a la sección de texto correspondiente al hexágono inicial en el que te encuentras. ¡Que la suerte esté contigo y consigas el mayor provecho de tu visita!*

SECCIÓN 414

Lucha por tu vida a las puertas de la mansión del consejero Edugar Merves. Debes enfrentarte a los siguientes guardias que han acudido a la voz de alarma de Azrôd, mientras tus compañeros se encargan del resto de centinelas que os rodean. Afortunadamente, Elavska está con vosotros. La aguerrida amazona se ocupa de dos de los cuatro guerreros que se dirigían directos hacia ti.

CENTINELA ENCAPUCHADO	*Ptos. Combate: +4*	*PV: 22*
GUERRERO AZAFIO	*Ptos. Combate: +6*	*PV: 27*

- *Si vences, pasa a la SECCIÓN 733.*
- *Si caes derrotado, ve a la SECCIÓN 329.*

SECCIÓN 415

Thomas Flépten, parco en palabras, se limita a explicarte que el término *mergués* es el nombre con el que son conocidos los comerciantes y patrones de Tol Éredom. Algunas familias de mercaderes habían prosperado tanto que acabaron convirtiéndose en prestamistas que mutualizaron riesgos, pero también beneficios, al fundar el Banco Imperial.

- *Si le preguntas abiertamente acerca de qué tal le va al Banco Imperial a nivel de competencia de mercados financieros con el Gremio de Prestamistas de Meribris, ve a la SECCIÓN 575.*
- *Si le preguntas sobre su relación con Edugar Merves, el Gobernador del Banco Imperial y Consejero de los Caudales, sigue en la SECCIÓN 255.*
- *Si tienes la pista CRR y quieres hacer uso de ella, ve a la SECCIÓN 124.*
- *Si solicitas algún tipo de salvoconducto para poder visitar a Edugar Merves en su mansión privada, pasa a la SECCIÓN 392.*

SECCIÓN 416

Deambulas sin dar con tu objetivo. Estás agotando un tiempo precioso pero no puedes hacer otra cosa que persistir. Ni Zanna, ni Gruff ni tú conocéis esta ciudad y este barrio no es nada fácil de transitar debido a su complejo entramado de calles sucias y pobres, todas ellas de apariencia similar, sin monumentos, plazas o puntos claros de referencia que te permitan saber dónde éstas. *Debido al tiempo que has perdido, podrás visitar una localización menos del mapa en el día de hoy (o mañana, si ésta era la última que podías visitar hoy).*

- *Si optas por mostrar el mapa a algún transeúnte para ver si puede ayudarte a encontrar el lugar que buscas, ve a la SECCIÓN 295.*
- *Si sigues confiando en tu sentido de la orientación, ve a la SECCIÓN 647.*
- *Si no quieres seguir invirtiendo tiempo en la búsqueda de la guarida de Jinni y lo dejas para otro día, puedes continuar con tu investigación en otro lugar del mapa.*

SECCIÓN 417   +8 P. Exp.

Estás en la localización L15 del mapa. Antes de seguir, anota en tu ficha que has visitado un nuevo lugar hoy (recuerda que puedes ir a un máximo de 4 sitios cada día; uno menos si anoche te alojaste en la librería de Mattus). No vas a tener que realizar ninguna tirada de encuentros con tus perseguidores para esta localización en concreto.

El *Distrito de las Artes y los Saberes* es una zona peculiar en la que se respira un aire diferente. Aquí se concentra la mayor porción de gentes de la ciudad que aman la erudición y las artes. Este distrito engloba dos barrios con grandes lazos entre sí, pero de naturaleza algo distinta:

- *Si quieres visitar el Barrio de las Artes (localización L29 del mapa), ve a la SECCIÓN 66.*
- *Si quieres visitar el Barrio de los Saberes (es el barrio en el que ahora estás), sigue en la SECCIÓN 935.*

SECCIÓN 418

- Zanna, he visto cómo Elavska te miraba y también tus reacciones al rememorar a esa mujer que hemos dejado en el barco y que cubrió nuestra huida arriesgando su vida. ¿Qué relación os une? – preguntas.

- Estoy contestándote a todo lo que me preguntas, informándote de cuanto sé o de cuanto puedo decir. Sobre esta cuestión, sin embargo, no procede respuesta. No es necesario ni relevante para la investigación – contesta tajante Zanna.

Viendo que no puedes seguir investigando acerca de este asunto...

- *"Entendido. Me gustaría seguir preguntándote más cosas". - Ve a la SECCIÓN 850.*

SECCIÓN 419

Gracias a haber conversado con el monje domatista wexiano de la Gran Catedral, recuerdas que se emplea a los esclavos aquilanos como mano de obra forzosa para acelerar las obras que se están realizando en distintos puntos del perímetro de las murallas. Quizás sea una buena ocasión para dar con alguno de estos aquilanos e interrogarle para averiguar más sobre su causa contra los hebritas. No hay que olvidar que los aquilanos constan en tu lista de sospechosos... *Sigue en la SECCIÓN 662.*

SECCIÓN 420

Haz una tirada de 2D6 y suma tu modificador de Destreza (si tienes la habilidad especial de Camuflaje o de Silencioso, suma +1 extra al resultado por cada una de ellas; si tienes la pista NOC suma otro +2 extra adicional):

- *Si el resultado total está entre 2 y 9, ve a la SECCIÓN 232.*
- *Si está entre 10 y 12, pasa a la SECCIÓN 31.*

SECCIÓN 421 – Anota la Pista DOC y suma 50 P. Exp.

¡La portilla se desbloquea tras introducir la clave! ¡No lo puedes creer pero es real! ¡Has dado con la combinación que estaba oculta en el enrevesado enigma! Con los nervios desbordados, abres esa portezuela de metal y dentro encuentras los tan deseados papeles que viniste a buscar.

¡Misión cumplida! ¡Tienes en tus manos los contratos que comprometen al Gremio, al Consejero Tövnard y a Mattus el librero! No cabes en ti del gozo que sientes en estos momentos. Ha sido una ardua tarea, pero has logrado el éxito. **No olvides anotar la pista DOC** *en tu ficha de personaje.*

- *Si tienes la pista ONL, ve a la SECCIÓN 333.*
- *Si no tienes esa pista, ve a la SECCIÓN 21.*

SECCIÓN 422 – Anota la Pista MPQ

El aquilano cambia su gesto al escuchar tu pregunta, está a punto de negarse a hablar, pero finalmente te dirige la palabra. El desgraciado se muestra resignado con su destino e incluso da gracias por estar vivo. Al parecer, la gran mayoría de los aquilanos presos acaban siendo ajusticiados en la Plaza de las Asambleas *(localización L21 del mapa -> SECCIÓN 982)*.

Añade que él se salvó de milagro de la pena capital tras la mediación de un conocido con influencias en la burocracia de la ciudad. Le preguntas por el delito que cometió para acabar siendo acusado de aquilano y éste contesta, con gran rabia, que debe su desgracia al chivatazo de un vecino ruin que vio cómo se celebraban reuniones sospechosas de forma periódica en su casa, sede secreta de una célula de partidarios de Aquilán. Como cierre de su conversación, maldice al impostor Wexes, a los traidores hebritas y al mezquino clero domatista wexiano, principal culpable, a su juicio, de todo el mal del Imperio.

- Espero que pronto Aquilán venga a Tol Éredom para reclamar lo que es suyo. Más nos vale a todos… - son las últimas palabras que sonsacas al desgraciado preso, antes de que uno de los guardias te llame la atención y tengas que largarte.

Recuerda restar de tu inventario las raciones de comida que hayas empleado para convencer al preso. **Recuerda también anotar la pista MPQ** y *puedes continuar con tu investigación en cualquier otro lugar del mapa.*

SECCIÓN 423

La puerta se abre sin que hayas tenido tiempo para reaccionar. El tipo que ha salido se queda pasmado al verte y da la voz de alarma. En cuestión de segundos escuchas pasos atropellados que se dirigen hacia la salida del edificio abandonado. Tienes que pensar cómo actuar.

- *Si reclamas la presencia de tus compañeros y te dispones a pelear, ve a la SECCIÓN 67.*
- *Si huyes antes de que sea demasiado tarde, pasa a la SECCIÓN 87.*

SECCIÓN 424

- *Si **no tienes la pista DOC** y el "contador de tiempo de la investigación" es de **3 o más días**, pasa a la SECCIÓN 596 **y no sigas leyendo.***
- *Si el "contador de tiempo de la investigación" **es mayor de 20 días**, ve a la SECCIÓN 840 **y no sigas leyendo.***

Estás en la localización L19. Antes de seguir, anota que has visitado un nuevo lugar hoy (recuerda que puedes ir a un máximo de 4 sitios cada día; uno menos si anoche te alojaste en la librería de Mattus). No tienes que hacer tirada de encuentros con tus perseguidores para esta localización.

En la tercera y más sureña de las plazas que recorre la Vía Crixteniana, estos días se está celebrando la bulliciosa Feria en honor al cumpleaños de la Madre del Emperador.

- *Si ya tienes la pista FER, ve a la SECCIÓN 413.*
- *Si no tienes esa pista, sigue leyendo...*

En medio del caos de tiendas y puestos de comerciantes, ves la Columna Fundacional de la capital, donde se dice que se ideó la construcción original de esta gran urbe y el punto desde el que se miden todas las distancias hasta las distintas ciudades del Imperio.

Pero no es la Columna lo primero que te llama la atención al llegar, tampoco el espectacular despliegue de comercios y lo atestada que está la extensa plaza. Lo primero que te llega es el mal olor proveniente de todos esos productos perecederos que empiezan a no estar ya tan frescos y que los comerciantes intentan colocar a sus clientes como sea. Más allá de la multitud de animales que ves vivos y que están disponibles para la venta, hay un gran despliegue de productos que emanan este abanico de olores que satura tus fosas nasales. Por fortuna, también aprecias esencias de hierbas aromáticas y un compendio de olores, de tan diversa naturaleza, que necesitarías días, o quizás semanas, para poder identificarlos.

Una vez recuperado del impacto olfativo, llega el turno para tus oídos. Además de los gritos de los comerciantes intentando promocionar sus productos, oyes las voces de agitadores, trileros, mendigos, músicos y actores que han venido a la Feria a hacer negocio y que intentan reclamar la atención de los visitantes. También oyes los gritos de guardias con gesto hastiado que intentan resolver las decenas de disputas que un evento como este produce a todas horas del día. Parece que no te vas a aburrir en la Feria. *Ve a la SECCIÓN 413.*

SECCIÓN 425

Arrojas tu preciada moneda y esperas curioso y expectante a ver si ocurre algo... (Resta 1 CO en tu inventario). Haz una tirada de 2D6 sin aplicar ningún modificador de características de tu personaje (sólo suma +2 si tienes la habilidad especial de Sexto Sentido):

- *Si el resultado está entre 2 y 11, ve la SECCIÓN 798.*
- *Si es 12, ve la SECCIÓN 533.*

SECCIÓN 426

Estás en la lista negra de este lugar tras haber sido pescado intentando robar una capa negra en la tienda de la posada. Los guardias te deniegan la entrada. *Puedes continuar en cualquier otro lugar del mapa.*

SECCIÓN 427

En mitad de la conversación en la que os estáis poniendo al día, Zanna interrumpe de pronto al dicharachero juvi y le dice:

- Tenemos los papeles, Jinni. Nos hemos hecho con ellos, no sin sufrimientos, tras infiltrarnos en el *Rompeaires*. Son nuestros.

- Magnífico, y de Sígrod, ¿pudisteis averiguar algo? – pregunta Jinni.

- En el barco no estaba, eso te lo puedo asegurar. Es probable que nuestros enemigos se lo hayan llevado a otro lugar donde lo tengan a buen recaudo – intervienes tú.

- Pobre Sígrod. No me gustaría estar en su piel. Precisamente no estará disfrutando de unas bonitas vacaciones en compañía de esos matones. Tenemos que encontrarlo antes de que sea demasiado tarde para él,...y para todos nosotros... – remata Jinni haciéndoos reflexionar.

Vuelve a la SECCIÓN 395.

SECCIÓN 428

Lo piensas mejor y te marchas de este lugar. Recuerdas la inquietante carta que te dio el monje hebrita del santuario. La abres y la lees de nuevo reafirmándote en que no es prudente rondar por este sitio junto a Zanna y con el maldito cofre a cuestas. Por más que relees el mensaje, la piel no deja de erizársete.

"Dejad a la chica azafia con el maldito cofre en este santuario apestoso o Sígrod será desollado tras la cena de gala que está programada en honor a la madre ramera del Emperador. Tras llenar nuestro estómago junto a la élite imperial, ver morir a vuestro aliado será nuestro mejor final de fiesta. La muerte espera al prestamista hebrita si no entráis en razones y seguís huyendo como ratas."

El turbador mensaje no posee firma ni sello, solo esas macabras palabras y la fecha donde se va a producir esa ejecución *(el día 20 del contador de tiempo de tu investigación, tras la cena de gala que está programada para esa noche). Puedes continuar con tu investigación en cualquier otro lugar del mapa.*

SECCIÓN 429

Pronto descubres que va a ser imposible atravesar la puerta del Palacio sin tener un permiso para ello. Además, no tienes gana alguna de confrontar con los abundantes centinelas que patrullan su perímetro. Sabes que dentro de esos magníficos muros se reúne periódicamente el Consejo de Tol Éredom para gobernar los designios del pueblo y eres consciente de que tú vas a asistir a la próxima reunión del mismo. ¡Un mozo de cuadras convertido a aventurero en la misma habitación que la plana mayor del Imperio!

No tienes más remedio que aplacar tus ansias y esperar a la fecha en que dicho Consejo va a producirse (día 12) para venir a esta localización de nuevo. Hasta entonces, puedes continuar con tu investigación en cualquier otro lugar del mapa.

SECCIÓN 430 – Anota la pista CSF

El viejo desgraciado, cuyo delito se niega a desvelar, te cuenta que evitó la pena de muerte por poco y que acabó aquí pagando con su esclavitud. Otro preso, un joven de pelo escaso, aunque sobrado de suciedad y miseria, se mete en vuestra conversación y añade que no sabe si es mejor la esclavitud o borrarse a fuego el rostro y servir a la Hueste de los Penitentes. Es una decisión que no sólo toman los condenados a muerte, sino también otros desgraciados con muchos años de pena que prefieren conmutar por este otro destino.

Tanto el viejo como el joven desconocen para quién trabaja esta macabra Hueste de los Penitentes, aunque sí te informan de dónde están las cárceles de la ciudad donde se recluta a los hombres que aceptan el borrado a fuego de sus rostro. *Anota en tu ficha que las cárceles se encuentran en la fortaleza de la guarnición de la ciudad (localización L1 del mapa). Recuerda restar las raciones de comida de tu inventario que hayas empleado para convencer al preso.* **Recuerda anotar también la pista CSF** y *ve a la SECCIÓN 323.*

SECCIÓN 431

Por desgracia, no eres lo suficientemente rápido para evadir al azafio que te persigue. De pronto sientes un fuerte dolor en la espada cuando éste te golpea *(pierdes 1D6+4 PV en este momento)*. Te ves obligado a pelear. *Ve a la SECCIÓN 347.*

SECCIÓN 432

La doble misión que te ha llevado hasta aquí está clara: por un lado, averiguar si Sígrod sigue dentro de ese navío y, en ese caso, rescatarlo; por otro lado, encontrar los papeles que comprometen al Gremio y llevarlos contigo para evitar que vuestros enemigos destapen toda la trama.

- *Si ésta es la última localización que podías visitar hoy antes de que acabe el día, ve a la SECCIÓN 159.*
- *Si no es así, pasa a la SECCIÓN 638.*

SECCIÓN 433   +15 P. Exp.

Dejando entrever al escriba que más le vale colaborar, dado que todos estáis en el mismo aprieto si se revelan los comprometidos contratos, sonsacas algo más de información.

El último Consejo se celebró hace poco (el día 12 del contador de tiempo de la investigación). Al parecer, antes del inicio de dicha reunión, no estaba estipulado que Tövnard fuese quien debiera representar al Imperio en la misión diplomática a Valdesia, pero hubo un cambio de guión durante el transcurso del debate y la cosa acabó torciéndose para Tövnard, quien discutió acaloradamente en contra de este giro, aunque sin éxito. En palabras del escriba, los siguientes días Tövnard se mostró irascible y ausente hasta que tuvo que partir al oeste para cumplir su obligación (eso fue el día 15 del contador de tiempo de la investigación).

Parece ser que, al que inicialmente le iba a corresponder la ingrata tarea de abandonar Tol Éredom y marchar a Valdesia, era al consejero Rovernes. Éste es un noble domio, señor de una de las Casas más influyentes de la ciudad y, por ende, del Imperio, cuya rivalidad histórica con la Casa también domia de Tövnard es bien conocida por todos.

Si no tienes la pista RRT, *ve a la SECCIÓN 330 para conocer más detalles acerca de esta rivalidad y regresa de nuevo aquí para seguir leyendo (anota el número de esta sección antes de ir para no perderte).*

Cuando regreses, sigue leyendo...

Inquieto por los últimos acontecimientos, te obligas a coger fuerzas para continuar con tus indagaciones. El futuro de tu familia está en juego y eso es razón más que suficiente para no desfallecer. *Puedes continuar con tu investigación en otro lugar del mapa.*

SECCIÓN 434

Por pura suerte, pero has logrado esconderte sin ser visto. La puerta de la casa ha vuelto a ser cerrada de forma inmediata tras la marcha de uno de los encapuchados que estaban dentro. Eres tozudo en tus propósitos, así que te acercas de nuevo al edificio abandonado. *Ve a la SECCIÓN 464.*

SECCIÓN 435

Estás en la localización L28 del mapa. Antes de seguir, anota en tu ficha que has visitado un nuevo lugar hoy (recuerda que puedes ir a un máximo de 4 sitios cada día; uno menos si anoche te alojaste en la librería de Mattus). No vas a tener que realizar ninguna tirada de encuentros con tus perseguidores para esta localización en concreto.

Desconoces el origen de la denominación de las magníficas *Fuentes del Partërra*, pero lo que sí averiguas pronto es que son un punto de encuentro de muchas parejas de enamorados que buscan aquí el romanticismo y se prometen fidelidad eterna… o, simplemente, buscan pasar un buen rato, como apostilla Zanna guiñándote un ojo y dejándote, como casi siempre, sin respuesta. *Puedes continuar con tu investigación en cualquier otro lugar del mapa.*

SECCIÓN 436

Uno de los tenderos te invita a visitar "La posada del Camaleón Braseado" *(localización L48 del mapa -> SECCIÓN 729),* donde al parecer trabaja su hermano, quién tiene a la venta una buena colección de capas con capucha que está siendo un éxito de ventas en estas últimas fechas… *No consigues nada más aquí.* **Recuerda que estabas en el hexágono F7**. *"Puedes seguir explorando la Feria en la SECCIÓN 413"*

SECCIÓN 437

Estás en la localización L64 del mapa (si ya has estado antes en esta localización, no sigas leyendo y ve a otro lugar del mapa). Antes de seguir, anota en tu ficha que has visitado un nuevo lugar hoy (recuerda que puedes ir a un máximo de 4 sitios cada día; uno menos si anoche te alojaste en la librería de Mattus). No vas a tener que realizar ninguna tirada de encuentros con tus perseguidores para esta localización en concreto.

Tras dejar tus armas a los centinelas enanos que guardan el portón de entrada, accedes a la Embajada de las Brakas, un sólido edificio de piedra sin exagerados ornamentos y en el que prima la funcionalidad y la perfecta gestión de los espacios. Es evidente que los enanos no necesitan demostrar a nadie sus dotes en el arte de la cantería y la construcción, quizás es por ello que no intenten hacer alardes en este edificio que les representa en la capital del Imperio.

En esta Embajada ejerce su labor Brokard Doshierros, quién además de ser el máximo representante de esa provincia federada imperial en la ciudad, es también uno de los miembros del Consejo de Tol Éredom y, por tanto, una de las personalidades con poder real en el devenir del Imperio y en lo que a tu investigación concierne.

Para intentar conseguir información sobre él, deberás ser hábil en tus dotes de persuasión. No es fácil adular a los enanos midok de las Brakas, según tenías entendido, aunque no piensan lo mismo acerca de sus congéneres sus parientes nebrak, desde que los midok apoyaron a los humanos, muchos siglos atrás, en la época de la colonización de las ciudadelas de las montañas, cuando se estaba gestando el arranque del Imperio Dom.

Anota en tu ficha que ya no puedes volver a visitar esta localización *y lanza 2D6 sumando tu modificador de Carisma (si tienes la habilidad especial de Don de gentes, suma +1 extra al resultado y si tu raza es enano suma +2):*

- *Si el resultado está entre 2 y 6, ve a la SECCIÓN 589.*
- *Si está entre 7 y 12, ve a la SECCIÓN 91.*

SECCIÓN 438

Arrancas a correr hacia tus enemigos rampa abajo y embistes como un toro al primero de ellos, un azafio de mirada penetrante con una cicatriz que surca en diagonal su oscuro rostro. Gruff y el juvi Jinni hacen lo propio seguidos de Zanna, que es la última en pisar tierra firme tras vuestra desesperada carga.

En vuestra arremetida, además de haberos abierto paso hasta alcanzar el muelle, habéis logrado tumbar a dos de vuestros oponentes. El azafio de la cicatriz, además, ha caído al agua por encontrarse subiendo la rampa cuando has llegado como una exhalación y le has dado alcance. El otro, uno de los cuatro encapuchados, se aferra en estos momentos al borde de la pasarela, a punto de caer también a la ría.

Pero el resto de oponentes se dispone a haceros pagar muy cara vuestra osadía. Prepárate para combatir contra uno de ellos, un encapuchado de baja estatura pero anchas espaldas.

ASALTANTE ENCAPUCHADO
Puntos de Combate: +5   Puntos de Vida: 27

- *Si logras acabar con tu oponente, ve a la SECCIÓN 375.*
- *Si no es así, pasa a la SECCIÓN 502.*

SECCIÓN 439

Enseguida Wolmar ordena dejar en paz a tu madre y se disculpa contigo.

- Gracias a Dios no hemos tenido que cometer una atrocidad. Te agradezco que te avengas a comentar. Lo siento, pero están muchas vidas en juego.

Pasa a la SECCIÓN 898.

SECCIÓN 440

Parece que tienes claro qué es lo que incomoda tanto a Fento Chesnes. No deja de mirar en dirección a la parte trasera de la carpa donde se están cocinando los suculentos platos que se sirven esta noche. Tras esa carpa se encuentra el pueblo llano mendigando las sobras de la cena y entre ellos debe haber un buen número de chipras, sus congéneres a los que representa. El sonido de la música y el murmullo de los asistentes no impiden que algún grito de protesta de los exteriores se cuele de vez en cuando hasta las mesas. *Ve a la SECCIÓN 105.*

SECCIÓN 441   +18 P. Exp.

Sacando fuerzas de donde no creías tenerlas, cargas con temeraria valentía contra el último de tus oponentes, el lugarteniente azafio, quién trata de frenar tu embestida sin éxito y trastabilla perdiendo el apoyo de un pie. Cae rodando escalones abajo para quedar tendido en el suelo, indefenso. Omites sus súplicas cuando llegas a su altura y estrellas tu arma contra su desprotegida cara. Te sacudes la sangre del rostro y, sin descanso, subes a la carrera los escalones para reagruparte con tus amigos y entrar en el amplio recibidor de la casa, donde os recibe el mismísimo Azrôd con cinco guardaespaldas azafios de su confianza.

Esta vez son tus compañeros quienes se lanzan contra los subalternos del gigante con tal de dejarte pista libre para que puedas luchar, en combate singular, contra esa mole de músculos. De hecho, son capaces de abarcarlos a todos salvo a uno, el más delgado y escurridizo de ellos, que se interpone entre tú y Azrôd. Su mirada es traidora y sibilina y la punta de su cimitarra tiene un color negro que no te gusta nada.

Lucha por tu vida contra este azafio. Tras él, Azrôd espera con un semblante cada vez menos confiado.

AZAFIO MAESTRO DE PONZOÑAS   Ptos. Combate: +5   PV: 28

Nota para el enfrentamiento: *cada vez que recibas un ataque que te cause heridas, tienes que lanzar 2D6 de inmediato. Si el resultado de esa tirada es de 2, 3 o 4, el veneno impregnado en la cimitarra de tu rival penetrará en tu cuerpo, en cuyo caso, ve directamente a la SECCIÓN 744 sin seguir peleando.*

- *Si vences, pasa a la SECCIÓN 133.*
- *Si caes derrotado, ve a la SECCIÓN 744.*

SECCIÓN 442

Te lo piensas mejor antes de salir de una vez por todas. Crees que no has registrado suficientemente a fondo el lugar. *Vuelve a la SECCIÓN 970.*

SECCIÓN 443

- No podéis abandonar ahora. El Gremio os necesita... yo os necesito – dice Zanna con un tono casi suplicante mientras te mira fijamente.

- Siento vértigo por las conspiraciones, conflictos de intereses y luchas de poder en las que estamos inmersos. Gruff y yo somos simples granjeros que sólo buscamos salvar a nuestras familias. Únicamente queremos recibir lo que se nos ha prometido y volver a casa – dices intentando aguantar la mirada atenta de Zanna.

- El Gremio siempre cumple con sus obligaciones contractuales. No se conoce impago alguno de sus deudas. No temáis por vuestros honorarios – apunta la chica.

- En ese caso, nosotros hemos cumplido nuestra parte al transportar el cofre. Si es cierto que el Gremio abona sus deudas, que lo haga ahora. No queremos saber nada de todo este lío. Que tengas suerte Zanna, nosotros nos vamos – te atreves a decir.

Al escuchar tus palabras, ves cómo Zanna ensombrece su rostro y comienza a hablar en un tono más frío que contrasta con la calidez con la que te había tratado.

- El Gremio pagaría encantado, pero técnicamente tu encargo no fue completado. Tu objetivo era entregar personalmente el cofre a Sígrod, algo que has estado a pocos metros de hacer después de tan largo viaje pero que, sin embargo, no has consumado. Por tanto, tu misión sigue sin completarse, así que, sintiéndolo mucho, no podré dar parte de algo que no ha pasado.

Al escuchar esto, sientes cómo un conato de ira se apodera de ti. Pero antes de que esta furia estalle en palabras, Zanna, consciente de tu reacción, se adelanta y dice.

- Aunque no has llegado a entregar el cofre y no tienes, por tanto, el pergamino sellado de Sígrod que así lo acredita, entiendo que los acontecimientos se han precipitado. Todo ha virado en una dirección que nadie esperaba. El paradigma efectivamente ha cambiado. Haré todo lo que esté en mis manos para dar parte de lo sucedido al Círculo Superior. No creo que se opongan a doblar vuestra recompensa en señal de gratitud por los servicios prestados. Seiscientas coronas de oro son vuestras, el problema no va a ser el dinero – remata Zanna de nuevo en su habitual tono afable.

La cifra indicada por la chica te impacta y aplaca parte de la ira que estaba creciendo en ti. No has visto tanto dinero junto en tu vida y sabes que con él podrías salvar a tus familiares y labrarte también un digno futuro. Durante esos segundos en los que se enfría tu mente, analizas de nuevo la situación y comprendes que abandonar ahora puede suponer la condena de tu familia al regresar a casa con tus solas pertenencias y la experiencia vivida, pero sin el oro que habías salido a lograr. Finalmente comprendes que no tienes alternativa, el asentimiento de Gruff mientras te mira lo recalca. Además, ahora, tienes sobre la mesa el doble de la recompensa que estabas peleando por conseguir. Tu boca se ocupa de mediar entre tu mente y la chica al dejar salir las siguientes palabras:

- De acuerdo Zanna. Trato hecho. 600 coronas. Te ayudaremos a encontrar y liberar a Sígrod. Espero no arrepentirme de esta decisión nunca, pero vayamos a ello. Aceptamos.

- Me alegro de que reconsideraras tu postura – dice Zanna animada -. Tenemos que investigar hasta dar con quienes están detrás del asalto que hemos sufrido y liberar a Sígrod de su cautiverio para que puedas hacer, de una vez por todas, la entrega del cofre y regresar a tu hogar.

Suspiras consciente de la dificultad de esta nueva misión, pero finalmente estás decidido a afrontarla. No has llegado hasta tan lejos para abandonar ahora y menos con esa gran recompensa que está en tus manos lograr.

- Está bien. ¿Cuáles son los próximos pasos a seguir? – dices mientras sientes cómo los bellos ojos de Zanna te ruborizan y desarticulan tus últimas defensas.

Ve a la SECCIÓN 77.

SECCIÓN 444

- Zanna, háblame de ti. Me pides que permanezca contigo y confíe en ti cuando ni siquiera sé quién eres realmente – preguntas tratando de mantenerle la mirada.

- Pues te diré que soy una chica en apuros en una ciudad extranjera que no conoce, oculta en un viejo sótano junto a dos jóvenes casi tan desesperados como ella – contesta con cierta ironía Zanna.

No necesitas contestar a ese comentario, la chica advierte tu suspiro y accede a añadir algo más de información...

- Soy la mano derecha de Sígrod, algo así como su asistente personal y su confidente. Me crié junto a él desde que nací. Mis difuntos padres, y antes mis abuelos, trabajaron fiel y eficientemente para los antecesores de Sígrod. Prueba de ello es que él confía todos sus secretos antes en mí, que no en otro miembro de su raza – informa Zanna.

- Así que cuanto mejor le vaya a Sígrod, mejor te irá a ti – afirmas.

- Algo así podría decirse... - contesta Zanna guiñándote un ojo.

Hay algo más que te gustaría saber acerca de la chica...

- *"Zanna, he visto cómo Elavska te miraba y también tus reacciones al rememorar a esa mujer que hemos dejado en el barco y que cubrió nuestra huida arriesgando su vida. ¿Qué relación os une?" - Ve a la SECCIÓN 418.*

SECCIÓN 445 – Anota la pista ONL

En un santiamén te pones la capa con capucha e indicas a tus compañeros que esperen escondidos entre las cajas. Vas a hacerlo tú sólo. Es la mejor forma de pasar desapercibido y evitar que los centinelas den la voz de alarma al resto de enemigos que seguramente están alojados en el barco. Sólo permites la participación de tus compañeros en caso de que seas descubierto y tus rivales te ataquen.

Haciendo uso de todo tu valor, avanzas hacia esos tipos tratando de mantener el paso firme. **Recuerda anotar la pista ONL** *y ten presente que mientras estés separado de tus acompañantes no podrás beneficiarte de las ventajas que éstos te otorgan.*

- *Si tienes la pista THV, ve a la SECCIÓN 232.*
- *Si no la tienes, pasa a la SECCIÓN 38.*

SECCIÓN 446

Mueres aplastado como una cucaracha en esa ratonera, un final amargo que no esperabas. Has fracasado en tu misión, salvo que todo haya sido una mala pesadilla que es mejor olvidar…

FIN – si tienes algún punto de ThsuS, "Todo habrá sido un Sueño" y podrás retomar la aventura desde el Lugar de Despertar que desees entre los que tengas anotados en tu hoja de personaje. Si no es así, debes comenzar de nuevo desde el principio o desde algún Lugar de Despertar Especial que tengas. **Recuerda resetear, en tu FICHA DE INVESTIGACIÓN, tus dos cuentas de tiempo y las pistas conseguidas a las que tuvieras cuando llegaste a ese Lugar de Despertar del que reinicias.**

SECCIÓN 447

Te encuentras en una amplia estancia dominada por una gran cama con dosel. Hay un elegante escritorio en la parte izquierda de la misma y una puerta lateral en la parte derecha que da acceso a una pequeña salita anexa en la que ves un cambiador de ropas. Parece que estás en la habitación del capitán o quizás era el dormitorio del propio Sígrod. Quizás ahora esté ocupada por otro inquilino tras el asalto de los matones al barco pero, por suerte para ti, no hay nadie dentro en estos momentos.

- *Si tienes la pista ONL, ve a la SECCIÓN 161.*
- *Si no la tienes, ve a la SECCIÓN 82.*

SECCIÓN 448

Lucha contra uno de ellos, mientras tus compañeros hacen lo propio con el resto de encapuchados. ¡Suerte!

ENCAPUCHADO   Ptos. Combate: +5   PV: 25

- *Si consigues derrotar a tu rival, ve a la SECCIÓN 461.*
- *Si tu rival te vence, pasa a la SECCIÓN 72.*

SECCIÓN 449

-    Yo de ti no me acercaría joven – escuchas de pronto a tus espaldas. Al girarte ves a un par de mujeres de unos cuarenta años que portan unas bolsas sucias, seguramente viandas para sus respectivas casas. La más arrugada de ellas es la que te ha dirigido la palabra. Ante tu sorpresa y evidente bloqueo, añade –. Ese niño tiene la *Greva Roja*, y posiblemente su joven madre también. Si no quieres acabar muerto en unas semanas, no te acerques. Ellos ya son cadáveres en vida, que

Domis los guarde a buen recaudo cuando finalmente vayan a reunirse con él – sentencia la mujer.

- Seguramente pronto vaya a declararse el barrio en cuarentena y no se permita entrar o salir a nadie de sus casas y mucho menos atravesar las murallas. Espero que el toque de queda sea pronto. He pasado más epidemias que dedos caben en mis dos manos, pero nunca se sabe cuándo puede llegar tu turno. Mejor que se adopten ciertas medidas de precaución, es bueno para todos… – añade la otra mujer.

- Cierto es. El pobre Pit, mi vecino que tanto se regodeaba de ser sano y fuerte, creo que ha contraído esa mierda esta misma semana… - remata la primera mujer.

Te quedas totalmente petrificado ante esas palabras y miras a las dos mujeres hasta que éstas tuercen rápidamente la esquina y desaparecen. Al girarte ves con terror cómo la niña con su hijito en brazos ha dejado de suplicar y se te acerca esperanzada. Está a sólo unos pocos pasos de ti.

- *Si te marchas inmediatamente del lugar para evitar males mayores, ve a la SECCIÓN 147.*
- *Si te quedas e intentas hablar con la chiquilla, ve a la SECCIÓN 699.*

SECCIÓN 450

- No des por hechas las cosas llegando a conclusiones precipitadas. Eso que dices está por ver. Los aquilanos no lo van a tener tan fácil como lo pintas. Nuestra tela de araña se extiende hasta lugares remotos. La balanza no está desequilibrada… - añade tremendamente intrigante Zanna, a la que no arrancas ninguna otra palabra.

Decide qué tema tratar ahora.

- *"Dime más cosas de la organización para la que trabajas, el Gremio de Prestamistas. Necesito saber más". - Ve a la SECCIÓN 536.*
- *"Dime quién es realmente Sígrod y qué papel tiene en el Gremio de Prestamistas de Meribris. ¿Qué objetivo personal busca con todo esto?" - Ve a la SECCIÓN 569.*

SECCIÓN 451   +25 P. Exp.

Movido por tu furia, logras desencadenar una serie de implacables golpes que acaban con tu enemigo en el suelo. Tu temible rival ha caído fulminado y lo arrastras sin descanso hasta dentro de la habitación para evitar que nadie lo vea tendido en el pasillo. Tienes el pulso alterado fruto del esfuerzo y la tensión. Los nervios se apoderan de ti al pensar que pueden venir más enemigos como éste.

- *Sólo si tienes la habilidad especial de Rastreo o de Robar, te atreverás a invertir más tiempo aquí y registrar el cadáver de tu enemigo. En este caso, pasa a la SECCIÓN 545 para saber qué encuentras.*
- *Si no tienes ninguna de esas dos habilidades, ve a la SECCIÓN 228.*

SECCIÓN 452

*Estás en la localización L57 del mapa. Antes de seguir, anota en tu ficha que has visitado un nuevo lugar hoy (recuerda que puedes ir a un máximo de 4 sitios cada día; uno menos si anoche te alojaste en la librería de Mattus). No vas a tener que realizar ninguna tirada de encuentros con tus perseguidores para esta localización en concreto, pero **para seguir leyendo necesitas gastar 4 CO** (el precio para acceder a las saunas). Si no dispones de esa cantidad o no quieres gastarla, puedes continuar con tu investigación en cualquier otro lugar del mapa.*

Te adentras en las saunas del Distrito Imperial, un magnífico complejo ornamentado con obras de arte traídas, tiempo atrás, desde todos los puntos alrededor del mar de Juva, sobre todo de Hebria, en el istmo de Bathalbar. Por fin disfrutas de un merecido descanso, pero tus oídos no dejan de trabajar.

Escuchas varias conversaciones que mantienen los adinerados clientes que en estos momentos están aquí y averiguas ciertas cosas. Al parecer, la capital está inmersa estas fechas en un variopinto conjunto de celebraciones conmemorativas del cumpleaños de la Madre del Emperador, Déuxia Córodom, pero también descubres otros eventos que quizás te puedan interesar. Tomas buena nota de la agenda de acontecimientos y de su fecha y lugar de celebración:

- *Feria en honor de la Madre de Wexes. Todos los días hasta el día 22 del contador de tiempo de tu investigación. Localización L19 -> SECCIÓN 424 – Feria.*
- *Reunión del Consejo en la que, entre otros puntos, se tratarán los eventos conmemorativos. Día 12 del contador de tiempo de tu investigación. Localización L66 -> SECCIÓN 922 – Palacio del Emperador.*
- *Torneo en honor de la Madre del Emperador. En él se enfrentarán "Las Ratas" contra "Los Cerdos" con la presencia de miles de personas en las gradas y las hinchadas de ambos equipos sedientas de victoria. Día 15 del contador de tiempo de tu investigación. Localización L20 -> SECCIÓN 955 – El Torneo.*

- *Cena de Gala en homenaje a Déuxia Córodom en los Jardines Imperiales. Contará con la presencia de la flor y nata de la sociedad eredomiana. Día 20 del contador de tiempo de tu investigación. Localización L83 -> SECCIÓN 958 – Jardines Imperiales.*
- *Asambleas periódicas del pueblo chipra en una de las tres grandes plazas de la ciudad. Días 4, 9, 14 y 19 del contador de tiempo de tu investigación. Localización L21 -> SECCIÓN 982 – La plaza de las Asambleas.*

Además de la información anterior, puedes recuperar puntos de vida gracias al efecto reparador de las saunas. Puedes ahora lanzar 2D6 y sumar tu Inteligencia para tratar de relajarte un poco, con los beneficios que ello conlleva para tu cuerpo.

- *Si el resultado está entre 2 y 5, recuperas 1 PV.*
- *Si está entre 6 y 8, recuperas 1D6 PV.*
- *Si está entre 9 y 12, recuperas 1D6+2 PV.*

Puedes continuar con tu investigación en cualquier otro lugar del mapa.

SECCIÓN 453

Estás en la localización L55 del mapa. Antes de seguir, anota en tu ficha que has visitado un nuevo lugar hoy (recuerda que puedes ir a un máximo de 4 sitios cada día; uno menos si anoche te alojaste en la librería de Mattus). No vas a tener que realizar ninguna tirada de encuentros con tus perseguidores para esta localización en concreto.

- *Si no tienes la pista VCX, ve a la SECCIÓN 107 y regresa de nuevo aquí para seguir leyendo (anota el número de esta sección para no perderte al regresar).*
- *Si ya tienes esa pista, sigue leyendo…*

Abandonas este emblemático punto de la ciudad y dejas atrás el obelisco de cuarenta metros traído en su día como señal de poderío desde la lejana Valdesia y embarcado en la antigua colonia, ahora ya independiente, de Tarros. La permanencia de Valdesia en el Imperio está en peligro. Wexes tiene allí serios problemas con los silpas.

Pero tú también estás a punto de tener serios problemas. Ves doblar la esquina a un par de esos encapuchados que te persiguen por toda la ciudad y te marchas, inmediatamente, antes de ser visto. *Puedes continuar con tu investigación en cualquier otro lugar del mapa.*

SECCIÓN 454

Un hombre de mediana edad, calvicie avanzada y panza algo prominente, te espera impaciente a pocos metros del control de acceso. Es Élvert, el escriba y secretario personal de Tövnard. Gracias a tus gestiones realizadas en la mansión de este consejero, ahora puedes hacer valer su influencia en las altas esferas para entrar en el recinto. Piensas que han valido la pena todos tus esfuerzos en esa dirección, dado que de otra manera difícilmente se te hubiera permitido acceder a tan distinguido y exclusivo evento.

- *Si tienes la pista TSF, pasa a la SECCIÓN 157.*
- *Si no tienes esa pista, ve a la SECCIÓN 343.*

SECCIÓN 455

Ha sido una mala elección, dado que les has dado tiempo para desenfundar sus armas y pasar al ataque. Parecen desesperados y para nada dispuestos a parlamentar. Esta reacción te ha pillado por sorpresa. *Lanza 2D6 y suma tu modificador de Destreza (tienes que conseguir un resultado de 9 o más para evitar que el encapuchado que se abalanza sobre ti tenga un ataque extra antes de empezar el combate con normalidad). Haz las anotaciones oportunas en tu ficha y pasa a la SECCIÓN 448.*

SECCIÓN 456

Justo cuando vas a abrir la puerta para abandonar la estancia, de pronto ésta se abre desde fuera y ante ti ves a un fiero azafio de mirada penetrante con una cicatriz que surca en diagonal su oscuro rostro. La sorpresa es absoluta para ambas partes.

Hay que decidir quién reacciona antes. Para ello, debes lanzar 1D6 y si sacas par podrás atacar tú primero. Sin embargo, si sacas impar, será el azafio quien golpee en primer lugar. No recibirás ayuda en este combate (en el caso de que estuvieras acompañado) porque tu enemigo y tú estáis cara a cara a un lado y otro del umbral de la puerta, así que tus posibles acompañantes apenas podrían hacer nada.

AZAFIO   Ptos. Combate: +7   PV: 34

Nota: *el temible rival dispone de escudo y de una armadura que le permiten evitar 2 PV de daño en cada golpe recibido.*

- *Si vences en este cruento combate, pasa a la SECCIÓN 451.*
- *Si caes derrotado, ve a la SECCIÓN 911.*

SECCIÓN 457

Estás en la localización L13. Anota que has visitado un nuevo lugar hoy (recuerda que puedes ir a un máximo de 4 sitios cada día; uno menos si anoche te alojaste en la librería de Mattus). También lanza 2D6 para ver si tienes algún encuentro con los matones que os persiguen. Si el resultado es de 7 o más, no te topas con ningún enemigo y puedes seguir leyendo. Si es inferior, debes evitar o vencer a los siguientes tipos que os descubren, para seguir leyendo (los enemigos indicados son los que debes enfrentar en solitario; no se detallan los rivales que atacan a tus compañeros y se considerará que ellos vencerán su combate si tú ganas el tuyo):

ENCAPUCHADO NEGRO 1	Ptos. Combate: +5	PV: 23
ENCAPUCHADO NEGRO 2	Ptos. Combate: +5	PV: 25

Nota: *puedes tratar de evitar el combate si lanzas 2D6 y sumas tu modificador de Destreza obteniendo un 10 o más (si tienes la habilidad especial de Silencioso o de Camuflaje suma +2 por cada una de ellas). Si logras evitar a esos tipos, darás un largo rodeo hasta que puedas quedarte tranquilo y constates que les has dado esquinazo definitivo. Podrás seguir leyendo con normalidad esta sección, pero habrás agotado un tiempo considerable que hará que puedas visitar una localización menos del mapa en el día de hoy (o mañana, si ésta era la última que podías visitar hoy).*

Ptos de Experiencia conseguidos: *9 P. Exp. si vences; 3 P. Exp. si escapas.*

Estás en el Barrio Noroeste, una zona residencial de clase media-baja. Tras explorar durante un tiempo sus calles, sólo encuentras los siguientes lugares de interés:

L36 -> SECCIÓN 271 – Locales sociales del Barrio Noroeste
L37 -> SECCIÓN 256 – Fuente de la estatua de Críxtenes

Si no te interesa ninguna de las localizaciones anteriores, <u>puedes continuar con tu investigación en cualquier otro lugar del mapa</u>.

SECCIÓN 458 – Anota la Pista CIT

Esperas unos tensos instantes, tras llamar a la puerta, hasta que ésta se abre mostrándote la cautivadora figura de la damisela. Sin necesidad de intercambiar palabra alguna, pasas dentro de la casa siguiendo los andares de la seductora mujer. Poco después, tras cruzar un corto pasillo y torcer a la derecha, atraviesas una puerta de cuidada madera y accedes a la alcoba de Elaisa... *Pasa a la SECCIÓN 242.*

SECCIÓN 459

- *Si les dices que eres un nuevo miembro de la tripulación y que vienes a incorporarte a las cocinas del barco, pasa a la SECCIÓN 998.*
- *Si te haces pasar por uno de los guerreros encapuchados buscando una excusa para indicar que ahora no llevas tu indumentaria, ve a la SECCIÓN 481.*
- *Si les comentas que no tienes nada que ver ni con los encapuchados negros ni con los azafios y que estás aquí para vengar sus crímenes y necesitas su colaboración, pasa a la SECCIÓN 168.*

SECCIÓN 460 – Anota la pista FRH

De nuevo en el corredor, tienes estas opciones:

- *Si intentas abrir la otra puerta, la que está cerca del final del pasillo, pasa a la SECCIÓN 260.*
- *Si vuelves al pie de las escaleras que ascienden a cubierta, ve a la SECCIÓN 642.*

SECCIÓN 461 – Anota la Pista QAD y suma 10 P. Exp.

¡Maldita sea! Has podido sobrevivir al combate, pero deseabas poder interrogar a ese tipo. No vas a poder arrancar palabra alguna ni de él ni del resto de sus compañeros. Te conformas con retirarle la capucha, momento en el que observas el rostro de un joven atractivo con facciones norteñas. La faz de su cara solo tiene las magulladuras propias tras haber combatido, pero no ha sufrido ninguna agresión mayor. No parece alguien de la ciudad, sino más bien un forastero aquí venido. En su pecho cuelga un colgante de latón con una luna atravesada verticalmente por una espada de doble filo, el emblema del domatismo aquilano. Tras asegurarte de que tus amigos están bien, os reagrupáis y os centráis en examinar el bulto que transportaban esos tipos, que encontráis poco después... ***Recuerda anotar la pista QAD** y ve a la SECCIÓN 385.*

SECCIÓN 462

Dentro de los mergueses, jurídica y socialmente iguales en teoría, las diferencias económicas entre sus miembros dan lugar a la creación de grupos o estamentos con distintas atribuciones y derechos y a que existan diferentes graduaciones o escalas de poder dentro de su casta. Pero, a pesar de sus diferencias, sus similares intereses crean en ellos sentimientos de solidaridad desembocando en una comunidad que emprende por su cuenta obras de reconstrucción o adaptación de la ciudad, pone en marcha organizaciones financieras, actúa en pleitos frente a otras comunidades sociales y comienza a influir cada vez más en el Consejo.

A medida que las comunidades de mergueses se organizan, intervienen en el gobierno de la ciudad al lado de los miembros del Consejo, quienes exigen interlocutores entre dichos mergueses. De ahí que surjan representantes entre ellos, que son personas de reconocida solvencia, líderes naturales que colaboran con los funcionarios imperiales compartiendo, incluso, ciertas atribuciones o competencias para liberar de cargas burocráticas y administrativas al gobierno central, a medida que la ciudad incrementa su población y riqueza. Son conocidos como los *Promergueses*, un grupo reducido de habitantes de la capital, los mejores mergueses que destacan por su riqueza, profesión o capacidad directiva, a los que ahora se les dan poderes de gobernanza y entre los cuales estarían varios de los directivos del Banco Imperial.

Admirado por los conocimientos de Zanna en esta materia, te ruborizas un poco cuando alabas su exposición. La guapa chica te dedica una sonrisa resplandeciente y quita méritos a su sapiencia. Te dice que ha tenido que estudiar a fondo el fenómeno de los *mergueses* durante los últimos años, dado que el Gremio de Prestamistas de Meribris, para el que ella trabaja, está muy preocupado por que esta corriente social se extienda a su ciudad y, por tanto, se diluya parte de su férreo control político y económico.

Tras esta charla, que se ha prolongado durante todo vuestro paseo a lo largo del barrio, ve a la SECCIÓN 568 para decidir qué hacer ahora…

SECCIÓN 463

- *Si tienes la pista CAR pero no la pista SAR, ve a la SECCIÓN 495.*
- *Si tienes tanto la pista CAR como la pista SAR, ve a la SECCIÓN 543.*
- *Si no tienes ninguna de ambas pistas, ve a la SECCIÓN 240.*

SECCIÓN 464

Por fortuna, consigues llegar a la altura de una de las ventanas tapiadas. En concreto, a la que ves que deja escapar algo de luz del interior de la estancia iluminada. Seguramente haya algún resquicio por el que poder mirar a través de ella y así poder averiguar algo más sobre esos misteriosos tipos encapuchados. *Lanza 2D6 y suma tu modificador de Percepción (si tienes la habilidad especial de Oído agudo, suma +2 extra al resultado):*

- *Si el resultado total está entre 2 y 9, ve a la SECCIÓN 514.*
- *Si está entre 10 y 12, pasa a la SECCIÓN 964.*

SECCIÓN 465

De pronto, tu mente reacciona y planeas lo más parecido a una coartada que se te ocurre. Te enfundas tu capucha negra y sales al pasillo tras abrir bruscamente la puerta.

- ¿Qué está pasando? ¿A qué se deben estos gritos? – exclamas tratando de ser convincente.

- Y tú, ¿qué diablos hacías ahí dentro? – pregunta uno de los ocho mercenarios que ves en el pasillo antes de observarte de arriba abajo y romper a reír al igual que el resto.

No es necesario que hayas contestado. Tus pantalones bajados por debajo de las rodillas y el cuadro pintado de una bella mujer que has cogido a toda prisa antes de salir y que mantienes ahora aferrado en tus manos, representan en la mente de estos hombres lo que has tratado de hacerles creer, por muy humillante para ti que haya sido la farsa.

Al menos, a ojos de estos tipos, parece ser convincente y explica el que estuvieras encerrado a solas y a oscuras en la pequeña estancia. Tu degradante actuación tiene su recompensa cuando te mandan de urgencia a dar la voz de alarma al resto de hombres que están en la planta inferior del barco, según te indica extendiendo el brazo uno de los azafios, al que ves señalar el pasillo que parte hacia la izquierda justo al lado de las escaleras por las que antes has bajado *(es el pasillo que antes quedaba a tu derecha)*. Tratando de superar los nervios que te invaden, te diriges sin rechistar hacia donde te han indicado, tras colocarte bien de nuevo tus pantalones. *Pasa a la SECCIÓN 856.*

SECCIÓN 466

Dedicas un tiempo a indagar algo más sobre el Consejo de Tol Éredom. Lanza 2D6 y suma tu modificador de Inteligencia. Si el resultado es igual o superior a 9, habrás sido ágil en recopilar y estudiar lo que buscas, invirtiendo, por tanto, poco tiempo. Pero si el resultado es igual o inferior a 8, anota en tu ficha que has agotado una localización adicional en el día de hoy (si no quedaban más localizaciones por visitar hoy, entonces debes abandonar la Gran Biblioteca y regresar otro día).

*Toma nota en tu ficha del número de esta sección, puesto que **ya no podrás regresar a ella**. Esto es lo que averiguas:*

El actual Consejo de Tol Éredom está compuesto por el Emperador Wexes, su madre Déuxia Córodom y los diez consejeros siguientes: Brokard Doshierros (Embajador enano de las Brakas), Sir Wimar (Legado de Gomia), Sir Ballard (Legado de Tirrana), Sir Crisbal (Comisionado de Réllerum), Fento

Chesnes (Representante del pueblo Chipra), Su Santidad Hërnes Pentûs (Sumo Sacerdote Domatista Wexiano), Edugar Merves (Consejero de los Caudales) y los representantes de las tres grandes Casas de Domia: Rovernes, Tövnard y Regnard Dérrik.

Descubres también que el voto del Emperador tiene un valor equivalente a cuatro votos del resto de miembros del Consejo.

Además de lo anterior, descubres la fecha de la reunión del Consejo más cercana en el tiempo (es el día 12 de tu contador de tiempo de la investigación; si no ha pasado esa fecha, sería interesante intentar mover hilos para asistir; si ya ha pasado, quizás deberías indagar acerca de qué se trató en tal reunión). Vuelve a la SECCIÓN 836.

SECCIÓN 467

Tras lo sucedido, te encuentras en la estancia central de la casa de Elaisa, la que hace las veces de comedor y sala de estar. Ella está preparando un pequeño tentempié mientras entona en voz baja una viva melodía, como si nada hubiese pasado. Te da la espalda y sólo ves su bata granate sobre la que descansa su larga melena. No paras de pensar en lo sucedido y te intriga enormemente qué esconde esa misteriosa y sensual mujer.

Por fin te armas del valor necesario para hacer las preguntas que reconcomen tu mente… *Pasa a la SECCIÓN 162*.

SECCIÓN 468   +13 P. Exp.

Por fin, la puerta de las cárceles escupe a varias figuras que entran en escena. Empujados por los guardias, ves a dos desgraciados harapientos que suplican ser alistados en la Hueste de los Penitentes sin tan siquiera habérseles preguntado. La imagen de ambos condenados es lamentable. Su miseria se acrecienta por el tono desgarrado de sus sollozos.

Una cruel carcajada de Azrôd interrumpe la letanía de súplicas. Sus dos acompañantes encapuchados permanecen a su lado impasibles, mientras la mole de músculos se dirige a los centinelas.

- ¿Esta es la mierda que ahora nos ofrecéis? ¿No tenéis nada mejor que presentarnos? Esta escoria no sirve para nada. ¡Apartadla de mi vista que apesta! – sentencia el monstruo desdeñando la "mercancía" que se le ofrece, antes de dirigirse a sus dos acompañantes encapuchados – Habrá que dar parte en el Consejo. Están tardando en endurecer las penas por delitos. Necesitamos carne fresca que reclutar.

Sin esperar respuesta, el gigante azafio y sus acólitos de negro se alejan a paso rápido del lugar, lo que te hace reaccionar impeliéndote a seguirles.

Oculto entre las sombras, avanzas sigilosamente con la música de fondo de los gritos desgarrados de esos dos desgraciados que no van a poder conmutar su condena y que probablemente acabarán pasados a fuego o en la horca... *Sigue en la SECCIÓN 875.*

SECCIÓN 469

- ¿Sabes quién es Zork y qué pinta en todo esto? – preguntas antes de seguir explicando - De milagro escapé en un par de ocasiones de ese tipo de mirada zorruna cuando me abordó en mitad de la noche, tanto en una posada de Tirrus como en plena mar cuando viajaba hasta aquí. Tenía interés en el cofre, no cabe duda. Y no parecía estar muy contento de Viejo Bill por lo que me dijo cuando intercambié unas palabras con él mientras estábamos esperando al juicio en la bodega del "Serpiente Dorada. Le pregunté a Elavska por él y me dijo que no lo conocía y que quizás se trataba de algún miembro menor de su compañía.

- Pues poco puedo añadir a lo que dices. Puede ser una pieza menor de la banda de Elavska. Quizás se desvió de su cometido buscando el beneficio individual o a saber por qué motivo – contesta Zanna.

- ¿Podría estar este tipo relacionado con la banda de matones que nos está persiguiendo? – preguntas tras haber intuido alguna correlación.

- A decir verdad, creo que no tiene sentido eso que dices. Seguramente busca sus propios intereses por la descripción que me has dado y, sobre todo, porque no tendría ningún sentido para nuestros enemigos el ir a buscaros hasta tan lejos e interferir en vuestro transporte del cofre sabiendo que ibais a aparecer por aquí, igualmente, tarde o temprano. Lo más sensato es esperaros y actuar a vuestra llegada, tal como ha sucedido, en lugar de dispersar hombres por las vastas tierras de Térragom con la esperanza de localizaros – contesta la chica.

- Eso tendría sentido, pero quizás también consideraran la posibilidad de que fracasáramos en el transporte y que no llegáramos jamás hasta aquí. En este caso, sería más inteligente hacerse con el cofre enviando a alguien a por nosotros. Garantizaría la captura del mismo en lugar de confiar el plan a la suerte de unos desconocidos – replicas pensativo.

- No es descabellado ahora que lo dices. Pero hay algo que no me encaja del todo en ese argumento. ¿Desde cuándo dices que ese tipo os ha estado persiguiendo? ¿Desde que llegasteis a Tirrus? – pregunta Zanna.

- Mmm... antes incluso de llegar a esa ciudad lo vimos por primera vez – dice de pronto Gruff mirándote fijamente tras haber estado escuchando vuestras intervenciones. Antes de que puedas añadir nada, tu amigo prosigue -. Recuerda que nos lo topamos antes incluso de encontrar el cofre, cuando marchábamos hacia el bosque de Táblarom en el inicio de nuestra misión

- Vaya. Eso es cierto... Nos preguntó por Viejo Bill y parecía huir de los soldados gomios que vimos aparecer poco después – dices entendiendo que tu sospecha se desmonta.

- No es muy probable pues que Zork sea un emisario de estos bandidos – concluye Zanna mientras Gruff asiente.

- Y en el caso de que lo fuera, poco importa ahora. Seguramente encontró la muerte durante el asalto de los juvis al *Serpiente Dorada* del que escapamos de milagro – finiquitas llevando tu mente a otros temas...

Ha llegado el momento de que plantees nuevas preguntas.

- *"¿Conoces a Viejo Bill? ¿Puedes decirme algo de él? Fue quién nos contrató para llevar a cabo esta maldita misión. Cuando hablé con Elavska al llegar al barco, lo mencionó diciendo que estaba a punto de hacerle pagar nuestro retraso y el que me hubiera elegido para el transporte cambiando al emisario original".* - <u>Ve a la SECCIÓN 988</u>.
- *"Háblame de la compañía de Elavska, Viejo Bill y Zork. ¿Qué papel juega en todo este asunto?"* - <u>Ve a la SECCIÓN 363</u>.
- *"Me gustaría cambiar de asunto. Hablemos de otras cosas..."* - <u>Vuelve a la SECCIÓN 850</u>.

SECCIÓN 470

Recuerdas tener pendiente un favor que cobrar. Ayudaste a un mergués de la ciudad, de nombre Hóbbar, cuando aceptaste espiar a su mujer. A cambio, el hombre se ofreció a acompañarte hasta aquí y presentarte a un contacto suyo, el monje responsable del almacén y la logística de la comunidad de religiosos de la Gran Catedral.

Sin dudarlo, decides usar esta baza y así lo haces saber a tus compañeros. Vuelves a salir de la inmensa basílica y te encaminas a la zona que suele frecuentar Hóbbar, tal como éste te indicó antes de despediros.

No es fácil dar con él y te cuesta un buen tiempo, pero finalmente lo localizas y regresas, acompañado por el mismo, al gran templo.

Nota de juego antes de seguir leyendo: anota en tu ficha que has consumido una localización extra en el día de hoy por el tiempo empleado en buscar a Hóbbar. Si ya no te quedaban localizaciones por anotar hoy, entonces resta una de las que puedas visitar mañana.

Tampoco es fácil dar con el monje que conoce Hóbbar aunque, de nuevo, la suerte está con vosotros y finalmente lo encontráis en la zona anexa a las dependencias de los religiosos de la catedral. Tras unas breves presentaciones, donde constatas la amistad que une al monje y al comerciante, el segundo de ellos se disculpa alegando que sus negocios le reclaman. Por fin estás con el beato cara a cara. Esperas que tenga ganas de contar cosas... *Sigue en la SECCIÓN 717.*

SECCIÓN 471 – Anota la Pista ZCH y suma 25 P. Exp.

Al acabar tu pregunta, ves cómo Zanna te mira seriamente. Estaba terminantemente prohibido abrir el cofre, tal como Viejo Bill te recalcó al contratarte y antes de empezar tu misión. Has cumplido este punto manteniéndote fiel a tu cometido, pero estás ansioso de información. De pronto, la chica rompe el tenso silencio.

- Creo que merecéis más respuestas ahora que os vamos a necesitar también para dar con el paradero de Sígrod, para lo cual tendremos que investigar juntos. Toda información es poca... – dice Zanna asintiendo.

Antes de que puedas añadir nada, Zanna prosigue.

- No es necesario que lo abramos. Te aseguro que no es agradable su contenido – continúa Zanna -. Sólo debéis saber que dentro de él se encuentra la prueba definitiva de la muerte del heredero de Gomia, a quién la compañía de Elavska y Viejo Bill debía eliminar por encargo de la organización para la que trabajo. Es decir, la misma de la que Sígrod forma parte. El Gremio hebrita de Prestamistas de Meribris.

Tu mente hierve sacudida por la información. Necesitas más respuestas. Ve a la SECCIÓN 40.

SECCIÓN 472   +9 P. Exp.

Tras varias negativas a entablar conversación por parte de algunos de los altivos soldados, por fin das con uno que parece dispuesto a compartir algo de lo que sabe respecto al estado de la Guerra Civil Sucesoria contra los aquilanos.

La situación no parece estar nada clara para los intereses de Wexes. Los distintos frentes están en peligro, ahora agravados por el conflicto interno entre gomios y tirranos. Pero, además, terceras naciones en expansión están aprovechando la coyuntura para efectuar considerables avances a costa del Imperio. Sin ir más lejos y dejando el caso de la traición de los silpas aparte, en Azâfia, el Patriarcado de Sahitán está poniendo contra las cuerdas a los territorios controlados por Wexes. Al parecer, el Consejo valora la posibilidad de ceder Casbrília al Patriarcado con tal de aplacar su ambición y congelar por un tiempo sus agresiones. El aire no sopla a favor de Wexes en los diversos frentes bélicos que tiene abiertos.

Aprovechando su predisposición para hablar, preguntas a tu interlocutor si los aquilanos podrían estar interesados en agredir a los hebritas y, por ende, al Gremio de Prestamistas de Meribris. El soldado te dice que los partidarios de Aquilán nunca han dejado de considerar a los hebritas como enemigos del Imperio y causantes de muchos de sus males.

Finalmente, te despides del guardia para seguir explorando el recinto de la Fortaleza. *Vuelve a la SECCIÓN 799, pero hoy ya no podrás intentar de nuevo entablar conversación con los guardias.*

SECCIÓN 473

- *Si quieres empezar ya a investigar sobre el pasado de Elaisa en este prostíbulo, ve a la SECCIÓN 746.*
- *Si prefieres contratar antes alguno de los servicios del burdel del eunuco Legomio y acercarte a alguno de los mozos o las señoritas que te miran de forma insinuante, ve a la SECCIÓN 372.*
- *Si piensas que ya no tienes nada más que hacer aquí, puedes continuar con tu investigación en cualquier otro lugar del mapa.*

SECCIÓN 474

Escapas del lugar, seguido por tus compañeros, mientras la masa desbordada se dedica a realizar tropelías y saqueos destruyendo los alrededores de la plaza. En tu carrera, te cruzas con un numeroso tropel de guardias eredomianos que han sido enviados para contener los disturbios y disuadir a la masa enfurecida antes de que se produzca un auténtico baño de sangre. Pero lo que suceda ahí, a ti ya poco te importa. Todos tus sentidos están centrados en ir tras el gigante azafio, al cual persigues desde una distancia prudencial durante unos veinte minutos, momento en que ves que éste llega por fin a una casa de apariencia acomodada entre el Distrito Imperial y el Barrio de los Mergueses. Tras atravesar el coqueto jardín, con sus fuertes nudillos, el gigante aporrea la puerta y, al poco, aparece un azafio escoltado por dos encapuchados negros. Ha llegado el momento de actuar antes de que cierren el portón y te sea imposible el acceso. Desenvainas tu arma, haces una señal a tus compañeros para que te sigan y piensas en tu familia antes de iniciar tu desesperada carrera...
Pasa a la SECCIÓN 152.

SECCIÓN 475

- Podrás seguir viendo a tu viejo amigo durante un tiempo si accedes a acompañarme hasta mi patria, donde lo llevaré para que sea juzgado. Has demostrado ser hábil al superar todos esos desafíos que has relatado y estoy necesitado de hombres fuertes tras todos los estragos sufridos. Además, podrías informar de primera mano a mi padre de toda esta vil trama. Ayudarías a esclarecer los hechos y a detener la guerra de mi país con tu tierra, Tirrana, a la que injustamente se ha acusado de mi asesinato, rompiéndose así una vieja alianza. El dinero no sería un problema, bien merecerías un salario diario de diez coronas de oro por tus servicios y otras diez por los de tu fiel amigo, además de la posibilidad de conocer nuevas tierras y gentes y vivir nuevas aventuras – remata Wolmar mirándoos a Gruff y a ti.

Esta proposición no entraba en tus previsiones. ¿Qué decides?

- *Si aceptas la propuesta de Wolmar y resuelves acompañarle en sus andanzas, pasa a la SECCIÓN 860.*
- *Si crees que ya tienes suficiente y que debes apartarte de las aventuras volviendo a la vida familiar en la granja, ve a la SECCIÓN 49.*

SECCIÓN 476

Esperas no haberte equivocado de sitio. Es la dirección que esa mujer te dio. Elaisa se llamaba… al menos ese es el nombre que te había dado cuando te sugirió tener una cita íntima en su casa. Has venido en solitario. Tus amigos no saben nada de todo esto…

- *Si estás en el día 12 o 17 del "contador de tiempo de la investigación", nadie responde tras tu llamada al picaporte de la puerta de la casa. No tienes más remedio que marcharte de aquí. Puedes continuar con tu investigación en cualquier otro lugar del mapa.*
- *Si el "contador de tiempo de la investigación" indica que no estás en ninguno de los dos días anteriores, debes superar una tirada de dados para ver si Elaisa se encuentra en estos momentos en la casa. Lanza 2D6 (suma +2 extra si tienes la habilidad especial de Suerte):*
  - *Si tienes la pista VST, tienes éxito automático en la tirada y vas a la SECCIÓN 692.*
  - *Si el resultado está entre 2 y 6, la mujer no está en su residencia y no tienes más remedio que irte (puedes volver a partir de mañana a probar suerte otra vez). Puedes continuar con tu investigación en cualquier otro lugar del mapa.*
  - *Si el resultado está entre 7 y 12, ve a la SECCIÓN 692.*

SECCIÓN 477

¡Ha sido una fatal decisión hacer eso! Tras abrir la puerta, con terror descubres que estás ante la sala común donde se aloja el grueso de fuerzas mercenarias que han tomado el barco. Una docena de literas de dos camas dominan la atestada estancia. ¡Y lo peor de todo es que casi todas ellas están ocupadas por matones que descansan!

- *Si tienes la pista ONL, pasa a la SECCIÓN 698.*
- *Si no la tienes, ve a la SECCIÓN 248.*

SECCIÓN 478

Con los nervios a flor de piel, tratas de actuar lo más rápidamente posible. *Lanza 2D6 y suma tu modificador de Percepción (si tienes la habilidad especial de Rastreo o de Robar, suma +1 extra por cada una de ellas):*

- *Si el resultado está entre 2 y 7, ve a la SECCIÓN 18.*
- *Si está entre 8 y 12, sigue en la SECCIÓN 207.*

SECCIÓN 479

Estás en la localización L61. Anota que has visitado un nuevo lugar hoy (recuerda que puedes ir a un máximo de 4 sitios cada día; uno menos si anoche te alojaste en la librería de Mattus). También lanza 2D6 para ver si tienes algún encuentro con los matones que os persiguen. Si el resultado es de 8 o más, no te topas con ningún enemigo y puedes seguir leyendo. Si es inferior, debes evitar o vencer a los siguientes tipos que os descubren, para seguir leyendo (los enemigos indicados son los que debes enfrentar en solitario; no se detallan los rivales que atacan a tus compañeros y se considerará que ellos vencerán su combate si tú ganas el tuyo):

ENCAPUCHADO NEGRO 1	*Ptos. Combate: +3*	*PV: 23*
ENCAPUCHADO NEGRO 2	*Ptos. Combate: +6*	*PV: 30*

Nota: *puedes tratar de evitar el combate si lanzas 2D6 y sumas tu modificador de Destreza obteniendo un 7 o más (si tienes la habilidad especial de Silencioso o de Camuflaje suma +2 por cada una de ellas). Si logras evitar a esos tipos, darás un largo rodeo hasta que puedas quedarte tranquilo y constates que les has dado esquinazo definitivo. Sin embargo, ya no podrás visitar esta localización en el día de hoy.*

Ptos de Experiencia conseguidos: *12 P. Exp. si vences; 4 P. Exp. si escapas.*

En una estrecha callejuela del Barrio Norte, encuentras un sucio local cuyo cartel reza "Empeños Pett el Manco". Una irónica sonrisa aflora en tu rostro al recordar cómo empezó toda tu aventura. Parece que fue en otra vida cuando sufriste la coz de un corcel en celo en las caballerizas de Sekelberg. Un poco más y ostentarías el mismo mote que Pett, el desaliñado propietario de esta casa de empeños, un negocio basado en la desesperación de sus clientes.

Pett tasa a mitad de precio cada una de las posesiones que aquí desees empeñar. Por cada uno de los objetos de tu inventario que desees dejar aquí a cambio de dinero, puedes intentar negociar mejores condiciones si lanzas 2D6 y sumas tu Carisma y obtienes un 9 o más en el resultado (si tienes la habilidad especial de Negociador suma +2 extra al resultado). En caso de superar la tirada, para ese objeto en cuestión, podrás conseguir un 75 % de la cantidad exacta de dinero que te costó al comprarlo (si fallas, sólo podrás conseguir la mitad de lo que te costó, como se ha indicado antes).

En un futuro, si vuelves a Tol Éredom, podrás venir aquí aunque no lo indique el texto y recuperar lo que hayas empeñado. Para ello, deberás abonar el dinero que Pett te ha dado multiplicado por 3 (o por 2 en caso de que ganes una negociación de la forma indicada antes). Haz las anotaciones oportunas y puedes continuar en cualquier otro lugar del mapa.

SECCIÓN 480

Afinas la vista mientras permaneces escondido tras unas cajas que están apiladas a pocos metros. Aunque apestan a pescado, suponen el escondite perfecto para que tus compañeros y tú no seáis detectados.

En total son cuatro figuras encapuchadas las que se esfuerzan en transportar ese cuerpo envuelto en un saco. En estos momentos, están alejándose de tu ubicación en un ángulo que te permitiría acecharles por la espalda. Las dudas te asaltan. ¿Deberías dejar a esos tipos en paz sea lo que sea que estén haciendo? ¿Tendrías que actuar y abordarles o, al menos, seguirles para ver hacia dónde se encaminan?

- *Si les dejas estar y consideras que lo mejor es marcharte, pasa a la SECCIÓN 401.*
- *Si arremetes contra ellos intentando aprovechar la oscuridad y el factor sorpresa, sigue en la SECCIÓN 576.*
- *Si intentas seguirles desde la distancia intentando que no te descubran, ve a la SECCIÓN 736.*

SECCIÓN 481

Haz una tirada de 2D6 y suma tu modificador de Carisma para hacerte pasar por uno de los encapuchados negros (si tienes la habilidad especial de Don de gentes, suma +2 extra al resultado):

- *Si el resultado total está entre 2 y 6, pasa a la SECCIÓN 998.*
- *Si está entre 7 y 12, ve a la SECCIÓN 648.*

SECCIÓN 482   +10 P. Exp.

Todo sucede muy rápido. Fogonazos para tu mente saturada por tanta impresión en el día de hoy. Corres junto a Gruff tras Azrôd, mientras escuchas los sollozos de alegría de Zanna a tu espalda. La chica se dirige a la dormida Elavska tranquilizándola y avisándola de que la va a liberar, aunque es improbable que la amazona la entienda en su estado.

El pasillo oscuro y húmedo que hay tras la puerta desemboca en una intersección a derecha e izquierda. El gigante azafio ya ha torcido en una de las dos direcciones y no sabes por cual.

- *Si corres hacia el pasadizo de la derecha, pasa a la SECCIÓN 150.*
- *Si eliges el corredor de la izquierda, ve a la SECCIÓN 804.*

SECCIÓN 483

- *Si tienes la pista MLS o la pista PTH, ve a la SECCIÓN 564.*
- *Si no tienes ninguna de esas pistas, ve a la SECCIÓN 296.*

SECCIÓN 484   +20 P. Exp.

Acabas con este fiero rival, al igual que Gruff ha hecho con el suyo, pero no tienes tiempo para registros ni celebraciones. Sin perder un segundo, antes de que más enemigos acudan a la escena y os descubran, te encaminas hacia la abertura que guarda las escaleras que descienden desde la cubierta. *Pasa a la SECCIÓN 4.*

SECCIÓN 485

Estás tumbado en tu lecho, mientras Gruff ronca ruidosamente en la cama de al lado. Miras al techo de la habitación inmersa en las penumbras, cuando tu mente pasa a repasar todas las aventuras que has vivido y todo lo que has tenido que sufrir para superarlas. Te invaden unas tremendas ganas de regresar a casa para reencontrarte con tu madre y tu querida hermana. Añorando sus amados rostros, te sumerges en un sueño profundo que fluye incontrolable en direcciones inesperadas, como las aguas bravas tras una tormenta. Tu saturado cerebro y la bebida tomada durante la cena te están jugando una mala pasada. Esos carnosos labios, ese olor embriagador que impregna todo tu ser, ese tacto increíble que hace que salten chispas. El beso apasionado de Zanna y su entrega al placer carnal, delicioso hechizo del que no quieres despertar… *Ve a la SECCIÓN 895.*

SECCIÓN 486

¡Bravo! Has conseguido encontrar uno de los 3 ingredientes que necesitas para elaborar la pócima de evasión que te permite escapar automáticamente de los encapuchados negros que te persiguen por toda la ciudad. Recuerda los efectos de juego de esa pócima en la SECCIÓN 872. **Anota en tu ficha el INGREDIENTE B** *y anota también que, cuando consigas los otros dos ingredientes, podrás disfrutar ni más ni menos que de 12 dosis. Además, resta 2 CO que es el coste de este ingrediente.*

Nota 1: *Estas dosis sólo pueden ser empleadas durante los* **próximos 3 días** *dado que los efectos de sus ingredientes se pierden con el paso del tiempo, así que intenta conseguir hoy mismo el resto de ingredientes para no perder días de uso de este ingrediente que acabas de conseguir, lo que provocaría que perdieras días de uso del resto de ingredientes (al elaborar la pócima,* *debes usar a la vez todos los ingredientes de los tres tipos que tengas, así que, si uno de ellos lo compraste, por ejemplo, un día antes que los otros dos, entonces solo dispondrás de 2 días para hacer uso de la pócima).*

Nota 2: *cuando se acaben las dosis y siempre que el contador de tiempo sea igual o inferior a 16 días, puedes volver a la Feria para comprar de nuevo los 3 ingredientes y disponer así de 12 nuevas dosis.*

Recuerda que estabas en el hexágono F8. *"Puedes seguir explorando la Feria en la SECCIÓN 413".*

SECCIÓN 487   +50 P. Exp.

A continuación se enumera a cada uno de los miembros del Consejo de Tol Éredom junto con la postura que ha venido defendiendo hasta el momento ante la posibilidad de que un hebrita ocupe un sitial de dicho órgano de gobierno.

Brokard Doshierros, Embajador de las Brakas.

Enano de la rama midok, de tupida y larga barba que comienza a teñirse de blanco y de semblante perennemente serio.

*No está en contra de que los hebritas accedan al Consejo, pero tampoco hace mucha fuerza en su favor. Prefiere mantenerse al margen de este asunto declarándose como **neutral** al respecto. Por una parte, Brokard no desea que los hebritas ganen cuota de poder para no perder los enanos la suya, pero por otro lado sabe que los hebritas han sido históricamente importantes en los Consejos donde se daba peso a los enanos midok frente al linaje de los nebrak (que han quedado siempre relegados a un segundo plano respecto a los primeros, a los que pertenece el propio Brokard).*

Sir Wimar, Legado de Gomia.

Hombre de mediana edad y piel clara, bastante entrado en kilos, de mofletes sonrosados y pelo escaso y rubio. Viste una amplia túnica de colores chillones que disimula algo sus carnes y ostenta caras joyas de los metales más nobles.

*Su posición en cuanto a los hebritas es clara. Según averiguas, está **en contra** de la entrada de éstos en el Consejo. El motivo parece ser el mantener su cuota de poder e impedir que los hebritas ganen su parcela en el órgano superior de gobierno del Imperio. Sir Wimar también recuerda al Emperador que a todos les resultaría difícil gobernar sus respectivos países en caso de dar entrada a los hebritas, dado el rencor normalizado de los chipras (principal etnia a nivel numérico en muchas regiones del Imperio) hacia ellos, lo cual es algo a tener muy presente.*

Sir Ballard, Legado de Tirrana.

De aspecto curtido y porte propio de un guerrero, Ballard conserva aún algunos restos de una juventud pasada. Los últimos años de aposentamiento, tras ser nombrado Consejero, comienzan no obstante a causar cada vez más mella en su físico. Hay rumores que dicen que Sir Ballard está tonteando con la bebida, pero en todos los Consejos se presenta sobrio, aunque eso sí, con un ligero aliento a brandi. Por todos es conocida su decisión e impulsividad en ciertos asuntos, sobre todo en aquellos donde considera que están siendo socavados sus valores y principios.

Hasta el reciente conflicto con su antigua aliada Gomia, Sir Ballard había mantenido también una posición contraria a la entrada de los hebritas en el Consejo, pero la escalada bélica con sus vecinos había provocado que los consejeros de Gomia y Tirrana confrontasen en todos los aspectos que se tratasen, siendo el caso de los hebritas uno más de ellos.

Tu interlocutor te explica que este cisma en el Consejo ha obligado a posicionarse al resto de los consejeros en uno u otro lado respecto al conflicto entre estos dos antiguos aliados o a mantenerse neutral, lo que significa una tercera postura. Al fragmentar el Consejo y propiciar la desconfianza entre unos y otros, los hebritas lo tienen más fácil para influenciar a una parte del mismo, ganarse su favor y hacer que vote en positivo para integrarlos de nuevo dentro, a cambio de la ayuda pertinente del Gremio para desbancar a sus contrarios. De no existir este conflicto interno, los hebritas lo tendrían más que complicado.

*Por todo lo dicho, parece ser que Sir Ballard de Tirrana ha replanteado su posición inicial y actualmente se muestra **neutral** respecto al asunto de los hebritas. No se posiciona a favor de su entrada en el Consejo, por los mismos motivos indicados para su máximo rival, sir Wimar de Gomia, pero considerando que no puede coincidir en opinión con este último, ha decidido optar por esa neutralidad estudiada.*

Sir Crisbal, Comisionado de Réllerum.

Es el consejero de edad más joven. Alto y de figura estilizada, contiene la vitalidad propia de aquel que acaba de iniciar la treintena. En el trato, no obstante, demuestra una timidez latente, lo cual hace que sea una persona de pocas palabras.

*En el asunto de los hebritas, vincula su decisión a **lo que finalmente decida el Emperador**. No hay apenas población chipra en la tierra a la que representa, ubicada en la meridional Azâfia. Es uno de los principales apoyos del Emperador y secundará lo que él decida.*

Fento Chesnes, Representante del pueblo Chipra.

De aspecto frágil y constitución delgada, típicamente chipra, Fento, sin embargo, dispone de una gran determinación y un carisma que le han permitido auparse con la victoria en las últimas elecciones celebradas hace poco para escoger al representante de su etnia en el Consejo de la ciudad.

Su postura es claramente **_en contra_** de que los hebritas entren a formar parte del Consejo. Se hace eco con ello del sentir del pueblo al que representa.

Su Santidad Hërnes Pentûs, Sumo Sacerdote Domatista Wexiano.

El pequeño cuerpo de Hërnes es casi imperceptible, envuelto siempre en sus amplios y aparatosos ropajes. El hombrecillo, de edad madura pero mirada viva y decidida, agarra siempre con su mano izquierda un ostentoso cayado que señala su posición como máximo representante de la Nueva Fe del Imperio. De mente aguda y firmeza en sus convicciones, Hërnes es un miembro difícil de convencer, una vez ha tomado sus sosegadas decisiones.

En lo que respecta a la cuestión hebrita, por razones obvias, está **_en contra_** de su entrada en el Consejo. La motivación está clara y es evitar cualquier conato de resurrección del Hebrismo como religión oficial del Imperio.

Edugar Merves, Consejero de los Caudales.

Este hombre de mirada perspicaz, nariz aguileña y cuerpo poco acostumbrado al esfuerzo físico, aunque no flácido, ostenta el título de Consejero de los Caudales y, por tanto, es el máximo responsable de las finanzas de Tol Éredom y del Imperio. Se dice que es uno de los hombres más ocupados que existen, prueba de ello es que también ocupa el cargo de Gobernador del Banco Imperial. Promergués ilustre de la ciudad, su olfato para los negocios le había catapultado hasta la cúspide de esta nueva clase social pujante con la vieja nobleza terrateniente.

Se muestra firmemente **_en contra_** de la entrada de los hebritas en el Consejo por cuestión de intereses del Banco Imperial que regenta. Su principal competencia es el Gremio de Prestamistas, organización a la que no desea facilitar las cosas ni el acceso a nuevos mercados.

Consejero Rovernes.

El fornido y alto Rovernes es un hombre de rostro agraciado y sonrisa cautivadora, un afamado seductor y uno de los amantes más proclives de Tol Éredom. Causante de suspiros y anhelos entre muchas mujeres y algunos hombres de la Corte, su agudeza mental no está a la par de su belleza y artes amatorias. Este hombre, a fin de cuentas, es el heredero legítimo de la Casa Rovernes y el máximo representante de su linaje ante el Emperador, así que no ocupa este puesto por otros méritos que no sean su sangre y ascendencia.

Su rivalidad con el consejero Tövnard es bien sabida por todos. De los presentes en los consejos, es quién siempre muestra una actitud más tensa mientras no deja de mirar a su máximo rival Tövnard.

Al parecer, Rovernes ha estado inquieto por la posibilidad que últimamente se había venido barajando en el Consejo y, por la cual, podía verse fuera de *la ciudad marchando al distante oeste. Encima de la mesa ha estado, durante semanas, el análisis por parte de los consejeros acerca de cómo proceder ante la afrenta sufrida por el Emperador por la traición de los silpas en Valdesia. Estos inquietantes seres han traicionado el acuerdo que tenían con Wexes para apoyarle frente a los aquilanos en aquella región, una ayuda por la que, a cambio, estaban recibiendo sustanciosas sumas de dinero. Unilateralmente, los silpas han roto dicho pacto, una vez han exprimido los recursos del Emperador, y entonces han enviado sus huestes a invadir una de las zonas periféricas de Valdesia, anexionándola al estado silpa y saliendo de la guerra entre Aquilán y Wexes para seguir sus propios intereses.*

El Consejo ha venido debatiendo entre enviar allí a un representante para presionar y exigir detalladas explicaciones a los traidores con tal de preservar la imagen de fuerza del Emperador o, por el contrario, dejar ese asunto para más adelante priorizando otros asuntos que ahora más urgen. En toda esta cuestión, el nombre que más ha venido sonando para representar al Consejo en aquella remota región, en el hipotético caso de decidir ejercer presión para lavar la imagen del Imperio, es el propio Rovernes, de ahí la irascibilidad y fastidio que había venido mostrando.

En cuanto al asunto de la entrada de los hebritas en el Consejo, obviamente se muestra __en contra__, la posición opuesta, como era de esperar, a la de su máximo rival político Tövnard.

Consejero Tövnard.

Poco más hay que añadir de él que no sepas. Es tu aliado en todo esto. Tiene el apoyo de los hebritas tras esa firma de los contratos secretos y está __a favor__ de su entrada en el Consejo.

Regnard Dérrik.

A pesar de estar rozando los sesenta años, Regnard todavía está en plenitud de facultades físicas y mentales, gracias a una ordenada vida regida por los cánones que marcan el camino recto de la virtud. Es el máximo responsable de la Casa Dérrik, cuya reputación de fidelidad al Emperador de turno siempre ha sido intachable. Su rostro curtido delata una vida no exenta de las exigencias del combate. Actualmente capitanea los ejércitos del Emperador y es el responsable de la defensa de Tol Éredom. Su hija Darena regenta la ciudad de Mírdom como apoderada suya y, por tanto, toma allí las decisiones en su nombre.

Como era de esperar, en la cuestión hebrita estará a __lo que finalmente decida el Emperador Wexes__.

Aprovechas para hacer un rápido recuento de las posturas existentes en lo que se refiere a la cuestión principal que te ocupa: saber quién podría estar detrás del ataque a Sígrod y la desactivación del Gremio hebrita de Prestamistas de Meribris en el Consejo de Tol Éredom.

Si no te has equivocado al contar, hay un total de 5 votos en contra de la entrada de los hebritas en el Consejo, 2 votos neutrales, 1 a favor y 2 consejeros supeditan su decisión a lo que finalmente decida Wexes al respecto.

Por lo que tu interlocutor te ha dicho, al parecer la madre del Emperador no vería con malos ojos la entrada de un miembro del Gremio de Prestamistas de Meribris en el Consejo. Nadie mejor que ella para saber de la injusticia sufrida por los hebritas durante el asalto al poder que perpetraron los conspiradores aquilanos, obligándola a huir embarazada de su hijo, el actual Emperador Wexes. No obstante, se trata de una mujer inteligente con fama de paciente estadista y, por ello, es plenamente consciente del malestar que despertaría entre la amplia población chipra la entrada en el máximo órgano de gobierno de un hebrita. En conclusión, parece de momento preferir vincular su decisión a lo que finalmente decida Wexes (lo que hace que sumen un total de 3 los votos en este sentido).

Para acabar con este recuento, recuerdas que tu interlocutor te ha puesto en antecedentes también acerca de la posición del propio Emperador, que últimamente se ha mostrado dubitativo en este y otros asuntos, quizás desbordado por los múltiples frentes abiertos que debe gestionar. Parece que Wexes no sabe qué hacer al respecto, aunque prefiere dejar a los hebritas fuera del Consejo mientras lo decide. El voto del Emperador tiene un valor equivalente a 4 votos de consejeros, con lo que están en el aire 7 votos en total, si sumamos los 3 votos supeditados a la decisión final de Wexes. Así pues, todo está en juego en estos momentos...

Ve a la SECCIÓN 741 (**salvo que antes de venir a esta sección se te haya dado otra indicación, en cuyo caso ve adonde se te haya dicho**).

SECCIÓN 488   +10 P. Exp.

Un resorte se dispara en tu mente cuando descubres en la fachada del edificio, sobre la enorme puerta principal, un escudo labrado en piedra cuyo emblema contiene una especie de robusto mazo apoyado en una columna formada por lo que parecen ser monedas apiladas.

Según averiguaste a través de una antigua amiga de la dama, ¿esa no era la misma figura que aparecía bordada en la blusa del tipo que se acostó con Elaisa en el burdel que visitaste? Sea lo que sea, vas a entrar para seguir averiguando cosas... *Pasa a la SECCIÓN 979.*

SECCIÓN 489 – Anota la Pista PAA

Tratas de llegar hasta arriba, pero de pronto resbalas al agarrarte al borde del balcón y sufres una tremenda caída contra unas cajas amontonadas en el callejón que, al menos, amortiguan un poco tu trastazo. El estruendo que produces provoca que la chica emita un chillido desde dentro de la casa. Arrancas a correr lamentando tu inoperancia como detective y perdiendo así, definitivamente, cualquier oportunidad de averiguar algo acerca de la relación que une a la joven pareja. *Pierdes 1D6+3 PV por la caída.* **Recuerda anotar la pista PAA.** *Puedes continuar con tu investigación en cualquier otro lugar del mapa.*

SECCIÓN 490

No logras averiguar nada más de interés entre esos montones de papeles. *Puedes seguir buceando entre los manuscritos y pergaminos de la Gran Biblioteca en la SECCIÓN 836, aunque ya no puedes volver a la sección de la biblioteca en la que estabas hasta mañana, salvo que en el texto se te haya indicado que ya no puedes volver en ningún momento a esa sección, en cuyo caso tendrás que omitirla siempre.*

SECCIÓN 491 – Anota la Pista NBB

Cerca de los restos de una casa incendiada hace ya algunos días, accidente bastante habitual en esta zona debido a que la mayoría de las viviendas son de madera y cieno, encuentras una escena desoladora. Un bebé con claros signos de desnutrición llora desconsolado en brazos de su desesperada madre, una jovencita de unos quince años de edad que ruega ayuda a los transeúntes, quienes la ignoran descaradamente.

- *Si te acercas a la chiquilla y su bebé, ve a la SECCIÓN 449.*
- *Si tragas saliva, ignoras el drama y continúas tu marcha, ve a la SECCIÓN 147.*

SECCIÓN 492

Apenas puedes avanzar entre el gentío, la mayoría hombres jóvenes o de mediana edad de raza chipra, muchos de los cuales visten unas curiosas blusas en las que llevan una "R" bordada. No son pocos los que están ebrios y se respira un ambiente de alboroto desmedido. Claramente son seguidores de *"Las Ratas"*, uno de los dos equipos que hoy va a enfrentarse en el Torneo en honor del cumpleaños de la Madre del Emperador. La expectación y los nervios invaden los ánimos de los presentes, entre los que detectas a los chipras que conociste en la Plaza de la Asamblea y que te invitaron a acompañarlos a la competición. *Ha llegado el momento de decidir si vas con ellos al Torneo:*

- *Si quieres marchar al Torneo con la hinchada de "Las Ratas", ve a la SECCIÓN 666.*
- *Si no entra esto en tus planes, puedes continuar con tu investigación en cualquier otro lugar del mapa.*

SECCIÓN 493

Tras preguntar a un par de sirvientes, no tardas en localizar a Élvert, el escriba de Tövnard, un hombre de calvicie avanzada y panza algo prominente, quien os saluda de manera formal y os invita a acompañarle hasta el despacho de embajadas y recepciones del Consejero.

La mansión es una auténtica joya en su decoración y magnificencia, no siendo una excepción la ostentosa estancia a la que llegáis poco después, pero todos tus sentidos están puestos en la reunión que va a producirse, así que omites deslumbrarte por la pompa y el lujo que te rodean.

Los minutos corren despacio mientras esperas expectante a que Tövnard se digne a hacer acto de presencia. Esto sucede por fin un tiempo después, cuando la llegada del consejero es anunciada desde la puerta de la estancia por uno de los guardias que custodian la sala.

Te encuentras ante uno de los miembros del Consejo de Tol Éredom, el máximo órgano donde se deciden los designios del Imperio, además de ser el dirigente de la histórica Casa Tövnard. El hombre que tienes delante tiene mucho poder, eso es más que evidente. Antes de venir aquí, jamás habías tenido ocasión de conversar con alguien de igual, o ni siquiera similar, alcurnia. Pero su apariencia física no sería muy distinta a la de un tipo corriente, de nariz exagerada y baja estatura, si no fuera por sus ropajes de lujo, su aroma refinado y sus ojos astutos y vivaces que te escrutan de arriba abajo nada más llegar. *Pasa a la SECCIÓN 751.*

SECCIÓN 494

Las miradas de ira dirigidas por Sir Ballard, el Legado representante de tu país, a Sir Ánnisar de Gomia, son patentes. Notas cómo el diplomático de Tirrana está haciendo uso de toda su capacidad de contención para no saltar ante los comentarios provocadores que el hermano gemelo del heredero asesinado de Gomia vierte en sus incisivos discursos.

"Menos mal que tirranos y gomios están sentados en los extremos opuestos de la mesa presidencial. De otra forma, a saber qué podría desencadenarse con tanto vino regando sus gargantas", piensas para ti mientras decides que no vas a poder averiguar nada relevante acerca de Sir Ballard. *Vuelve a la SECCIÓN 786.*

SECCIÓN 495   +10 P. Exp.

Parece que hay buenas noticias. Mattus os informa que el escriba contestó a su carta indicando el día exacto en que se pasará por la librería *(anota en tu ficha que será el día 8 de tu contador de tiempo de la investigación).* *Puedes continuar con tu investigación en otro lugar del mapa.*

SECCIÓN 496   Anota la Pista LMT

- ¿Quién es el librero y por qué nos ayuda? – preguntas a la chica.

- Ya te comenté lo que sé de Mattus antes de venir aquí – contesta Zanna -. El librero ha colaborado como enlace del Gremio en la ciudad en algunos trabajos determinados. Nos ha puesto en contacto con personas que a su vez conocían a otras personas influyentes en la capital. No sé si me entiendes.

- ¿Una especie de agente al servicio del Gremio de Prestamistas de Meribris? – preguntas de forma directa.

- No diría tanto. No es un miembro de la organización ni percibe sueldo por ello. Tiene su propia autonomía e intereses. Más bien es un simpatizante de la causa que mide bien su riesgo antes de colaborar y que espera su beneficio de forma paciente. Te puedo decir que ha facilitado contactos importantes para ciertos asuntos. – dice Zanna.

- ¿Cómo sabes todo esto de él? Me dijiste antes de venir que no lo conocías personalmente... - insistes buscando más explicaciones.

- Efectivamente no lo conocía en persona, pero he tratado con él a través de intermediarios y, por tanto, sé lo suficiente. Es un erudito conocedor de la historia del Imperio, por lo que es plenamente consciente de las injusticias que han sufrido los hebritas, acusados mil veces de "asesinos de Emperadores". Creo que nos ayuda de forma sincera y por convicción personal, más allá de los beneficios que lógicamente también espera – responde la chica.

- ¿Qué contactos importantes os facilitó? – inquieres incisivo.

- Eso es algo que no te puedo contestar yo. Como entenderás, no estoy autorizada para desvelar las fuentes de nuestros contactos. Será el librero quien te responda si así lo considera. Dijo que bajaría aquí tras acabar sus quehaceres en la tienda. Podrás preguntarle luego en persona – esquiva la respuesta Zanna sin darte opción a insistir.

- *Si tienes la pista BCK, ve a la SECCIÓN 104 sin seguir leyendo.*
- *Si no tienes esa pista, sigue leyendo:*

- Está bien. Pero, ¿qué hacemos en esta librería? ¿Cuánto tiempo vamos a permanecer encerrados aquí? – continúas preguntando.

- Necesitábamos un refugio en el que reponernos del revés que hemos sufrido justo en el momento en que iba a efectuarse la entrega – contesta Zanna con la mirada fija en el cofre que portas y antes de añadir -. Parece que por fin tenemos un campamento base para poder recobrar la iniciativa y reaccionar. No sabemos qué ha sido de Sígrod y tenemos a decenas de matones siguiéndonos la pista y dispuestos a acabar con nosotros sin dudar. Permaneceremos aquí unos días recuperándonos de nuestras heridas, trazando el plan a seguir y esperando a que estos asesinos que nos persiguen se dispersen por la ciudad dándonos algo de tregua.

En este punto de la conversación, Zanna suspira y se queda pensativa. Tu cabeza trabaja en asimilar la información y en estudiar la siguiente pregunta. **Recuerda anotar la Pista LMT**.

- *"¿Por qué nos están persiguiendo esos tipos? ¿Qué es lo que quieren exactamente?" - Ve a la SECCIÓN 7.*
- *"Entendido. Quiero preguntarte más cosas". - Ve a la SECCIÓN 850.*

SECCIÓN 497

Antes de que puedas reaccionar, de pronto, una sombra aparece tras la esquina del pasillo que lleva a las habitaciones. Sufres un susto de muerte al reconocer al espía que aguardaba oculto. Sus ojos de zorro te atraviesan. Te quedas petrificado por la impresión, lo que éste aprovecha para lanzarse a toda prisa hacia el viejo. No es un fantasma, es tan real como el arma que desenvainas. Ahí está de nuevo Zork, el asesino que trató de acabar contigo en varias ocasiones y a quién dabas por muerto tras el naufragio que sufriste cuando viajabas hacia Tol Éredom. *Sigue en la SECCIÓN 861.*

SECCIÓN 498

A pesar de tus esfuerzos, caes abatido por tu duro oponente. El enano se dispone a asestarte el último golpe pero, justo en ese momento, aparecen una mujer bastante entrada en kilos y un muchacho de corta edad, provenientes de uno de los pasillos laterales. Sin duda, el estruendo del combate les ha alertado.

- ¡Qué barbarie es ésta! ¡Deteneos! ¡No derramemos sangre de nuestros aliados! – grita la mujer.

- ¿Cómo? ¿Qué...? – masculla el enano deteniendo su mandoble.

- La chica azafia. Idiotas,... ¿no recordáis lo que nos dijo Elavska de ella? – exclama la gruesa mujer dejando a todos de piedra.

Deja tu contador de puntos de vida en 1D6 +3 PV y sigue en la SECCIÓN 511.

SECCIÓN 499 – Anota la Pista TMR

El tramo final de la reunión, con sus correspondientes ceremonias y despedidas, es un auténtico fastidio. No puedes quitarte de la cabeza lo que acabas de presenciar. Algo ha ocurrido en la trastienda, esa nominación de Tövnard se había cocinado antes de comenzar el Consejo.

Mientras regresas a los Jardines Imperiales junto al abatido Tövnard y su fiel escriba Élvert para reencontrarte con tus amigos que allí os esperan, compartes tu impresión con tu aliado Consejero, quién de pronto para de caminar y te mira:

- No hay duda de eso que dices. Es más que evidente. Lo que no dejo de preguntarme es cómo ha podido ser que la mitad del Consejo haya cambiado de candidato de un día para otro. Rovernes, ¡maldita rata! ¡No eras tan estúpido como pensaba! – indica Tövnard.

- Mi Señor, creo que ha sido clave la intervención de Edugar Merves justo cuando acabasteis vuestro alegato en favor de mandar a alguien al oeste – reflexiona el escriba Élvert antes de seguir -. Cogió el testigo de vuestra exposición e indicó que habíais dicho unas valientes y honorables palabras. El Sumo Sacerdote y el Embajador Enano asintieron al momento y también otros de los presentes. Cuando Rovernes habló, ya sabía que casi todos ellos iban a votarte como emisario.

- Es posible que una parte de los consejeros haya tomado su decisión durante el transcurso de la propia reunión, pero está claro que unos pocos habían cocinado la jugada antes de empezar este Consejo – insistes con gesto serio.

- ¡Maldito Rovernes! ¡Juro que pagará cara su vil estratagema! No sabe con quién se ha topado... - la ira se apodera de Tövnard, recibiendo como respuesta tu silencio.

Por unas causas u otras, vas a verte privado de uno de tus principales aliados. Comentas lo sucedido a tus amigos cuando te reencuentras con ellos y te despides de Tövnard y Élvert para seguir sin descanso con tus averiguaciones. Esperas poder ver al Consejero antes de que éste abandone la ciudad y él te comenta que podrás encontrarle en su residencia, donde va a permanecer los siguientes días preparando su inminente partida. *Puedes continuar con tu investigación en cualquier otro lugar del mapa.*

SECCIÓN 500

- *Si tu personaje es de la raza chipra, ve a la SECCIÓN 288.*
- *Si no es así, abandonas el lugar sin problemas y puedes continuar con tu investigación en cualquier otro lugar del mapa.*

SECCIÓN 501

La voz angustiada de Zanna te devuelve a la realidad apartándote de tus elucubraciones. Al parecer, las explicaciones de la chica no han convencido a los hombres y el enano os reta con la mirada y la palabra.

- Largaos de aquí. Tenemos cosas importantes que hacer. Jinni no está. Volved otro día si queréis probar suerte. Quizás el juvi vuelva. Vamos, fuera…

Decide cómo actúas. No puedes demorarte más.

- *Si acatas las órdenes del enano e indicas a tus compañeros que ha llegado el momento de marcharos, ve a la SECCIÓN 208.*
- *Si tratas de convencer con algún argumento al tosco enano, pasa a la SECCIÓN 391.*
- *Si tienes la pista DOC y quieres hacer uso de ella, ve a la SECCIÓN 612.*
- *Si enarbolas tu arma y te dispones a atacar, ve a la SECCIÓN 400.*

SECCIÓN 502

Con gran frustración, constatas que la vida se te escapa por momentos. Has logrado salir del *Rompeaires* para morir ante tu rival al pie de la rampa. Has fracasado. Diriges tu última mirada al maldito cofre que aún portas contigo y cierras los ojos para siempre.

FIN – *si tienes algún punto de ThsuS, "Todo habrá sido un Sueño" y podrás retomar la aventura desde el Lugar de Despertar que desees entre los que tengas anotados en tu ficha. Si no es así, debes comenzar de nuevo desde el principio o desde algún Lugar de Despertar Especial que tengas.*

SECCIÓN 503

Su Santidad está hablando del grave daño causado por los hebritas a lo largo de la historia y cuyo máximo exponente fue el culto del Hebrismo, que fue religión oficial durante muchos siglos. Pero se muestra optimista y convencido en que la Nueva Fe, el Domatismo Wexiano, salvará todos los problemas actuales y permitirá mantener a esos hebritas y a su religión, así como a aquilanos y a todos los enemigos del Imperio, apartados de los lugares clave donde pueden llegar a ser peligrosos. *Ve a la SECCIÓN 105.*

SECCIÓN 504 – Anota la Pista ESK

- Vaya, está claro que voy a conocer todos los sótanos de Tol Éredom... aunque prefiero a estos guardias, estaba ya hasta el coño de esos malditos azafios – es el saludo que os dedica Elavska, cuando horas después por fin recobra el sentido.

- Elavska... - la voz de Zanna se quiebra y ves que no puede continuar.

- Tranquila pequeña. Las alimañas no morimos tan fácil... - añade la mujer guerrera mientras ves cómo ambas féminas se miran como si nadie más estuviera en la estancia.

- No apostábamos ni una corona por ti. Te dábamos por muerta – interrumpes el hechizo, un tanto molesto, con una sensación extraña en tu pecho.

- Soy de mayor interés viva que muerta, para ellos. Se replantearon esta cuestión con buen criterio antes de asestarme el golpe de gracia en el barco – te contesta Elavska en su tono habitual.

- Te dejaron vivir para interrogarte y obtener información – deduces en voz alta antes de preguntar -, ¿y Sígrod? ¿Sabes algo de él?

- Nada. Aunque sospecho que también sigue con vida y que, aparte de ser interrogado para sonsacarle lo que sabe, está siendo usado como moneda de cambio para presionar a la cúpula del Gremio hebrita. En Meribris no va a gustar nada que alguien con tanta información esté en manos de torturadores desconocidos...

- Entiendo que, en todo momento, te han mantenida separada del hebrita... de Sígrod, quiero decir – continúas.

- Así es. En ningún momento creo que hayamos compartido, tan siquiera, el mismo edificio. Por las conversaciones de los azafios que, aunque en su mayoría triviales, siempre revelan algo a unos oídos entrenados, intuí que Sígrod permanece recluido en la residencia de alguien importante en la ciudad, alguna personalidad de alta alcurnia y responsabilidades... - dice Elavska convencida, antes de añadir con ironía - ...y tranquilos por mí. He sido buena y no he revelado nada. Dadme ya un trago de vino o reviento. Estos días han sido una mierda.

La sonrisa resplandeciente de Zanna y el paso a una conversación baladí, así como el codazo que Gruff te propina mientras mira con toda la intención a ambas mujeres, dan por finalizada la escena.

Nota de juego: *gracias a tener a Elavska contigo, podrás disfrutar a partir de ahora de un aliado importante que, sin duda, va a aumentar el grado de competencia del grupo. Elavska te otorga un bonificador especial al combate, es decir, provocas un daño de 2 PV extra a cualquier rival y por cada golpe que efectúes, aunque no causes ninguna herida y a pesar de que éste no combata en solitario. Esto refleja la habilidad en las armas de la amazona, que, además de luchar contra sus oponentes, siempre te ayudará en tus combates de forma indirecta con este daño extra en tus golpes. Adicionalmente, te otorga el bonificador estándar al combate, es decir, provocas un daño de 1 PV extra a tu rival en caso de que éste combata en solitario y le infrinjas daño en tu ataque.*

*Haz las anotaciones oportunas en tu ficha, **recuerda anotar la pista ESK** (que refleja que Elavska a partir de ahora va contigo) y puedes continuar con tu investigación en cualquier otro lugar del mapa.*

SECCIÓN 505

Formulas tu pregunta acerca del cofre mientras Zanna te mira fijamente...

- *Si nunca has abierto el cofre a lo largo de toda la aventura, pasa a la SECCIÓN 471.*
- *Si no te pudiste resistir y lo abriste, ve a la SECCIÓN 788.*

SECCIÓN 506

Ha llegado el momento de que hagas una nueva tirada de 2D6 y sumes tu modificador de Carisma para intentar engañar a estos tipos (si tienes la habilidad especial de Don de gentes, suma +2 extra al resultado):

- *Si el resultado total está entre 2 y 7, ve a la SECCIÓN 197.*
- *Si está entre 8 y 12, pasa a la SECCIÓN 70.*

SECCIÓN 507

- Si le dices a Mattus que envíe la carta al escriba, a pesar de los riesgos, ya que es importante llegar al consejero Tövnard cuanto antes, **anota la pista SAR** y _ve a la SECCIÓN 269._
- Si le dices al librero que de momento es mejor esperar y que no envíe aún esa carta, _ve a la SECCIÓN 601._

SECCIÓN 508

Te devanas los sesos mientras observas a unos y a otros, momento en que consideras oportuno sacar a tus compañeros de mesa, de forma casual, el tema de los hebritas y sus aspiraciones al Consejo. Parece que por todos ellos es bien sabido el asunto y hay disparidad de opiniones al respecto.

Algunos argumentan que Wexes debe apoyarles como enemigo que es de Aquilán, el conspirador que acusó falsamente a los hebritas del envenenamiento de Mexalas, su padre. También porque los hebritas son gentes de naturaleza mercantil, muy necesarias en estos tiempos de sequía económica producida por la guerra.

Sin embargo, hay otros comensales que piensan que otorgar poder a los hebritas sería un error, máxime cuando su país natal Hebria, ha caído en manos de los aquilanos. A esto añaden que no hay que olvidar que los chipras aún sienten mucho rencor hacia los hebritas a pesar de la falsa acusación de los aquilanos. Un rencor que caló con éxito y que no es fácil borrar, teniendo en cuenta que los chipras conforman buena parte de los estratos bajos de la sociedad, mientras que los hebritas suelen situarse en el extremo opuesto de la pirámide. _Sigue en la SECCIÓN 608._

SECCIÓN 509

Eres vitoreado por la muchedumbre, que se agolpa a tu alrededor palmoteando tu espalda, zarandeándote y salpicándote de cerveza. Serás recordado unos pocos días en la Feria hasta que otro campeón ocupe tu puesto. ¡Anota tu merecido premio de 50 CO!

Entre el bullicio, ves que el rostro de Döforn no refleja alegría por tu victoria. Es evidente que apostó por Gúrrock de Barosia en la gran final. De algún modo, alardear de tu victoria es tu pequeña venganza por su indigna cobardía. Aunque es obvio que no te ha reconocido como uno de los supervivientes de su barco y que esto es solo un pobre consuelo para ti, no puedes ir más allá ahora, puesto que otros asuntos más importantes te ocupan. **Recuerda que estabas en el hexágono F12.** _"Puedes seguir explorando la Feria en la SECCIÓN 413"._

SECCIÓN 510

La cubierta del *Rompeaires* está inmersa en el silencio y la penumbra de los momentos previos a la noche, lo cual para ti es una excelente noticia. Parece que el camino está despejado hasta la abertura de una pequeña cámara que hay en la popa de la cubierta, a tu izquierda, donde detectas el acceso a las escaleras que descienden a las plantas inferiores del barco. Alcanzas los primeros escalones sin problemas... *Sigue en la SECCIÓN 4.*

SECCIÓN 511 – Anota la Pista FIA

Lo que sucede en los momentos siguientes no estaba, para nada, previsto en el guión. Zanna se suma a las órdenes de la mujer en pos de que se detenga la lucha y los combatientes se detienen uno a uno. Primero Gruff y el joven fibroso de tupida melena, luego el hombretón tosco de la puerta y, por último, el fiero enano y tú también os sumáis a la inesperada tregua. Todos miran a Zanna de arriba abajo, con los ojos abiertos como platos.

Las palabras desgarradas de la gruesa mujer, así como su carisma, han frenado la sangría que estaba a punto de perpetrarse. Mientras tratas de recuperar el aliento, al igual que los otros combatientes, Zanna explica a la mujer la investigación que os ha llevado hasta aquí y la necesidad de encontrar a Jinni para reagruparos. La mujer asiente y dice:

- Jinni no está aquí. La intranquilidad por su ausencia nos embarga en estos momentos. No sabemos nada del escurridizo juvi desde hace días, ni tampoco (lo que es peor) de nuestra líder, Elavska. Desde que ambos marcharon al puerto y nos dijeron que permaneciéramos aquí, guardando nuestra secreta sede, no tenemos noticia alguna... y estamos comenzando a ponernos nerviosos, máxime cuando tú estás aquí y Elavska no ha hecho acto de presencia – remata la mujer mirando fijamente a Zanna.

Así pues, la mujer conviene con vosotros en que es muy extraño que Jinni no haya venido si ésa era su palabra dada. Os invita a permanecer aquí el tiempo que necesitéis para descansar y esperar al juvi.

No puedes perder tiempo. Tu investigación reclama acciones rápidas. Por eso das las gracias a la gruesa mujer y le indicas que regresarás los próximos días para ver si Jinni ya ha dado señales de vida. Los tres hombres asienten también detrás de ella, mientras el muchachito parece estar ya más tranquilo tras haberse aclarado las cosas. La mujer os asegura que informarán al juvi de vuestra visita, en caso de que éste aparezca, y os desea la mejor de las suertes. Parece que, si hay traidores en la compañía de Elavska, por supuesto no son los habitantes de esta secreta guarida y de los que, durante unos momentos, habías sospechado por la desconfianza y nerviosismo que te habían mostrado.

Antes de marchar, el enano te ofrece una botella de vino de la última cosecha de los llanos de Ered en señal de paz. *Si aceptas el regalo, anótala en tu ficha. El vino te da energías para trabajar duro en tu investigación. El día que lo tomes, podrás visitar una localización extra. Hay dosis para dos días en esa botella que ocupa 1 VC en tu inventario.* **Recuerda anotar la pista FIA** y *ve a la SECCIÓN 208.*

SECCIÓN 512

A pesar de la oscuridad que hay en toda esta planta interior del barco, puedes avanzar, sabiendo donde pisas y sin tropezar con nada, gracias a unas cuantas velas que hay encendidas cada pocos metros del pasillo que finalmente cruzas. *Ve a la SECCIÓN 581.*

SECCIÓN 513

La puerta está cerrada y no hay forma de abrirla. No tiene una cerradura convencional que pueda ser forzada, tan siquiera, por una ganzúa.

- *Si tienes la pista LVS, pasa a la SECCIÓN 893.*
- *Si no la tienes, ve a la SECCIÓN 820.*

SECCIÓN 514

Se está produciendo una conversación pero, para tu desgracia, no es en la estancia anexa a la ventana, sino más adentro del inmueble. No eres capaz de entender lo que se está comentando pero, al menos, sí logras ver a dos de esos encapuchados pasar, durante un momento, por tu limitado campo visual. Llevan la capucha quitada y puedes, por fin, ver su rostro. Ambos son dos jóvenes bien parecidos con semblante norteño y cabellos rubios. Apostarías todos tus ahorros a que son extranjeros, para nada autóctonos de Tol Éredom o de los países bañados por el mar. No hay signo de violencia o vejación en esas caras, así que ocultan sus rostros para mantener su anonimato. ¿En qué turbio asunto estarán metidos esos forasteros? ¿Te merece la pena seguir investigando o quizás debas regresar a tus principales indagaciones y no perder más tiempo en este lugar?

- *Si reclamas la presencia de tus compañeros y te dispones a asaltar el edificio abandonado, ve a la SECCIÓN 273.*
- *Si prefieres olvidar este asunto y volver con tus quehaceres, puedes continuar con tu investigación en cualquier otro lugar del mapa.*

SECCIÓN 515

El aquilano parece estar a punto de hablar. Ha cambiado su gesto al escuchar tu pregunta. Pero finalmente se calla. Te ves sin tus raciones de comida y sin tus respuestas. No es el lugar ni el momento para enzarzarte con ese desgraciado, sobre todo teniendo tantos guardias cerca. No tienes más remedio que largarte y tratarlo de nuevo en otro momento. *Recuerda restar las raciones de comida de tu inventario y puedes continuar con tu investigación en cualquier otro lugar del mapa.*

SECCIÓN 516

El Emperador Wexes, su madre Déuxia Córodom y los miembros del Consejo de Tol Éredom: Brokard Doshierros el Embajador de las Brakas, Sir Wimar el Legado de Gomia, Sir Ballard el Legado de Tirrana, Sir Crisbal el Comisionado de Réllerum, Fento Chesnes el Representante del pueblo Chipra, Su Santidad Hërnes Pentûs el Sumo Sacerdote Domatista Wexiano, Edugar Merves el Consejero de los Caudales, Sir Alexer Rovernes en honor de su difunto primo, Regnard de la fiel casa Dérrik y la Dama Elaisa en representación de su marido ausente Tövnard.

- *Si tienes la pista RCH, la pista NAL, la pista DMT o la pista SDE (cualquiera de las anteriores) **y además NO tienes la pista CIT**, ve a la SECCIÓN 532 y cuando acabes de leer esa sección, regresa aquí para seguir leyendo (apunta por tanto el número de esta sección en la que estás para no perderte al volver)...*
- *En cualquier otro caso, sigue leyendo...*

Así pues, éstos son los comensales que presiden la cena de gala, pero en su mesa también tienen la distinción de comparecer sus respectivas parejas o, en algunos casos, sus secretarios personales, así como un invitado de honor que se encuentra de visita en la ciudad para reclamar al Emperador que tome posición en el conflicto de su país con Tirrana. Se trata de Sir Ánnisar de Gomia.

- *Si tienes la pista ZCH, ve a la SECCIÓN 154.*
- *Si no tienes esa pista, pasa a la SECCIÓN 132.*

SECCIÓN 517

Armándote de valor y tratando de controlar tus nervios, atraviesas la puerta y te acercas al desconocido seguido de Gruff. Tras de ti, Elavska, así como los dos fieros enanos y el juvi que la escoltan, penetran también en la estancia. Los dos guardias de la entrada bloquean la salida al situarse en el umbral de la puerta, pero no son los únicos azafios que hay en la sala.

Detrás del misterioso hebrita ves a otros dos mercenarios de ropajes morados que te miran fijamente y a un tercer azafio, quizás el hombre más fornido con el que te hayas topado nunca, una mole de más de dos metros de altura que aguarda expectante a la izquierda del presunto Sígrod.

Das un respingo al escuchar tras de ti la voz de una chica que rompe el tenso silencio. La alegría que desprende contrasta con la tensión que se vive en la habitación. Es la guapa y sonriente muchacha que has visto fuera.

- Aquí tenemos a nuestros amigos Sígrod. Parece que por fin se aclara el horizonte. La espera ha tenido su recompensa – dice ella.

- Veamos si esto es cierto, Zanna. Lo vamos a comprobar enseguida – indica el hebrita antes de dirigirse a ti -. No tenemos tiempo para prolegómenos, formalidades o conversaciones banales de recibimiento. Tendréis que disculpar mi brusquedad, pero me veo obligado por las circunstancias. Tenemos que ir al grano. Dadme eso que lleváis con vosotros muchachos y seréis recompensados tal como estaba establecido – remata el hebrita con su particular voz aspirada.

- ¿Realmente eres… Sígrod? ¿Cómo sé que no me engañas? – dices con un hilo entrecortado de voz, tratando de sacar tus palabras de dentro de tus entrañas.

- Shyh-gyröd-tyk es mi verdadero nombre, pero por estos lares prefiero emplear su versión acotada. A los humanos hay que dejaros las cosas simplificadas. A veces pienso si no se es más feliz viviendo en la ignorancia –reflexiona el hebrita antes de añadir -. Me pides unas garantías que sabes que no puedo darte. Para tu desgracia, tendrás que confiar, salvo que esto te diga algo.

Dicho esto, el hebrita te indica con un gesto que te acerques aún más a él. Viendo que no tienes alternativa, te adelantas a Gruff, Elavska y el resto de la comitiva que te acompaña y te aproximas. Los guardias azafios detrás del presunto Sígrod se tensan por unos momentos, pero aguantan sin moverse de su puesto. Entonces el hebrita alarga su fino brazo de blanquecina epidermis colgante en cuyo extremo ves unos alargados dedos repletos de anillos en los que destaca un gran sello de oro con un emblema. Centras tu visión en el mismo y crees apreciar lo que parece ser una especie de balanza, un libro y una columna formada por monedas bajo la cual hay unas letras escritas en un idioma extranjero.

Ha llegado el momento de que lances 2D6 y sumes tu modificador de Inteligencia para tratar de identificar ese misterioso emblema:

- *Si conseguiste la pista HYI en alguno de los anteriores librojuegos o tienes la habilidad especial de Don de lenguas, ve automáticamente a la SECCIÓN 818.*
- *Si sacas un resultado entre 2 y 7, pasa a la SECCIÓN 712.*
- *Si el resultado está entre 8 y 12, ve a la SECCIÓN 818.*

SECCIÓN 518 – Anota la Pista AGF y suma 25 P. Exp

Resulta que, hace unos días, Elaisa tuvo una cita en una alcoba de este burdel con un señor de mirada aguda y nariz aguileña, que vestía ropajes discretos pero cuyo estatus quedó delatado para Segma cuando ésta reparó en el bordado de la manga derecha de su blusa, en el que algo así como un mazo aparecía apoyado en una especie de columna o puntal vertical, un emblema desconocido para ella. Fue el último detalle que retuvo tu interlocutora antes de que éste tipo y Elaisa desaparecieran en esa alcoba para dar rienda suelta a sus placeres.

Esa misma noche, después de la consumación, Segma tuvo ocasión de hablar con su vieja amiga, quién le confesó que se había acostado con este tipo para tratar de influir en un asunto privado del Consejo e intentar apartar a su marido por un tiempo de la ciudad y lograr que fuese enviado al extranjero. Elaisa estaba asqueada cuando se lo confesó. Al parecer, ese miserable se aprovechó de ella ya que, cuando culminó su acto sexual, le soltó que seguía siendo una furcia a pesar de vestirse como una dama y que no hubiera hecho falta todo esto, puesto que él ya tenía clara su posición respecto a su marido, un perro faldero de los hebritas que efectivamente debía estar bien lejos de la capital... *Sigue en la SECCIÓN 942.*

SECCIÓN 519

Decides que solo tú te acercarás a la gruesa puerta o a alguna de las ventanas tapiadas para intentar escuchar. Es mejor ir en solitario para evitar hacer ruido y también para facilitar la huida sin ser detectado, en caso de tener que reaccionar. *Lanza 2D6 y suma tu modificador de Destreza (si tienes la habilidad especial de Silencioso, suma +2 extra al resultado):*

- *Si el resultado total está entre 2 y 8, ve a la SECCIÓN 573.*
- *Si está entre 9 y 12, pasa a la SECCIÓN 464.*

SECCIÓN 520

En tu registro, encuentras lo siguiente que puede serte de utilidad:

- *Ropajes caros (incrementan +1 tu Carisma). Ocupan 1VC.*
- *Una coraza de cuero sin estrenar (resta 1 PV a cada daño sufrido en combate). Ocupa 1 VC.*
- *Una manta. Ocupa 1 VC.*
- *Un pequeño frasco que contiene una pócima líquida de color verdoso cuyos efectos desconoces. Sólo cuando te decidas a probarla, conocerás sus efectos (en ese caso, podrás ver qué ocurre en la SECCIÓN 604 y luego regresar y seguir leyendo desde el punto en que te encontraras cuando decidiste probarla). Sólo debes tener en cuenta que, para tomar la pócima, no puedes estar en una sección en la que tengas que efectuar una tirada de dados. Anota el número de la sección indicada, así como estos comentarios, en tu ficha junto a las palabras "pócima verdosa" (no ocupa VC).*

No quieres invertir más tiempo aquí, así que decides salir al pasillo. Pero ocurre algo que no esperabas... *Ve ya mismo a la SECCIÓN 456.*

SECCIÓN 521

No tienes tiempo que perder y ya has explorado ese pasillo antes sin encontrar rastro alguno de Sígrod y los papeles. Podría habérsete pasado algo por alto y quizás interesara regresar, pero aparcas esa idea para otro momento y optas por investigar otras zonas del barco.

- *Si avanzas por el corredor que parte de forma frontal a las escaleras, ve a la SECCIÓN 78.*
- *Si te encaminas al pasillo de la izquierda, sigue en la SECCIÓN 595.*

SECCIÓN 522

Haz una tirada de 2D6 y suma tu modificador de Carisma para tratar de obtener algo de interés (si tienes la habilidad especial de Don de gentes, suma +2 extra al resultado):

- *Si el resultado está entre 2 y 5, ve a la SECCIÓN 599.*
- *Si está entre 6 y 9, sigue en la SECCIÓN 472.*
- *Si está entre 10 y 12, pasa a la SECCIÓN 291.*

SECCIÓN 523

Tus enemigos te descubren antes de que puedas ejecutar tu estratagema. Uno de ellos da la voz de alarma y, con gran terror, ves cómo una turba de temibles mercenarios azafios irrumpe en la pequeña estancia y se abalanza hacia ti con la intención de despedazarte. *Pasa a la SECCIÓN 359.*

SECCIÓN 524

A pesar de lo locuaz que se ha mostrado todo el tiempo, notas cómo esta última pregunta incomoda especialmente al hebrita que os atiende, quién se excusa para despedirse, aludiendo a la acumulación de compromisos que le apremian. Si quieres incidir en esta cuestión, tendrás que regresar otro día y tratar de conversar con algún otro funcionario, ya que unos minutos después se anuncia el cierre por hoy de la Embajada a la atención al público en general. *Puedes continuar con tu investigación en cualquier otro lugar del mapa (puedes regresar aquí a partir de mañana).*

SECCIÓN 525

* *Si el "contador de tiempo de la investigación" es de 13 o más días, ve a la SECCIÓN 965 sin seguir leyendo.*
* *Si dicho contador es de 12 o menos días,* **suma +20 P. Exp, anota la Pista TOV** *y sigue leyendo…*

Mattus os comenta que el escriba por fin pasó por la librería y que le explicó todo el asunto haciéndole ver la urgencia de la situación y la necesidad de que Tövnard os reciba. El viejo librero os dice que el consejero os recibirá en persona y que podéis ir a verle a partir de pasado mañana ya que, al parecer, el escriba había comentado que su señor tenía toda la agenda ocupada hasta entonces. ***Recuerda anotar la pista TOV y también apunta la fecha a partir de la cual podrás visitar a Tövnard (dos días después del contador actual).*** *Puedes continuar con tu investigación en otro lugar del mapa.*

SECCIÓN 526

Estás en la localización L75 del mapa **(si ya has estado antes en esta localización, no sigas leyendo y ve a otro lugar del mapa)**. *Antes de seguir, anota en tu ficha que has visitado un nuevo lugar hoy (recuerda que puedes ir a un máximo de 4 sitios cada día; uno menos si anoche te alojaste en la librería de Mattus). No vas a tener que realizar ninguna tirada de encuentros con tus perseguidores para esta localización en concreto.*

Anurrim es un reino enano emplazado en la vasta Cordillera de Midênmir. Su posición es de clara neutralidad en lo que concierne al conflicto entre Wexes y Aquilán. Actualmente está centrado en desarrollar sus propios intereses y en cohesionar a los distintos clanes de su territorio, por naturaleza difícil de gobernar, debido a su extrema orografía. Eres atendido por un enano que intenta ser lo más amable que sabe y que está entrenado en refinar sus rudos modales.

Anota en tu ficha que ya no puedes volver a visitar esta localización y haz una tirada de 2D6 sin aplicar ningún modificador de característica de tu PJ (pero suma +3 si tu raza es enano):

- *Si el resultado está entre 2 y 8, ve a la SECCIÓN 1028.*
- *Si está entre 9 y 12, ve a la SECCIÓN 340.*

SECCIÓN 527 – Anota la pista PBF

Vuelves sobre tus pasos a toda prisa y, tras girar la esquina que hay en la parte superior de los escalones que suben de la segunda planta, te acercas hacia la base de las escaleras que ascienden a cubierta. Pero la desgracia acecha, cuando ves un bulto girar el recodo (el que da acceso al pasillo central de la primera planta) con la intención de dirigirse hacia donde te encuentras. Sus ropajes morados delatan que es un guerrero azafio. Apenas tienes tiempo para reaccionar. *Antes de decidir qué haces, recuerda anotar la pista PBF.*

- *Si tienes la pista MRH, pasa a la SECCIÓN 727.*
- *Si intentas esconderte tras el recodo que da acceso a las escaleras que bajan a la segunda planta, ve a la SECCIÓN 933.*
- *Si corres como un rayo hacia el desprevenido azafio para tumbarlo antes de que dé la voz de alarma, ve a la SECCIÓN 58.*

SECCIÓN 528

Sin mediar palabra, enarbolas tu arma y atacas a estos tipos.

MARINERO 1	Ptos. Combate: +2	PV: 17
MARINERO 2	Ptos. Combate: +3	PV: 22

- *Si vences, pasa a la SECCIÓN 144.*
- *Si caes derrotado, ve a la SECCIÓN 911.*

SECCIÓN 529

- *Si no tienes la pista LMT, ve a la SECCIÓN 89.*
- *Si ya tienes esa pista, pasa a la SECCIÓN 104.*

SECCIÓN 530

Estás en el hexágono F9. Caminas entre multitud de puestos de venta de alimentos variados. En esta zona predominan los comerciantes que ofrecen pescados de todo tipo provenientes de la ría. La verdad es que los precios son muy buenos *(puedes conseguir las raciones diarias de comida que quieras a un precio de 0,5 CO por día; cada ración ocupa 1 VC).*

- *Si quieres aprovisionar comida ya que estás aquí, ve a la SECCIÓN 705.*
- *Si no te interesa, ve a la SECCIÓN 703.*

SECCIÓN 531

Cuando pasas dentro de la tienda junto a tus compañeros, te topas con una escena del todo inesperada. De pronto, la puerta se cierra detrás de vosotros y varios hombres, más de diez, os rodean con sus espadas desenfundadas. Parece ser que has dado con la guarida secreta de una célula aquilana, de la que la niña a la que has seguido forma parte como hija que es de uno de los ajusticiados hoy en la plaza.

Averiguas todo esto tras un tenso cruce de palabras con el líder de estos hombres, un joven de rostro que podría haber sido atractivo, de no ser por la cicatriz del ojo derecho, que tiene vacío.

- ¿Qué hacéis aquí? ¿Por qué habéis seguido a la niña? ¿Quiénes sois? Tirad vuestras armas si no queréis acabar ahora mismo vuestras vidas – ordena el joven líder.

La tensión del momento te invade, pero tienes que decidir qué hacer:

- *Si tratas de apaciguar la situación con alguna especie de alegato que pueda calmar a estos tipos haciéndoles ver que no tienes nada contra ellos, pasa a la SECCIÓN 857.*
- *Si crees que lo mejor es entrar en combate y desarticular esta célula aquilana, ve a la SECCIÓN 250.*

SECCIÓN 532

La última de la lista de comensales de la mesa presidencial, la Dama Elaisa, es alguien cuyo rostro no has olvidado. Es esa dama de caros ropajes y aroma cautivador que había derrumbado todo tu raciocinio en la mansión de Tövnard. La voluptuosidad y erotismo de su figura despertaron en ti unos impulsos irrefrenables. Como un resorte, afloran en ti de nuevo y sientes cómo estás otra vez poseído por el hechizo de esa sensual dama que parece ahora ignorarte. *Vuelve a la SECCIÓN 516 y sigue leyendo desde el punto donde lo dejaste antes de venir aquí.*

SECCIÓN 533

Cierras los ojos intentando sentir algo, pero no ocurre nada. Parece que te vas a quedar sin tu bendición... y sin tu moneda, cuando de pronto sientes una agradable sensación. No sabes si es fruto de la mencionada bendición o si se trata de algún extraño efecto ligado al poder de sugestión de tu mente... Pero el caso es que algún resorte se activa dentro de ti...

*Anota en tu ficha que tienes la posibilidad de convertir el resultado obtenido en 3 de los dados que lances a partir de este momento. Para esos 3 dados, podrás determinar a tu antojo el resultado que desees que marquen en cualquiera de sus tiradas (puedes elegir cualquier número del 1 al 6 y para cualquier tirada en la que esos 3 dados de seis caras estén involucrados). Cuando modifiques el resultado de esos 3 dados, la "bendición" que acabas de obtener habrá finalizado. **Ejemplo:** estás en una huida y necesitas obtener un 9 en una tirada de 2D6, lanzas dos dados y obtienes un 4 en el primero y un 2 en el segundo; entonces usas la bendición para cambiar el 2 de uno de los dados por un 5 y así llegar al 9 que necesitas (entonces tachas uno de los 3 dados que puedes modificar, pero aún tienes 2 dados más en los que podrás hacerlo en cualquier tirada futura).*

Puedes continuar con tu investigación en cualquier otro lugar del mapa (puedes regresar a esta localización cuando hayas agotado la bendición para intentar reactivarla; pero no puedes volver mientras aún esté activa).

SECCIÓN 534   +10 P. Exp.

Tu instinto te dice que no estáis solos en la casa. Notas una presencia que os está espiando... *Sigue en la SECCIÓN 497.*

SECCIÓN 535

Haz ya mismo una tirada de 2D6 y suma tu modificador de Huida:

- *Si el resultado está entre 2 y 5, fallas la tirada y <u>vas a la SECCIÓN 842</u>.*
- *Si está entre 6 y 12, superas la tirada y puedes ir al corredor que ahora está a tu izquierda (antes, cuando bajaste por las escaleras, era el de la derecha). En este caso, <u>ve a la SECCIÓN 856</u>. Pero también puedes dirigirte hacia el otro pasillo, en cuyo caso <u>ve a la SECCIÓN 595</u>.*

SECCIÓN 536

- El Gremio de Prestamistas es la organización que administra de facto la colonia de Meribris. Sobre ella ejerce todo su control y gobierno desde hace mucho tiempo. Está conformado por la élite económica de la ciudad y en ella se cuentan los mercaderes más acaudalados de Azâfia y puede que de todo el Imperio en su conjunto, así como algunos de los principales banqueros, constructores de barcos e importadores de telas. El Gremio se apoya en la Guardia Meribriana para ejercer su férrea política y para defender la ciudad de nómadas y saqueadores del desierto. La organización siempre está enfocada a maximizar la economía de la colonia pero con la inteligencia de que la riqueza se destile también a la clase media cada vez más floreciente en la ciudad. Poco más puedo añadir, Sígrod y yo misma le debemos buena parte de nuestra prosperidad a la organización, así que le devolvemos todo lo que nos ofrece con nuestro trabajo – explica Zanna como respuesta a tu pregunta.

De qué deseas hablar ahora.

- *"Sigamos hablando del Gremio, de Sígrod y de sus objetivos…"* - *Ve a la SECCIÓN 40.*
- *"Cambiemos de tema. Tengo otras preguntas que hacerte…"* - *Ve a la SECCIÓN 850.*

SECCIÓN 537

- ¡Esa letra es de Sígrod! La reconozco como si fuera mía. Algo querría ocultar con ese enrevesado mensaje. Posiblemente tuviera sospechas de lo que pudiese suceder, aunque no las compartiera ni siquiera conmigo, y se tomara las molestias oportunas para ocultar ahí esta misteriosa tablilla. Nos quiere decir algo, pero no sé el qué… - dice exaltada Zanna mirándote con sus bellos ojos abiertos de par en par.

No tienes respuesta para sus palabras. Estás tan atónito como ella. *Vuelve a la SECCIÓN 970.*

SECCIÓN 538 – Anota la Pista RUF

- Encantado de hacer negocios. Sabéis darle a la información el valor que merece - arranca el rufián con su aguda y nasal voz - Últimamente hay un gran revuelo en la ciudad entorno al repunte de las agresiones que están sufriendo los hebritas. Mira que son feos esos seres, con su piel llena de colgajos, pero creo que no merecen ese tratamiento. Por mucho que los chipras echen pestes sobre ellos, no son más que quejas. Los chipras no saben otra cosa más que lamentarse y llorar. Creo que no están detrás de todo esto… - el rufián se detiene durante unos segundos para dar énfasis e intriga a sus palabras, antes de seguir - Sé de lo que hablo. No son los chipras, sino los aquilanos, que están haciéndose fuertes en células ocultas en varios puntos de la ciudad.

Todo el mundo sabe el odio que Aquilán y los suyos profesan a los hebritas, a quienes acusan del asesinato de Mexalas, cuando fueron ellos los culpables del magnicidio. Si tú estuvieras del lado aquilano y deseases socavar la estabilidad en la capital fiel al bando contrario, ¿no actuarías como ellos? – acaba el rufián dedicándote otra irónica sonrisa.

"¿Se ha inventado todo esto sólo para sacarme el oro que le he dado o debería seguir la pista de los aquilanos a los que apunta este maldito bribón?", mientras piensas esto, el hábil rufián vuelve a su puesto en una esquina de la sucia plaza. **Recuerda anotar la pista RUF** y _puedes continuar con tu investigación en cualquier otro lugar del mapa._

SECCIÓN 539

Le pides a Zanna que le facilite al hijo del librero la dirección exacta que Jinni le dio y que corresponde a la guarida secreta en la que teóricamente estaría alojado el juvi tras separaros. El joven asiente al escuchar la dirección y señala un punto aproximado en el mapa donde considera que debería encontrarse. _Desbloqueas la siguiente localización del mapa situada en el Barrio del Norte:_

L38 -> SECCIÓN 1006 – Guarida secreta de la compañía de Jinni y Elavska

Vuelve a la SECCIÓN 738.

SECCIÓN 540

Gracias a las intensas gestiones que has realizado en las diferentes embajadas y edificios diplomáticos de la ciudad, has logrado granjearte cierta influencia entre los funcionarios que te han atendido. Tratas de hacer valer la influencia de alguno de ellos para entrar en el recinto y, tras una tensa espera, por fin ves acercarse a un burócrata con el que lograste conectar bien. Éste te saluda al verte y te invita a acompañarle en calidad de secretario personal. Ya lo sospechaste, pero ahora tienes la certeza de que hay cierta tensión sexual por su parte. Piensas que han valido la pena todos tus esfuerzos empleados en hacer largas colas de espera y trámites burocráticos, dado que de otra manera difícilmente se te hubiera permitido acceder a tan distinguido y exclusivo evento, salvo que hubieses podido entablar relación con el consejero afín a la causa hebrita: el consejero Tövnard, cuyo elevado contacto no has sabido aprovechar.

- _Si tienes la pista TSF, pasa a la SECCIÓN 157._
- _Si no tienes esa pista, ve a la SECCIÓN 343._

SECCIÓN 541

El librero os dice que el escriba no ha pasado por la tienda desde que estuvo aquí dos días antes de vuestra llegada, como ya os dijo. Os recuerda que este ayudante de Tövnard viene por aquí cada semana o dos. *Puedes continuar con tu investigación en otro lugar del mapa.*

SECCIÓN 542

"¿Qué hacía en este lugar esa misteriosa y sensual mujer? Estaba en la mansión de Tövnard y ahora aquí también, en la de su principal rival político, el consejero Rovernes. ¿Por qué Zanna ha venido a mi mente justo en ese momento de indecisión cuando he recibido esa proposición sugerente? ¿Qué diablos ocurre y a mí qué me pasa?"

Todas estas preguntas se agolpan en tu enfebrecida mente hasta que te ves de nuevo fuera de la lujosa residencia. No recordarás más adelante el rechazo del funcionario de Rovernes para concertar cualquier tipo de cita y tu anárquico deambular por los ricos pasillos hasta regresar al exterior y reencontrarte con tus compañeros. Sólo los ojos alegres de Zanna y el aire fresco de las calles del Distrito Imperial desembotan tu mente y te hacen regresar a tierra. No obstante, no dices nada a tus amigos respecto al encuentro con esa mujer... *Puedes continuar con tu investigación en cualquier otro lugar del mapa.*

SECCIÓN 543

Mattus os dice que aún no ha recibido respuesta a la carta que envió al escriba del consejero Tövnard. La preocupación y los nervios te invaden pero no tienes más remedio que gestionar esas emociones y seguir adelante con tus pesquisas. *Puedes continuar con tu investigación en otro lugar del mapa.*

SECCIÓN 544   +5 P. Exp.

A pesar de que te has empleado con todas tus fuerzas, tu rival se muestra superior a ti en este combate. Trastabillas con una silla caída y estás a punto de caer descuidando tu defensa. La muerte va a sobrevenirte pero, de pronto, ves cómo Elavska embiste contra tu contrincante evitándote el fatal destino. *Deja tu contador de puntos de vida en 1D6+2 PV.*

Sin tiempo para pensar, te lanzas a ayudar a Gruff, que lucha a la defensiva contra su fiero oponente. Pero antes de llegar a él, uno de los encapuchados negros se interpone y se abalanza contra ti dispuesto a despedazarte. *Combate contra el nuevo rival y suerte. Ve a la SECCIÓN 658.*

SECCIÓN 545

En tu registro, encuentras lo siguiente:

- 1 pócima curativa que permite recuperar 2D6 PV y ocupa 1 VC
- 30 coronas de oro
- una espada curvada que ofrece +2 a tus Puntos de Combate, +0 a tu Destreza y ocupa 3 VC
- un escudo que permite restar 1 PV a cada daño sufrido en combate y ocupa 2 VC
- raciones de comida para 2 días (cada día de comida ocupa 1 VC).

Inmediatamente sales al pasillo y cierras la puerta. *Ve a la SECCIÓN 460.*

SECCIÓN 546

De pronto, sientes un agudo pinchazo en un dedo y apartas la mano al momento. Ves una gota de sangre emanando de la punta de tu índice y enseguida comienzas a sentir un calor exageradamente antinatural en el mismo, que poco a poco se extiende por tu cuerpo. *Haz una tirada de 2D6 y suma tu modificador de Inteligencia:*

- Si tienes la habilidad especial de Primeros auxilios, tienes éxito automático y *pasas a la SECCIÓN 882.*
- Si el resultado total está entre 2 y 7, *sigue en la SECCIÓN 866.*
- Si está entre 8 y 12, *sigue en la SECCIÓN 882.*

SECCIÓN 547

Estás en el hexágono F10. En esta zona de la Feria puedes encontrar cerámicas, artículos de hierro, utensilios, joyas y minerales varios, algunos en pequeños frasquitos que contienen polvos y sustancias de toda índole. *En esta zona puedes comprar cualquiera de los objetos (excepto pócimas curativas, comida, armas y armaduras) que aparecen en el apartado de reglas al inicio del librojuego.*

- Si tienes la pista PDX y además el contador de tiempo de tu investigación es igual o inferior a 16 días, *ve a la SECCIÓN 881.*
- Si no tienes esa pista o si el contador de tiempo de tu investigación es igual o superior a 17 días, no tienes nada más que hacer aquí. **Recuerda que estabas en el hexágono F10**. *"Puedes seguir explorando la Feria en la SECCIÓN 413".*

SECCIÓN 548

Recuerdas que estuviste en el despacho de ese tal Dinman cuando visitaste la Mansión de Edugar Merves, aunque no pudiste reunirte con él. *Ve a la SECCIÓN 483.*

SECCIÓN 549

Durante un buen rato, te pierdes por las múltiples intersecciones que encuentras en este barrio atiborrado de suciedad, olor a pescado y gentes humildes. No parece haber nada de interés para tu investigación aquí, salvo el sucio antro al que os llevó Jinni tras huir del barco la primera vez. Ya que no te pilla muy lejos de donde estás, aprovechas para acercarte a *"La rata degollada".* *Ve a la SECCIÓN 731* (localización L43 del mapa).

SECCIÓN 550   +30 P. Exp. – Anota la pista KLQ

Preguntas a Zanna por los motivos que han llevado al Gremio de Prestamistas de Meribris a querer eliminar al heredero de Gomia, encargo encomendado a la compañía de Viejo Bill y Elavska.

- No entiendo qué querrían los hebritas con esa muerte que está provocando el inicio de un grave conflicto entre gomios y tiranos, antiguos aliados frente al enemigo común aquilano – añades.

- Estoy viendo que no te andas con rodeos. Pero eso me gusta. Necesitamos decisión en estos momentos – dice Zanna provocando que te ruborices.

La chica se acomoda entre las mantas sobre las que estáis sentados de piernas cruzadas antes de seguir.

- La facción hebrita está pujando por recobrar parte del poder perdido en el Consejo de Tol Éredom. El Gremio de Prestamistas de Meribris es el máximo exponente de dicha facción en el Imperio de Wexes, sobre todo tras la toma casi total del país de Hebria, al oeste de Azâfia y cuna natal hebrita, por parte de los aquilanos – comienza a explicar Zanna.

- ¿Poder perdido? ¿A qué te refieres? – preguntas.

- Seguramente ya conocerás la historia. Los hebritas cayeron en desgracia tras el asesinato por envenenamiento del Emperador Mexalas a manos de los conspiradores, que culparon de su muerte a los hebritas como cortina de humo para ocultar su estratagema consumada – explica la chica.

- Cierto. Conozco los hechos. Mexalas no cedió ante las peticiones de las casas nobiliarias que le pidieron que eliminara las reformas que realizó su padre, el Gran Emperador Críxtenes, artífice de la expulsión de las hordas Xún del Este – añades recordando lo que sabes.

- Correcto. Esas reformas atentaban contra sus intereses y no estaban dispuestos a esperar más tiempo para contrarrestarlas, así que decidieron ir por la vía directa y cargarse al Emperador, proclamando a su primo Aquilán como el legítimo sucesor y culpando de todo a los hebritas. Pero no esperaban que tiempo después apareciera Wexes para reclamar el trono, aunque eso ya escapa de la pregunta que me formulabas – dice Zanna tomando unos segundos para continuar -. El caso es que los hebritas fueron apartados del Consejo de la capital debido a esa difamación bien orquestada por los conspiradores, quienes aprovecharon también para realizar múltiples expropiaciones a los desgraciados chivos expiatorios del complot. Los hebritas no han olvidado esto desde entonces. Tras encajar el golpe inicial y sufrir la violencia y el exterminio, supieron recobrarse con tesón y empeño, comenzando a dar pasos para recobrar todo lo perdido – acaba Zanna.

- Así que toda esta trama en la que mi amigo Gruff y yo estamos metidos es parte del plan que tienen los hebritas para recuperar el poder arrebatado – dices.

- El asunto del cofre es una pequeña pieza del entramado, pero sí, podríamos decir que forma parte de la estrategia más amplia que está llevando a cabo mi organización. En su fase actual, busca sentar de nuevo a un miembro de la cúpula del Gremio de Prestamistas en uno de los sitiales del mismísimo Consejo de Tol Éredom – contesta Zanna sin rodeos.

- ¿Y para eso es necesario acabar con el heredero de un país aliado de Wexes como es Gomia? Acabas de recordar que fueron los aquilanos quienes difamaron a los hebritas provocando su desgracia. Es a ellos a quienes tendríais que hacer menguar y no a los wexianos que les combaten – dices tratando de realzar la incongruencia de su argumento.

- Wexes tendría que apoyar y resarcir a los hebritas de los males sufridos, como enemigo que es de Aquilán y su camarilla de conspiradores. Pero el Emperador no ha accedido aún a dar entrada en el Consejo a ninguno de los miembros de la cúpula del Gremio – recalca la chica azafia.

- Así que es eso. ¿Se trata de algún tipo de medida de presión? – preguntas.

- No seríamos tan temerarios como para retar al Emperador en abierto. Es mucho más sutil que eso – contesta Zanna.

- Entonces, ¿qué buscáis con el asesinato del heredero de Gomia? – interviene Gruff también intrigado.

- Paciencia. Lo entenderéis enseguida. Los consejeros llevan tiempo presionando a Wexes para que no nos dé entrada en el Consejo. No son aquilanos lógicamente, pero no desean perder su cuota de poder dándonos paso. Vamos, como todos los que estamos jugando esta partida. Poder y más poder, la droga más adictiva que existe, más potente que la que pudiera elaborar el mejor de los alquimistas – reflexiona Zanna.

La chica se estira para desentumecer sus piernas flexionadas y continúa.

- Varios de esos consejeros argumentan que la población chipra, influenciada por la propaganda que realizaron los aquilanos contra nuestra facción, no aceptaría nuestra participación en el Consejo. Es mucho el rencor que todavía siente esta parte importante del sustrato social, considerando a los hebritas como los culpables del envenenamiento de Mexalas. Y ese rencor no es fácil de borrar, por muchos esfuerzos que se estén empleando. Así que esos consejeros que están en contra de nuestra entrada en el Consejo, tienen aquí un buen filón para desactivarnos. Wexes teme una revuelta interna de los chipras teniendo como tiene tantos frentes abiertos en la guerra y, por eso, no hace nada a pesar de los argumentos que nuestros emisarios le han trasladado durante meses antes de arrancar todo este asunto. Argumentos tales como la aportación de fondos económicos hebritas para que el Emperador pueda reclutar mercenarios para defender los múltiples frentes exteriores que tiene abiertos – explica Zanna.

Viendo en vuestros rostros que necesitáis más respuestas, la chica continúa tras un leve suspiro.

- No acabáis de verlo, ¿verdad? Bueno, lo entiendo, aunque no es tan complicado. El Gremio busca una doble jugada con este asesinato consumado. Por un lado, dividir a los consejeros al provocar que dos de los países de la alianza wexiana como son Gomia y Tirrana, con un consejero cada una en Tol Éredom, confronten en todos los aspectos de ahora en adelante. Este cisma en el Consejo va a obligar a posicionarse al resto de los consejeros en uno u otro lado respecto al conflicto entre los dos aliados o a mantenerse neutral, lo que significa una tercera postura. Al fragmentar el Consejo y propiciar la desconfianza entre unos y otros, los hebritas lo tienen más fácil para influenciar a una parte del mismo, ganarse su favor y hacer que vote en positivo para integrarlos de nuevo dentro a cambio de la ayuda pertinente por nuestra parte para desbancar a sus contrarios. De no existir este conflicto interno, los hebritas lo tendrían difícil ya que, como os he explicado, todos los argumentos empleados hasta la fecha no eran suficientes para convencer a casi nadie, máxime cuando la mayor parte de los hebritas están en estos momentos bajo el control aquilano al caer el país de Hebria de su parte, como hemos comentado antes, y por tanto suponemos una parte residual de la masa social total del Imperio – explica Zanna.

- Está bien. Lo entiendo. ¿Y cuál es la otra derivada de esta doble jugada? – preguntas.

- La otra derivada es que el Emperador pronto va a tocar a la puerta del Gremio para solicitar fondos con los que sufragar el aumento agravado de gastos militares que se le va a venir encima. Si Gomia y Tirrana desatienden sus fronteras exteriores contra los aquilanos, Wexes va a estar obligado a reforzar con fuerzas mercenarias dichas fronteras – razona Zanna dejando escapar una media sonrisa.

- Y a cambio del preciado oro hebrita, Wexes tendrá que pagar alguna contrapartida –rematas entendiendo por fin la jugada completa.

*Tras estas graves revelaciones, **recuerda anotar la pista KLQ** y reacciona pensando qué decir.*

- *"Los intereses hebritas están poniendo en verdadero riesgo la victoria contra los aquilanos, los malditos conspiradores que precisamente provocaron el exterminio de su raza. Es una temeridad que afecta al bien común y que está abocando a mi país, Tirrana, hacia una guerra contra un viejo aliado como es Gomia. Además, por una falsa acusación como la que habéis promovido, Zanna. No es Tirrana la culpable de la muerte del heredero de Gomia, sino el Gremio de Prestamistas y la compañía de Elavska y Viejo Bill como brazo ejecutor al enviar a mercenarios disfrazados de soldados tirranos al encuentro del heredero gomio cuando éste venía en ayuda de Tirrana en la guerra. Me siento frustrado, Gruff y yo somos una pieza, sin quererlo, de todo este operativo que está poniendo en peligro la supervivencia de mi país. ¿Cómo puedes garantizar que la balanza no va a decantarse en favor de los conspiradores aquilanos?". – Ve a la SECCIÓN 450.*

- *"Dime más cosas de la organización para la que trabajas, el Gremio de Prestamistas. Necesito saber más". - Ve a la SECCIÓN 536.*

- *"Dime quién es realmente Sígrod y qué papel tiene en el Gremio de Prestamistas de Meribris. ¿Qué objetivo personal busca con todo esto?" - Ve a la SECCIÓN 569.*

SECCIÓN 551   +25 P. Exp.

- Os agradezco vuestra ayuda en este momento de desesperación. El Gremio sabrá compensarla. Los acontecimientos se han precipitado en una dirección que nadie esperaba y el paradigma ha cambiado. Haré todo lo que esté en mis manos para dar parte de lo sucedido al Círculo Superior. No creo que se opongan a doblar vuestra recompensa en señal de gratitud por los servicios prestados. Seiscientas coronas de oro son vuestras – dice Zanna asintiendo complacida.

La cifra indicada por la chica te impacta. No has visto tanto dinero junto en tu vida y sabes que con él podrías salvar a tus familiares y labrarte también un digno futuro. Antes de que puedas decir nada, Zanna añade:

- Tenemos que investigar hasta dar con quienes están detrás del asalto que hemos sufrido y liberar a Sígrod de su cautiverio para que puedas hacer, de una vez por todas, la entrega del cofre y regresar a tu hogar.

Suspiras consciente de la dificultad de esta nueva misión pero estás decidido a afrontarla. No has llegado hasta tan lejos para abandonar ahora y menos con esa gran recompensa que está en tus manos lograr.

- Está bien. ¿Cuáles son los próximos pasos a seguir? – dices mientras descubres con sorpresa cómo los bellos ojos de Zanna te ruborizan.

Sigue en la SECCIÓN 77.

SECCIÓN 552

Como consecuencia de este desarrollo económico en Tol Éredom, Zanna comenta que aquí se ha creado una nueva clase social que aún no ha visto desarrollo igual en ningún otro punto del Imperio. En otras ciudades como Tirrus y Morallón sólo hay mercaderes puntuales, pero aquí hay todo un tejido social que soporta ese entramado económico.

Incluso en la comercial Meribris no se ha llegado a tejer esa masa social, ya que el poder económico está acaparado por el Gremio de Prestamistas, que controla la economía, el gobierno de la ciudad y las libertades de sus habitantes. A veces con gran habilidad y sutileza, pero otras muchas con el puño de hierro de la Guardia Meribriana, la compañía mercenaria que nunca, hasta la fecha, les había traicionado. *Sigue en la SECCIÓN 462.*

SECCIÓN 553

Un buen rato después *(anota en tu ficha que consumes una nueva localización visitada hoy dado el tiempo que inviertes),* por fin eres escoltado por dos guardias al despacho del responsable de esta sede del

Banco Imperial, un hombre de edad más joven de la que, a priori, esperabas. Su gesto desconfiado predomina antes incluso de que abra su boca, momento en el que también descubres que es muy seco en el trato y parco en palabras.

Sin dejar de observarte con fijación, Thomas Flépten te pregunta, sin más preámbulos, qué deseas. *Ha llegado el momento de decidir qué le dices...*

- *Si le preguntas abiertamente acerca de qué tal les va a nivel de competencia en los mercados financieros con el Gremio de Prestamistas de Meribris, ve a la SECCIÓN 575.*
- *Si le preguntas sobre su relación con Edugar Merves, el Gobernador del Banco Imperial y Consejero de los Caudales, sigue en la SECCIÓN 255.*
- *Si solicitas algún tipo de salvoconducto para poder visitar a Edugar Merves en su mansión privada, pasa a la SECCIÓN 392.*
- *Si te interesas por el término "mergués" y lo que éste simboliza, así como acerca del nombre del "Distrito de los Mergueses" en el que se emplaza esta sede del Banco Imperial, ve a la SECCIÓN 415.*
- *Si tienes la pista CRR y quieres hacer uso de ella, ve a la SECCIÓN 124.*

SECCIÓN 554

¡Comienza el torneo para el júbilo del público!

Tienes que conseguir ganar 4 duelos consecutivos para vencer en el concurso de pulsos de la Feria. Para efectuar cada duelo, debes proceder de la siguiente forma:

- *Mira tus puntos de **Combate** sin considerar los efectos de **armas, objetos y acompañantes** y tampoco apliques el **-3 por estar desarmado** que indican las reglas. No tiene sentido que una espada, por ejemplo, te ayude en un pulso contra tu oponente. Una vez tengas el valor, mira también los puntos de combate de tu rival para cada duelo (más adelante se indican).*

- *Mira tus puntos de vida máximos sin tener en cuenta los que hayas perdido y anota esa cifra máxima en un papel aparte. Anota también los PV de tu rival en cada duelo (más adelante se indican).*

- *Aplica las reglas del combate estándar pero sin perder puntos de vida realmente, aunque sí restando en una hoja aparte el daño que recibes tanto tú como tu rival, tras las oportunas tiradas de combate. Es importante tener en cuenta que no debes aplicar ningún efecto correspondiente a armaduras o cualquier otra protección que reste PV perdidos como ocurre en un combate. No tiene sentido que una cota de malla, por ejemplo, te proteja en un pulso contra tu oponente.*

- *El rival que consiga reducir los puntos de vida de su contrincante a cero o menos, habrá conseguido vencer en el duelo y pasará a la siguiente ronda teniendo disponibles de nuevo todos sus puntos de vida al máximo.*

- *El derrotado perderá, ahora sí, 1D6 puntos de vida reales por el daño sufrido en su brazo en el pulso perdido. Si se llega a cero puntos de vida reales tras restar la cantidad anterior, se dejará el contador en 1 PV.*

Para ver contra qué rival debes enfrentarte en cada una de las 4 rondas, en caso de que logres superar la ronda previa, considera lo siguiente:

1ª ronda (lanza 1D6 y consulta abajo para ver qué rival te toca):

1:	Ptos de Combate: +6	PV: 28
2:	Ptos de Combate: +5	PV: 26
3:	Ptos de Combate: +4	PV: 24
4:	Ptos de Combate: +3	PV: 22
5:	Ptos de Combate: +2	PV: 20
6:	Ptos de Combate: +1	PV: 18

2ª ronda (lanza 1D6 y consulta abajo para ver qué rival te toca):

1:	Ptos de Combate: +8	PV: 32
2:	Ptos de Combate: +7	PV: 30
3:	Ptos de Combate: +6	PV: 28
4:	Ptos de Combate: +5	PV: 26
5:	Ptos de Combate: +4	PV: 24
6:	Ptos de Combate: +3	PV: 22

SEMIFINALES (lanza 1D6 y consulta abajo para ver qué rival te toca):

1-2:	Ptos de Combate: +8	PV: 32
3-4:	Ptos de Combate: +7	PV: 30
5-6:	Ptos de Combate: +6	PV: 28

GRAN FINAL contra Gúrrock de Barosia, una mole venida de la Península de Novakia:

Ptos de Combate: +8   PV: 32

¡En juego está tu honrilla y 50 jugosas coronas de oro! ¡Suerte y a por ello!

- *Si ganas el torneo de pulsos, ve a la SECCIÓN 509.*
- *Si no lo consigues, pasa a la SECCIÓN 874.*

SECCIÓN 555 – Anota la pista LFL

Tras recuperarte del trauma, por fin puedes registrar el desvencijado sillón, tarea en la que enseguida te empleas. Y así es cómo descubres, con gran sorpresa, una pequeña llave oculta en el forro de piel bajo el sitial. Pensando que puede serte de utilidad, decides quedártela. *Anótala en tu ficha de personaje junto a la pista LFL. Vuelve a la SECCIÓN 970.*

SECCIÓN 556

Estás en una pequeña habitación con el único mobiliario de una mesa, cuatro sillas y un armario cerrado de doble puerta. Dos pasillos parten de la estancia a ambos lados de una empinada escalera que asciende a la siguiente planta. El lugar está pobremente iluminado y huele a alcohol y comida recién hecha. Además del tipo que te ha abierto, ves a dos individuos más en la sala que se han acercado al veros. Uno de ellos es un fiero enano de tez rapada y barba corta, el otro es un joven de cuerpo fibroso y tupida melena.

Los tres tipos os miran desconfiados, en posición preparada para la defensa. Están armados y claramente son guerreros habituados a la pelea.

- Jinni no está. Quién diablos sois y qué hacéis aquí – rompe el silencio el enano con voz bronca.

Zanna inicia su explicación, pero tu mente se abstrae y te avisa de que todo esto es muy raro. Cómo es posible que digan que no está Jinni cuando el juvi aseguró que iba a estar aquí esperándoos. Esos tipos se muestran desconfiados, dirías que incluso nerviosos. Es evidente que están preparados para el combate si hiciera falta...

Haz una tirada de 2D6 y suma tu modificador de Percepción (si tienes la habilidad especial de Vista aguda, suma +3 al resultado):

- *Si el total está entre 2 y 7, ve a la SECCIÓN 707.*
- *Si está entre 8 y 12, ve a la SECCIÓN 501.*

SECCIÓN 557

Tu cerebro trabaja a toda velocidad tratando de asimilar todas las respuestas que Zanna te ha dado.

>> Si no tienes la Pista KLQ, de pronto encajas varias piezas que te permiten elaborar un razonamiento que necesitas contrastar ahora mismo. Ve ahora mismo a la SECCIÓN 550 sin seguir leyendo y, cuando acabes de leer esa sección, decide si quieres volver aquí o seguir leyendo las secciones

*a las que allí te lleve el texto (**anota el número de esta sección por si decides regresar aquí de nuevo**).*

>> Si no tienes la Pista SPX, *una duda asalta tu mente y decides contrastarla.* <u>*Ve ahora mismo a la SECCIÓN 275 sin seguir leyendo*</u> *y, cuando acabes de leer esa sección, decide si quieres volver aquí o seguir leyendo las secciones a las que allí te lleve el texto (**anota el número de esta sección por si decides regresar aquí de nuevo**).*

>> Si ya tienes ambas pistas, *decide cómo quieres cerrar la conversación...*

- *"Te agradezco las explicaciones que nos has dado Zanna. Pero todo eso que nos cuentas es un lío de dimensiones tremendas que escapa a nuestro raciocinio y que nada tiene que ver con nosotros. Mi amigo Gruff y yo ya hemos hecho nuestra parte. Queremos nuestro dinero y volver a casa. Te deseo la mejor de las suertes, pero debes entenderlo".* <u>*Ve a la SECCIÓN 443*</u>.

- *"Gracias por la información Zanna. Todo esto que nos cuentas es un lío enorme que nada tiene que ver con nosotros. Mi amigo Gruff y yo ya hemos hecho nuestra parte. Queremos nuestro dinero y volver a nuestro hogar, pero veo que no tenemos más opción que ayudarte si no queremos que todos nuestros pesares hayan sido en balde. No podemos permitirnos regresar a casa con las manos vacías. ¿Qué vamos a hacer a partir de ahora? ¿Cuál es el plan a seguir?" - Ve a la* <u>*SECCIÓN 551*</u>.

SECCIÓN 558

El rufián te revela que se ha extendido el rumor de que ha aparecido un hebrita de Meribris muerto no muy lejos de aquí, en los barrios aledaños al Puerto Oeste. ¿Será Sígrod ese pobre desgraciado? Rezas por que no se trate de él o que el rumor sea incierto.

- *Si quieres que el rufián te desvele la localización exacta donde dicen que el hebrita apareció muerto, págale otras 3 coronas de oro y* <u>*ve a la SECCIÓN 1031*</u>.
- *Si decides obviarlo, **recuerda que estabas en el hexágono F1**. "Puedes* <u>*seguir explorando la Feria en la SECCIÓN 413*</u>" *o, por encontrarte en una de las tres salidas de la misma,* "<u>*puedes continuar con tu investigación en cualquier otro lugar del mapa*</u>".

SECCIÓN 559

De pronto, la puerta se abre de forma violenta y ves aparecer a tres soldados con el uniforme del ejército de Gomia. Tu bramido para arremeter contra Zork les ha llegado con toda claridad mientras se encontraban a no mucha distancia de la casa. ¿Qué diablos está pasando? Estás a punto de caer desplomado por el sobresalto, máxime cuando los tres guerreros embisten, sin mediar palabra, contra vosotros.

- ¡Te lo dije imbécil! Es una emboscada. ¡Estaban esperando a tu regreso y se lo has puesto en bandeja! – te recrimina Zork mientras empuja al viejo y se lanza a correr hacia la parte trasera de la casa.

Decide qué hacer en este momento de gran incertidumbre.

- *Si tratas de esquivar el ataque de los soldados y huir en dirección de Zork, ve a la SECCIÓN 812.*
- *Si permaneces en tu lugar y te preparas para hacerles frente, ve a la SECCIÓN 966.*

SECCIÓN 560

Entras en la tienda con la intención de ver qué artículos tiene a la venta. Quizás es un buen momento para equiparte mejor de cara a seguir con tu misión. Enseguida compruebas que aquí puedes encontrar casi de todo.

Nota de juego: En la tienda de Janmo, puedes adquirir cualquier objeto, arma o armadura que aparezca en la sección de reglas al inicio del librojuego. Si quieres negociar con el tendero para intentar rebajar el precio, por cada producto que estés interesado en adquirir, haz una tirada de 2D6 y suma tu modificador de Carisma (si tienes la habilidad especial de Negociador, suma +2 extra al resultado). Si el total conseguido es 9 o más, podrás comprar el artículo con una rebaja de un 25% respecto a su coste. Mientras permanezcas en la posada, puedes venir a esta sección siempre que lo desees, pero no puedes renegociar el precio para un producto que ya hayas negociado antes.

Cuando ya estás a punto de abandonar la tienda, tu atención se fija de pronto, casi por instinto, en algo que altera tu pulso y centra todo tu interés. La exaltación da paso, inmediatamente, al desconcierto, cuando compruebas de qué se trata: ahí delante tienes una buena colección de capas negras con capucha,… ¡de idéntica manufactura a la que portan los encapuchados negros que te persiguen!

- *Si deseas hacerte con una de esas capas negras (y sólo si no tienes una en tu poder), ve a la SECCIÓN 777.*
- *Si no te interesa (o ya tienes una en tu inventario), ve a la SECCIÓN 12.*

SECCIÓN 561

Es evidente que la carta de recomendación que te dio Joss Herven, el director de la sucursal del banco con el que te reuniste a través del mercader Hóbbar, te está abriendo puertas. El burócrata te observa de arriba abajo tras leer la misiva y asiente. *Sigue en la SECCIÓN 553.*

SECCIÓN 562   +50 P. Exp.

Estás hecho un auténtico titán. ¡Logras salir airoso de este duro trance!

*   *Si tienes la pista DOC, pasa a la SECCIÓN 364.*
*   *Si no tienes esa pista, ve a la SECCIÓN 241.*

SECCIÓN 563

Siguiendo las indicaciones de los guardias, te diriges hacia la sala de recepciones, donde un funcionario atiende a los visitantes. Un amplio pasillo, decorado con ricos tapices y en el que ves varias puertas cerradas, te lleva hacia esa estancia. Pero antes de llegar a ella, tras abrirse una de las puertas, sufres un colapso inesperado al toparte con alguien que no esperabas... *Pasa a la SECCIÓN 999.*

SECCIÓN 564

De pronto, reconoces al acompañante de Merves que permanece más callado. Es Thomas Flépten, el gerente que administra el día a día del Banco Imperial. Tuviste una reunión con él en su despacho. *Ve a la SECCIÓN 786.*

SECCIÓN 565

Enseguida alcanzas el pasillo por el que Azrôd ha huido y tuerces el recodo que hay a unos pocos metros. Ante ti tienes otra galería, repleta de tapices y todo tipo de lujos, al fondo de la cual hay una puerta de doble hoja hacia la que se dirige el gigante azafio. Estás cada vez más cerca de él. Está claro que la velocidad no es su fuerte.

Tus amigos se han quedado atrás, oyes el retumbar del combate en el que están inmersos. Pero tendrán que apañárselas sin ti. Tienes cuentas pendientes que resolver en estos momentos. Azrôd embiste contra la puerta cerrada y desciende por unas escaleras que bajan al sótano. Metro a metro te acercas, pero no consigues alcanzarlo antes de llegar abajo.

La escena que ves, en ese cuarto sumergido en la penumbra, supera todo lo esperado... *Ve inmediatamente a la SECCIÓN 28.*

SECCIÓN 566 – Anota la Pista RTA

Pareces haber caído bien a varios de los presentes con los que has tenido ocasión de compartir unas palabras. Con independencia de tus pensamientos, les has seguido la corriente en todo lo que defienden y, con ello, te has ganado la ocasión de acompañarles al esperado Torneo como miembro de la hinchada partidaria de *"Los Ratas"*. Agradeces la invitación y te despides. En caso de que decidas acudir con ellos al Torneo, estarán unas horas antes del evento en una zona de tabernas que suelen frecuentar y allí podrás sumarte. Y esto no es todo, resulta que uno de los chipras trabaja en la recepción de la Sede del Sindicato y está dispuesto a facilitar las gestiones que allí hagas.

Nota: el Torneo se celebrará el próximo día 15 del contador de tiempo de tu investigación, en la localización L20 del mapa -> SECCIÓN 955. Pero si deseas acudir a dicha competición de la mano de "Las Ratas", en lugar de asistir por tu cuenta, tendrás que visitar antes ese mismo día la localización L36 del mapa -> SECCIÓN 271 (es la zona de tabernas y locales de concentración de los aficionados de este equipo y desde la que partirán juntos hacia el esperado Torneo).

Recuerda anotar la pista RTA y *puedes continuar con tu investigación en cualquier otro lugar del mapa.*

SECCIÓN 567

Parece que el enano es tozudo e inflexible en su decisión.

- *Si acatas las órdenes del enano e indicas a tus compañeros que ha llegado el momento de marcharos, ve a la SECCIÓN 208.*
- *Si enarbolas tu arma y te dispones a atacar, ve a la SECCIÓN 400.*

SECCIÓN 568

El barrio de los mergueses incluye varias localizaciones particulares que podrías visitar yendo a las secciones correspondientes. Las dos localizaciones siguientes ya las conocías antes de acercarte hasta aquí:

L17 -> SECCIÓN 1013 – Arrabal de Intramuros, en extremo este de la ciudad
L18 -> SECCIÓN 809 – La sede del Banco Imperial

Pero además, por haber venido hasta aquí, y tras tu largo paseo, desbloqueas estas otras localizaciones:

L50 -> SECCIÓN 806 – Las termas más populosas de la ciudad
L51 -> SECCIÓN 587 – Servicio de postas, diligencias y correspondencias
L53 -> SECCIÓN 602 – Zona de tabernas y locales sociales de los mergueses

Nota: *si visitas alguna de las anteriores secciones, no necesitarás agotar una nueva localización en el cómputo del día de hoy, aunque el texto te lo indique. Esto solo es aplicable para la próxima localización que visites de entre las anteriores, pero no para las siguientes. Si no te interesa visitar ninguna, siempre <u>puedes continuar con tu investigación en cualquier otro lugar del mapa.</u>*

SECCIÓN 569

A tu pregunta de quién es realmente Sígrod y qué objetivo personal busca, obtienes esta respuesta:

- Sígrod trabaja para el Círculo Superior del Gremio de Prestamistas de Meribris, el órgano de gestión de la compleja organización que le ha puesto al frente de la operación de asesinato del heredero de Gomia. Sígrod se juega mucho en esta maniobra.

- El qué exactamente – indagas más.

- Si Sígrod logra llevar ante el Círculo Superior la prueba definitiva de la consumación del asesinato, es decir, ese maldito cofre que llevas contigo, recibirá el inmenso premio de entrar a ocupar uno de sus sitiales de gobernanza. Sígrod no quiere por nada del mundo fallar a la confianza que el Círculo ha depositado en él y, debido a vuestra tardanza en traer el cofre hasta aquí, decidió venir en persona tal como Elavska te explicó cuando llegasteis – explica Zanna.

¿Sobre qué quieres seguir indagando?

- ***Si no tienes la pista KLQ,*** *te decides por preguntar el por qué el Gremio de Prestamistas de Meribris estaría interesado en eliminar al heredero de Gomia - <u>Ve a la SECCIÓN 550</u>.* ***Si ya tienes esa pista, puedes efectuar alguna de estas otras preguntas:***
- *"¿Qué habrá sido de Sígrod? ¿Crees que estos bandidos habrán acabado con su vida?" - <u>Ve a la SECCIÓN 384</u>.*
- *"¿Quiénes estarían interesados en atacar a Sígrod y quedarse con el cofre que aún llevo conmigo? ¿Sabes quiénes podrían estar detrás del asalto que sufrimos ayer?" - <u>Ve a la SECCIÓN 275</u>.*
- *"Me gustaría saber más acerca de la Guardia Meribriana. Esos tipos duros de Azâfia que parecían ser la escolta de Sígrod en el barco y parte de los cuales lo traicionaron para unirse a los asaltantes encapuchados. En particular, ¿quién es ese monstruo gigante que golpeó a Sígrod y trató de llevárselo tras dejarlo inconsciente?" - <u>Ve a la SECCIÓN 752</u>.*

SECCIÓN 570 – Anota la Pista DSB

Hóbbar te invita a asistir al próximo Torneo acompañando a *"Los Cerdos"* *(localización L20 del mapa, el día 15 de tu contador de tiempo de la investigación -> SECCIÓN 955).*

Para él sería un placer que decidieras sumarte a la causa en ese día donde esperan humillar a sus acérrimos rivales, *"Las Ratas"*. Contestas que lo meditarás seriamente y que, si tus obligaciones te lo permiten, por supuesto que estarás allí ese día.

Recuerda anotar la pista DSB ahora. *Puedes continuar con tu investigación en cualquier otro lugar del mapa.*

SECCIÓN 571

Se abren varias localizaciones que puedes visitar ahora en el Puerto Este o en sus inmediaciones.

L39 -> *SECCIÓN 216* – El Gran Faro
L40 -> *SECCIÓN 202* – Los silos
L41 -> *SECCIÓN 740* - La Casa de las Sociedades Marinas
L42 -> *SECCIÓN 706* - La Lonja para comprar pescado barato

Si no te interesa ninguna de las anteriores, puedes continuar con tu investigación en cualquier otro lugar del mapa.

SECCIÓN 572   +10 P. Exp.

No sabes cómo, pero logras salir airoso de este duro combate. El corazón bombea a punto de estallar en tu pecho, pero estás vivo. Las fuerzas comienzan a fallarte y tienes que escapar cuanto antes de la ratonera en que se ha convertido esta sala. A pocos metros de ti, ves a Elavska considerablemente herida pero aún en pie, rodeada de cadáveres de rivales vencidos. En este momento, el enano de su escolta que seguía vivo cae abatido por el mandoble de uno de los mercenarios azafios traidores. El juvi que acompañaba a la amazona está sobre la mesa de la estancia esquivando los espadazos de uno de los encapuchados negros.

Sólo dos guardias meribrianos recién llegados se mantienen fieles a Sígrod. Los mismos que, tras las órdenes desesperadas de la guapa chica azafia para que peleen, se enfrentan al grupo de asaltantes formado por azafios y encapuchados negros.

Tras el sillón donde estaba sentado el hebrita, ves al gigante Azrôd recoger del suelo al desfallecido Sígrod y cargárselo con una facilidad tremenda al hombro. Por su parte, el guardia azafio que retenía antes a Sígrod se dirige hacia ti a la carrera con no muy buenas intenciones.

La situación es desesperada mientras te preparas para el nuevo combate. Es en ese momento cuando ves llegar a tu lado a Elavska, acompañada de la guapa chica azafia y del juvi que ha esquivado a su rival para reagruparse con vosotros.

- ¡Vamos! ¿Qué haces ahí pasmado? ¡Llévatela! ¡Largaos de aquí! – te grita Elavska exhortándote para que te marches con la chica azafia, a la que mira con unos ojos envueltos en lágrimas.

- Pero… -tratas de decir sin saber cómo actuar.

- ¡Joder! ¡Espabila! Trataré de retener a estos cabrones todo lo posible para cubrir vuestra huida – remata cortante la brava mujer justo en el momento en que recibe el ataque del azafio que iba lanzado contra ti y al que ha bloqueado el paso.

Decide qué hacer rápido. No hay tiempo para pensar.

- *Si acatas la orden, agarras a la chica y huyes, ve a la SECCIÓN 10.*
- *Si te quedas para ayudar a Elavska desoyendo su mandato, pasa a la SECCIÓN 885.*

SECCIÓN 573

"¡Maldita sea! Alguien se acerca. Va a abrir la puerta", te dices forzándote a correr como un condenado hacia el escondite de tus amigos. Estabas a poco más de tres metros de la fachada de la posada abandonada, cuando has escuchado los pesados pasos de unas botas que se acercan a la salida.

Lanza 2D6 y suma tu modificador de Destreza para intentar ocultarte antes de ser visto (si tienes la habilidad especial de Camuflaje, suma +3 extra):

- *Si el resultado total está entre 2 y 8, ve a la SECCIÓN 423.*
- *Si está entre 9 y 12, pasa a la SECCIÓN 434.*

SECCIÓN 574

Después de todas estas revelaciones, Zanna añade, para calmar a Mattus, que ella también está en peligro en caso de salir a la luz esos papeles (es la mano derecha de Sígrod y consta también su firma en los documentos de intermediación realizados). Por tanto, a su parecer, todos los presentes en este sótano tienen intereses comunes y deben colaborar por uno u otro motivo.

Tras las palabras de Zanna, la estancia se sume en el silencio. El librero se muestra nervioso y rompe finalmente su mutismo para decir que ayudará en lo que haga falta y para sugerir que quizás deberíais empezar por regresar al *Rompeaires*. Para el librero es prioritario investigar en el barco, tanto para ver si Sígrod sigue en él y liberarlo, como para ver si pueden encontrar y rescatar esos contratos comprometidos que les señalan.

- Dudo que Sígrod siga allí dentro – replica Zanna -. Los matones se lo habrán llevado a otro lugar para tenerlo a mejor resguardo. Es lo mínimo que pueden hacer para esquivar cualquier represalia por nuestra parte. Así que creo que la búsqueda de Sígrod va a ser infructuosa en ese lugar. Pero tengo la esperanza de que los contratos no hayan sido aún encontrados y entonces podamos cogerlos y escapar de allí con ellos – remata la chica mientras el librero asiente.

- Zanna, ¿vamos a estar solos en todo esto? ¿No deberíamos pedir refuerzos antes de continuar? – preguntas consciente de vuestros escasos recursos.

- Lamentablemente no tenemos a nadie en quién confiar en esta ciudad, salvo unos pocos aliados. Mattus no es hombre de armas, Jinni nos espera en su guarida y quizás podamos contar con algunos hombres de su compañía si logramos reencontrarnos, ese tal Consejero Tövnard no sé hasta qué punto estará dispuesto a mancharse las manos en el barro y, por último, reclamar refuerzos de Meribris va a suponer tantos días que, cuando estén aquí disponibles, ya será demasiado tarde y no creo que Sígrod pudiera aguantar.

La chica tiene razón. Estáis prácticamente solos en esto. La sensación de responsabilidad y la adrenalina te invaden. *Ve a la SECCIÓN 265.*

SECCIÓN 575 – Anota la Pista MLS

Notas cómo tu pregunta incomoda al Gerente, que responde con evasivas y sin dar ninguna información explícita. Claramente intenta quitarte de encima y deriva la conversación a rápidos monosílabos hasta que remata diciendo que lamenta no tener más tiempo para ti dado que sus obligaciones le apremian. Antes de que puedas reaccionar, Flépten indica a los dos guardias que te han traído hasta aquí que te acompañen "amablemente" a la salida.

Recuerda anotar la Pista MLS. *No tienes más remedio que* continuar con tu *investigación en cualquier otro lugar del mapa* (anota en tu ficha que **ya no puedes visitar otra vez** esta localización salvo para operar con tu cuenta *bancaria, en caso de que hayas abierto una; está claro que el Gerente no va a darte más audiencias).*

SECCIÓN 576

Lanza 2D6 y suma tu modificador de Destreza para intentar llegar hasta ellos haciendo el menor ruido posible (si tienes la habilidad especial de Silencioso, suma +3 extra a la tirada):

- *Si el resultado está entre 2 y 8, sigue en la SECCIÓN 298.*
- *Si está entre 9 y 12, ve a la SECCIÓN 164.*

SECCIÓN 577   +1 día al contador de tiempo

No es necesario que consumas raciones de comida de tu inventario mientras te encuentres refugiado en casa de Mattus, dado que el librero se hace cargo de vuestra manutención y cobijo. Recuperas 5 PV al final de cada día debido a la alimentación, siempre sin rebasar el máximo.

Recuerda que las habilidades curativas de Zanna te permiten recuperar 2D6 PV al final de cada día, siempre sin rebasar el máximo.

También debes sumar ahora 1 día a tu contador de tiempo. Haz las anotaciones oportunas en tu ficha de personaje y sigue en la SECCIÓN 637.

SECCIÓN 578

Afortunadamente, Jinni está contigo y eso ofrece cierta seguridad al posadero para hablar. Os cuenta que unos misteriosos encapuchados vestidos de negro están rondando su posada desde vuestra última visita...

- Me dan muy mal espina, Jinni. No muestran nunca su rostro, se sientan en una esquina y se quedan petrificados dejando las horas pasar. No me piden absolutamente nada, ni tan siquiera una cerveza barata. Mis clientes se incomodan por su presencia y no sé cómo decirles que no vuelvan, no quiero ver rajada mi yugular. Ah..., me han preguntado por ti y tus amigos... ¿En qué lío andas metido Jinni? Esto no me gusta nada... - el desaliñado posadero os mira a todos con gesto contrariado mientras se te hiela la sangre al escuchar su testimonio.

- Esos encapuchados desean el mal de los hebritas, en concreto, del Gremio de Prestamistas de Meribris. ¿Tienes alguna idea de quiénes pueden ocultar su rostro tras esas negras capas? – pregunta el juvi.

- No tengo ni idea. Quizás sean aquilanos venidos de fuera que ocultan su identidad para seguir atentando contra los hebritas. Hay noticias de un aumento de las agresiones a éstos en toda la ciudad... - contesta el tabernero sin mucha seguridad en lo que está diciendo.

Abandonáis rápidamente "La rata degollada" con una mala sensación en el cuerpo y con todos los sentidos alerta.

- *Si tienes la pista JEE, ve a la SECCIÓN 1033.*
- *Si no tienes esa pista, puedes continuar con tu investigación en cualquier otro lugar del mapa.*

SECCIÓN 579

Te doblegas ante la superioridad de tus oponentes, quienes enlazan una serie de ataques que no puedes detener. El frío acero atraviesa tus entrañas y escupes sangre. La vista se te nubla por momentos y te arrodillas antes de que uno de ellos cercene tu cabeza de un espadazo bestial.

FIN *– si tienes algún punto de ThsuS, "Todo habrá sido un Sueño" y podrás retomar la aventura desde el Lugar de Despertar que desees entre los que tengas anotados en tu hoja de personaje. Si no es así, debes comenzar de nuevo desde el principio o desde algún Lugar de Despertar Especial que tengas.* **Recuerda resetear, en tu FICHA DE INVESTIGACIÓN, tus dos cuentas de tiempo y las pistas conseguidas a las que tuvieras cuando llegaste a ese Lugar de Despertar del que reinicias.**

SECCIÓN 580

Estás en el hexágono F13. En esta zona de la Feria se acumulan basuras y desechos. Si ya era insoportable el olor en muchas partes de la misma, aquí es indescriptible lo nauseabundo que resulta. No obstante, alguien desesperado puede tratar de hurgar en la inmundicia. Siempre puede haber algo entre la basura que pueda resultar de interés...

- *Si quieres rebuscar entre la basura, ve a la SECCIÓN 672.*
- *Si crees que no tienes nada que hacer aquí.* **Recuerda que estabas en el hexágono F13.** *"Puedes seguir explorando la Feria en la SECCIÓN 413".*

SECCIÓN 581 – Anota la Pista TPZ

Continúas adelante sin tener que lamentar ningún encuentro con alguno de tus enemigos y, tras torcer a la izquierda, entras en un salón que ya conoces, puesto que pasaste por él la anterior ocasión que estuviste aquí. Aprecias que está forrado de tapices y mantas de bellos acabados. Un fuerte olor a incienso borra el olor a sangre y muerte que sentiste cuando escapaste de este sitio.

Hay varios muebles rotos y algunos restos de la barbarie que se vivió en esta sala, pero parece ser que se han tomado las molestias oportunas para intentar borrar todo lo posible la masacre que sufrió este lugar. Aún recuerdas el montón de cadáveres esparcidos por la lujosa estancia, varios de ellos con graves mutilaciones y muchos de ellos totalmente ensangrentados.

Ahora la habitación está en una calma tensa que añade suspense a la penumbra que reina en la misma con todas sus ventanas tapadas por gruesas cortinas. La primera vez que estuviste aquí, nada más llegar, viste a una docena de guerreros de tez morena, todos ellos ataviados con turbantes de un color tan morado como el de sus amplios ropajes. Eran la Guardia Meribriana, muchos de los cuales traicionaron instantes después a Sígrod y, por tanto, a la causa para la que ahora trabajas.

Al parecer se trata de una sala social donde los pasajeros de este barco pasan las horas muertas. Por fortuna, ahora no hay nadie aquí.

Al final de la estancia ves el corredor que desemboca en el portón blindado de metal tras el cual estaba la estancia donde conociste a Sígrod. *Antes de decidir qué haces, **recuerda anotar la pista TPZ**.*

- *Si te diriges hacia ese pasillo con la intención de regresar a la habitación donde estaba Sígrod cuando viniste aquí por primera vez, pasa a la SECCIÓN 661.*
- *Si crees que es mejor regresar por el largo corredor hasta el pie de las escaleras que bajan de la cubierta, pasa a la SECCIÓN 642.*

SECCIÓN 582

Tu corazón se para de pronto y temes caer desplomado por el impacto. Conoces ese rostro, esa cabellera rubia y ese porte de guerrero. El tatuaje en forma de dragón, que posee en el lado izquierdo del cuello, lo delata. Te topaste con él al inicio de tu aventura, cuando aún estabas encaminándote al bosque de Táblarom para encontrar el maldito cofre. ¡No crees lo que estás viendo!

El escriba que está a tu lado dice que el recién llegado es, ni más ni menos, que el hermano de Wolmar, el heredero de Gomia asesinado vilmente por los tiranos, mientras éste marchaba en ayuda de Tirrana en la guerra contra Aquilán junto a su hermano Kontar, menos conocido por ser el segundo en la línea de sucesión al trono de su país.

Entonces un rayo de clarividencia atraviesa tu mente y recuerdas, de pronto, que el tatuaje de este recién llegado está en el lado izquierdo de su cuello, cuando el hombre con el que te topaste al inicio de tu aventura, de idéntico rostro a este, tenía dicho tatuaje en el lado derecho. Ambos no son la misma persona, aunque se parezcan como dos gotas de agua. ¡Son hermanos gemelos!

- *Si nunca has abierto el cofre que aún portas contigo:*
  - o *Si tienes la pista ZCH, pasa a la SECCIÓN 697.*
  - o *Si no tienes esa pista, ve a la SECCIÓN 598.*
- *Si no te pudiste resistir y lo abriste, ve a la SECCIÓN 324.*

SECCIÓN 583

Aunque tu maniobra no estaba mal pensada, has fallado en su ejecución y los centinelas te han descubierto. De pronto te ves envuelto en un cruento combate en el que tienes que enfrentar a cuatro rivales mientras tu amigo Gruff se hace cargo de otros dos de ellos. *Además, por desgracia, tus enemigos arremeten contra ti desde todos los flancos sin que puedas defenderte de su primer ataque (cada uno de ellos te producirá un daño automático de 1D6 PV antes de que comiences cada combate de la forma habitual).*

ENCAPUCHADO NEGRO 1	Ptos. Combate: +4	PV: 23
ENCAPUCHADO NEGRO 2	Ptos. Combate: +6	PV: 25
ENCAPUCHADO NEGRO 3	Ptos. Combate: +5	PV: 27
ENCAPUCHADO NEGRO 4	Ptos. Combate: +6	PV: 28

- *Si vences en este duro combate, ve a la SECCIÓN 993.*
- *Si eres derrotado, pasa a la SECCIÓN 911.*

SECCIÓN 584

Te acercas al oscuro umbral de la entrada del edificio religioso con todos los sentidos alerta. En cualquier momento pueden abalanzarse sobre vosotros nuevos encapuchados negros... *Pasa a la SECCIÓN 939.*

SECCIÓN 585

AZAFIO	Ptos. Combate: +4	PV: 20

- *Si vences antes del quinto turno de combate, ve a la SECCIÓN 989.*
- *Si vences en ese quinto turno o después, pasa a la SECCIÓN 166.*
- *Si caes derrotado, ve a la SECCIÓN 911.*

SECCIÓN 586   +7 P. Exp.

Con gran decisión, enmiendas tu lentitud en la huida acabando con tu oponente. Por fortuna, tu amigo Gruff también ha logrado escabullirse y escapar de su rival, que ha tropezado cayendo al suelo. Elavska está a punto de sucumbir, pero comprendes que sería un suicidio quedarte. Huyes junto a Gruff alcanzando enseguida al juvi, que está teniendo serios problemas para llevar con él a la chica azafia, una brava joven que por fin entra en razones al veros llegar, no sin antes dejar escapar amargas lágrimas. *Pasa a la SECCIÓN 48.*

SECCIÓN 587

Estás en la localización L51 del mapa. Antes de seguir, anota en tu ficha que has visitado un nuevo lugar hoy (recuerda que puedes ir a un máximo de 4 sitios cada día; uno menos si anoche te alojaste en la librería de Mattus). No vas a tener que realizar ninguna tirada de encuentros con tus perseguidores para esta localización en concreto.

El servicio de postas, diligencias y correspondencias, ubicado a pocos metros de la Puerta Este de la capital, abarca una serie de edificios adyacentes donde la actividad es frenética. Desde este complejo se coordina a nivel administrativo buena parte de la mensajería y comunicaciones, así como la contratación de transportes por tierra a través de diligencias, pájaros y emisarios.

Aprovechando la influencia de este nodo de comunicaciones, han florecido varios negocios anexos que complementan los servicios mencionados a nivel local. Entre ellos, te llama la atención un servicio de transporte urbano que quizás puedas contratar para ganar tiempo en tus desplazamientos. Te acercas a preguntar y te informas de las condiciones.

Nota de juego: *En esta localización puedes contratar un "sefeya", un servicio de transporte un tanto peculiar y muy característico de esta ciudad. Se trata de un pequeño carrito de dos ruedas pilotado por un lugareño vestido de un rojo chillón y con un gorrito un tanto ridículo para los estándares de un tirano como tú. El cachivache está tirado por un asno y en él pueden ir sentados hasta cuatro ocupantes (si sois más en el grupo, tendrás que contratar más de un "sefeya" o indicar qué compañeros no te acompañan y, por tanto, no dispones de las ventajas que te ofrecen; si en una sección se hace mención a un compañero que hubieses dejado aparte, entonces tendrás que elegir a otro en ese momento que lo supla para dar coherencia al texto).*

Cada "sefeya" tiene un coste diario de 10 CO y te permitirá visitar dos localizaciones adicionales del mapa por día, lo que te hará ganar mucho tiempo. No es posible negociar una reducción de su coste, dado que el Gremio de Transportes de la ciudad mantiene una férrea política de control de precios en la que prima la no erosión a la baja de los mismos.

Haz las anotaciones oportunas en tu ficha y <u>sigue en la SECCIÓN 184</u>.

SECCIÓN 588

El grueso borracho entra en cólera por tu contrarréplica y lanza un gancho dirigido a tu cara. *Te ves envuelto en un combate sin armas contra este gordo (recuerda que luchar desarmado tiene una penalización de -3 a tus puntos de Combate).*

GORDO BORRACHO
Ptos. Combate: +2 (penalización combate sin armas aplicada)   PV: 25
- *Si consigues reducir los PV de tu rival a 6 o menos, <u>ve a la SECCIÓN 344</u>.*
- *Si el gordo borracho te vence, <u>pasa a la SECCIÓN 761</u>.*

SECCIÓN 589

*A pesar de tus esfuerzos en el edificio diplomático, no ha ido nada bien e incluso las fricciones generadas hacen que **pierdas 2 puntos de influencia en Tol Éredom** (una cuenta que debes iniciar ahora en tu ficha de personaje en caso de que no lo hubieras hecho ya antes). No sabes para qué puede servir esta influencia, pero nunca está de más tener ciertos contactos en la burocracia, aunque no puedan catalogarse como relaciones de confianza sino más bien meros nombres que poder mencionar como referencias con tal de intentar codearte con contactos superiores de mayor nivel. <u>Puedes continuar con tu investigación en cualquier otro lugar del mapa.</u>*

SECCIÓN 590

La frustración te invade. No logras entender lo que está comentando la pareja de jóvenes. Sólo escuchas el rumor de fondo de su conversación, pero no te percatas de su contenido.

- *Si permaneces donde estás con la esperanza de poder escuchar algo, <u>ve a la SECCIÓN 794</u>.*
- *Si te acercas a la puerta principal, dónde tendrás más cerca a los jóvenes para poder espiarles (parece que están en alguna especie de salita aledaña a la entrada), aunque esto implique perder la protección de tu escondite en el oscuro callejón lateral, <u>ve a la SECCIÓN 243</u>.*
- *Si tratas de escalar al balcón de la primera planta de la casa para colarte dentro de ella por el portón abierto que ves desde el lugar en que estás, <u>pasa a la SECCIÓN 253</u>.*

SECCIÓN 591

Enseguida tus sospechas son superadas por la importancia de esos documentos. No sólo se trata de los acuerdos de Mattus con la organización de Zanna, por muy reveladores que éstos fueran, sino que, entre esos papeles abandonados en el barco, también se encuentra una copia de un secreto contrato firmado entre un miembro del altísimo Consejo de Tol Éredom y el propio Gremio.

Presa de una tensión palpable, Mattus confiesa que él es el enlace con el escriba del mismísimo Consejero que firma ese importante contrato. Al parecer, dicho escriba es cliente habitual de la librería desde hace muchos años y entre Mattus y él se había fraguado una cordial y cada vez más firme relación profesional. Por tanto, el Gremio había podido llegar a este alto cargo del Consejo a través de Mattus, quien a su vez había contactado con el escriba para llegar finalmente al Consejero de nombre Tövnard.

El librero añade que el escriba suele pasarse por la tienda de forma recurrente, en función de la carga de trabajo que tenga en cada momento. Algunas temporadas le visita una vez por semana y otras aproximadamente cada quincena. En este sentido, indica que la última vez que su contacto estuvo en la librería fue hace dos días. *Sigue en la SECCIÓN 691.*

SECCIÓN 592

Por más que empleas tus dotes de persuasión y aparentas ser un hombre de alta cuna, no logras convencer a los testarudos guardias que custodian la entrada al recinto acotado para el evento. No hay posibilidad de entrar a la Cena de Gala puesto que no has logrado conectar con nadie de la alta sociedad que pudiera hacerte un hueco en tan exclusivo acontecimiento. Colarte en él por las bravas tampoco es una opción dada la elevadísima vigilancia que hay en todo el perímetro cercado y puesto que, aún en el caso de conseguirlo, dentro serías un extraño sin invitación que pronto sería detectado y expulsado sin remedio.

Lamentas profundamente no poder asistir a la cena de gala en calidad de invitado y tienes el terrible presentimiento de que ahí se te escapa un **hito fundamental para tus pesquisas**… No tienes más remedio que volver en busca de tus amigos cuando, de pronto, una voz inconfundible llega a tus oídos y hace que saltes como un resorte. *Sigue en la SECCIÓN 160.*

SECCIÓN 593

No envidias a esos nobles y señores de alta alcurnia. Se mueven en un terreno pantanoso de intrigas y luchas de poder que no acabas de comprender del todo, a pesar de tus avances en esta materia por exigencias del guión. Y precisamente su afán de poder puede haber llevado a alguno de ellos a complotar contra los hebritas, así que deberás permanecer muy atento durante la cena. Cualquier detalle puede ser determinante. El éxito de tu misión depende de ello y eres consciente. Piensas todo esto mientras te llenas la copa con vino especiado de la jarra que porta uno de los mozos escanciadores que pasa junto a ti ataviado con el pintoresco disfraz con máscara que todos los sirvientes lucen esta noche. *Ve a la SECCIÓN 19.*

SECCIÓN 594

El calor es cada vez más insoportable. La mano comienza a coger un color exageradamente rojo y tienes la sensación de que va a estallar por momentos. Lamentas no tener a Zanna cerca, con sus poderosos talentos curativos, pero finalmente reaccionas y eliminas el veneno de tu cuerpo tras efectuar un profundo corte debajo del antebrazo. Entonces te vendas y aplicas una rudimentaria cura para evitar desangrarte. Para más inri, es la mano que empleas para empuñar tu arma y has tardado demasiado para evacuar la ponzoña que a partir de ahora va a afectarla. *Pierdes desde este momento 2 puntos de Combate de forma permanente (anótalo en tu ficha de personaje). Ve a la SECCIÓN 229.*

SECCIÓN 595

El corredor dispone de dos puertas en su lateral derecho, ambas separadas entre sí por unos cinco metros de distancia, y termina en una pared que es parte del propio casco del barco.

* *Si intentas abrir la primera puerta, pasa a la SECCIÓN 226.*
* *Si optas por la que se encuentra más lejos, cerca del final del pasillo, pasa a la SECCIÓN 260.*
* *Si vuelves al pie de las escaleras que ascienden a cubierta, ve a la SECCIÓN 642.*

SECCIÓN 596

De pronto, sientes un agudo pinchazo en la parte derecha del cuello. Como acto reflejo, posas tus manos en esa zona y tocas una especie de objeto fino del que tiras sin pensar. Presa del terror, observas un dardo de metal con la punta tintada en negro, seguramente emponzoñada por veneno. Sin tiempo para avisar a tus acompañantes ni para tomar consciencia real de la situación, te desplomas perdiendo la conciencia al momento.

No volverás a abrir los ojos. Has sido asesinado por tus enemigos, que os han seguido para atacaros en el momento más propicio para ello. La trama de los hebritas con el consejero Tövnard, el librero Mattus y la banda de Elavska ha sido destapada, dado que los comprometidos papeles ocultos en el Rompeaires que debíais rescatar han sido descubiertos por vuestros enemigos. Tú eres una pieza menor de la trama, aunque eres un fiero guerrero, por eso lo mejor era asesinarte. Quizás tu fiel amigo Gruff haya corrido la misma suerte y puede que Zanna, en estos momentos, esté siendo llevada a un sitio apartado para ser interrogada o para cosas peores. Pero todo esto es algo que jamás podrás saber. Has fracasado, salvo que todo haya sido una desagradable pesadilla de la que es mejor, cuanto antes, despertar…

FIN *– si tienes algún punto de ThsuS, "Todo habrá sido un Sueño" y podrás retomar la aventura desde el Lugar de Despertar que desees entre los que tengas anotados en tu hoja de personaje. Si no es así, debes comenzar de nuevo desde el principio o desde algún Lugar de Despertar Especial que tengas.* ***Recuerda resetear, en tu FICHA DE INVESTIGACIÓN, tus dos cuentas de tiempo y las pistas conseguidas a las que tuvieras cuando llegaste a ese Lugar de Despertar del que reinicias.***

SECCIÓN 597

- *Si tratas de confraternizar con alguno de los seguidores de "Los Cerdos" para intentar averiguar algo más sobre ellos y sus motivaciones, ve a la SECCIÓN 894.*
- *Si ya no tienes nada más que hacer aquí, ve a la SECCIÓN 500.*

SECCIÓN 598 – Anota la Pista ZCH, en caso de que aún no la tuvieras

Zanna detecta tu estado de fuerte impresión, observa al hombre rubio recién llegado y te aparta del gentío para hablar confidencialmente. Te dice que dentro del cofre que portas se encuentra la prueba definitiva de la muerte del heredero de Gomia, cuyo hermano gemelo tienes ahí delante. Un heredero a quién la compañía de Elavska y Viejo Bill debía eliminar por encargo del Gremio de Prestamistas de Meribris y cuya cabeza embalsamada tú transportaste hasta aquí en ese maldito cofre como parte final del encargo. Es Gruff quien esta vez te agarra fuerte para que no te caigas por el impacto… ***Recuerda anotar la pista ZCH*** *y ve a la SECCIÓN 358.*

SECCIÓN 599

No consigues más que arrancar una mirada de desprecio e indiferencia en los soldados a los que te has dirigido con tal de entablar alguna conversación. Está claro que estos tipos consideran a los civiles como gente menor, indigna de merecer su tiempo. Al menos es lo que te transmite su actitud altiva. Te alejas de esos individuos para seguir explorando el recinto de la Fortaleza. *Vuelve a la SECCIÓN 799, pero hoy ya no podrás intentar de nuevo entablar conversación con los guardias.*

SECCIÓN 600

Recuerdas que la anterior vez que estuviste aquí, fuiste llevado ante Sígrod a través del corredor que parte recto ante ti. *Sigue en la SECCIÓN 803.*

SECCIÓN 601

Desestimáis de momento enviar esa carta por los riesgos que ello supone. Quedáis con el librero en que volveréis a pasar por aquí en los próximos días para ver si el escriba ha pasado por la tienda. *Puedes continuar con tu investigación en otro lugar del mapa.*

SECCIÓN 602

Marchas hacia la localización L53 del mapa. Antes de seguir, anota en tu ficha que has visitado un nuevo lugar hoy (recuerda que puedes ir a un máximo de 4 sitios cada día; uno menos si anoche te alojaste en la librería de Mattus). También lanza 2D6 para ver si tienes algún encuentro con los matones que os persiguen. Si el resultado es de 7 o más, no te topas con ningún enemigo y puedes seguir leyendo. Si es inferior, debes evitar o vencer a los siguientes tipos que os descubren, para seguir leyendo (los enemigos indicados son los que debes enfrentar en solitario; no se detallan los rivales que atacan a tus compañeros y se considerará que ellos vencerán su combate si tú ganas el tuyo):

ENCAPUCHADO NEGRO 1	Ptos. Combate: +5	PV: 26
ENCAPUCHADO NEGRO 2	Ptos. Combate: +5	PV: 28

Nota: *puedes tratar de evitar el combate si lanzas 2D6 y sumas tu modificador de Destreza obteniendo un 7 o más (si tienes la habilidad especial de Silencioso o de Camuflaje suma +2 por cada una de ellas). Si logras evitar a esos tipos, darás un largo rodeo hasta que puedas quedarte tranquilo y constates que les has dado esquinazo definitivo. Podrás seguir leyendo con normalidad esta sección, pero habrás agotado un tiempo* *considerable que hará que puedas visitar una localización menos del mapa en el día de hoy (o mañana, si ésta era la última que podías visitar hoy).*

Ptos de Experiencia conseguidos: *9 P. Exp. si vences; 3 P. Exp. si escapas.*

- *Si tienes la pista ZZP, <u>ve a la SECCIÓN 261 sin seguir leyendo</u>.*
- *Si no tienes esa pista, sigue leyendo...*

Siguiendo las indicaciones de los transeúntes, intentas llegar a una zona de varias calles adyacentes donde, al parecer, se concentran las tabernas y locales sociales del barrio de los mergueses.

- *Si tienes la pista CSM, <u>ve a la SECCIÓN 742</u>.*
- *Si no tienes esa pista, <u>ve a la SECCIÓN 845</u>.*

SECCIÓN 603   +100 P. Exp.

Tras recibir tu recompensa, eres liberado de todas tus obligaciones con el Gremio. Te dispones a rematar el contenido de tu plato y apuras tu copa de vino con esperanzas renovadas. Pero entonces, recuerdas que debes deshacerte de algo de una puñetera vez por todas. Miras a Gruff, quién entiende tus intenciones y te observa con gesto cómplice. No es necesario explicar el gusto que sientes cuando entregas a Sígrod ese maldito cofre. *Elimínalo de tu ficha y <u>ve a la SECCIÓN 20.</u>*

SECCIÓN 604

Te decides a probar esa misteriosa pócima verdosa que encontraste en el barco Rompeaires. A continuación, se explican sus poderosos efectos.

La pócima te permite cambiar el resultado de uno de los dos dados que lances en cualquiera de tus tiradas y hacer que el resultado de ese dado sea un SEIS. Pero sólo podrás hacer esto hasta un máximo de 5 veces (es decir, podrás cambiar 5 dados cuyo resultado no te interese y luego la pócima acabará agotándose y no la podrás emplear de nuevo).

Por ejemplo, imaginemos que debes pasar una tirada en la que necesitas conseguir un 8 o más en el resultado. Lanzas dos dados y en uno de ellos consigues un 3 y en el otro un 2 (por tanto, el resultado total es 3 + 2 = 5). Entonces decides usar una dosis de esta pócima y cambias el 2 por un 6 para el segundo dado, con lo que consigues ahora obtener un resultado total de 3 + 6 = 9 y superas la tirada.

<u>*Regresa a la SECCIÓN en la que estuvieses antes de venir aquí.*</u>

SECCIÓN 605

Has tomado una decisión fatal. El enano nada tiene que ver con el asesinato de Mattus ni con el secuestro de Sígrod. Lo compruebas cuando ves que éste prolonga la velada en una de las tabernas que aún sigue abierta en la ciudad, a pesar de las intempestivas horas en las que te encuentras. Vuelves sobre tus pasos intentando de forma desesperada dar con el resto de comensales, pero al llegar a los jardines donde se ha celebrado la gala, solo ves a los mozos que trabajan cansados recogiendo las mesas. *Ve a la SECCIÓN 840.*

SECCIÓN 606

Suspiras hondo y abortas tu huida. Gruff te mira perplejo pero resopla y te acompaña. Mientras, a tu espalda, el juvi tira de la chica azafia hacia la puerta consiguiendo por fin salir de la sala.

En este momento ya no queda ningún azafio fiel a Sígrod en pie y Azrôd cuenta con la ayuda de dos encapuchados negros y otros tantos guardias azafios que han sobrevivido a los combates. Sólo está Elavska, gravemente herida, además de Gruff y tú, para hacerles frente.

Nota: en estos breves segundos, si tienes la habilidad especial de Robar, puedes hacerte con el sable de un azafio caído que hay cerca de ti. Esta arma ofrece +2 a tus Puntos de Combate, +0 a tu Destreza y ocupa 3 VC. Si no tienes esa habilidad especial, deberás tirar 2D6, sumar tu Destreza y conseguir un resultado de 9 o más para hacerte con esa arma.

- *Si te quedas para enfrentarles, a pesar del riesgo que sabes que correrías en ese caso, ve a la SECCIÓN 34.*
- *Si corres hacia la salida entendiendo que rectificar es de sabios, pasa a la SECCIÓN 319.*

SECCIÓN 607

- *Si tienes la pista CIT, pasa a la SECCIÓN 592.*
- *Si tampoco tienes esa pista, ve a la SECCIÓN 167.*

SECCIÓN 608

Los festejos están acercándose a su fin cuando la noche ya está muy avanzada. Con la esperanza de estimular tu mente, decides llenar una última copa de la jarra que porta uno de los escanciadores que pasa junto a ti, ataviado con el pintoresco disfraz con máscara que todos los sirvientes lucen esta noche.

-   Por supuesto, mi señor. Acérqueme su copa si es tan amable – dice el muchacho provocando que casi caigas de tu asiento. Conoces esa voz. ¿Qué demonios hace tu amigo aquí dentro?

Ve ya mismo a la SECCIÓN 832.

SECCIÓN 609 – Anota la Pista CSC y suma 11 P. Exp.

¡Bravo! Consigues hacerte con una capa justo cuando Janmo estaba atendiendo a otro de los clientes. Sin pensarlo dos veces, te escabulles al exterior de la tienda, ocultas la prenda en tu petate y vuelves a la taberna.

Nota de juego: *gracias a la capa, a partir de ahora podrás beneficiarte de un modificador de +2 extra a las tiradas de encuentros en cada localización del mapa para ver si tienes algún encuentro con los matones que os persiguen (este modificador también aplicaría a las tiradas para evitar el combate en esas tiradas de encuentros con los matones).*

Haz las anotaciones oportunas en tu ficha, **anota la pista CSC** *y* *vuelve a la SECCIÓN 12.*

SECCIÓN 610

Suspiras profundamente, dando algo de calma a tu ser, y te dispones por fin a dirigirte hacia las cárceles del complejo. Tratando de no ser detectado por ninguno de los centinelas que patrullan el recinto a estas horas, avanzas lentamente, con cautela, hasta que alcanzas tu objetivo. *Sigue en la SECCIÓN 774.*

SECCIÓN 611

*   *Si tienes la pista RIR, ya no tienes nada más que hacer en este lugar. No sigas leyendo y* *puedes continuar con tu investigación en cualquier otro lugar del mapa.*
*   *Si no tienes esa pista,* sigue leyendo...

Te descoloca ver acercarse a un hombre de caros ropajes con lágrimas en los ojos y rostro descompuesto. Dos criados lo siguen con gesto serio, el mismo semblante que ves en varios de los funcionarios y guardias a medida que avanzas hasta la sala de recepción y visitas. Uno de los centinelas se dirige a ti para que te apartes de su camino.

-   Quítate de en medio. Deja paso a Sir Alexer.

Unos minutos después, con gran asombro, comprendes lo que sucede. Estás perplejo y totalmente descolocado. ¿Cómo ha sido posible? Era un hombre joven, apuesto y saludable. No es normal que el consejero Rovernes haya muerto...

El funcionario recepcionista que te ha dado la noticia te indica que no se van a atender visitas. El Señor de la Casa Rovernes ha fallecido recientemente y se ha decretado luto oficial en este lugar hasta que su primo Alexer Rovernes, con quien antes te has cruzado, así lo determine. **Anota ahora la pista RIR.**

- *Si tienes la pista TMR, ve a la SECCIÓN 1011.*
- *Si no tienes esa pista, totalmente impactado por el suceso, puedes continuar con tu investigación en cualquier otro lugar del mapa.*

SECCIÓN 612

De pronto, piensas en los papeles que has rescatado en el barco. Quizás ayuden a convencer a estos tipos de que sois aliados. Pero, por otro lado, puede que no sea seguro mostrarlos abiertamente.

- *Si usas los papeles para apoyar tus tesis, ve a la SECCIÓN 134.*
- *Si acatas las órdenes del enano e indicas a tus compañeros que ha llegado el momento de marcharos, ve a la SECCIÓN 208.*
- *Si tratas de convencer con algún argumento al tosco enano, pasa a la SECCIÓN 391.*
- *Si enarbolas tu arma y te dispones a atacar, ve a la SECCIÓN 400.*

SECCIÓN 613

Sir Ánnisar es el hermano gemelo del heredero de Gomia asesinado por orden de los hebritas. Un heredero a quién la compañía de Elavska y Viejo Bill debía eliminar por encargo del Gremio de Prestamistas de Meribris y cuya cabeza embalsamada tú transportaste hasta aquí en ese maldito cofre como parte final del encargo.

Tratas de atar cabos a toda prisa. Deben de ser trillizos. Primero, el caballero gomio que viste cuando aún no habías iniciado la búsqueda del cofre en el bosque de Táblarom (el que estaba persiguiendo junto a sus hombres al tipo de mirada zorruna que más tarde intentó asesinarte en varias ocasiones); segundo, el desgraciado heredero cuya cabeza ha acabado en el maldito cofre; por último, Sir Ánnisar, el tercero en discordia que tienes ahí delante.

Te agarras fuerte a la mesa para no caer por el impacto cuando recuerdas que aún llevas el cofre contigo, ya que no lo has entregado a tus amigos junto a tus armas antes de entrar a la cena... *Sigue en la SECCIÓN 884.*

SECCIÓN 614

Estás en el hexágono F7. Hay muchas tiendas de pieles y telas en esta parte de la Feria. Aquí puedes hacerte con ropajes de todo tipo, incluso con algunos de noble elaboración que quizás puedan serte de ayuda en eventos sociales de alta alcurnia.

Puedes adquirir un traje de mergués típico de la capital por 36 CO. No ocupa VC y te bonifica con un +2 a tu Carisma mientras te encuentres dentro de Tol Éredom y un +1 si estás fuera de la ciudad.

En cualquier caso, lanza 2D6 y suma tu modificador de Carisma ahora:

- *Si el resultado está entre 2 y 8, no consigues nada más aquí.* **Recuerda que estabas en el hexágono F7**. *"Puedes seguir explorando la Feria en la SECCIÓN 413".*
- *Si el resultado está entre 9 y 12, ve a la SECCIÓN 436.*

SECCIÓN 615

- *Si tienes la pista NHR o la pista SAR, ve a la SECCIÓN 183.*
- *Si no tienes ninguna de las dos anteriores, pero tienes la pista CAR, ve a la SECCIÓN 525.*
- *Si no tienes ni la pista CAR, ni la SAR ni la NHR, ve a la SECCIÓN 965.*

SECCIÓN 616 – Anota la pista RIR

La mujer se muestra tremendamente desolada. Es evidente que la preocupación la invade tras la reciente noticia de la muerte de su amante, el consejero Rovernes. Has escuchado bien, sí. El máximo rival político de Tövnard ha perdido la vida... aún no puedes creerlo por lo inesperado del suceso, pero la noticia es real...

Parece que el hechizo seductor de Elaisa se ha desvanecido como un rayo al finalizar una tormenta. El maquillaje corrido por sus amargos lagrimones, su descuidada vestimenta y su peinado desaliñado, alejan de ti la imagen tan cuidada que tenías de ella.

Entre suspiros y sollozos, la dama te dice que teme que su marido haya descubierto su infidelidad y que la muerte de Rovernes haya sido consecuencia de ello. Asientes sin dar respuesta alguna, mientras propicias que la desesperada mujer dé rienda suelta a su amargo desahogo. Para tus adentros, no obstante, analizas lo que escuchas y tienes tus dudas acerca de la tesis de la damisela. En caso de que Tövnard estuviese detrás del fallecimiento de Rovernes, no está tan claro que el móvil fuese los celos por la infidelidad amorosa de su mujer con el apuesto consejero. No vas a negar que pueda tratarse de un motivo más, pero puede que tenga más peso la componente política y el pulso de poder que ambos rivales en el Consejo mantienen desde hace tiempo para apartar uno al otro de dicho órgano de gobierno. Está claro que Tövnard no habrá encajado bien el hecho de que finalmente sea él, en lugar de Rovernes, quién tenga que abandonar la capital y centro de poder del Imperio para viajar a Valdesia, en el lejano poniente, en misión diplomática para reclamar a los silpas la afrenta realizada al Emperador Wexes.

Nota: *si tienes la pista TMR, puedes leer ahora el contenido de la SECCIÓN 1011, pero al acabar con aquella sección NO VAYAS a las secciones siguientes a las que ésta te pudiese llevar. En lugar de eso, cuando acabes de leer esa sección, regresa aquí para seguir leyendo (apunta por tanto el número de esta sección en la que estás para no perderte al volver)...*

Sea cual sea la teoría acertada, en cualquier caso, para ti es relevante constatar que Elaisa sabe muchas cosas de lo que sucede en el Consejo de Tol Éredom, así que la tiras de la lengua para saber más de dicho órgano de gobierno y de los componentes que lo conforman. Para ti es importante conocer la postura de sus miembros respecto a la causa hebrita para la que estás trabajando. *Recuerda anotar la pista RIR y comprueba tus pistas para ir a la opción adecuada:*

- *Si no tienes la pista HIC, ve a la SECCIÓN 487 para conocer los detalles del Consejo de Tol Éredom pero, al acabar de leer aquella sección, **NO VAYAS a las secciones siguientes a las que te lleve**. En lugar de eso, cuando acabes de leer la sección, continúa tu investigación visitando otra localización del mapa (o sea, que puedes continuar con tu investigación en cualquier otro lugar del mapa).*
- *Si ya dispones de esa pista, no averiguas nada más aquí y puedes continuar con tu investigación en cualquier otro lugar del mapa.*

SECCIÓN 617

No sabes si es mala suerte o que simplemente no le has caído bien, pero el caso es que el burócrata de la sala de concertación de visitas te emplaza a venir de nuevo mañana, dado que la agenda de los funcionarios de la Embajada está hoy repleta. *Puedes continuar con tu investigación en cualquier otro lugar del mapa (puedes regresar aquí a partir de mañana).*

SECCIÓN 618   **+7 P. Exp.**

- ¿Estás imbécil o qué te ocurre? ¿No sabes que no puedes pasar a la sala ni tú ni ninguno de los tuyos mientras estamos los azafios reunidos? Vuelve por dónde has venido si no quieres que te siegue con esta cosita preciosa que tengo aquí – amenaza el azafio poniendo su manaza sobre la empuñadura de su curvada espada.

Decide cómo actuar.

- *Si obedeces y vuelves atrás por el pasillo para encaminarte al corredor que ahora está a tu izquierda (antes, cuando bajaste por las escaleras, era el de la derecha), ve a la SECCIÓN 856.*
- *Si obedeces y vuelves atrás para dirigirte hacia el otro pasillo, ve a la SECCIÓN 595.*
- *Si desenfundas tu arma lo más rápido posible con tal de sorprender al azafio y atacarlo, pasa a la SECCIÓN 397.*

SECCIÓN 619

Sir Wimar está claramente eclipsado por Sir Ánnisar, el hermano gemelo del heredero asesinado de Gomia, quién lleva la voz cantante durante la cena con los constantes gestos de asentimiento del primero. No averiguas nada de interés. Piensas que quizás sería mejor investigar a Sir Ánnisar. *Vuelve a la SECCIÓN 786.*

SECCIÓN 620

El segundo corredor desemboca en dos puertas. De una de ellas, emana un aroma inconfundible a comida y oyes la voz de un ajetreado cocinero ordenando tareas. Decides que nada te puede aportar abrir esa puerta y que corres grave peligro de ser descubierto si permaneces mucho tiempo aquí parado. En cuanto a la otra puerta, guarda una estancia que está en el mayor de los silencios.

- *Si quieres intentar abrir esa puerta, pasa a la SECCIÓN 513.*
- *Si vuelves atrás y marchas al primer pasillo, sigue en la SECCIÓN 390.*
- *Si vuelves atrás y vas al tercero, pasa a la SECCIÓN 1015.*
- *Si decides regresar arriba abandonando esta segunda planta, ve a la SECCIÓN 527.*

SECCIÓN 621

Tan pronto como el Emperador alza su brazo derecho apuntando hacia el despejado cielo, los guardias abandonan a paso rápido el centro de la plaza. Es en ese momento cuando buena parte de los miembros de cada uno de los dos equipos, ubicados inicialmente en el extremo norte y sur del terreno de juego, arrancan a correr hacia la posición donde inicialmente estaban los grabbins, que desesperados y presos del pavor, comienzan a huir caóticamente en todas las direcciones, quizás sin ser conscientes de que no hay escapatoria y de que todo el perímetro está cercado.

Se inicia así la primera fase del Torneo, donde los dos equipos luchan por intentar atrapar al mayor número posible de grabbins con tal de llevarlos hasta una de las dos zonas acotadas en la plaza. Hay una zona por equipo, cada una en el lado donde empezaron a correr los participantes de cada bando, y donde ahora esperan los miembros que no fueron tras los grabbins. Aguardan impacientes en sus posiciones hasta que sus compañeros traen a cada presa, momento en el que la suben violentamente hasta la primera planta de la gran estructura de madera que ha llamado tu atención antes, en la que hay una plataforma con postes donde los grabbins son atados. Esta planta está en la mitad de altura de dicha estructura, en cuya segunda planta, que es la superior, se encuentra el raíl con el tronco de inmensas dimensiones.

Los placajes, empujones y zancadillas dominan la tónica de la competición entre los embravecidos concursantes. Incluso algunos llegan a las manos y combaten a puño cerrado, puesto que ningún arma está permitida. Y todo sucede ante las delicias de un público que no deja de bramar, sediento como está de violencia y desahogo para sus pesares.

Uno a uno, los grabbins van cayendo presas de sus ávidos perseguidores. Algunos pasan de mano en mano zarandeados y otros chillan de auténtico dolor al sentir cómo sus extremidades se resquebrajan mientras los contendientes de uno y otro bando tiran de ellos en direcciones contrarias. Desde tu posición, te parece apreciar que algunos de esos seres han acabado falleciendo por los dolores y traumas, momento en el que, curiosamente, todos los participantes del Torneo parecen desecharlos y olvidarse de ellos, lo que te da a pensar que, una vez muertos, no suman en la puntuación y no merece la pena llevarlos hasta la estructura donde son atados en los postes de madera.

El estupor invade la mirada de Zanna y la de Gruff, así como la tuya, pero el público, en su inmensa mayoría, aplaude y grita entusiasmado. El macabro espectáculo, para más inri, no está exento de la polémica y así se demuestra en uno de sus lances más controvertidos. Resulta ser que el papel del arbitraje recae en la figura del propio Emperador Wexes, quien debe decidir, a su total criterio, hacia donde se decanta cada una de las jugadas que no están claras.

Precisamente una de estas jugadas (en la que el Emperador considera que uno de los grabbins que se iban a anotar "Las Ratas" ya estaba muerto cuando lo iban a atar en su poste y, por tanto, debe ser anulado del juego) provoca la división de las gradas, que se debate entre los aplausos de los favorecidos y los insultos, incluso al propio Wexes en persona, de los chipras seguidores de "Las Ratas", el equipo perjudicado. No eres el único sorprendido por la pérdida de respeto hacia el Emperador. Por lo que escuchas decir, no había ocurrido en ningún Torneo hasta ahora, por más controvertida que fuera la decisión de arbitraje tomada. Pero el ambiente está muy caldeado y la autoridad del Emperador parece estar socavada.

La decisión polémica del Emperador agrava la tensión de un ambiente que ya estaba caldeado antes, incluso, del arranque de la liza. Hay pequeñas avalanchas de público debido a las protestas y empujones que se producen.

Si tienes la pista RTH, lanza 2D6 y suma tu Destreza. Si obtienes un resultado inferior a 9, recibes un daño de 1D6 PV por los codazos y empujones que se producen en tu zona de la grada.

Pero, por fortuna, esta primera fase acaba sin pasar a mayores, cuando el último de los grabbins sin atrapar es capturado y llevado hasta una de las dos zonas de postes de la primera planta de la superestructura. La partida está muy disputada, con un marcador de 5 a 4 a favor de "Los Cerdos". En total hay nueve de estos seres atados en las vigas y los tres que han perecido están siendo retirados por la guardia eredomiana, que también interviene, arma en mano, para separar a los contendientes que se habían enzarzado en combate y aún peleaban, alentados por el alboroto generalizado de las gradas.

Se abre así una media hora de descanso en la que los miembros de ambos equipos se avituallan, beben y reciben curación para sus heridas. No está permitido efectuar cambios en los jugadores, por lo que los contendientes en mal estado son apartados de la liza o tratan de seguir como pueden. Se informa de que se teme por la vida de uno de los miembros del equipo de "Los Cerdos", lo que produce una auténtica avalancha de celebraciones entre los seguidores de "Las Ratas" y la reacción contraria entre los hinchas del bando rival.

Y entonces se anuncia, por fin, la fase culminante de la competición. La que dirimirá el equipo vencedor. El griterío vuelve a tornarse ensordecedor y te preparas para seguir presenciando el espectáculo… *Ve a la SECCIÓN 236.*

SECCIÓN 622

No averiguas nada que sea de interés aquí, salvo que en estos jardines se celebró una fastuosa cena de gala en honor a la Madre del Emperador a la que acudieron los personajes más influyentes de Tol Éredom *(el día 20 del contador de tiempo)*. Lamentas profundamente no haber podido asistir y tienes el terrible presentimiento de que ahí se te escapó un **hito fundamental para tus pesquisas...**

Te diriges a la siguiente localización que te interesa visitar cuando, de pronto, sientes un agudo pinchazo en la parte derecha del cuello. Como acto reflejo, posas tus manos en esa zona y tocas una especie de objeto fino del que tiras sin pensar. Presa del terror, observas un dardo de metal con la punta tintada en negro, seguramente emponzoñada por veneno. Sin tiempo para avisar a tus acompañantes ni para tomar consciencia real de la situación, te desplomas perdiendo la conciencia al momento.

No volverás a abrir los ojos. Has sido asesinado por tus enemigos, que os han seguido desde que abandonasteis los jardines para atacaros en el momento más propicio para ello. La trama de los hebritas ha sido destapada debido al tiempo que ha transcurrido sin que hayas dado con Sígrod. Tú eres una pieza menor de la trama, aunque eres un fiero guerrero, por eso lo mejor era asesinarte. Quizás tu fiel amigo Gruff haya corrido la misma suerte y puede que Zanna, en estos momentos, esté siendo llevada a un sitio apartado para ser interrogada o para cosas peores. Pero todo esto es algo que jamás podrás saber. Has fracasado, salvo que todo haya sido una desagradable pesadilla de la que es mejor, cuanto antes, despertar...

Nota del autor: *como habrás podido intuir, si el contador de tiempo de tu investigación rebasa los 20 días, puedes dar por fracasada tu misión, así que ten esto presente de cara a tu siguiente intento de encontrar a Sígrod y conseguir ese maldito dinero que necesitas para salvar a tus familiares.*

FIN – *si tienes algún punto de ThsuS, "Todo habrá sido un Sueño" y podrás retomar la aventura desde el Lugar de Despertar que desees entre los que tengas anotados en tu hoja de personaje. Si no es así, debes comenzar de nuevo desde el principio o desde algún Lugar de Despertar Especial que tengas.* ***Recuerda resetear, en tu FICHA DE INVESTIGACIÓN, tus dos cuentas de tiempo y las pistas conseguidas a las que tuvieras cuando llegaste a ese Lugar de Despertar del que reinicias.***

SECCIÓN 623

Estás en una pequeña habitación con el único mobiliario de una mesa, cuatro sillas y un armario cerrado de doble puerta. Dos pasillos parten de la estancia a ambos lados de una empinada escalera que asciende a la siguiente planta. El lugar está pobremente iluminado y huele a alcohol y comida recién hecha. Además del tipo que te ha abierto, ves a dos individuos más en la sala que se han acercado al veros. Uno de ellos es un fiero enano de tez rapada y barba corta, el otro es un joven de cuerpo fibroso y tupida melena. Los tres tipos os miran desconfiados, en posición preparada para la defensa. Están armados y claramente son guerreros habituados a la pelea.

- Quién diablos sois y qué hacéis aquí – rompe el silencio el enano con voz bronca.

Zanna inicia su explicación, pero ésta pronto es interrumpida por una voz aguda y viva que enseguida reconoces. Proveniente del pasillo lateral derecho ves aparecer a Jinni acompañado por una mujer bastante entrada en kilos y un muchacho de corta edad. Te alegra enormemente ver al juvi de nuevo. *Ve a la SECCIÓN 395.*

SECCIÓN 624

Pones toda tu atención en los comensales de la mesa de más alta alcurnia. Ahí se encuentran, a pocos metros, los consejeros que rigen el destino de Tol Éredom y el Imperio. Aunque sabes que faltan dos, que además fueron firmes rivales políticos: Tövnard, ausente en el extranjero, y Rovernes, recientemente fallecido para sorpresa de todos. *Ve a la SECCIÓN 15.*

SECCIÓN 625   +8 P. Exp.

No ha sido fácil dar con un monje dispuesto a tratar asuntos, más allá de los religiosos, con desconocidos. Pero la suerte está con vosotros y finalmente lo encontráis en la zona anexa a las dependencias de los clérigos residentes en la catedral. Esperas que tenga ganas de contar cosas… *Sigue en la SECCIÓN 717.*

SECCIÓN 626 – Anota la Pista FIA y suma 10 P. Exp.

Añades tus argumentos a las explicaciones que ha dado Zanna. Explicas la investigación que os ha llevado hasta aquí y la necesidad de encontrar a Jinni para reagruparos. Parece que tus palabras hacen efecto en el enano. Su semblante se torna pensativo y te mira con atención hasta que rompe de nuevo su silencio.

- Me reitero en el hecho de que Jinni no está aquí. Pero parecéis de fiar y quizás deberíamos compartir con vosotros la intranquilidad que nos embarga en estos momentos. No sabemos nada del escurridizo juvi desde hace días, ni tampoco (lo que es peor) de nuestra líder, Elavska. Desde que ambos marcharon al puerto y nos dijeron que permaneciéramos aquí, guardando nuestra secreta sede, no tenemos noticia alguna... y estamos comenzando a ponernos nerviosos.

El enano conviene contigo en que es muy extraño que Jinni no haya venido si ésa era su palabra dada. Os invita a permanecer aquí el tiempo que necesitéis para descansar y esperar al juvi.

No puedes perder tiempo. Tu investigación reclama acciones rápidas. Por eso das las gracias al enano y le indicas que regresarás los próximos días para ver si Jinni ya ha dado señales de vida. Los tipos asienten, te dicen que informarán al juvi de vuestra visita, en caso de que éste aparezca, y te desean la mejor de las suertes. Parece que, si hay traidores en la compañía de Elavska, por supuesto no son éstos que tienes delante y de los que, durante unos momentos, habías sospechado por la desconfianza y nerviosismo que te habían mostrado.

Antes de marchar, el enano te ofrece una botella de vino de la última cosecha de los llanos de Ered. *Si aceptas el regalo, anótala en tu ficha. El vino te da energías para trabajar duro en tu investigación. El día que lo tomes, podrás visitar una localización extra. Hay dosis para dos días en esa botella que ocupa 1 VC en tu inventario.* **Recuerda anotar la pista FIA** y ve a la SECCIÓN 208.

SECCIÓN 627

No averiguas nada de interés aquí, salvo que en estos jardines pronto va a celebrarse una fastuosa cena de gala en honor a la Madre del Emperador *(el día 20 del contador de tiempo). Puedes continuar con tu investigación en cualquier otro lugar del mapa.*

SECCIÓN 628

Nadas como un poseso hasta el bote y por fin lo alcanzas. Te encaramas con agilidad a él y, tras lanzar un fuerte mandoble que rompe la cuerda que lo mantenía atado al *Rompeaires*, esperas a que tus acompañantes te alcancen. Pero, en ese preciso momento, comienzan a silbar saetas en el aire. Dos de los encapuchados poseen arco y están disparándoos desde el muelle, mientras los otros os increpan e insultan sin atreverse a lanzarse al agua. *Haz una tirada de 2D6 sin añadir ningún modificador para determinar si alguna flecha te alcanza (sólo si tienes la habilidad especial de Camuflaje, suma +2 extra al resultado):*

- *Si el resultado está entre 2 y 5, ve a la SECCIÓN 858.*
- *Si está entre 6 y 9, pasa a la SECCIÓN 206.*
- *Si está entre 10 y 12, sigue en la SECCIÓN 128.*

SECCIÓN 629

Combate sin armas contra el incauto impagador (pelear sin armas produce un -3 a tus Ptos de Combate).

Deudor incauto   Ptos de Combate: +1   PV: 25

- *Si consigues dejarle con 8 o menos PV, por fin el tipo entra en razones y te acompaña sumiso hasta la persona que te contrató, quién te entrega agradecida las 20 CO que te había prometido. Ve a la SECCIÓN 349.*
- *Si el deudor te vence, no acabará con tu vida pero sí habrás recibido una auténtica paliza. Deja tu contador en 1D6 PV y da por fracasada tu misión. Ve a la SECCIÓN 349.*

SECCIÓN 630   +13 P. Exp.

De forma milagrosa y como buenamente puedes, por fin logras escabullirte de la aglomeración principal. La avalancha humana no ha cesado, pero por fortuna tus compañeros y tú estáis vivos y en una zona menos densa que os permite ya maniobrar.

Sin tiempo para descansos ni respiros, diriges tu mirada hacia la dirección donde viste por última vez al gigante azafio traidor. De nuevo la suerte está contigo. Aunque ya no está allí, detectas su impresionante figura a una distancia considerable pero no insalvable desde donde estás. El azafio ya ha salido a las calles circundantes a la plaza y tiene el camino más despejado para escapar del lugar. Sin embargo, no ves ni rastro del tipo que lo acompañaba... *Sigue en la SECCIÓN 30.*

SECCIÓN 631 – Anota la Pista GUP

Tardas casi tres horas en finalizar todos los trámites a los que te lleva tu decisión de informar. Has tenido que acompañar a los guardias del puerto hasta el cadáver y dar todas las explicaciones que te han solicitado. Por fortuna, parecen creer tu versión y afirman que nada de lo que les cuentas les sorprende. Al parecer, está habiendo cada vez más asesinatos nocturnos de monjes domatistas wexianos, como ese que yace ahí tirado. Sospechan que alguna banda está detrás de ello. El clero de la religión otorga recompensas a quién pueda aportar alguna información al respecto. **Recuerda anotar la pista GUP.**

- *Si tienes la pista QAD, ve a la SECCIÓN 203.*
- *Si no tienes esa pista, ve a la SECCIÓN 780.*

SECCIÓN 632 – Anota la Pista PTE y suma 15 P. Exp.

Los dos puertos y la muralla han sido siempre elementos clave del poder de Tol Éredom. Los altos muros de piedra la defienden por tierra, mientras que los puertos favorecen tanto al comercio como al abastecimiento de la población en caso de asedio, a la par que sirven como base para la flota naval que protege la ciudad.

Muchos intentaron conquistar la capital, pero nadie lo consiguió en toda la historia, ni siquiera los Xún que invadieron medio Imperio hasta que fueron expulsados por el Gran Críxtenes. Sus murallas la hicieron inexpugnable y su flota se encargó de abastecerla de víveres siempre que lo necesitó.

Hay bastantes barcos amarrados en los puertos y se ven barcos de guerra entre ellos, algunos construyéndose en los astilleros. Por desgracia, los juvis (poseedores de los mayores conocimientos en navegación de todo Térragom, con permiso de los silpas), están en el bando aquilano y aquí los ingenieros navales se las apañan como pueden para botar estas embarcaciones nuevas.

Recuerda anotar la pista PTE. *Regresa a la SECCIÓN en la que estabas antes de venir aquí y sigue leyendo.*

SECCIÓN 633

Tras insinuar el tema con prudencia, esperas atento a la respuesta de tu interlocutor. Parece que tienes suerte y el funcionario está por la labor de contarte algo sobre lo que pasa por la cabeza de Sir Ballard, Legado de Tirrana, acerca del asunto de los hebritas.

Hasta el reciente conflicto con los gomios, Sir Ballard había mantenido una posición contraria a la entrada de los hebritas en el Consejo (la misma que el Legado de Gomia), pero la escalada bélica con sus vecinos había provocado que los consejeros de Gomia y Tirrana confrontasen en todos los aspectos que estuvieran encima de la mesa, siendo el caso de los hebritas uno más de ellos.

Por todo lo dicho, parece ser que Sir Ballard de Tirrana ha replanteado su posición inicial y actualmente se muestra neutral respecto al asunto de los hebritas. Por los mismos motivos que mueven a su máximo rival, sir Wimar de Gomia (es decir, mantener su cuota de poder impidiendo la entrada de un grupo de presión nuevo y evitar la ira de los chipras que viven en el país al que representa), Sir Ballard no se posiciona a favor de su entrada en el Consejo. Pero, considerando que no puede coincidir en opinión con el consejero gomio, ha decidido optar por esa neutralidad estudiada.

Como apunte final, el locuaz funcionario añade que Tirrana considera a los hebritas como gentes hábiles para los negocios y capaces de apoyar con sus capitales al Imperio, a Wexes y a la propia Tirrana, tan escasa de tesorería y necesitada de tropas para cubrir los múltiples frentes que tiene abiertos.

Es evidente, por tanto, que Tirrana está más preocupada por su conflicto con Gomia que no en los asuntos que conciernen a tu investigación. Incluso podría ver favorable un apoyo a los hebritas a cambio de frescos capitales financieros. Por todo ello, eliminas a tu país de la lista de sospechosos. *Puedes continuar con tu investigación en cualquier otro lugar del mapa.*

SECCIÓN 634

Anota en tu inventario las raciones de comida que hayas decidido comprar y resta la cantidad de CO pertinente. A continuación, lanza 2D6 y suma tu modificador de Inteligencia para determinar si has estado hábil a la hora de seleccionar correctamente la comida que has comprado (no son pocos los casos de comida poco fresca que ha provocado más de un susto a su consumidor):

- *Si tienes la habilidad especial de Analizar objetos, tienes éxito automático en tu selección de raciones de comida.* **Recuerda que estabas en el hexágono F5.** *"Puedes seguir explorando la Feria en la SECCIÓN 413".*
- *Si el resultado está entre 2 y 7, los comerciantes te habrán colado raciones en mal estado. Para cada una de las raciones que has comprado, lanza 2D6 y por cada resultado impar que saques, esa ración de comida no te permitirá recuperar puntos de vida al final del día que la consumas.* **Recuerda que estabas en el hexágono F5.** *"Puedes seguir explorando la Feria en la SECCIÓN 413".*
- *Si el resultado está entre 8 y 12, tienes éxito en tu selección de raciones de comida.* **Recuerda que estabas en el hexágono F5.** *"Puedes seguir explorando la Feria en la SECCIÓN 413".*

SECCIÓN 635

Tu esperanza de encontrar algo debajo de las alfombras se desvanece al ver que no hay nada, salvo polvo y sangre acumulada. *Vuelve a la SECCIÓN 970.*

SECCIÓN 636 - LUGAR DE DESPERTAR

Anota el número de esta sección en tu ficha de personaje junto con el contador de tiempo en el momento en que llegaste aquí por primera vez. Esta sección es un Lugar de Despertar, por lo que ya no necesitas comenzar desde el inicio del libro en caso de que mueras y tengas al menos 1 punto de ThsuS (Todo habrá sido un Sueño).

Atraviesas el pequeño campo cultivado que rodea la granja. La noche reina y las sombras se extienden por tu tierra. Con el corazón a punto de salírsete del pecho, te acercas a la puerta de tu casa. Dentro huele a comida recién hecha, pero no oyes ninguna conversación. *Ve a la SECCIÓN 810.*

SECCIÓN 637

Despiertas un tanto dolorido pero, al menos, consciente de que estás en un lugar seguro y de que tienes dos días por delante para descansar. Repasas todo lo que has averiguado tras hablar con Zanna y el librero y tratas de establecer algún plan.

Zanna y Gruff siguen durmiendo plácidamente, presos del cansancio acumulado, así que no puedes poner ninguna idea en común con ellos. Entonces coges el libro que amablemente te ha regalado Mattus, lo abres por el principio y lees su prefacio.

"Estimado lector, si buscas exquisitez retórica, lírica escrita o épica literaria no estás en el sitio adecuado. Esta obra no pretende pasar a la posteridad por su grandilocuencia, pedantería o esplendidez. No son tiempos para la contemplación y el esparcimiento. La Guerra acucia fuera y dentro de nuestras fronteras. La situación exige respuestas y actuaciones concretas, sin florituras.

Mis armas no están forjadas de metal, sino por letras. La sangre que he de derramar no es roja y caliente, es tinta escrita con mano temblorosa, la propia de un viejo en sus postreros alientos. Mi última contribución al Imperio es bucear en las milenarias y vastas "Crónicas de Térragom" para intentar extraer los acontecimientos históricos, más o menos relevantes, que algo tienen que ver con lo que hoy sucede. Intentaré hacerlo de la forma más concisa y directa posible, con tal de asesorar a los jóvenes que buscan respuestas y en manos de los cuales está el futuro de nuestro Imperio y, por ende, de todo Térragom.

Sin otro particular, estimado lector, no haré que pierdas más tiempo. Vayamos a lo que realmente interesa.

Grástyuk Sylampâs
Tol Éredom. Año 29 d.Cx."

Así pues, parece que se trata de unas crónicas escritas muy recientemente, finalizadas hace sólo unos pocos meses, por un historiador de relevancia que, en tu humilde ignorancia, desconocías. En este momento, agradeces haber aprendido a leer en el tiempo que estuviste en la granja. Ello fue posible gracias a tu dedicación y a la paciencia de Viejo Bill, quien te enseñó a comprender los entresijos de los textos escritos entre historieta e historieta que os contaba cada tarde tras la agotadora jornada de trabajo en la granja.

Tratando de apartar los pensamientos melancólicos que vienen a tu mente, piensas si no estaría mal dedicar un tiempo a leer este libro que Mattus ha seleccionado para vosotros como regalo. Puede aportarte alguna información de interés para entender mejor todo lo que está sucediendo en el Imperio y, en realidad, en estos momentos no tienes nada mejor que hacer…

- *Si quieres leer "Los Anales del Imperio Dom", hay una sorpresa para ti en **http://anales-imperio-dom.cronicasdeterragom.com***
- *Si crees que es mejor dejar pasar el tiempo sin hacer nada o si ya has leído todo o parte de ese libro, <u>pasa a la SECCIÓN 93</u>.*

SECCIÓN 638

Te escondes durante unos minutos en las estrechas calles que hay a poca distancia al oeste del sitio donde recuerdas que estaba amarrado el *Rompeaires*. Pero tarde o temprano vas a tener que abandonar el laberinto de callejuelas para abordar el espacio abierto que significa el gran puerto. Temes que tus enemigos merodeen en las inmediaciones del barco que estás buscando, listos para asaltarte cuando menos lo esperes. Pero no tienes más remedio que asumir ese riesgo y finalmente te decides a ello.

Los rayos de sol bañan la extensa ría poblada de navíos. El Puerto Oeste bulle de actividad a estas horas del día. Los operarios, marineros y gentes que atestan esta localización desde el amanecer hasta que el día cae, en estos momentos se afanan en sus rutinarias tareas. El puerto es una vía estratégica de entrada y salida de mercancías, productos y personas que no puede parar ningún día del año y hoy no va a ser una excepción.

Avanzas entre el gentío y los cúmulos de mercancías que atestan el muelle oeste hasta que ves, por fin, a un centenar de metros, el barco que andabas buscando. *La tensión se apodera de ti en este momento, pero debes hacer una tirada de 2D6 y sumar tu modificador de Percepción (si tienes la habilidad especial de Vista aguda suma +2 extra al resultado):*

- Si el resultado total está entre 2 y 7, **anota la pista THV** y *ve a la SECCIÓN 1034*.
- Si está entre 8 y 12, *pasa a la SECCIÓN 1034*.

SECCIÓN 639

Te dispones a abrir la puerta cuando oyes unos pasos al otro lado de la misma que se dirigen hacia donde estás. *Debes decidir rápidamente, ¡no tienes tiempo para pensar!*

- Si abres la puerta y entras, *ve a la SECCIÓN 477*.
- Si vuelves atrás y marchas al segundo pasillo, *sigue en la SECCIÓN 620*.
- Si vuelves atrás y vas al tercero, *pasa a la SECCIÓN 1015*.
- Si decides regresar arriba abandonando esta segunda planta, *ve a la SECCIÓN 527*.

SECCIÓN 640

Gracias a haber estado presente en la importante reunión, recuerdas que el Consejo aprobó seguir empleando esclavos aquilanos como mano de obra forzosa para acelerar las obras que se están realizando en distintos puntos del perímetro de las murallas. Quizás sea una buena ocasión para dar con alguno de estos aquilanos e interrogarle con tal de averiguar algo más sobre su causa contra los hebritas. No hay que olvidar que los aquilanos constan en tu lista de sospechosos... *Sigue en la SECCIÓN 662*.

SECCIÓN 641

"El plan era una locura", dices para tus adentros con gran frustración tras constatar que tus enemigos no caen en la trampa y te descubren. En cuestión de décimas de segundo y sin que tengas la opción de escapar, te ves envuelto en un duro combate contra todos los centinelas que se habían agrupado alrededor de ti para interrogarte. El único consuelo que tienes es poder contar con el refuerzo de tus acompañantes, que salen de su escondite para ayudarte. *Elimina la pista ONL de tu ficha de personaje y pasa a la SECCIÓN 583*.

SECCIÓN 642

Nota del autor*: vayas sólo o acompañado, a partir de este punto, nótese que el texto aparecerá en singular para simplificar la narrativa. Si tienes que enfrentarte a un combate durante tu exploración del barco, en caso de ir acompañado, deberás dividir entre dos los enemigos que te asalten. Tus aliados se encargarán de la primera mitad de ellos y tú deberás luchar contra los que aparecen en la segunda mitad de la lista de rivales. En caso de ser un número impar de oponentes, tú te encargarás del enemigo sobrante.*

- *Si avanzas por el corredor que hay frente a ti, ve a la SECCIÓN 78.*
- *Si te diriges al pasillo de la derecha, pasa a la SECCIÓN 856 (no puedes elegir esta opción si tienes la pista PBF).*
- *Si te encaminas al pasillo de la izquierda, sigue en la SECCIÓN 595.*

SECCIÓN 643

Haciendo uso de todo tu valor, avanzas hacia esos tipos intentando que no te descubran. Tus compañeros te siguen en silencio a pocos metros de ti.

- *Si tienes la pista THV, ve a la SECCIÓN 232.*
- *Si no la tienes, pasa a la SECCIÓN 420.*

SECCIÓN 644 – Anota la Pista TSF y la Pista NPV y suma 8 P. Exp.

Élvert, el escriba de Tövnard, te informa con gesto angustiado que, lamentablemente, su señor ya ha abandonado la ciudad. Añade que, no obstante, antes de marchar, le insistió en que te informara de un evento de interés donde él ha ejercido su influencia para que estuvieses presente. Asistirías como guardaespaldas de Élvert, que acudirá al mismo en calidad de representante de Tövnard, dado que obviamente él ya no va a poder estar allí al tener que abandonar la ciudad cumpliendo el mandato del Consejo. Gracias a ello, podrías indagar de primera mano en las altas esferas de la ciudad y quizás obtener alguna información relevante para tu investigación.

*Se trata de la próxima Cena de Gala en honor del cumpleaños de la madre del Emperador, que va a celebrarse en los Jardines Imperiales el **día 20** del "contador de tiempo de la investigación".*
Desbloqueas la localización L83 del mapa - SECCIÓN 958.

*Anota la fecha y el lugar en tu ficha para tenerlo en cuenta y visitarlo si lo estimas oportuno para tu investigación. **Recuerda anotar la pista TSF y la pista NPV.***

- **Si no tienes la pista RRT** y deseas averiguar algo más de la rivalidad política histórica entre Tövnard y el consejero Rovernes, *pasa a la SECCIÓN 330 y regresa de nuevo aquí para seguir leyendo* (anota el número de esta sección antes de ir para no perderte).

- Si crees que ya sabes lo suficiente o si ya has leído la anterior sección:
  - Solo si tienes la pista UUG, *ve a la SECCIÓN 433.*
  - Si no tienes esa pista, *puedes continuar con tu investigación en cualquier otro lugar del mapa.*

SECCIÓN 645

Mattus Foldberg es miembro de la cuarta generación de su familia al frente de esta librería con solera del barrio de eruditos y religiosos de Tol Éredom. La tienda está ubicada en la zona oeste de un distrito al que habéis accedido tras bordear la colina de los templos y tras cruzar el portón de las antiguas murallas. Unos muros cuyo perímetro se tuvo que ampliar, un par de siglos atrás, para dar cabida a este barrio donde se respira un aire muy distinto al del puerto.

El edificio que alberga la vieja librería cuenta con dos plantas diáfanas comunicadas por una escalera de madera en la que Mattus expone todas las obras a la venta. El lugar está atestado de manuscritos y pergaminos cuyo característico olor impregna tus fosas nasales. No es un lugar pequeño, aunque el efecto visual apunta a que sí lo fuera. Mattus aprovecha hasta el último palmo de su tienda para almacenar sus libros, lo cual explica esa sensación que tienes cuando llegas y esperas a que Zanna se encargue de las pertinentes presentaciones.

Una vez alojados en el sótano, lugar al que os lleva Mattus tras escuchar con seriedad las explicaciones de la azafia, el viejo librero os dice que es preferible que os quedéis aquí en lugar de en la tercera y última planta del edificio, donde él, su esposa y su único hijo tienen la residencia.

Agradecéis la hospitalidad al hombre antes de que éste se disculpe y os indique que debe volver a sus quehaceres en la tienda. Quedáis con Mattus en hablar más tarde cuando el negocio ya esté cerrado al público. Pero mientras tanto, le dedicáis una radiante sonrisa a su hijo cuando viene a visitaros, poco después, portando unas galletas y unos dulces que ha preparado su madre, la esposa de Mattus. *Sigue en la SECCIÓN 784.*

SECCIÓN 646

En esta zona de los arrabales no hay nada que te pueda resultar de interés, salvo visitar la Plazuela de los Pesares, un lugar de reunión de los lugareños *(localización L47 -> SECCIÓN 962). Puedes ir a esa sección sin gastar tiempo y sin necesidad de tener ningún encuentro con tus perseguidores, aunque así lo indique el texto. Otra opción es irte de este mísero lugar, en cuyo caso, puedes continuar con tu investigación en cualquier otro lugar del mapa.*

SECCIÓN 647

Haz una tirada de 2D6 y suma tu modificador de Inteligencia para orientarte en el laberinto de calles e intentar encontrar el lugar que buscas (si tienes una brújula, ésta te servirá de bien poco pero te sumará, al menos, +1 extra a la tirada):

- *Si el total está entre 2 y 7, ve a la SECCIÓN 416.*
- *Si está entre 8 y 12, ve a la SECCIÓN 116.*

SECCIÓN 648   +7 P. Exp.

Tras el sobresalto inicial, los dos tipos, seguramente miembros de la tripulación del barco, parecen tranquilizarse al considerarte como uno de los encapuchados de negro. ¡Los has engañado!

En claro signo de subordinación, ambos se hacen a un lado para que pases y enseguida ascienden las escaleras dejándote sólo de nuevo. Tienes la pista libre por delante, salvo que pienses que es mejor volver sobre tus pasos.

- *Si sigues adelante por el pasillo para explorar esta segunda planta del barco, pasa a la SECCIÓN 247.*
- *Si regresas por donde has venido, ve a la SECCIÓN 527.*

SECCIÓN 649

Gracias a los formalismos de despedida, todavía están presentes el resto de comensales de la mesa presidencial. Atina mejor en tu decisión o tu destino estará irremediablemente escrito... ***Recuerda haber anotado la pista CUC y ve a la SECCIÓN 903.***

SECCIÓN 650

Puedes dedicar tiempo a ejercitar tu mente en los problemas de lógica numérica que se encuentran en una colección de pergaminos que has encontrado. *Por cada día completo que pases aquí, puedes intentar una tirada de 2D6 y sumar tu Inteligencia:*

- *Si el resultado está entre 2 y 8, no consigues nada pero puedes intentar regresar otro día para seguir estrujándote los sesos.*
- *Si está entre 9 y 12, el entrenamiento de tu mente da sus frutos y obtienes un +1 en tu característica de Inteligencia de ahora en adelante (recuerda que este modificador nunca puede ser superior a +3; puedes regresar más días para intentar seguir mejorando esta característica, ya que se cuentan por centenares los manuales y pergaminos de la Gran Biblioteca donde puedes desarrollar tu mente).*

Finalmente, <u>vuelve a la SECCIÓN 836.</u>

SECCIÓN 651

Estás en la localización L11 del mapa. Antes de seguir, anota en tu ficha que has visitado un nuevo lugar hoy (recuerda que puedes ir a un máximo de 4 sitios cada día; uno menos si anoche te alojaste en la librería de Mattus). También lanza 2D6 para ver si tienes algún encuentro con los matones que os persiguen. Si el resultado es de 10 o más, no te topas con ningún enemigo y puedes seguir leyendo. Si es inferior, debes evitar o vencer a los siguientes tipos que os descubren, para seguir leyendo (los enemigos indicados son los que debes enfrentar en solitario; no se detallan los rivales que atacan a tus compañeros y se considerará que ellos vencerán su combate si tú ganas el tuyo):

ENCAPUCHADO NEGRO 1	Ptos. Combate: +3	PV: 24
ENCAPUCHADO NEGRO 2	Ptos. Combate: +6	PV: 33

Nota: *puedes tratar de evitar el combate si lanzas 2D6 y sumas tu modificador de Destreza obteniendo un 9 o más (si tienes la habilidad especial de Silencioso o de Camuflaje suma +2 por cada una de ellas). Si logras evitar a esos tipos, darás un largo rodeo hasta que puedas quedarte tranquilo y constates que les has dado esquinazo definitivo. Podrás seguir leyendo con normalidad esta sección, pero habrás agotado un tiempo considerable que hará que puedas visitar una localización menos del mapa en el día de hoy (o mañana, si ésta era la última que podías visitar hoy).*

Ptos de Experiencia conseguidos: *12 P. Exp. si vences; 4 P. Exp. si escapas.*

Tras atravesar las murallas exteriores por la magnífica Puerta Dorada ubicada al norte de la ciudad, el panorama a tu alrededor cambia drásticamente. Deambulas por los arrabales situados al oeste de esa gran entrada, una zona que puede catalogarse de todo menos de noble o acomodada. Las callejuelas sucias y de trazado retorcido, flanqueadas por casuchas que alojan a los estratos más bajos de la sociedad, esconden ciertos establecimientos que para ti pueden resultar de interés. *Ésta es la lista de lugares que podrías visitar ahora:*

L44 -> SECCIÓN 1016 – *Burdel del eunuco Legomio*
L45 -> SECCIÓN 763 – *Venta de drogas y venenos*
L46 -> SECCIÓN 771 – *Explorar concienzudamente las calles de los arrabales*
L47 -> SECCIÓN 962 – *Plazuela de los Pesares*
L48 -> SECCIÓN 729 – *Posada del Camaleón Braseado*
L49 -> SECCIÓN 720 - *Taberna que tiene fama por los buscavidas que aquí ofrecen sus servicios y que venden sus armas al mejor postor*

Si no te interesa ninguna de las localizaciones anteriores, puedes continuar con tu investigación en cualquier otro lugar del mapa.

SECCIÓN 652 – LUGAR DE DESPERTAR ESPECIAL

*Anota el número de esta sección en tu **FICHA DE INVESTIGACIÓN** y **haz una fotografía a la misma** asegurándote de que aparezcan en ella los **dos contadores de tiempo** y las **pistas conseguidas** hasta el momento en que llegaste aquí por primera vez. Esta sección es un Lugar de Despertar Especial, por lo que ya no necesitas comenzar desde el inicio del libro en caso de que mueras pudiendo seguir desde aquí y **además sin gastar ningún punto de ThsuS** para este Lugar de Despertar en concreto. Simplemente **resetea tus dos contadores de tiempo y tus pistas** a los de la fotografía que tomaste según lo indicado antes y reinicia la partida. De esta forma, si mueres y tienes que volver a este lugar de despertar en concreto, podrás "resetear" las pistas a las que tuvieras en el momento en que llegaste por primera vez aquí y, a partir de ahí, volver a ir coleccionando pistas que has perdido y otras nuevas que puedas conseguir.*

Asegurada la colaboración del consejero Tövnard, ha llegado el momento de comenzar a sacarle provecho.

- *Si el "contador de tiempo de la investigación" es de 12 o menos días, pasa a la SECCIÓN 892.*
- *Si el "contador de tiempo de la investigación" es de 13 o más días, ve a la SECCIÓN 277.*

SECCIÓN 653

No tardas en averiguar lo que está causando tanto revuelo y expectación entre los presentes. Al parecer, todos ellos son fanáticos miembros de *"Los Cerdos"*, uno de los dos equipos que va a enfrentarse en el próximo Torneo que pronto va a celebrarse en una de las grandes plazas de la ciudad *(día 15 del contador de tiempo de la investigación en la localización L20 -> SECCIÓN 955)*. Los exaltados seguidores emiten cánticos en honor de su equipo y maldicen a los miembros de la facción rival, *"Las Ratas"*, con toda clase de chanzas e improperios.

Tratando de averiguar algo más al respecto, intentas ganarte la confianza de un grupo de jóvenes borrachos que no para de cantar y brindar con cerveza. *Sigue en la SECCIÓN 380.*

SECCIÓN 654

Decides explotar el contacto que conseguiste en la Plaza de la Asamblea, el chipra que trabaja en la recepción de la Sede del Sindicato y que está dispuesto a facilitar tus gestiones. Enseguida lo reconoces y te diriges a él.

El chipra tarda unos segundos en reconocerte, pero enseguida esboza una amplia sonrisa, te guiña un ojo y te dice que esperes. Gracias a tu contacto, vas a poder evitar horas de cola para poder lograr lo que te propones: mantener una reunión con el líder del Sindicato y, además, miembro del Consejo de Tol Éredom como representante del pueblo chipra: Fento Chesnes. *Pasa a la SECCIÓN 674.*

SECCIÓN 655   +11 P. Exp.

Al igual que Gruff, te deshaces de tu oponente antes de que el resto de centinelas lleguen a vuestra altura dispuestos a haceros pagar caro vuestro atrevimiento. Debes luchar contra tres de los guardias encapuchados mientras Gruff se hace cargo del último de ellos.

ENCAPUCHADO NEGRO 1	*Ptos. Combate: +4*	*PV: 23*
ENCAPUCHADO NEGRO 2	*Ptos. Combate: +6*	*PV: 25*
ENCAPUCHADO NEGRO 3	*Ptos. Combate: +6*	*PV: 28*

- *Si vences, ve a la SECCIÓN 993.*
- *Si eres derrotado, pasa a la SECCIÓN 911.*

SECCIÓN 656

La noche gana terreno a gran velocidad cuando, por fin, alcanzáis el cruce que lleva a la aldea de Schattal y a la granja de tus familiares. Con un suspiro, recuerdas todos los retos que has tenido que superar y te asalta una gran emoción por volver a casa. Tan intensa es ésta que, por un momento, borras a Zanna de tu cabeza.

La agitación te invade y el pulso se te acelera mientras avanzas, metro a metro, hacia tu hogar. ¿Habréis llegado a tiempo antes de que los recaudadores del Lord cumplan su odiosa promesa?

* *Si el contador de tiempo es de 302 o menos días, ve a la SECCIÓN 636.*
* *Si es superior a esa cifra, ve a la SECCIÓN 987.*

SECCIÓN 657

No eres capaz de rascar gran cosa sobre este asunto. Quizás probando suerte con otro funcionario de la Embajada, podrías averiguar algo más. *Ve a la SECCIÓN 617.*

SECCIÓN 658

ASALTANTE ENCAPUCHADO
Puntos de Combate: +4   Puntos de Vida: 19

* *Si logras acabar con tu oponente, ve a la SECCIÓN 110.*
* *Si no es así, pasa a la SECCIÓN 681.*

SECCIÓN 659

Te encuentras sólo ante la decisión que tienes que tomar. Lamentas no tener a Zanna contigo para preguntarle dónde pueden estar Sígrod y los papeles ocultos. *Ve a la SECCIÓN 642.*

SECCIÓN 660

Solo consigues frustrarte. Parece imposible conseguir hoy ningún tipo de audiencia. Tendrás que probar suerte otro día. *Puedes continuar con tu investigación en cualquier otro lugar del mapa (no puedes regresar a esta localización hasta mañana).*

SECCIÓN 661

- *Si tienes la pista TBL, ve a la SECCIÓN 878 sin seguir leyendo.*
- *Si no tienes esa pista, sigue leyendo:*

Con extrema cautela, avanzas por el pasillo hasta alcanzar el portón blindado de metal que sella la estancia donde viste a Sígrod la anterior vez. Parece que la puerta está cerrada desde dentro y, a pesar de que te esfuerzas, no oyes ningún ruido al otro lado de la robusta puerta. Hay un picaporte que para nada vas a hacer sonar ahora. Por desgracia, necesitas pensar cómo abrir el portón, en el que no aprecias ninguna cerradura.

- *Si tienes la pista ONL, pasa a la SECCIÓN 817.*
- *Si no la tienes, ve a la SECCIÓN 5.*

SECCIÓN 662

Tras deambular por el perímetro de las murallas, por fin das con un grupo de presos aquilanos bien vigilados por una patrulla de guardias. Necesitas despistar a los atentos vigilantes para poder acercarte a alguno de los reclusos y preguntarle por el asunto. *Lanza 2D6 y suma tu modificador de Inteligencia para buscar alguna estratagema de despiste:*

- *Si el resultado está entre 2 y 7, ve a la SECCIÓN 193.*
- *Si está entre 8 y 12, sigue en la SECCIÓN 129.*

SECCIÓN 663   +25 P. Exp.

Luchas como un titán y logras deshacerte de tus dos oponentes. La calle está repleta de cadáveres de uno y otro bando pero, por fortuna, no debes lamentar la pérdida de ningún compañero, aunque Gruff y Zanna siguen enzarzados en sus respectivos combates. Tomas unos segundos para recuperar el aliento y tratar de ayudarles, justo en el momento en que escuchas los gritos de los soldados que habían destrozado la puerta principal adentrándose en la casa. Si se suman a los enemigos aquí presentes, estaréis más que acabados.

Con una serie de certeros mandoblazos, logras que tus compañeros se liberen de sus rivales y les impeles a escapar. Lóggar y cuatro de sus secuaces, los únicos supervivientes de su banda, retroceden protegiendo a la aterrada niña que no deja de llorar. Enfrente de ellos, una docena de guardias eredomianos se preparan para la embestida final, reforzados en su moral al escuchar los gritos de sus refuerzos que están a punto de llegar.

- *Si aprovechas el impasse para escapar, ve a la SECCIÓN 138.*
- *Si crees que debes ayudar a Lóggar y los suyos, pasa a la SECCIÓN 402.*

SECCIÓN 664

- Si embistes a tus oponentes, _ve a la SECCIÓN 197._
- Si tratas de engañarles aprovechando que llevas la capa con capucha, _pasa a la SECCIÓN 506._

SECCIÓN 665   +15 P. Exp.

Con gran destreza, logras tumbar a tu oponente, quien cae inconsciente tras tu certero golpe en su cabeza. Por su parte, Gruff ha logrado esquivar a su rival en este preciso momento, mientras el tercer soldado se dispone por fin a atacar.

Entonces oyes los gritos desesperados del señor Úver indicándote que huyas mientras estés a tiempo. Esta vez vas a hacer caso a lo que se te indica. Sorteas a tu rival y sigues a Gruff en su carrera hacia la parte trasera de la casa, donde sabes que hay una ventana por la que puedes escapar. Cuando pisas la hierba tras saltarla, una mano te agarra. Su mirada zorruna está a dos palmos de ti y te indica que calles y le acompañes. Junto a Gruff y beneficiado por la oscura noche, sigues a Zork hacia el bosque que está a unos doscientos metros al norte de la casa. _Ve a la SECCIÓN 13._

SECCIÓN 666 – Anota la Pista RTH

No tardas en sumergirte en la marea de seguidores de "Las Ratas" que se dirige hacia la Plaza del Torneo entonando cánticos de apoyo a su equipo y de provocación y burla hacia "Los Cerdos", la escuadra rival. Tú eres uno más de ellos. **Recuerda anotar la pista RTH** y _ve a la SECCIÓN 824._

SECCIÓN 667

Recordando tu visita a la zona de las murallas al sudeste de la ciudad y la conversación que tuviste con los famélicos presos que estaban trabajando forzosamente en ellas, tratas de acercarte a los edificios de las Cárceles de la Fortaleza con tal de averiguar algo más acerca de la Hueste de los Penitentes, esa organización que está alistando hombres sin rostro que desean conmutar sus penas. Lamentablemente, es imposible traspasar el umbral de la entrada. Los centinelas te indican que está totalmente prohibido. No puedes rechistar, son demasiados y no deseas pasar a engrosar las listas de los desgraciados que estarán encarcelados ahí dentro.

Te alejas frustrado de ahí pero, de pronto, una idea fugaz se enciende como un destello en tu mente. Si al caer la noche pudieras entrar al recinto, favorecido por la oscuridad quizás pudieras averiguar algo más sin ser descubierto. En esas cárceles, según te dijeron los presos de las murallas, es donde se recluta a los hombres que aceptan borrar a fuego sus rostros...

- *Si dices a tus compañeros que se marchen y quieres esperar en solitario a que caiga la noche, escondiéndote hasta entonces donde puedas, para evitar ser expulsado del recinto cuando éste deje de estar abierto al público, ve a la SECCIÓN 113.*
- *Si crees que es demasiado arriesgado, vuelve a la SECCIÓN 799.*

SECCIÓN 668

No averiguas nada más por hoy. Tendrás que regresar otro día si quieres seguir indagando. *Puedes continuar con tu investigación en cualquier otro lugar del mapa (puedes regresar aquí a partir de mañana).*

SECCIÓN 669

Sigues a Sir Ánnisar y a su acompañante, Sir Wimar, hasta la Embajada de Gomia en la ciudad. Has realizado todo el camino guardando una distancia prudencial para no ser detectado por la escolta que acompaña a ambos hasta la misma puerta del edificio diplomático, donde se despiden dejando a los dos hombres, que enseguida arrancan una conversación acalorada.

Por suerte, desde tu posición, oculto entre las sombras de la noche, logras oír lo que dicen. Pero la sangre se te hiela al comprobar que no tiene nada que ver con Sígrod ni los hebritas. Están inmersos de pleno en el conflicto que les atañe con sus vecinos de Tirrana, tu país. Sir Wimar trata de calmar al impetuoso gemelo del heredero asesinado persuadiéndolo para que aguarde hasta la audiencia privada con el Emperador que la propia Déuxia Córodom le ha prometido esta noche en la cena de gala. Sir Ánnisar finalmente accede a esperar, no sin antes advertir que la guerra será de aniquilación total contra los tirranos, si Wexes no accede a escuchar sus peticiones. Entre ellas, que Túfek y las tierras hasta las puertas de Morallón, así como la franja oriental del bosque de Táblarom y varios pueblos de las inmediaciones del Camino del Paso, sean otorgados a Gomia como indemnización por el asesinato a traición del heredero de su estado.

Has tomado una decisión fatal, pero no te has alejado mucho en tu persecución y la Embajada de Gomia está relativamente cerca de los jardines. Vuelves sobre tus pasos intentando, de forma desesperada, dar con el resto de comensales antes de que éstos se hayan alejado demasiado del recinto donde se ha celebrado la cena.

- *Si no tienes la pista CUC, ve a la SECCIÓN 915.*
- *Si ya tienes esa pista, ve a la SECCIÓN 840.*

SECCIÓN 670

Los encapuchados conducen la carreta, sin prisa pero sin pausa, a través de un laberinto de callejuelas secundarias. Tus compañeros y tú les seguís desde una distancia prudencial y siempre al amparo de la oscuridad de la noche, que ya se ha apoderado de la ciudad. Finalmente, ves que los tipos se detienen ante la puerta de un edificio de piedra de dos plantas, una especie de posada abandonada. Allí, otra figura les esperaba entre las sombras…

- *Si tienes la pista FEC, ve a la SECCIÓN 262.*
- *Si no tienes esa pista, sigue en la SECCIÓN 127.*

SECCIÓN 671

*Estás en la localización L80 del mapa **(si ya has estado antes en esta localización, no sigas leyendo y ve a otro lugar del mapa)**. Antes de seguir, anota en tu ficha que has visitado un nuevo lugar hoy (recuerda que puedes ir a un máximo de 4 sitios cada día; uno menos si anoche te alojaste en la librería de Mattus). No vas a tener que realizar ninguna tirada de encuentros con tus perseguidores para esta localización en concreto.*

El agresivo Patriarcado de Sahitán está aprovechando la coyuntura internacional y la debilidad del Imperio para declararle la guerra y efectuar adquisiciones por la fuerza en la sureña Azâfia, la tierra donde se asienta. Se dice que el Patriarcado de Sahitán está poniendo contra las cuerdas a los territorios allí controlados por Wexes y que Réllerum, la fiel provincia imperial, les combate a la defensiva desde hace unos años.

Corren rumores de que Wexes está valorando ceder a los sahitanos la ciudad del desierto llamada Casbrília, a cambio de que los nómadas sáhatar del Patriarcado salgan de la guerra. Bastante tiene ya Wexes con enfrentar a los aquilanos. Los sahitanos y los silpas son cuestiones a tratar más adelante, si se salva la situación que ahora más urge.

La Embajada respira esa tensión y apenas mantiene unos servicios mínimos, los justos para presionar y negociar con el debilitado Imperio y seguir obteniendo concesiones. No eres bien recibido y quizás haya sido mala idea acercarte. **Anota en tu ficha que ya no puedes volver a visitar esta localización** y *ve a la SECCIÓN 589*.

SECCIÓN 672

Lanza 2D6 y suma tu modificador de Percepción (si tienes la habilidad especial de Rastreo, suma +1 extra). Puedes efectuar tantas tiradas como desees hasta que falles una de ellas, momento en que ya no podrás seguir lanzando dados y tendrás que marcharte a otro lugar hastiado y superado por el nauseabundo olor (podrás volver aquí a partir del día siguiente). Para tener éxito tienes que conseguir un resultado de 8 o más. Por cada éxito consigues baratijas o desechos que podrías revender por 0,5 CO en el hexágono F10 o F8.

Cuando acabes de efectuar tus tiradas, resta 2 a tu Carisma por el olor apestoso que desprendes (para recuperar ese Carisma, tendrás que perder el tiempo equivalente a una localización para limpiarte en la ría o en la librería de Mattus).

También cuando acabes lanza 2D6 y suma tu Destreza intentando obtener un resultado de 8 o más. Si fallas esta tirada, te habrás cortado con algo afilado y recibirás 1D6 PV de daño infectado que no podrá ser curado de forma alguna hasta pasados 3 días.

Recuerda que estabas en el hexágono F13. *"Puedes seguir explorando la Feria en la SECCIÓN 413".*

SECCIÓN 673

A pesar de lo locuaz que se ha mostrado todo el tiempo, notas cómo esta última pregunta inquieta especialmente al hebrita que os atiende, quién se excusa para despedirse, aludiendo a la acumulación de compromisos que le apremian.

- *Si el contador de tiempo de la investigación es de 11 o menos días, ve a la SECCIÓN 264.*
- *Si es superior a 11 días, pasa a la SECCIÓN 46.*

SECCIÓN 674

La reunión con el ajetreado líder chipra dura mucho menos de lo que hubieses querido. Fento está muy ocupado y, aunque intenta ser lo más cercano posible con todos los que desean conversar con él, no tiene más remedio que ir al grano y solventar rápidamente sus audiencias.

Como resultado de tu charla con el chipra, conoces algo más sobre las reivindicaciones de sus congéneres. Pero, para saber más, Fento te invita a participar en alguna de las Asambleas que celebran en una de las tres grandes plazas de la ciudad. Además comparte contigo qué días van a realizarse *(días 4, 9, 14 y 19 en la localización L21 -> SECCIÓN 982).*

En cuanto a su posición respecto a los hebritas en general y al Gremio de Prestamistas de Meribris en particular, notas que Fento se incomoda algo por tus consultas y no es muy explícito en sus respuestas. No obstante, percibes que el odio de los chipras hacia los hebritas es patente y que, efectivamente, hay extremistas entre sus congéneres que, a día de hoy, ejercen presión y que, incluso, a veces llegan a la violencia contra ellos, acusándoles de la muerte del anterior Emperador Mexalas.

Hay un momento revelador de la conversación en la que Chesnes comenta que el Emperador "está muy blando" y que incluso permite la apertura de templos hebritas en la ciudad, lo que no sólo está molestando a los chipras, sino también al clero domatista wexiano.

Sin embargo, en estos momentos, en palabras de Chesnes, la principal reivindicación del Sindicato es el aumento de poder de los mergueses a nivel de la política de la ciudad y a nivel de los derechos y recursos que los chipras temen que Wexes, por presión de la élite económica, les vaya a ir quitando. Esos derechos que tantos siglos les costó lograr, que el gran Críxtenes les dio, que Mexalas murió envenenado por no quitarles y que ahora Wexes puede borrar, de un plumazo, como ellos temen.

Al abandonar la sede del Sindicato, la duda te invade. No sabrías decir si los chipras podrían estar o no detrás de los ataques al Gremio de Prestamistas y, por ende, ser los responsables del secuestro de Sígrod.

Los chipras tienen motivaciones viscerales en contra de los hebritas, pero, por otro lado, parece que su prioridad ahora es otra. En palabras de Chesnes, lo que les molesta actualmente es el asunto de los mergueses y el poder que están ganando en la ciudad. El propio Chesnes, elegido por votación hace poco y representante del ala dura del movimiento, es partidario de efectuar presión social en este sentido y en toda oportunidad que se tenga. Quizás haya que investigar a esa casta de mercaderes que tanto incomoda a los chipras. Tienen un barrio propio en la capital y éste consta en tu mapa. *Puedes continuar con tu investigación en cualquier otro lugar del mapa.*

SECCIÓN 675

Uno de tus compañeros de mesa, bastante tocado por el influjo del vino, te comenta en tono jocoso que no son pocas las hembras casaderas que sus padres han traído esta noche a la cena como pretendientes del soltero más cotizado del Imperio. Quién sino iba a ser. Hablamos del Emperador Wexes.

Te señala alguna de ellas, una de las cuales es la propia Darena, la hija del intachable Regnard Dérrik. Con esta muchacha de anchos hombros y mandíbula pronunciada compiten otras damas de alta alcurnia de muy diversas edades y linajes y de todos los tipos de físicos y formas de ser. A pesar de sus diferencias, en común todas ellas tienen algo muy claro: para "conquistar" el corazón de Wexes, antes hay que ganarse a Déuxia Córodom. *Vuelve a la SECCIÓN 786.*

SECCIÓN 676

Lucha a vida o muerte. Azrôd comienza a mostrarse inquieto tras estos dos últimos secuaces que se interponen entre tú y él.

CAPITÁN DE LA HUESTE   Ptos. Combate: +9   PV: 30

Nota para el combate: *este rival tiene un golpe demoledor que causa la pérdida de 1 PV extra en cada ataque que te efectúe, sea cual sea el resultado en la tabla de combate. Además, dispone de una robusta armadura que reduce 3 PV de daño en cada impacto que recibe.*

EXPERTO EN LUCHA MARCIAL   Ptos. Combate: +7   PV: 32

Nota para el combate: *este rival esquivará cualquier golpe que le hagas si sale un resultado de 9 o más en la tirada de 2D6 que tendrás que hacer tras cada uno de tus ataques. Además, si consigue esquivarte con éxito al superar la tirada anterior, aprovechará la inercia de tu embestida fallida para efectuarte una llave que te lanzará al suelo o te causará alguna torcedura en alguna de tus extremidades (pierdes automáticamente 1D6 PV por el daño sufrido).*

- *Si vences, pasa a la SECCIÓN 971.*
- *Si caes derrotado, ve a la SECCIÓN 329.*

SECCIÓN 677

Estás en la localización L62 del mapa. Antes de seguir, anota en tu ficha que has visitado un nuevo lugar hoy (recuerda que puedes ir a un máximo de 4 sitios cada día; uno menos si anoche te alojaste en la librería de Mattus). No vas a tener que realizar ninguna tirada de encuentros con tus perseguidores para esta localización en concreto.

Al ver a los guardias gomios que vigilan la entrada de la Embajada, sientes cómo tus pulsaciones se aceleran y, de pronto, vienen a tu mente las imágenes de violencia que viviste cuando intentabas cruzar el río Tuf, en la frontera entre tu país, Tirrana, y su vecina Gomia. Fue una fase dura del viaje que realizaste hasta llegar a esta ciudad tan enorme y distante de tu casa. Intentas recobrarte de la melancolía del hogar y, finalmente, traspasas el umbral del edificio ante la indiferencia de esos centinelas que lucen el emblema propio de su patria, un dragón sobrevolando un imponente puente de piedra.

- Si el contador de tiempo de tu investigación es de 4 o menos días, _ve a la SECCIÓN 175._

- Si el contador está entre el día 5 y el día 12, ambos inclusive, _pasa a la SECCIÓN 351._

- Si es de 13 o más días, _ve a la SECCIÓN 684._

SECCIÓN 678 – Anota la Pista ZZP

Tus oídos han estado finos al espiar la conversación que se estaba produciendo en la casa. Cuando regresas con tus compañeros, eres capaz de reproducir las palabras de la chica, las que has escuchado antes de que ésta se despida y abandone la vivienda: _"Ya te he dado demasiado dinero. No puedo hacerlo muchas más veces, primo mío. No sé si ésta será la última... Han sido demasiadas ocasiones y temo que mi marido me descubra... Primo, tendrás que apañártelas como puedas... Lo siento, pero no puedo seguir justificando tantos gastos en vestidos o joyas que luego él no ve... Te quiero"._

- Parece que Hóbbar se alegrará cuando le cuentes que su joven esposa no le es infiel, sino que sólo está tratando de ayudar a su primo forastero – te dice Gruff con una sonrisa.

- Eso dependerá de si el mercader estima más a su esposa o a su oro... – añade Zanna irónica.

- Sea una u otra cosa, ya no es problema nuestro – dices.

- O puede que sí... ¿Vas a contarle al mercader lo que has investigado o sería mejor no delatar a la joven y decir que no has averiguado nada? – apunta pensativo el bueno de Gruff.

Contestas que ahora lo único en lo que piensas es en descansar después de este largo día y que ese dilema tendrá que esperar a mañana. Os marcháis de este lugar. **Recuerda anotar la pista ZZP.** _Puedes continuar con tu investigación en cualquier otro lugar del mapa._

SECCIÓN 679

Corres como un condenado hasta que alcanzas la cubierta del barco y te diriges a toda prisa hacia la pasarela que te permitirá alcanzar el muelle. Por fortuna, puedes bajar por la rampa sin que ningún enemigo te descubra y te alejas corriendo como un condenado, seguido por tus compañeros, hacia la seguridad que os ofrecen las callejuelas aledañas al puerto. Has logrado escapar del _Rompeaires_ con vida, pero tu misión no ha sido completada. No has rescatado los papeles secretos que viniste a buscar y tampoco has averiguado si dentro del barco permanece Sígrod. El único consuelo ahora es que sigues con vida y ello mantiene abierta la posibilidad de regresar de nuevo a este lugar para intentar otra vez la proeza. *Esto será posible a partir de mañana, ya que hoy ya no puedes regresar a este lugar. Ve a la SECCIÓN 386.*

SECCIÓN 680

No tienes forma de abrir esta puerta. Necesitas encontrar alguna llave para poder desbloquear la misteriosa cerradura que tienes delante... *Ve a la SECCIÓN 954.*

SECCIÓN 681

El peor de tus temores se confirma cuando caes abatido en esta sala impregnada de sangre y muerte. Una muerte que a ti también te alcanza haciendo que fracases en tu misión justo en su momento cumbre. Ojalá que todo fuese una pesadilla.

FIN – si tienes algún punto de ThsuS, "Todo habrá sido un Sueño" y podrás retomar la aventura desde el Lugar de Despertar que desees entre los que tengas anotados en tu ficha. Si no es así, debes comenzar de nuevo desde el principio o desde algún Lugar de Despertar Especial que tengas.

SECCIÓN 682

Un par de minutos después, te ves en la calle ante la mirada de desprecio y las carcajadas sin control de los otros dos gorilas que guardaban la entrada. Ríen tras presenciar la escena de la "amable invitación a marcharte" que ha escenificado Trömko tras acompañarte hasta la puerta.

Controlas tu frustración y evitas entrar en combate contra esos tipos. No serviría de nada destrozar el burdel. Has venido a por información y es obvio que hoy, al menos, no vas a conseguirla. Quizás lo mejor sea dejar pasar un par de días para regresar de nuevo a probar suerte con otro de los chicos o chicas que trabajan en el local y esperando que el tal Trömko no se acuerde de ti. Si no causas líos, ello parece posible.

Nota: no puedes regresar a esta localización hasta dentro de 3 días. Toma nota en tu ficha de personaje y puedes continuar con tu investigación en cualquier otro lugar del mapa.

SECCIÓN 683

Abandonas la gran ciudad de Tirrus tan pronto como te es posible. La guerra mantiene en guardia a Lord Rudolf, señor de Tirrana, quién continúa los alistamientos forzosos de todos los hombres y mujeres que pueden empuñar un arma y no son necesarios en la retaguardia.

Haces lo propio con Sekelberg, a dos días de marcha al norte de la anterior, una población en la que ha transcurrido la mayor parte de tu anterior existencia como mozo de cuadras. Al ver de nuevo sus conocidas calles, tienes la impresión de que no eres la misma persona que marchó de aquí para iniciar una nueva vida. Han pasado demasiadas cosas… *Ve a la SECCIÓN 25.*

SECCIÓN 684

Tras deambular por los pasillos y despachos del edificio diplomático, finalmente, das con un burócrata que te puede atender y que te indica que el Legado ha regresado hace poco de un viaje de urgencia a su país, donde había sido reclamado por su Lord para gestionar los asuntos críticos que conciernen a la escalada de violencia con Tirrana.

Acompañando al Legado en la comitiva que llegó a Tol Éredom hace unos días, ha venido ni más ni menos que Sir Ánnisar, el previsible heredero de Gomia tras el asesinato de su hermano Wolmar por parte de los "traidores tirranos". Un ultraje y una afrenta en toda regla, en palabras de este burócrata, cuya sangre ves alterar conforme avanza su alegato.

Ánnisar actúa en calidad de Emisario de Lord Warnor para reclamar justicia al Emperador en su nombre, pero no fue autorizado por Wexes a comparecer en el último Consejo que se ha celebrado. El motivo ofrecido por el Emperador es el evitar el agravio comparativo hacia el consejero tirrano, dado que Gomia ya queda legalmente representada, al igual que Tirrana, con su Legado consejero. Sin embargo, en palabras del burócrata que te atiende, Sir Ánnisar sí ha sido invitado a la cena de gala en homenaje de la Madre del Emperador, que se celebrará en los Jardines Imperiales *(el día 20 del contador de tiempo)*. El Imperio está en claro peligro con tantas disensiones internas. *Puedes continuar con tu investigación en cualquier otro lugar del mapa.*

SECCIÓN 685

- *Si no tienes la pista CHF, ve a la SECCIÓN 86 y no sigas leyendo.*
- *Si ya tienes esa pista, sigue leyendo…*

Encuentras los siguientes lugares de interés que puedes visitar ahora (para el primero que elijas, puedes hacerlo ahora sin gastar tiempo y sin necesidad de tener ningún encuentro con tus perseguidores, aunque así lo indique el texto):

L44 -> SECCIÓN 1016 – Burdel del eunuco Legomio
L45 -> SECCIÓN 763 – Venta de drogas y venenos
L48 -> SECCIÓN 729 – Posada del Camaleón Braseado
L49 -> SECCIÓN 720 - Taberna que tiene fama por los buscavidas que aquí ofrecen sus servicios y que venden sus armas al mejor postor

Si no te interesa ninguna de las localizaciones anteriores, puedes continuar con tu investigación en cualquier otro lugar del mapa.

SECCIÓN 686 – Anota la Pista NXA

Desistes en tu intento. Alguien puede venir y descubrirte en mitad del pasillo donde no te puedes esconder. **Recuerda anotar la pista NXA** y *ve a la SECCIÓN 595.*

SECCIÓN 687

*Antes de seguir, ve directamente a la SECCIÓN 290, lee lo que allí se indica y regresa de nuevo aquí (**anota el número de esta sección para no perderte**).*

Cuando hayas acabado, decide qué hacer...

- *Si le dices a Mattus que envíe la carta, a pesar de los riesgos, ya que es importante llegar al consejero Tövnard cuanto antes, ve a la SECCIÓN 269.*
- *Si le dices al librero que de momento es mejor esperar y que no envíe aún esa carta, ve a la SECCIÓN 601.*

SECCIÓN 688

Avanzas con sigilo a través del largo corredor que hay ante ti.

Parece estar despejado de enemigos hasta que, de pronto, debes hacer una tirada de 2D6 y sumar tu modificador de Percepción (si tienes la habilidad especial de Oído agudo o de Sexto sentido, suma +2 extra al resultado):

- *Si el resultado total está entre 2 y 7, ve a la SECCIÓN 790.*
- *Si está entre 8 y 12, pasa a la SECCIÓN 843.*

SECCIÓN 689

No tienes respuesta para este misterio. Durante un minuto, te quedas atónito mirando el velado mensaje que alguien se tomó las molestias de esconder aquí. Tienes el presentimiento que oculta algo muy importante. Todo apunta a que ésta era la habitación de Sígrod. Posiblemente fue él quien escribió ese texto pero, ¿qué querría decir? *Vuelve a la SECCIÓN 970.*

SECCIÓN 690

Tu desesperación aumenta a medida que pasan las horas y no ocurre nada, salvo un cambio de turno de guardia más allá de la medianoche. Parece que la suerte no está de tu parte. La frustración te invade por momentos hasta que, de pronto, escuchas unas voces provenientes de la puerta principal que da acceso a la Fortaleza y que se acercan a paso rápido hacia aquí.

Cuando las voces se tornan en figuras negras tenuemente iluminadas por las antorchas que portan, una de ellas sobresale del resto por su tamaño y malignidad... ¡Es ese monstruo del barco! ¡El gigante azafio traidor que dirigió el ataque contra Sígrod! ¡El mismo que se dispuso a despedazar a Elavska mientras tú huías por el pasillo! Azrôd se llamaba. ¡Maldita bestia infame! Y ahora aparece aquí, en mitad de la noche, acompañado por dos de esos encapuchados de negro, dos hombres de rostro quemado... *Ve ya mismo a la SECCIÓN 807.*

SECCIÓN 691   +20 P. Exp.

Y es así cómo descubres que los hebritas, por mediación del librero y el escriba, han llegado a un acuerdo secreto con ese tal Consejero Tövnard para ganar influencia en el Consejo de Tol Éredom. La propia Zanna ya te había indicado, durante la larga conversación que has mantenido con ella, que el objetivo del Gremio de Prestamistas de Meribris es conseguir al menos un sitial en el Consejo de la capital del Imperio. Y ahora acabas de averiguar que ese tal Tövnard está dispuesto a hacer presión para que los hebritas entren en el Consejo a cambio del apoyo económico del Gremio para ampliar sus fuerzas militares. Unas fuerzas con las que pretende intimidar a su rival político dentro del órgano que rige los destinos del Imperio: el Consejero Rovernes.

Así pues, todo se trata de una lucha de poder. De conspiraciones ocultas para ganar influencia a toda costa. Efectivamente sería de una gravedad extrema el que pudieran descubrirse esos documentos en los que consta explícitamente un pacto entre Tövnard y los hebritas para influenciar al Consejo en favor de los segundos y para hacer caer en desgracia a otro consejero como es ese tal Rovernes.

"Vaya asunto más oscuro. A medida que indago, aparecen nuevas connotaciones y derivadas. Es como una piel de cebolla, cada capa esconde la siguiente. Espero no acabar llorando al pelarla para llegar hasta el fondo...", te dices a ti mismo tratando de asimilarlo todo y preparándote para lo que te va a sobrevenir. *Pasa a la SECCIÓN 574.*

SECCIÓN 692

- *Si tienes la pista CIT, ve a la SECCIÓN 997.*
- *Si no tienes esa pista, ve a la SECCIÓN 458.*

SECCIÓN 693

- *Si tienes la pista TOV, ve a la SECCIÓN 493 sin seguir leyendo.*
- *Si no tienes esa pista TOV:*
    - *Si tienes la pista CAR, SAR o NHR (cualquiera de ellas), ve a la SECCIÓN 764.*
    - *Si no tienes ninguna de esas pistas, ve a la SECCIÓN 754.*

SECCIÓN 694

Tanto devanarte los sesos parece haber despertado un rayo de luz en tu mente. ¿Cuántas flores están rasgadas en cada uno de los tres desgarrones? *Vuelve a la SECCIÓN 55.*

SECCIÓN 695   +8 P. Exp.

Con el alma en vilo y los nervios a flor de piel, esperas ansioso la llegada de la noche, mientras permaneces oculto entre dos viejos carruajes. ¡Parece que tu plan ha funcionado! Escuchas cómo los guardias invitan a abandonar el recinto a todos los visitantes no autorizados y tú sigues ahí dentro, amparado por la oscuridad, para seguir con tu plan... *Ve a la SECCIÓN 610.*

SECCIÓN 696

No haces más que perder el tiempo sin conseguir ninguna información útil para tu investigación. Con paciencia escuchas chismes y burlas acerca del estado de la ciudad y de los eventos que se están celebrando en honor de la Madre del Emperador Wexes. Varios chascarrillos después, decides que lo mejor será ir a otra localización para seguir con tu cometido. *Puedes continuar con tu investigación en cualquier otro lugar del mapa.*

SECCIÓN 697 – Anota la Pista ZCH en caso de que aún no la tuvieras

Recuerdas la conversación que mantuviste con Zanna en el sótano de la librería de Mattus. Dentro del cofre que portas se encuentra la prueba definitiva de la muerte del heredero de Gomia, cuyo hermano gemelo tienes ahí delante. Un heredero a quién la compañía de Elavska y Viejo Bill debía eliminar por encargo del Gremio de Prestamistas de Meribris y cuya cabeza embalsamada tú transportaste hasta aquí en ese maldito cofre como parte final del encargo. Es Gruff quien esta vez te agarra fuerte para que no te caigas por el impacto... ***Recuerda anotar la pista ZCH*** y *sigue en la SECCIÓN 358.*

SECCIÓN 698

Es tu capa con capucha la que te salva de una muerte segura. Gracias a llevarla puesta, puedes disimular, hacer ver que alguien te reclama en el pasillo y volver a cerrar la puerta. Tu corazón está a punto de estallar por la tensión. La muerte ha estado muy cerca. Debes marcharte de este corredor enseguida.

- *Si vas al segundo pasillo, sigue en la SECCIÓN 620.*
- *Si vas al tercero, pasa a la SECCIÓN 1015.*
- *Si decides regresar arriba abandonando esta segunda planta, ve a la SECCIÓN 527.*

SECCIÓN 699

La niña está muy desesperada, pero logras hacer que se detenga amenazándola con que vas a abandonarla como han hecho todos. Tu mente tiene un rayo de lucidez a pesar de la angustia y la tensión del momento. "Quizás con una pócima o hierbas curativas, la chiquilla y su bebé podrían ser salvados. Es posible que esto no sea suficiente, pero nada dice que no pueda ser así, máxime cuando muy pocos en esta barriada pueden acceder a tener esos productos sanadores de alto coste", te dices.

- *Si empleas dos pócimas u hojas curativas que tengas en tu inventario para intentar salvar a la niña y a su bebé, ve a la SECCIÓN 978.*
- *Si no tienes esas pócimas o plantas curativas, pero quieres ayudar a la chiquilla ofreciéndole 15 coronas de oro para que ella las compre, ve a la SECCIÓN 111.*
- *Si no tienes ni una ni otra cosa o directamente no estás dispuesto a hacer ese gasto en salvar a la chica y a su bebé, tratas de ignorar el drama y continúas tu marcha, ve a la SECCIÓN 147.*

SECCIÓN 700   +10 P. Exp.

Muestras de nuevo tu salvoconducto a los guardias de la puerta que da acceso al propio edificio de la mansión. Uno de ellos te indica que le sigas dentro y te lleva, tras atravesar varios pasillos y estancias de tremendo lujo, a una sala donde un par de escribas trabajan concentrados entre un mar de papeles. El más joven de ellos le indica al guardia que puede marcharse y se dispone a atenderte tras solicitarte unos minutos para acabar la tarea en la que estaba enfrascado. Esperas pacientemente hasta que por fin llega tu turno y empleas de nuevo la coartada que te ha permitido llegar hasta aquí: eres el representante de un adinerado mercader de Tirrana que desea efectuar importantes inversiones que requieren de la amable financiación del afamado Banco Imperial. Son de tal calibre, que tu señor no te permite desvelarlas a nadie que no sea al Gobernador en persona.

Tras escuchar atentamente tu exposición, el escriba lamenta decirte que su señor está ausente en estos momentos y que, por tanto, no es posible atender tu petición. La frustración te invade por dentro y tratas de no exteriorizarla. Tras un leve suspiro, retomas la palabra para preguntar cuándo sería posible conseguir esa reunión. El escriba se disculpa de nuevo y te dice que últimamente el Consejero anda de aquí para allá atendiendo asuntos de alta importancia y que no tiene agenda reservada para reuniones, más allá de las que mantiene de alto nivel. Dice sentirlo profundamente y te invita a acompañarle hasta el despacho de uno de los asesores personales de Edugar Merves, quién quizás sí pueda atender tu propuesta de negocios para trasladarla posteriormente a su señor.

- *Si crees que no te interesa mantener esa reunión con el asesor de Edugar Merves para no perder más tiempo y para evitar que tu farsa pudiera ser descubierta, le indicas al escriba que mejor otro día y puedes continuar con tu investigación en cualquier otro lugar del mapa (hasta mañana no podrás volver aquí).*
- *Si aceptas acompañar al escriba hasta el despacho del asesor personal del Consejero, sigue en la SECCIÓN 936.*

SECCIÓN 701   +13 P. Exp.

Te lanzas a tu locura. Caminas sigilosamente hacia la parte trasera de la garita y te pones de lado para pasar. Cierras un momento los ojos, suspiras para hacer acopio de todo tu coraje y te escabulles hacia el umbral de la entrada. La suerte, o los dioses, están contigo. ¡Has logrado entrar sin que te descubran! *Sigue en la SECCIÓN 610.*

SECCIÓN 702

- ¿Elavska? ¡Por Domis! ¿Qué diantres hace aquí? – exclamas boquiabierto, sin dar crédito a lo que estás viendo.

La valiente y dura amazona, lideresa de Viejo Bill, Zorro, Jinni y otros miembros de la compañía mercenaria al servicio del Gremio de Prestamistas, está al fondo de esa sala. Maniatada, amordazada y atada a una silla, con claros signos de tortura y violencia, pero viva al fin y al cabo. La diste por muerta al huir del *Rompeaires* por primera vez, mientras ella os cubría la retirada quedándose para combatir a Azrôd y sus secuaces... Zanna la lloró durante días.

Es evidente que Elavska respira. Incluso te parece intuir que reacciona a tu llamada retorciéndose, levemente, durante un segundo. Pero enseguida concluyes que está dormida, drogada a saber por qué veneno. Zanna la abraza con las lágrimas inundando su rostro.

- Suerte que han llegado a tiempo, pues justo ayer trajimos hasta aquí a la mujer guerrera desde la guarida donde la teníamos cautiva todos estos días. La idea era que también formara parte de la fiesta que íbamos a celebrar en unos momentos y asumiendo el mismo rol del hebrita. Ya sabe. No hace falta que me explique... - indica el hombre de cabello rojo.

Tratando de reponerte del impacto, por fin ordenas a Dinman y a Merves que te lleven ante Sígrod de inmediato y al centinela que aguardaba la puerta que cargue con la fornida guerrera y os siga sin osar actuar. *Ve ya mismo a la SECCIÓN 252*.

SECCIÓN 703

Tus pasos te llevan a un peculiar lugar, un espacio abierto entre el laberinto de tiendas y puestos de venta que atiborran la plaza. Hay un bajo templete de madera sobre el que ves tablones de anuncios de todo tipo, al lado de los cuales, a veces, está el propio anunciante explicando su contenido a los interesados que se han arrimado a él y, otras veces, no hay nadie pero en el texto del anuncio se facilita la dirección de contacto. No son pocos los curiosos que se acercan a ver y tú eres uno de ellos. *Ve a la SECCIÓN 349.*

SECCIÓN 704   +20 P. Exp.

Tras el primer tanto, aún quedan cuatro grabbins en la zona sur de la estructura hacia la que tienen que empujar "Los Cerdos" (cinco que habían logrado capturar en la primera fase de juego menos el que ya ha sido guillotinado). Por su parte, en el extremo norte, permanecen los cuatro grabbins atrapados por "Las Ratas" en la primera parte de la contienda.

El ciclo se repite con un nuevo duelo de fuerza sobre la plataforma y peleas, placajes y carreras descarnadas a pie de plaza, que acaban con una nueva cabeza empalada en las estacas. 2 a 0 para "Los Cerdos" y la tensión en aumento en las gradas. *Recuerda sumar 20 P. Exp. por todo lo que estás viviendo y pasa a la SECCIÓN 906.*

SECCIÓN 705

Anota en tu inventario las raciones de comida que hayas decidido comprar y resta la cantidad de CO pertinente. A continuación, lanza 2D6 y suma tu modificador de Inteligencia para determinar si has estado hábil a la hora de seleccionar correctamente la comida que has comprado (no son pocos los casos de comida poco fresca que ha provocado más de un susto a su consumidor):

- *Si tienes la habilidad especial de Analizar objetos, tienes éxito automático en tu selección de comida. Ve a la SECCIÓN 703.*
- *Si el resultado está entre 2 y 7, los comerciantes te habrán colado raciones en mal estado. Para cada una de las raciones que has comprado, lanza 2D6 y, por cada resultado impar que saques, esa ración de comida no te permitirá recuperar puntos de vida al final del día que la consumes. Ve a la SECCIÓN 703.*
- *Si el resultado está entre 8 y 12, tienes éxito en tu selección de raciones de comida. Ve a la SECCIÓN 703.*

SECCIÓN 706

Estás en la localización L42 del mapa. Antes de seguir, anota en tu ficha que has visitado un nuevo lugar hoy (recuerda que puedes ir a un máximo de 4 sitios cada día; uno menos si anoche te alojaste en la librería de Mattus). No vas a tener que realizar ninguna tirada de encuentros con tus perseguidores para esta localización en concreto.

Cerca de los silos del Puerto Este, donde se almacenan toneladas de mercancías que entran o salen de la gran ciudad, se alza la Lonja, un recinto en el que puedes comprar pescado de notable calidad, a un buen precio, a los distribuidores que tienen permiso para acceder directamente al género. Eso sí, es un lugar con mucho bullicio y te requerirá un tiempo de cola efectuar tu compra.

Nota de juego: *puedes gastar una localización adicional del día de hoy a cambio de esperar y conseguir hasta 1D6 raciones diarias de pescado* salado por sólo 1 CO/día (0,5 CO/día si tienes la habilidad especial de Negociador). Haz las compras oportunas, en caso de que así lo consideres, y a continuación...

- Si no tienes la pista FPT y además ésta es la última localización que ibas a visitar hoy, _ve a la SECCIÓN 849_.
- Si ya tienes esa pista o ésta NO es la última localización que ibas a visitar hoy, _puedes continuar con tu investigación en cualquier otro lugar del mapa_.

SECCIÓN 707   +8 P. Exp.

Tus ojos se posan en el antebrazo descubierto del desafiante enano. Tiene un tatuaje de una espada en llamas sobre una llamativa esmeralda. _Sigue en la SECCIÓN 501_.

SECCIÓN 708

No tienes ni idea de lo que se han dicho. Sólo has identificado el nombre del gigante azafio. Azrôd parece llamarse. _Sigue en la SECCIÓN 143_.

SECCIÓN 709

Estás en la localización L33 del mapa. Antes de seguir, anota en tu ficha que has visitado un nuevo lugar hoy (recuerda que puedes ir a un máximo de 4 sitios cada día; uno menos si anoche te alojaste en la librería de Mattus). No vas a tener que realizar ninguna tirada de encuentros con tus perseguidores para esta localización en concreto.

La zona de residencias de los estudiantes normalmente está muy concurrida, aunque en estos momentos no es así. Avanzas con precaución tras haber sido puesto en aviso de los frecuentes robos y peleas que se producen en estas calles por las que transitas. La mezcla descontrolada de juventud, alcohol y otras sustancias que en esta zona abundan, acaba en muchas ocasiones en altercados que es mejor evitar. No obstante, decides explorar la zona con la esperanza de contactar con alguien que pueda surtirte de rumores que quizás te sean de interés.

- Si no tienes la pista CHF, _ve a la SECCIÓN 86_.
- Si ya tienes esa pista, no encuentras nada de interés aquí y _puedes continuar con tu investigación en cualquier otro lugar del mapa_.

SECCIÓN 710   **+15 P. Exp.**

Justo cuando acaba de hablar el bibliotecario, un fugaz destello ilumina tu cabeza al recordar algo que portas contigo. Es el regalo que te dio la joven erudita que salvaste del terrible asalto juvi al *Serpiente Dorada*. Incluso recuerdas el nombre de esa chica con total claridad... Kelva se llamaba. Y su regalo fue, precisamente, un pase para la Gran Biblioteca de Tol Éredom con acceso privilegiado a las zonas que requieren de una credencial especial. ¡Justo lo que ahora necesitas!

- *Si solicitas pasar a la zona restringida empleando la acreditación que Kelva te dio, pasa a la SECCIÓN 792.*
- *Si quieres explorar el edificio al que tienes acceso con la acreditación de Zanna (es decir, el que ahora te encuentras), ve a la SECCIÓN 836.*
- *Si crees que lo mejor es no invertir tiempo en nada de esto y prefieres marcharte, puedes continuar con tu investigación en cualquier otro lugar del mapa.*

SECCIÓN 711

La cubierta del *Rompeaires* está inmersa en el silencio. Parece que el camino está despejado hasta la abertura de una pequeña cámara que hay en la popa de la cubierta, a tu izquierda, donde detectas el acceso a las escaleras que descienden a las plantas inferiores del barco.

Te encaminas sin perder un segundo hacia ese lugar cuando, de pronto, cuando estás a unos pocos metros de tu objetivo, por tu flanco derecho aparecen dos asaltantes que estaban ocultos. Seguramente han escuchado el estruendo de tu combate al pie de la pasarela de acceso y han permanecido aquí agazapados y dispuestos a sorprenderte.

Haz una tirada de 2D6 y suma tu modificador de Percepción:

- *Si tienes la habilidad especial de Sexto sentido, tienes éxito automático en la tirada y vas a la SECCIÓN 750.*
- *Si el resultado está entre 2 y 8, pasa a la SECCIÓN 326.*
- *Si está entre 9 y 12, pasa a la SECCIÓN 750.*

SECCIÓN 712

La tensión te bloquea. No eres capaz de identificar ese emblema y tus nervios aumentan por momentos. Tu cabeza está inmersa en un mar de dudas mientras aferras con firmeza el maldito cofre que llevas contigo. *Ve a la SECCIÓN 145.*

SECCIÓN 713

Haz una tirada de 2D6 y suma tu modificador de Carisma (si tienes la habilidad especial de Negociador o si entre tus posesiones dispones de "ropajes caros", suma +1 extra por cada uno de ellos):

- *Si tienes la pista CRR y **NO tienes** la pista MLS, ve directamente a la SECCIÓN 209 sin necesidad de tirar dados.*
- *Si el resultado está entre 2 y 8, ve a la SECCIÓN 114.*
- *Si está entre 9 y 12, sigue en la SECCIÓN 209.*

SECCIÓN 714

En pocos minutos, descubres el porqué de esa sonrisa de Rovernes. El Consejo aprueba por amplia mayoría el envío de una misión diplomática encabezada por un representante del Consejo para exigir explicaciones a los silpas. Hasta ahí, todo según lo previsto, pero lo que para nada esperabas es que finalmente el elegido fuese... ¡el Consejero Tövnard!

La patente alegría de tu aliado tras la primera votación en la que se aprobaba la misión diplomática, se torna en una cara de auténtica pesadilla cuando se procede a la segunda votación en la que él acaba siendo el elegido. Tú mismo estás paralizado por el impacto de este cambio. ¡Tövnard va a tener que abandonar la ciudad justo cuando más necesitabas a este importante aliado! *Sigue en la SECCIÓN 499.*

SECCIÓN 715

- *Si el "contador de tiempo de la investigación" es menor de 15 días, ve a la SECCIÓN 254.*
- *Si es de 15 días, ve a la SECCIÓN 492.*
- *Si tiene un valor de 16 o más días, ve a la SECCIÓN 828.*

SECCIÓN 716

Te diriges a toda prisa hacia la pasarela que permite alcanzar el muelle, pero maldices tu estampa al ver que tus enemigos te estaban aguardando aquí, sabedores de que tenías que regresar a cubierta de una u otra forma, si deseabas escapar del barco. Los cadáveres que has ido dejando en tus combates han sido descubiertos y se ha dado la voz de alarma. De pronto, te ves inmerso en un brutal combate en el que tu vida está en juego y también la huida definitiva del *Rompeaires*...

- *Si tienes la pista ONL, ve a la SECCIÓN 960.*
- *Si no tienes esa pista, ve a la SECCIÓN 245.*

SECCIÓN 717

El delgado monje, de tez pálida y ojos prominentes, comparte con vosotros la preocupación que siente por los diversos atentados y asesinatos que han sufrido compañeros de su orden, durante los últimos meses, a manos de una serie de bandidos cuya naturaleza u objetivos desconoce.

Se sospecha que detrás de ellos deben de estar los partidarios del domatismo de la rama aquilana, la facción religiosa rival a la wexiana, tras el cisma que sufrió el culto. El monje no sabe dónde se esconden esas células ocultas, pero dice que la guardia de la ciudad está informada y está tras ellas.

- *Si tienes la pista RIZ o la pista QAD o la pista GUP, ve a la SECCIÓN 219.*
- *Si no tienes ninguna de las anteriores pistas, no consigues ahondar más en la conversación y finalmente decides marcharte. Puedes continuar con tu investigación en cualquier otro lugar del mapa.*

SECCIÓN 718

Pronto descubres que va a ser imposible atravesar la puerta del Palacio sin tener un permiso para ello. Además, no tienes gana alguna de confrontar con los abundantes centinelas que patrullan su perímetro. Te ves obligado a abandonar el lugar tras saber que, dentro de esos magníficos muros, se reúne periódicamente el Consejo de Tol Éredom para gobernar los designios del Imperio. *Puedes continuar con tu investigación en cualquier otro lugar del mapa.*

SECCIÓN 719 – Anota la Pista AJC

La Plaza de la Asamblea está a rebosar en estos momentos y el ambiente que se respira está impregnado de tensa expectación y furia contenida. Los rostros de los presentes, en su mayoría ciudadanos de clase media o baja, muchos de ellos chipras, delatan esas sensaciones que percibes.

Enseguida te contaminas de esta extraña emoción y te preguntas qué estará pasando. Pronto lo descubres. Está a punto de celebrarse el ajusticiamiento de un numeroso grupo de aquilanos que operaban de forma secreta en la ciudad. El gentío espera impaciente para ver cómo pagan por su imperdonable delito: apoyar al candidato que quiere usurpar el mando del Imperio al Emperador Wexes. **Recuerda anotar la pista AJC y** *sigue en la SECCIÓN 412.*

SECCIÓN 720

Marchas hacia la localización L49 del mapa. Antes de seguir, anota en tu ficha que has visitado un nuevo lugar hoy (recuerda que puedes ir a un máximo de 4 sitios cada día; uno menos si anoche te alojaste en la librería de Mattus). También lanza 2D6 para ver si tienes algún encuentro con los matones que os persiguen. Si el resultado es de 7 o más, no te topas con ningún enemigo y puedes seguir leyendo. Si es inferior, debes evitar o vencer a los siguientes tipos que os descubren, para seguir leyendo (los enemigos indicados son los que debes enfrentar en solitario; no se detallan los rivales que atacan a tus compañeros y se considerará que ellos vencerán su combate si tú ganas el tuyo):

ENCAPUCHADO NEGRO 1	*Ptos. Combate: +5*	*PV: 26*
ENCAPUCHADO NEGRO 2	*Ptos. Combate: +5*	*PV: 28*

Nota: *no puedes tratar de evitar este combate.*

Ptos de Experiencia conseguidos: *9 P. Exp. si vences.*

Alcanzas un sucio antro de los arrabales del noreste de la ciudad. Ubicada en los barrios bajos más allá de las murallas, esta taberna tiene fama por los buscavidas que aquí ofrecen sus servicios y que venden sus armas al mejor postor.

- *Si tienes la pista GLN, <u>ve a la SECCIÓN 43 y lee allí la "nota de juego"</u> <u>para recordar los beneficios que ganaste</u> y, tras eso, <u>puedes continuar</u> <u>con tu investigación en cualquier otro lugar del mapa.</u>*
- *Si no tienes esa pista, <u>pasa a la SECCIÓN 940.</u>*

SECCIÓN 721

- No será necesario recurrir al acero. Ya se ha derramado demasiada sangre innecesaria – es la autoritaria voz de uno de los gomios, que se adelanta al resto hasta que la luz de las antorchas te muestra su rostro, lo que casi te produce un infarto.

No puedes creer lo que ves. No puede ser cierto. Tu pulso se acelera incontrolado y temes caer desplomado por el impacto. Conoces ese rostro, esa cabellera rubia y ese porte de guerrero. El tatuaje en forma de dragón que posee en el lado derecho del cuello lo delata. Te topaste con él al inicio de tu aventura, cuando aún estabas encaminándote al bosque de Táblarom para encontrar el maldito cofre. Es el gomio que lideraba la partida de caballeros que iba tras Zorro y sus secuaces.

Su rostro es idéntico al de ese altivo gomio que viste por última vez en Tol Éredom, en la cena de gala en honor a la madre del Emperador. Sir

Ánnisar se llamaba y había viajado hasta la capital del Imperio para denunciar el asesinato de Wolmar, su hermano gemelo y heredero de Gomia, por parte de Tirrana. Allí dedujiste que debía tratarse, por tanto, de trillizos. Primero, el caballero gomio que ahora tienes delante; segundo, el desgraciado heredero cuya cabeza acabó en ese maldito cofre; por último, Sir Ánnisar, el tercero en discordia.

Pero, antes de que puedas articular palabra, el líder gomio continúa desmontando una parte de tu teoría.

-   Me presentaré como es debido. Soy Wolmar de Gomia, el heredero de mi país al que todos dan por muerto.

Sigue en la SECCIÓN 174.

SECCIÓN 722

*   *Si tienes la pista CAR, ve a la SECCIÓN 543.*
*   *Si no tienes esa pista, ve a la SECCIÓN 507.*

SECCIÓN 723

Estás en la localización L24 del mapa. Antes de seguir, anota en tu ficha que has visitado un nuevo lugar hoy (recuerda que puedes ir a un máximo de 4 sitios cada día; uno menos si anoche te alojaste en la librería de Mattus). También lanza 2D6 para ver si, en el tránsito hacia esta localización, tienes algún encuentro con los matones que os persiguen. Si el resultado es de 6 o más, no te topas con ningún enemigo y puedes seguir leyendo. Si es inferior, debes evitar o vencer a los siguientes tipos que os descubren, para seguir leyendo (los enemigos indicados son los que debes enfrentar en solitario; no se detallan los rivales que atacan a tus compañeros y se considerará que ellos vencerán su combate si tú ganas el tuyo):

ENCAPUCHADO NEGRO 1	*Ptos. Combate: +5*	*PV: 25*
ENCAPUCHADO NEGRO 2	*Ptos. Combate: +5*	*PV: 29*

Nota: *puedes tratar de evitar el combate si lanzas 2D6 y sumas tu modificador de Destreza obteniendo un 9 o más (si tienes la habilidad especial de Silencioso o de Camuflaje suma +2 por cada una de ellas). Si logras evitar a esos tipos, darás un largo rodeo por el laberinto de callejuelas hasta que puedas quedarte tranquilo y constates que les has dado esquinazo definitivo. Podrás seguir leyendo con normalidad esta sección, pero habrás agotado un tiempo considerable que hará que puedas visitar una localización menos del mapa en el día de hoy (o mañana, si ésta era la última que podías visitar hoy).*

Ptos de Experiencia conseguidos*: 9 P. Exp. si vences; 3 P. Exp. si escapas.*

En pleno Distrito Imperial, la excelsa mansión de Tövnard es uno más de los magníficos edificios que pueblan la zona. Atraviesas un coqueto jardín protegido por un muro exterior de unos dos metros de altura que has franqueado tras obtener el permiso de los guardias apostados en la entrada del recinto. Unos amplios escalones te llevan a la puerta principal de la residencia del Consejero.

- **Si tienes la pista DOC**, *ve directamente a la SECCIÓN 848.*
- **Si no tienes esa pista DOC** y el *"contador de tiempo de la investigación"* es de **3 o más días**, *pasa a la SECCIÓN 185.*
- **Si no tienes esa pista DOC** y el *"contador de tiempo de la investigación"* es de **2 o menos días**, *pasa a la SECCIÓN 823.*

SECCIÓN 724

Entonces la puerta principal por fin cede y un ensordecedor estruendo se acerca. No dejáis de correr, aunque sois demasiados para tan estrecho espacio y los empujones y tapones dificultan la marcha.

Varios oscuros pasillos y un par de intersecciones después, llegáis por fin a la puerta trasera del edificio. Los gritos y amenazas a vuestras espaldas os abruman. Hay que salir cuanto antes de esta ratonera. El joven líder tuerto abre la puerta y, al otro lado, ves por fin la calle. Los aquilanos y tus amigos salen fuera. Lóggar y tú cerráis la marcha. Un soplo de aire fresco baña tu rostro pero, lejos de otorgarte calma, significa la antesala de un combate que no vas a poder evitar... *Sigue en la SECCIÓN 172.*

SECCIÓN 725   +12 P. Exp.

Luchas como un titán y tumbas a tu rival, que cae al suelo tras un fuerte golpe. Enseguida lo arrastras hasta la puerta que hay al lado del recodo que guarda las escaleras que descienden a la segunda planta. Abres enseguida la puerta y depositas dentro el pesado cuerpo del azafio. Sudas por el esfuerzo realizado y el corazón late con furia en tu pecho, pero has logrado salir con vida de este lance y ahora dispones de pista libre para seguir explorando el barco. Enseguida llegas al cruce de corredores al pie de las escaleras que ascienden a cubierta.

- *Si avanzas por el corredor que parte de forma frontal a las escaleras, ve a la SECCIÓN 78.*
- *Si te encaminas al pasillo de la izquierda, sigue en la SECCIÓN 595.*

SECCIÓN 726

Informas al monje del aviso que diste a los guardias de la ciudad tras toparte con esos tipos que portaban, oculto en un saco, el cadáver de un monje wexiano, en las inmediaciones del puerto. Le dices que fuiste recompensado por ello, pero el agradecido clérigo insiste en premiarte de nuevo por la ayuda prestada al culto. Es imposible convencerle de lo contrario, así que lo acompañas hasta sus aposentos, donde ves al delgado monje rebuscar entre sus bolsas hasta encontrar un pequeño frasco que contiene una potente pócima curativa que restablece 2D6+6 PV y no ocupa inventario. "Realmente tiene que estar asustado por lo que está ocurriendo. Quizás teme ser el próximo que acabe en un saco", piensas. *Vuelve a la SECCIÓN 219.*

SECCIÓN 727

La tensión te invade, pero no te impide reaccionar. Enseguida te escondes tras el recodo que da acceso a las escaleras que bajan a la segunda planta. Gracias a los dos marineros que han demostrado antes ser tus aliados, el azafio se ha distraído el tiempo justo para no verte. Los dos marinos le han despistado llamando su atención desde la otra parte del pasillo antes de que el guerrero haya percibido tu presencia. Respiras aliviado y esperas unos tensos segundos hasta que escuchas cómo los marineros consiguen que el azafio les siga hasta la cubierta. ¡Tienes la pista despejada!

Sin perder un segundo, llegas al cruce de corredores al pie de las escaleras que ascienden a cubierta.

- *Si avanzas por el corredor que parte de forma frontal a las escaleras, ve a la SECCIÓN 78.*
- *Si te encaminas al pasillo de la izquierda, sigue en la SECCIÓN 595.*

SECCIÓN 728

Estás en el hexágono F3. Esta zona de la Feria es el paraíso para las gentes de armas. La cantidad de tiendas de herreros y artesanos del metal, así como de armeros y vendedores de todo tipo de utensilios para la guerra, es abrumadora.

*Puedes adquirir aquí todas las **armas y armaduras** que aparecen al inicio del librojuego, en el capítulo de "Reglas del sistema de juego", por el importe que aparece en esas tablas.*

Sin embargo, estás en plena capital del Imperio y en medio de su Feria, por lo que hallas armas exóticas que, a buen seguro, no encontrarás tan fácilmente en otros lugares. Estudia bien cuáles pueden ser de tu interés.

ARMAS A DISTANCIA

Arco (30 CO de coste) y flechas (1 CO cada una)

El arco es un arma a distancia que te permite efectuar un disparo antes del inicio de un combate, salvo que seas sorprendido por tu adversario y así se indique en el texto (en ese caso, no podrás usar esta arma). Puedes emplear el arco siempre que te encuentres en espacios abiertos (por tanto, no en el subsuelo ni dentro de edificios). Para hacer uso de él, debes hacer una tirada de 2D6 y sumar tu modificador de Destreza. Si tienes la habilidad especial de "Puntería" suma +2 extra al resultado. Si obtienes un total de 8 o más en el total de la tirada, habrás impactado en tu objetivo y le causarás un daño automático de 1D6 + 3 PV. Si sacas un resultado de 7 o menos, no provocas ningún daño a tu adversario. En cualquiera de los dos casos, tras efectuar tu lanzamiento, empezará el combate cuerpo a cuerpo de la forma habitual y ya no podrás emplear el arco en el resto del combate ni contra tu oponente actual ni contra el resto de oponentes de ese mismo combate (en caso de haber varios enemigos). Si tienes venenos contigo, puedes impregnar las flechas con ellos para convertirlas en más mortíferas. Cada vez que lances una flecha, deberás restarla de las que te queden en el carcaj salvo que lances 1D6 y consigas un resultado par (en cuyo caso podrás recuperar la flecha lanzada y reponerla en tu carcaj, aunque ya no tendrá ningún veneno impregnado en caso de que lo hubieses aplicado antes). El arco ocupa 2 VC en tu inventario. Las flechas no ocupan VC.

Ballesta (50 CO) y dardos (1 CO cada uno)

Funciona igual que el arco, ocupa también 2 VC en tu inventario y tiene exactamente sus mismos efectos, pero podrás realizar dos lanzamientos en lugar de uno antes de iniciar el combate.

Flechas y dardos de Ésveli Viejo (3 CO cada uno)

Las habilidades de los esvelios en la elaboración de flechas y dardos, hacen que sumes +1 extra en tu tirada de Destreza para impactar y además causan +3 puntos de daño extra respecto a las flechas y/o dardos normales. Por lo demás, siguen las mismas reglas.

Cerbatana (60 CO) y dardos (1 CO cada uno)

Su funcionamiento es el mismo que el del arco, pero ofrece mucha más agilidad en su uso, por lo que puedes hacer un disparo por cada enemigo al que te enfrentes antes de empezar a luchar contra él (aunque forme parte de un grupo de rivales en una misma sección, donde con el arco o la ballesta solo podías disparar al primer enemigo del grupo de oponentes). Su daño es, sin embargo, menor que el que provoca una flecha de arco (en este caso, produces un daño de 1D6 PV por impacto). Además, la cerbatana es muy liviana, por lo que no ocupa VC.

ARMADURAS

Casco (30 CO de coste)

Evita que pierdas 1 PV de daño cada turno de combate donde eres herido. No ocupa VC en tu inventario.

Traje de selkdia (21 CO de coste)

La selkdia es un material de especial elasticidad y resistencia que fue importado al Imperio desde los remotos territorios del este. Los Xún lo empleaban para confeccionar sus ligeros ropajes, con los que podían atravesar distancias enormes gracias a su especial naturaleza. Servían tanto para batallar como para engalanarse, tal es su excelente condición. Este tejido duro es compatible con el resto de armaduras y evita perder 1 PV de daño en cada golpe en combate que sufras **siempre que dicho golpe cause como máximo 3 PV de daño** (en caso de recibir un golpe con un daño superior, la selkdia no te protege).

ARMAS CUERPO A CUERPO

Espada larga de las Brakas (45 CO de coste)

Ofrece un bonificador de +2 a los Puntos de Combate y +0 a la Destreza. No obstante, es incompatible con portar escudo, ya que se trata de un arma a dos manos. Si tienes escudo y espada larga, antes de combatir deberás decidir de cuál de ambos prescindes. Ocupa solo 2 VC en tu inventario debido a su perfecta manufactura.

Hacha de las Brakas (38 CO de coste)

Esta hacha a una mano ofrece un bonificador de +2 a los Puntos de Combate y -1 a la Destreza. Ocupa solo 3 VC en tu inventario debido a su fina manufactura.

Maza novakesa (52 CO de coste)

Esta demoledora arma proveniente de los territorios norteños de la península de Novakia, ofrece un bonificador de +3 a los Puntos de Combate y -2 a la Destreza. Ocupa 3 VC en tu inventario.

Almádena ligera (27 CO de coste)

Esta arma es similar al mazo, salvo por el hecho de que una de las dos caras metálicas al final del mango de madera acaba en pico mientras que la otra es plana. Ofrece un bonificador a los Puntos de Combate variable. Por cada golpe que efectúes, deberás ver si el resultado de tu tirada es par o impar. En caso de ser par, esta arma te otorga +2 a los Puntos de Combate y si es impar te otorga solo +1. Además, ofrece un -1 a la Destreza y ocupa 2 VC en tu inventario.

Una vez hayas finalizado tus compras, **recuerda que estabas en el hexágono F3**. *"Puedes seguir explorando la Feria en la SECCIÓN 413".*

SECCIÓN 729

Estás en la localización L48. Anota que has visitado un nuevo lugar hoy (recuerda que puedes ir a un máximo de 4 sitios cada día; uno menos si anoche te alojaste en la librería de Mattus). También lanza 2D6 para ver si tienes algún encuentro con los matones que os persiguen. Si el resultado es de 7 o más, no te topas con ningún enemigo y puedes seguir leyendo. Si es inferior, debes evitar o vencer a los siguientes tipos que os descubren, para seguir leyendo (los enemigos indicados son los que debes enfrentar en solitario; no se detallan los rivales que atacan a tus compañeros y se considerará que ellos vencerán su combate si tú ganas el tuyo):

ENCAPUCHADO NEGRO 1	Ptos. Combate: +4	PV: 23
ENCAPUCHADO NEGRO 2	Ptos. Combate: +4	PV: 20

Nota: *puedes tratar de evitar el combate si lanzas 2D6 y sumas tu modificador de Destreza obteniendo un 10 o más (si tienes la habilidad especial de Silencioso o de Camuflaje suma +2 por cada una de ellas). Si logras evitar a esos tipos, darás un largo rodeo hasta que puedas quedarte tranquilo y constates que les has dado esquinazo definitivo. Podrás seguir leyendo con normalidad esta sección, pero habrás agotado un tiempo considerable que hará que puedas visitar una localización menos del mapa en el día de hoy (o mañana, si ésta era la última que podías visitar hoy).*

Ptos de Experiencia conseguidos: *6 P. Exp. si vences; 2 P. Exp. si escapas.*

Te diriges hacia uno de los lugares más conocidos de los arrabales situados al este de la Puerta Dorada, más allá de las murallas. Ante ti tienes una posada fortificada con altos muros sobre los que patrullan unos hombres con aspecto de mercenarios.

- *Si tienes la pista RCZ, no sigas leyendo y* <u>*pasa directamente a la SECCIÓN 426.*</u>
- *Si no tienes esa pista, sigue leyendo…*

Más allá de los muros, ves las partes altas de tres edificios que sobresalen en altura, destacando la torre que corona el mayor de ellos. Desconoces la utilidad de esas edificaciones que forman parte del complejo de la posada. Seguramente, ofrezcan los principales servicios que se brindan en el interior del recinto. Un gran cartel cuelga de la única puerta reforzada que permite entrar al interior y en él consta el nombre de "*La posada del Camaleón Braseado*".

- Si deseas entrar en el recinto, es necesario que entregues tus armas a los guardias mercenarios. En ese caso, ten presente que vas desarmado y *pasa a la SECCIÓN 44.*
- Si optas por marcharte de este lugar sin entrar a visitarlo, te disculpas con los guardias y te largas. *Puedes continuar con tu investigación en cualquier otro lugar del mapa.*

SECCIÓN 730

Entonces adviertes que Azrôd no está solo. Le acompaña un tipo de llamativo cabello largo tintado en rojo y recogido en una coleta. Un cabello del mismo color intenso que el de su recortada barba. Viste ropajes caros y es de complexión mucho menos corpulenta que la del azafio, quién parece estar protegiéndole de la avalancha humana mientras le arrastra hacia alguna posible escapatoria.

*Sediento estás por ir tras ellos pero, antes de nada, tendrás que resolver tu situación. Estás en una tesitura verdaderamente comprometida. Haz **cuatro tiradas** consecutivas de 2D6 y suma tu Destreza en todas ellas para intentar esquivar como puedas a la marea humana. Por cada vez que obtengas un resultado igual o inferior a 10, recibes un daño de 1D6 PV por los codazos y empujones que se producen en tu zona. Realiza ahora estas cuatro tiradas antes de seguir leyendo...*

Además, por si lo anterior no fuera poco, de pronto se abalanza sobre ti un aficionado del bando de "Las Ratas" con su arma desenfundada y dispuesto a cobrarse venganza. Lucha ahora por tu vida contra este fanático.

FANÁTICO   Ptos. Combate: +4   PV: 28

Nota para el combate: *al final de cada turno de combate, justo cuando tu rival te ataque, lanza 2D6 y suma tu Destreza. Si obtienes un resultado igual o inferior a 10, tanto tú como tu oponente, recibís un daño de 1D6 PV por los codazos y empujones que se producen en vuestra zona.*

- Si caes derrotado, *ve a la SECCIÓN 446.*
- Si vences, *pasa a la SECCIÓN 630.*

SECCIÓN 731

Estás en la localización L43 del mapa. Antes de seguir, anota en tu ficha que has visitado un nuevo lugar hoy (recuerda que puedes ir a un máximo de 4 sitios cada día; uno menos si anoche te alojaste en la librería de Mattus). No vas a tener que realizar ninguna tirada de encuentros con tus perseguidores para esta localización en concreto.

Vuelves a estar delante del pequeño edificio sucio y destartalado cuyo cartel reza "La rata degollada". La primera vez que estuviste aquí fue tras huir del asalto al barco que efectuaron los encapuchados y los azafios traidores. Jinni conocía al propietario y, en este lugar, encontrasteis descanso por una noche. Entras en la mugrienta posada ante la mirada curiosa de los clientes y la sonrisa desdentada del tabernero que la regenta.

- *Si tienes la pista JUJ, ve a la SECCIÓN 578.*
- *Si no tienes esa pista, ve a la SECCIÓN 991.*

SECCIÓN 732

No hay forma de seguir indagando aquí y no tienes tiempo que perder. Debes continuar con tu investigación. Te diriges a la siguiente localización que te interesa visitar. *Pasa a la SECCIÓN 596.*

SECCIÓN 733   +16 P. Exp.

Haciendo gala de una fuerza imparable, derrumbas a tus oponentes. La ira te domina y la canalizas en destrozar a los centinelas que se te ponen enfrente. Con un brutal golpe, tumbas a otro de los encapuchados que se te ha acercado por el flanco derecho, momento en que otro rival, esta vez un azafio, te embiste.

GUERRERO AZAFIO   *Ptos. Combate: +7*   *PV: 24*

- *Si vences, pasa a la SECCIÓN 1036.*
- *Si caes derrotado, ve a la SECCIÓN 329.*

SECCIÓN 734

Recuerdas tu visita a la zona de las murallas al sudeste de la ciudad y la conversación que tuviste con los famélicos presos que estaban trabajando forzosamente en ellas. En las cárceles interiores de la Fortaleza de la Guarnición es donde se está alistando a los hombres que aceptan borrar a fuego su rostro y alistarse en la Hueste de los Penitentes, esquivando así sus condenas. Sería muy interesante tratar de averiguar algo más al respecto ahí dentro… *Sigue en la SECCIÓN 969.*

SECCIÓN 735

Lo que pasa en los siguientes minutos es auténticamente lamentable. Intentas mantenerte al margen mientras simulas que estás de parte de la turba exaltada. Ves cómo los enaltecidos fanáticos domatistas apalean hasta dejar inconsciente al hebrita. Además, golpean hasta acabar con la vida del guardaespaldas norteño, que valientemente les había hecho frente con su espada bastarda acabando con tres chipras antes de caer malherido. Los chipras escupen en su cadáver y le tachan de hereje por haberse vendido por dinero a un sectario del hebrismo. Y lo peor de todo es que dos guardias meribrianos, que pasaban casualmente por aquí, se han dado la media vuelta y se han largado como si nada pasara.

Cuando, por fin, la orgía de sangre acaba, el gordo líder os obliga a acompañarles hasta el sótano de una vecina tienda de bebidas, donde depositan el cadáver del norteño, el cuerpo inconsciente del hebrita y los restos de sus camaradas caídos.

Es en este sucio lugar, donde averiguas que el hebrita al que han interceptado los fanáticos es un miembro de la Gran Biblioteca de la ciudad, un refutado cronista que, a juicio de estos tipos, está tergiversando la historia reciente para borrar el asesinato del Emperador Mexalas, padre de Wexes, por parte de los de su raza, es decir, de los hebritas. En opinión de estos exaltados, no es cierto el chismorreo que se está extendiendo en el que se desmiente que los hebritas fueran los causantes de esa muerte. Parece ser que este rumor afirma que, en realidad, fueron los conspiradores aquilanos quienes estuvieron detrás del envenenamiento de Mexalas, pero que culparon a los hebritas mediante una fuerte propaganda. En opinión de estos fanáticos, los hebritas adulteran la historia para mejorar sus posibilidades de recobrar un sitial en el Consejo de Tol Éredom, lo que para ellos supone una auténtica aberración.

Haciendo uso de toda la falsedad que puedes reunir, agradeces la invitación "a la fiesta", pero te disculpas diciendo que tienes asuntos que requieren de tu atención y tienes que marcharte. Apenas nadie escucha tus palabras de excusa, puesto que en estos momentos están más centrados en abrir los barriles de vino que hay en el sótano y empezar a bramar y emborracharse.

Pero, para tu desgracia, cuando ya estás a punto de alcanzar las escaleras para subir a la tienda, un brazo te agarra con fuerza. Antes de girarte y ver quién es, un aliento nauseabundo se adelanta y te asquea. Es el gordo líder.

- No vayas tan deprisa amigo. No me has demostrado aún que participas en la fiesta.

- ¿Qué quieres decir? – preguntas.

- No soy imbécil. Me he fijado en ti y tus amigos. Ni siquiera habéis tocado al hebrita. Tengo algo pensado para ti que le gustará mucho a mis chicos... - su sonrisa de sucios dientes es lo único en lo que te fijas.

Sigue en la SECCIÓN 949.

SECCIÓN 736

Lanza 2D6 y suma tu modificador de Destreza para seguir a esos tipos desde la distancia sin que te descubran (si tienes la habilidad especial de Camuflaje, suma +2 extra a la tirada):

- *Si el resultado está entre 2 y 9, <u>sigue en la SECCIÓN 298.</u>*
- *Si está entre 10 y 12, <u>ve a la SECCIÓN 29.</u>*

SECCIÓN 737

Estás en el hexágono F12.

- *Si tienes la pista TFF, no tienes nada que hacer aquí y no sigas leyendo. **Recuerda que estabas en el hexágono F12**. "<u>Puedes seguir explorando la Feria en la SECCIÓN 413</u>".*
- *Si no tienes esa pista, sigue leyendo...*

Llegas a tiempo para inscribirte en un particular torneo que está a punto de empezar en este rincón de la Feria. Hay una gran expectación entre el público presente mientras el maestro de ceremonias se desgañita anunciando el gran evento que va a arrancar. Se trata de un concurso de pulsos en el que van a participar mozos de toda naturaleza y condición con el objetivo de ganar su pequeña cuota de fama y, de paso, un buen puñado de coronas de oro. A su vez, el público presente va a aprovechar la gran ocasión para hacer apuestas sobre su candidato favorito. El griterío y el alborozo es especialmente agudo aquí y tus oídos se resienten. Aunque esto no es nada comparado con la fuerte impresión que sufres al detectar, entre el público, a un personaje que no merece ninguno de tus respetos. Es Döforn, capitán del *Serpiente Dorada,* el hombre que te juzgó en la cubierta del barco y que, a posteriori, huyó cobardemente en uno de los botes ante el inesperado y violento asalto de los juvis.

Controlas tu impulso de acercarte y darle su merecido. Hay demasiada gente aquí y además parece que Döforn ha hecho nuevos amigos. Está bebiendo cerveza con ellos y está listo para apostar en el torneo que está a punto de arrancar.

- *Si quieres participar en el torneo de pulsos, donde están en juego ni más ni menos que 50 CO, <u>ve a la SECCIÓN 238.</u>*
- *Si crees que no tienes nada que hacer aquí. **Recuerda que estabas en el hexágono F12**. "<u>Puedes seguir explorando la Feria en la SECCIÓN 413</u>".*

SECCIÓN 738

Con los petates preparados y listos ya para entrar en acción, pero aún en el sótano de la librería, extiendes el mapa de Tol Éredom que Mattus te ha dado. El librero está arriba en la tienda atendiendo a sus clientes, pero su hijo está aquí contigo, al igual que Gruff y Zanna.

***

Instrucciones de uso del mapa de Tol Éredom:

En las páginas finales de este libro, dispones del mapa de la gran ciudad que te ha dado el librero. Puedes fotocopiarlo sin problemas o descargarlo en la web www.cronicasdeterragom.com para imprimirlo y hacer tus anotaciones a medida que la investigación avance.

La forma de emplearlo es sencilla. Verás que en el mapa hay ubicados un buen número de lugares, cada uno de ellos representados por un círculo dentro del cual está la letra "L" seguida de un número: L1, L2, L3, L4, L5,… y así sucesivamente hasta el último lugar. Pues bien, cada uno de esas localizaciones esconde el número de una sección del librojuego donde se detallan los sucesos, vivencias y averiguaciones que vas a tener en esa localización en concreto. A medida que vayas avanzando en tu investigación, y en función de las decisiones que vayas tomando, los sitios que visites, los sucesos que te ocurran, el día en que te encuentres y las pistas que consigas, se irán desbloqueando ciertas localizaciones del mapa y podrás saber el número de sección que esconden. En una de ellas se encuentra Sígrod, al que debes encontrar y liberar antes de que haya muerto.

Piensa bien en cada momento y en función de lo que ya hayas podido averiguar con anterioridad, qué sitio te conviene visitar de los que ya hayas desbloqueado (es decir, de los que conozcas el número de sección correspondiente). Esto es crucial puesto que, como sabes, estás en una pelea contra el tiempo y debes tener en cuenta que, como máximo, cada día vas a poder visitar un máximo de 4 localizaciones (cuando alcances ese número, deberás sumar un día a tus dos contadores de tiempo y tendrás que marchar a una posada o a la librería de Mattus a descansar).

Podrás visitar un nuevo lugar de los que tienes desbloqueados sólo cuando el texto te indique "Puedes continuar con tu investigación en otro lugar del mapa".

En lo que se refiere al alimento, cuando sumes un día a tus contadores de tiempo, como siempre deberás comer para no perder 5 PV y recuperar esa misma cantidad de PV perdidos. En caso de que te alojes en una taberna, tendrás que pagar 2 CO por la cena y otras 4 CO por el hospedaje. En caso de marchar a casa de Mattus, la manutención y refugio no tendrán coste alguno. Podrías pensar en este punto que siempre conviene alojarse pues en casa del librero, pero debes tener en cuenta que, cuando lo hagas, el día siguiente **podrás visitar una localización menos** que los días donde previamente te hayas alojado en posada. Esto representa el hecho de que, cuando te desplazas hasta la librería de Mattus (ubicada cerca del extremo oeste de la ciudad), pierdes un tiempo considerable atravesando el laberinto de calles hasta alcanzar este refugio, así como regresando de nuevo a tus investigaciones al día siguiente. Esta pérdida de tiempo hace que puedas visitar, por tanto, menos lugares que si te hubieras alojado en una taberna cercana a tu ubicación para reanudar rápidamente las indagaciones al día siguiente. No te preocupes por memorizar estas reglas, ya que la *"FICHA DE INVESTIGACIÓN"* que vas a usar a partir de ahora, y que tienes disponible al final del libro y en **www.cronicasdeterragom.com,** te lo recuerda.

Una cosa importante que debes saber acerca del mapa es que cada una de las localizaciones que visites esconde un riesgo más o menos elevado de que te topes con alguno de los matones que están batiendo la ciudad en vuestra búsqueda. Por ello, justo al inicio del texto de la sección que hay detrás de cada una de las localizaciones, verás que se te indica que efectúes una tirada de 2D6 para ver si sufres algún encuentro con estos malhechores. Si superas la tirada no ocurrirá nada y podrás leer el texto de la sección con normalidad. Pero, si no superas la tirada, deberás enfrentarte (o intentar evitar si así lo permite la sección) a un número determinado de estos matones tal como se te indicará en el texto. Sólo cuando logres vencerlos (o en algunas veces, si así lo indica el texto, evitarlos), podrás seguir leyendo con normalidad el resto de la sección correspondiente a la localización que habías visitado. Si pierdes el combate, tu investigación habrá acabado y deberás volver a empezar desde un lugar de despertar.

Instrucciones acerca de la anotación de las Pistas durante la investigación:

Al igual que con el cómputo del tiempo, donde has creado una cuenta paralela a la que venías llevando hasta ahora, con las Pistas deberás hacer lo mismo. A partir de este punto y hasta que no localices a Sígrod, todas las pistas que encuentres tendrás que anotarlas en la *"FICHA DE INVESTIGACIÓN"* y no en tu ficha de personaje. Esto es así porque, a diferencia de las pistas que ya tenías hasta ahora, estas nuevas pistas se pierden en caso de que mueras y tengas que regresar a un lugar de despertar (tendrás que volver a conseguir de nuevo todas las pistas que conseguiste desde que alcanzaste ese lugar de despertar del que reinicias la partida). Por ello, te recomiendo que le hagas una foto con tu móvil a la *"FICHA DE INVESTIGACIÓN"* donde llevas el **nuevo cómputo de pistas** cada vez que alcances un nuevo lugar de despertar y también que anotes la sección de dicho lugar de despertar bien claro. De esta forma, si mueres y tienes que volver a un lugar de despertar en concreto, podrás "resetear" las pistas a las que tuvieras en el momento en que llegaste por primera vez a ese lugar de despertar y, a partir de ahí, volver a ir coleccionando pistas que has perdido y otras nuevas que puedas conseguir.

***

Le pides al hijo de Mattus que os señale en dicho mapa las ubicaciones más importantes de la ciudad, así como sus principales barrios. También le preguntas por una serie de sitios que, por las conversaciones que has mantenido en los días previos con Zanna y Mattus, pueden resultar ahora de interés para la investigación.

En este momento, gracias a las indicaciones del hijo de Mattus, se desbloquean las siguientes 25 localizaciones del mapa:

DEFENSAS DE LA CAPITAL
L1 -> SECCIÓN 781 – La fortaleza de la guarnición de la ciudad
L2 -> SECCIÓN 230 – Las imponentes murallas exteriores de la ciudad

LOS DOS PUERTOS Y LA RÍA
L3 -> SECCIÓN 106 – Barco Rompeaires y Puerto Oeste
L4 -> SECCIÓN 947 – Puerto Este
L5 -> SECCIÓN 755 – El viejo barrio del Puerto Oeste

EL DISTRITO DE ERUDITOS Y RELIGIOSOS
(es en el que te encuentras y el que mejor conoce el hijo del librero, por ello dispones de más localizaciones al inicio)
L6 -> SECCIÓN 2 – La Colina de los Templos
L7 -> SECCIÓN 835 – La Gran Catedral Domatista Wexiana
L8 -> SECCIÓN 61 – Santuario hebrita al que no lograsteis entrar porque fuisteis asaltados en su puerta antes de dirigiros a la librería de Mattus
L9 -> SECCIÓN 335 – El viejo cementerio del Hebrismo
L10 -> SECCIÓN 1001 – La librería de Mattus

DISTINTOS BARRIOS Y DISTRITOS DE LA CIUDAD
L11 -> SECCIÓN 651 – Los arrabales (barrios bajos más allá de las murallas)
L12 -> SECCIÓN 62 – Barrio del Norte, zona residencial de clase media-baja
L13 -> SECCIÓN 457 – Barrio Noroeste, similar al anterior
L14 -> SECCIÓN 928 – Distrito del Argolle, zona de clase media, artesanos menores y pequeños burócratas
L15 -> SECCIÓN 417 – El Distrito de las Artes y los Saberes

EL DISTRITO DE LOS MERGUESES
L16 -> SECCIÓN 123 – Visitar el Barrio de los Mergueses a nivel general
L17 -> SECCIÓN 1013 – Arrabal de Intramuros, en extremo este de la ciudad
L18 -> SECCIÓN 809 – La sede del Banco Imperial

LAS TRES GRANDES PLAZAS
L19 -> SECCIÓN 424 – Feria que se está celebrando según el hijo del librero
L20 -> SECCIÓN 955 – El Torneo que se va a celebrar según dice el joven
L21 -> SECCIÓN 982 – La plaza de las Asambleas

EL DISTRITO IMPERIAL
L22 -> SECCIÓN 891 – Palacios de la nobleza y el alto funcionariado, embajadas y legaciones y los Grandes Jardines
L23 -> SECCIÓN 107 – La excelsa Vía Crixteniana
L24 -> SECCIÓN 723 – Mansión del Consejero Tövnard
L25 -> SECCIÓN 961 – Palacete del Consejero Rovernes

- *Sólo si tienes la pista DJT, ve a la SECCIÓN 539 y regresa aquí de nuevo.*

No sabes por dónde tirar. Te sientes verdaderamente perdido y abrumado por el reto que tienes delante. No muchos de esos sitios te dicen algo ahora, lo cual te genera una pesada sensación de angustia. Necesitas recabar información para poder progresar y centrar más el tiro, aunque hay varios lugares donde le ves sentido empezar a indagar.

Anota los números de las secciones correspondientes a cada una de esas localizaciones y decide dónde quieres iniciar tu investigación visitando la primera de ellas. ¡Adelante! "Puedes continuar con tu investigación en otro lugar del mapa".

SECCIÓN 739 – Anota la Pista BUR

Al hablar con Elaisa, constatas que está eufórica por la marcha de su marido Tövnard a la lejana Valdesia para dar cumplimiento del mandato del Consejo de Tol Éredom. Está doblemente feliz por este hecho, dado que inicialmente todo apuntaba a que el encargado de realizar dicha misión diplomática fuese su amante Rovernes. Su encanto seductor está elevado a su máxima expresión, potenciado por esta desbordante alegría que desprende. Elaisa estaba muy preocupada por que su marido, el consejero Tövnard, descubriese el romance secreto que mantiene con el apuesto Rovernes, además su principal rival en el Consejo de Tol Éredom. La mujer temía represalias de su esposo en caso de ser destapada la infidelidad amorosa, pero ahora ese riesgo parece disiparse por la obligada marcha de Tövnard al extranjero.

Es evidente que Elaisa no quiere a su marido Tövnard, al que se refiere con palabras como "bajo feúcho con una horrible narigona" o "pequeño déspota impotente". Al parecer, la mujer se casó con él para abandonar su anterior vida como prostituta. Unirse en matrimonio con un consejero le permitió salir del burdel y tener una mejor vida, pudiendo elegir además con quién yacer en la cama para dar rienda suelta a su evidente apetito sexual. *Durante la explicación en la que la mujer se desahoga y se sincera contigo, desbloqueas la localización L44 del mapa donde se encuentra el burdel en el que trabajó Elaisa - SECCIÓN 1016).*

Pero no has venido con intenciones lujuriosas sino para averiguar algo que te pueda servir de ayuda. Además, en ningún momento le confiesas que Tövnard es uno de tus aliados más fuertes en la ciudad, ya que no sirve de nada poner a la mujer en guardia.

- *Si no tienes la pista HIC, ve a la SECCIÓN 382.*
- *Si ya dispones de esa pista, no averiguas nada más aquí y puedes continuar con tu investigación en cualquier otro lugar del mapa.*

SECCIÓN 740

Estás en la localización L41 del mapa. Antes de seguir, anota en tu ficha que has visitado un nuevo lugar hoy (recuerda que puedes ir a un máximo de 4 sitios cada día; uno menos si anoche te alojaste en la librería de Mattus). No vas a tener que realizar ninguna tirada de encuentros con tus perseguidores para esta localización en concreto.

Cerca de la lonja del Puerto Este, la *Casa de las Sociedades Marinas* está ubicada en un inmenso edificio coronado por una cúpula acristalada repleta de filigranas y con bellas columnas en su fachada. Un emblema luce en sobre el umbral de su gran entrada, en el que ves unos pesos, monedas y navíos haciéndose a la mar.

Por lo que has podido averiguar, en palabras de Zanna, antes de venir aquí, en este lugar se realiza una actividad económica que desconocías y que apenas puedes entender en su totalidad. Parece ser que, dentro de esas ornamentales paredes, no se negocia con productos físicos como los que puedes encontrar en cualquier mercado. Ahí dentro se negocia con humo, o al menos así te lo parece. Dicho de otra forma, se especula con las expectativas de futuros ingresos asociados a expediciones de navíos que se hacen a la mar en busca de nuevas rutas comerciales que nutran de productos exóticos al Imperio. Todo aquel que lo desee y tenga el dinero disponible para ello, puede comprar participaciones de las ganancias futuras que esas misiones navieras puedan conseguir a su regreso o, por el contrario, perder todo el oro invertido en caso de que la expedición fracase en su cometido o incluso no regrese a puerto jamás.

Por lo que te ha comentado Zanna, esas expediciones potencialmente muy lucrativas implican, por el contrario, grandes inversiones económicas y la asunción de fuertes riesgos, lo que propició que surgieran, hace poco más de una década, estas Casas de Sociedades Marinas en las que los especuladores pueden mutualizar beneficios y riesgos. Zanna comenta que estas Casas están ya implantadas en algunas de las más grandes ciudades costeras como Tol Éredom, Tirrus, Meribris y Tarros.

Ya te parece bastante estrambótico el concepto en sí, pero lo que te deja totalmente perplejo es el hecho de que puedes revender a otro comprador esas participaciones en las que has invertido, antes incluso de que la expedición para la que estaban suscritas regrese a puerto y se desconozca si acabará en éxito o no. De esta forma, puedes obtener unas ganancias si logras colocar esas participaciones a un precio mayor a las que las compraste o, en caso de no hacerlo, esperar a conocer el destino final de la expedición, repartiendo entonces los beneficios que ésta genere a su regreso con las mercancías que haya traído desde lugares tan lejanos como Valdesia, el lejano sur de Azâfia y otros territorios que sólo has escuchado en crónicas y leyendas.

Nota de juego: *si deseas entrar a una Casa de Sociedades Marinas para invertir parte de tus ahorros, el acceso a la misma te costará 1 CO. Una vez dentro, puedes comprar participaciones por el importe que consideres. Anota esa cuantía en tu ficha de PJ y cada vez que visites la ciudad de Tol Éredom, Tirrus, Meribris o Tarros, puedes hacer un lanzamiento de 2D6 y ver qué ha sucedido con tus participaciones:*

- *Si el resultado **es 2 o 3**, pierdes todo lo invertido dado que la expedición marina fracasó. Tacha tus participaciones de tu ficha ya que no vas a poder conseguir ya nada de ellas.*
- *Si el resultado **es 4**, tus participaciones pierden ahora un 50 % respecto al último valor que tuvieses anotado para ellas. Puedes venderlas a ese importe (todas o parte de ellas) o seguir manteniéndolas para seguir especulando.*
- *Si el resultado está **entre 5 y 7**, tus participaciones siguen teniendo el mismo valor que el último que anotaras para ellas. Puedes venderlas a ese importe (todas o parte de ellas) o seguir manteniéndolas para seguir especulando.*
- *Si el resultado **es 8 o 9**, tus participaciones valen ahora un 25 % más que el último valor que tuvieses anotado para ellas. Puedes venderlas a ese importe (todas o parte de ellas) o seguir manteniéndolas para seguir especulando.*

- *Si el resultado es 10 u 11, tus participaciones valen ahora un 50 % más que el último valor que tuvieses anotado para ellas. Puedes venderlas a ese importe (todas o parte de ellas) o seguir manteniéndolas para seguir especulando.*
- *Si el resultado es 12, tus participaciones valen ahora un 100 % más que el último valor que tuvieses anotado para ellas. Puedes venderlas a ese importe (todas o parte de ellas) o seguir manteniéndolas para seguir especulando.*

Entre una visita y la siguiente a una Casa de Sociedades Marinas, para poder efectuar la anterior tirada, deben pasar como mínimo 5 días. Nótese que puedes volver a esta misma Casa ubicada en Tol Éredom o, aunque no lo indique el texto, visitar una Casa de Sociedades si pasas por las ciudades indicadas anteriormente (recuerda que cada acceso a una Casa te costará 1 CO). En cada visita, puedes adquirir también nuevas participaciones aumentando así tu bolsa especulativa en expediciones marítimas.

Ten presente también que cada revalorización en tus participaciones se calcula sobre el último valor que las mismas tuvieran. Por ejemplo, imaginemos que decides invertir 50 CO en participaciones de la Casa de Sociedades Marinas de Tol Éredom; pasan 5 días y decides regresar aquí para ver cómo ha evolucionado su valor, lanzas 2D6 y obtienes un 10, con lo que las participaciones se revalorizan un 50 % y pasan a valer 75 CO; entonces pasan otros 5 días y vuelves a tirar 2D6 y obtienes un espectacular 12, con lo que las participaciones se revalorizan un 100 % respecto a su último valor, que era 75 CO, por lo que pasan a valer ahora 150 CO; habrías ganado la friolera de 100 CO en 10 días apostando 50 CO (aunque todo se hubiera ido al garete de salir un resultado de 2 o 3 en los dados).

Es recomendable que anotes el número de esta sección en tu ficha de PJ para poder regresar aquí y consultar la mecánica de la compraventa de participaciones siempre que lo necesites. Decide ahora qué haces con tus ahorros y, tras ello, <u>puedes continuar en cualquier otro lugar del mapa</u>.

SECCIÓN 741

Un heraldo anuncia la entrada de una carismática mujer de cuerpo delgado, cabellos blancos y pasos decididos, aunque renqueantes, debido a una leve cojera en su pierna izquierda. La Señora va seguida de un hombre, ya en edad adulta, pero que no ha abandonado aún su rol de hijo para convertirse en un auténtico hombre. Todos los consejeros presentes y sus escribas se levantan de sus sitiales en señal de respeto, mientras que sus guardaespaldas se cuadran firmes, algo que tú también haces, para recibir al Emperador Wexes y a Déuxia Córodom, su honorable madre. *Pasa a la SECCIÓN 9.*

SECCIÓN 742

Tus pasos te han llevado hasta aquí tras haber interactuado con los chipras fanáticos seguidores de *"Las Ratas"*. Quizás puedas averiguar algo más sobre *"Los Cerdos"* si los tanteas de tú a tú sobre el terreno en el que se concentran. *Ve a la SECCIÓN 158.*

SECCIÓN 743

Registras las estanterías y los libros que hay tirados por el suelo sin encontrar nada de interés para tu misión. Se trata de tratados diversos de cartografía, heráldica e historia, así como cartas de navegación que no te son de utilidad ahora. Decides no perder más tiempo y sigues explorando la habitación. *Vuelve a la SECCIÓN 970.*

SECCIÓN 744

Imágenes inconexas de distintos momentos de tu vida se apoderan de tu enfebrecida mente. Notas cómo la vitalidad se te escapa, segundo a segundo, y sientes una terrible rabia por haber fracasado en este momento y en este lugar. No tienes tiempo para muchos más lamentos, das un par de mandobles ciegos al aire, sin notar carne alguna a la que ensartar. Finalmente, la visión se nubla del todo y caes de rodillas, resistiéndote a morir, pero entregándote al fin a tu fatal destino.

FIN – si tienes algún punto de ThsuS, "Todo habrá sido un Sueño" y podrás retomar la aventura desde el Lugar de Despertar que desees entre los que tengas anotados en tu hoja de personaje. Si no es así, debes comenzar de nuevo desde el principio o desde algún Lugar de Despertar Especial que tengas. **Recuerda resetear, en tu FICHA DE INVESTIGACIÓN, tus dos cuentas de tiempo y las pistas conseguidas a las que tuvieras cuando llegaste a ese Lugar de Despertar del que reinicias.**

SECCIÓN 745

A pesar de que ya tenéis los importantes papeles que fuisteis a rescatar en el *Rompeaires*, Zanna se te adelanta y, antes de que puedas decir nada, niega al librero que os hayáis hecho con ellos. La chica está ocultando de forma deliberada este hito para asegurarse que Mattus siga colaborando activamente con vosotros. Esperas que el librero no haya descubierto tu cara de sorpresa al comprender la estratagema de Zanna... *Ve a la SECCIÓN 103.*

SECCIÓN 746

Efectúas un examen superficial del lugar intentando no llamar demasiado la atención, algo que no te resulta especialmente complicado de conseguir en lo que respecta a los clientes que, en este momento, aquí se encuentran (es obvio que tienen mejores cosas que hacer y también te beneficias de la tenue iluminación del local, estudiada para ofrecer confidencialidad a los presentes). Tratas de dar con alguien que pudiera conocer a Elaisa y su pasado como prostituta en este sórdido lugar. Alguien que pueda darte algo más de información acerca de quién es realmente ella.

Vas a depender de tus habilidades sociales y de persuasión para lograr tu objetivo. Te acercas a una de las chicas que está en la zona de la barra y que en estos momentos no atiende a ninguno de los clientes, con tal de preguntarle por Elaisa. *Haz una tirada de 2D6 y suma tu modificador de Carisma (si tienes la habilidad especial de Don de gentes, suma +1 extra):*

- *Si el resultado total está entre 2 y 8, pasa a la SECCIÓN 63.*
- *Si está entre 9 y 12, sigue en la SECCIÓN 169.*

SECCIÓN 747

- *Si NO tienes la pista SDE, ve a la SECCIÓN 563.*
- *Si ya tienes esa pista, ve a la SECCIÓN 120.*

SECCIÓN 748

Los días pasan hasta contarse por semanas. Regresas a la rutina en la granja y a una vida que ya casi habías olvidado. Como cada tarde durante esos días, mientras descansas de la agotadora jornada de trabajo, tu mente viaja de nuevo a ella. No puedes olvidarla. Zanna está en la tierra, en las plantas y en el cielo. Está en todas partes. Incluso en esa pequeña abeja cuyo vuelo sigues hasta que se acerca a Toc, el manso mulo que, de pronto, se asusta topando con el hermano gruñón de Gruff, que se da una buena panzada contra las cebollas plantadas. Pequeñas cosas que provocan efectos en cadena difíciles de predecir. "¿Qué consecuencias tendrás pues todos mis actos realizados?", reflexionas...

Muchos se conformarían con una existencia plácida como la que a ti se te presenta, si la guerra o imprevistos no tiñen de negro un futuro que parece claro. Pero las almas inquietas como tú, no tienen suficiente con eso. Necesitan alimentarse de retos y sentir que recorren un camino que otros no transitan. Haces ver tus inquietudes a Gruff, una de las tardes tras el trabajo, y él te contesta con una sonrisa. Quizás ha llegado la hora de partir de nuevo y seguir dejando tu huella en el vasto mundo de Térragom,... aunque esto ya forme parte de otra historia... *Ve a la SECCIÓN 224.*

SECCIÓN 749

Estás en la localización L69 del mapa. Antes de seguir, anota en tu ficha que has visitado un nuevo lugar hoy (recuerda que puedes ir a un máximo de 4 sitios cada día; uno menos si anoche te alojaste en la librería de Mattus). No vas a tener que realizar ninguna tirada de encuentros con tus perseguidores para esta localización en concreto.

- *Si tienes la pista PAA, ve a la SECCIÓN 141 sin seguir leyendo.*
- *Si no la tienes, sigue leyendo...*

Desde una distancia prudencial, observas la coqueta casa en el Barrio de los Mergueses que coincide con la descripción que te dio el mercader Hóbbar.

- *Si ésta es la última localización que vas a visitar hoy, ve a la SECCIÓN 170 (aunque te queden más localizaciones, puedes desecharlas dando ahora por finalizado el día con esta localización en la que estás).*
- *Si no es la última localización, ve a la SECCIÓN 141.*

SECCIÓN 750

Reaccionas a tiempo para esquivar la primera embestida de tus oponentes y desenvainas tu arma dispuesto al combate. *Pasa a la SECCIÓN 908.*

SECCIÓN 751 – Anota la Pista VTA y suma 25 P. Exp.

Nada mejor que la mención de unos papeles que le comprometen seriamente, en caso de ser descubiertos, para que el inteligente Consejero se deje pronto de formalismos, entre a tratar de pleno la situación y se ofrezca a ayudaros.

Los hebritas, por mediación del librero y el escriba, habían llegado a un acuerdo secreto con Tövnard para ganar influencia en el Consejo de Tol Éredom. El objetivo del Gremio de Prestamistas de Meribris es conseguir al menos un sitial en dicho Consejo y Tövnard está dispuesto a hacer presión para que los hebritas entren en el mismo, a cambio de apoyo económico para ampliar sus fuerzas militares. Unas fuerzas con las que pretende intimidar a su rival político dentro del órgano que rige los destinos del Imperio: el Consejero Rovernes.

Efectivamente sería de una gravedad extrema el que pudieran descubrirse esos documentos en los que consta explícitamente un pacto entre Tövnard y los hebritas para influenciar al Consejo en favor de los segundos y para hacer caer en desgracia a otro Consejero del Emperador como es ese tal Rovernes. Afortunadamente esos papeles ya están a buen recaudo, los rescataste cuando volviste al *Rompeaires*, pero eso es un pequeño detalle que no ves necesario compartir con el preocupado consejero... ***Recuerda anotar la importante pista VTA y*** <u>*sigue en la SECCIÓN 652.*</u>

SECCIÓN 752

A tu pregunta acerca de la Guardia Meribriana, la chica comenta que se trata de una compañía mercenaria a sueldo del Gremio de Prestamistas. En su mayor parte está compuesta por azafios arameyos y son la guardia tradicional de la ciudad, la que históricamente la ha protegido de las incursiones de los nómadas del desierto. En definitiva, son el brazo armado regular del Gremio que gobierna esa ciudad mercantil ahora también afectada por la guerra y por lo peligroso que se ha tornado el mar de Juva, no sólo por los ataques de los juvis, sino también por la sangre de los muertos en combate que está atrayendo hasta esas aguas a criaturas marinas tan horribles como los fothos...

Entendidas las explicaciones de Zanna, debes pensar ahora cómo continuar indagando...

- *"¿Qué habrá sido de Sígrod? ¿Crees que estos bandidos habrán acabado con su vida?"* - <u>*Ve a la SECCIÓN 384.*</u>
- *"¿Quiénes estarían interesados en atacar a Sígrod y quedarse con el cofre que aún llevo conmigo? ¿Sabes quiénes podrían estar detrás del asalto que sufrimos ayer?"* - <u>*Ve a la SECCIÓN 275.*</u>
- *"Entendido. Me gustaría cambiar de asunto".* - <u>*Ve a la SECCIÓN 850.*</u>

SECCIÓN 753   + 15 P. Exp.

Tövnard te informa de un evento de interés donde él podría ejercer su influencia para que estuvieses presente. Asistirías como guardaespaldas de su escriba Élvert, que acudirá al mismo en calidad de su representante, dado que obviamente él ya no va a poder estar allí al tener que abandonar la ciudad cumpliendo el mandato del Consejo. Gracias a ello, podrías indagar de primera mano en las altas esferas de la ciudad y quizás obtener alguna información relevante para tu investigación.

*Se trata de la próxima Cena de Gala en honor del cumpleaños de la madre del Emperador, que va a celebrarse en los Jardines Imperiales el **día 20** del "contador de tiempo de la investigación".*
Desbloqueas la localización L83 del mapa - SECCIÓN 958.

Anota la fecha y el lugar en tu ficha para tenerlo en cuenta y visitarlo si lo estimas oportuno para tu investigación.

- **Si no tienes la pista RRT** y deseas averiguar algo más de la rivalidad política histórica entre Tövnard y el consejero Rovernes, *pasa a la SECCIÓN 330 y regresa de nuevo aquí para seguir leyendo* (anota el número de esta sección antes de ir para no perderte).
- Si crees que ya sabes lo suficiente o si ya has leído la anterior sección, *pasa a la SECCIÓN 17.*

SECCIÓN 754

Parece que no has llegado en buen momento. Eres incapaz de conseguir que alguien te atienda. El personal que trabaja para el Consejero Tövnard en su gran mansión está muy atareado y no tiene tiempo para ti. Finalmente, los guardias te "invitan" a regresar en otro momento. *Haz una tirada de 2D6 y suma tu modificador de Inteligencia:*

- Si el resultado total está entre 2 y 7, piensas que no tienes nada más que hacer aquí y *puedes continuar con tu investigación en otro lugar del mapa.*
- Si está entre 8 y 12, *ve a la SECCIÓN 967.*

SECCIÓN 755

Estás en la localización L5 del mapa. Antes de seguir, anota en tu ficha que has visitado un nuevo lugar hoy (recuerda que puedes ir a un máximo de 4 sitios cada día; uno menos si anoche te alojaste en la librería de Mattus). No vas a tener que realizar ninguna tirada de encuentros con tus perseguidores para esta localización en concreto.

Te diriges hacia este viejo barrio tan vinculado al Puerto Oeste.

- Si no tienes la pista PTE, *ve a la SECCIÓN 632 y regresa de nuevo aquí para seguir leyendo* (anota el número de esta sección para no perderte al regresar).
- Si ya tienes esa pista, *sigue en la SECCIÓN 549.*

SECCIÓN 756   +50 P. Exp.

¡Aún no puedes creerlo! ¡Has logrado vencer a la bestia azafia! El gigante escupe sangre mientras su cuerpo se retuerce en espasmódicos movimientos hasta que exhala su aliento final. ¡Has vencido! ¡Azrôd ha caído! Entonces te giras y ves a tus compañeros llegar hasta ti. Es un verdadero milagro, pero han logrado acabar con sus oponentes y, a pesar de sus patentes heridas, todos ellos siguen con vida.

Sin tiempo para celebraciones, diriges tu mirada hacia ese hombre de nariz aguileña y cuerpo poco acostumbrado al esfuerzo físico, cuyos ojos ya no se muestran perspicaces, sino poseídos por el terror. Un hombre cuyo poder e influencia ahora de nada le valen. Avanzas arma en mano hacia Edugar Merves, Consejero de los Caudales, Gobernador del Banco Imperial y responsable de la trama contra los hebritas... *Sigue en la SECCIÓN 101.*

SECCIÓN 757

Zork empuja al viejo y se abalanza a toda prisa hacia la parte trasera de la casa. Sin saber bien por qué, le sigues a la carrera, seguido de Gruff, dejando al viejo Úver atrás reponiéndose del sobresalto. Y es justo cuando llegas a la ventana abierta de la habitación que da al norte, por la que has visto a Zork escapar, cuando oyes un fuerte estruendo a tus espaldas proveniente de la entrada principal. Un portazo y las voces de varios hombres con acento extranjero delatan que han entrado en la casa. Su acento gomio te deja de piedra.

Cuando pisas la hierba tras saltar la ventana, una mano te agarra. Está a dos palmos de ti y te indica que calles y le acompañes. Junto a Gruff, sigues a Zork hacia el bosque, que está a unos doscientos metros al norte de la casa. *Ve a la SECCIÓN 13.*

SECCIÓN 758

- *Si tienes la pista ONL, pasa a la SECCIÓN 648.*
- *Si no la tienes, ve a la SECCIÓN 459.*

SECCIÓN 759

El interior de la catedral es inmenso. Fieles y monjes lo pueblan, cada uno inmerso en sus oraciones o quehaceres. Vas a tener que confiar en tu suerte para intentar encontrar a algún religioso que te atienda y además esté dispuesto a darte información acerca de tus pesquisas.

- *Si posees la pista TDW, tienes suerte automática. En este caso ve a la SECCIÓN 470.*
- *Si no tienes la pista anterior, pasa a la SECCIÓN 135.*

SECCIÓN 760 – Anota la Pista NAL

Dejándote llevar por tus impulsos irrefrenables, sigues a la mujer y entras en la pequeña salita tenuemente iluminada por unas pocas velas. La dama cierra la puerta y se gira para verte. Roza de forma sugerente su amplio escote con dos de sus dedos y sus mullidos labios describen una sensual sonrisa antes de decirte...

- Aunque ardo en deseos, este no es un buen lugar para ello. Ven esta noche a mi casa y demos rienda suelta a nuestros anhelos. Mi alcoba desea acoger a un fogoso amante como sin duda debes ser tú. Ah,... me llamo Elaisa... – la mano de la señora recorre tu entrepierna durante unos segundos en los que te indica la dirección de su residencia, notas cómo el desenfreno se apodera de ti y ardes de pasión incontrolada; pero de pronto la damisela sonríe de forma pícara y se aparta, sale de la estancia y te deja ahí, esclavo de su hechizo y cómo si no hubiera pasado nada.

"¿Debería dejarme llevar por mis impulsos irrefrenables y tener una noche de alcoba en casa de esa damisela?", te preguntas mientras tratas de dominar tu alteración.

*Decidas o no ir, anota ahora la dirección que te ha dado de su residencia en el Barrio de los Mergueses (**Desbloqueas la localización L70 del mapa - SECCIÓN 789**). Recuerda anotar la pista NAL y ve a la SECCIÓN 542.*

SECCIÓN 761

El gordo borracho lucha bien, demostrándote que es el más fuerte en el combate. *Su último gancho ha impactado en tu ojo izquierdo, provocando tal hinchazón que hace que apenas tengas visión en el mismo durante hoy y los próximos 2 días (resta 2 ptos a tu Percepción y a tu Carisma durante este tiempo; haz las anotaciones oportunas en tu ficha de PJ). Deja tu contador de puntos de vida en 1D6 PV y ve a la SECCIÓN 816.*

SECCIÓN 762

No encuentras nada de interés. *Vuelve a la SECCIÓN 970.*

SECCIÓN 763

Estás en la localización L45. Anota que has visitado un nuevo lugar hoy (recuerda que puedes ir a un máximo de 4 sitios cada día; uno menos si anoche te alojaste en la librería de Mattus). También lanza 2D6 para ver si tienes algún encuentro con los matones que os persiguen. Si el resultado es de 9 o más, no te topas con ningún enemigo y puedes seguir leyendo. Si es inferior, debes evitar o vencer a los siguientes tipos que os descubren, para seguir leyendo (los enemigos indicados son los que debes enfrentar en solitario; no se detallan los rivales que atacan a tus compañeros y se considerará que ellos vencerán su combate si tú ganas el tuyo):

ENCAPUCHADO NEGRO 1	Ptos. Combate: +4	PV: 26
ENCAPUCHADO NEGRO 2	Ptos. Combate: +5	PV: 27

Nota: puedes tratar de evitar el combate si lanzas 2D6 y sumas tu modificador de Destreza obteniendo un 9 o más (si tienes la habilidad especial de Silencioso o de Camuflaje suma +2 por cada una de ellas). Si logras evitar a esos tipos, darás un largo rodeo hasta que puedas quedarte tranquilo y constates que les has dado esquinazo definitivo. Sin embargo, ya no podrás visitar esta localización en el día de hoy.

Ptos de Experiencia conseguidos: 9 P. Exp. si vences; 3 P. Exp. si escapas.

En el discreto local que regenta el azafio Zorbok, siempre con la vigilancia estrecha de sus dos temibles guardaespaldas (armarios musculosos que no osas enfrentar), descubres una interesante colección de venenos que puedes comprar:

- Esencia tóxica llamada Glúksta, un líquido de color verde que puedes impregnar en tu arma y causar 1D6 heridas extra al daño causado por cada dosis que gastes. Tiene un total de 10 dosis disponibles que puedes comprar por 5 CO cada una. No ocupan VC en tu inventario.

- Un veneno altamente tóxico llamado fsiston con el que puedes impregnar tu arma. Si al golpear a tu rival al menos le causas una pérdida de un punto de vida, deberás lanzar 2D6 y si sacas 8 o más, a partir de ese turno de combate tu oponente perderá 2 PV automáticos cada turno. Si sacas menos de 8 habrás perdido esa dosis sin causarle ningún efecto pero podrás envenenarlo usando otra dosis nueva. Por cada dosis de veneno que le inyectes, sumarás otros 2 PV de daño extra automático cada turno (siempre que superes esa tirada de 8 o más cada vez). Zorbok tiene un total de 5 dosis disponibles que puedes comprar por 10 CO cada una. No ocupan VC en tu inventario.

- Un juego de setas de color rojo intenso salpicado por manchas verdes y azules conocidas como Muerte del Demonio, un veneno mortal si impregnas este jugo en tu arma. Cada dosis causa la muerte de tu rival tras 3 turnos de combate desde que ésta penetra en su sangre. Para que el veneno surta efecto y comience la cuenta de los 3 turnos, debes causar al menos una herida cuando le golpees. Si al golpearle no causas heridas, la dosis sigue sin gastarse y no causa efecto alguno. Zorbok tiene un total de 3 dosis disponibles que puedes comprar por 18 CO cada una. No ocupan VC en tu inventario.

Nótese que, para hacer uso de los venenos anteriores durante un combate, debes declararlo antes de que éste se inicie y siempre que no seas pillado por sorpresa. Al inicio del combate, además deberás indicar con cuántas dosis impregnas tus armas. Los efectos de los tres venenos son acumulativos si se emplean conjuntamente.

Haz las anotaciones oportunas en tu ficha de personaje y puedes continuar con tu investigación en cualquier otro lugar del mapa.

SECCIÓN 764 – Anota la Pista TOV

A la desesperada, tratas de localizar al escriba del Consejero, el enlace de Mattus en toda la trama y al que el propio librero había contactado para concertar tu cita con Tövnard. Un rato después estás ante Élvert, un hombre de mediana edad, calvicie avanzada y panza algo prominente.

Aunque el Consejero no se encuentra en estos momentos aquí y el escriba es incapaz de indicaros cómo localizarlo, no os resulta complicado presionarle para que se comprometa a concertar la tan deseada reunión con Tövnard para mañana mismo. Nada mejor que la mención de unos papeles que le comprometen seriamente, en caso de ser descubiertos, para que el escriba mueva hilos con tal de que se dé dicha cita.

Mientras atraviesas el cuidado jardín para regresar a las calles de la ciudad, cruzas una mirada cómplice con Zanna. No hay que delatar el hecho de que ya tenéis los papeles del barco a buen recaudo, ya que son la mejor llave para presionar a Tövnard y a su aterrado escriba, que os despide con gesto preocupado, tras acompañaros hasta el exterior del recinto.

Recuerda anotar la pista TOV y que, a partir de mañana mismo, podrás volver aquí para entrevistarte con el Consejero Tövnard. Puedes continuar con tu investigación en cualquier otro lugar del mapa.

SECCIÓN 765   +10 P. Exp.

Con gran solvencia, te enfrentas y derrotas al fiero azafio. Sin embargo, Elavska no te observa complacida. Más bien, su mirada te fulmina cuando de nuevo te ordena que te marches de una puñetera vez.

A pocos metros, ves cómo el gigante Azrôd deja caer al suelo a Sígrod y desenfunda su temible sable. Os mira con sus ojos de distinto color inyectados en sangre. El temible azafio avanza dispuesto a destrozaros con una sucia sonrisa en el rostro.

- ¡Elavska! ¡Nooo! ¡No lo hagas! ¡Ven o me quedo aquí contigo! – grita desesperada la chica azafia con lágrimas de rabia en unos ojos que se cruzan con los de la brava amazona haciendo que, por unos instantes, se pare el tiempo.

- Zanna no. Márchate. Sabes que no hay alternativa – dice con la voz quebrada Elavska forzándose para apartar la mirada y dar su última orden al juvi que la acompaña-. ¡Jinni! Confío en ti. Estos estúpidos están locos. ¡Llévate a Zanna y a los dos capullos del cofre de aquí! ¡Diablos! ¿A qué coño esperas?

- Sí Elavska. Como quieras – responde escuetamente el juvi, quien coge a la chica del brazo y la arrastra hacia la salida de la estancia mientras te apremia con la mirada para que le sigas.

Venga, ¡decide qué haces!

- *Si sigues al juvi y huyes, ve a la SECCIÓN 267.*
- *Si te quedas para ayudar a Elavska desoyendo su mandato, pasa a la SECCIÓN 606.*

SECCIÓN 766 – Anota la Pista PIZ

Abres la puerta sin problemas y ante ti ves una habitación pobremente iluminada por un par de candelabros de cobre ubicados sobre una larga mesa de madera. Encima del mueble hay cacharros de cocina mal apilados y en las tres paredes libres de la estancia, ves que hay varias cajas, algunas de las cuales están abiertas mostrando trastos, telas, enseres y diversos aparejos náuticos que parecen no tener utilidad ahora. Estás ante una especie de pequeño almacén o trastero multiusos.

Haz una tirada de 2D6 y suma tu modificador de Percepción (si tienes la habilidad especial de Vista aguda, suma +2 extra al resultado):

- *Si el resultado total está entre 2 y 8, pasa a la SECCIÓN 912.*
- *Si está entre 9 y 12, ve a la SECCIÓN 3.*

SECCIÓN 767

"Las Ratas" cobran ventaja en el siguiente duelo de fuerza y, finalmente, logran hacer que el gran tronco impacte en el sistema de resortes contrario. Los fanáticos de su hinchada rompen a gritar de un júbilo que pronto se torna en estupor, sorpresa y posterior crispación, cuando ven que el resorte no activa la cuchilla. El sistema ha fallado y los miembros de su equipo se han confiado dando por finalizada su tarea, puesto que, desde su posición, no ven a los grabbins atados en la parte intermedia de la estructura, en la planta inferior a la que se encuentran.

Solo cuando su afición reacciona ante la sorpresa y les avisa, parecen retomar sus posiciones de forma caótica y desordenada. Demasiado tarde. "Los Cerdos" han aprovechado la ocasión para revertir completamente la situación y, empujando con una fuerza repentina, acaban siendo quienes logran activar el sistema de poleas del lado contrario de la plataforma. El grabbin que debía morir, salvado milagrosamente gracias a lo sucedido, tiene un rostro que quedará para siempre impregnado en tu memoria. Su congénere, el del lado opuesto de la estructura, en estos momentos es ya un guiñapo de apestosa carne con su cabeza cayendo hacia el suelo.

Son "Los Cerdos" quienes ganan este punto final aprovechando el desconcierto de sus rivales. 5 a 3 y victoria definitiva para sus seguidores, algo que el bando rival no está, ni mucho menos, dispuesto a aceptar... *Pasa a la SECCIÓN 342.*

SECCIÓN 768 – Anota la Pista GLN

Estás en el reservado de una sucia taberna de los arrabales del noreste de la ciudad, más allá de las murallas (*desbloqueas la localización L49 del mapa*). Al parecer, el propietario del antro colabora con los aquilanos, quienes tienen aquí una sede secreta de operaciones como las hay en otros puntos de la ciudad, como la casa de la que has escapado de milagro.

Tras serviros un poco de cerveza caliente y unas pasas, el posadero cierra la puerta y sale a atender a los clientes de su local. En la sala reservada estás tú y tus compañeros, además de Lóggar y la cabecilla de la célula enclavada en este lugar, una tal Essaia, una chica joven, de edad pareja a la del líder tuerto, de baja estatura y complexión fina pero fibrosa, acompañada por cuatro de sus secuaces.

Lóggar le explica a la joven lo que ha sucedido, así como tu actuación y la ayuda prestada. Essaia agradece tu colaboración y tanto ella como el joven tuerto se muestran dispuestos a corresponder con información a las preguntas que desees formularles.

- ¿Qué tenéis que ver con los asesinatos que están sufriendo los hebritas de la ciudad? ¿Por qué deseáis el mal del Gremio de Prestamistas de Meribris? – preguntas tratando de averiguar algo sobre los propósitos de estas bandas de aquilanos.

- Los hebritas no merecen el menor de nuestros respetos. Pero no estamos organizándonos con el fin de acabar con ellos. Al menos no, de momento... – Lóggar se toma unos segundos antes de seguir - Los hebritas hace mucho que fueron derrotados cuando su traición al Imperio fue destapada por el gran Aquilán, y pagaron con creces por su felonía.

- ¿Entonces cuál es vuestro cometido? ¿Con qué objetivo arriesgáis vuestras vidas y os exponéis a acabar en la hoguera de la plaza? – preguntas.

- El usurpador Wexes, con sus consejeros y toda esa casta de burócratas, nobles y mergueses que le adulan y amparan. Y la víbora de su madre, una ramera del difunto Emperador Mexalas. La furcia defiende unos derechos al trono para su hijo que no tienen fundamento alguno. Wexes es un sucio bastardo fruto del pecado, un desgraciado de baja calaña que carece de legitimidad para gobernar el Imperio.

El joven tuerto está controlando su ira mientras dice estas palabras, suspira y sigue con su exposición.

- He decidido vincular mi vida a la causa. El enemigo va a ser destruido desde dentro y no sólo en el campo de batalla. Cada vez hay más hombres y mujeres dispuestos a luchar por la causa y, aunque va a requerir tiempo y esfuerzos, lo vamos a lograr.

- Es evidente que trabajáis para los hebritas – interviene Essaia dirigiendo su mirada a Zanna-. ¿Eres azafia verdad? ¿De Meribris puede ser? Muchos allí trabajan para los Prestamistas.

- Eh..., así es – dice Zanna sorprendida por la capacidad deductiva de la chica.

- Era evidente. Nadie en esta ciudad se preocupa por defender a los hebritas y su usura. Pues bien, tendré que decir que podéis estar tranquilos por el momento. Nuestro foco está en derrocar a Wexes. Como os ha dicho Lóggar, los hebritas ya pagaron en su día. Es más, Aquilán y sus consejeros conocen el potencial económico del Gremio de Prestamistas y de toda la estirpe hebrita en general, así que no entra en sus planes cerrar la puerta a un capital que le va a venir muy bien para financiar la guerra y para la posterior reparación del Imperio que va a heredar – remata la chica aquilana.

Has permanecido callado y atento a la exposición. Reflexionas sobre lo dicho y concluyes con total seguridad que los aquilanos no pueden estar detrás del secuestro de Sígrod y, por tanto, no deben aparecer en la lista de sospechosos de tu investigación.

Aunque los aquilanos no tienen ningún aprecio por los hebritas, e incluso causaron grandes males a los mismos en un pasado, en estos momentos son otras las prioridades que les ocupan. Has logrado dar un paso importante en tu misión, al descartar una línea de pesquisas y ganar así tiempo de ahora en adelante.

Te despides de Lóggar, Essaia y los suyos y eres llevado a la puerta de la posada ante la mirada atenta del dueño. Antes de traspasar el umbral, alguien tira de tu camisa a tu espalda y te giras. Es la niñita a la que perseguiste desde la plaza y a la que luego llevaste en brazos en la escapada. Te dedica una sonrisa que reconforta tu alma. Una lágrima recorre tu mejilla. **Recuerda anotar la pista GLN** *y pasa a la SECCIÓN 43.*

SECCIÓN 769

Por fin, Sir Ánnisar aparta su atención de ti. Ha sido breve pero para ti ha parecido un siglo. El altivo gemelo inicia una intervención en voz más alta en la que reclama al Emperador que intervenga en la injusticia cometida por Tirrana con su querido hermano gemelo y, por ende, con todo su pueblo. Lamenta no haber sido invitado al último Consejo y, aunque respeta el honor de Déuxia y su homenaje en este evento, por la gravedad de las circunstancias se ve obligado a realizar esta firme apelación, máxime cuando le ha sido imposible recibir audiencia privada del Emperador desde que llegó a la ciudad y hasta el momento.

Las mordientes palabras de Ánnisar vencen por fin el autocontrol de Sir Ballard, el Legado de Tirrana, quién se levanta de su asiento de forma estrepitosa provocando que varias copas de vino se derramen y caigan al suelo. El estruendo provoca que, de pronto, toda la cena se suma en el silencio y mire hacia la mesa presidencial. Wexes se alza en grito mostrando su enfado con ambos y les exige el debido respeto hacia su madre, pero el gomio y el tirrano siguen matándose con la vista. Finalmente, Déuxia interviene en tono conciliador indicando que toda queja será tratada como corresponde en venideras fechas, da su palabra en ello y ordena a los músicos que reanuden la chismosa pieza que estaban interpretando antes del repentino percance. *Vuelve a la SECCIÓN 786.*

SECCIÓN 770

Los guardias te indican que sólo le está permitido pasar al personal que trabaja para el Consejero o a aquellos que presenten un salvoconducto que autorice su entrada. Por suerte, llevas contigo la autorización que te extendió Thomas Flépten, el Gerente del Banco Imperial con el que te reuniste. Los centinelas te sondean con la mirada tras comprobar la acreditación que les muestras y, finalmente, con un simple gesto de asentimiento, te autorizan a pasar… *Ve a la SECCIÓN 700.*

SECCIÓN 771

Estás en la localización L46. Anota que has visitado un nuevo lugar hoy (recuerda que puedes ir a un máximo de 4 sitios cada día; uno menos si anoche te alojaste en la librería de Mattus). También lanza 2D6 para ver si tienes algún encuentro con los matones que os persiguen. Si el resultado es de 9 o más, no te topas con ningún enemigo y puedes seguir leyendo. Si es inferior, debes evitar o vencer a los siguientes tipos que os descubren, para seguir leyendo (los enemigos indicados son los que debes enfrentar en solitario; no se detallan los rivales que atacan a tus compañeros y se considerará que ellos vencerán su combate si tú ganas el tuyo):

ENCAPUCHADO NEGRO 1	Ptos. Combate: +5	PV: 22
ENCAPUCHADO NEGRO 2	Ptos. Combate: +6	PV: 28

Nota: *puedes tratar de evitar el combate si lanzas 2D6 y sumas tu modificador de Destreza obteniendo un 7 o más (si tienes la habilidad especial de Silencioso o de Camuflaje suma +2 por cada una de ellas). Si logras evitar a esos tipos, darás un largo rodeo hasta que puedas quedarte tranquilo y constates que les has dado esquinazo definitivo. Sin embargo, ya no podrás visitar esta localización en el día de hoy.*

Ptos de Experiencia conseguidos: *12 P. Exp. si vences; 4 P. Exp. si escapas.*

Dedicas un tiempo a explorar los arrabales con la esperanza de poder establecer algún contacto de interés que pueda ser de utilidad para tus pesquisas. Las callejuelas más deterioradas de este barrio pobre están enfangadas tras la leve lluvia de la noche anterior. Se trata de calzadas sin pavimentar que no disponen de ningún sistema de alcantarillado, por lo que caminas sobre charcos sucios y barro. Ves sucias gallinas y apestosos perros por las calles y tienes la sensación de poder infectarte en cualquier momento debido a lo insalubre del lugar. Aunque se dice que en la zona este de la ciudad se está reacondicionando uno de estos arrabales y que se le está dotando de murallas a medio construir *(localización L17 -> SECCIÓN 1013)*, no es el caso de este sucio barrio en el que te encuentras, donde sólo unas pocas calles, las principales, tienen el mínimo de decencia para poder, al menos, habitar.

- *Si no tienes la pista NBB, <u>ve a la SECCIÓN 491</u>.*
- *Si ya tienes esa pista, <u>ve a la SECCIÓN 147</u>.*

SECCIÓN 772

En este momento de indecisión, es Zanna la que rompe el silencio para susurrarte al oído:

- No sé si Sígrod estará aún en este barco. Lo más probable es que no sea así y haya sido llevado a otro lugar. Pero lo que sí sé es el sitio donde están escondidos los contratos, salvo que hayan sido descubiertos por nuestros enemigos...
- ¿Dónde están esos papeles? – preguntas en voz baja.
- No están en la sala donde conociste a Sígrod, a la que se accede por el corredor que tenemos delante. No obstante, en un forro bajo el sitial donde viste sentado a mi líder, teníamos escondidas las llaves que abren la cerradura de la caja que esconde los contratos – dice la chica.
- ¿Y esa caja cerrada dónde diablos se encuentra? – preguntas.
- Los papeles dentro de esa caja están escondidos en una pequeña estancia al fondo del pasillo que tenemos a la izquierda – contesta Zanna.

Ve a la SECCIÓN 642.

SECCIÓN 773

Lanza 2D6 y suma tu modificador de Destreza:

- *Si tienes la habilidad especial de Robar, ve directamente a la SECCIÓN 609 (éxito automático).*
- *Si el resultado está entre 2 y 8, ve a la SECCIÓN 56.*
- *Si está entre 9 y 12, ve a la SECCIÓN 609.*

SECCIÓN 774

Escondido entre las sombras, tras la esquina de un pequeño edificio cercano a la puerta de las cárceles, observas la protegida entrada custodiada por varios guardias. Estás a una quincena de metros, distancia suficiente como para no ser visto y poder espiar lo que sucede. Es evidente que la opción de entrar por las bravas no es factible, así que no tienes más opción que apelar a la suerte y tirar de paciencia para esperar que ocurra algo a las puertas de las cárceles.

Tu esperanza radica en que esa parece ser la única vía de entrada y salida del complejo carcelario y que, por tanto, si se efectúa cualquier tipo de transacción con presos para alistarlos en la Hueste de los Penitentes, la mercancía y sus "propietarios" deberán pasar por esas puertas que tienes ahí delante. Quizás no es la teoría más consistente y posiblemente hace aguas por muchas partes. No sabes si es cierto que en este lugar se aliste a los hombres sin rostro, tal como te dijeron los presos de las murallas, pero no ves otra alternativa en estos momentos y te dispones, por tanto, a iniciar una tensa espera... *Sigue en la SECCIÓN 690.*

SECCIÓN 775

Te sorprende la magnitud del evento que se avecina. Un hormiguero de hombres trabaja montando las graderías y ultimando los preparativos. Entre esa multitud de trabajadores, te llama la atención una partida de operarios que está montando una enorme estructura de madera a unos cinco metros sobre el suelo de la plaza. Un ingeniero joven de tez blanquecina y cabello pelirrojo les dirige desgañitándose mientras no deja de emitir órdenes. La compleja estructura está coronada por un raíl paralelo al suelo sobre el que hay depositado un gran tronco de dimensiones espectaculares ubicado de tal forma que podría rodar sobre esa vía. En ambos extremos del raíl de madera ves sendos sistemas de poleas, activables por unos resortes de cuerdas, en los que están montando unas enormes cuchillas afiladas de aspecto mortífero.

Averiguas que el próximo día 15 del contador de tiempo de tu investigación, en este mismo lugar, se va a celebrar una importante competición como parte de los actos conmemorativos en honor del cumpleaños de la Madre del Emperador. Dos equipos, "Las Ratas" y "Los Cerdos", se van a ver las caras ante un público que seguramente supere las diez mil personas. Un grupo de forasteros, que están contratados como peones en el montaje de las graderías, te informan de ello durante una breve parada que han realizado para tomar un almuerzo.

Decides tomar buena nota de esa fecha y de esta localización. Al parecer, ese Torneo está creando un gran revuelo entre los chipras y los mergueses afincados en la ciudad. Hay alertas de seguridad y de posibles disturbios que pueden provocarse por el enfrentamiento de las hinchadas de ambos equipos. Parece que el ambiente está caldeado... *Puedes continuar con tu investigación en cualquier otro lugar del mapa.*

SECCIÓN 776

Mientras bajas por las escaleras, a tus orificios nasales llega un aroma que hace rugir tu estómago. Ahí abajo deben de estar las cocinas. Te encantaría pegar un buen bocado, pero en estos momentos una misión te obliga a estar atento y con todos los sentidos alerta.

Haz una tirada de 2D6 y suma tu modificador de Percepción (si tienes Oído agudo, suma +2 extra al resultado):

- *Si tienes la habilidad de Sexto Sentido, ganas automáticamente la tirada y vas a la SECCIÓN 914.*
- *Si el resultado total está entre 2 y 8, pasa a la SECCIÓN 121.*
- *Si el resultado está entre 9 y 12, ve a la SECCIÓN 914.*

SECCIÓN 777

El precio de la capa es de 30 CO, un coste considerable, aunque la manufactura de la misma lo merece.

- *Si tratas de robar una sin que te descubran, ve a la SECCIÓN 773.*
- *Si le indicas al tendero que te interesa comprarla y de paso tratas de averiguar algo sobre ella, vuelve a la SECCIÓN 80.*
- *Si no te interesa la capa, vuelve a la SECCIÓN 12.*

SECCIÓN 778

*Antes de nada, tendrás que resolver tu situación. Estás en una tesitura verdaderamente comprometida. Haz **siete tiradas** consecutivas de 2D6 y suma tu Destreza en todas ellas para intentar salir como puedas de la marea humana. Por cada vez que obtengas un resultado igual o inferior a 10, recibes un daño de 1D6 PV por los codazos y empujones que se producen en tu zona.*

- *Si pierdes todos tus puntos de vida, ve a la SECCIÓN 446.*
- *Si logras mantenerte con vida, pasa a la SECCIÓN 94.*

SECCIÓN 779

- *Si el "contador de tiempo de la investigación" es de 18 o más días, pasa inmediatamente a la SECCIÓN 611 sin seguir leyendo.*
- *De lo contrario, sigue leyendo…*

El anterior encuentro no pudo ser casualidad. Una vez más, te cruzas con la dama sensual cuya proposición sugerente rechazaste cuando estuviste aquí. Te quedas petrificado al verla de nuevo, pero en esta ocasión no recibes mayor trato por su parte que el que hubiera podido dispensar a una mosca.

- *Si el "contador de tiempo de la investigación" es de 16 o menos días, <u>ve a la SECCIÓN 1026</u>.*
- *Si el "contador de tiempo de la investigación" es de 17 días, <u>ve a la SECCIÓN 1032</u>.*

SECCIÓN 780

Repites todo lo sucedido y lo poco que has podido averiguar. No tienes idea alguna sobre la identidad de esos tipos encapuchados. Sin embargo, eso no evita el que seas recompensado con 12 coronas de oro, cantidad que hace efectiva uno de los guardias siguiendo las voluntades de los monjes domatistas. *<u>Puedes continuar con tu investigación en cualquier otro lugar del mapa</u>.*

SECCIÓN 781

Marchas hacia la localización L1 del mapa. Antes de seguir, anota en tu ficha que has visitado un nuevo lugar hoy (recuerda que puedes ir a un máximo de 4 sitios cada día; uno menos si anoche te alojaste en la librería de Mattus). También lanza 2D6 para ver si tienes algún encuentro con los matones que os persiguen. Si el resultado es de 5 o más, no te topas con ningún enemigo y puedes seguir leyendo. Si es inferior, debes evitar o vencer a los siguientes tipos que os descubren, para seguir leyendo (los enemigos indicados son los que debes enfrentar en solitario; no se detallan los rivales que atacan a tus compañeros y se considerará que ellos vencerán su combate si tú ganas el tuyo):

ENCAPUCHADO NEGRO 1	Ptos. Combate: +4	PV: 21
ENCAPUCHADO NEGRO 2	Ptos. Combate: +5	PV: 28

Nota: *puedes tratar de evitar el combate si lanzas 2D6 y sumas tu modificador de Destreza obteniendo un 7 o más (si tienes la habilidad especial de Silencioso o de Camuflaje suma +2 por cada una de ellas). Si logras evitar a esos tipos, darás un largo rodeo hasta que puedas quedarte tranquilo y constates que les has dado esquinazo definitivo. Podrás seguir leyendo con normalidad esta sección, pero habrás agotado un tiempo considerable que hará que puedas visitar una localización menos del mapa en el día de hoy (o mañana, si ésta era la última que podías visitar hoy).*

Ptos de Experiencia conseguidos: *9 P. Exp. si vences; 3 P. Exp. si escapas.*

Cerca del extremo sur de la Colina de los Templos, se alza la puerta de entrada al recinto amurallado que contiene la fortaleza de la guarnición de la ciudad, la base de operaciones de la Guardia Eredomiana encargada de la protección de Tol Éredom y de su Emperador Wexes.

- *Si ésta es la última localización que te quedaba por visitar hoy y además tienes la pista CSF, ve a la SECCIÓN 734.*
- *Si ésta es la última localización que te quedaba por visitar hoy, pero NO tienes la pista CSF, ve a la SECCIÓN 79.*
- *En cualquier otro caso, sigue en la SECCIÓN 799.*

SECCIÓN 782   +1 día al contador de tiempo

Embajada de Hebria en Tol Éredom, varias horas después...

Zarandeado por Gruff, despiertas por fin de un sueño profundo. Te desperezas en el mullido lecho de una habitación con todas las comodidades, consciente de que el descanso en este lugar va a durar poco. Has salido airoso de un reto tremendo, pero tu lucha contra el tiempo aún no ha finalizado y necesitas regresar a tu hogar enseguida. Se os ha prometido finiquitar el asunto del cofre tras el necesario receso y tras la cena programada para esta noche.

Ni rastro de Zanna, Elavska, Sígrod ni del consejero Merves y su asesor de cabello rojo. Estás tú solo con tu fiel amigo, esperando que se os entregue la recompensa pactada.

No es necesario que consumas raciones de comida de tu inventario. Recuperas 5 PV, siempre sin rebasar el máximo, por el alimento que se te ha dispensado en la Embajada. Además, antes de separarte de Zanna para irte a dormir, ésta te ha aplicado su cura de +2D6 PV.

Nota de juego: *desde este momento, ya no vas a usar la "FICHA DE INVESTIGACIÓN" que has empleado durante los últimos días. Traslada de nuevo a tu ficha de personaje el contador de tiempo que has llevado siempre. También las pistas que has recopilado a lo largo de todos estos días en Tol Éredom, así como todos los Lugares de Despertar encontrados por si quieres retomar alguna partida desde esos puntos intermedios más adelante. Deja de actualizar ya el segundo contador de tiempo que iniciaste cuando arrancaste la búsqueda de Sígrod y ve a la SECCIÓN 897.*

SECCIÓN 783

Con gran solvencia, tumbas a tu adversario, momento en que el segundo de los centinelas se abalanza sobre ti mientras ves con frustración que Azrôd corre hacia la puerta que hay al fondo de la sala. Escapa tras abrirla, desapareciendo de tu vista. Pagarías lo que fuera por ir tras él, pero tu rival te lo impide. Tienes que derrotarle para continuar. Maldices tu estampa.

El combate se inicia con gran virulencia. Tu oponente no es manco. Pero la suerte por fin vuelve a ti cuando oyes la voz de Gruff a tu espalda y ves a tus amigos llegar. La ayuda de tus compañeros pronto decanta la balanza y el azafio cae abrumado por vuestra superioridad. *Pasa a la SECCIÓN 482.*

SECCIÓN 784

La iluminación no es tan precaria como podría esperarse a priori para un sótano. La razón es que Mattus usa este lugar como taller de restauración de aquellas obras de su tienda que requieren un poco de mimo para estar decentes para la venta. Alrededor de ti, hay varios estantes con estos libros en reparación, así como un escritorio de madera con una cómoda silla. Un bajo mueble con cajoneras, una pequeña despensa con varias botellas de vino y varios trastos amontonados, una vieja percha y un espejo al lado de un gran mapa de la ciudad, completan todo el mobiliario de la estancia en la que dejas caer tu petate para tumbarte sobre las mantas que amablemente el hijo de Mattus también os trae.

Un rato después, cuando ya tienes la sensación de sentirte alojado, te diriges a la chica azafia con la firme determinación de conseguir de una puñetera vez respuestas… *Búscalas en la SECCIÓN 307.*

SECCIÓN 785

Cierras los ojos y dejas caer toda la fuerza de tu brazo mientras sientes como tu golpe impacta sobre carne y hueso provocando el derrumbe automático de un cuerpo inerte.

Cuando abres los ojos, para tu sorpresa no es Merves quien yace en el suelo, sino su fiel asesor y gerente del Banco Imperial, Thomas Flépten, que en el último instante se ha interpuesto, a la desesperada, para salvar la vida de su señor.

El consejero Merves tiene los ojos abiertos de par en par. Su rostro está más pálido que la nieve. Está bloqueado por el impacto. Ahora es consciente de que tu amenaza de muerte no era en balde y que estás dispuesto a cumplirla a toda costa.

Sin embargo, te deja totalmente sorprendido el inquietante gesto de su último acompañante, el hombre de cabello y barba de color rojo intenso, su asesor personal y hombre de mayor confianza. Dinman sonríe y se dirige a ti con gran entereza:

- Creo que nuestro querido Consejero ha entrado en razones y les llevará gustosamente hasta el hebrita que han venido a buscar, ¿me equivoco? – dice con sarcasmo mientras mira por un momento a Merves antes de girarse hacia ti – Yo mismo puedo ayudar en este cometido, les indicaré sin objeciones dónde pueden encontrar a quién buscan. Síganme si son tan amables.

El hombre de cabello rojo comienza a caminar con una calma fuera de lugar y se dirige hacia una de las puertas que flanquean la sala. Por su parte, Merves parece en trance, como si hubiera perdido el juicio por unos momentos. Comienza a andar tras Dinman y tú haces lo propio, mientras indicas a Gruff que permanezca cerca de la entrada atento para avisar si alguien se acerca a la lujosa casa.

- *Si tienes la pista ESK, ve a la SECCIÓN 252.*
- *Si NO tienes esa pista, ve a la SECCIÓN 913.*

SECCIÓN 786 – LUGAR DE DESPERTAR

*Anota el número de esta sección en tu **FICHA DE INVESTIGACIÓN** y **haz una fotografía a la misma** asegurándote de que aparezcan en ella los **dos contadores de tiempo** y las **pistas conseguidas** hasta el momento en que llegaste aquí por primera vez. Esta sección es un Lugar de Despertar, por lo que ya no necesitas comenzar desde el inicio del libro en caso de que mueras pudiendo seguir desde aquí **si gastas un punto de ThsuS** de los que te queden. Simplemente **resetea tus dos contadores de tiempo y tus pistas** a los de la fotografía que tomaste según lo indicado antes y reinicia la partida. De esta forma, si mueres y tienes que volver a este lugar de despertar en concreto, podrás "resetear" las pistas a las que tuvieras en el momento en que llegaste por primera vez aquí y, a partir de ahí, volver a ir coleccionando pistas que has perdido y otras nuevas que puedas conseguir.*

Cuando, por fin, logras retomar el control de tu cuerpo, decides que lo mejor es poner todos tus sentidos a trabajar. Ha llegado el momento de averiguar todos los rumores posibles y de observar detenidamente el comportamiento de los principales comensales de la cena de gala.

Nota de juego: *revisa ahora los **puntos de influencia en Tol Éredom** que has acumulado a lo largo de tu investigación. En función de su número, estarás mejor posicionado, tanto para hacer preguntas a los comensales de la alta sociedad presentes en la cena, como también para escuchar o ver lo que hacen los miembros de la mesa presidencial (aquellos con mayor influencia estarán sentados más cerca de la noble mesa, así que si tienes bastantes puntos acumulados, estarás más próximo a ella que en caso contrario). Más adelante tienes la lista de las principales personalidades* asistentes en el evento y el número de la sección que debes visitar en caso de investigar a cada uno de ellos. En función de tus puntos de influencia acumulados, podrás hacer más o menos averiguaciones:

- Si tienes **menos de 20** puntos de influencia en Tol Éredom, tu mala situación física en la sala, así como tus pocos contactos en la alta sociedad, hacen que solo puedas visitar **2 de las secciones**.
- Si tienes **entre 20 y 22** puntos de influencia, estarás mejor posicionado en ambos sentidos, así que puedes visitar **4 de las secciones**.
- Si tienes **entre 23 y 25** puntos de influencia, podrás visitar **6 de las secciones**.
- Si tienes **más de 25** puntos de influencia en Tol Éredom, estarás en disposición de visitar **8 secciones**.

Para investigar...

- ...al Emperador Wexes, _ve a la SECCIÓN 377_.
- ...a su madre Déuxia, _ve a la SECCIÓN 50_.
- ...a Brokard Doshierros, Embajador de las Brakas, _ve a la SECCIÓN 200_.
- ...a Sir Wimar, el Legado de Gomia, _ve a la SECCIÓN 619_.
- ...a Sir Ballard, el Legado de Tirrana, _ve a la SECCIÓN 494_.
- ...a Sir Crisbal, el Comisionado de Réllerum, _ve a la SECCIÓN 337_.
- ...a Fento Chesnes, representante de los chipras, _ve a la SECCIÓN 870_.
- ...a Su Santidad Hërnes Pentûs, Sumo Sacerdote Domatista Wexiano, _ve a la SECCIÓN 963_.
- ...a Edugar Merves, el Consejero de los Caudales, _ve a la SECCIÓN 839_.
- ...a Sir Alexer, primo del difunto Rovernes, _ve a la SECCIÓN 249_.
- ...a Regnard de la casa Dérrik, _ve a la SECCIÓN 1024_.
- ...a la dama Elaisa, en representación de su marido ausente Tövnard, _ve a la SECCIÓN 946_.
- ...a Sir Ánnisar de Gomia, gemelo del heredero asesinado de dicho país, _ve a la SECCIÓN 378_.

Cuando ya hayas ido al número de secciones que, según tu posición, puedes visitar, _sigue en la SECCIÓN 508_.

SECCIÓN 787

Recuerdas que estás citado para la cena de gala en honor del cumpleaños de la madre del Emperador, a la que podrías acudir como uno de los invitados (**día 20** del "contador de tiempo de la investigación" en los Jardines Imperiales de la localización **L83 del mapa**).

*También recuerdas el Consejo a celebrar el **día 12** del "contador de tiempo de la investigación" en el Palacio del Emperador, para el que Tövnard te dio permiso para acompañarle como guardaespaldas o asistente.*

- *Si el "contador de tiempo de la investigación" es de 12 o menos días, sólo te queda esperar a que se celebren esos eventos y seguir investigando en otro lugar hasta entonces, ya que aquí poco más puedes hacer. <u>Puedes continuar con tu investigación en cualquier otro lugar del mapa.</u>*
- *Si el "contador de tiempo de la investigación" es de 13 o más días, <u>pasa a la SECCIÓN 130</u>.*

SECCIÓN 788

Al acabar tu pregunta, ves cómo Zanna sonríe sin dejar de mirarte fijamente. De pronto los nervios se apoderan de ti, ya que temes que la chica sospeche algo. Estaba terminantemente prohibido abrir el cofre, tal como Viejo Bill te recalcó al contratarte y antes de empezar tu misión. No has cumplido este punto a pesar de que era clave.

Unos tensos segundos de silencio se rompen al tomar la palabra la chica.

- Me preguntas por el cofre. Es evidente que te intriga puesto que tu misión era transportarlo sin conocer su contenido, ¿cierto? – dice la chica con ironía.

Comienzas a estar nervioso. La chica sospecha. Asientes como respuesta.

- Bien. No esperábamos menos de vosotros. Pero es verdad también que merecéis más respuestas ahora que os vamos a necesitar para dar con el paradero de Sígrod, para lo cual tendremos que investigar juntos. Toda información es poca... – acaba Zanna con un tono de sarcasmo con el que trata de dejarte claro que sabe que has faltado a la palabra pero que no le importa en estos momentos.

Antes de que puedas añadir nada, Zanna prosigue.

- No es necesario que lo abramos. Te aseguro que no es agradable su contenido – continúa Zanna en su tono sarcástico para pasar a un registro serio de pronto -. Sólo debéis saber que dentro de él se encuentra la prueba definitiva de la muerte del heredero de Gomia, a quién la compañía de Elavska y Viejo Bill debía eliminar por encargo de la organización para la que trabajo. Es decir, la misma de la que Sígrod forma parte. El Gremio hebrita de Prestamistas de Meribris.

Tu mente hierve sacudida por la información. Necesitas más respuestas. <u>Ve a la SECCIÓN 40</u>.

SECCIÓN 789

Estás en la localización L70 del mapa. Antes de seguir, anota en tu ficha que has visitado un nuevo lugar hoy (recuerda que puedes ir a un máximo de 4 sitios cada día; uno menos si anoche te alojaste en la librería de Mattus). También lanza 2D6 para ver si, en el tránsito hacia esta localización, tienes algún encuentro con los matones que os persiguen. Si el resultado es de 8 o más, no te topas con ningún enemigo y puedes seguir leyendo. Si es inferior, debes evitar o vencer a los siguientes tipos que os descubren, para seguir leyendo (los enemigos indicados son los que debes enfrentar en solitario; no se detallan los rivales que atacan a tus compañeros y se considerará que ellos vencerán su combate si tú ganas el tuyo):

ENCAPUCHADO NEGRO 1	Ptos. Combate: +4	PV: 21
ENCAPUCHADO NEGRO 2	Ptos. Combate: +4	PV: 24
ENCAPUCHADO NEGRO 3	Ptos. Combate: +4	PV: 26

Nota: *puedes tratar de evitar el combate si lanzas 2D6 y sumas tu modificador de Destreza obteniendo un 10 o más (si tienes la habilidad especial de Silencioso o de Camuflaje suma +2 por cada una de ellas). Si logras evitar a esos tipos, darás un largo rodeo hasta que puedas quedarte tranquilo y constates que les has dado esquinazo definitivo. Podrás seguir leyendo con normalidad esta sección, pero habrás agotado un tiempo considerable que hará que puedas visitar una localización menos del mapa en el día de hoy (o mañana, si ésta era la última que podías visitar hoy).*

Ptos de Experiencia conseguidos: *12 P. Exp. si vences; 4 P. Exp. si escapas.*

Estás frente a la entrada de una coqueta residencia en el Barrio acomodado de los Mergueses.

- Si tienes la pista NAL y además el "contador de tiempo de la investigación" es menor de 20 días, *ve a la SECCIÓN 476.*
- Si no tienes esa pista o si el "contador de tiempo de la investigación" es de 20 o más días, no tienes nada más que hacer aquí y *puedes continuar con tu investigación en cualquier otro lugar del mapa.*

SECCIÓN 790

¡Unos pasos se acercan y están a punto de girar el recodo que hay al final del pasillo! Lamentablemente no los has oído a tiempo y apenas tienes tiempo para reaccionar.

- Si desenfundas tu arma y te preparas para luchar, *ve a la SECCIÓN 57.*
- Si aún tienes la pista ONL, puedes optar por actuar y engañar a quien sea que viene. En este caso, *ve a la SECCIÓN 165.*

SECCIÓN 791

Ocultos en la oscuridad reinante, más allá de la entrada del santuario, estaban esperándoos cinco encapuchados y un azafio de morados ropajes. Al veros llegar, salen a la luz pillándoos totalmente por sorpresa y dispuestos a destrozaros.

- ¡Demonios! ¡No era tan buena elección! ¡Qué idiota soy! Estaba claro que nos iban a estar esperando en un lugar como éste. No hay muchos templos hebritas en Tol Éredom y era de esperar que fuéramos a buscar amparo en uno de ellos. ¡Soy imbécil! – exclama enrabietado el juvi.

Sin tiempo para nada, te ves obligado a enfrentar a uno de los encapuchados que arremete contra ti. *Lucha por tu vida y suerte.*

ENCAPUCHADO
Puntos de Combate: +5   Puntos de Vida: 26

- *Si logras acabar con tu oponente, <u>ve a la SECCIÓN 90</u>.*
- *Si no es así, <u>pasa a la SECCIÓN 830</u>.*

SECCIÓN 792   +15 P. Exp.

El archivero te mira incrédulo cuando le muestras la acreditación especial. También observa a tus compañeros siendo patente su desconcierto. Está claro que no dais la impresión de ser eruditos o gente dedicada a la ciencia, pero el salvoconducto es auténtico y no tiene más remedio que cederos el paso al edificio noroeste, uno de los que están vetados para la mayoría de los que visitan la Gran Biblioteca.

Cuando la puerta se cierra tras de ti, centras tu atención en explorar la inmensa estancia. Está igualmente repleta de estanterías atiborradas de manuscritos, pero aquí son muy pocos los eruditos que deambulan entre sus alineados pasillos. Con los dedos de tus dos manos se pueden contar todos los que están presentes en este edificio.

Ya que estás aquí, dedicas un tiempo a familiarizarte con los contenidos y materias que puedes encontrar en esta gran estancia. Necesitarías meses o años para comprender bien qué sapiencias exactas están contenidas en esos miles de libros pero, al menos, puedes hacerte una ligerísima idea y tratar de identificar algún manuscrito que pueda resultar de interés.

Nota de juego: *debido al necesario tiempo que inviertes, anota en tu ficha que has visitado una nueva localización en el día de hoy (si ya no te quedaban más localizaciones por visitar, entonces anota que mañana podrás visitar una localización menos). <u>Sigue en la SECCIÓN 872</u>.*

SECCIÓN 793 – Anota la Pista XHH

El hebrita se presenta como Zaykas Sêminyas, maestro cronista de la Gran Biblioteca de Tol Éredom y uno de los cinco asesores del mismísimo Grástyuk Sylampâs, el autor de los "Anales del Imperio Dom", el tratado histórico que el librero Mattus te facilitó.

Zaykas os agradece enormemente la ayuda prestada y quita peso a las tesis de Zanna cuando ésta hace referencia a la violencia generalizada ejercida por fanáticos chipras contra los hebritas en la ciudad. Para vuestra sorpresa, el erudito, un hombre de altas miras, quita importancia al episodio tan duro que acaba de vivir y comenta que se trata de un caso aislado. En su opinión, los chipras no están en son de armas contra los hebritas de forma generalizada, sino que se trata de células aisladas de fanáticos los que perpetran estas agresiones, aunque eso sí, cada vez más numerosas. El cronista comenta que son otros asuntos los que más preocupan al pueblo chipra en la actualidad, como los conspiradores aquilanos que medran en secreto por la capital o, algo mucho más mundano, la rivalidad de clase y el pulso de poder que mantienen contra los mergueses, los comerciantes y los trabajadores de clase media que faenan para ellos.

Para acabar de apoyar su tesis, el sabio Zaykas comenta que, sin ir más lejos, el grueso líder de esa banda de fanáticos que has eliminado, no es alguien que se mueva por convicciones religiosas, aunque hiciera ostentación de ellas. El hebrita dice conocerle de un pasado en que el gordo era proveedor de materiales de escritura para la orden de bibliotecarios. Al parecer, ese tipo fue en su época un aposentado mergués que perdió su negocio y su posición social tras el impago de un préstamo que firmó con un hebrita, quién le embargó todos sus bienes. Su negocio comenzó a venirse abajo con la Guerra, dado que su principal proveedor era de Grobes, nación partidaria de Aquilán con la que se cortaron todos los flujos comerciales. El desgraciado exmergués intentó que el prestamista hebrita no ejecutara su embargo, pero le fue del todo imposible. Y así fue como, a partir de entonces, buscó venganza para su frustración, aprovechando la corriente antihebrita que está tomando un nuevo impulso en la ciudad con el surgimiento de ciertas bandas criminales de fanáticos como la que acabas de derrotar. Así de humano y así de triste. Esa es su opinión.

A la pregunta de Zanna sobre si Zaykas teme que esas bandas inconexas de radicales antihebritas acaben coordinándose y formando alguna estructura cohesionada que sea de temer, el sabio cronista comenta que nadie sabe qué pasará, pero que él tiene la esperanza de que las codicias personales de los respectivos líderes de esas bandas, les impidan llegar a acuerdos y a repartos estables de cuotas de poder.

Y así es cómo te despides del agradecido hebrita, quién insiste, antes de iros, en entregaros su preciada credencial de acceso al espacio privado de la Gran Biblioteca de Tol Éredom, dónde él trabaja *(localización L26 -> SECCIÓN 302)*.

- Allí soy conocido de sobra y no la necesito, pero a vosotros os puede venir muy bien. Intuyo que tenéis algún tipo de investigación entre manos. En las bibliotecas a veces se encuentran respuestas – dice Zaykas antes de entregarte 20 coronas de oro y separarte definitivamente de él.

*Haz las anotaciones oportunas y **no olvides apuntar la pista XHH**. Puedes continuar con tu investigación en cualquier otro lugar del mapa.*

SECCIÓN 794

No haces más que perder el tiempo, ya que no logras entender nada de lo que dicen, salvo la despedida de la chica, que abandona finalmente la casa por la puerta principal sin que hayas averiguado absolutamente nada. *Puedes continuar con tu investigación en cualquier otro lugar del mapa (hasta mañana no podrás volver a esta localización).*

SECCIÓN 795

- *Si tienes la pista DOC, ve a la SECCIÓN 354.*
- *Si no tienes esa pista, pasa a la SECCIÓN 272.*

SECCIÓN 796

Entráis en un salón, forrado de tapices y mantas de bellos acabados, en la primera planta bajo la cubierta del barco. Dentro de la sala, impregnada de un fuerte olor a incienso, ves a una docena de matones de tez morena, todos ellos ataviados con turbantes de un color tan morado como el de sus amplios ropajes. Portan unas espadas curvadas que no habías visto jamás y lucen largas y tupidas barbas negras.

- Son miembros de la Guardia Meribriana, el cuerpo de élite del gobernador de Meribris. Tropas mercenarias pagadas con el oro del tesoro hebrita. Ese mismo oro que recibiréis cuando entreguéis el maldito cofre – espeta Elavska mientras ves que todos en la sala te observan sin apartar la mirada.

En ese momento, fijas tu vista en la dirección hacia la que Elavska mira en un par de ocasiones. Ves a una chica de tez morena, bellos ojos marrones y larga melena. Viste ropas amplias de color crema y claramente, como los hombres con turbante, proviene del sur del mar de Juva, del continente de Azâfia. Te quedas pasmado ante la belleza de la chica, que no deja de sonreír en ningún momento. La mirada de complicidad entre las dos féminas es evidente. Incluso detectas cierta lascivia en Elavska, que se vuelve hacia ti y te empuja hacia el pasillo que hay al final de la sala.

El corredor desemboca en un portón blindado de metal en la que hay un picaporte que la amazona hace sonar con fuerza, a pesar de la mirada asesina que le dirigen los dos guardias azafios que guardan la puerta.

- Soy yo. Abre. La mercancía ha llegado – dice Elavska.

Tras unos tensos segundos, ves como la puerta se abre desde dentro y, al fondo de una lujosa estancia, descubres un gran sillón sobre el que hay sentado un hebrita ataviado con caros ropajes. La intensidad del momento hace que tu corazón bombee desenfrenado. ¿Será una encerrona? ¿Será el fin de tu viaje? ¿Vas a morir en esta sala o vas a cumplir con éxito tu larga aventura? De pronto, tus pensamientos son perforados como la tierra por un relámpago, y escuchas las palabras del hebrita que está ahí sentado.

- Entra. Acércate. Te estaba esperando…

Ve a la SECCIÓN 517.

SECCIÓN 797

Estás en una pequeña sala inmersa en la penumbra. La oscuridad no es total, ya que algo de claridad del exterior penetra por la ventana existente en la pared de tu izquierda. Esa tenue luz te permite, al menos, constatar que la estancia está totalmente vacía, sin ningún tipo de mobiliario, aunque fuese una mísera silla. Es evidente que Sígrod se tomó muchas molestias en sellar esta habitación aparentemente anodina.

Inicias una exploración concienzuda del suelo y paredes de madera durante un tiempo que no podrías determinar con precisión. Eso sí, antes de ello te has asegurado de cerrar la puerta de acceso al pasillo para evitar intrusos.

Parece que no hay nada de interés en esta salita cuando, de pronto, tus sentidos te alertan de que unos de los tablones de madera que conforman el suelo, justo en la esquina posterior izquierda a la puerta de entrada, parece esconder algo. Pisas en un par de ocasiones dicho tablero y comparas la sensación con otros puntos de la superficie de la estancia. Parece que hay un espacio hueco ahí debajo… *Pasa a la SECCIÓN 826.*

SECCIÓN 798

Cierras los ojos intentando sentir algo, pero no ocurre nada. Parece que te vas a quedar sin tu bendición... y sin tu moneda.

- *Si optas por esperar a ver si pasa algo, ve la SECCIÓN 182.*
- *Si decides marcharte, puedes continuar con tu investigación en cualquier otro lugar del mapa (puedes regresar a esta localización a partir de mañana).*

SECCIÓN 799

Afortunadamente, el acceso al recinto a estas horas del día aún está permitido al público. Eso sí, debes dejar todas tus armas a los centinelas que guardan la puerta, una medida de seguridad que es imposible evitar. Mientras ves cómo llevan vuestras armas a una garita cercana al gran portón abierto, tus compañeros y tú entráis al recinto con la idea de explorarlo.

Hay zonas donde no le está permitido pasar a alguien que no forme parte de la Guardia Eredomiana. Sin embargo, hay otras donde sí puedes ir sin problemas.

- *Si quieres ir a la famosa Escuela de Guerreros de la Fortaleza para pagar unos días de instrucción y tratar de mejorar tus habilidades de combate, ve a la SECCIÓN 977.*
- *Si tienes la pista CSF, puedes visitar la SECCIÓN 667.*
- *Si tratas de entablar conversación con alguno de los soldados que, en estos momentos, están ociosos en la zona de ejercicios y entrenamientos, pasa a la SECCIÓN 522.*
- *Si crees que ya ha llegado el momento de marcharte, puedes continuar con tu investigación en cualquier otro lugar del mapa.*

SECCIÓN 800

Estás en el hexágono F4. Montado sobre unas cajas y rodeado por una pequeña multitud de curiosos que va en aumento, ves a un tipo desarrapado que está efectuando un apasionado discurso a viva voz. El agitador clama contra los aquilanos en esta guerra que está asolando el Imperio, pero también dirige sus acaloradas críticas contra los hebritas, de quienes dice que sembraron la semilla de la actual Guerra Civil Sucesoria con el asesinato por envenenamiento del Emperador Mexalas. Los espectadores asienten a muchas de sus proclamas, rompiendo en aplausos y gritos de forma ocasional.

- Si quieres acercarte a la pequeña multitud de espectadores que tiene este agitador, _ve a la SECCIÓN 312._
- Si no tienes nada más que hacer aquí, **recuerda que estabas en el hexágono F4**. _"Puedes seguir explorando la Feria en la SECCIÓN 413"._

SECCIÓN 801

- **Si tienes la pista DOC**, no ves necesidad de permanecer aquí, ya que tu investigación debe seguir en otro lugar. _Puedes continuar con tu investigación en otro lugar del mapa._
- **Si no tienes esa pista DOC** y el "contador de tiempo de la investigación" es de **3 o más días**, _pasa a la SECCIÓN 871._
- **Si no tienes la pista DOC** y el "contador de tiempo de la investigación" es de **2 o menos días**, _ve a la SECCIÓN 370._

SECCIÓN 802

- Si tienes la pista NXA, _ve directamente a la SECCIÓN 595 sin seguir leyendo._
- Si no la tienes, sigue leyendo...

Haz una tirada de 2D6 y suma tu modificador de Destreza para tratar de abrir la puerta (si tienes la habilidad especial de Analizar objetos, suma +2 extra al resultado):

- Si tienes la habilidad especial de Robar, tienes éxito automático en la tirada y _pasas a la SECCIÓN 865._
- Si el resultado total está entre 2 y 8, _ve a la SECCIÓN 686._
- Si está entre 9 y 12, _ve a la SECCIÓN 865._

SECCIÓN 803

- Si tienes la pista ONL, _ve a la SECCIÓN 659._
- Si no la tienes, _pasa a la SECCIÓN 772._

SECCIÓN 804

Corres como un condenado hasta llegar al recodo que tuerce a la izquierda, al fondo del pasillo. Más adelante, encuentras otra curva a la izquierda y un nuevo pasillo recto. _Pasa a la SECCIÓN 150._

SECCIÓN 805

No entiendes qué trata de decirte. ¿Qué diablos pasa? Finalmente el viejo, desesperado al ver que no le comprendes, rompe su silencio.

- Lo siento… es una desgracia… se los han llevado… y hay alguien aquí, ahora mismo, en la casa…

Sigue en la SECCIÓN 497.

SECCIÓN 806

*Estás en la localización L50. Antes de seguir, anota en tu ficha que has visitado un nuevo lugar hoy (recuerda que puedes ir a un máximo de 4 sitios cada día; uno menos si anoche te alojaste en la librería de Mattus). No vas a tener que realizar ninguna tirada de encuentros con tus perseguidores para esta localización en concreto, pero **para seguir leyendo necesitas gastar 2 CO** (el precio para acceder a las termas). Si no dispones de esa cantidad o no quieres gastarla, puedes continuar en cualquier otro lugar del mapa.*

Te bañas en las populosas termas adornadas con bellas obras de arte traídas desde todos los puntos alrededor del mar de Juva, sobre todo de Hebria, en el istmo de Bathalbar.

Por fin disfrutas de un merecido descanso, pero tus oídos no dejan de trabajar. Escuchas la conversación que mantienen un par de gruesos mercaderes, arrugados por el agua y la edad, a unos pocos metros de ti.

Al parecer, muchos en la ciudad están preocupados por la violación por parte de los juvis de las *Prerrogativas de la Navegación Comercial*. Los pequeños habitantes de las Islas Jujava están atacando a barcos mercantes a pesar de que éstos estaban protegidos bajo la constitución de tregua a estos navíos en una extensión de hasta 15 leguas desde la costa, algo que se había respetado por ambos bandos desde el inicio de la Guerra Civil Sucesoria entre aquilanos y wexianos, pero que ahora se había roto.

Tratas de aparcar la traumática vivencia a bordo del *Serpiente Dorada*, donde sufriste en tus propias carnes el quebrantamiento de esta tregua, e intentas concentrarte en desconectar tu mente y relajarte en las termas…

Nota de juego: *puedes ahora lanzar 2D6 y sumar tu Inteligencia para tratar de relajarte un poco, con los beneficios que ello conlleva para tu cuerpo.*

- *Si el resultado está entre 2 y 5, recuperas 1 PV.*
- *Si está entre 6 y 8, recuperas 1D6 PV.*
- *Si está entre 9 y 12, recuperas 1D6+2 PV.*

Puedes continuar con tu investigación en cualquier otro lugar del mapa.

SECCIÓN 807

Todavía paralizado por la sorpresa, ves cómo el monstruoso azafio se dirige a los centinelas que guardan la puerta de las cárceles. Les habla con total impunidad y con una tranquilidad pasmosa, como delata su relajada postura. Una leve brisa te impide escuchar bien qué les está diciendo, pero enseguida ves cómo las puertas del recinto carcelario son abiertas y dos de los centinelas se adentran perdiéndose en las sombras.

Los siguientes minutos para ti son horas. Parece que Azrôd y sus acompañantes están esperando algo. No escuchas conversación alguna entre el monstruo y los centinelas de la puerta, mientras tratas de controlar tus nervios y la furia que te impele a saltar sobre esa bestia inmunda. Sin embargo, puedes agradecer que la leve brisa ha desaparecido, dando una oportunidad a tus oídos… *Pasa a la SECCIÓN 468.*

SECCIÓN 808 – Anota la Pista HMW

No consigues arrancarle nada, así que no tienes más remedio que marcharte a otra parte. ***Recuerda anotar la pista HMW*** y *puedes continuar con tu investigación en cualquier otro lugar del mapa.*

SECCIÓN 809

- *Si **no tienes la pista DOC** y el "contador de tiempo de la investigación" es de **3 o más días**, pasa a la SECCIÓN 596 **y no sigas leyendo**.*
- *Si el "contador de tiempo de la investigación" es **mayor de 20 días**, ve a la SECCIÓN 840 **y no sigas leyendo**.*

Estás en la localización L18 del mapa. Antes de seguir, anota en tu ficha que has visitado un nuevo lugar hoy (recuerda que puedes ir a un máximo de 4 sitios cada día; uno menos si anoche te alojaste en la librería de Mattus).

Esta localización está exenta de tirada de encuentros para ver si te topas con alguno de los matones que te está buscando por toda la ciudad. Tus enemigos no son tan suicidas como para hacer acto de presencia en este lugar tan vigilado y expuesto a las miradas de los transeúntes.

Alcanzas uno de los edificios más distintivos y emblemáticos del Distrito de los Mergueses, la sede donde se gestiona buena parte de los capitales que rigen la economía. La sede del Banco Imperial es un inmueble majestuoso de varias plantas. Esperas encontrar lo que buscas dentro de sus paredes.

Nota: *antes de seguir, decide si quieres que Zanna te acompañe o permanezca fuera. Anota en tu ficha tu decisión.*

- *Si tienes la pista AGF, ve a la SECCIÓN 488.*
- *Si no la tienes, sigue en la SECCIÓN 979.*

SECCIÓN 810

Empujas la vieja madera y entras. Esperas ver a tu querida familia sentada alrededor de la mesa, pero solo encuentras a un campesino que bien conoces. Es el señor Úver, quien comparte residencia y cuidado de tierras con la familia de Gruff y la tuya. El hombre se queda pasmado ante vuestra repentina aparición y, para tu sorpresa, no desprende alegría sino pesar al veros... *Ve a la SECCIÓN 937.*

SECCIÓN 811

Si tienes la Pista OUB, no sigas leyendo y ve a la SECCIÓN 942.

Si no tienes esa pista:
- *Si tienes la Pista BUR, ve a la SECCIÓN 473.*
- *Si no la tienes, ve a la SECCIÓN 868.*

SECCIÓN 812

Lanza 2D6 y suma tu modificador de Destreza para conseguir la finta:

- *Si el resultado total está entre 2 y 8, ve a la SECCIÓN 314.*
- *Si está entre 9 y 12, ve a la SECCIÓN 60.*

SECCIÓN 813

- *Si tratas de abrir la puerta y entrar, ve a la SECCIÓN 639.*
- *Si vuelves atrás y marchas al segundo pasillo, sigue en la SECCIÓN 620.*
- *Si vuelves atrás y vas al tercero, pasa a la SECCIÓN 1015.*
- *Si decides regresar arriba abandonando esta segunda planta, ve a la SECCIÓN 527.*

SECCIÓN 814

Marchas hacia la localización L52 del mapa. Antes de seguir, anota en tu ficha que has visitado un nuevo lugar hoy (recuerda que puedes ir a un máximo de 4 sitios cada día; uno menos si anoche te alojaste en la librería de Mattus). No vas a tener que realizar ninguna tirada de encuentros con tus perseguidores para esta localización en concreto.

Un amable burócrata de la sucursal bancaria te recibe y te pregunta si quieres abrir una cuenta para depositar capitales. Sin esperar a tu respuesta, pasa a relatar las características de la misma.

Ve ahora a la SECCIÓN 1038 y regresa de nuevo aquí cuando acabes (anota el número de esta sección para no perderte al volver).

Cuando regreses, sigue leyendo…

- *Si tienes la pista SBI y **NO tienes** la pista CRR, sigue en la SECCIÓN 199.*
- *En cualquier otro caso, ya no tienes nada más que hacer aquí, así que puedes continuar con tu investigación en cualquier otro lugar del mapa.*

SECCIÓN 815

Por tu cabeza pasa una idea que quizás pueda funcionar. Coges la llave que estaba oculta en el sillón de Sígrod y la observas durante unos segundos. A pesar de la penumbra del pasillo, no hay duda de que puede encajar en la complicada cerradura. Suspiras antes de probar suerte y respiras aliviado al escuchar un seco sonido que indica que el mecanismo ha sido desbloqueado. Orgulloso por tu logro, pasas enseguida el umbral y cierras el portón de nuevo cuando ya estás dentro. *Sigue en la SECCIÓN 797.*

SECCIÓN 816

Tragándote tu orgullo, dejas que Zanna te arrastre fuera del alcance de esos tipos. Escuchas sus risas e improperios de fondo, tragas saliva y sigues con tus indagaciones en otro lugar de la capital. *Puedes continuar con tu investigación en cualquier otro lugar del mapa.*

SECCIÓN 817

Palpas con tus manos la superficie del portón y la zona de pared de sus dos laterales. Es frustrante pero no encuentras nada lo más remotamente parecido a un mecanismo de apertura. Hastiado, como por instinto, coges el picaporte y alimentas tu enfebrecida mente al hacerla especular con qué pasaría en caso de hacerlo sonar…

Y es en ese preciso momento cuando, de pronto, tus dedos tocan algo que estaba oculto a la vista bajo el picaporte. Hay tres pequeñas ruedecitas numeradas con las cifras del 0 al 9. Sin lugar a duda, esconden la combinación que desbloquea la puerta. *Debes pensar rápido cómo proceder. Ve a la SECCIÓN 55.*

SECCIÓN 818   +8 P. Exp.

A pesar de tus nervios, reconoces ese emblema y las letras bajo el mismo. No hay duda de que se trata de la enseña del Gremio de Prestamistas de Meribris. La tensión del momento ha estado a punto de dejarte bloqueado y jugarte una mala pasada. Además, tu pasaje para Meribris, costeado por ese mismo gremio, contenía como sello idéntico emblema.

En cualquier caso, ¿por qué esto garantiza que este hebrita sea Sígrod? Tu cabeza está inmersa en un mar de dudas mientras aferras con firmeza el maldito cofre que llevas contigo. *Ve a la SECCIÓN 145.*

SECCIÓN 819   +10 P. Exp.

¡Tu coartada parece haber funcionado! ¡Puedes acceder a la rampa de acceso a la cubierta sin necesidad de enfrentarte a ellos! Es de suponer que estos tipos están acostumbrados a recibir emisarios trayendo mensajes de las unidades dispersas de su organización en la gran ciudad. ¡Ni siquiera te han obligado a identificarte! Quizás hayas agotado toda tu dosis de suerte con esto, pero el caso es que los has burlado sin ningún tipo de percance. Alcanzas la cubierta del *Rompeaires* y te dispones a seguir con tu operación de rescate de Sígrod y los papeles. *Sigue en la SECCIÓN 388.*

SECCIÓN 820

No tienes más remedio que regresar atrás abandonando este pasillo.

* *Si marchas al primer pasillo, sigue en la SECCIÓN 390.*
* *Si vas al tercero, pasa a la SECCIÓN 1015.*
* *Si decides regresar arriba abandonando esta segunda planta, ve a la SECCIÓN 527.*

SECCIÓN 821

Tras escuchar tu propuesta, Lóggar te mira fijamente con su único ojo. Su gesto delata extrañeza. Tu idea no le acaba de encajar.

- ¿Por qué tendría que aceptar vuestra ayuda? No os conozco de nada y tampoco la necesito. Bien podríais ser espías wexianos. Soy joven pero no tan pardillo como para llevaros, así de fácil, a la otra guarida secreta hacia la que ahora nos dirigimos. ¡Tesban! ¡Grako! Vigiladlos bien, recogeré mis cosas mientras pienso que haré con ellos – ordena Lóggar a dos de sus hombres, que se os acercan espada en mano y dispuestos a actuar ante la menor señal rara que hagáis.

Y es en ese preciso momento, cuando oyes cómo la puerta comienza a recibir unos durísimos golpes. El estruendo es brutal. Están intentando echarla abajo desde fuera. La escuadra de guardias de la ciudad ha llegado y sólo hay una opción: intentar escapar.

- ¡Mierda! ¡Están aquí! ¡Dejad lo que estéis haciendo! ¡A la otra puerta! ¡Rápido! – ordena Lóggar agarrando a la niña de la mano y tirando de ella hacia la parte trasera del edificio.

Te apresuras siguiendo a tus compañeros, quienes a su vez persiguen a los hombres de Lóggar. Eres tú quien cierra la marcha y la desesperación te invade mientras no dejas de echar la vista atrás. Temes que en cualquier momento la puerta del edificio se vaya a venir abajo y un reguero de soldados penetre dentro. No quieres morir en esta ratonera, no cuando tienes tantas cosas por realizar... *Sigue en la SECCIÓN 724.*

SECCIÓN 822

Tragas saliva, emites un profundo suspiro y asientes al gordo líder, mientras avanzas hacia el pequeño tumulto. Pero, de pronto, te ves frenado por una mano que tira fuertemente de ti. Es Zanna, quién te mira desafiante y con gesto verdaderamente enfadado.

- ¿Qué diablos pretendes? ¿No recuerdas para quién trabajas? No moverás un dedo en contra de ningún hebrita mientras estés conmigo – te espeta la chica azafia tratando de no levantar demasiado la voz.

- No tenemos otra opción Zanna. Son demasiados. Si no quieres que acabemos lapidados como esos dos desgraciados, tendremos que fingir que estamos de parte de los fanáticos, aunque no lleguemos a participar del linchamiento. Cuando pase todo esto y los exaltados se larguen, trataremos de auxiliar al hebrita, si es que aún vive, y seguiremos con nuestra misión. No podemos poner en riesgo la investigación alimentando la posibilidad de caer apaleados en esta mísera plaza – replicas angustiado.

Zanna está a punto de golpearte, tal es la ira que le producen tus palabras, pero parece pensárselo mejor. Una lucha interna se origina dentro de ella en esos breves segundos en los que trata de recapacitar. Finalmente, su pragmatismo se impone, escupe en el suelo y asiente apretando los dientes.

- ¡Venga! ¿Estáis sordos jovenzuelos? Venid aquí, la fiesta va a empezar – rebuzna el grueso cabecilla de los fanáticos, mientras rompe a reír.

Sigue en la SECCIÓN 735.

SECCIÓN 823

Parece que no has llegado en buen momento. Eres incapaz de conseguir que alguien te atienda. El personal que trabaja para el Consejero Tövnard en su gran mansión está muy atareado y no tiene tiempo para ti. Finalmente, los guardias te "invitan" a regresar en otro momento.

Has perdido un tiempo valioso cuando precisamente el tiempo es tu recurso más escaso en estos momentos… Puedes continuar con tu investigación en otro lugar del mapa.

SECCIÓN 824

Te abruma la magnitud del evento que pronto va a comenzar. Incluso un silpa quedaría influido por el efecto hipnótico de la masa que se concentra en esta plaza. El alboroto del excitado gentío supera tus niveles de aceptación sonoros y tu vista no enfoca en ningún punto en particular, hasta que, con desesperación, por fin se agarra a algo. Parece una especie de palco de honor permanente construido en piedra. Una sección distinta y separada de la gigante gradería de madera levantada para la ocasión, que rodea toda la plaza y en la que debe de haber varios miles de personas. Una tribuna para las autoridades de alta alcurnia, la *Hahsma*, accesible solo a través de un túnel subterráneo que comunica con ella desde el Palacio Imperial y en la que, en estos momentos, está alojado Wexes y otros miembros de alto linaje, entre los que se encuentran miembros del Consejo de Tol Éredom, Altos Funcionarios, Embajadores y Legados, miembros de la Alta Jerarquía religiosa domatista y nobles acompañados de sus hijas casamenteras esperanzados en atraer la atención de Wexes y ganar la aprobación de su madre, sentada a la diestra del mismo.

Está a punto de comenzar el Torneo en conmemoración del cumpleaños de la concubina del difunto Mexalas, muerto por veneno en extrañas circunstancias. La misma que huyó de Tol Éredom embarazada de su hijo y que más tarde regresó con su vástago hecho un hombre. Déuxia Córodom, una de las personas con más poder del Imperio y con mayor influencia sobre su hijo, el Emperador Wexes.

Tus pensamientos se diluyen cuando el griterío, de pronto, aumenta varios niveles de intensidad, obligándote a dirigir tus sentidos hacia aquello que lo provoca. Los dos equipos que van a enfrentarse en el Torneo, "Los Cerdos" y "Las Ratas", hacen acto de presencia entre la algarabía y el clamor generalizados. Déuxia y Wexes, hacia los que diriges de nuevo tu mirada, parecen complacidos al observar la escena. Su pueblo parece no estar preocupado por nada que ocurra más allá de esta plaza.

Una gran paradoja te invade entonces. A pesar de la inmensa multitud que te rodea, sientes de pronto una punzante soledad. Quizás es que te sientes demasiado pequeño ante la inmensidad del lugar, o ante la ciudad imperial que llevas días explorando... o ante el mundo de Térragom en su conjunto. Por fortuna, recuerdas que tus compañeros están aquí contigo. Tu mirada se cruza con los ojos vivos y nerviosos de Gruff, mientras ves que Zanna centra toda su atención en el centro de la plaza. Salvando empujones y codazos, tratando de regresar a la realidad y coger las fuerzas necesarias para afrontarla, te dispones a presenciar el espectáculo desde tu lugar en las gradas. ... *Sigue en la SECCIÓN 257.*

SECCIÓN 825

*Estás en la localización L30 del mapa. Antes de seguir, anota en tu ficha que has visitado un nuevo lugar hoy (recuerda que puedes ir a un máximo de 4 sitios cada día; uno menos si anoche te alojaste en la librería de Mattus). No vas a tener que realizar ninguna tirada de encuentros con tus perseguidores para esta localización en concreto pero, **para seguir leyendo, necesitas gastar 1 CO** (el precio para acceder a los gimnasios). Si no dispones de esa cantidad o no quieres gastarla, puedes continuar con tu investigación en cualquier otro lugar del mapa.*

En este lugar, los eruditos se relajan con la realización de ejercicios físicos que, además de despejar sus mentes, les permiten cultivar algo sus cuerpos.

Nota de juego: puedes invertir aquí 3 días completos de tiempo (abonando 1 CO por día) y lanzar 2D6 al finalizar esos 3 días (suma tu modificador de Destreza a esa tirada):

- *Si el resultado está entre 2 y 7, lo has pasado bien y has entrenado tu cuerpo, pero no consigues nada.*
- *Si está entre 8 y 12, ganas +1 en tu característica de Destreza.*

Puedes continuar con tu investigación en cualquier otro lugar del mapa (al acabar tu entrenamiento de 3 días, puedes iniciar uno nuevo para intentar seguir subiendo tu Destreza, aunque ten presente que nunca esta característica puede superar el modificador de +3).

SECCIÓN 826

Tras una operación en la que empleas el mayor de tus sigilos, consigues levantar el tablón sospechoso. Es en ese momento cuando te quedas de piedra al constatar que ahí debajo hay una portilla de hierro con una inscripción en su superficie y tres ruedecitas numeradas como las que viste debajo del picaporte del portón de acceso a la estancia de Sígrod.

A pesar de la poca luz, tras esforzar tu vista, logras leer lo que dicen esas inscripciones:

Siempre fiel Sífreg, por ese tótem casi sagrado,
tienes esa nobleza dentro, real ácrata seas.
No va a ser fácil tu proeza, así que
usa cuanto observes, nada se erige justo entre río o yermo,
desde oriente siempre verás el calor ejercer su dominio omnipotente, siempre.
El enemigo vigila y el monstruo del pantano acecha.
Dice asimismo ese tenebroso ente
oscuro, silencioso, macabro, áspero, sigiloso, voraz e inteligente:
"nadie tendrá entereza y encontrará
calor tomando alimento más
insulso e insano, que este
légamo hediondo
del pantano";
cuando ose noquearte semejante ente
jura el rezo oído:
"donde andan
fanks
sólo puede pisar un buen guerrero", así que ya tienes
la clave si eres certero.

Estás estupefacto. ¿Qué diablos quieren decir esas caóticas frases? Te frotas los ojos, atónito por este nuevo enigma. Tu cabeza bulle de actividad hasta que recuerda la tablilla que encontraste en el dormitorio de Sígrod. Controlas tus nervios para extraer esa pequeña tabla de tu petate y relees su contenido:

"En la primera sólo la últimas, pero en la segunda son las primeras. En la tercera nada vale, la cuarta y la segunda son parejas y la quinta es igual que éstas. La sexta ni la mires, pero en la séptima la tercera es la buena y de nuevo en la octava y la novena manda la primera. A la décima le gusta la tercera y de la undécima y la decimotercera nada se aprovecha. Me he dejado la que hace doce entre medias y a ésta le va la quinta. La catorce, quince y dieciséis, te digo lo mismo que con la segunda, pero para la diecisiete te recomiendo la tercera. La dieciocho nada nos interesa, pero la diecinueve vale toda entera ella."

Que te parta un rayo si no es así, pero jurarías que una y otra cosa, de forma conjunta, esconden la clave de tres cifras que necesitas introducir en las ruedecitas para abrir la portezuela.

Ha llegado el momento de averiguar esa combinación de 3 cifras que permite desbloquear la portilla de metal. Una vez tengas una posible cifra, visita la sección cuyo número coincida con ella. Si es la contraseña correcta, el propio texto de la sección te lo indicará. Si no es así, no habrás dado aún con el código que necesitas y tendrás las siguientes opciones:

- *Seguir pensando otra clave y volver a probar si es la correcta.*
- *Darte por vencido abandonando la sala para ir a otra parte del barco. En ese caso, ve a la SECCIÓN 642.*
- *Rendirte, dejar de probar claves y abandonar el barco para ir a otro lugar de la ciudad. En ese caso, ve a la SECCIÓN 293.*

SECCIÓN 827

Haciéndote pasar por aguador, consigues acercarte a un grupo de presos. Te diriges al más anciano de ellos, un hombre arrugado y de aspecto famélico, repleto de sudor y suciedad. *Lanza 2D6 y suma tu modificador de Carisma para tratar de arrancarle algunas palabras al respecto del tema que te preocupa (si le entregas en secreto raciones de comida, suma +1 extra a la tirada por ración; debes indicar cuántas le entregas antes de efectuar la tirada):*

- *Si el resultado está entre 2 y 9, ve a la SECCIÓN 361.*
- *Si está entre 10 y 12, sigue en la SECCIÓN 430.*

SECCIÓN 828

No tardas en averiguar lo que está causando tanto revuelo entre los presentes. Todos ellos son fanáticos miembros de *"Las Ratas"*, uno de los dos equipos que se enfrentó en el Torneo que acaba de celebrarse en una de las grandes plazas de la ciudad, un evento que acabó causando graves daños y destrozos tras el enfrentamiento violento entre *"Las Ratas" y "Los Cerdos"*, sus enconados rivales. Los exaltados seguidores emiten cánticos en honor de su equipo y maldicen a los miembros de la facción rival con toda clase de chanzas e improperios. No tienes intención de meterte en problemas, así que decides alejarte de la algarabía para explorar otras partes de la ciudad. *Puedes continuar con tu investigación en cualquier otro lugar del mapa.*

SECCIÓN 829 – LUGAR DE DESPERTAR ESPECIAL

*Anota el número de esta sección en tu **FICHA DE INVESTIGACIÓN** y **haz una fotografía a la misma** asegurándote de que aparezcan en ella los **dos contadores de tiempo** y las **pistas conseguidas** hasta el momento en que llegaste aquí por primera vez. Esta sección es un Lugar de Despertar Especial, por lo que ya no necesitas comenzar desde el inicio del libro en caso de que mueras pudiendo seguir desde aquí y **además sin gastar ningún punto de ThsuS** para este Lugar de Despertar en concreto. Simplemente **resetea tus dos contadores de tiempo y tus pistas** a los de la fotografía que tomaste según lo indicado antes y reinicia la partida. De esta forma, si mueres y tienes que volver a este lugar de despertar en concreto, podrás "resetear" las pistas a las que tuvieras en el momento en que llegaste por primera vez aquí y, a partir de ahí, volver a ir coleccionando pistas que has perdido y otras nuevas que puedas conseguir.*

Tras un tiempo que no podrías precisar con exactitud, debido a la urgencia y lo atropellado de vuestra huida de la casa, por fin encontráis un sitio seguro donde poder descansar fuera de la vista de los transeúntes y los guardias. No ha sido fácil llegar hasta él, debido a la distancia y a que Elavska sigue drogada y apenas se tiene en pie, pero es vuestro mejor refugio en la ciudad y ha merecido la pena el esfuerzo. Estás en el sótano de la casa de Mattus el librero, uno de vuestros pocos aliados.

Suma en este momento 50 P. Exp., así como un total de 70 CO y dos pócimas curativas de 2D6 PV (ocupan 1 VC cada una) que el bueno de Gruff ha rescatado de las bolsas ensangrentadas de los enemigos caídos. También ten presente que, el resto del día de hoy, ya no vas a visitar más localizaciones del mapa. Haz las anotaciones oportunas en tu ficha y pasa a la SECCIÓN 504.

SECCIÓN 830

Mueres desangrado por las múltiples heridas que te infringe tu oponente. Has fracasado. Diriges tu última mirada al maldito cofre que aún portas contigo y cierras los ojos para siempre.

FIN – si tienes algún punto de ThsuS, "Todo habrá sido un Sueño" y podrás retomar la aventura desde el Lugar de Despertar que desees entre los que tengas anotados en tu ficha. Si no es así, debes comenzar de nuevo desde el principio o desde algún Lugar de Despertar Especial que tengas.

SECCIÓN 831 – LUGAR DE DESPERTAR ESPECIAL

Anota el número de esta sección en tu ficha de personaje junto con el contador de tiempo en el momento en que llegaste aquí por primera vez. Esta sección es un Lugar de Despertar Especial, por lo que ya no necesitas comenzar desde el inicio del libro en caso de que mueras pudiendo seguir desde aquí y **además sin gastar ningún punto de ThsuS** *para este Lugar de Despertar en concreto en el que te encuentras.*

Abres los ojos, zarandeado por Zanna, no sabrías decir cuántas horas después.

- Siento despertarte tan pronto, pero ha llegado el momento de marcharnos – te dice la chica con una breve sonrisa en el rostro.

- No podemos distraernos más tiempo aquí. En estos barrios las noticias vuelan como las águilas. No descarto la presencia de algún informante que pueda delatarnos por unas pocas monedas de oro. No son pocos los que nos vieron llegar ayer y ya hemos disfrutado de demasiada suerte al no vernos molestados esta noche. Seguro que hay enemigos buscándonos en estos momentos – añade Jinni.

Te parece un razonamiento incontestable y asientes como toda respuesta. Poco después, abandonáis la mugrienta posada ante la mirada curiosa de los clientes y la sonrisa desdentada del tabernero que la regenta. Enseguida os veis envueltos por los olores y ruidos propios de las callejuelas del barrio del puerto.

- ¿Y dónde diablos vamos ahora? ¿En qué diantre estamos metidos? ¿Me vais a decir algo ya de una puñetera vez? – reclamas mientras sigues los pasos rápidos de Jinni y Zanna.

- Tendrás respuestas, tranquilo. Pero debes ser paciente. No es el lugar ni el momento – te dice la chica sin girarse ni dejar de andar.

- Así es. Ahora el objetivo es llegar a un sitio no muy lejos de aquí donde creo que podemos estar más seguros. Si tenemos algún contratiempo de camino y tenemos que dispersarnos, Zanna sabe adónde me dirigiré y adonde tenéis que ir vosotros – añade el juvi mirando a la chica tras hacer referencia a esos lugares que desconoces.

- Pero…, no es justo, ¿por qué habría de seguiros? No quiero tener nada que ver con todo esto. He cumplido mi parte y quiero mi dinero – rebates enfurruñado.

- Eso es discutible amigo. Creo recordar una conversación con Elavska en la que pude ver el contrato. Tenías que entregar el cofre a Sígrod y recibir un documento a cambio. O estoy drogado o creo que ese bulto que aún llevas en tu petate es el maldito cofre. Por tanto, el encargo no ha sido completado – dice Jinni retándote con la mirada tras pararse en seco de pronto.

Estás a punto de estallar de rabia y contestar, cuando la mirada triste de Zanna hiela tu furia. Un par de lágrimas caen de su rostro tras ser mencionada Elavska. Reprimes tu ira hechizado por la belleza de la joven azafia y reanudas la marcha. *Continúa en la SECCIÓN 69.*

SECCIÓN 832

- Gruff, ¿qué diablos haces? – susurras en voz baja intentando disimular.

- Se acaba de producir una atrocidad... Zanna ha pensado que lo mejor era venir hasta aquí y que yo intentara colarme para avisarte. Ella misma está esperando fuera... – contesta nervioso tu amigo, de cuya inesperada aparición aún no has logrado recobrarte.

- ¿Qué sucede? – le preguntas tras disculparte con tus comensales y apartarte a un lugar menos visible para hablar con él.

- Mattus... Ha sido una barbarie... - dice tu amigo.

- Diablos, Gruff. Tranquilízate. ¿Qué ha pasado? – insistes.

- El librero ha sido asesinado junto a su mujer y su hijo en su propia casa. Los criminales han dejado una carta en la que amenazan con la ejecución de Sígrod si no entregamos a Zanna y el cofre. El turbador mensaje no poseía firma ni sello, solo esas macabras palabras y el momento donde se iba a producir esa ejecución: esta misma noche tras la cena de gala.

- ¡Malditos bastardos! Pagarán caro por la brutalidad que acaban de cometer – la ira rebosa en tus palabras.

- Temo que el librero haya confesado antes de morir. Su cadáver tenía signos de tortura. Los jardines en torno a la cena están cercados. Tuve que esquivar a varios de esos encapuchados para colarme hasta aquí. Aun así, podemos darnos por afortunados por no haber sido víctimas de una emboscada cuando llegamos a casa de Mattus. Los asaltantes habían huido poco antes, tras el aviso de los vecinos a la guardia de la ciudad por los gritos solicitando auxilio que habían escuchado – dice tu amigo nervioso.

- Debido a que tuvieron que huir, los asesinos dejaron esa carta para que la leyéramos cuando fuésemos por allí – deduces en voz alta.

- Así es. La dejaron bien oculta para que los guardias no la encontraran pero nosotros sí. Estaba en el sótano entre las mantas que empleamos cuando allí dormimos, mientras que los cadáveres estaban en las plantas superiores del edificio. La casa estaba tomada por los guardias y por los preocupados vecinos cuando llegamos. Preguntamos por lo sucedido a unos y otros haciéndonos pasar por fieles clientes del librero y, aprovechando un descuido, bajé al sótano a registrar nuestros lechos encontrando entonces la carta… – sigue diciendo tu amigo hasta que tú le interrumpes.

- No necesito más explicaciones Gruff. Se nos acaba el tiempo. La gala está a punto de finalizar y todos los comensales marcharán dispersándose. Tenemos que ir tras el responsable de esta atrocidad antes de que sea demasiado tarde para Sígrod y para todos nuestros planes…

Aún sin reponerte del impacto, lamentas lo que ahora sucede: el Emperador se levanta de su aposento, solicita la atención de todos, agradece la asistencia de tan nobles comensales y da por acabada la cena. *Ve inmediatamente a la SECCIÓN 903.*

SECCIÓN 833

Has tomado una decisión fatal. El joven Comisionado de Réllerum nada tiene que ver con el asesinato de Mattus ni con el secuestro de Sígrod. Lo compruebas cuando ves que éste se dirige hacia el puerto de la ciudad y trata de buscar un barco que le lleve los próximos días hacia su sureña región natal, actualmente en peligro de supervivencia ante los enemigos del Imperio en Azâfia. Vuelves sobre tus pasos intentando de forma desesperada dar con el resto de comensales, pero al llegar a los jardines donde se ha celebrado la gala, solo ves a los mozos que trabajan cansados recogiendo las mesas. *Ve a la SECCIÓN 840.*

SECCIÓN 834

Haz una tirada de 2D6 y suma tu modificador de Huida:

- *Si el resultado está entre 2 y 8, ve a la SECCIÓN 431.*
- *Si está entre 9 y 12, pasa a la SECCIÓN 217.*

SECCIÓN 835

Estás en la localización L7 del mapa. Anota que has visitado un nuevo lugar hoy (recuerda que puedes ir a un máximo de 4 sitios cada día; uno menos si anoche te alojaste en la librería de Mattus). También lanza 2D6 para ver si tienes algún encuentro con los matones que os persiguen. Si el resultado es de 7 o más, no te topas con ningún enemigo y puedes seguir leyendo. Si es inferior, debes evitar o vencer a los siguientes tipos que os descubren, para seguir leyendo (los enemigos indicados son los que debes enfrentar en solitario; no se detallan los rivales que atacan a tus compañeros y se considerará que ellos vencerán su combate si tú ganas el tuyo):

ENCAPUCHADO NEGRO 1	Ptos. Combate: +4	PV: 22
ENCAPUCHADO NEGRO 2	Ptos. Combate: +6	PV: 28

Nota: puedes tratar de evitar el combate si lanzas 2D6 y sumas tu modificador de Destreza obteniendo un 6 o más (si tienes la habilidad especial de Silencioso o de Camuflaje suma +2 por cada una de ellas). Si logras evitar a esos tipos, darás un largo rodeo hasta que puedas quedarte tranquilo y constates que les has dado esquinazo definitivo. Sin embargo, ya no podrás visitar esta localización en el día de hoy.

Ptos de Experiencia conseguidos: 12 P. Exp. si vences; 4 P. Exp. si escapas.

La Gran Catedral del domatismo wexiano es una construcción impresionante. Según estimas, la cúpula debe alcanzar casi los sesenta metros de altura, mientras que las cuatro grandes fachadas del recinto tendrán la friolera de más de ochenta metros de largo cada una de ellas. Según Zanna, se trata de la mayor catedral del mundo domatista y, en general, de todas las religiones que pueblan el Imperio. La chica azafia añade que en Meribris se dice que las obras de construcción de la misma resultaron costosísimas, pues se calcula que en ellas se invirtieron casi doce toneladas de oro, es decir, casi el diez por ciento del tesoro imperial. Para completar la basílica, también se trajeron los mejores mármoles y multitud de obras de arte de distintos y exóticos lugares de Térragom. Pero no estás hoy para lecciones de historia y arte. Tienes una misión entre manos, así que te diriges a la magnífica puerta sur de la catedral, que en estos momentos no está sellada, lo que permite el acceso a creyentes y peregrinos.

- Si tienes la pista MNJ, no tienes nada más que hacer aquí y puedes continuar con tu investigación en cualquier otro lugar del mapa.
- Si no tienes la pista anterior, sigue en la SECCIÓN 759.

SECCIÓN 836

Puedes dedicar el tiempo que consideres al estudio, con la ayuda de Zanna, de alguno de los miles de libros y documentos que te rodean.

- Si quieres conocer algo más sobre Tol Éredom y su historia como ciudad, puedes encontrar amplias crónicas en la SECCIÓN 118.

- *Si deseas profundizar en las catástrofes que, al parecer, ha sufrido la Gran Biblioteca a lo largo de su vida, ve a la SECCIÓN 149.*
- *Si quieres indagar en los manuscritos de Política Imperial para tratar de saber algo más sobre el Consejo de Tol Éredom, pasa a la SECCIÓN 466.*
- *Si quieres releer "Los Anales del Imperio Dom", libro al que accediste en casa del librero Mattus, tienes una de las copias guardadas en la Gran Biblioteca en:* **http://anales-imperio-dom.cronicasdeterragom.com**
- *Si quieres bucear en los registros de sentencias judiciales y actos administrativos que se archivan en la parte oriental de la nave en la que estás, pasa a la SECCIÓN 231.*
- *Si quieres dedicar tiempo a entrenar tu mente con los ejercicios de lógica numérica que se encuentran en una colección de pergaminos, pasa a la SECCIÓN 650.*
- *Cuando acabes, puedes continuar con tu investigación en cualquier otro lugar del mapa.*

SECCIÓN 837

La sonrisa sardónica del enjuto rufián se apodera de su rostro mientras inclina su cabeza exagerando una reverencia caricaturesca. Ese es el saludo que te dedica cuando te paras a un par de metros de él.

El pícaro, cuya baja calaña es evidente, se presenta como alguien muy capaz y un gran conocedor de rumores de la ciudad que, a un "módico precio", te puede vender.

- *Si **NO tienes la pista RUF** y le das las 6 coronas de oro que te pide a cambio de cierta información sobre los hebritas que dice conocer, **resta dicha cantidad de tu ficha** y ve a la SECCIÓN 538. Si ya tienes la pista RUF, no puedes visitar esa sección.*
- *Si te acercas al grupo de chipras que discute, ve a la SECCIÓN 888.*
- *Si quieres largarte de aquí, puedes continuar con tu investigación en cualquier otro lugar del mapa.*

SECCIÓN 838

Estás en el hexágono F2. El catálogo de productos que se pueden comprar en esta zona de la Feria es bastante variado, aunque predominan los puestos ambulantes y tiendas de frutas, verduras, especias y plantas de todo tipo.

Puedes comprar aquí todas las raciones vegetarianas de comida que desees. Cada ración diaria ocupa 1VC y cuesta 1 CO.

Además, puedes comprar pócimas curativas elaboradas por los herbolarios de esta zona de la Feria. Cada pócima que restaura 1D6 PV cuesta 7 CO y la que restaura 2D6 PV cuesta 12 CO. Cada pócima ocupa 1 VC.

Por último, puedes hacerte con una fragancia para engalanarte. Se trata de un perfume de Azâfia que suma +1 a tu Carisma durante el resto del mismo día en que emplees una de sus dosis (luego su efecto desaparece). Cada frasco que compres contiene 10 dosis, no ocupa VC y cuesta 20 CO.

- *Si tienes la pista PDX y además el contador de tiempo de tu investigación es igual o inferior a 16 días, ve a la SECCIÓN 371.*
- *Si no tienes esa pista o si el contador de tiempo de tu investigación es igual o superior a 17 días, no tienes nada más que hacer aquí.* **Recuerda que estabas en el hexágono F2**. *"Puedes seguir explorando la Feria en la SECCIÓN 413".*

SECCIÓN 839

Más que intentar ser el centro de atención o acaparar la mayoría de tertulias, Edugar Merves está centrado en conversar con sus dos acompañantes de confianza. Uno de ellos es un tipo de llamativo cabello largo tintado en rojo y recogido en una coleta. Un cabello del mismo color intenso que el de su recortada barba. Es quién conversa en mayor medida con Merves, mientras que el tercero en discordia, un hombre de edad más joven, gesto desconfiado y parco en palabras, escucha atento.

Desde tu posición es imposible escucharles, dado que no hablan en voz alta, así que te concentras en observar. Te abruma la gala y caros ropajes que presentan muchos de los asistentes. Por ejemplo, Merves lleva un bordado de oro puro en la manga derecha de su blusa, en el que algo así como un mazo aparece apoyado en una especie de columna o puntal vertical. El consejero de mirada aguda y nariz aguileña parece querer, con su ostentosa vestimenta, desviar la atención de la fealdad de su rostro.

Para preguntar a los comensales que tienes alrededor de ti acerca de estos tipos que hablan con Edugar Merves, lanza 2D6 y suma tu modificador de Carisma (suma +1 extra si tienes la habilidad especial de Don de gentes):

- *Si el resultado está entre 2 y 8, ve a la SECCIÓN 483.*
- *Si el resultado está entre 9 y 12, ve a la SECCIÓN 47.*

SECCIÓN 840

De pronto, sientes un agudo pinchazo en la parte trasera del cuello. Como acto reflejo, posas tus manos en esa zona y tocas una especie de objeto fino del que tiras sin pensar. Presa del terror, observas un dardo de metal con la punta tintada en negro, seguramente emponzoñada por veneno. Sin tiempo para avisar a tus acompañantes ni para tomar consciencia real de la situación, te desplomas perdiendo la conciencia al momento.

No volverás a abrir los ojos. Has sido asesinado por tus enemigos, que os han seguido para atacaros en el momento más propicio para ello. La trama de los hebritas con el consejero Tövnard, el librero Mattus y la banda de Elavska ha sido destapada y seguramente Sígrod vaya a ser ejecutado en breves momentos. Tú eres una pieza menor de la trama, aunque eres un fiero guerrero, por eso lo mejor era asesinarte. Quizás tu fiel amigo Gruff haya corrido la misma suerte y puede que Zanna, en estos momentos, esté siendo llevada a un sitio apartado para ser interrogada o para cosas peores. Pero todo esto es algo que jamás podrás saber. Has fracasado, salvo que todo haya sido una desagradable pesadilla de la que es mejor, cuanto antes, despertar...

FIN – *si tienes algún punto de ThsuS, "Todo habrá sido un Sueño" y podrás retomar la aventura desde el Lugar de Despertar que desees entre los que tengas anotados en tu hoja de personaje. Si no es así, debes comenzar de nuevo desde el principio o desde algún Lugar de Despertar Especial que tengas.* **Recuerda resetear, en tu FICHA DE INVESTIGACIÓN, tus dos cuentas de tiempo y las pistas conseguidas a las que tuvieras cuando llegaste a ese Lugar de Despertar del que reinicias.**

SECCIÓN 841

Sobre unas aguas algo agitadas por el viento de oriente, el barco se abre paso a través del mar de Juva en dirección a tu tierra natal. Las horas transcurren para ti extrañamente tranquilas, sobre todo teniendo en cuenta el frenesí vivido en fechas pasadas.

Esa calma y la inactividad de estos días de tránsito, hacen que tus pensamientos viajen a mil sitios, una y otra vez. La guerra asola el Imperio mientras distintas facciones de poder tratan de pescar en aguas revueltas. Hombres ambiciosos manejan, cual títeres, a las gentes. Tú mismo has sido la pieza de un entramado mucho más grande que el transporte de ese maldito cofre. Miras tu petate en varias ocasiones y sientes cierta extrañeza al no ver ese objeto ahí. Ha formado parte de ti durante largas semanas, pero notas alivio por haberlo dejado por fin atrás.

Tus familiares y el regreso a tiempo para reparar su deuda con los recaudadores del Lord, no dejan de rondar en tu cabeza. Esperas que estén bien y que la guerra no haya llegado a afectarles. Y luego,... claro, está Zanna... *Ve a la SECCIÓN 873.*

SECCIÓN 842

- ¡Maldito rufián! ¡El cabrón que buscamos está aquí! ¡A por él! ¡Que no escape! – grita con un fuerte acento sureño el azafio que acaba de descubrirte, dando la voz de alarma.

De pronto, escuchas un estruendo de pasos tras el recodo por el que ha aparecido el maldito mercenario, así como unas voces de llamada a la acción que no anuncian nada bueno. Un tropel de enemigos debe estar movilizándose para venir aquí y aplastarte.

Las desgracias no vienen solas. En tu huida tropiezas y caes, dando tiempo al azafio que te ha descubierto para que llegue hasta tu altura y te ataque. *Prepárate para lo que viene y pasa a la SECCIÓN 585.*

SECCIÓN 843

¡Unos pasos se acercan y están a punto de girar el recodo que hay al final del pasillo! Debes actuar antes de que te descubran.

- *Si corres volviendo atrás con la esperanza de llegar al principio del pasillo y torcer a uno de los dos corredores laterales antes de que aparezca quien sea que viene hacia aquí, ve a la SECCIÓN 535.*
- *Si permaneces quieto y desenfundas tu arma, ve a la SECCIÓN 57.*
- *Si tratas de abrir la puerta que hay a tu derecha con la intención de esconderte dentro de la estancia que haya allí, pasa a la SECCIÓN 847.*
- *Si optas por intentar abrir la puerta que hay a tu izquierda con el propósito de esconderte tras ella, pasa a la SECCIÓN 270.*
- *Si aún tienes la pista ONL, puedes optar por actuar y engañar a quien sea que viene. En este caso, ve a la SECCIÓN 165.*

SECCIÓN 844 - Anota la pista ERH

En uno de los cajones de la mesa, tras desbloquear la pequeña cerradura que lo cierra, encuentras los restos de un equipo de escritura que puede ser de utilidad en tu investigación. Gracias a las plumas y pergaminos que conserva, se pueden hacer anotaciones que faciliten recordar lugares de la ciudad, datos de interés o personas que sean relevantes para tus indagaciones. Desgraciadamente, apenas sabes escribir, pero puede serle útil a Zanna.

El equipo de escritura ocupa 1 VC y te da un bonificador de +2 a las tiradas de Inteligencia mientras te encuentres en Tol Éredom. Anótalo en tu ficha si decides quedártelo.

Además, encuentras un pequeño frasco que contiene 1D6 dosis de un veneno conocido como Kérrax (reduce 1 Pto. de Combate, por cada dosis que emplees, al enemigo contra el que lo apliques, ya sea impregnándolo en un dardo o flecha o en una arma cuerpo a cuerpo y siempre que le causes, como mínimo, un daño de 1PV). No ocupa VC. *Vuelve a la SECCIÓN 970.*

SECCIÓN 845

- *Si no tienes la pista MGU, ve a la SECCIÓN 140.*
- *Si ya tienes esa pista, ve a la SECCIÓN 158.*

SECCIÓN 846

Estás en la localización L59 del mapa. Antes de seguir, anota en tu ficha que has visitado un nuevo lugar hoy (recuerda que puedes ir a un máximo de 4 sitios cada día; uno menos si anoche te alojaste en la librería de Mattus). No vas a tener que realizar ninguna tirada de encuentros con tus perseguidores para esta localización en concreto.

Tu visita a la Colina de los Templos continúa en los aledaños de un antiguo santuario hebrita en la fachada del cual ves a una cuantiosa cuadrilla de canteros que trabaja a destajo ante la atenta mirada de un par de monjes domatistas wexianos.

La antigua religión del hebrismo, creencia oficial del Imperio durante muchos siglos, ha sucumbido ante la pujanza de la nueva fe cuyo dios fue alguien mortal, un poderoso Emperador de nombre Críxtenes cuyas hazañas todo el mundo conoce.

- *Si tienes la pista HMW, **no sigas leyendo** y puedes continuar con tu investigación en cualquier otro lugar del mapa.*
- *Si no tienes esa pista, sigue leyendo...*

Cerca de la escena, pero a la vez apartado de ella, detectas a un viejo monje cuyos hábitos difieren en apariencia de los que visten los otros clérigos. No poseen emblema alguno, pero no te hace falta nada para saber el dogma que defienden. Es un hebrita quién los viste. Todos los de su etnia profesan la misma fe. Te llama la atención la tristeza que desprende su rostro. Desconoces si un hebrita puede llorar... *Sigue en la SECCIÓN 1004.*

SECCIÓN 847

Maldices tu estampa al comprobar que la puerta está cerrada a cal y canto. Por mucho que lo intentes, es imposible forzarla en los pocos segundos de tiempo de que dispones, instantes que empleas en lo único que puedes hacer ahora: preparar tu arma y rezar a los dioses para que te amparen. Con gran terror ves cómo una turba de temibles mercenarios azafios irrumpe en el pasillo y se abalanza hacia ti con la intención de despedazarte. *Pasa a la SECCIÓN 359.*

SECCIÓN 848

Lo que ocurra ahora dependerá de lo que hayas hecho en el pasado. Revisa bien tus pistas anotadas y el "contador de tiempo de la investigación" y sigue la opción correspondiente.

- *Si no tienes la pista DMT **y además** el "contador de tiempo de la investigación" es de 9 o más días, <u>ve a la SECCIÓN 409 sin seguir leyendo</u>.*
- *Si dicho contador de tiempo es de 8 o menos días o si ya tienes esa pista, no puedes visitar esa sección, así que sigue leyendo…*

Revisa ahora si tienes alguna de las dos pistas siguientes:
- *Si tienes la pista NPV, <u>ve a la SECCIÓN 376 sin seguir leyendo</u>.*
- *Si tienes la pista ZAB, <u>ve a la SECCIÓN 787 sin seguir leyendo</u>.*

En caso contrario (es decir, no tienes ni la pista NPV ni la pista ZAB), sigue leyendo…

- ***Si no tienes la pista VTA**, entonces estarás en uno de estos dos casos:*
  - *Si tienes la pista TSF o si el "contador de tiempo de la investigación" es de 16 o más días, <u>pasa a la SECCIÓN 74</u>.*
  - *En caso contrario (es decir, no tienes la pista TSF y además el "contador de tiempo de la investigación" es de 15 o menos días), <u>pasa a la SECCIÓN 693</u>.*
- ***Si tienes la pista VTA**, entonces estarás en uno de estos dos casos:*
  - *Si el "contador de tiempo de la investigación" es de 12 o menos días, <u>pasa a la SECCIÓN 68</u>.*
  - *Si el "contador de tiempo de la investigación" es de 13 o más días, <u>pasa a la SECCIÓN 130</u>.*

SECCIÓN 849 – Anota la Pista FPT

Un tiempo después, todavía sigues deambulando por el inmenso puerto repleto de emplazamientos y recovecos por explorar. El sol ya ha desaparecido en el horizonte y el lugar se vacía del gentío que lo puebla durante el día.

Y es en ese momento de quietud y extraño silencio, cuando la penumbra previa a la noche te revela una escena que te deja totalmente pasmado. Tras doblar la esquina de uno de los almacenes de la dársena, observas varias figuras que, a duras penas, transportan un gran bulto. No se trata de mercancía portuaria. Parece otra cosa… algo de dimensiones humanas… **Recuerda anotar la pista FPT** y _ve inmediatamente a la SECCIÓN 480._

SECCIÓN 850 – LUGAR DE DESPERTAR ESPECIAL

Anota el número de esta sección en tu ficha de personaje junto con el contador de tiempo en el momento en que llegaste aquí por primera vez. Esta sección es un Lugar de Despertar Especial, por lo que ya no necesitas comenzar desde el inicio del libro en caso de que mueras pudiendo seguir desde aquí y **además sin gastar ningún punto de ThsuS** para este Lugar de Despertar en concreto en el que te encuentras.

Elige qué preguntas quieres realizar a Zanna y visita las secciones correspondientes para obtener sus respuestas:

- _"¿Qué hacemos en esta librería? ¿Quién es el librero y por qué nos ayuda? ¿Cuánto tiempo vamos a permanecer encerrados aquí?" - Ve a la SECCIÓN 496._

- _"¿Por qué nos están persiguiendo esos tipos? Parece que están buscándonos por toda la ciudad…" - Ve a la SECCIÓN 7._

- _"Háblame de Elavska. ¿Quién es y qué pinta en todo esto esa mujer guerrera?" - Ve a la SECCIÓN 282._

- _"Zanna, háblame de ti. Me pides que permanezca contigo y confíe en ti cuando ni siquiera sé quién eres realmente". - Ve a la SECCIÓN 444._

- _"¿Conoces a Viejo Bill? ¿Puedes decirme algo de él? Fue quién nos contrató para llevar a cabo esta maldita misión. Cuando hablé con Elavska al llegar al barco, lo mencionó diciendo que estaba a punto de hacerle pagar nuestro retraso y el que me hubiera elegido para el transporte cambiando al emisario original". - Ve a la SECCIÓN 988._

- _"¿Sabes quién es Zork y qué pinta en todo esto? De milagro escapé en un par de ocasiones de ese tipo de mirada zorruna cuando me abordó en mitad de la noche, tanto en una posada de Tirrus como en plena mar cuando viajaba hasta aquí. Tenía interés en el cofre, no cabe duda. Y no parecía estar muy contento de Viejo Bill por lo que me dijo cuando intercambié unas palabras con él mientras estábamos esperando al juicio en la bodega del "Serpiente Dorada. Le pregunté a Elavska por él_ *y me dijo que no lo conocía y que quizás se trataba de algún miembro menor de su compañía". - Ve a la SECCIÓN 469.*

- *"¿Qué será de Jinni? El juvi dijo al huir que se dirigía a un sitio que, al parecer, ya te había revelado.". Ve a la SECCIÓN 315.*

- *"Me gustaría hablar sobre el contenido de este maldito cofre que tuve que buscar en un profundo bosque y luego traer hasta aquí, tan lejos de mi casa. Todo gira en torno a él, no puedes negármelo. Necesito saber cosas del mismo de una puñetera vez". - Ve a la SECCIÓN 505.*

Cuando hayas satisfecho tu curiosidad y quieras finalizar la conversación, ve a la SECCIÓN 557.

SECCIÓN 851

No hay ni rastro del maldito rufián que te hizo picar en el cebo para acabar siendo emboscado por los encapuchados negros.

Recuerda que estabas en el hexágono F1. *"Puedes seguir explorando la Feria en la SECCIÓN 413"* o, por encontrarte en una de las tres salidas de la misma, *"puedes continuar con tu investigación en cualquier otro lugar del mapa".*

SECCIÓN 852

Te lanzas a tu locura. Caminas sigilosamente hacia la parte trasera de la garita y te pones de lado para pasar. Cierras un momento los ojos, suspiras para hacer acopio de todo tu coraje y te escabulles hacia el umbral de la entrada. Pero la suerte, o los dioses, no están contigo...

- ¡Alto! ¿Quién va? ¡Detente! ¡Un intruso! ¡Dad la voz de alarma! – una voz ronca grita mientras tus nervios toman control de ti.

No tienes más remedio que confiar en tus piernas para escapar de lo que va a ser una muerte segura si los centinelas te dan alcance y una lluvia de soldados viene hacia donde estás. *Lanza 2D6 y suma tu modificador de Huida:*

- *Si el resultado está entre 2 y 8, ve a la SECCIÓN 126.*
- *Si está entre 9 y 12, sigue en la SECCIÓN 171.*

SECCIÓN 853

Corres como un condenado antes de que los centinelas cierren del todo la pesada puerta. Tienes un plan en mente en el que has depositado todas tus esperanzas.

- ¡Esperad! Permitidme el paso. Porto un mensaje urgente para el Consejero – ordenas mientras irrumpes en la escena ataviado con la capa con capucha que conseguiste y que es idéntica a la de esos tipos.

Aprovechas el momento de confusión de los dos guardias para desenvainar tu arma y acabar, de un certero tajo en la yugular, con uno de ellos. El otro encapuchado, bloqueado por lo inesperado de tu ataque, parece no reaccionar. *Acaba con él antes de que tus enemigos te detecten y tengan la opción de prepararse para el combate. El consejero Merves y sus acompañantes están ya cerca de la entrada de la mansión interior, a unos cuarenta metros de donde te encuentras. Dispones de un ataque adicional al inicio del combate gracias al factor sorpresa.*

CENTINELA ENCAPUCHADO   Ptos. Combate: +4   PV: 25

- Si vences, <u>pasa a la SECCIÓN 1008.</u>
- Si caes derrotado, <u>ve a la SECCIÓN 329.</u>

SECCIÓN 854

Como cada tarde durante estos días, mientras descansas de la agotadora jornada de trabajo en la granja, tu mente viaja de nuevo a ella. No puedes olvidarla. Zanna está en la tierra, en las plantas y en el cielo. Está en todas partes. Incluso en esa pequeña abeja cuyo vuelo sigues hasta que se acerca a Toc, el manso mulo que, de pronto, se asusta topando con el hermano gruñón de Gruff, que se da una buena panzada contra las cebollas plantadas. Pequeñas cosas que provocan efectos en cadena difíciles de predecir. "¿Qué consecuencias tendrás pues todos mis actos realizados?", reflexionas...

Y así es cómo llega el amanecer del undécimo día, momento en que Wolmar y sus hombres te esperan para arrancar una nueva aventura. Coges tu petate y miras a Gruff, quién te contesta con una sonrisa. Ha llegado el momento de partir de nuevo y seguir dejando tu huella en el vasto mundo de Térragom,... aunque esto ya forme parte de otra historia... *Ve a la SECCIÓN 224.*

SECCIÓN 855

Ocultos tras unas cajas de deshechos, en la parte trasera de una tienda de alimentos, intentáis recuperar la respiración antes de continuar. No es el olor más agradable del mundo, pero al menos habéis escapado de un nuevo peligro con éxito.

- ¿Y ahora qué? ¿Sabes dónde estamos? – dices rompiendo por fin el silencio.

La chica azafia te dice que, a diferencia de Jinni, no conoce la ciudad, dado que ha permanecido en el barco junto a Sígrod prácticamente todo el tiempo desde que atracaron en el puerto. Así que está tan perdida como tú y además sin posesión o moneda alguna en sus bolsillos, tras el inesperado asalto y la desesperada huida.

- Tenemos que encontrar una pequeña librería en el barrio de eruditos y religiosos que hay al otro lado de la colina de los templos, al noroeste. Jinni me dio la dirección anoche mientras dormíais tu amigo y tú. Era el plan "B" en caso de tener problemas, como así ha sucedido – se digna a explicar Zanna por fin.

- ¿Una librería? No entiendo nada – dices inquisitivo.

- El librero ha trabajado para el Gremio como enlace en algunos trabajos determinados. No lo conozco personalmente, pero sé que ha facilitado contactos importantes para ciertos asuntos. Le pregunté a Jinni por él anoche, cuando estábamos planificando los próximos pasos a seguir. El juvi es una verdadera enciclopedia andante de la ciudad. Me dio la dirección de carrerilla, aunque me dijo que estaba demasiado lejos del puerto y que era menos arriesgado probar suerte en el templo hebrita, aunque en esto último se ha equivocado… – dice la chica sin mostrar rencor por tu duro tono.

- Preguntando a los transeúntes quizás demos con ese librero – dice Gruff tratando de mostrarse animado.

- No tenemos otra opción. Necesitamos establecer un campamento base cuanto antes para poder recobrar la iniciativa y reaccionar. Estamos a la deriva en una gran ciudad que desconocemos y no sabemos que ha sido de Sígrod…y de Elavska – acaba Zanna.

No ves mejor alternativa, de momento, que seguir a Zanna hasta ese lugar. Perder a la chica implicaría dilapidar las últimas opciones que tienes de recibir la recompensa por ese maldito cofre que portas y que parece no querer separarse de ti. Suspiras y llevas tu mente, por un momento, a la humilde granja situada a las afueras de la aldea de Schattal, donde dejaste a tus familiares y seres queridos. Rezas porque se encuentren todos bien…

Las indicaciones de Zanna para seguir te sacan de tus pensamientos. Un tiempo después, tras muchos rodeos y no pocas preguntas a varios transeúntes que os topáis en las atestadas calles, por fin llegáis al destino deseado. *Ve a la SECCIÓN 645*.

SECCIÓN 856

- *Si tienes la pista PBF, pasa a la SECCIÓN 521.*
- *Si no la tienes, sigue leyendo...*

Avanzas rápidamente por el pasillo que queda a la derecha conforme se baja de las escaleras que llevan a cubierta. Ves que hay una puerta en la pared de tu izquierda, justo antes de que el corredor vire de forma perpendicular hacia el mismo lado.

- *Si quieres intentar abrir la puerta, pasa a la SECCIÓN 766 (si tienes la pista PIZ no puedes escoger esta opción).*
- *Si sigues adelante hacia el recodo que gira a la izquierda, pasa a la SECCIÓN 398.*

SECCIÓN 857

Justo cuando te dispones a improvisar tus explicaciones, antes de que puedas abrir la boca, se produce un tremendo estruendo proveniente de la puerta que hace unos momentos has atravesado. Estos tipos la han cerrado tras vuestra entrada, pero ahora alguien está golpeándola desde el otro lado y reclamando que le dejen pasar.

El líder indica con un leve gesto a uno de sus hombres que compruebe la mirilla y éste enseguida afirma que se trata de uno de los miembros de la banda. Cuando el recién llegado pasa dentro de la estancia y la puerta es sellada de nuevo, toma unos segundos para recuperar el aliento y exclama:

- ¡Se dirigen hacia aquí! Helmer ha cantado. ¡Tenemos que irnos ya mismo! ¡No tenemos apenas tiempo!

- ¿Cómo? ¿Helmer? ¿Cuándo? – pregunta, sorprendido, el joven líder tuerto.

- Sí. Cuando estaba siendo llevado a la plaza. Ha cantado para salvar el pellejo – responde el recién llegado.

- ¡Joder! ¡Mierda! - maldice el líder antes de preguntar - Helmer no estaba en la lista de los que iban a ser ajusticiados hoy... si hacemos caso a nuestros informantes infiltrados. ¿Cómo es posible que fuese llevado a la plaza?

- Los chipras están sedientos de sangre y estamos en fechas conmemorativas del cumpleaños de esa ramera, la madre del Usurpador. Puede que hayan engrosado las listas de ejecutados o que hayan simulado trasladar a Helmer y a otros a la plaza, a pesar de que no les tocaba pagar la pena, para aterrarlos y sonsacarles información. El caso es que está prevista una redada en cuanto acabe el ajusticiamiento público. Van a venir a por nosotros. Un informante ha acudido a mí en mitad del macabro linchamiento y me ha dicho que venga a dar la voz de alarma de inmediato – dice con un claro terror en el rostro el aquilano que ha traído la noticia.

- Es Tolmar quién te lo ha dicho, ¿verdad? – pregunta el líder.

- Así es – contesta el recién llegado.

- Pues entonces eso que dices va a pasar… - remata el líder justo en el momento en que un destello cruza su mente y vuelve su mirada hacia ti y tus compañeros – No serán éstos quiénes van a venir a por nosotros, ¿verdad? Nos bastamos para acabar con ellos.

- Me temo que no, Lóggar. Creo que van a enviar una escuadra completa de guardias eredomianos. La chica sureña *(se refiere a Zanna)* y esos muchachos no tienen apariencia de ello – sentencia el emisario recién llegado, mientras el líder asiente y tú respiras al comprobar que no vas a tener que luchar.

- ¡Venga! Ya lo habéis oído. ¡Recoged vuestras cosas! ¡Nos vamos! Moved el culo si no queréis acabar en la hoguera. ¡Malditos wexianos! ¡Os juro que lo pagarán muy caro! ¡Repleguémonos en la sede del sector norte y pensemos un plan! – ordena el joven líder tuerto provocando un gran revuelo entre los presentes, que quizás quieras aprovechar.

Decide cómo actuar ahora, no tienes tiempo para dudar.

- *Si aprovechas el desconcierto para intentar huir de este lugar y abandonar la zona antes de que sea demasiado tarde, pasa a la SECCIÓN 138.*

- *Si crees que lo mejor es entrar en combate y desarticular esta célula aquilana, máxime cuando están más pendientes de recoger sus pertenencias que no en poner sus ojos sobre ti, ve a la SECCIÓN 1025.*

- *Si optas por dirigirte a su joven líder tuerto y decirle que vas a ayudarles a recoger sus cosas y acompañarlos, si así te lo permiten, hasta la sede secreta hacia la que quieren escapar, ve a la SECCIÓN 821.*

SECCIÓN 858

Te alcanzan dos flechas y sientes un profundo dolor en brazo y pierna izquierda. Pierdes 1D6 + 3 PV por cada una de ellas. Ve a la SECCIÓN 907.

SECCIÓN 859

Es evidente que Elavska respira. Incluso te parece intuir que reacciona a tu llamada retorciéndose, levemente, durante un segundo. Pero enseguida concluyes que está dormida y drogada a saber por qué veneno.

Dos azafios custodiaban a la mujer mercenaria. Ambos se suman a su líder para combatirte. Estás solo pero no vas a recular. En tus manos está acabar con esa escoria y rescatar, de forma inesperada, a Elavska.

Lucha contra el primero de los centinelas azafios.

AZAFIO   Ptos. Combate: +6   PV: 25

- *Si vences, pasa a la SECCIÓN 783.*
- *Si caes derrotado, ve a la SECCIÓN 744.*

SECCIÓN 860 - Anota la Pista MCW y suma 100 P. Exp y 10 días a tu contador de tiempo

Wolmar accede complacido a ofrecerte unos días para descansar y disfrutar del reencuentro con tu familia. Unos días tremendamente felices en los que, por fin, quedan liquidadas las 280 CO de deuda de tu familia con los recaudadores del Lord de Tirrana. El resto de la recompensa lo divides a partes iguales con tu fiel amigo Gruff, 160 coronas de oro para cada uno, unos buenos ahorros como red de seguridad de cara al futuro.

*Anota la anterior cantidad de oro en tu ficha. En cuanto a la alimentación, no necesitas emplear comida de tu inventario. La deliciosa cena caliente de tu querida madre te embriaga todos estos días de celebración, reencuentro y emociones desbordadas. **Recuerda anotar la pista MCW** y ve a la SECCIÓN 854.*

SECCIÓN 861

- Maldito viejo. Cállate. Y vosotros también, silencio… - ordena Zork mientras agarra al viejo y le tapa la boca -. Tenemos que largarnos de aquí. Nos acechan…

"¿Qué demonios pasa? ¡Maldita sea! ¡Tengo que actuar!", te dices.

- *Si no acatas la orden y te abalanzas hacia Zork con la intención de liberar al viejo, ve a la SECCIÓN 901.*
- *Si haces caso a las palabras del recién aparecido, ve a la SECCIÓN 393.*

SECCIÓN 862

Por desgracia, no oyes a tiempo unos pasos que se acercan subiendo las escaleras. Un azafio y un hombre con apariencia de marinero están conversando distendidamente hasta que se percatan de tu presencia. Maldices para tus adentros, pero debes actuar ya.

- *Si tienes la pista ONL, ve a la SECCIÓN 664.*
- *Si no tienes esa pista, pasa a la SECCIÓN 284.*

SECCIÓN 863

Lucha contra cuatro de los fanáticos y su apestoso y gordo líder, mientras tus compañeros se hacen cargo del resto. Acaba con el primero de tus oponentes antes de pasar al siguiente y así, sucesivamente, hasta que puedas vencer al último. ¡Pelea por tu vida y suerte!

FANÁTICO CHIPRA 1	*Ptos. Combate: +2*	*PV: 18*
FANÁTICO CHIPRA 2	*Ptos. Combate: +3*	*PV: 23*
FANÁTICO DOMIO 1	*Ptos. Combate: +4*	*PV: 27*
FANÁTICO CHIPRA 3	*Ptos. Combate: +3*	*PV: 25*
LÍDER FANÁTICO	*Ptos. Combate: +5*	*PV: 33*

- *Si consigues derrotar a tus oponentes, ve a la SECCIÓN 73.*
- *Si ellos te vencen a ti, ve a la SECCIÓN 579.*

SECCIÓN 864

Llegas a la altura de tus dos primeros rivales y los embistes pillándolos totalmente por sorpresa. Gruff se encarga de uno de ellos y tú del otro antes de que el resto de guardias os alcance. *Además, por el factor sorpresa, dispones de un ataque adicional antes de empezar el combate de la forma habitual. ¡Lucha por tu vida!*

ENCAPUCHADO NEGRO	*Ptos. Combate: +6*	*PV: 25*

- *Si vences, ve a la SECCIÓN 655.*
- *Si eres derrotado, pasa a la SECCIÓN 911.*

SECCIÓN 865   +6 P. Exp.

¡Bravo! ¡La puerta se abre gracias a tu pericia! Contento por tu logro, pasas dentro sin perder un segundo. Sigue en la SECCIÓN 447.

SECCIÓN 866

El miedo se apodera de ti al sentir ese terrible calor que nada bueno anuncia. Comienzas a sudar por acto reflejo y comienza a temblarte el pulso.

- *Si tienes la pista ONL, sigue en la SECCIÓN 594.*
- *Si no tienes esa pista, sigue en la SECCIÓN 300.*

SECCIÓN 867

No va a ser fácil conseguir una reunión con el líder del Sindicato y, además, miembro del Consejo de Tol Éredom como representante del pueblo chipra: Fento Chesnes. Es un hombre muy ocupado y tú eres un desconocido sin contactos ni influencias en el Sindicato. Tendrás que confiar en tus dotes sociales. *Lanza 2D6 y suma tu modificador de Carisma (si la raza de tu personaje es chipra, suma +3 extra a la tirada):*

- *Si el resultado total está entre 2 y 8, ve a la SECCIÓN 660.*
- *Si está entre 9 y 12, pasa a la SECCIÓN 97.*

SECCIÓN 868

- *Si prefieres contratar alguno de los servicios del burdel del eunuco Legomio y acercarte a alguno de los mozos o las señoritas que te miran de forma insinuante, ve a la SECCIÓN 372.*
- *Si piensas que ya no tienes nada más que hacer aquí, puedes continuar con tu investigación en cualquier otro lugar del mapa.*

SECCIÓN 869

La estancia está a oscuras y no ves nada.

- *Si tienes una antorcha, pasa a la SECCIÓN 6.*
- *Si no la tienes, ve a la SECCIÓN 222.*

SECCIÓN 870

De aspecto frágil y constitución delgada, típicamente chipra, Fento sin embargo dispone de una gran determinación y un carisma que le han permitido auparse con la victoria en las últimas elecciones celebradas hace poco para escoger al representante de su etnia en el Consejo de la ciudad. No obstante, en esta cena de gala no está cómodo, lo que reduce sus altas capacidades persuasivas y su capacidad para ganarse a sus interlocutores tanto en sus discursos como en las distancias cortas.

Lanza 2D6 y suma tu modificador de Inteligencia para intentar deducir qué es lo que puede estar inquietando al chipra:

* *Si el resultado está entre 2 y 6, ve a la SECCIÓN 105.*
* *Si el resultado está entre 7 y 12, ve a la SECCIÓN 440.*

SECCIÓN 871

Nadie responde a tus llamadas, que haces cada vez más seguidas al constatar que no hay respuesta. Los nervios se apoderan de ti. Esto no significa nada bueno.

Insistes una vez más y luego otra. Tuerces la esquina a la derecha, puesto que la casa se encuentra en la intersección de dos callejuelas, pero no ves señales de vida. La fachada que da a esa segunda calle no tiene ventana ni puerta alguna. Sin embargo, aprecias un pequeño dibujo raspado sobre la vieja pared de adobe, cerca del borde de la esquina. Se asemeja a una cara sin rostro. Una faz emborronada de forma macabra.

* *Si tienes la pista RXS, ve a la SECCIÓN 198, lee lo que allí se indica y vuelve aquí para seguir leyendo.*
* *Si no tienes esa pista, sigue leyendo...*

Regresas pues al portón y golpeas una vez más la gruesa madera. Gruff pone su mano en tu hombro, te giras y ves a tu amigo negando con la cabeza. Zanna asiente con gesto preocupado y sin añadir palabra alguna. No tiene sentido insistir más y es imposible abrir esa robusta puerta sin la prominente llave que se necesita. *Pasa a la SECCIÓN 732.*

SECCIÓN 872 – Anota la Pista PDX

*Toma nota en tu ficha del número de esta sección, puesto que **ya no podrás regresar a ella**. Esto es lo que averiguas:*

Entre los miles de libros, encuentra un exótico tratado de alquimia que llama tu atención por los dibujos alusivos de plantas, minerales y pócimas que contiene. Está escrito en la lengua imperial, pero con unas expresiones y palabras bastante arcaicas que te cuestan comprender. Por fortuna, Zanna está contigo y te ayuda a entender su significado. Buceando entre las páginas de este viejo códice, encuentras algo que puede resultar de mucho interés para la misión en la que estás inmerso...

Has identificado la fórmula para preparar una extraña pócima que, al parecer, posee unas cualidades perfectas para el arte de la evasión y el camuflaje. Según indica el autor del tratado, algunos chamanes antiguos, cuando el mundo aún profesaba las Viejas Creencias, empleaban esta receta para crear un aura de misticismo entorno a sus rituales y, en algunos casos, para añadir el efecto impactante de desaparecer repentinamente entre una neblina de humo con cierto olor a azufre.

Nota de juego: ante ti tienes el listado de ingredientes necesario para preparar una pócima líquida que permite crear una neblina de humo entorno a quién lance contra el suelo cada frasco de cristal que se rellene con ella. El humo de esta pócima es tan intenso que hace literalmente desaparecer de la vista a quién la ha lanzado y, además, la propia neblina tiene efectos alucinógenos y provoca un sueño repentino en quién la inhale. La receta va acompañada con el antídoto de esta potente droga que tomaban los avispados chamanes para escapar de sus poderosos efectos. La preparación de la pócima y su antídoto puede realizarse en cualquier olla de una cocina. Su secreto está, por tanto, en la combinación exacta de los elementos que la componen y en los tiempos y orden de cocción. Así pues, podría ser la pócima perfecta para escabullirte de esos encapuchados negros que te persiguen por toda la ciudad. ¡Buen hallazgo!

Puedes acudir a la Plaza de la Feria para tratar de acopiar todos esos ingredientes y luego prepararlos en casa del librero Mattus, por la noche, aprovechando que vas a dormir. Es decir, dispondrías de las dosis finales a partir del día siguiente.

El éxito de la pócima, cuando la emplees contra tus enemigos, es instantáneo y se aplica sin necesidad de lanzar dados. Cada dosis que emplees te permitirá evitar automáticamente un encuentro con los encapuchados negros sin hacer tirada alguna. **Anota en tu ficha el número de esta sección** *para recordar los efectos de esta exótica pócima.*

También **anota en tu ficha la pista PDX**, *ya que será necesaria cuando visites la Plaza de la Feria. Será allí cuando sepas cuántas dosis de esta potente pócima podrás elaborar si es que consigues todos sus ingredientes y marchas a dormir a casa de Mattus.* Sigue en la SECCIÓN 490.

SECCIÓN 873

Durante largos días, avanzáis sin demora hacia occidente dejando atrás el tramo, a priori, más comprometido del trayecto, el que corresponde a la zona de mar cercana a las Islas Jujava y a toda la península colonizada por el bosque de Mógar.

En un momento dado, rozando ya el anochecer del quinto día, desde la cubierta del barco, tienes una extraña visión mientras dejas pasar el tiempo con tu mirada hipnotizada por las aguas. Una indescriptible sombra bajo la superficie líquida merodea cerca del casco del navío en una actitud amenazadoramente hostil.

- Fothos, se muestran cada vez más descarados – la voz proviene de tu espalda, es el capitán, quien viendo tu desasosiego, te ha hablado -. Por fortuna, aún guardan ciertas distancias y no osan acercarse en exceso a grandes navíos como éste, pero esto puede cambiar de un momento a otro…- el hombre sigue con la mirada la sombra de esa figura, que ahora se aleja perdiéndose en el mar, como si hubiera escuchado vuestra charla -. Mis hombres comienzan a inquietarse, conscientes de que esto solo va a ir a peor si la guerra no acaba. Los combates, cada vez más frecuentes en alta mar, han teñido de sangre el mar de Juva, atrayendo hasta aquí a estas criaturas desde aguas donde era conocida su existencia, allá en el este, en el mar de Päk y aún más lejos. Muchos barcos se perdieron en el pasado en aquellos lejanos mares por estas criaturas devoradoras de hombres. Marineros explorando la costa este de Azafia en busca de nuevas tierras al sur, cuyos sueños se perdieron en las tripas de esas horribles criaturas emparentadas con los seres de fango de Brutäpäk, en las historias conocidos como los fank.

Un escalofrío recorre tu espalda. Decides marchar a tu camarote dando por finalizado este día. *Ve a la SECCIÓN 95.*

SECCIÓN 874

¡Lástima! No ha sido posible. Aparte de caer derrotado y ser ignorado por el público, *pierdes 1D6 PV reales por el daño sufrido en tu brazo en el pulso que has perdido. Si al restar esta cantidad, llegas a cero puntos de vida reales, deja el contador en 1 PV.*

Entre el bullicio, una vez que el concurso llega a su fin, ves que el rostro ebrio de Döforn refleja alegría. Es evidente que apostó por Gúrrock de Barosia en la gran final. Te hubiese gustado alardear de tu victoria como tu pequeña venganza por su indigna cobardía. Aunque es obvio que no te ha reconocido como uno de los supervivientes de su barco y que esto es solo un pobre consuelo para ti, no puedes ir más allá ahora, puesto que otros asuntos más importantes te ocupan. *Recuerda que estabas en el hexágono F12.* *"Puedes seguir explorando la Feria en la SECCIÓN 413".*

SECCIÓN 875 – Anota la pista AZH

A pesar de que te escabulles sin ser visto hasta el exterior de la Fortaleza, pasando por el estrecho espacio que hay entre la garita de guardia y la robusta muralla, tu persecución acaba ahí mismo. Ves con frustración cómo el gigante traidor y sus dos acompañantes cabalgan en unas monturas y se alejan dejándote atrás sin posibilidad de seguirles.

Resignándote a las circunstancias, pero consciente de lo que acabas de descubrir gracias a tu tenacidad y atrevimiento, te dispones a reencontrarte con tus amigos, lo que consigues un tiempo indeterminado después. Te intriga todo lo que has visto, pero también te alegra reencontrarte con tus compañeros, que ya habían comenzado a preocuparse seriamente por tu estado.

Les cuentas todo lo sucedido y llegáis a la terrible conclusión de que, detrás de la Hueste de los Penitentes, debe de haber una figura política de alto nivel e influencia, posiblemente un Consejero. Las palabras del gigante azafio, haciendo referencia a dar parte al Consejo, han hecho sonar todas las alarmas. Ahora bien,... ¿quién o quiénes de todos esos consejeros es el responsable?

Si das con él, tendrías mucho ganado de cara a encontrar a Sígrod, dado que esos encapuchados de la Hueste de los Penitentes son el brazo armado empleado por el raptor del hebrita.

Gracias a lo que acabas de descubrir, puedes eliminar a varios de los sospechosos de tu lista. La pista es lo suficientemente contundente y reveladora como para no seguir investigando a los sospechosos que no tengan nada que ver con los miembros del Consejo.

Habrá que seguir investigando, la adrenalina te impide dormir en estos momentos. Esperarás a que llegue la luz del día, cosa que va a suceder en un par de horas, y retomarás de inmediato tu búsqueda. *Recuerda anotar ahora la pista AZH y puedes continuar con tu investigación en cualquier otro lugar del mapa.*

SECCIÓN 876

Enseguida Wolmar ordena dejar en paz a tu madre y se disculpa contigo.

- Gracias a Dios no hemos tenido que cometer una atrocidad. Te agradezco que te avengas a comentar. Lo siento, pero están muchas vidas en juego.

Pasa a la SECCIÓN 8.

SECCIÓN 877

Estás en el hexágono F1, en el extremo norte de la Feria.

- *Si tienes la pista TRP, ve a la SECCIÓN 851 y no sigas leyendo.*
- *Si no tienes esa pista, sigue leyendo...*

Entre el bullicio, te llama la atención un comediante que hace cabriolas y chistes malos, canta de forma pésima a cambio de unas pocas monedas y además vende noticias de la ciudad a precios de saldo. Todo un rufián multiusos.

- *Si te acercas a él para tratar de comprarle algún rumor o noticia interesante, paga 3 coronas de oro y ve a la SECCIÓN 558.*
- *Si decides obviarlo, **recuerda que estabas en el hexágono F1**. "Puedes seguir explorando la Feria en la SECCIÓN 413" o, por encontrarte en una de las tres salidas de la misma, "puedes continuar con tu investigación en cualquier otro lugar del mapa".*

SECCIÓN 878

Lo piensas mejor. Aquí ya no hay nada más que hacer. Insistir sería perder un tiempo valioso que no puedes permitirte derrochar. Vuelves a paso rápido al cruce de pasillos al pie de las escaleras que descienden desde cubierta. *Ve a la SECCIÓN 642.*

SECCIÓN 879

Y así es cómo se llega al punto que analiza la petición formal enviada por los gobernadores hebritas del Gremio de Prestamistas de Meribris para optar a tener un representante hebrita en el Consejo de Tol Éredom. Escuchas los firmes alegatos en contra del Sumo Sacerdote Hërnes, del Consejero de los Caudales Edugar Merves y del Representante Chipra Fento Chesnes, discursos acompañados por el asentimiento de Sir Wimar de Gomia y el Consejero Rovernes. Es entonces Tövnard quien toma la palabra, adoptando la única defensa abierta de los intereses hebritas y su discurso es interrumpido en varias ocasiones por Fento y, sobretodo, por el irascible Rovernes. El resto de los asistentes escucha atento las intervenciones de unos y otros. Sólo Sir Ballard de Tirrana y en ocasiones la propia Déuxia Córodom, tratan de hacer ver al resto de asistentes las ventajas de la inclusión de los hebritas en el Consejo que Tövnard está intentando defender. Finalmente, este punto se da por terminado sin claras conclusiones. Los hebritas tendrán que seguir trabajando para conseguir los apoyos suficientes en el Consejo, pero ahora es vital encontrar a Sígrod lo antes posible, antes de que éste confiese y entonces la causa se venga abajo por desvelarse toda la trama.

Con la venia de Wexes, se da paso al último punto del orden del día… *Ve a la SECCIÓN 918.*

SECCIÓN 880

- Modérate amigo. No estás en condiciones de exigir respuestas. Me hubiera planteado ejecutar al Viejo en caso de que no hubieras aparecido por aquí pronto. Pero ese jodido Bill ha vuelto a demostrar que tiene tino en sus apuestas, a pesar del riesgo que asumió al elegirte cambiando al emisario original. La prueba es que estás aquí de una pieza,… y supongo que trayendo eso que habías de transportar, ¿me equivoco?

Ve ya mismo a la SECCIÓN 153.

SECCIÓN 881

¡Bravo! Has conseguido encontrar uno de los 3 ingredientes que necesitas para elaborar la pócima de evasión que te permite escapar automáticamente de los encapuchados negros que te persiguen por toda la ciudad. Recuerda los efectos de juego de esa pócima en la SECCIÓN 872. **Anota en tu ficha el INGREDIENTE C** *y anota también que, cuando consigas los otros dos ingredientes, podrás disfrutar ni más ni menos que de 12 dosis. Además, resta 4 CO que es el coste de este ingrediente.*

Nota 1: *Estas dosis sólo pueden ser empleadas durante los **próximos 3 días** dado que los efectos de sus ingredientes se pierden con el paso del tiempo, así que intenta conseguir hoy mismo el resto de ingredientes para no perder días de uso de este ingrediente que acabas de conseguir, lo que provocaría que perdieras días de uso del resto de ingredientes (al elaborar la pócima, debes usar a la vez todos los ingredientes de los tres tipos que tengas, así que si uno de ellos lo compraste, por ejemplo, un día antes que los otros dos, entonces solo dispondrás de 2 días para hacer uso de la pócima).*

Nota 2: *cuando se acaben las dosis y siempre que el contador de tiempo sea igual o inferior a 16 días, puedes volver a la Feria para comprar de nuevo los 3 ingredientes y disponer así de 12 nuevas dosis.*

Recuerda que estabas en el hexágono F10. *"Puedes seguir explorando la Feria en la SECCIÓN 413".*

SECCIÓN 882

El miedo se apodera de ti al sentir ese terrible calor que nada bueno anuncia. Comienzas a sudar por acto reflejo y comienza a temblarte el pulso. Por fortuna, reaccionas a tiempo y eliminas el veneno de tu cuerpo tras efectuar un corte en la palma de tu mano. Entonces la vendas y aplicas una rudimentaria cura para evitar desangrarte. Para más inri, es la mano que empleas para empuñar tu arma, pero al menos has evitado los efectos de esa temible ponzoña que estaba invadiendo tu cuerpo. *Durante 1D6 de días tendrás 1 punto menos de Combate por la herida que has sufrido (anótalo en tu ficha de personaje). Ve a la SECCIÓN 229.*

SECCIÓN 883

- Si tienes la pista NHR, la pista SAR o la PISTA CAR, *ve a la SECCIÓN 525.*
- Si no tienes ni la pista CAR, ni la SAR ni la NHR, *ve a la SECCIÓN 965.*

SECCIÓN 884

La música y el alboroto no dejan de aumentar a tu alrededor, mientras tu mente trabaja a toda velocidad a la par que la tensión se abre paso dentro de tu cuerpo. Decides probar la carne de venado aromatizada que acaban de servir en tu plato y concentrarte en degustarla mientras tratas de calmarte para pensar mejor. *Ve a la SECCIÓN 786.*

SECCIÓN 885

Aunque sabes que es una temeridad, crees que no puedes dejar ahí a la mujer guerrera y largarte. Arremetes contra el guardia azafio que lucha contra ella sin tiempo para que Gruff reaccione y te secunde. *Pelea contra el azafio traidor acompañado por Elavska (la mujer te otorga un bonificador especial al combate: provocas un daño de 2 PV extra por cada golpe que efectúes, aunque no causes ninguna herida; adicionalmente, te otorga el bonificador estándar al combate, es decir, provocas un daño de 1 PV extra a tu rival que lucha en solitario, aunque en este caso solo si le infringes daño en tu ataque):*

AZAFIO TRAIDOR DE LA GUARDIA MERIBRIANA
Puntos de Combate: +8   Puntos de Vida: 30

- *Si logras tumbar a tu rival, ve a la SECCIÓN 765.*
- *Si no es así, pasa a la SECCIÓN 681.*

SECCIÓN 886

Esperas expectante a que arranque la importante reunión, tratando de empaparte de todo lo que te rodea. Tras casi una hora de aguardar pacientemente en una salita anexa, por fin sois llamados y pasáis a la Gran Sala de los Consejos, una ostentosa estancia de forma ovalada y repleta de tapices, magníficas vidrieras y solemnes columnas grabadas con alegorías que aluden a tiempos pasados, aquellos donde estaba intocada la gloria del inmenso Imperio.

Intentas calmar el ansia propia de la espera y tratas de repasar las descripciones que Tövnard te ha dado de cada uno de los miembros del Consejo, antes de pasar dentro. Todos los consejeros están aquí en estos momentos, provenientes de sus respectivas salas reservadas de espera. Al igual que tú, aguardan a que hagan acto de presencia el Emperador Wexes y su honorable madre.

Pasa a la SECCIÓN 487 para repasar los detalles que Tövnard te ha dado al respecto de los miembros del Consejo.

SECCIÓN 887

Segma confiesa que fue íntima amiga de Elaisa cuando ella trabajaba en este local regentado por el avaricioso eunuco Legomio. Envidia a su antigua compañera por haber salido "de esta mierda de vida", pero no logras sonsacar ninguna información adicional que te resulte de interés. *Ve a la SECCIÓN 942.*

SECCIÓN 888

Desde una prudente distancia, mientras simulas estar escuchando la falsa conversación de tus compañeros, pones la oreja a trabajar.

Los chipras están enzarzados en un debate acerca de su mala situación. A pesar de los logros sociales que poco a poco han logrado alcanzar desde las reformas iniciadas hace décadas por Críxtenes, y con independencia de la lucha que mantiene el Sindicato Chipra día a día por sus derechos, el resentimiento y el amargor gobiernan sus palabras. Uno de ellos comenta, incluso, que ahogaría con sus propias manos al primer hebrita que pasara ahora mismo por la Plazuela. Otro le contesta que no tendrá tanta suerte, que los hebritas no manchan sus pies en calles embarradas como éstas, ya que prefieren pasear por sus coquetos jardines de la zona noble de la ciudad.

"Menos mal que no viene ningún hebrita con nosotros,... aunque estamos trabajando para el Gremio de Prestamistas y, por tanto, para ellos. Si estos tipos lo supieran, estaríamos en un serio aprieto. Mejor larguémonos de aquí", piensas para ti con una fría sensación mientras cruzas una mirada con Zanna, que asiente.

- *Si vas hacia el rufián que te sigue mirando con gesto irónico, ve a la SECCIÓN 837.*
- *Si quieres largarte de aquí, puedes continuar con tu investigación en cualquier otro lugar del mapa.*

SECCIÓN 889

No hay manera de pasar dentro. Los guardias te indican que sólo le está permitido entrar al personal que trabaja para el Consejero o a aquellos que presenten un salvoconducto que autorice su entrada. Preguntas por la forma de obtener esa autorización con la esperanza de obtener respuesta. *Para ello, lanza 2D6 y suma tu modificador de Carisma (si entre tus posesiones dispones de "ropajes caros", suma +2 extra a la tirada):*

- *Si el resultado está entre 2 y 7, no consigues ninguna respuesta satisfactoria y no tienes más remedio que continuar con tu investigación en cualquier otro lugar del mapa (hasta mañana no podrás volver aquí).*
- *Si está entre 8 y 12, sigue en la SECCIÓN 923.*

SECCIÓN 890

Estás en la localización L56 del mapa. Antes de seguir, anota en tu ficha que has visitado un nuevo lugar hoy (recuerda que puedes ir a un máximo de 4 sitios cada día; uno menos si anoche te alojaste en la librería de Mattus). No vas a tener que realizar ninguna tirada de encuentros con tus perseguidores para esta localización en concreto.

Como colofón a la grandiosidad de los *Jardines Imperiales*, cerca de su extremo norte, encuentras la emblemática tumba de uno de los Emperadores más grandes que jamás haya conocido el Imperio. Al menos, eso es lo que cuentan las historias que siempre has oído acerca del mítico Críxtenes, artífice de la expulsión de los Xún del Este, invasores del Imperio, y abuelo del actual Emperador Wexes.

Construido sobre un montículo artificial en el que se enterró a los cientos de valerosos guerreros de la ciudad que dieron su vida por defenderla ante tal invasión, cuando las creencias anteriores a la expansión total del domatismo imperaban y los muertos volvían en su integridad a la tierra en lugar de encontrarse con el fuego purificador como hoy en día, el mausoleo en el que descansa Críxtenes es visitado a diario por decenas de creyentes venidos de todas las regiones del Imperio. No hay rastro alguno de la tumba de su hijo, el envenenado Mexalas, puesto que ésta no existe. Desde la adopción del domatismo, los cuerpos que abandonan la vida son devueltos al fuego y curiosamente Críxtenes, Dios fundador de su religión, será el último Emperador que no siga el rito funerario que instauró su propia fe.

No hay nada que pueda ser de interés para tu investigación aquí, pero la visita ha merecido realmente la pena y quedará guardada en tu memoria *(por ello, anota ahora que ganas 30 P. Exp.). Puedes continuar con tu investigación en cualquier otro lugar del mapa.*

SECCIÓN 891

Marchas hacia la localización L22 del mapa. Antes de seguir, anota en tu ficha que has visitado un nuevo lugar hoy (recuerda que puedes ir a un máximo de 4 sitios cada día; uno menos si anoche te alojaste en la librería de Mattus). No vas a tener que realizar ninguna tirada de encuentros con tus perseguidores para esta localización en concreto.

El Distrito Imperial es el corazón político y centro de poder de la ciudad. En él se encuentran la mayoría de palacios, embajadas y mansiones donde los altos dirigentes del Imperio mueven todos los hilos. La Vía Crixteniana lo surca de norte a sur.

- *Si no tienes la pista VCX, ve a la SECCIÓN 107 y regresa de nuevo aquí para seguir leyendo (anota el número de esta sección para no perderte al regresar).*
- *Si ya tienes esa pista, sigue en la SECCIÓN 1017.*

SECCIÓN 892 – Anota la Pista ZAB y suma 30 P. Exp.

Tövnard te informa de dos eventos de interés donde él podría ejercer su influencia para que estuvieses presente acompañándole en calidad de guardaespaldas o asistente. Gracias a ello, podrías indagar en las altas esferas de la ciudad y quizás obtener alguna información relevante.

*El primero de ellos es el próximo Consejo, que va a celebrarse el **día 12** del "contador de tiempo de la investigación" en el Palacio del Emperador.*
Desbloqueas la localización L66 del mapa - SECCIÓN 922.

El segundo es la Cena de Gala en honor del cumpleaños de la madre del Emperador, que va a celebrarse en los Jardines Imperiales el **día 20** del "contador de tiempo de la investigación".
Desbloqueas la localización L83 del mapa - SECCIÓN 958.

Anota ambas fechas y lugares en tu ficha para tenerlo en cuenta y visitarlos en los momentos adecuados, si lo estimas oportuno para tu investigación. **Recuerda anotar la pista ZAB.**

- **Si no tienes la pista RRT** y deseas averiguar algo más de la rivalidad política entre Tövnard y el consejero Rovernes que ha propiciado el interés del primero en buscar el apoyo económico de los hebritas, _pasa a la SECCIÓN 330 y regresa de nuevo aquí para seguir leyendo_ (anota el número de esta sección antes de ir para no perderte).
- Si crees que ya sabes lo suficiente, _puedes continuar con tu investigación en cualquier otro lugar del mapa._

SECCIÓN 893   +13 P. Exp.

Cuando ya estás a punto de marcharte de ahí, recuerdas que tienes un juego de llaves contigo. Poco pierdes por probar suerte siempre que no te demores en ello. Lo coges y lo intentas con un par de ellas sin éxito. Pero la tercera encaja a la perfección en la cerradura y abre finalmente la puerta. La emoción se apodera de ti mientras entras y cierras por dentro. ¿Estarán aquí los papeles que buscas? ¿Qué habrá de interés en este lugar para que la puerta estuviese tan bien cerrada? _Ve ya mismo a la SECCIÓN 869 para descubrirlo._

SECCIÓN 894

Ha llegado el momento de confiar en tus dotes sociales. Lanza 2D6 y suma tu modificador de Carisma (si tienes la habilidad especial de Don de gentes suma +2 extra; si tienes ropajes caros suma +1 adicional; si tu PJ pertenece a la raza chipra, resta -2 a la tirada):

- Si el resultado total está entre 2 y 7, _ve a la SECCIÓN 916._
- Si está entre 8 y 12, _pasa a la SECCIÓN 234._

SECCIÓN 895

Bebiste demasiado anoche. Tu cabeza está a punto de estallar, no solo por el vino, sino por esa confusión que en ti impera. La despedida de Zanna y de todos los que la acompañaban, hace solo un rato. Y esa mirada de la chica al verte marchar... Te dejó descolocado, no supiste reaccionar... ¿Qué significaba? ¿Confundes sueños con realidad? ¿Hay algo que se te escapa?

La resaca hoy va a ser tu compañera, como tu inseparable Gruff quien, al igual que tú, en estos momentos dirige su mirada melancólica hacia la enorme ciudad que se aleja, allá al fondo de la ría. Cada golpe de remo, así como el viento favorable, hacen que el navío, fletado por los hebritas para tu regreso a casa, prosiga su marcha... *Ve a la SECCIÓN 841.*

SECCIÓN 896

Estás en el hexágono F5. Caminas entre multitud de puestos de venta de alimentos variados. En esta zona predominan los comerciantes que ofrecen carnes de todo tipo, quizás provenientes de las granjas extramuros que circundan la ciudad. La verdad es que los precios son muy buenos *(puedes conseguir las raciones diarias de comida que quieras a un precio de 0,5 CO por día; cada ración ocupa 1 VC en tu inventario).*

- *Si quieres aprovisionar comida ya que estás aquí, ve a la SECCIÓN 634.*
- *Si no te interesa, **recuerda que estabas en el hexágono F5.** "Puedes seguir explorando la Feria en la SECCIÓN 413".*

SECCIÓN 897 – LUGAR DE DESPERTAR ESPECIAL

*Anota el número de esta sección en tu ficha de personaje junto con el contador de tiempo en el momento en que llegaste aquí por primera vez. Esta sección es un Lugar de Despertar Especial, por lo que ya no necesitas comenzar desde el inicio del libro en caso de que mueras pudiendo seguir desde aquí y **además sin gastar ningún punto de ThsuS** para este Lugar de Despertar en concreto en el que te encuentras.*

Horas después, un sirviente de la Embajada os acompaña a tu amigo Gruff y a ti hasta la discreta sala en la que va a realizarse la cena. En la mesa se encuentran esperándoos el Embajador de Hebria en la ciudad junto a su Escriba Mayor, también de raza hebrita, así como Sígrod, Zanna, Elavska y Dinman, el traicionero asesor de un Merves del que no hay rastro alguno, aunque pronto se te informa que está a buen recaudo en uno de los aposentos del sótano del edificio, bien vigilado por el juvi Jinni y varios hombres de confianza.

Mientras das buena cuenta de tu comida, escuchas la conversación que los comensales mantienen acerca de varios flecos por cerrar que se derivan de las actuales circunstancias. Acuerdan que los pocos azafios que queden sueltos por la ciudad sean neutralizados por los propios encapuchados negros de la Hueste de los Penitentes. Los mercenarios azafios traidores al

Gremio serán llevados a Meribris para sufrir el castigo pertinente, que debe ser ejemplar como aviso para otros de cara al futuro.

Y precisamente serán los encapuchados negros quienes se encargarán de su captura, puesto que hay un plan para todos ellos. Sígrod decide que debe cesarse su reclutamiento y que debe promoverse desde el Consejo el cambio de las leyes para que no se puedan conmutar las penas de muerte bajo ningún pretexto. A los encapuchados que quedan sueltos por la ciudad, se les localizará a través de los que han sido apresados junto a Merves y con la ayuda de la compañía de Elavska, que ganará así un nuevo contrato. La idea es dar a estos hombres de rostro quemado la opción del exilio en Meribris, donde pasarán a defender al Gremio con sueldo y manutención garantizada. Aunque también tendrán la opción de ser hombres libres, pocos optarán por esa salida debido a sus circunstancias y por el generoso oro de los hebritas, difícilmente igualable por otros.

Tras preguntársele, Dinman informa que debe de haber una cincuentena de hombres sin rostro, en estos momentos, deambulando por la ciudad. Si no se engrosa esta cifra y se les da esta vía de escape, no deberían ser problemáticos.

Elavska remata diciendo que esos encapuchados estaban metidos en este asunto para "salvar el culo y evitar la muerte" y no por oro como los traidores azafios, así que ve justo que su vida sea perdonada. Sígrod añade que no fueron hombres santos en su anterior existencia, pero que tienen ahora una nueva oportunidad de redimirse.

Has esperado durante toda la cena, donde quizás has bebido más de la cuenta para calmar tu paciencia, hasta que crees oportuno intervenir para que se trate, de una vez por todas, el asunto de tu recompensa. Zanna es la primera que detecta tu intención y te sonríe, hermosa, haciendo que apartes ruborizado tu mirada hacia el resto de comensales. Entonces te topas con la atenta Elavska, que os observa a ti y a la muchacha. Sígrod te da la palabra y, tras escuchar atento tu breve exposición, tiene a bien hacer cumplir la promesa que te dio Zanna. Seiscientas coronas de oro son tuyas. Una carta de pago de esa cantidad, extendida ahí mismo por el hebrita estampando el sello del Gremio de Prestamistas, así lo constata.

*Anota en tu ficha la "**carta de pago por valor de 600 CO**". Puedes cambiarla por dinero en efectivo en cualquiera de las principales ciudades del Imperio, incluida la propia Tol Éredom, sin necesidad de ir a ninguna sección especial y salvo que el texto te diga lo contrario. Al no ocupar VC y no ser dinero en tu bolsa, no puedes perderla en caso de resetear la partida en un Lugar de Despertar, a diferencia de lo que ocurre con tus coronas de oro, tal como indica la sección de reglas al inicio del librojuego. Ve a la SECCIÓN 603.*

SECCIÓN 898 – Anota la Pista KTY

Tras mandar apresar a Zork quien, vistas las circunstancias, no ofrece mayor resistencia, Wolmar escucha atentamente tu relato de los hechos asintiendo y encajando todas las connotaciones y derivadas que de él se desprenden. Finalmente, cuando acabas, te estrecha la mano con firmeza en señal de agradecimiento. Sientes un amargo regusto tras haber confesado y tratas de apartar de tu mente a Zanna y a los hebritas que han salvado las deudas de tu familia con el pago de tu recompensa.

- Acabas de hacer un gran favor a mi pueblo y también al Imperio. La corrupción interna debe ser erradicada. Ahora sé lo que necesitaba para regresar a mi país, demostrar que sigo vivo y comunicar toda esa trama – la decisión y las ganas de pasar a la acción gobiernan el semblante de Wolmar.

Tal como te ha prometido, el líder gomio libera a vuestros familiares. Te fundes en un intenso abrazo con tu amada madre y tu querida hermana. Lágrimas liberadoras bañan tu rostro tras tantos meses de tensión acumulada. ***No olvides anotar la pista KTY*** y *ve a la SECCIÓN 1029.*

SECCIÓN 899

Vas a intentar entablar conversación con alguno de los presos que trabajan a la fuerza en las murallas. Te inquieta el asunto de aquellos condenados a muerte que pueden evitar su fatal destino si optan por borrarse el rostro a fuego para ingresar en esa organización llamada la Hueste de los Penitentes. Las palabras de Jinni narrándote esto aún retumban en tu mente, máxime cuando esos encapuchados negros no dejan de perseguirte por toda la ciudad. Quizás alguno de estos pobres esclavos que trabajan en las murallas pueda decirte algo más respecto a esto. No obstante, para ello, antes es necesario despistar a los atentos guardias con tal de poder acercarte a alguno de los presos y preguntarle por el asunto. *Lanza 2D6 y suma tu modificador de Inteligencia para buscar alguna estratagema de despiste:*

- *Si el resultado está entre 2 y 7, ve a la SECCIÓN 193.*
- *Si está entre 8 y 12, sigue en la SECCIÓN 827.*

SECCIÓN 900

Elige el número de días que vas a trabajar para el sastre (máximo 7 días) y suma directamente esos días al contador de tiempo en tu ficha. También suma la cantidad de dinero que has ganado (recuerda que eran 8 CO por día). El sastre solo te contrata a ti, dado que no necesita ningún ayudante extra, y empezarías el trabajo mañana. Cuando acabes de trabajar para el sastre en la Feria, ve a la SECCIÓN 349.

SECCIÓN 901 – Anota la Pista NHC

Lanzas un bramido desesperado y arrancas a correr. Cuando estás a punto de llegar hasta su altura, Zork desenvaina su espada y sitúa su hoja en el desprotegido cuello del señor Úver. Frenas en seco y haces un gesto a Gruff para que también se detenga. **Recuerda anotar la pista NHC** y *ve a la SECCIÓN 352.*

SECCIÓN 902

Es en ese momento de extrema tensión cuando, de forma fugaz e inesperada, reconoces a alguien entre el tumulto. Su corpulencia y rasgos son inconfundibles. Es el gigante azafio de nombre Azrôd, aquel que dirigió el asalto contra Sígrod en el *Rompeaires*. "¿Cómo es posible? ¿Qué hace aquí? ¿Por qué justo ahora?", tu mente trabaja a toda velocidad mientras constatas que el azafio no te ha visto. Tienes que escapar de esta ratonera e intentar no perderle de vista. Si lo sigues, quizás des con la guarida donde tengan retenido al hebrita que estás buscando…

- *Si tienes la pista HCC, ve a la SECCIÓN 730.*
- *Si tienes la pista RTH, pasa a la SECCIÓN 85.*
- *Si no tienes ninguna de las dos pistas anteriores, ve a la SECCIÓN 778.*

SECCIÓN 903

¡Debes reaccionar rápido! ¿A qué miembro de la mesa presidencial decides perseguir para impedir que cumpla su macabra promesa? Ahí delante tienes a las personalidades con mayor poder de la ciudad, todos ellos capaces de organizar el secuestro de Sígrod gracias a sus amplios recursos. Estás convencido de que uno de ellos es el responsable de todo. La vida del hebrita y el éxito de tu larga misión dependen de la decisión que ahora tomes. Analiza bien lo que has investigado desde que llegaste a Tol Éredom y procura no equivocarte de sospechoso o todo habrá acabado de la forma que menos deseas.

Nota de juego: *desde este punto, una vez estás fuera del recinto, recuperas todas tus armas y a todos tus compañeros, que aguardaban en las inmediaciones de los jardines.*

Si sigues...

- ...*al Emperador Wexes y a su madre Déuxia, <u>ve a la SECCIÓN 54.</u>*
- ...*a Brokard Doshierros, Embajador de las Brakas, <u>ve a la SECCIÓN 605.</u>*
- ...*a Sir Alexer, primo del difunto Rovernes, <u>ve a la SECCIÓN 929.</u>*
- ...*a Sir Ballard, el Legado de Tirrana, <u>ve a la SECCIÓN 294.</u>*
- ...*a Sir Crisbal, el Comisionado de Réllerum, <u>ve a la SECCIÓN 833.</u>*
- ...*a Fento Chesnes, representante de los chipras, <u>ve a la SECCIÓN 959.</u>*
- ...*a Su Santidad Hërnes Pentûs, Sumo Sacerdote Domatista Wexiano, <u>ve a la SECCIÓN 369.</u>*
- ...*a Edugar Merves, el Consejero de los Caudales, <u>ve a la SECCIÓN 1000.</u>*
- ...*a Regnard de la casa Dérrik, <u>ve a la SECCIÓN 176.</u>*
- ...*a la dama Elaisa, esposa del ausente Tövnard, <u>ve a la SECCIÓN 92.</u>*
- ...*a Sir Ánnisar de Gomia, gemelo del heredero asesinado de dicho país cuya prueba de muerte portas en tu cofre, y a sir Wimar, el Legado de la misma Gomia que le acompaña, <u>ve a la SECCIÓN 669.</u>*

SECCIÓN 904

Recuerdas la inquietante carta que te dio el monje hebrita del santuario. Hablaba de la ejecución de Sígrod si no entregabas a Zanna y al cofre. El turbador mensaje no poseía firma ni sello, solo esas macabras palabras y la fecha donde se iba a producir esa ejecución: esta misma noche tras la cena de gala. Tragas saliva, consciente de que te lo juegas todo en el evento que está a punto de comenzar. *<u>Vuelve a la SECCIÓN 117.</u>*

SECCIÓN 905

Por más que insistes, sólo recibes negativas y finalmente te ves obligado a salir antes de que el cansado funcionario avise a los guardias. Quizás sea mejor intentar probar suerte en otro momento y dejarlo correr por ahora.

No tienes más remedio que <u>continuar con tu investigación en cualquier otro lugar del mapa</u> (no puedes regresar hoy a esta misma localización; solo puedes hacerlo a partir de mañana si así lo consideras).

SECCIÓN 906

El juego finalizará con la victoria del equipo que más cabezas grabbin haya empalado en la zona contraria de estacas. Un morboso espectador, ubicado cerca de donde estás, pregunta a su acompañante qué ocurriría en caso de un empate. Su interlocutor le contesta que hoy esto no va a ser posible, puesto que, en total, hay nueve cabezas en juego, un número impar. Pero que, en caso de que esto ocurriese, el capitán de cada equipo (o sus suplentes, en caso de no estar en condiciones los líderes), debe batirse en combate singular con armas, donde el vencedor, por rendición o muerte de su adversario, conseguirá el punto final que proclamará a su equipo como campeón del Torneo.

El apasionado clamor de los chipras calienta aún más la plaza cuando "Las Ratas" logran, por fin, vencer su primer duelo de fuerza sobre la plataforma y, poco después, sus compañeros a pie de plaza consiguen capturar al vuelo la cabeza y empalarla sin piedad en una de las estacas. 2 a 1 y esta vez son "Los Cerdos" quienes braman encolerizados.

Parece que la liza va a estar muy disputada hasta el último momento y el Torneo avanza hasta dejar un marcador de 4 a 3 favorable para "Los Cerdos" y solo dos grabbins más en juego. Todo está en el aire. Si el siguiente tanto acaba del lado de "Las Ratas", será la última cabeza disponible la que dictaminará el vencedor. Sin embargo, si el próximo tanto acaba subiendo en el marcador de "Los Cerdos", éstos serán quienes se alcen con la victoria. La grada está a punto de estallar por la tensión esperando que el Emperador dé la orden de iniciar un nuevo duelo de fuerza sobre la plataforma. Tu cuerpo percibe la tensión y te pone en guardia. Y entonces sucede algo totalmente inesperado… *Ve a la SECCIÓN 767.*

SECCIÓN 907

No sin dificultades, ayudas a subir a Gruff a la barcaza. Es el que más problemas ha tenido para encaramarse a ella, pero por suerte estáis todos vivos y a bordo en el momento en que vuestros enemigos se disponen a efectuar una nueva ráfaga de disparos. *Haz una tirada de 2D6 sin añadir ningún modificador para determinar si alguna flecha te alcanza (sólo si tienes la habilidad especial de Camuflaje suma +2 extra al resultado). Sólo si obtienes un resultado inferior a 6, otra saeta te impacta (en ese caso resta 1D6 + 3 PV en tu ficha de personaje).*

Por fin Jinni y tú os ponéis a los remos de la barcaza y comenzáis a emplearos con todas vuestras fuerzas para escapar. En los instantes iniciales, parece que la barca se resiste a vuestro empeño, como si estuviera anclada al fondo de la ría, pero entonces responde a vuestros afanes y por fin os obedece. Poco después, habéis dejado fuera de distancia de tiro a vuestros enemigos, que con frustración os observan desde el muelle mientras os adentráis en la ría. *Sigue en la SECCIÓN 362.*

SECCIÓN 908

Lucha por tu vida contra el primero de los encapuchados.

ENCAPUCHADO NEGRO   Ptos. Combate: +5   PV: 23

- Si vences, _ve a la SECCIÓN 411._
- Si eres derrotado, _pasa a la SECCIÓN 911._

SECCIÓN 909 – Anota la Pista BDN

Uno de los monjes, al recibir tu generosa donación, te bendice otorgándote la posibilidad de salvar automáticamente con éxito una tirada de 2D6 a tu voluntad (se considerará que has sacado un 12 en dicha tirada). Tras hacer uso de esta bendición en esa tirada, cosa que puedes hacer cuando lo estimes oportuno, la bendición desaparecerá. Haz las anotaciones oportunas en tu ficha de personaje.

Tras tu estancia en el santuario, regresas al bullicio de las calles de Tol Éredom para seguir explorando la ciudad. **Recuerda anotar la pista BDN.** _Puedes continuar con tu investigación en cualquier otro lugar del mapa._

SECCIÓN 910

Estás en el hexágono F15, en el extremo sur de la Feria.

Aprovechando que la Feria es un lugar de reunión para muchos en estos días, un buen número de actores, juglares, músicos y titiriteros han venido hasta aquí instalando sus carromatos cerca del acceso sur del recinto. Estos artistas deleitan a la audiencia con sus representaciones a la par que dan luz y color a la Feria. A cambio, obtienen una buena renta en monedas que los espectadores ya tenían a mano al venir a comprar en las mil tiendas que atiborran la plaza.

Uno de los saltimbanquis de la compañía de actores quiere hacer unas monedas contigo ofreciéndote un brebaje muscular.

- Si te interesa la propuesta, _ve a la SECCIÓN 146._
- Si no es así, **recuerda que estabas en el hexágono F15**. _"Puedes seguir explorando la Feria en la SECCIÓN 413"_ o, por encontrarte en una de las tres salidas de la misma, _"puedes continuar con tu investigación en cualquier otro lugar del mapa"._

SECCIÓN 911

Caes abatido en tu misión de infiltración en el barco *Rompeaires*. Te has visto superado en el combate y tus esperanzas se desvanecen, al igual que tu vida, en unos pocos instantes...

FIN – si tienes algún punto de ThsuS, "Todo habrá sido un Sueño" y podrás retomar la aventura desde el Lugar de Despertar que desees entre los que tengas anotados en tu hoja de personaje. Si no te quedan puntos de ThsuS, debes comenzar de nuevo desde el principio o desde algún Lugar de Despertar Especial que tengas. **Recuerda resetear, en tu FICHA DE INVESTIGACIÓN, tus dos cuentas de tiempo y las pistas conseguidas a las que tuvieras cuando llegaste a ese Lugar de Despertar del que reinicias.**

SECCIÓN 912

No tienes tiempo que perder, así que decides abandonar la habitación tras asegurarte bien que fuera, en el pasillo, no hay rastro alguno de peligro. De nuevo en el corredor, respiras aliviado al comprobar que el silencio domina el mismo. *Decide qué haces ahora...*

- *Si sigues adelante hacia el recodo que gira a la izquierda, <u>pasa a la SECCIÓN 398</u>.*
- *Si regresas al pie de las escaleras que bajan de la cubierta para encaminarte a otro lugar, <u>vuelve a la SECCIÓN 642</u>.*

SECCIÓN 913

- Antes de ver a su respetable hebrita, creo que tendrán a bien reencontrarse con alguien... – dice Dinman ordenando al centinela encapuchado que guarda una puerta que no ose moverse de su posición, arroje su arma al suelo y le entregue ciertas llaves.

El propio Dinman es quién acciona la cerradura mostrándote lo que hay dentro... *<u>Ve a la SECCIÓN 702.</u>*

SECCIÓN 914

Oyes la madera crujir a no muchos metros de donde te encuentras, allá abajo en el pasillo que nace al pie de las escaleras. Es signo inequívoco de que alguien se acerca. "¡Diablos! ¿Qué hago ahora?", te dices.

- *Si sigues bajando para ir al encuentro de esos pasos que se acercan, <u>pasa a la SECCIÓN 121</u>.*
- *Si regresas a toda prisa por donde has venido, <u>ve a la SECCIÓN 527</u>.*

SECCIÓN 915 – Anota la Pista CUC

Lanza 2D6 y suma tu modificador de Huida para regresar lo antes posible:

* *Si el resultado está entre 2 y 8, ve a la SECCIÓN 840.*
* *Si el resultado está entre 9 y 12, ve a la SECCIÓN 649.*

SECCIÓN 916

A pesar de tus esfuerzos por agradar y establecer algún vínculo con alguno de los presentes, lo cual sería útil para averiguar más cosas, compruebas con frustración que no puedes pasar más allá de meras conversaciones banales en las que no obtienes información adicional de interés. Quizás puedas intentarlo en otro momento regresando a este lugar. Decides marcharte a otro sitio hasta entonces. *Pasa a la SECCIÓN 500.*

SECCIÓN 917

Lanza 2D6 y suma tu modificador de Huida para intentar llegar hasta ellos:

* *Si el resultado está entre 2 y 9, sigue en la SECCIÓN 974.*
* *Si está entre 10 y 12, ve a la SECCIÓN 287.*

SECCIÓN 918

El asunto de la traición de los silpas en Valdesia levanta ampollas entre los presentes.

Sir Wimar de Gomia y **Sir Ballard de Tirrana** parecen no tener ningún interés en este asunto, claramente centrados como están en su particular confrontación bélica. Ambos se descartan para tomar cualquier decisión al respecto y apremian al Consejo para que se dé solución a lo que realmente importa y no a esos problemas del extranjero. Partidario de olvidar el asunto silpa por un tiempo también es el **chipra Fento**, así como **Sir Crisbal de Réllerum** (este último ruega por que se priorice antes el conflicto con los sahitanos del Patriarcado en Azâfia).

Por contra, el **enano Brokard de las Brakas** defiende que es inadmisible permitir esa afrenta al Imperio y que no hay que temer a los silpas, por muchas leyendas y mitos acerca de ellos que corran. Este discurso encuentra aliados en las figuras del **Sumo Sacerdote** (quién defiende el poder de la Fe y la necesidad de evangelizar aquellas lejanas tierras), el **Consejero de los Caudales** (quién recuerda el robo a las arcas que han realizado los silpas tras traicionar el acuerdo), **Regnard Dérrik** (que considera vital, al igual que el enano, la necesidad de imponer la autoridad del Emperador de inmediato), el propio **Emperador Wexes** y su **Madre** (que desean no dar ninguna muestra de debilidad al respecto) y el **Consejero Tövnard** (que se suma al alegato de estos últimos pero que, como bien sabes, lo que realmente desea es propiciar la salida por un tiempo del Consejo de su máximo rival Rovernes, el candidato hasta el momento favorito para marchar al oeste).

Por último, con gran sorpresa para ti, ves cómo el **Consejero Rovernes** cambia repentinamente su contrariado semblante y, con una amplia sonrisa de oreja a oreja, indica que también está de acuerdo en designar un representante y pedir explicaciones a los malditos silpas. ¿Por qué ha cambiado de parecer tan radicalmente? *Sigue en la SECCIÓN 714 para descubrirlo…*

SECCIÓN 919

Corres como un poseso atravesando las múltiples intersecciones que encuentras en este barrio atiborrado de suciedad, olor a pescado y gentes humildes. Es Jinni quien encabeza la marcha. El juvi da la sensación de conocer bien estas calles, o al menos desprende una gran seguridad mientras avanza sin descanso.

Por fortuna, vuestros dos perseguidores, conscientes de su inferioridad numérica, optan finalmente por cesar en vuestra persecución. No son tan idiotas como para seguiros en ese laberinto donde podrían quedar atrapados en un callejón sin salida si os dispersarais para tenderles una trampa. *Continúa en la SECCIÓN 336.*

SECCIÓN 920   +1 día al contador de tiempo

El resto del día lo pasáis encerrados en una mugrienta habitación de sábanas tan sucias como viejas. Está claro que no es una suite real, pero al menos os ofrece un refugio momentáneo para descansar y aclarar las ideas.

Además, Zanna se emplea a fondo para curar las heridas de todos. Enseguida puedes comprobar cómo la guapa azafia tiene un don especial y profundos conocimientos en el arte de la sanación. *Recuperas 2D6 PV en este momento.*

Anota a Zanna en tu lista aliados. Mientras la chica vaya contigo, podrás recuperar 2D6 PV al final de cada día transcurrido. También te proporciona un bonificador de +1 a la Inteligencia y la habilidad especial de Don de lenguas (sin embargo, no te ofrece bonificador al combate).

Anota también a Jinni. El juvi te otorga el bonificador estándar al combate, es decir, provocas un daño de 1 PV extra a tu rival en caso de que éste combata en solitario y le infrinjas daño en tu ataque. Adicionalmente, te otorga un bonificador de +1 a la Percepción.

Recuerda que sólo la puntuación de Combate puede ser superior a un +3.

Por último, llegado el final del día, es el momento de que tomes una comida de tu inventario si no quieres perder 5 PV. Si la tomas, en cambio, recuperas 5 PV siempre sin rebasar el máximo. Puedes comprar la cena en "La rata degollada", cuyo coste es de 2 CO (no es la mejor comida del mundo, pero hace sus funciones). También debes sumar 1 día a tu contador de tiempo. Haz las anotaciones oportunas en tu ficha de personaje.

A pesar de tu insistencia por obtener respuestas, Zanna y el juvi se resisten a dar explicaciones, al menos por esta noche. Sientes gran necesidad por saber qué diablos ha sucedido en el barco y qué va a ser de ti a partir de este momento, pero tus nuevos acompañantes se muestran serios y taciturnos. Están ausentes. Presentes de cuerpo, pero no de mente.

Únicamente consigues sonsacar una somera explicación a Jinni respecto a tu pregunta acerca de cómo puede ser que un juvi como él ande por Tol Éredom sin problemas cuando todo el mundo sabe que los de su raza son partidarios del conspirador Aquilán y que sus navíos están comenzando a abordar barcos aliados del Emperador en el mar de Juva. Él te dice que hay juvis a lo largo y ancho de toda la costa norte, oeste y sur de dicho mar. Te explica que los juvis están plenamente integrados en las sociedades del Imperio y conviven en armonía con hombres, enanos y hebritas desde hace siglos. Sólo los juvis de las Islas Jujava están alineados en contra de Wexes. Remata diciendo que es algo que todo el mundo sabe y se sume en un inamovible silencio.

Finalmente, tienes que controlar tu frustración y entender que no es momento de establecer mayores diálogos. Asumes esto, agradeces a la azafia las curas recibidas y te dispones a intentar dormir a pesar de las grandes incógnitas que atiborran tu enfebrecida mente. *Sigue en la SECCIÓN 831*.

SECCIÓN 921

Mientras Jinni comparte impresiones con Zanna y Gruff, caes en la cuenta de que quizás sería interesante mostrar al juvi el mapa de la ciudad que os dio Mattus el librero y en el que su hijo os señaló unas cuantas localizaciones. Interrumpes la conversación, te disculpas por ello y le pides a Jinni que le eche un vistazo y os indique lugares adicionales de interés que no estén señalados aún en él. Tanto a Zanna como a Gruff les parece buena idea tu propuesta y el juvi no se niega a ello. El pequeño aliado se frota la sien intentando interpretar el plano, os pregunta por los lugares que el hijo del librero señaló y os pide unos minutos para pensarlo.

Poco después, gracias a tu idea y al conocimiento de Jinni de la ciudad, consigues desbloquear un buen puñado de localizaciones:

DISTRITO DE LAS ARTES Y LOS SABERES
L26 -> SECCIÓN 302 – *La Gran Biblioteca de Tol Éredom*
L29 -> SECCIÓN 66 – *El Barrio de las Artes*

BARRIO NOROESTE
L37 -> SECCIÓN 256 – *Fuente de la estatua de Críxtenes*

BARRIO NORTE
L60 -> SECCIÓN 65 – *Armería de Guttard de Safia*
L61 -> SECCIÓN 479 – *Casa de empeños*

PUERTO ESTE
L40 -> SECCIÓN 202 – *Los silos*
L42 -> SECCIÓN 706 – *La Lonja*

BARRIO DEL PUERTO OESTE
L43 -> SECCIÓN 731 – *"La rata degollada", antro al que llegasteis tras huir*

LOS ARRABALES
L45 -> SECCIÓN 763 – *Venta de drogas y venenos*
L46 -> SECCIÓN 771 – *Explorar las callejuelas de los arrabales*

BARRIO DE LOS MERGUESES
L50 -> SECCIÓN 806 – *Las termas más populosas de la ciudad*
L51 -> SECCIÓN 587 – *Servicio de postas, diligencias y correspondencias*

DISTRITO IMPERIAL
L54 -> SECCIÓN 396 – *Embajada del Legado de Tirrana*
L55 -> SECCIÓN 453 – *El Obelisco, columna fundacional*
L56 -> SECCIÓN 890 – *La Tumba del Gran Críxtenes*
L82 -> SECCIÓN 968 – *Casa de los Asuntos Juvi*
L83 -> SECCIÓN 958 – *Jardines Imperiales*

Anota los números de las secciones correspondientes a cada una de esas localizaciones por si deseas ir a ellas más adelante.

Y así es cómo, tras el alegre reencuentro con Jinni, tomáis conciencia de que ha llegado el momento de continuar con la investigación. Esto es una carrera contra el tiempo en la que hay mucho en juego, así que tenéis que omitir lo que el cuerpo os pide ahora, o sea, descansar un tiempo en esta guarida secreta. ¡Ha llegado la hora de continuar con vuestras pesquisas! *"Puedes continuar con tu investigación en otro lugar del mapa"*.

SECCIÓN 922

Estás en la localización L66 del mapa. Antes de seguir, anota en tu ficha que has visitado un nuevo lugar hoy (recuerda que puedes ir a un máximo de 4 sitios cada día; uno menos si anoche te alojaste en la librería de Mattus).

Esta localización está exenta de tirada de encuentros para ver si te topas con alguno de los matones que te está buscando por toda la ciudad. Tus enemigos no son tan suicidas como para hacer acto de presencia en este lugar tan vigilado y expuesto a las miradas de los transeúntes.

El Palacio del Emperador es, sin lugar a dudas, uno de los complejos residenciales más impresionantes del Distrito Imperial y de toda la ciudad. No obstante, no tienes tiempo para el ocio y el deleite. Estás inmerso en una complicada investigación que requiere acciones rápidas.

- *Si tienes la pista ZAB, ve a la SECCIÓN 985.*
- *Si no tienes esa pista, ve a la SECCIÓN 718.*

SECCIÓN 923   +5 P. Exp.

Tras hacerte pasar con éxito por el representante de un rico mercader que desea tener una audiencia con el Consejero de los Caudales para hablar de negocios, los guardias te indican que Edugar Merves ocasionalmente ha atendido a visitantes de tu naturaleza y que todos ellos antes han tenido que conseguir un salvoconducto visitando la sede central del Banco Imperial *(localización L18 del mapa)*. Allí, pueden tratar de reunirse con el Gerente del Banco y convencerle de que extienda dicho pase para intentar tener una reunión personal con el Consejero. *Puedes continuar con tu investigación en cualquier otro lugar del mapa.*

SECCIÓN 924 – Anota la Pista PAA

Más tarde tendrás que limpiarte los oídos, te dices lamentándote, dado que, además de no entender nada, tampoco has detectado a tiempo los pasos que se dirigían a la salida. De pronto, la puerta se abre y te topas con la chica, que emite un chillido por la sorpresa al verte ahí plantado. Arrancas a correr lamentando tu inoperancia como detective y perdiendo así, definitivamente, cualquier oportunidad de averiguar algo acerca de la relación que une a la joven pareja. ***Recuerda anotar la pista PAA***. *Puedes continuar con tu investigación en cualquier otro lugar del mapa.*

SECCIÓN 925

Empujas con fuerza al juvi, quién cae sorprendido al agua ante tu inesperada jugada. Entonces, sin dudarlo, te lanzas tras gritar a Gruff que haga lo mismo agarrando a Zanna. Un instante después, penetras violentamente en el agua, sumergiéndote al momento mientras el frescor invade tu cuerpo. Pero enseguida la ría te escupe hacia la superficie. Tienes que reaccionar rápido para escapar a nado hacia uno de los botes que antes de saltar has visto meciéndose a una docena de metros de distancia. Tienes que alcanzarlo y cortar la cuerda que le mantiene unido al gran barco. Una vez en él, podrás remar alejándote del muelle en el que están tus enemigos.

Ha llegado el momento de que realices una tirada de 2D6 y sumes tu modificador de Destreza para determinar si has saltado correctamente al agua evitando perder puntos de vida al chocar contra ella a la desesperada (si tienes la habilidad especial de Nadar, suma +2 extra al resultado). Si el resultado es de 8 o más, no pierdes ningún PV. Si es inferior a 8, pierdes 1D6+2 PV por el golpe.

Una vez en el agua, debes realizar una nueva tirada de 2D6 sumando otra vez tu Destreza para nadar hasta el bote salvavidas (si tienes la habilidad especial de Nadar, suma +3 extra al resultado):

- *Si el resultado está entre 2 y 7, ve a la SECCIÓN 355.*
- *Si está entre 8 y 12, pasa a la SECCIÓN 628.*

SECCIÓN 926   +6 P. Exp.

De pronto, recuerdas que tienes un juego de llaves contigo. No puedes demorarte mucho aquí, en mitad del pasillo donde no te puedes esconder, pero intentas probar algunas llaves a ver si hay suerte.

Por fortuna, la segunda de ellas encaja en la cerradura y la puerta se abre sin problemas. Contento por tu logro, pasas dentro sin perder un segundo. *Sigue en la SECCIÓN 447.*

SECCIÓN 927 – Anota la Pista HCC

No tardas en sumergirte en la marea de seguidores de "Los Cerdos" que se dirige hacia la Plaza del Torneo entonando cánticos de apoyo a su equipo y de provocación y burla hacia "Las Ratas", la escuadra rival. Tú eres uno más de ellos. ***Recuerda anotar la pista HCC*** *y ve a la SECCIÓN 824.*

SECCIÓN 928

Estás en la localización L14 del mapa. Antes de seguir, anota en tu ficha que has visitado un nuevo lugar hoy (recuerda que puedes ir a un máximo de 4 sitios cada día; uno menos si anoche te alojaste en la librería de Mattus). No vas a tener que realizar ninguna tirada de encuentros con tus perseguidores para esta localización en concreto.

Estás en el Distrito del Argolle, una zona de clase media donde se asientan muchos artesanos menores y pequeños burócratas. Dedicas un tiempo a pasear por sus decentes calles y a empaparte del lugar, pero no encuentras nada de interés para tu investigación y decides abandonar la zona. *Puedes continuar con tu investigación en cualquier otro lugar del mapa.*

SECCIÓN 929

Sir Alexer, primo del difunto Rovernes, se dirige tras la fiesta a un lugar que no esperabas. Se adentra en un burdel y se entrega a los placeres de la carne, ajeno totalmente al asunto que te preocupa. Así pues, nada tiene que ver con el asesinato de Mattus ni con el secuestro de Sígrod.

Has tomado una decisión fatal, pero por fortuna no te has alejado mucho en tu persecución. Vuelves sobre tus pasos intentando, de forma desesperada, dar con el resto de comensales antes de que éstos se hayan alejado demasiado de los jardines donde se ha celebrado la cena.

- *Si no tienes la pista CUC, ve a la SECCIÓN 915.*
- *Si ya tienes esa pista, ve a la SECCIÓN 840.*

SECCIÓN 930

Improvisas un elaborado alegato en el que te postulas como un representante de un adinerado mercader de Tirrana que desea efectuar importantes inversiones que requieren de la amable financiación del afamado Banco Imperial. Son de tal calibre, que tu señor no te permite desvelarlas a nadie que no sea al Gobernador en persona.

- *Si Zanna está aquí contigo, ve a la SECCIÓN 575.*
- *Si decidiste que se quedara fuera, sigue en la SECCIÓN 334.*

SECCIÓN 931

- *Si el "contador de tiempo de la investigación" es de 18 o más días, pasa inmediatamente a la SECCIÓN 611 sin seguir leyendo.*
- *De lo contrario, sigue leyendo...*

Una vez más, te cruzas con Elaisa, la dama sensual con la que tuviste una cita íntima en su residencia. Te quedas petrificado al verla de nuevo.

- Si el "contador de tiempo de la investigación" es de 16 o menos días, _ve a la SECCIÓN 301_.
- Si es de 17 días, _ve a la SECCIÓN 88_.

SECCIÓN 932 – Anota la Pista HMW

Tras pensárselo durante unos largos segundos, el viejo monje rompe por fin su silencio. Maldice al clero domatista por buscar aplastar a su fe y lograr así perpetuarse como la religión preponderante en el Imperio. Pero cuando introduces al Gremio de Prestamistas de Meribris, el anciano comenta que no cree que los intereses de los religiosos domatistas estén enfocados en el asunto económico y que, por tanto, serán otros quienes están buscando la desgracia de los prestamistas sureños. No sabes bien por qué, pero sientes que el viejo monje podría estar en lo cierto. **Recuerda anotar la pista HMW** y _puedes continuar con tu investigación en cualquier otro lugar del mapa_.

SECCIÓN 933

Haz una tirada de 2D6 y suma tu modificador de Destreza (si tienes la habilidad especial de Camuflaje, suma +3 extra al resultado):

- _Si el resultado total está entre 2 y 8, no habrás podido evitar que el azafio te descubra y no te queda otro remedio que correr hacia él para aniquilarle antes de que sea demasiado tarde. Ve a la SECCIÓN 58._
- _Si el resultado está entre 9 y 12, sigue en la SECCIÓN 941._

SECCIÓN 934

No puedes resistirte a la tentación. Aceptas el reto y te dispones a participar ante el júbilo del trilero y de los espectadores presentes.

Resta ahora mismo 1 CO y lanza 2D6 sumando tu modificador de Destreza (si tienes la habilidad especial de Puntería, suma +2 extra). Para acertar con el aro en uno de los postes de madera, debes obtener un resultado de 11 o 12 en la tirada. Si aciertas, el trilero fruncirá el ceño contrariado, te dará 15 CO y ya no te dejará jugar más (podrás regresar a partir de mañana, donde el trilero ya se habrá olvidado de ti). Si fallas, pierdes esa corona de oro que habías depositado para lanzar, pero puedes volver a intentarlo de nuevo pagando 1 CO extra. ¡Suerte con tu puntería!

Recuerda que estabas en el hexágono F11. "_Puedes seguir explorando la Feria en la SECCIÓN 413_".

SECCIÓN 935

En el *Barrio de los Saberes*, donde se concentran los aprendices y maestros de las principales ciencias y erudiciones, puedes visitar los siguientes lugares de interés:

L26 -> SECCIÓN 302 – La Gran Biblioteca de Tol Éredom
L27 -> SECCIÓN 341 – La Academia de Sanadores
L28 -> SECCIÓN 435 – Las Fuentes del Partërra
L30 -> SECCIÓN 825 – Gimnasios donde los eruditos relajan su mente

Si no te interesa ninguna de las localizaciones anteriores, puedes ir al cercano Barrio de las Artes (L29 -> SECCIÓN 66) o también puedes continuar con tu investigación en cualquier otro lugar del mapa.

SECCIÓN 936

Ya que estás aquí, decides que lo mejor es quedarte. Acompañas al escriba a través de lujosos pasillos hasta alcanzar una puerta de madera noble que tu guía abre tras hacer sonar su aldaba sin obtener respuesta.

- Vaya, parece que Dinman no está. Si es tan amable, puede tomar asiento mientras voy a buscarle – te indica el escriba y tú asientes.

El joven se aleja con paso vivo. Estás solo en este despacho repleto de papeles, dominado por un espléndido escritorio y tres estanterías colmadas de libros y pergaminos. De pronto, tu mente te tienta con una posibilidad. En tus manos está decidir si dejarte llevar o no por la prudencia…

- *Si te aventuras a registrar los papeles que hay sobre el escritorio para ver si hay algo que te pudiera ser de interés, ve a la SECCIÓN 478 para intentarlo.*
- *Si prefieres ser prudente y esperar pacientemente en tu asiento a que venga el asesor, sigue en la SECCIÓN 18.*

SECCIÓN 937

El viejo Úver gesticula tratando de decirte algo mientras le preguntas, cada vez más nervioso, por vuestros familiares. Parece perturbado y os mira con el temor impreso en su rostro. *Lanza 2D6 y suma tu modificador de Inteligencia (si tienes la habilidad especial de Sexto Sentido, suma +3 extra):*

- *Si el resultado total está entre 2 y 8, ve a la SECCIÓN 805.*
- *Si está entre 9 y 12, ve a la SECCIÓN 534.*

SECCIÓN 938

La pequeña es escurridiza y la multitud dificulta cualquier persecución. Vas a tener que emplearte a fondo para seguirla. *Lanza 2D6 y suma tu modificador de Huida:*

- *Si el resultado está entre 2 y 7, no tienes éxito en tu cometido y finalmente optas por abortar tu plan y regresar a la plaza. Ve a la SECCIÓN 407.*
- *Si está entre 8 y 12, pasa a la SECCIÓN 112.*

SECCIÓN 939 – Anota la Pista SHI

Por fortuna, no hay percances que lamentar. El templo permanece en silencio y quietud en estos momentos. Ves a un solo monje, al fondo de la pequeña ala este, que está vaciando unas vasijas en un minúsculo altar de mármol. Ya que estás aquí, te acercas al religioso hebrita para preguntarle.

Pero…, cuál es tu sorpresa, cuando éste parece reconoceros. Sus ojos, rodeados de los característicos pliegues de piel de su raza, adquieren unas dimensiones enormes para los cánones hebritas. El monje se pone nervioso en cuestión de segundos y, antes de que puedas abrir la boca, os dice:

- No sé qué tenéis entre manos con esos tipos, pero agradecería que no alterarais la armonía que debe reinar en este hogar de paz. Supongo que habéis venido a por la carta. Uno de ellos me dio vuestra descripción y me exhortó a dárosla conforme os presentarais por aquí.

- ¿Carta? ¿Qué carta? – dice Zanna alterada.

- Esperad aquí. La tengo guardada en mis aposentos – la espera se hace eterna hasta que el monje vuelve a aparecer en escena y os dice - No tengo la menor idea de qué se trata, pero no quiero problemas. Tomadla y marchaos. Mi compañero fue agredido por esos encapuchados de negro y fue interrogado preguntándole por vosotros. No quiero acabar como él…

- ¿Como él? ¿A qué te refieres? ¿Qué le sucedió? – pregunta tu amigo Gruff inquieto.

- He dicho que dejémoslo aquí. Largaos y no volváis. Si no estáis a bien con esos tipos, lo que parece que ocurre, deberíais largaros cuando antes. Tenéis suerte de no haberlos encontrado aquí esperándoos como ha sido lo habitual los últimos días. Aunque quizás ya os los hayáis encontrado en las inmediaciones del santuario – remata el monje casi empujándoos a la salida.

Cuando regresáis al entramado de callejuelas, más allá de la colina de templos, abrís esa misteriosa carta y la leéis de inmediato.

"Dejad a la chica azafia con el maldito cofre en este santuario apestoso o Sígrod será desollado tras la cena de gala que está programada en honor a la madre ramera del Emperador. Tras llenar nuestro estómago junto a la élite imperial, ver morir a vuestro aliado será nuestro mejor final de fiesta. La muerte espera al prestamista hebrita si no entráis en razones y seguís huyendo como ratas."

El inquietante mensaje no posee firma ni sello, solo esas macabras palabras que acabas de leer con gran nerviosismo junto a la fecha donde se va a producir esa ejecución *(el día 20 del contador de tiempo de tu investigación, tras la cena de gala que está programada para esa noche).*

Cruzas la mirada con Zanna mientras Gruff la agarra del hombro tratando de animarla. Es evidente que el tiempo se acaba, pero aún hay esperanza ya que, si es cierto lo que indica la carta, Sígrod todavía está vivo y no todo está acabado.

La última reflexión que haces, mientras te alejas de este lugar, es que tienes que intentar estar en esa cena de gala como sea. La resolución del caso pasa por ahí. En ese evento va a estar quién ha urdido todo esta trama contra los hebritas, el objetivo de tu difícil y angustiosa pesquisa. Suspiras inquieto. Tu familia necesita de todos tus esfuerzos. Gruff asiente con la mirada. La responsabilidad te reclama. ***Recuerda anotar la pista SHI.*** *Puedes continuar con tu investigación en cualquier otro lugar del mapa.*

SECCIÓN 940

En este lugar puedes intentar contratar a un mercenario y/o a un guía local para que te acompañen.

El mercenario te otorga un bonificador de +2 a tus Ptos de Combate siempre que permanezca contigo y morirá si tus puntos de vida se reducen a 9 o menos. Sólo puedes contratar a uno a la vez, pero si éste muere, puedes regresar aquí a contratar otro.

Además, podrás disponer de un guía local que te permitirá visitar una localización adicional del mapa por día, gracias a sus conocimientos de la capital del Imperio, lo que te hará ganar mucho tiempo.

*Para negociar el coste por día que tendrás que sufragar, lanza 2D6 **para cada uno de ellos que quieras contratar** y suma tu modificador de Carisma (+2 extra si tienes la habilidad especial de Negociador):*

- Si el total está entre 2 y 6, no vas a encontrar ningún colaborador de ese tipo dispuesto a seguirte. Al menos no hoy (podrás volver aquí mañana para volver a intentarlo).
- Si el resultado está entre 7 y 10, conseguirás un colaborador por 10 CO al día (en el momento que dejes de pagarle te abandonará). Si no te interesa este coste podrás volver a intentarlo mañana.
- Si está entre 11 y 12, el coste será de sólo 6 CO al día (en el momento que dejes de pagarle te abandonará). Si no te interesa contratarlo, podrás volver a intentarlo mañana.

Pongamos un ejemplo: *Imaginemos que deseas contratar tanto a un mercenario como a un guía. Tendrás que hacer pues dos tiradas. Lanzas según lo indicado arriba y obtienes un resultado total en la tirada entre 7 y 10 para el mercenario y entre 11 y 12 para el guía. Si quisieras contar con ambos, el coste total diario que tendrías que asumir ascendería a 16 CO (10 del mercenario y 6 del guía).*

Puedes continuar con tu investigación en cualquier otro lugar del mapa.

SECCIÓN 941   +8 P. Exp.

La tensión te invade, pero no te impide reaccionar. Enseguida te escondes tras el recodo que da acceso a las escaleras que bajan a la segunda planta. Esperas unos tensos segundos hasta que escuchas cómo el azafio parece haber cambiado de opinión y sube hasta la cubierta. ¡Tienes la pista despejada! Sin perder un segundo, llegas al cruce de corredores al pie de las escaleras que ascienden a cubierta.

- *Si avanzas por el corredor que parte de forma frontal a las escaleras, ve a la SECCIÓN 78.*
- *Si te encaminas al pasillo de la izquierda, sigue en la SECCIÓN 595.*

SECCIÓN 942 – Anota la Pista OUB

No puedes averiguar más cosas aquí, así que no tienes más remedio que continuar con tu investigación en cualquier otro lugar del mapa.

SECCIÓN 943 – LUGAR DE DESPERTAR ESPECIAL

*Anota el número de esta sección en tu **FICHA DE INVESTIGACIÓN** (que puedes encontrar al final del libro) y **haz una fotografía a la misma** asegurándote de que aparezcan en ella los **contadores de tiempo** y las **pistas conseguidas** hasta el momento en que llegaste aquí por primera vez. Esta sección es un Lugar de Despertar Especial, por lo que ya no necesitas comenzar desde el inicio del libro en caso de que mueras pudiendo seguir* desde aquí y **además sin gastar ningún punto de ThsuS** para este Lugar de Despertar en concreto. Simplemente **resetea tus contadores de tiempo y tus pistas** a los de la fotografía que tomaste según lo indicado antes y reinicia la partida. De esta forma, si mueres y tienes que volver a este lugar de despertar en concreto, podrás "resetear" las pistas a las que tuvieras en el momento en que llegaste por primera vez aquí y, a partir de ahí, volver a ir coleccionando pistas que has perdido y otras nuevas que puedas conseguir.

Y así es como llega, por fin, el momento de abandonar el refugio que os ha dado cobijo durante unos pocos días. Ha llegado la hora de afrontar el gran reto que tenéis por delante: encontrar a Sígrod y liberarlo antes de que sea demasiado tarde y todo el complot de los hebritas sea destapado por quienes sea que estén detrás del ataque que sufristeis.

Estáis en una nueva carrera contra el tiempo, dado que sois conscientes de que Sígrod no aguantará indefinidamente antes de sucumbir a las torturas e interrogatorios que a buen seguro estará sufriendo. También el tiempo corre en vuestra contra en cuanto a los documentos secretos escondidos en el *Rompeaires*, ya que cada día que pasa es más probable que sean hallados y salgan a la luz los turbios asuntos que en ellos están escritos.

***

*Instrucciones acerca del cómputo del tiempo durante la investigación y nueva FICHA DE INVESTIGACIÓN: ha llegado el momento de arrancar una nueva cuenta de tiempo en paralelo a la que ya venías anotando día a día en tu ficha de personaje. Es un nuevo contador que comienza en **0 días** y cuyo nombre es "Contador de tiempo de la investigación". Para ello, al final de cada día, **haz uso de la "FICHA DE INVESTIGACIÓN"** que tienes disponible al final del librojuego y que puedes descargar también en www.cronicasdeterragom.com. Tendrás que incrementar tanto el nuevo contador (que determinará el éxito en tu misión de encontrar y liberar a Sígrod antes de que sea demasiado tarde) como el contador que venías computando desde el inicio de tus aventuras (el que decretará si regresas a tiempo o no a tu hogar para salvar a tus familiares de las deudas que les acucian). ¡Prepárate para lo que está por venir, agudiza tu mente y suerte!*

¡Pasa a la SECCIÓN 738 para iniciar tu investigación!

SECCIÓN 944

Milagrosamente lográis dar esquinazo a la escuadra de soldados que os perseguía y, aunque os habéis tenido que dispersar en la huida, por fin os reagrupáis en el lugar que Lóggar había indicado mientras escapabais. Todos estáis exhaustos y con la adrenalina disparada, pero habéis conseguido lo que parecía impensable. Abrazas a tus amigos y das la mano a Lóggar, quién te agradece con gesto firme la ayuda y te invita a acompañarle hasta su guarida secreta en el sector norte.

Un rato después, alcanzáis las murallas de la ciudad. Estáis a unos cincuenta metros de la magnífica Puerta Dorada, la entrada norte de la capital. Por fortuna, la Puerta está muy transitada en estos momentos, lo que facilita que la podáis atravesar por separado, sin levantar sospechas y antes de que nadie os identifique. *Ve a la SECCIÓN 768.*

SECCIÓN 945

Tras averiguar más bien poca cosa en la librería de Mattus, te dispones a continuar con tu investigación. *Pasa a la SECCIÓN 596.*

SECCIÓN 946

Elaisa tiene embelesados a buena parte de los comensales de la mesa presidencial. Sus innatos encantos personales y su saber estar, están provocando que algunos de los hombres se queden embobados con la dama, solo saliendo de su hechizo tras recibir algún oportuno codazo de sus celosas esposas. La cautivadora mujer también te tiene atrapado en su influjo, a pesar de no compartir mesa con ella, pero descartas seguir investigándola para analizar otros aspectos de la cena. *Ve a la SECCIÓN 105.*

SECCIÓN 947

Estás en la localización L4 del mapa. Antes de seguir, anota en tu ficha que has visitado un nuevo lugar hoy (recuerda que puedes ir a un máximo de 4 sitios cada día; uno menos si anoche te alojaste en la librería de Mattus). No vas a tener que realizar ninguna tirada de encuentros con tus perseguidores para esta localización en concreto.

El Puerto Este se extiende ante ti en toda su dimensión.

- *Si no tienes la pista PTE, ve a la SECCIÓN 632 y regresa de nuevo aquí para seguir leyendo (anota el número de esta sección para no perderte al regresar).*
- *Si ya tienes esa pista, sigue en la SECCIÓN 571.*

SECCIÓN 948

Haz una tirada de 2D6 y suma tu modificador de Huida:

- *Si el resultado está entre 2 y 5, fallas la tirada y <u>vas a la SECCIÓN 950</u>.*
- *Si está entre 6 y 12, superas la tirada y alcanzas las escaleras que ascienden a la cubierta antes de que la turba de enemigos irrumpa en el pasillo. En este caso, <u>pasa a la SECCIÓN 679</u>.*

SECCIÓN 949

No puedes creer lo que te está obligando a hacer este tipo sucio y sin humanidad. Quiere que mutiles al hebrita cuando éste despierte. Que seas el verdugo ejecutor de todos ellos, haciendo que el erudito acceda a la imposición que los fanáticos tienen pensada para él. Parece ser que quieren forzar al historiador para que cambie el enfoque que está plasmando en sus crónicas y que revierta la versión que viene defendiendo en sus escritos en la que libera de toda carga del asesinato de Mexalas al pueblo hebrita.

Y para hacerle "recapacitar", van a amputarle los dedos pulgar e índice de ambas manos, aquellos con los que sostiene su hábil pluma de historiador. Ya no va a poder seguir escribiendo, pero conservará su habla para dictar otras crónicas "más adecuadas a la realidad" a los escribas que le presten colaboración o, si se niega, acabar también con la lengua mutilada.

La bilis gana paso en tu cuerpo hasta alcanzar prácticamente tu boca. Tragas el intenso amargor mientras piensas en lo que quieren que hagas. Uno de los fanáticos comenta que quizás sea innecesaria la tortura y que lo mejor para garantizar que ese hebrita no siga plasmando sandeces en sus crónicas es eliminarle definitivamente. El grueso líder comenta que es lo que más le gustaría hacer, pero que con eso solo conseguirían que otro cronista ocupara el cargo del hebrita, seguramente alguno de sus actuales acólitos, y que éste siguiera la senda de su mentor.

- Lo mejor es dejarlo vivo y tenerlo coaccionado. Además, al ver los dedos amputados de su jefe, tendremos también controlados a sus acólitos. Dudo que ninguno de ellos se atreva a escribir idioteces que le lleven a la misma situación. Viven en la ciudad y tienen vecinos que están con nosotros. Sería tan fácil dar con ellos como lo ha sido con este imbécil – remata el líder propinando una patada en el abdomen que provoca que el hebrita por fin despierte.

Todos te miran. Ha llegado el momento de actuar. Eres el verdugo...

- *Si sigues adelante y cooperas, <u>ve a la SECCIÓN 986</u>.*
- *Si ya no eres capaz de seguir y desenvainas tu arma para dar un merecido a estos fanáticos, <u>ve a la SECCIÓN 196</u>.*

SECCIÓN 950

Las desgracias no vienen solas. En tu huida tropiezas y caes, dando tiempo al azafio que te ha descubierto para que llegue hasta tu altura y te ataque. *Prepárate para lo que viene y <u>pasa a la SECCIÓN 585</u>.*

SECCIÓN 951

Antes de seguir, suma el tiempo equivalente a haber visitado una nueva localización. Para cumplir esta misión con éxito, tienes que realizar dos tiradas previas para lograr encontrar a esos bandidos y tratar de sorprenderles.

Primera tirada -> *lanza 2D6 y suma tu modificador de Inteligencia para llegar a la zona que te han indicado sin perderte:*

- *Si el resultado está entre 2 y 7, pierdes el tiempo sin dar con ellos. Suma el tiempo equivalente a haber visitado una nueva localización y vuelve a repetir la tirada de Inteligencia.*
- *Si el resultado está entre 8 y 12, tienes éxito en tu búsqueda y das con un rufián que te chiva el lugar donde se hospedan los bandidos a cambio de 3 CO. Debes abonar esa cantidad para ir a la segunda tirada (si no estás dispuesto a pagarle o no tienes el dinero, fracasarás en tu misión y <u>vuelves a la SECCIÓN 349</u>).*

Segunda tirada -> *lanza 2D6 y suma tu modificador de Percepción para detectar a los bandidos antes de que ellos te vean venir. En estos momentos están saliendo de su guarida:*

- *Si el resultado está entre 2 y 9, los bandidos te descubren. Tienen un ataque inicial antes de que arranque el combate de la forma habitual y además pueden organizarse para atacaros según vuestra fuerza.*

  Bandido 1   Ptos de Combate: +4   PV: 25
  Bandido 2   Ptos de Combate: +5   PV: 28
  Bandido 3   Ptos de Combate: +4   PV: 24
  Bandido 4   Ptos de Combate: +6   PV: 30
  Bandido 5   Ptos de Combate: +7   PV: 30

- *Si el resultado está entre 10 y 12, llegas a poca distancia detrás de ellos sin que te detecten. Dispones de un ataque extra antes de que arranque el combate de la forma habitual y además tendrás que enfrentarte a menos oponentes.*

  Bandido 1   Ptos de Combate: +4   PV: 25
  Bandido 2   Ptos de Combate: +5   PV: 28
  Bandido 3   Ptos de Combate: +4   PV: 24

Nota: *los PV de tus rivales reflejan el valor que debes superar en daño para que éstos huyan, no para que acaben muertos (no es necesario que corra tanta sangre para cumplir tu encargo, sino solamente arrebatarles sus posesiones robadas y darles su merecido). Por cada rival que venzas, lanza 1D6 y, si sacas un 6, el resto de enemigos huirá despavorido sin necesidad de luchar contra ellos.*

- *Si logras vencer en la reyerta, suma 20 P. Exp, 20 CO de recompensa y otras 30 CO en el valor equivalente del 50 % de las posesiones que logras recuperar. Ve a la SECCIÓN 349.*
- *Si los bandidos te vencen, no acabarán con tu vida pero sí habrás recibido una auténtica paliza. Deja tu contador en 1D6 PV y da por fracasada tu misión. Ve a la SECCIÓN 349.*

SECCIÓN 952 – Anota la Pista WCW

Lo más interesante que averiguas del grupo de chipras al que te acercas es que en esta plaza se producen reuniones periódicas donde los miembros de su raza discuten sus problemas y los de los estratos bajos de la sociedad. Averiguas también los días en los que se van a producir las próximas asambleas.

*Anota en tu ficha los siguientes días por si quieres regresar a esta localización para presenciar alguna de esas asambleas: días 4, 9, 14 y 19. Si alguno de esos días coincide con el que hoy te encuentras, lamentablemente la Asamblea ya habrá finalizado y tendrás que esperar a la próxima fecha. **Recuerda anotar la pista WCW.** Puedes continuar con tu investigación en cualquier otro lugar del mapa.*

SECCIÓN 953

- *Si ya tienes la pista BDN, ve a la SECCIÓN 119 y no sigas leyendo.*
- *Si no tienes esa pista, sigue leyendo...*

Haz una tirada de 2D6 y suma +1 de bonificador por cada corona de oro (CO) que has decidido donar:

- *Si el resultado total está entre 2 y 9, sigue en la SECCIÓN 119.*
- *Si está entre 10 y 12, pasa a la SECCIÓN 909.*

SECCIÓN 954

Asumes que no tienes más remedio que seguir explorando el barco para encontrar la llave que abra esa misteriosa puerta. Vuelves al pie de las escaleras que ascienden a cubierta. *Ve a la SECCIÓN 642.*

SECCIÓN 955

Estás en las inmediaciones de la localización L20 del mapa. Antes de seguir, anota en tu ficha que has visitado un nuevo lugar hoy (recuerda que puedes ir a un máximo de 4 sitios cada día; uno menos si anoche te alojaste en la librería de Mattus). También lanza 2D6 para ver si tienes algún encuentro con los matones que os persiguen. Si el resultado es de 9 o más, no te topas con ningún enemigo y puedes seguir leyendo. Si es inferior, debes evitar o vencer a los siguientes tipos que os descubren, para seguir leyendo (los enemigos indicados son los que debes enfrentar en solitario; no se detallan los rivales que atacan a tus compañeros y se considerará que ellos vencerán su combate si tú ganas el tuyo):

ENCAPUCHADO NEGRO 1	*Ptos. Combate: +5*	*PV: 29*
ENCAPUCHADO NEGRO 2	*Ptos. Combate: +5*	*PV: 33*

Nota: *puedes tratar de evitar el combate si lanzas 2D6 y sumas tu modificador de Destreza obteniendo un 8 o más (si tienes la habilidad especial de Silencioso o de Camuflaje suma +2 por cada una de ellas). Si logras evitar a esos tipos, darás un largo rodeo hasta que puedas quedarte tranquilo y constates que les has dado esquinazo definitivo. Podrás seguir leyendo con normalidad esta sección, pero habrás agotado un tiempo considerable que hará que puedas visitar una localización menos del mapa en el día de hoy (o mañana, si ésta era la última que podías visitar hoy).*

Ptos de Experiencia conseguidos: *9 P. Exp. si vences; 3 P. Exp. si escapas.*

Estás a unas pocas manzanas de la Plaza del Torneo, una de las tres grandes explanadas de Tol Éredom, cuando el sonido de las campanas, proveniente de la Colina de los Templos al oeste de la ciudad, te alcanza. Los bronces repiquetean con alegría en honor a la Madre del Emperador, que estos días cumple años. Precisamente, uno de los eventos que conmemoran este hecho y que honran a la Gran Dama es el Torneo que, año a año, se celebra en esa inmensa plaza a la que te acercas.

Se dice que, en ese multitudinario evento, las gradas acogen a más de diez mil personas. También se comenta que su origen se encuentra en la progresiva pérdida de territorios y el debilitamiento económico y militar del Imperio, con el consiguiente descontento popular. Para frenar esa desazón social, Wexes echó mano del recurso que habían implementado otros

Emperadores antes: emplear los torneos como distracciones para entretener y canalizar la ira de un pueblo en creciente descontento. Y así es como, sin gran oposición de la jerarquía religiosa domatista, volvieron estas celebraciones que, durante un tiempo, habían estado prohibidas.

- *Si el "contador de tiempo de la investigación" es menor de 15 días, ve a la SECCIÓN 775.*
- *Si el "contador de tiempo de la investigación" es de 15 días, ve a la SECCIÓN 1027.*
- *Si dicho contador tiene un valor de 16 o más días, ve a la SECCIÓN 279.*

SECCIÓN 956

Durante un par de horas, permaneces en el remanso de paz y silencio de un pequeño santuario en el que un grupo de feligreses de tus mismas creencias ora y encomienda su alma. *Anota en tu ficha que has agotado otra localización en el día de hoy, debido al tiempo que aquí has empleado.*

Tras rezar ante el pequeño altar por tus parientes y tras rogar a tu dios que te proteja en el resto de investigación que tienes por delante, tienes la opción de hacer una pequeña donación a los monjes que cuidan de este santuario, una práctica habitual en tu culto.

- *Si quieres hacer una donación, elige la cantidad de coronas de oro, réstala ahora mismo de tu ficha de personaje y ve a la SECCIÓN 953.*
- *Si optas por no hacer donación alguna, puedes continuar con tu investigación en cualquier otro lugar del mapa.*

SECCIÓN 957

Te resulta imposible negarte a las dos rondas adicionales de cerveza que el agradecido mercader te invita a tomar. Su tozudez y obstinación parecen inquebrantables, así que no tienes más remedio que dedicar un rato más a seguir riendo las gracias y los chismes de Hóbbar y sus amigos. Finalmente, logras escabullirte cuando unas jóvenes de dudosa reputación se acercan a los hombres. Mientras agarra a una de las chicas, el mercader te recuerda que confía en ti y que tu recompensa te espera si vuelves aquí y le das información concluyente de tus pesquisas *(al parecer frecuenta este local en estas fechas festivas entorno al gran Torneo).* Te despides haciendo una exagerada reverencia y sales a la calle dejando, por fin, el bullicio atrás.

Has desbloqueado la localización L69 del mapa -> SECCIÓN 749 (es la casa en la que Hóbbar tiene como inquilino a ese apuesto forastero).

Dado el tiempo que has invertido en la alcohólica tertulia con Hóbbar y sus amigotes, anota en tu ficha que has agotado una nueva localización en el *día de hoy. Además, si te quedan más localizaciones a visitar hoy, ten presente que, hasta que no duermas, vas a sufrir una penalización de -2 a tu Percepción y -2 a tu Destreza, por los efectos del alcohol en tus venas. <u>Puedes continuar con tu investigación en cualquier otro lugar del mapa.</u>*

SECCIÓN 958

- *Si **no tienes la pista DOC** y el "contador de tiempo de la investigación" es de **3 o más días**, <u>pasa a la SECCIÓN 596</u> **y no sigas leyendo.***
- *Si el "contador de tiempo de la investigación" **es mayor de 20 días**, <u>ve a la SECCIÓN 840</u> **y no sigas leyendo.***

Estás en la localización L83 del mapa. Antes de seguir, anota en tu ficha que has visitado un nuevo lugar hoy (recuerda que puedes ir a un máximo de 4 sitios cada día; uno menos si anoche te alojaste en la librería de Mattus). No vas a tener que realizar ninguna tirada de encuentros con tus perseguidores para esta localización en concreto.

Los Jardines Imperiales son un regalo para los sentidos. El verde enérgico de las plantas bien cuidadas, el aroma y colorido de las flores, la humedad de las fuentes ornamentadas y el trino de los pájaros que anidan en los frondosos árboles de multitud de especies, algunas de ellas importadas, hacen de éste un lugar ideal para el esparcimiento y el disfrute. Suspiras y coges fuerzas. Tus obligaciones te apremian...

- *Si el contador de tiempo de la investigación es menor de 20 días, <u>ve a la SECCIÓN 627.</u>*
- *Si es de 20 días, <u>ve a la SECCIÓN 117.</u>*
- *Si es superior a 20 días, <u>ve a la SECCIÓN 622.</u>*

SECCIÓN 959

Fento Chesnes enseguida es interceptado por los chipras que se agolpan en el perímetro exterior del recinto esperando llevarse a la boca las sobras de la cena de gala. Chesnes trata de mantener la compostura ante las críticas que recibe de una parte de estos famélicos ciudadanos, que le recriminan que se codee con la alta sociedad, enriqueciéndose con ello y olvidando sus humildes orígenes, los mismos que los del pueblo que debe representar.

Notas a Fento sinceramente afectado por estas críticas nacidas de la frustración y trata de justificar por qué tiene que relacionarse con las altas esferas, dado que es la única forma de seguir peleando por los derechos de los chipras. Hay quienes le escuchan y quiénes que no, pero es algo que a ti ahora mismo no te concierne. Bastante tienes con controlar tus propios nervios al comprobar que el chipra nada tiene que ver con el asesinato de Mattus ni con el secuestro de Sígrod.

Has tomado una decisión fatal, pero por fortuna no te has alejado del recinto. Vuelves sobre tus pasos intentando, de forma desesperada, dar con el resto de comensales antes de que éstos se hayan alejado demasiado de los jardines donde se ha celebrado la cena. *Ve a la SECCIÓN 915.*

SECCIÓN 960

El único consuelo que tienes en esta situación tan desesperada es ver aparecer a tus compañeros, que habían permanecido todo el tiempo ocultos en el muelle. Al ver que tus enemigos van a lincharte, corren en tu ayuda y se suman al brutal combate haciéndose cargo de parte de tus oponentes. *Ve a la SECCIÓN 245.*

SECCIÓN 961

Estás en la localización L25 del mapa. Antes de seguir, anota en tu ficha que has visitado un nuevo lugar hoy (recuerda que puedes ir a un máximo de 4 sitios cada día; uno menos si anoche te alojaste en la librería de Mattus). También lanza 2D6 para ver si, en el tránsito hacia esta localización, tienes algún encuentro con los matones que os persiguen. Si el resultado es de 6 o más, no te topas con ningún enemigo y puedes seguir leyendo. Si es inferior, debes evitar o vencer a los siguientes tipos que os descubren, para seguir leyendo (los enemigos indicados son los que debes enfrentar en solitario; no se detallan los rivales que atacan a tus compañeros y se considerará que ellos vencerán su combate si tú ganas el tuyo):

ENCAPUCHADO NEGRO 1	Ptos. Combate: +4	PV: 21
ENCAPUCHADO NEGRO 2	Ptos. Combate: +5	PV: 26

Nota: *puedes tratar de evitar el combate si lanzas 2D6 y sumas tu modificador de Destreza obteniendo un 8 o más (si tienes la habilidad especial de Silencioso o de Camuflaje suma +2 por cada una de ellas). Si logras evitar a esos tipos, darás un largo rodeo hasta que puedas quedarte tranquilo y constates que les has dado esquinazo definitivo. Podrás seguir leyendo con normalidad esta sección, pero habrás agotado un tiempo considerable que hará que puedas visitar una localización menos del mapa en el día de hoy (o mañana, si ésta era la última que podías visitar hoy).*

Ptos de Experiencia conseguidos: *9 P. Exp. si vences; 3 P. Exp. si escapas.*

En pleno Distrito Imperial, la coqueta mansión de Rovernes se alza frente a una plaza ornamentada con bellas esculturas y dos refinadas fuentes.

Atraviesas el umbral de la puerta tras obtener el permiso de los tres guardias apostados en la entrada del edificio. Tus compañeros se han quedado fuera, en las inmediaciones de la plaza, y has entrado tú sólo. Por razones de seguridad, los centinelas no dejan pasar a grupos de desconocidos dentro del recinto.

- *Si tienes la pista DMT, ve a la SECCIÓN 747.*
- *Si no tienes esa pista, ve a la SECCIÓN 98.*

SECCIÓN 962

Estás en la localización L47 del mapa. Antes de seguir, anota en tu ficha que has visitado un nuevo lugar hoy (recuerda que puedes ir a un máximo de 4 sitios cada día; uno menos si anoche te alojaste en la librería de Mattus). No vas a tener que realizar ninguna tirada de encuentros con tus perseguidores para esta localización en concreto.

Rodeada de casuchas y sin pavimentar, la destartalada Plazuela de los Pesares representa el lugar de encuentro de los lugareños que malviven en esta zona del arrabal. Perros, gatos y gallinas se creen poseedores de esta plazoleta en la que campan a sus anchas deambulando entre las piernas de los vecinos que acuden aquí al finalizar su jornada para chismorrear y compartir historias con las que evadirse de su dura realidad.

Entre los presentes, hay un grupo de chipras sumergido en una acalorada discusión y, en el lado opuesto de la plazuela, un rufián te mira fijamente mientras te dedica una irónica sonrisa.

- *Si te acercas al grupo de chipras, ve a la SECCIÓN 888.*
- *Si vas hacia el rufián, ve a la SECCIÓN 837.*
- *Si quieres largarte de aquí, puedes continuar con tu investigación en cualquier otro lugar del mapa.*

SECCIÓN 963

Su Santidad Hërnes Pentûs, Sumo Sacerdote Domatista Wexiano, es una de las figuras con más poder e influencia en estos momentos. Mantiene conversaciones paralelas con los comensales que tiene alrededor. Intentas poner la oreja para captar algo de lo que dice.

Lanza 2D6 y suma tu modificador de Percepción (si tienes la habilidad especial de Oído agudo, suma +1 al resultado y si tienes Don de lenguas puedes acompañarlo con la lectura de sus labios y sumarte +2 extra):

- *Si el resultado está entre 2 y 6, ve a la SECCIÓN 105.*
- *Si el resultado está entre 7 y 12, ve a la SECCIÓN 503.*

SECCIÓN 964 – Anota la Pista QAD

Se está produciendo una conversación pero, para tu desgracia, no es en la estancia anexa a la ventana, sino más adentro del inmueble. Sin embargo, tienes los oídos finos y eres capaz de captar fragmentos de la misma que, con paciencia y esmero, logras reconstruir como si de un rompecabezas se tratara. No acabas de estar seguro del todo, pero podrías concluir que esos tipos de ahí dentro son una especie de banda de radicales partidarios de Aquilán. Las arengas y palabras de ánimo del que parece ser su líder son inequívocas. Al parecer, tratan de debilitar al enemigo desde dentro, aunque no tienen apenas recursos, como puedes escuchar. Una vía de acción para ellos es debilitar al clero domatista wexiano, contra el que vienen dirigiendo asaltos nocturnos a monjes como el que acaban de perpetrar. Así mismo, lamentan las pérdidas que han tenido en su bando, haciendo alusión a las despiadadas ejecuciones de sus compañeros que se están realizando de forma periódica en la Plaza de las Asambleas *(localización L21 del mapa -> SECCIÓN 982).*

Continúas atento y con todos los sentidos alerta. Varios de ellos son extranjeros como puedes comprobar poco después, esta vez de forma visual, cuando logras ver a dos de esos encapuchados pasar, durante un momento, por tu limitado campo visual. Llevan la capucha quitada y puedes, por fin, ver su rostro. Ambos son dos jóvenes bien parecidos con semblante norteño y cabellos rubios (originarios del país de Grobes o de Hermia jurarías). No hay signo de violencia o vejación en esas caras, así que ocultan sus rostros para mantener su anonimato y no por otros motivos.

Parece ser que estos tipos no tienen su ira focalizada en los hebritas y, por tanto, en lo que a ti te atañe, no son ahora una prioridad. Ya habrá otros patriotas del Imperio que se encarguen de esos desgraciados. Tú tienes una familia que salvar y poco tiempo para ello. ***Recuerda anotar la pista QAD.*** *Puedes continuar con tu investigación en cualquier otro lugar del mapa.*

SECCIÓN 965 – Anota la Pista TSF

Mattus os indica, con un semblante cargado de preocupación, que de motu propio decidió visitar en persona al escriba, al ver que éste no había aparecido aún por la tienda, algo que ya empezaba a ser extraño. Te contagias de la angustia que el viejo librero desprende en su rostro y te invade la desazón cuando éste explica el motivo de su desasosiego: Tövnard ha sido alejado por un tiempo de Tol Éredom al ser enviado a la lejana Valdesia, región en la que tiene que desempeñar una complicada misión diplomática en representación del Consejo. Esta sorprendente e inesperada decisión del Emperador, posiblemente influenciada por quienes desean apartar a Tövnard del Consejo durante un tiempo, acaba de producirse y vuestro potencial aliado ayer mismo abandonó la ciudad para marchar al lejano oeste.

Por todo esto, habéis perdido un socio importante para vuestra investigación, dado que éste podría haberos facilitado información relevante acerca de los entresijos del Consejo de Tol Éredom y de todos sus miembros. **Recuerda anotar la pista TSF.** _Puedes continuar con tu investigación en otro lugar del mapa._

SECCIÓN 966

No esperabas un encuentro así al llegar a tu casa y menos luchar por tu vida contra soldados extranjeros que te amenazan. _Combate contra uno de los gomios, mientras Gruff se hace cargo de otro. El tercero parece dudar hacia quién dirigirse espada en mano._

SOLDADO GOMIO   Ptos. Combate: +8   PV: 31

- _Si logras dejar a tu oponente con 8 o menos puntos de vida, pasa a la SECCIÓN 665._
- _Si caes derrotado, ve a la SECCIÓN 37._

SECCIÓN 967

Piensas que quizás sea buena idea visitar a Mattus el librero para que éste te ayude a concertar una reunión con el consejero Tövnard. _No obstante, puedes continuar con tu investigación en cualquier otro lugar del mapa._

SECCIÓN 968

Estás en la localización L82 del mapa **(si ya has estado antes en esta localización, no sigas leyendo y ve a otro lugar del mapa)**. Antes de seguir, anota en tu ficha que has visitado un nuevo lugar hoy (recuerda que puedes ir a un máximo de 4 sitios cada día; uno menos si anoche te alojaste en la librería de Mattus). No vas a tener que realizar ninguna tirada de encuentros con tus perseguidores para esta localización en concreto.

A pesar de que el contexto de guerra entre la facción aquilana y Wexes no deja muy bien parada la imagen de los juvis entre los partidarios del Emperador aposentado en Tol Éredom, no hay que olvidar que muchos de ellos moran en prácticamente todas las regiones del Imperio y que solamente han tomado clara parte a favor de Aquilán los juvis de las Islas Jujava. En la _Casa de los Asuntos Juvi,_ por tanto, se dan solución a todas las necesidades y demandas de esta población, así como se trata de mejorar la imagen cada vez más deteriorada de su colectivo. Los juvi son gentes pequeñitas, pero la astucia e inteligencia les son innatas y son buenos conocedores de la historia. Para nada desean que su estirpe sea tachada hasta tal punto de despertar una ira incontrolable como la que han sufrido en considerables ocasiones otros pueblos como los hebritas o los chipras, que no pudieron parar a tiempo las agresiones raciales sufridas.

Eres atendido con exagerada amabilidad por los juvis que trabajan en este edificio diplomático y administrativo. Sin embargo, esperas que ningún detractor de su estirpe te haya visto recorriendo sus pasillos y despachos.

Anota en tu ficha que ya no puedes volver a visitar esta localización y haz una tirada de 2D6 sin aplicar ningún modificador de característica de tu PJ (pero suma +3 si tu raza es juvi, +1 si tienes la habilidad especial de Negociador y +1 si tienes la habilidad especial de Don de gentes):

- *Si el resultado está entre 2 y 5, ve a la SECCIÓN 589.*
- *Si está entre 6 y 8, ve a la SECCIÓN 1028.*
- *Si está entre 9 y 12, ve a la SECCIÓN 340.*

SECCIÓN 969

Lamentablemente, en estos momentos, el acceso al recinto amurallado no está permitido y no se deja pasar a nadie que no sea miembro de la Guardia Eredomiana. La entrada está abierta pero seis centinelas están custodiándola y seguramente haya otros tantos en una garita cercana.

Haz una tirada de 2D6 y suma tu modificador de Percepción (si tienes la habilidad especial de Vista aguda, suma +2 extra al resultado):

- *Si el resultado está entre 2 y 6, ve a la SECCIÓN 973.*
- *Si está entre 7 y 12, sigue en la SECCIÓN 32.*

SECCIÓN 970

Iluminándote con una de las lámparas que estaba colgada en el pasillo exterior, te dispones a explorar la habitación. Ante ti tienes lo que fue una lujosa estancia, ahora convertida en un auténtico destrozo de muebles, tapices y trastos. La lucha en este lugar fue cruenta. Un escalofrío recorre tu cuerpo al recordar la escena de muerte, sangre y dolor de la que escapaste en el último momento. Maldices para tus adentros al rememorar que, justo en este lugar, estuviste a punto de completar la entrega del maldito cofre que parece no querer abandonarte y que trajiste desde tan lejos. Te dispones a registrar la desolada habitación con la esperanza de encontrar algo que te ayude en tu misión.

- *Si buscas en los restos del maltrecho escritorio, ve a la SECCIÓN 1003.*

- *Si miras en el caro sillón donde estaba sentado Sígrod, ahora convertido en un trasto desvencijado, pasa a la SECCIÓN 163.*
- *Si miras debajo de las alfombras, sigue en la SECCIÓN 635.*
- *Si te diriges a la habitación que ves tras la puerta abierta que hay al fondo de la estancia, pasa a la SECCIÓN 83.*
- *Si examinas las estanterías con sus libros esparcidos por el suelo, ve a la SECCIÓN 743.*
- *Si crees que ya has registrado suficientemente la estancia y deseas salir, ve a la SECCIÓN 1018.*

SECCIÓN 971   +40 P. Exp.

Peleas como un titán y consigues salir airoso del durísimo combate. Tratas de recuperar el aliento mientras omites el dolor de las heridas sufridas y entonces fijas tu mirada en el más odioso de tus oponentes. Ya no hay nadie que se interponga entre tú y Azrôd. El gigante azafío se prepara para el combate definitivo, mientras Merves y sus dos acompañantes están inmersos en un terror incontenible.

Tus compañeros siguen peleando con sus oponentes, así que tendrás que asumir en solitario la lucha definitiva que va a comenzar. No has llegado hasta tan lejos para amilanarte. Has arriesgado tu vida múltiples veces en una larga misión para salvar a tus familiares. La conclusión de todo ha llegado. Tu destino, como siempre, de ti depende… *Ve a la SECCIÓN 992.*

SECCIÓN 972

Tras analizar concienzudamente la información que tienes delante, constatas que un buen número de sentencias a muerte no contienen el prescriptivo sello que se plasma en ellas cuando son ejecutadas, algo que sí observas en el resto. Además, todos estos dictámenes sin sellar corresponden a condenados de sexo varón, etnia humana y de edades comprendidas entre los veinte y los cuarenta años. Otro dato curioso es que ninguno de ellos ha sido condenado por formar parte de una célula aquilana en la ciudad (sus delitos son heterogéneos y no detectas ningún patrón en ellos). ¿Por qué esas sentencias no están selladas? ¿Es un fallo administrativo extendido o realmente no se han ejecutado las condenas?

*Sólo si el contador de tiempo de tu investigación **es superior a 12 días**, haz una nueva tirada de 2D6 y suma tu modificador de Inteligencia para seguir indagando (si el contador es de 12 o menos días, vuelve a la SECCIÓN 836):*

- *Si el resultado está entre 2 y 9, ve a la SECCIÓN 490.*
- *Si está entre 10 y 12, ve a la SECCIÓN 292.*

SECCIÓN 973

No ves forma alguna de poder pasar dentro sin ser descubierto y no es el momento de arriesgar sometiéndote a un combate a las mismas puertas de un recinto que seguramente está repleto de soldados. No tienes más remedio que largarte de aquí y probar suerte en otro momento. _Puedes continuar con tu investigación en cualquier otro lugar del mapa._

SECCIÓN 974

Por más que te esfuerzas, no hay manera de alcanzar a esos escurridizos tipos que, además, conocen mucho mejor que tú el entramado de calles del puerto. Por si fuera esto poco, tus compañeros se han quedado atrás, así que decides que, a pesar de la gran curiosidad que sientes por saber quiénes eran esos encapuchados, lo mejor es abortar la persecución y regresar a examinar el bulto. _Ve a la SECCIÓN 385._

SECCIÓN 975

Antes de seguir, suma el tiempo equivalente a haber visitado una nueva localización.

No te resulta complicado dar con la vivienda de ese impagador. Un tipo de aspecto desaliñado te abre la puerta y afirma ser la persona con el nombre que buscas. El incauto no es capaz de detectar tus intenciones y entras en su casa, donde por fin le reclamas la deuda.

- _Si tratas de convencerle haciendo presión con tu porte guerrero y dialéctica, ve a la SECCIÓN 318._
- _Si crees que debes emplear la fuerza, ve a la SECCIÓN 629._

SECCIÓN 976

Estás en la localización L58 del mapa. Antes de seguir, anota en tu ficha que has visitado un nuevo lugar hoy (recuerda que puedes ir a un máximo de 4 sitios cada día; uno menos si anoche te alojaste en la librería de Mattus). No vas a tener que realizar ninguna tirada de encuentros con tus perseguidores para esta localización en concreto.

En la Colina de los Templos, además de los edificios religiosos en honor a Críxtenes, deidad del domatismo, coexisten otros pequeños santuarios de distintas creencias. Los enanos de la ciudad tienen aquí un par de capillas dedicadas a su dios Storm. Los hebritas cuentan también con unos pocos centros de culto al Hebrismo desde que la prohibición a su religión fuera levantada. Incluso hay algunos santuarios arcaicos que profesan las Viejas

Creencias, un mosaico de religiones politeístas adoptadas por distintos pueblos, entre ellos la orgullosa Safia (para esta nación destaca, no obstante, una deidad respecto al resto de su elenco de dioses: Forus, el Dios de la Guerra).

- *Si te consideras creyente de alguna de estas religiones y quieres dedicar un tiempo a orar en uno de los templos de la colina, sigue en la SECCIÓN 956.*
- *Si crees que no tienes nada más que hacer aquí y que tu exploración de esta colina sagrada ya ha sido más que suficiente, puedes continuar con tu investigación en cualquier otro lugar del mapa.*

SECCIÓN 977

Estás en la localización L34 del mapa. Si inviertes 4 días de tiempo aquí a partir de mañana, por un precio de 25 CO recibirás una intensiva formación en técnicas de combate que para ti son totalmente desconocidas. Uno de los asesores de los maestros formadores, un joven de mirada viva, que te atiende a la entrada de un gran edificio dentro del cual se ejercitan los aprendices, te informa de todos los detalles y menesteres.

*Si aceptas la propuesta, deberás aumentar tu contador de tiempo y restar las coronas de oro indicadas en el párrafo anterior. Mañana mismo comenzarías la instrucción tras la que obtendrás una mejora en tu habilidad de Combate (por cada pelea que tengas a partir de ahora, **podrás repetir una tirada** que hayas hecho contra la Tabla de Combate que aparece al final del librojuego y quedarte con el resultado mayor con tal de causar más daño a tu adversario; recuerda que **sólo puedes repetir una tirada por rival al que te enfrentes**). Vuelve a la SECCIÓN 799.*

SECCIÓN 978   +25 P. Exp.

Con sumo cuidado, acercas dos dosis de tus productos medicinales a la chiquilla, quién los coge con una mirada cargada de esperanza por vivir. No sabrás jamás si habrá servido de algo, pero tu conciencia respira muy tranquila y tus acompañantes te felicitan por el gesto de humanidad que has tenido. Continúas tu marcha. *Haz las anotaciones oportunas en tu ficha de personaje y ve a la SECCIÓN 147.*

SECCIÓN 979

Pierdes bastante tiempo esperando para ser atendido por alguno de los muchos funcionarios que atestan la única sala pública a la que tienes permiso de acceso. Todos ellos están atareados en sus menesteres. Algunos sellan y garabatean sobre pilas enormes de papeles, otros transportan libros, pergaminos e instrumental vario de aquí para allá y otros tantos atienden a los visitantes que, como tú, aguardan pacientemente su turno para ser atendidos.

Finalmente, un burócrata enjuto con gesto hastiado y voz monótona, sin levantar siquiera la mirada de sus papeles, te pregunta si quieres abrir una cuenta bancaria para depositar capitales. Sin esperar a tu respuesta, pasa a relatar las características de la misma.

Ve ahora a la SECCIÓN 1038 y regresa de nuevo aquí cuando acabes (anota el número de esta sección para no perderte al volver).

Cuando regreses, sigue leyendo…

Después de escuchar pacientemente la explicación del burócrata (y de contratar o no el servicio que te vende), te dispones por fin a preguntarle si alguien de mayor rango en el Banco puede atenderte. Vas a depender de tus habilidades sociales o de tus contactos previos para lograr algo.

- *Si el contador de tiempo de la investigación es de 8 o menos días, ve a la SECCIÓN 114.*
- *Si el contador de tiempo es de 9 o más días, sigue en la SECCIÓN 713.*

SECCIÓN 980

Vas a pelear. Es la mejor opción que ves en estos momentos. No obstante, no vas a hacerlo de forma alocada. Hay una opción de sorprender a estos tipos sin darles la posibilidad de que estén los seis reagrupados para enfrentaros. Tus enemigos patrullan de dos en dos y esto te da la posibilidad de llegar a una de las tres parejas y embestirlas antes de que las otras dos lleguen a tu altura. *Haz ya mismo una tirada de 2D6 y suma tu modificador de Huida para dar alcance lo antes posible a la pareja de centinelas que está más cerca (si tienes la habilidad especial de Silencioso, suma +2 extra al resultado):*

- *Si el resultado total está entre 2 y 8, ve a la SECCIÓN 583.*
- *Si está entre 9 y 12, pasa a la SECCIÓN 864.*

SECCIÓN 981

Esperando que haya sido una decisión con buen criterio, dejas que el encapuchado cobre ventaja a la par que permites que tus amigos recuperen parte del trecho perdido. Todo transcurre de forma fugaz, pero lo frenético del momento y la adrenalina que inunda tu sangre, hacen que cada uno de estos instantes parezca un siglo.

No podrás a posteriori reproducir exactamente lo ocurrido, pero el caso es que, unos momentos después, tus amigos ya se han reagrupado contigo y los encapuchados creen haberos burlado tras esperar al último de ellos, el que has tenido a tiro. Estás de nuevo oculto, esta vez tras una esquina desde la que observas a esos misteriosos tipos, quiénes al igual que vosotros, tratan de recuperarse del esfuerzo de la carrera.

Parece que habéis dado un gran rodeo durante la persecución, como escuchas decir a uno de ellos con un marcado acento norteño. Un par de minutos después, los encapuchados retoman su marcha y tuercen un par de esquinas hasta llegar a una pequeña plazuela en la que, con gran sorpresa, ves a otros dos encapuchados que esperaban montados en una carreta de dos ruedas tirada por un delgado caballo. *Ve a la SECCIÓN 670.*

SECCIÓN 982

- *Si **no tienes la pista DOC** y el "contador de tiempo de la investigación" es de **3 o más días**, pasa a la SECCIÓN 596 y no sigas leyendo.*
- *Si el "contador de tiempo de la investigación" **es mayor de 20 días**, ve a la SECCIÓN 840 y no sigas leyendo.*

Estás en la localización L21 del mapa. Antes de seguir, anota en tu ficha que has visitado un nuevo lugar hoy (recuerda que puedes ir a un máximo de 4 sitios cada día; uno menos si anoche te alojaste en la librería de Mattus). No vas a tener que realizar ninguna tirada de encuentros con tus perseguidores para esta localización en concreto.

Rodeada por arcos ornamentales en todo su perímetro, la inmensa Plaza de las Asambleas es uno de los emplazamientos más impresionantes de toda la ciudad. Una extensa explanada pavimentada de forma impecable que representa el corazón social y político de Tol Éredom. Es el lugar donde desemboca la excelsa Vía Crixteniana, la avenida más noble de la capital. Varias fuentes y estatuas se cuentan repartidas cuidadosamente por toda la superficie de la plaza pero, sobre todo, destacan unas moles emplazadas en el extremo norte, hablamos de las Grandes Cisternas que abastecen de agua potable a la ciudad.

- *Si no tienes la pista VCX, ve a la SECCIÓN 107 y regresa de nuevo aquí para seguir leyendo (anota el número de esta sección para no perderte al volver).*
- *Si ya tienes esa pista, sigue en la SECCIÓN 76.*

SECCIÓN 983

Al escuchar las palabras del religioso, recuerdas el encuentro que viviste con esos tipos encapuchados que portaban un pesado bulto en un saco. El cadáver de un monje del culto domatista wexiano estaba dentro. Cruzas la información que acabas de recibir con esa macabra experiencia vivida y no tienes dudas. Los encapuchados son aquilanos.

- *Si no tienes la pista DKA, <u>ve a la SECCIÓN 115.</u>*
- *Si ya tienes esa pista, <u>vuelve a la SECCIÓN 219.</u>*

SECCIÓN 984

*Estás en la localización L81 del mapa **(si ya has estado antes en esta localización, no sigas leyendo y <u>ve a otro lugar del mapa</u>)**. Antes de seguir, anota en tu ficha que has visitado un nuevo lugar hoy (recuerda que puedes ir a un máximo de 4 sitios cada día; uno menos si anoche te alojaste en la librería de Mattus). No vas a tener que realizar ninguna tirada de encuentros con tus perseguidores para esta localización en concreto.*

La Marca del Este se sitúa en la antiguamente conocida como Región de Bruf, cuna de los clanes burfos que emigraron a los territorios actualmente ocupados por el Imperio y sus países vecinos, cuando se produjo la primera invasión de los Xún hace casi dos mil años. Los variopintos pueblos humanos que quedaron en esa zona y no emigraron, pasaron a ser conocidos, con el tiempo, como los marnos.

Tras la última expulsión de los Xún, liderada por el Gran Críxtenes, el Imperio incentivó la consolidación de esta Marca del Este como tapón para posibles futuras invasiones provenientes de oriente. Además de promover a ciertas familias de marnos en el control de dichos territorios, otorgó señoríos y posesiones en esta zona a mercenarios y nobles venidos de distintas partes del Imperio, a los que concedió grandes privilegios nobiliarios y cuantiosas sumas de dinero para atraerles a defender estas desprotegidas tierras.

Estos nobles, sobretodo miembros de linajes en decadencia o con poco poder en sus tierras de origen, vieron con buenos ojos esta mejora en su estatus social y económico y apostaron por estas tierras en las que pasaron a ser amos y señores.

Con la maniobra de enclavar a esta nobleza con sus respectivas tropas fieles en la Marca, el Imperio consiguió dotar de una mayor solidez a la zona de la que poseía en tiempos de la invasión de los Xún (es bien recordada por todos la facilidad con la que la Marca del Este fue rota en la última invasión de las hordas de oriente). Los domios afianzaron así un tapón defensivo ante eventuales futuras ofensivas venidas del lejano Este.

Paulatinamente, el poder alcanzado por esta nueva nobleza venida a la Marca atrajo hacia sí el control y gobierno de las zonas colindantes a sus señoríos, acabando finalmente por gobernar a la práctica totalidad de la población marna de la región. De hecho, la Marca acabó obteniendo el reconocimiento de provincia federada autónoma del Imperio y actualmente consta de siete departamentos gobernados, cada uno de ellos, por un Señor Noble venido del Imperio (salvo un departamento, que aún sigue perteneciendo a los antiguos marnos).

La Marca del Este, no obstante, cada vez mira más por sus propios intereses y se mantiene al margen del conflicto entre Wexes y Aquilán, buscando así afianzar su autonomía de Tol Éredom.

No obstante, la cordialidad prima en tu visita a su Embajada, donde eres atendido como corresponde.

Anota en tu ficha que ya no puedes volver a visitar esta localización y haz una tirada de 2D6 sin aplicar ningún modificador de característica de tu PJ (pero suma +1 si tienes la habilidad especial de Don de gentes y +1 por cada 5 CO que desees invertir en sobornos):

- *Si el resultado está entre 2 y 8, ve a la SECCIÓN 1028.*
- *Si está entre 9 y 12, ve a la SECCIÓN 340.*

SECCIÓN 985

- *Si el "contador de tiempo de la investigación" es de 11 o menos días, pasa a la SECCIÓN 429.*
- *Si el "contador de tiempo de la investigación" es de 12 días, ve a la SECCIÓN 316.*
- *Si el "contador de tiempo de la investigación" es de 13 o más días, pasa a la SECCIÓN 325.*

SECCIÓN 986

Seguramente nunca podrás borrar de tu mente la aberración que cometes. Ningún mecanismo de defensa es de ello capaz.

Cuando acabas de perpetrar la mutilación, tras vomitar todo lo que tu estómago tenía ante las risas de los presentes, por fin puedes abandonar ese sucio lugar. El grueso líder te da dos palmaditas en la espalda mientras dice a sus chicos que aún queda esperanza, ya que los ciudadanos de a pie como vosotros colaboran por la causa, garantizando así el apoyo social que necesitan y merecen.

Zanna ni te mira. Ha tenido que dejar de ser quién es para controlarse y no delataros. La conoces de hace muy poco, pero sabes que este rencor consigo misma y contigo, va a guardarlo por mucho tiempo.

Nota de juego: tu cabeza no va a dejar de dar vueltas a lo sucedido durante los próximos días. Durante 1D6+2 días, tu Percepción, tu Carisma y tu Inteligencia se ven reducidos en 1 para reflejarlo. Además, durante esos mismos días, Zanna se mostrará muy poco colaborativa contigo, interactuando lo mínimo posible. Así pues, no disfrutarás de ninguna de las ventajas que ella te ofrece durante ese tiempo.

Puedes continuar con tu investigación en cualquier otro lugar del mapa.

SECCIÓN 987

Cuando llegas a tu querido hogar, encuentras una escena de desolación que quiebra todas tus esperanzas. La humilde vivienda de tus familiares ha sido quemada, quedando solo escombros y restos chamuscados por el fuego. Ni rastro de tu familia y tus seres queridos. Ha sido un gran desastre.

Gruff se desgarra en un lamento descorazonador. Tu fiel amigo llora de amargura al igual que tú. Tanto esfuerzo para nada. Ni rastro de tu amada madre y tu queridita hermana, como tampoco de los familiares de Gruff. Los recaudadores del Lord han cumplido su promesa, o quizás los estragos de la guerra han llegado hasta aquí antes que tú. Sea una cosa u otra, has fracasado en tu misión debido al exceso de tiempo que has empleado. Ojalá todo esto sea una nueva pesadilla y no tenga nada que ver con la realidad...

Solo hay una manera de evitar que esta barbarie haya sido una realidad y que, por tanto, solo sea un negro pensamiento de tu enfermiza mente. La suerte se decantará a tu favor, haciendo que no pagues por tu retraso, solo si gastas 3 puntos de ThsuS en estos momentos, en cuyo caso ve a la SECCIÓN 636 tras haber sufrido este negro sobresalto.

Si no tienes esa cantidad de puntos de ThsuS, es el FIN. Si tienes algún punto de ThsuS, podrás retomar la aventura desde el Lugar de Despertar que desees entre los que tengas anotados en tu hoja de personaje. Si no es así, debes comenzar de nuevo desde el principio o desde algún Lugar de Despertar Especial que tengas (incluso desde algún librojuego previo de la saga). Intenta esta vez avanzar más rápido en tu misión ya que, como acabas de comprobar, estás en una fatídica lucha contra el tiempo.

SECCIÓN 988

Tras preguntarle por Viejo Bill, Zanna te dice que debe de ser un mando intermedio de la compañía de Elavska y que sólo sabe de su existencia por las alusiones que la propia Elavska hacía de él mientras esperaba vuestra llegada, junto a Sígrod, en el puerto de Tol Éredom. Añade que la oía maldecir al viejo por haberte contratado sin pedir permiso, ya que el encargado del transporte no debías de ser tú.

- ¿Quién tenía que ser el responsable en el plan original? – preguntas.

- El propio Bill en persona era quién debía encargarse de traer el cofre – remata Zanna, tras lo cual se hace el silencio.

Tras ordenar tus ideas, sigues preguntando…

- *"¿Sabes quién es Zork y qué pinta en todo esto? De milagro escapé en un par de ocasiones de este tipo de mirada zorruna cuando me abordó en mitad de la noche, tanto en una posada de Tirrus como en plena mar cuando viajaba hasta aquí. Tenía interés en el cofre, no cabe duda. Y no parecía estar muy contento de Viejo Bill por lo que me dijo cuando intercambié unas palabras con él mientras estábamos esperando al juicio en la bodega del "Serpiente Dorada. Le pregunté a Elavska por él y me dijo que no lo conocía y que quizás se trataba de algún miembro menor de su compañía". - Ve a la SECCIÓN 469.*
- *"Háblame de la compañía de Elavska, Viejo Bill y Zork. ¿Qué papel juega en todo este asunto?" - Ve a la SECCIÓN 363.*
- *"Me gustaría cambiar de asunto. Hablemos de otras cosas…" - Vuelve a la SECCIÓN 850.*

SECCIÓN 989 – Anota la Pista AZE y suma 15 P. Exp.

Acabas rápidamente con tu rival antes de que la turba de enemigos alcance el pasillo. Pero no tienes tiempo para recorrer todo el largo corredor hasta las escaleras que ascienden a la cubierta. Por los ruidos que oyes venir, deben ser más de media docena de rivales. Tus opciones se reducen a las siguientes… *(recuerda, no obstante, apuntar antes la Pista AZE).*

- *Si permaneces quieto preparándote para el infernal combate, ve a la SECCIÓN 166.*
- *Si tratas de abrir la puerta que hay a tu derecha con la intención de esconderte dentro de la estancia que haya allí, pasa a la SECCIÓN 847.*
- *Si optas por intentar abrir la puerta que hay a tu izquierda con el propósito de esconderte tras ella, pasa a la SECCIÓN 270.*

SECCIÓN 990

Estáis en una callejuela estrecha, repleta de escoria y exenta de viandantes en estos momentos. Parece que el peligro ya ha pasado y que, por tanto, puedes continuar con tu exploración de la ciudad, cuando de pronto un par de encapuchados negros aparecen tras unas cajas mugrientas y os embisten. Solo puede tratarse de una pesadilla. ¿Cuántos tipos como estos están vagando por la ciudad en vuestra búsqueda?

Por fortuna, combatís con gran solvencia y acabáis con ambos tras una feroz lucha. La callejuela sigue desolada y sin viandantes. Parece que estáis en una zona inusualmente poco transitada de la ciudad.

Al ver los cadáveres de los dos encapuchados tendidos en el suelo, rememoras la angustiosa escena dentro de las estancias de Sígrod, cuando descubriste el rostro de dos tipos como estos y te quedaste estupefacto al ver que sus semblantes habían sido borrados a fuego. Se te altera la respiración al recordarlo, más si cabe después de este último combate del que aún no te has repuesto. Tus sospechas se corroboran al ver la atrocidad de sus semblantes quemados. *Ve a la SECCIÓN 201 y lee lo que allí se indica (tras eso, puedes continuar con tu investigación en otro lugar del mapa).*

SECCIÓN 991

El desaliñado posadero no suelta prenda ante tus preguntas en las que buscas obtener algo de información que pueda resultarte de ayuda. Es evidente que solo hablará si Jinni está presente. Ojalá el juvi estuviera contigo. Sería un aliado perfecto para la misión que tienes entre manos... *Puedes continuar con tu investigación en cualquier otro lugar del mapa.*

SECCIÓN 992

De forma inesperada, ves cómo el gigante azafio ingiere el contenido de un pequeño frasco que ha sacado de uno de sus bolsillos. Desconoces de qué poción se trata y qué efectos tiene. Lo vas a comprobar en breves momentos. Piensas en tus familiares por última vez mientras arremetes contra tu oponente, que clava sus desconcertantes ojos, uno de color azul claro y el otro negro como la noche, en ti.

AZRÔD   *Ptos. Combate: +10*   *PV: 40*

Notas para el combate: *El gigante azafio dispone de un* **golpe devastador** *cada vez que te alcance en uno de sus ataques y te cause un mínimo de 4 PV de daño. Cada vez que esto se produzca, perderás otros 1D6+1 PV de daño extra. Pero esto no queda solo ahí: si en esa tirada de 2D6 contra la tabla de*

504

combate el resultado que obtiene es de 11 o 12, su mandoble te habrá alcanzado en un órgano vital, provocándote directamente la muerte.

Además, dispone de una **robusta armadura** que reduce 3 PV de daño en cada impacto que recibe.

Finalmente, la pócima que acaba de ingerir es un potentísimo y raro antídoto que le otorga **inmunidad a todo tipo de venenos** que quieras emplear en este combate contra él.

- Si eres capaz de derrotar a tu temible rival, _pasa a la SECCIÓN 756._
- Si caes vencido, _ve a la SECCIÓN 329._

SECCIÓN 993 – Anota las Pistas DCX y ONL y suma 30 P. Exp.

Con gran bravura, sales airoso del duro combate. A estas alturas ya eres un guerrero consumado capaz de enfrentar a rivales considerablemente fuertes. También Gruff logra salir con éxito de este trance, pero no hay tiempo para celebraciones. La algarabía del combate puede haber alertado a otros enemigos que aguarden dentro del _Rompeaires,_ así que piensas que es demasiado peligroso que Zanna te acompañe y acabe siendo arrestada con todo lo que sabe. Por eso, convienes con ella que deberá esperar en las inmediaciones del muelle junto al resto de tus acompañantes. Tendrás que seguir en solitario para tener alguna opción de infiltrarte sin ser visto.

Sin tiempo que perder y con todos los sentidos alerta, te haces con una capa con capucha de uno de tus oponentes derrotados, te la pones de inmediato y asciendes por la rampa de acceso a la cubierta. Te dispones a seguir en solitario con tu operación de rescate de Sígrod y los papeles... **Recuerda anotar en tu inventario la capa con capucha y las pistas ONL y DCX** y _sigue en la SECCIÓN 388._

SECCIÓN 994

Y es en este preciso instante, tan cargado de intensidad, en el que Zanna ayuda a Sígrod a incorporarse y el hebrita muestra su sorpresa al veros, cuando las repentinas palabras de Merves rompen la magia del momento.

- La valiente muerte de mi leal Flépten, interponiéndose en el último momento entre tu arma y yo, no ha sido en balde – arranca a decir el Consejero fijando su mirada en ti -. Ha salvado mi vida y con ello os da también opciones de negociar. Después de todo, habéis tenido suerte ya que, con mi cadáver en el suelo, esto no sería posible...

- Nadie te ha invitado a hablar, Merves. Y no estás en las mejores condiciones de efectuar exigencia alguna – contestas retando al Consejero también con tu mirada.

Parece que Merves ha logrado recobrar la compostura y que está dispuesto a batallar con lo último que le queda: el poder de convicción de sus palabras. Inmediatamente, prosigue.

- El bueno de Flépten es reemplazable y su muerte puede ser silenciada. Es soltero de pocas amistades y sus familiares viven en la lejana Tarros, así que todo quedará sellado con la pertinente misiva de condolencias acompañada de una breve explicación de su desgraciada muerte a manos de unos asaltantes nocturnos tras la cena de gala. Sin embargo, si yo desaparezco, no va a resultar tan fácil...

- Maldito desgraciado. Mantén tu envenenada lengua callada. Te he dicho que nadie te ha invitado a hablar – interrumpes muy enojado.

Pero Merves obvia tu orden, mira a Zanna y al hebrita y sigue.

- Muchos me van a echar en falta, empezando por el propio Emperador Wexes. Al final todo es sabido si se efectúan las oportunas investigaciones. Lo más sabio es que me dejéis marchar y todo este asunto quede en el olvido – indica Merves tratando de negociar.

- ¡He dicho que te calles! Ya no te necesitamos para nada. Tenemos lo que buscábamos y ya has comprobado antes que se me ha agotado la paciencia – contestas desenvainando de nuevo tu ensangrentada arma.

- ¡Quieto! Odio decir esto, pero tenemos que llegar a una solución de compromiso con este bastardo – las palabras de Zanna suenan tras de ti dejándote sorprendido -. No nos interesa que nuestra trama sea desvelada y si acabamos con esta rata y sus asesores, tendremos trabajo adicional por el revuelo que va a levantarse ante su repentina desaparición y la de toda su cúpula. Los mergueses y adinerados de la ciudad van a investigar y además van a tener que nombrar a un nuevo sucesor, tanto para gestionar las finanzas de Wexes como Consejero de los Caudales, como para gobernar el poderoso Banco Imperial.

- Lamento decir que así es – añade Sígrod tras carraspear y toser en dos ocasiones- . Y ese sucesor seguiría a buen seguro la línea anti-hebrita que llevó Merves. Así que lo mejor es tener a un consejero conocido bajo tutela, por muy detestable que éste fuera, que no a un desconocido fuera del control del Gremio.

- ¿Os habéis vuelto locos? ¿No ha sido suficiente con todo lo que os han hecho? Sin duda estáis bajo el influjo de alguna droga o hechizo – dices desesperado.

- Nada de eso ocurre, puedes estar tranquilo — contesta conciliador Sígrod dedicándote una sincera sonrisa de agradecimiento antes de seguir- Debemos ser pragmáticos, incluso yo mismo, que he tenido que sufrir sus interrogatorios y torturas todos estos días, debo mirar más allá. Las palabras de Zanna, una vez más, son sabias.

- Veo que estoy ante personas inteligentes. Todo queda dicho pues. Liberadme y aquí no ha ocurrido nada — aprovecha Merves para volver a la carga.

- No tan rápido — toma la palabra Sígrod con gesto serio antes de que tú arranques de nuevo a protestar -. Se te pagará con análoga moneda a la que has empleado conmigo. Serás privado de libertad y llevado ante el Círculo Superior del Gremio en Meribris. Consejero Merves, como bien sabes, todo acuerdo tiene unas garantías, ambos somos banqueros...

El hebrita deja pasar unos segundos antes de rematar.

- Tu vida será la garantía de que el trato se cumpla y todo fluya en la dirección que corresponde.

Los ojos de Merves se abren de par en par y trata de decir algo, pero el hebrita le interrumpe.

- Merves, siéntete afortunado por el acuerdo que te ofrezco. Vivirás con todas las comodidades en nuestros húmedos jardines, lejos de los peligrosos desiertos, en alguna de nuestras mansiones de Meribris. Incluso tendrás acceso a los burdeles, algo que, como muchos saben, es una de las aficiones más practicadas por el que va a seguir siendo el Consejero de los Caudales y Gobernador del Banco Imperial. Como puedes comprobar con esta propuesta, libre de torturas y sucios presidios, los hebritas tratamos mucho mejor a nuestras "garantías"...

Sígrod parece tener clara su oferta. Te sorprende la rapidez del hebrita en analizar la situación y detectar una solución pragmática, a pesar de su endeble estado y la presión que habrá sufrido todos estos días. Habías oído hablar de las sorprendentes capacidades de los hebritas, pero hasta el momento no habías tenido una constancia tan explícita como ésta.

- No se te torturará ni interrogará, como he dicho, y vivirás una vida como corresponde a alguien de alta alcurnia — sigue el hebrita -. Solo se te exigirá que, una vez en Meribris, informes al Consejo y al Banco Imperial de que tu marcha ha sido por asuntos de negocios, donde esperas cerrar importantes tratos para las finanzas del Imperio y, por ende, para el bien de todos — Sígrod sigue exponiendo mecánicamente sus condiciones -. Desde Meribris firmarás todo lo que el Gremio te solicite, incluido el voto a favor de que un hebrita pase a formar parte del Consejo de Tol Éredom. Además, tendrás que nombrar, como apoderado en tu ausencia, tanto del Banco Imperial como de tu puesto de Consejero, a este señor que te acompaña.

- ¿A Dinman? ¿Pero qué diablos es esto? – Merves mira totalmente estupefacto a su asesor de cabello rojo, que ya anteriormente te había sorprendido por su calma e ironía en una situación tan extrema. Incluso Zanna está atónita por este giro que Sígrod ha orquestado.

Así es cómo descubres que Dinman ha sido comprado por Sígrod durante su cautiverio. El asesor de Merves ha accedido a la propuesta buscando tener su futuro garantizado en caso de que los hebritas lograran salir airosos del asunto. Arriesga poco dado que, en caso contrario y, por tanto, darse la muerte de Sígrod y la derrota del Gremio, nadie conocería tampoco su trato secreto con éste. De esta forma, Sígrod se había ganado la cooperación del hombre rojo a cambio de llenarle los bolsillos de oro y mejorar su posición de poder. Un aliado de conveniencia, pero muy útil en situaciones como ésta. Sígrod sigue su exposición mientras no dejas de sorprenderte...

- Es bueno mantener a Dinman en la cúpula del Consejo en tu ausencia, Merves. Su presencia y el uso de sus nuevos poderes no levantarán sospechas entre los mergueses y socios financieros del Banco Imperial. Es lógico que el Excelentísimo Edugar Merves deje a su persona de mayor confianza, bien conocida por todos, como guardián y custodio de hacer cumplir sus decisiones desde el extranjero.

- ¡Maldito hebrita! Tú y todos los de tu raza sois la muerte del Imperio – espeta Merves consciente de que la negociación está casi perdida, aunque lo intenta con un nuevo argumento -. Supongamos que tenéis mi voto a favor de entrar en el Consejo, pero eso no os garantiza nada. Tendrá que aprobarlo la mayoría de sus miembros, algo que no tenéis garantizado para nada...

- Merves, veo que razonas peor que yo en circunstancias como ésta. Eso no va a suponer problema alguno – sigue Sígrod-. Como contrapartida a tener presencia en el Consejo, los agradecidos hebritas y su benefactor Gremio de Prestamistas, van a promover la participación del Banco Imperial en negocios situados en territorios aquilanos que ahora le están vetados, garantizando incluso el compartir beneficios en dichos negocios en caso de que el Banco no obtenga las oportunas licencias. No olvides que nuestra patria natal, Hebria, es aquilana y que el Gremio de Prestamistas goza de buena imagen en el bando de los conspiradores contra Wexes. ¿Quién en el Banco Imperial va a negarse a tan generosa propuesta que va a regar de oro los ambiciosos bolsillos de los hombres de poder vinculados al mismo? – el hebrita toma un par de segundos para dar énfasis - ¿Y qué van a decir el resto de consejeros? ¿Van a negarse a que ingresemos en el Consejo y, por tanto, que la economía del Imperio siga en su actual deriva?

Merves mira con desprecio a Sígrod hasta que, por fin, rompe su silencio...

- Así pues, los hebritas van a sumarse al Consejo y, de la misma forma y a través de este gusano traidor, van a controlar de facto también mi voto en todas las decisiones que se tomen en el mismo– el Consejero atraviesa con la mirada a su asesor de pelo rojo -. También controlarán las finanzas del Imperio al tutelar la Consejería de los Caudales e influirán en el Banco Imperial y su competencia con el peligroso Gremio de Prestamistas de Meribris. Es un aumento considerable en el poder de influencia de vuestra miserable raza, simplemente a través del control de unas pocas piezas, lo que compensa con creces el compartir ciertos negocios con el Banco Imperial en territorios ahora enemigos, pero a los que el Banco podría acabar accediendo una vez finalizada la guerra y el Imperio quedase de nuevo unificado. Sois unos traidores, el verdadero veneno de Wexes y, por ende, del Imperio.

- Para los hebritas es importante que el Imperio no acabe hundiéndose. Tampoco nos interesa que la división interna del Consejo lo debilite en demasía – dice Sígrod-. No olvides que nuestra estirpe odia a los aquilanos por encima de todo, siendo como hemos sido perseguidos durante tanto tiempo por su falsa acusación sobre el envenenamiento de Mexalas, padre de nuestro amado Wexes. Por ello, como resultado final de la guerra, preferimos que nuestro Emperador acabe alzándose como gran vencedor. Por fuerza mayor, hemos debilitado su causa y somos conscientes de ello. Pero repararemos el asunto con creces regando de capital las arcas cada vez más secas de nuestro querido Imperio, que podrá suplir así todas sus necesidades, incluidas las de la guerra, que son las que ahora apremian.

- Tanta cosa en juego dependiendo de mi vida y solo me ofrecéis una aburrida existencia en vuestros húmedos jardines, como si fuera una fulana de un harén. Quizás deba invitaros a darme muerte... – con gran asombro, ves cómo Merves omite su pulsión de supervivencia demostrando así que sus ambiciones de poder son superiores a ella.

Para tu sorpresa, Sígrod no parece inquietarse ante esto.

- Supuse que no sería suficiente – dice el hebrita antes de sacar otro as de la manga -. Propondremos que seas nombrado Lord del extenso país de Grobes, cuando su actual Señor caiga junto a todos los aquilanos, una vez se dirima el final de la Guerra Civil que ganará Wexes.

- No es suficiente. Seguirá siendo muy extraña mi desaparición durante tanto tiempo, tanto para los consejeros como para los socios financieros. Todos ellos saben que siempre me mantengo cerca de los asuntos importantes y que tomo acciones de primera mano- dice Merves.

- Dinman será un buen ejecutor de tus sabias decisiones desde el extranjero – contesta Sígrod.

- Quien me conoce, sabe que no me ausentaría durante tanto tiempo por muy jugoso que fuese el negocio... - persiste el consejero.

- En ese caso, si te negaras a colaborar en explicar tu ausencia, podríamos activar el siguiente paso... - dice el hebrita.

- ¿A qué te refieres? – pregunta Merves con su sexto sentido alerta.

- No serías el primer mandatario en morir de alguna "exótica enfermedad sureña" durante un viaje de negocios a Meribris.

- Si eso ocurre, otro ocuparía mi puesto y éste estaría fuera de vuestro control – dice Merves.

- No negaré esa posibilidad. Por ello estoy negociando y por ello vas a seguir vivo. Aunque también tengo que decir que resultaría probable nombrar como sucesor a tu mano derecha. Dinman sería un hombre capaz y eficiente. Seguro que no tendría muchas dificultades en rodearse de una nueva cúpula directiva dispuesta a ayudarle en todos los menesteres... - ataca el hebrita.

- Solo son negocios, mi Señor. Todos vamos a acabar ganando con esto – sonríe el hombre de cabello y barba rojos.

Antes de que el noqueado Merves diga algo, el hebrita afianza su propuesta.

- Puedes dar por seguro el título de Lord. El Emperador y su honorable Madre no van a oponerse a este nombramiento, si el Tesoro Imperial está saneado y queda condonada una parte sustancial de la deuda. Tanto el Gremio de Prestamistas de Meribris como su nuevo aliado, el Banco Imperial, estarán de acuerdo en arrimar el hombro en favor de nuestro querido Wexes – concluye Sígrod, mientras Dinman asiente cómplice a la alusión de que su Banco colaborará si así queda establecido.

- Toda voluntad con oro se compra. Es solo cuestión de fijar la cuantía necesaria para ello... – añade Merves, dejando escapar en voz alta sus pensamientos, repitiendo un credo que él mismo predica y muchas veces ha empleado, y asumiendo así que ya no tiene ninguna salida. No hace falta que añada palabra alguna.

- El acuerdo queda sellado pues – sentencia el hebrita -. Serás Lord del país de Grobes a cambio de ceder el poder en el Banco Imperial y el Consejo y a cambio de esperar unos años de cautiverio dorado en los palacetes de Meribris, hasta que la guerra acabe y tengas tu nombramiento. Me satisface comprobar que has entrado en razones y sabes apreciar lo buena que es esta alternativa, mucho más beneficiosa que ser cadáver en unos momentos – remata Sígrod, tras cuyas palabras se hace el silencio.

Y así es cómo acabas de ser testigo de esta negociación clave para el devenir del Imperio, una de tantas que se vivirán en muchos puntos y al mismo tiempo. Un duelo de poder que acaba de finalizar con una solución de compromiso para estos dos individuos de gran ambición y notable control de las finanzas, así como de las palabras. Todo ha sucedido delante de tus narices sin que hayas podido influenciar apenas. Así que, de esta forma, se decide el futuro de los países y de las gentes que los pueblan. Cualquier parecido con las crónicas y leyendas que conoces y que explican el porqué de los acontecimientos, es mera coincidencia.

Allá ellos y sus intrigas palaciegas, tus objetivos son más nobles, aunque hayan servido a ambiciones de gentes como ésta. El futuro de tu familia y allegados dependía de esta oscura misión que parece que, por fin, has cumplido con éxito. Tus ojos se cruzan con Gruff y luego se dirigen al maldito cofre que aún portas… *Ve a la SECCIÓN 782.*

SECCIÓN 995   +9 P. Exp.

Trepas con habilidad hasta encaramarte al balcón y pasas a hurtadillas hacia la primera planta. Estás en una habitación sumida en la penumbra a la que llega el sonido de las palabras de la joven con toda claridad. Al parecer, las escaleras que parten de tu cuarto descienden directamente a la estancia en la que están tus investigados. Por desgracia, llegas a escuchar sólo la última intervención de la chica, aunque puedes retener de memoria sus palabras…

Finalmente regresas con cautela por donde has venido y alcanzas de nuevo el estrecho callejón. *Pasa a la SECCIÓN 678.*

SECCIÓN 996

- ¿Por qué te persiguen esos encapuchados? – preguntas a la chica mientras Gruff asiente curioso a tu lado.

- Sígrod era un objetivo evidente del asalto de esos tipos, como pudimos comprobar cuando el gigante traidor Azrôd fue directo a por él para dejarlo inconsciente y cargárselo al hombro. Son todo conjeturas, puesto que no hay nada certero en estos momentos, pero soy una persona cercana a Sígrod y conozco, por tanto, muchas cosas que él puede saber. Así que no sería descabellado pensar que vengan a por mí también si necesitan contrastar informaciones – indica Zanna.

- No entiendo apenas nada. Dices que es probable que te persigan por ser una persona cercana a Sígrod. De acuerdo. Pero, entonces, ¿por qué lo persiguen a él y qué es lo que sabe que tanto interesa a esos matones? – preguntas incisivo.

- Es difícil contestar a esa pregunta. Para empezar, no sabemos quiénes son esos tipos encapuchados que se han sumado al asalto realizado por buena parte de nuestros guardias azafios que nos han traicionado. Como desconocemos quiénes son, es complicado saber para quién trabajan y por tanto qué persiguen. Sólo tengo la certeza de que esos matones han sido bien pagados para cumplir objetivos mayores que se me escapan. Aunque desconozco esos objetivos mayores, creo tener claro que esos matones son sólo carnaza a sueldo trabajando para alguien que los ha enviado a por nosotros – dice Zanna.

- ¿Por qué piensas que son asesinos a sueldo? – pregunta Gruff interviniendo en la conversación.

- Los azafios son mercenarios que trabajan para el Gremio de Prestamistas de Meribris, por tanto sus motivaciones siempre han estado ligadas al oro. En cuanto a los encapuchados, pueden ser hombres de refuerzo también a sueldo que posiblemente se hayan reclutado en Tol Éredom para asegurar el éxito del ataque. Estoy segura de que estos últimos aguardaban ocultos en las inmediaciones del barco, atentos al aviso para actuar del traidor Azrôd. Si os acordáis, el gigante ingrato abandonó la estancia de Sígrod a vuestra llegada con la excusa de dar parte al capitán para marchar cuanto antes a Meribris. Pero, en realidad, el muy desgraciado fue a dar el aviso a esos matones para iniciar el ataque – opina Zanna poniendo su mente deductiva a trabajar.

- ¿Quién crees que podría haber contratado a unos y a otros para atacarnos? – preguntas intrigado.

- Esa es la cuestión clave a resolver. Sin solucionar esa pregunta, va a ser imposible llegar hasta Sígrod, si aún conserva su vida... – dice la chica antes de seguir –. Sólo podemos deducir que quienes están detrás de la contratación de esos matones tienen muchos recursos. Tantos como para comprar su fidelidad y provocar que nuestros guardias nos traicionen. Te puedo asegurar que la Guardia Meribriana recibe cuantiosos pagos por sus servicios por parte del Gremio de Prestamistas. Nunca hasta ahora había sucedido algo así. Estoy muy sorprendida.

- Vaya. Pues estamos más perdidos que un pez en un desierto. Si no sabemos quién podría estar detrás de todo esto, estamos verdaderamente fastidiados – dices frustrado.

- En parte sí. Pero seguimos vivos que no es poco. Y eso nos da la oportunidad de investigar. Sólo espero que no hayan encontrado en su asalto unos documentos clave que custodiábamos en el barco... - dice Zanna y su rostro de pronto ensombrece.

Intrigantes misterios te acechan. Decide sobre qué quieres indagar...

- *"¿Documentos? ¿Qué documentos?" - Ve a la SECCIÓN 332.*
- *"Zanna, háblame de ti. Me pides que permanezca contigo y confíe en ti cuando ni siquiera sé quién eres realmente". - Ve a la SECCIÓN 444.*
- *"Me gustaría saber más acerca de la Guardia Meribriana. En particular, ¿quién es ese monstruo gigante que golpeó a Sígrod y trató de llevárselo tras dejarlo inconsciente?". – Ve a la SECCIÓN 752.*

SECCIÓN 997

- *Si el "contador de tiempo de la investigación" es de 11 o menos días, ve a la SECCIÓN 313.*
- *Si dicho contador indica que estás en el día 13, 14, 15 o 16, ve a la SECCIÓN 739.*
- *Si es el día 18 o 19, pasa a la SECCIÓN 616.*

Nota del autor: *nótese que en las anteriores opciones no se consideran los días 12 ni 17, como tampoco el día 20 y posteriores. Esto no es ningún error, dado que no puedes haber llegado a esta sección de ninguna forma en esos días donde suceden ciertas cosas...*

SECCIÓN 998

Tu coartada no se sostiene cuando el más maduro de los dos marineros te contesta que eso no es posible. La tensión se apodera de ti al ser descubierto. Los dos marineros echan mano de sus respectivas espadas.

- *Si les atacas, pasa a la SECCIÓN 528.*
- *Si les ruegas que no te delaten, pasa a la SECCIÓN 168.*

SECCIÓN 999 – Anota la Pista SDE

Esos ojos sensuales, que te desnudan con la mirada, te agitan sin control. ¿Cómo es posible? ¿Qué hace ese pedazo de mujer aquí?

Anti ti tienes a esa dama de caros ropajes y aroma cautivador que había derrumbado todo tu raciocinio en la mansión de Tövnard. La voluptuosidad y erotismo de su figura vuelven a despertar en ti esos impulsos irrefrenables. Como un resorte, afloran en ti de nuevo y sientes cómo estás otra vez poseído por el hechizo de esa sensual dama.

La pulsión se desboca cuando la mujer te sonríe y te indica con un dedo que te acerques y la sigas a la pequeña estancia de la que acaba de salir y que parece estar casi a oscuras, sin nadie dentro.

- *Si sigues a la mujer y entras en la estancia, ve a la SECCIÓN 760.*
- *Si te resistes a la sugerente proposición y te largas, ve a la SECCIÓN 64.*

SECCIÓN 1000

Sigues a Edugar Merves, el Consejero de los Caudales y Gobernador del Banco Imperial, que avanza a través de las oscuras calles de la ciudad con sus dos acólitos en la cena: el tipo de cabello y barba de color rojo chillón y el otro de carácter callado. Una escolta de soldados eredomianos los acompaña en todo el trayecto hasta la misma entrada de la mansión de Merves, momento en que se despiden cediendo su seguridad a los guardias personales de éste. *Pasa a la SECCIÓN 35.*

SECCIÓN 1001

Estás en la localización L10. Anota que has visitado un nuevo lugar hoy. También lanza 2D6 para ver si, en el tránsito hacia la librería, tienes algún encuentro con los matones que os persiguen (si anoche dormiste en casa de Mattus y esta es la primera localización que vas a visitar hoy, no hagas esa tirada dado que ya estás en la librería sin necesidad de desplazarte hasta ella). Si el resultado es de 7 o más en la tirada de encuentros, no te topas con ningún enemigo y puedes seguir leyendo. Si es inferior, debes evitar o vencer a los siguientes tipos que os descubren, para seguir leyendo (los enemigos indicados son los que debes enfrentar en solitario; no se detallan los rivales que atacan a tus compañeros y se considerará que ellos vencerán su combate si tú ganas el tuyo):

ENCAPUCHADO NEGRO 1   Ptos. Combate: +5   PV: 23
ENCAPUCHADO NEGRO 2   Ptos. Combate: +4   PV: 21
AZAFIO 1   Ptos. Combate: +6   PV: 25

Nota: puedes tratar de evitar el combate si lanzas 2D6 y sumas tu modificador de Destreza obteniendo un 10 o más (si tienes la habilidad especial de Silencioso o de Camuflaje suma +2 por cada una de ellas). Si logras evitar a esos tipos, darás un rodeo durante unos minutos hasta poder retornar a la librería de Mattus de una vez por todas y así seguir leyendo.

Ptos de Experiencia conseguidos: 15 P. Exp. si vences; 5 P. Exp. si escapas.

Mattus os atiende tras despachar a uno de sus clientes. El hombre se interesa por vuestra investigación y os desea la mejor de las suertes, además de recordaros que vayáis con cuidado. También os pregunta, con semblante preocupado, si habéis recuperado ya los comprometidos papeles.

- Si tienes la pista DOC, _ve a la SECCIÓN 745._
- Si no tienes esa pista, _ve a la SECCIÓN 331._

SECCIÓN 1002

- Si el "contador de tiempo de la investigación" es de 18 o más días, _pasa inmediatamente a la SECCIÓN 611 sin seguir leyendo._
- De lo contrario, sigue leyendo…

Una vez más, te cruzas con la dama sensual que te propuso tener una cita íntima en su residencia. Te quedas petrificado al verla de nuevo.

- Si el "contador de tiempo de la investigación" es de 16 o menos días, _ve a la SECCIÓN 405._
- Si el "contador de tiempo de la investigación" es de 17 días, _ve a la SECCIÓN 1032._

SECCIÓN 1003

- Si tienes la pista ERH, _ve a la SECCIÓN 762 sin seguir leyendo._
- Si no tienes esa pista, sigue leyendo…

Haz una tirada de 2D6 y suma tu modificador de Percepción (si tienes la habilidad especial de Rastreo, suma +2 extra al resultado):

- *Si el resultado total está entre 2 y 8, **anota la pista ERH** y <u>sigue en la SECCIÓN 762</u>.*
- *Si está entre 9 y 12, <u>ve a la SECCIÓN 844</u>.*

SECCIÓN 1004

Te diriges hacia el viejo monje con la esperanza de poder averiguar algo sobre quién podría estar interesado en dañar a los hebritas de la ciudad pero, para ello, antes deberás ganarte su confianza.

- *Si tienes la pista HYI, <u>ve directamente a la SECCIÓN 108</u>.*
- *Si no tienes esa pista, lanza 2D6 y suma tu modificador de Carisma:*
  - *Si el resultado está entre 2 y 8, <u>ve a la SECCIÓN 808</u>.*
  - *Si está entre 9 y 12, <u>pasa a la SECCIÓN 932</u>.*

SECCIÓN 1005

Estás en la localización L67 del mapa. Antes de seguir, anota en tu ficha que has visitado un nuevo lugar hoy (recuerda que puedes ir a un máximo de 4 sitios cada día; uno menos si anoche te alojaste en la librería de Mattus). No vas a tener que realizar ninguna tirada de encuentros con tus perseguidores para esta localización en concreto.

La Mansión de la Casa Dérrik, una de las tres familias domias con presencia en el Consejo de Tol Éredom junto a los Tövnard y a los Rovernes, es un edificio contundente, de ornamentación sobria pero magnífica robustez. Se dice que es de las pocas construcciones de la ciudad que jamás ha sucumbido a los temblores de la tierra, tan frecuentes en las inmediaciones de las Brakas y las Islas Jujava.

No es fácil arrancar palabras a los burócratas que trabajan en la Mansión de los Dérrik. Es conocida por todos la discreción que muestra esta Casa con los asuntos que conciernen al Emperador, al que históricamente han sido siempre fieles. Una reserva y mesura que imponen también en quienes trabajan para ellos.

Tus indagaciones obtienen pocos frutos. Simplemente averiguas que el dirigente de la Casa, Regnard Dérrik, a pesar de estar rozando los sesenta años de edad, todavía está en plenitud de facultades físicas y mentales, gracias a una ordenada vida regida por los cánones que marcan el camino recto de la virtud. El máximo responsable de la Casa Dérrik, cuya reputación de fidelidad al Emperador de turno siempre ha sido intachable, actualmente capitanea los ejércitos del Emperador y es el responsable de la defensa de Tol Éredom. Su hija Darena regenta la ciudad de Mírdom como apoderada suya y, por tanto, toma allí las decisiones en su nombre. Parece ser que esa ciudad, a lo largo de la historia, ha generado problemas importantes entre varias de las Casas domias. Quizás sea interesante averiguar qué es lo que sucedió…

Para poder ahondar algo más, debes lanzar 2D6 y sumar tu modificador de Carisma (si tienes la habilidad especial de Don de gentes, suma +1 extra):

- *Si el resultado está entre 2 y 8, ve a la SECCIÓN 668.*
- *Si está entre 9 y 12, ve a la SECCIÓN 192.*

SECCIÓN 1006

- *Si tienes la pista JUJ, ve a la SECCIÓN 801 sin seguir leyendo.*
- *Si no la tienes, sigue leyendo…*

Estás en la localización L38 del mapa. Antes de seguir, anota en tu ficha que has visitado un nuevo lugar hoy (recuerda que puedes ir a un máximo de 4 sitios cada día; uno menos si anoche te alojaste en la librería de Mattus). También lanza 2D6 para ver si, en el tránsito hacia esta localización, tienes algún encuentro con los matones que os persiguen. Si el resultado es de 8 o más, no te topas con ningún enemigo y puedes seguir leyendo. Si es inferior, debes evitar o vencer a los siguientes tipos que os descubren, para seguir leyendo (los enemigos indicados son los que debes enfrentar en solitario; no se detallan los rivales que atacan a tus compañeros y se considerará que ellos vencerán su combate si tú ganas el tuyo):

ENCAPUCHADO NEGRO 1	*Ptos. Combate: +4*	*PV: 22*
ENCAPUCHADO NEGRO 2	*Ptos. Combate: +4*	*PV: 23*
ENCAPUCHADO NEGRO 3	*Ptos. Combate: +6*	*PV: 28*

Nota: *puedes tratar de evitar el combate si lanzas 2D6 y sumas tu modificador de Destreza obteniendo un 9 o más (si tienes la habilidad especial de Silencioso o de Camuflaje suma +2 por cada una de ellas). Si logras evitar a esos tipos, darás un largo rodeo por el laberinto de callejuelas hasta que puedas quedarte tranquilo y constates que les has dado esquinazo definitivo. Podrás seguir leyendo con normalidad esta sección, pero habrás agotado un tiempo considerable que hará que puedas visitar una localización menos del mapa en el día de hoy (o mañana, si ésta era la última que podías visitar hoy).*

Ptos de Experiencia conseguidos: *12 P. Exp. si vences; 4 P. Exp. si escapas.*

- *Si tienes la pista GJM, ve directamente a la SECCIÓN 116 sin seguir leyendo.*
- *Si no la tienes, sigue leyendo…*

Con un ojo siempre puesto en el mapa de Mattus, intentas orientarte por el laberinto de calles del Barrio Norte, una zona donde parece haber una alta concentración de forasteros e inmigrantes que malviven en casuchas arremolinadas entorno a calles retorcidas y estrechas. Los más afortunados de los aquí residentes tendrán trabajos duros en el puerto o en las zonas gremiales, incluso en las construcciones de refuerzo de las defensas de la ciudad. Los más desgraciados, posiblemente malvivan de limosnas o trabajos más peligrosos. Por último, habrá otros que prosperen gracias a negocios no lícitos, al contrabando y a otras actividades que no es necesario mencionar.

Estás intentando dar con la guarida secreta de la banda de Jinni, Elavska y Viejo Bill. Sólo tienes la señal en el mapa que te hizo el hijo del librero, del lugar aproximado donde ésta se podría encontrar. Es una ubicación aproximada que el hijo de Mattus marcó, no sin titubeos, tras conocer la dirección que Zanna había recibido del juvi antes de separaros.

No es nada fácil lo que estás intentando. Sólo tienes esa marca aproximada en el mapa y la descripción del edificio que Jinni le dio a Zanna: una casa vieja de dos plantas, portón de madera de doble hoja, tres ventanas alargadas de madera con barrotes y una cuarta similar a las anteriores pero con una tela gris atada en doble lazo en la segunda de las plantas.

Haz una tirada de 2D6 y suma tu modificador de Inteligencia para orientarte en el laberinto de calles e intentar encontrar el lugar que buscas (si tienes una brújula, ésta te servirá de bien poco pero te sumará, al menos, +1 extra a la tirada):

- *Si el total está entre 2 y 8, <u>ve a la SECCIÓN 416</u>.*
- *Si está entre 9 y 12, <u>ve a la SECCIÓN 116</u>.*

SECCIÓN 1007

Sólo escuchas el tramo final de la conversación antes de que la joven se despida y se dirija hacia la puerta, momento en que corres para evitar ser descubierto. Una vez te reagrupas con tus compañeros, compartes con ellos lo que has averiguado tratando de reproducir las palabras de la chica: *"...no puedo hacerlo muchas más veces, no sé si ésta será la última... han sido demasiadas ocasiones y temo que mi marido me descubra... tendrás que... lo siento,... te quiero"*. <u>*Puedes continuar con tu investigación en cualquier otro lugar del mapa*</u> *(hasta mañana no podrás volver aquí)*.

SECCIÓN 1008   +12 P. Exp.

Destrozas al último centinela sin piedad, momento en que tus compañeros llegan a tu altura. Pero una voz de alarma hace que te estremezcas. El gigante Azrôd os ha detectado y reclama la presencia de los vigilantes que patrullan el recinto, mientras cubre la retirada de Merves y sus dos acompañantes en la cena hasta la entrada de la mansión. Prepárate para un duro combate. La lucha final que tanto estabas esperando...

* *Si tienes la pista ESK, ve a la SECCIÓN 414.*
* *Si no tienes esa pista, ve a la SECCIÓN 1019.*

SECCIÓN 1009

Corres como un condenado antes de que los centinelas cierren del todo la pesada puerta. No tienes más remedio que irrumpir y entablar desesperado combate. *Acaba con los dos centinelas antes de que tus enemigos te detecten y tengan la opción de prepararse para el combate. El consejero Merves y sus acompañantes están ya cerca de la entrada de la mansión interior, a unos cuarenta metros de donde te encuentras.*

CENTINELA ENCAPUCHADO 1   *Ptos. Combate: +4*   *PV: 25*
CENTINELA ENCAPUCHADO 2   *Ptos. Combate: +6*   *PV: 29*

* *Si vences, pasa a la SECCIÓN 1008.*
* *Si caes derrotado, ve a la SECCIÓN 329.*

SECCIÓN 1010

Por desgracia, no logras salir de la estancia antes de que uno de los encapuchados negros te alcance por detrás produciéndote una pérdida de 1D6+2 PV e iniciándose un nuevo combate. Por su parte, Gruff debe encargarse del otro encapuchado que ha ido a destrozarle. En cuanto a los dos guardias azafios supervivientes, se han sumado al gigante Azrôd para despedazar a la brava Elavska, que no puede hacer otra cosa que prepararse para defenderse.

ASALTANTE ENCAPUCHADO
Puntos de Combate: +5   Puntos de Vida: 14 (está herido)

* *Si logras acabar con tu oponente, ve a la SECCIÓN 586.*
* *Si no es así, pasa a la SECCIÓN 681.*

SECCIÓN 1011

Un rayo de clarividencia surca tu mente cuando recuerdas las palabras, cargadas de ira y sed de venganza, del consejero Tövnard al salir del Consejo en el que se decidió que marchara a Valdesia en lugar de Rovernes, su principal rival político y quién, en principio, tenía todas las papeletas para tan ingrato encargo. *Puedes continuar con tu investigación en* *cualquier otro lugar del mapa (salvo que antes de venir a esta sección se te* *haya dicho lo contrario, en cuyo caso sigue las instrucciones que se te* *hayan dado).*

SECCIÓN 1012

Improvisas una excusa en el último momento, justo cuando el hombretón está a punto de pasar a la acción violenta contigo. Dices que conoces a Elaisa por haber disfrutado de sus servicios hace ya unos años y que quedaste prendado y enamorado de ella. Marchaste de la ciudad hacia lejanas tierras y ahora habías vuelto aquí buscando rememorar aquellos encuentros pasionales con la damisela.

Tu pantomima parece disminuir la agresividad del gigantón, así como sus ganas de seguir haciéndote preguntas, pero no evita su decisión de expulsarte del burdel... *Sigue en la SECCIÓN 682.*

SECCIÓN 1013

Estás en la localización L17 del mapa. Antes de seguir, anota en tu ficha que has **visitado DOS nuevos lugares hoy en lugar de uno,** *debido a la distancia* *en que se encuentra esta localización respecto a dónde estabas (recuerda* *que puedes ir a un máximo de 4 sitios cada día; uno menos si anoche te* *alojaste en la librería de Mattus). También lanza 2D6 para ver si tienes* *algún encuentro con los matones que os persiguen. Si el resultado es de 7 o* *más, no te topas con ningún enemigo y puedes seguir leyendo. Si es inferior,* *debes evitar o vencer a los siguientes tipos que os descubren, para seguir* *leyendo (los enemigos indicados son los que debes enfrentar en solitario; no* *se detallan los rivales que atacan a tus compañeros y se considerará que* *ellos vencerán su combate si tú ganas el tuyo):*

ENCAPUCHADO NEGRO 1	*Ptos. Combate: +4*	*PV: 18*
ENCAPUCHADO NEGRO 2	*Ptos. Combate: +4*	*PV: 23*

Nota: *puedes tratar de evitar el combate si lanzas 2D6 y sumas tu* *modificador de Destreza obteniendo un 9 o más (si tienes la habilidad* *especial de Silencioso o de Camuflaje suma +2 por cada una de ellas). Si* *logras evitar a esos tipos, darás un largo rodeo hasta que puedas quedarte* tranquilo y constates que les has dado esquinazo definitivo. Sin embargo, ya no podrás visitar esta localización en el día de hoy.

Ptos de Experiencia conseguidos: *6 P. Exp. si vences; 3 P. Exp. si escapas.*

Dedicas un tiempo a explorar el Arrabal de Intramuros, el barrio oriental de la ciudad para el que se está levantando una nueva muralla exterior que permita abarcarlo. En esta zona residen buena parte de los empleados que trabajan de sol a sol en el Distrito de los Mergueses y a los que sus señores desean otorgar mejores condiciones de vida para mejorar su productividad así como para evitar posibles levantamientos de protesta como los que ya se habían tenido en no pocas ocasiones.

- *Si no tienes la pista CHF, ve a la SECCIÓN 86.*
- *Si ya tienes esa pista, no encuentras nada de interés aquí y puedes continuar con tu investigación en cualquier otro lugar del mapa.*

SECCIÓN 1014

Estás en la localización L79 del mapa **(si ya has estado antes en esta localización, no sigas leyendo y ve a otro lugar del mapa)**. *Antes de seguir, anota en tu ficha que has visitado un nuevo lugar hoy (recuerda que puedes ir a un máximo de 4 sitios cada día; uno menos si anoche te alojaste en la librería de Mattus). No vas a tener que realizar ninguna tirada de encuentros con tus perseguidores para esta localización en concreto.*

Áratar es una provincia federada autónoma del Imperio en el norte de Azâfia. Es una región fértil, próspera y comercial que corresponde a las áreas de influencia de tres importantes colonias imperiales que ocupan su extensión de oeste a este: Síhar, Aris (o también llamada Heralia) y Broves. El Imperio cedió las dos primeras al gobierno de los pueblos arameyas. Mientras que la tercera colonia fue concedida al clan de mayor jerarquía sáhatar (los Sipaua), que abandonó así su naturaleza nómada para pasar a formar un clan mercantil, rico y poderoso. Este cambio de naturaleza en la familia Sipaua provocó más de una enemistad y envidia en los clanes sáhatar que permanecen errantes en el desierto de Tull.

Áratar se declara neutral en el conflicto entre aquilanos y wexianos. Argumenta que se trata de una lucha religiosa en el seno del domatismo, entre dos facciones de una fe que ellos no profesan.

Eres atendido con amabilidad, en su Embajada, por los funcionarios con fuerte acento sureño con los que tienes ocasión de mantener alguna distendida conversación.

Anota en tu ficha que ya no puedes volver a visitar esta localización y haz una tirada de 2D6 sin aplicar ningún modificador de característica de tu PJ (pero suma +1 si tienes la habilidad especial de Don de gentes y +2 si tienes la habilidad especial de Negociador):

- *Si el resultado está entre 2 y 8, ve a la SECCIÓN 1028.*
- *Si está entre 9 y 12, ve a la SECCIÓN 340.*

SECCIÓN 1015

El corredor desemboca en unas escaleras que descienden a la tercera planta. Armándote de valor, bajas con cautela con la intención de investigar qué hay tras ellas.

Enseguida lo descubres. Hay una larga sala de remos con mantas esparcidas en el suelo que seguramente sirvan de cama para los sufridos remeros. Por fortuna, te has apartado a tiempo del umbral de la entrada evitando que los marineros que están en ella te vean. No hay nada que puedas hacer aquí, así que regresas a la segunda planta.

- *Si vas al primer pasillo, sigue en la SECCIÓN 390.*
- *Si vas al segundo pasillo, sigue en la SECCIÓN 620.*
- *Si decides regresar arriba abandonando esta segunda planta, ve a la SECCIÓN 527.*

SECCIÓN 1016

Estás en la localización L44 del mapa. Antes de seguir, anota en tu ficha que has visitado un nuevo lugar hoy (recuerda que puedes ir a un máximo de 4 sitios cada día; uno menos si anoche te alojaste en la librería de Mattus). También lanza 2D6 para ver si, en el tránsito hacia esta localización, tienes algún encuentro con los matones que os persiguen. Si el resultado es de 10 o más, no te topas con ningún enemigo y puedes seguir leyendo. Si es inferior, debes evitar o vencer a los siguientes tipos que os descubren, para seguir leyendo (los enemigos indicados son los que debes enfrentar en solitario; no se detallan los rivales que atacan a tus compañeros y se considerará que ellos vencerán su combate si tú ganas el tuyo):

ENCAPUCHADO NEGRO 1	Ptos. Combate: +5	PV: 25
ENCAPUCHADO NEGRO 2	Ptos. Combate: +5	PV: 27

Nota: *puedes intentar evitar el combate si lanzas 2D6 y sumas tu modificador de Destreza obteniendo un 7 o más (si tienes la habilidad especial de Silencioso o de Camuflaje suma +2 por cada una de ellas). Si logras evitar a esos tipos, no obstante, tendrás que marchar a otra* *localización del mapa (hasta el día siguiente no podrás intentar volver a este lugar).*

Ptos de Experiencia conseguidos: *9 P. Exp. si vences; 3 P. Exp. si escapas.*

Tras atravesar las murallas exteriores por la magnífica Puerta Dorada ubicada al norte de la ciudad, el panorama a tu alrededor cambia drásticamente. Deambulas en solitario (tras dejar a tus compañeros en la ciudad) por los arrabales situados al oeste de esa gran entrada, una zona que puede catalogarse de todo menos de noble o acomodada. Las callejuelas sucias y de trazado retorcido, flanqueadas por casuchas que alojan a los estratos más bajos de la sociedad, no obstante, esconden ciertos establecimientos que para ti resultan de interés. En este caso, hablamos de un prostíbulo al que llegas sin dar excesivos rodeos gracias a las indicaciones precisas de los transeúntes que encuentras en tu camino (seguramente clientes, piensas). Llegas a la entrada del burdel del eunuco Legomio, afamado antro entre los habitantes de esta zona de la ciudad y, por qué no decirlo, también destino habitual de honorables ciudadanos acomodados que necesitan fuertes sensaciones para escapar de su rutinaria y pulcra vida.

Dos hombretones de espaldas como armarios, de gesto frío e intimidador, guardan la entrada rechazando el acceso a todos aquellos que no demuestren tener dinero que gastar. Cuando llegas a la puerta e indicas que quieres entrar dentro, te miran de arriba abajo y te piden que te desarmes y muestres el dinero que llevas en tu bolsa.

- *Si tienes 10 coronas de oro y abonas dicha cantidad para entrar, réstala de tu ficha y <u>ve a la SECCIÓN 811</u>.*
- *Si tienes menos de 10 CO o no quieres abonar tal cantidad, no tienes más remedio que marcharte de este lugar, ya que se te deniega el paso (salvo que tengas la habilidad especial de Negociador, en cuyo caso podrás lanzar 2D6 y sumar tu modificador de Carisma; si obtienes un resultado de 7 o más en dicha tirada, podrás pasar por sólo 5 CO y <u>vas a la SECCIÓN 811</u>). Si no se te permite acceder dentro, no averiguas nada más aquí y <u>puedes continuar con tu investigación en cualquier otro lugar del mapa</u>.*

SECCIÓN 1017

Tras familiarizarte con este noble distrito, se abren múltiples localizaciones que puedes visitar. Quizás si dedicaras esfuerzos en abrirte paso a través de la maraña burocrática que suponen las embajadas, podrías reunir cierta información que podría ayudarte a seguir adelante en tu investigación. Las delegaciones políticas de las distintas naciones del Imperio, así como de los estados extranjeros en Tol Éredom representados, se encuentran esparcidas por todo el Distrito Imperial:

L24 -> SECCIÓN 723 – Mansión del Consejero Tövnard
L25 -> SECCIÓN 961 – Palacete del Consejero Rovernes
L54 -> SECCIÓN 396 – Embajada del Legado de Tirrana
L55 -> SECCIÓN 453 – El Obelisco, columna fundacional
L56 -> SECCIÓN 890 – La Tumba del Gran Críxtenes
L57 -> SECCIÓN 452 – Saunas
L62 -> SECCIÓN 677 – Embajada del Legado de Gomia
L64 -> SECCIÓN 437 – Embajada de las Brakas
L65 -> SECCIÓN 220 – Comisionado de Réllerum
L66 -> SECCIÓN 922 – Palacio del Emperador
L67 -> SECCIÓN 1005 – Mansión de la Casa Dérrik
L71 -> SECCIÓN 11 – Embajada de Safia
L72 -> SECCIÓN 51 – Embajada de Héladar
L73 -> SECCIÓN 389 – Embajada de Tarros
L74 -> SECCIÓN 394 – Embajada de Tallarán
L75 -> SECCIÓN 526 – Embajada de Anurrim
L76 -> SECCIÓN 1035 – Embajada de Barosia
L77 -> SECCIÓN 205 – Embajada de Hebria
L78 -> SECCIÓN 102 – Embajada de Arayum
L79 -> SECCIÓN 1014 – Embajada de Aratar
L80 -> SECCIÓN 671 – Embajada del Patriarcado de Sahitán
L81 -> SECCIÓN 984 – Casa de la Marca del Este
L82 -> SECCIÓN 968 – Casa de los Asuntos Juvi
L83 -> SECCIÓN 958 – Jardines Imperiales

La visita a las distintas Embajadas quizá te pueda dar cierta información acerca del entramado de relaciones políticas entre los grupos de interés que pugnan por el poder y el gobierno de Tol Éredom. Tal vez puedas hacer varios contactos, aunque sean superficiales, entre los burócratas y diplomáticos menores y así poder mejorar tu influencia y capacidad de acceder a personalidades posicionadas en mayores rangos. No obstante, también puede ser una importante pérdida de tiempo y quizás no merezca la pena el esfuerzo que pueda suponer. Tú decides…, puedes continuar con tu investigación en cualquier otro lugar del mapa.

SECCIÓN 1018

- *Si tienes la pista LFL y también la pista TBL, sigue en la SECCIÓN 179.*
- *Si te falta alguna de las dos pistas anteriores, sigue en la SECCIÓN 442.*

SECCIÓN 1019

Lucha por tu vida a las puertas de la mansión del consejero Edugar Merves. Debes enfrentarte a los siguientes guardias que han acudido a la voz de alarma de Azrôd, mientras tus compañeros se encargan del resto de centinelas que os rodean.

CENTINELA ENCAPUCHADO 1	*Ptos. Combate: +5*	*PV: 26*
CENTINELA ENCAPUCHADO 2	*Ptos. Combate: +4*	*PV: 22*
GUERRERO AZAFIO 1	*Ptos. Combate: +6*	*PV: 27*
GUERRERO AZAFIO 2	*Ptos. Combate: +6*	*PV: 29*

- *Si vences, pasa a la SECCIÓN 733.*
- *Si caes derrotado, ve a la SECCIÓN 329.*

SECCIÓN 1020

Haz ya mismo una tirada de 2D6 y suma tu modificador de Huida:

- *Si el resultado total está entre 2 y 7, no eres capaz de escapar de tus rivales, así que prepárate para el combate. Ve a la SECCIÓN 280.*
- *Si está entre 8 y 12, habrás podido dar esquinazo a tus enemigos y puedes continuar con tu investigación en otro lugar del mapa.*

SECCIÓN 1021   +10 P. Exp.

Afortunadamente, detectas a tiempo la trampa que hay escondida en el pequeño cajón, así que extraes la tablilla con un cuidado especial para evitar pincharte con el agudo punzón emponzoñado que te apuntaba. Esa maldita tablilla podría haber acabado contigo en caso de no haber estado atento, pero por nada del mundo renunciarías a leer su contenido. *Sigue en la SECCIÓN 100.*

SECCIÓN 1022

Sir Crisbal, alto y de figura estilizada, es una persona que, en palabras del funcionario que te atiende, contiene la vitalidad propia de aquel que acaba de iniciar la treintena. Hombre de pocas palabras, apenas comparte sus reflexiones acerca de los distintos asuntos que le apremian. No inquieres qué postura puede tener Sir Crisbal respecto al asunto de los hebritas y su interés en ocupar al menos un sitial en el Consejo de Tol Éredom. Pero lo que sí averiguas es que el joven consejero se muestra muy preocupado por la situación de guerra de su provincia contra los sahitanos del Patriarcado y que es partidario de olvidar el asunto de la traición silpa en Valdesia por un tiempo para que se dé prioridad al conflicto en la tierra que representa. *Ve a la SECCIÓN 1028.*

SECCIÓN 1023

Elavska irrumpe en la escena justo a tiempo, pudiéndose encargar de uno de los dos rivales, mientras tú haces frente al otro. **Elige ahora mismo al rival con el que quieres luchar sin seguir leyendo.** *Una vez efectuada tu elección, ve a la SECCIÓN 676 y, una vez allí, recuerda no luchar con el enemigo del que se encargará Elavska. Agradeces la ayuda de la mujer, pero no podrás beneficiarte de las ventajas que te otorga la guerrera en el próximo combate, dado que Elavska tiene depositadas todas sus energías en enfrentar a su temible rival, que no es poco.*

SECCIÓN 1024

A pesar de estar rozando los sesenta años, Regnard todavía está en plenitud de facultades físicas y mentales, gracias a una ordenada vida regida por los cánones que marcan el camino recto de la virtud. Es uno de los pocos comensales que no ha probado esta noche el vino y come con mesura y moderación.

Regnard es el máximo responsable de la Casa Dérrik, cuya reputación de fidelidad al Emperador de turno siempre ha sido intachable. Su rostro curtido delata una vida no exenta de las exigencias del combate. Actualmente capitanea los ejércitos del Emperador y es el responsable de la defensa de Tol Éredom. Su hija Darena regenta la ciudad de Mírdom como apoderada suya y, por tanto, toma allí las decisiones en su nombre, pero esta noche le acompaña en la cena homenaje a la Madre del Emperador con un propósito nada gratuito...

Para preguntar a los comensales que tienes alrededor de ti acerca de Regnard y su hija, lanza 2D6 y suma tu modificador de Carisma (suma +1 extra si tienes la habilidad especial de Don de gentes):

- *Si el resultado está entre 2 y 6, no añaden nada especial a lo que sabes y vuelves a la SECCIÓN 786.*
- *Si el resultado está entre 7 y 12, ve a la SECCIÓN 675.*

SECCIÓN 1025

Lo piensas mejor. Estos aquilanos merecen morir y tú vas a ser su verdugo. Aprovechando el desconcierto, te lanzas al ataque. *Lucha contra los siguientes oponentes desprevenidos mientras tus compañeros se encargan del resto (para la pelea contra el primero, dispondrás de dos ataques previos antes de empezar el combate con normalidad):*

AQUILANO 1	*Ptos. Combate: +4*	*PV: 23*
AQUILANO 2	*Ptos. Combate: +4*	*PV: 21*
EMISARIO AQUILANO	*Ptos. Combate: +5*	*PV: 25*
LÓGGAR (líder tuerto)	*Ptos. Combate: +6*	*PV: 31*

* *Si logras acabar con tus oponentes, ve a la SECCIÓN 404.*
* *Si no es así, pasa a la SECCIÓN 1030.*

SECCIÓN 1026

La mujer te ignora y ni siquiera te mira al cruzarse contigo. Parece risueña mientras camina agarrada al antebrazo del mismísimo consejero Rovernes, al que los guardias no dejan acercarte.

No haces más que perder el tiempo aquí y te quedas frustrado al comprender que quizás podrías haber averiguado más cosas en caso de haber dado juego a esa damisela, aunque no hubieses llegado a culminar ningún acto carnal. *Puedes continuar con tu investigación en cualquier otro lugar del mapa.*

SECCIÓN 1027

* *Si tienes la pista DSB, pero no la RTA, ve a la SECCIÓN 188.*
* *Si tienes la pista RTA, pero no la DSB, ve a la SECCIÓN 410.*
* *Si tienes tanto la pista DSB como la RTA, ve a la SECCIÓN 173.*
* *Si no tienes ninguna de las dos pistas anteriores, ve a la SECCIÓN 824.*

SECCIÓN 1028

*Gracias a tus esfuerzos en el edificio diplomático, anota en tu ficha de PJ que tienes **1 punto más de influencia en Tol Éredom** (una cuenta que debes iniciar ahora en tu ficha de personaje en caso de que no lo hubieras hecho ya antes). No sabes para qué puede servir en concreto, pero nunca está de más tener ciertos contactos en la burocracia, aunque no puedan catalogarse como relaciones de confianza sino más bien meros nombres que poder mencionar como referencias con tal de intentar codearte con* contactos superiores de mayor nivel. _Puedes continuar con tu investigación en cualquier otro lugar del mapa._

SECCIÓN 1029

Aún aferrado a tu madre y a tu hermana, a las que no piensas soltar en muchos días, por fin tu vista se aparta de ellas y se topa con la felicidad en persona. La sonrisa sincera de tu fiel amigo Gruff mientras abraza al cascarrabias de su hermano, ahora roto en mil lágrimas.

Tras esto, tu mirada se posa en los dos hombres que están siendo arrastrados hacia la pared norte de la cueva, Viejo Bill y Zork, a los que les espera un futuro bastante incierto.

- Lamento haberos involucrado en todo esto. Perdonadme por todo lo que habéis sufrido. Lo siento en el alma,... amigos – te dice Viejo Bill con su voz quebrada y el gesto abatido.

La imagen de las divertidas tardes de tertulia con este viejo amigo, en lo que parece ya otra vida, retornan a ti cuando lo ves en tan precarias circunstancias. No sientes rencor por él, incluso la compasión te embarga. Necesitabas aceptar esa misión sea cuales fueran los motivos de quien te contratara.

- Si te diriges a Wolmar y le pides misericordia para Viejo Bill, _pasa a la SECCIÓN 374._
- Si crees que el viejo debe pagar por lo que ha hecho y atenerse a las consecuencias, _ve a la SECCIÓN 187._

SECCIÓN 1030

Caes abatido en esta sala impregnada de sangre y muerte. Fracasas en tu misión. Lóggar el tuerto te escupe en la cara, es lo último que ves antes de cerrar los ojos para siempre...

FIN – si tienes algún punto de ThsuS, "Todo habrá sido un Sueño" y podrás retomar la aventura desde el Lugar de Despertar que desees entre los que tengas anotados en tu hoja de personaje. Si no es así, debes comenzar de nuevo desde el principio o desde algún Lugar de Despertar Especial que tengas. **Recuerda resetear, en tu FICHA DE INVESTIGACIÓN, tus dos cuentas de tiempo y las pistas conseguidas a las que tuvieras cuando llegaste a ese Lugar de Despertar del que reinicias.**

SECCIÓN 1031 – Anota la Pista TRP

- ¡Maldita sea! Era un falso cebo. ¡Han comprado al rufián con la esperanza de que viniéramos hasta aquí y emboscarnos! – exclama Gruff mientras ves venir a un grupo de encapuchados que aguardaban a que cayerais en la trampa y vinierais hacia ellos.

Apenas tienes tiempo para desenfundar tu arma. Tendrás que enfrentarte a tres de esos encapuchados, mientras tus compañeros se encargan del resto.

ENCAPUCHADO NEGRO 1	*Ptos. Combate: +5*	*PV: 22*
ENCAPUCHADO NEGRO 2	*Ptos. Combate: +6*	*PV: 25*
ENCAPUCHADO NEGRO 3	*Ptos. Combate: +7*	*PV: 28*

- *Si caes derrotado, ve a la SECCIÓN 72.*
- *Si vences a tus oponentes, sumas 20 Ptos de Experiencia y regresas a la Feria para darle su merecido al rufián, aunque ya no lo encuentras.* **Anota la pista TRP y recuerda que estabas en el hexágono F1.** *"Puedes seguir explorando la Feria en la SECCIÓN 413" o, por encontrarte en una de las tres salidas de la misma, "puedes continuar con tu investigación en cualquier otro lugar del mapa".*

SECCIÓN 1032 – Anota la Pista RIR y suma 20 P. Exp.

Te descoloca verla pasar a toda prisa con lágrimas en los ojos y rostro descompuesto. Dos criados la siguen con gesto serio, el mismo semblante que ves en varios de los funcionarios y guardias a medida que avanzas hasta la sala de recepción y visitas.

Unos minutos después, con gran asombro, comprendes lo que sucede. Estás perplejo y totalmente descolocado. ¿Cómo ha sido posible? Era un hombre joven, apuesto y saludable. No es normal que el consejero Rovernes haya muerto...

El funcionario recepcionista que te ha dado la noticia te indica que obviamente hoy no se van a atender visitas. El Señor de la Casa Rovernes ha fallecido hace sólo unas horas y se ha decretado luto oficial. Sólo logras averiguar que el joven consejero comenzó anoche de pronto a sentirse mal y su deterioro fue sorprendente hasta sucumbir poco después.

- *Si tienes la pista TMR, ve a la SECCIÓN 1011.*
- *Si no tienes esa pista, totalmente impactado por el suceso, puedes continuar con tu investigación en cualquier otro lugar del mapa.*

SECCIÓN 1033

Sabes que esos encapuchados forman parte de la "Hueste de los Penitentes", una organización que engorda su número de efectivos captando condenados a muerte cuya única salida es ésta para evitar cumplir sentencia. No todos sus miembros tienen por qué ser partidarios aquilanos, cuya traición se paga con la pena máxima, sino que también puede haber entre sus filas delincuentes con graves delitos y con la misma sentencia capital. *Puedes continuar con tu investigación en cualquier otro lugar del mapa.*

SECCIÓN 1034

Estáis ubicados entre unas cajas amontonadas cerca de un viejo almacén con fuerte olor a pescado, a unas pocas docenas de metros del *Rompeaires*. Desde tu posición observas la escena.

Al pie de la pasarela que permite acceder al navío, hay otro cúmulo de cajas de mercancías tras las que te podrías ocultar. Pero ves a seis tipos encapuchados que patrullan por parejas y a paso lento de un extremo al otro del gran barco, pasando peligrosamente cerca de esas cajas de forma periódica.

Pones tu mente a trabajar a toda prisa pensando cómo proceder ahora. La opción de arremeter por la fuerza contra esos tipos la descartas dado que estás a plena luz del día y el puerto está repleto de gente que podría llamar a la guardia de la ciudad procediendo a tu arresto. Pero se te ocurren varias alternativas...

- *Si tienes una capa con capucha en tu inventario y quieres hacer uso de ella, ve a la SECCIÓN 445.*
- *Si tratas de llegar sin que te descubran hasta el cúmulo de cajas que hay cerca de la pasarela de acceso al barco, ve a la SECCIÓN 643.*
- *Si te marchas de aquí porque consideras que es demasiado peligroso, ve a la SECCIÓN 283.*

SECCIÓN 1035

Estás en la localización L76 del mapa (si ya has estado antes en esta localización, no sigas leyendo y ve a otro lugar del mapa). Antes de seguir, anota en tu ficha que has visitado un nuevo lugar hoy (recuerda que puedes ir a un máximo de 4 sitios cada día; uno menos si anoche te alojaste en la librería de Mattus). No vas a tener que realizar ninguna tirada de encuentros con tus perseguidores para esta localización en concreto.

En la actualidad, Barosia, la mayor potencia de Novakia, centra su estrategia en reorganizarse internamente en lugar de intervenir o influir en el conflicto que está asolando el Imperio. No obstante, los baros mantienen siempre un ojo puesto en su vecina Escania, territorio de frontera imperial pero neutral en cuanto a su posicionamiento en la Guerra Civil entre Wexes y Aquilán. El Consejo de Tol Éredom es conocedor de esta postura "a la expectativa" de la norteña Barosia, lo cual mantiene frías las relaciones diplomáticas entre ambos estados desde la paz forzada que tuvieron que firmar hace 77 años. Una paz que demostró la dificultad en la defensa por parte del Imperio de los territorios imperiales en Novakia, siendo esta frontera septentrional una zona potencialmente amenazada desde entonces.

Anota en tu ficha que ya no puedes volver a visitar esta localización y haz una tirada de 2D6 sin aplicar ningún modificador de característica de tu PJ (pero suma +3 extra si tienes la habilidad especial de Don de lenguas):

- *Si el resultado está entre 2 y 5, ve a la SECCIÓN 589.*
- *Si está entre 6 y 8, ve a la SECCIÓN 1028.*
- *Si está entre 9 y 12, ve a la SECCIÓN 340.*

SECCIÓN 1036   +8 P. Exp.

Paso a paso, mandoble a mandoble, ganas metros hasta llegar a las inmediaciones de la entrada de la mansión. Tus compañeros te cubren la espalda peleando con los centinelas del jardín que se agolpan a vuestro alrededor, dándote la oportunidad de abordar en solitario el tramo de escalones hasta la puerta de la residencia del Consejero, sin más enemigos que interfieran. La puerta ornamentada se abre repentinamente para mostrarte a un nuevo oponente dispuesto a eliminarte...

- *Si tienes la pista ESK, ve a la SECCIÓN 45.*
- *Si no tienes esa pista, ve a la SECCIÓN 357.*

SECCIÓN 1037

Improvisas una excusa en el último momento, justo cuando el hombretón está a punto de pasar a la acción violenta contigo. Dices que conoces a Elaisa por haber disfrutado de sus servicios hace ya unos años y que quedaste prendado y enamorado de ella. Marchaste de la ciudad hacia lejanas tierras y ahora habías vuelto aquí buscando rememorar aquellos encuentros pasionales con la damisela.

Tu pantomima parece disminuir la agresividad del gigantón, así como sus ganas de seguir haciéndote preguntas. Parece que tu estratagema ha dado sus frutos, aunque es obvio que deberás pagar por las molestias causadas al hombretón y a la muchacha.

- *Si estás dispuesto a abonar 12 CO (6 CO a cada uno de ellos), puedes seguir investigando en el burdel y pasas a la SECCIÓN 169. Nota: si tienes la habilidad especial de Negociador, serán 8 CO en lugar de 12.*
- *Si no estás dispuesto a pagar esa cantidad o no la tienes, sigue en la SECCIÓN 682.*

SECCIÓN 1038

Aproximadamente en unos treinta días, la cuenta estará comunicada a todas las delegaciones del Banco Imperial en todo el contorno del mar de Juva. Puedes ahora depositar fondos y tenerlos disponibles más adelante al presentarte y acreditarte en alguna de esas sedes. Simplemente, tendrías que dejar ahora una firma y un código de 5 cifras que deberías indicar cuando te presentes para retirar todo o parte de tu oro. El Banco Imperial "solamente" te cobrará una comisión inicial de apertura del 5 % del capital que ahora deposites y, a posteriori, otro 5 % del capital que retires en cada ocasión o que añadas a tu depósito. Aunque es obvio, el funcionario recalca de forma mecánica que este servicio te permite no tener que llevar contigo todo tu dinero, asegurándolo ante robos y otros imprevistos y además evitando la molestia que supone transportarlo en caso de que se trate de cantidades considerables. Es un servicio que puede resultar de interés para nobles, comerciantes y personalidades pudientes. Al decir esto último, por fin levanta la vista y te mira de arriba abajo.

Si quieres abrir ahora una cuenta, anota en tu ficha qué cantidad quieres depositar junto con el número de esta sección para venir aquí y recordar cómo proceder ante nuevos depósitos o retiradas de dinero. Podrás efectuar estas operaciones en cualquier otra ciudad que visites a partir de ahora (incluso dentro de la propia Tol Éredom si vuelves a esta localización otra vez), salvo que explícitamente el texto del librojuego te diga lo contrario cuando llegues a esa nueva ciudad. Si sufres un robo o si mueres y tienes que retomar la partida desde un Lugar de Despertar, no vas a perder nada del dinero que tienes depositado en la cuenta (recuerda que, según indican las reglas, en caso de no proteger tu dinero, pierdes siempre la mitad del mismo cada vez que mueres y tienes que reiniciar la partida). Regresa a la SECCIÓN en la que estuvieses antes de venir aquí.

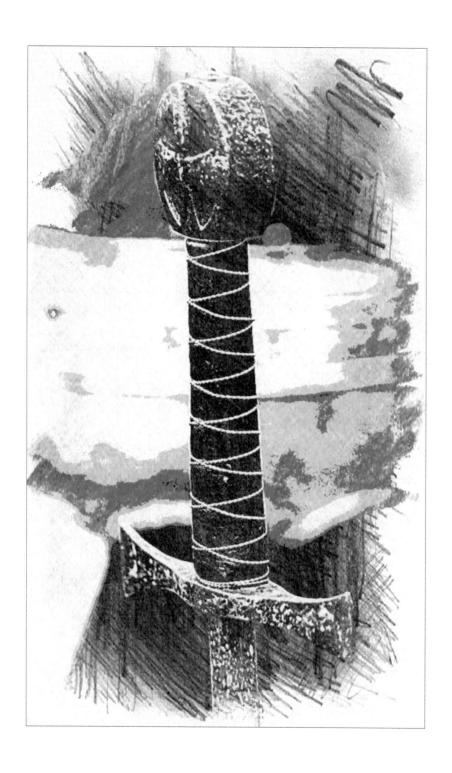

AGRADECIMIENTOS

A mi madre Juana, mi padre Vicente y mis abuelos Juana y Juan, por su infinito cariño y amor. Les debo todo.

A mi querido hermano Cristóbal, fiel compañero en el camino de la vida, por esas largas aventuras roleras que tanto nos han unido y que inspiran parte de Térragom y de este libro.

A la mejor sorpresa de mi vida, mi mitad en todos los sentidos, Roxana. Mi paz, mi alegría y mi inspiración. Sufrida paciente de mi devoción por la escritura y además primera jugadora de esta aventura.

A mis viejos amigos que han colaborado como lectores cero. Además de concederme el honor de su cálida amistad, se involucraron con energía en el testeo y lectura de los primeros borradores del librojuego, ofreciendo geniales ideas como grandes jugones y lectores que son.

A J.R.R. Tolkien, George R.R. Martin, Tad Williams, Patrick Rothfuss y otros tantos maestros creadores de mundos. Gracias por esas interminables horas de felicidad que todos los amantes de la fantasía os debemos.

A todos los apasionados de la lectura, las buenas historias, los librojuegos y el rol, los juegos de mesa o digitales y, en definitiva, a todos los soñadores en general.

Y, sobre todo, muchísimas gracias a ti, que haces posible como lector y jugador que esta saga sea una realidad y que juntos sigamos descubriendo los muchos secretos que Térragom aún esconde.

GLOSARIO

Estados y unidades políticas de Térragom.

Imperio Dom. Su capital es Tol Éredom, donde el Emperador Wexes, tras regresar de su secreto exilio y expulsar a los conspiradores, trata de reorganizar un Imperio en declive. Países aliados que guardan fidelidad al Imperio de Wexes (en negrita los que aparecen mayormente en este librojuego):

- o En la vasta región de Domos:
  - ▪ **Domia** (Tol Éredom y las llanuras anexas)
  - ▪ **Gomia**
  - ▪ **Tirrana** (donde transcurre la acción de este librojuego)
  - ▪ Ésveli Viejo
  - ▪ Reinos Enanos de las Brakas
- o En la región de Valdesia, en la península de Novakia, en la Marca del Este y en la región de Azâfia cuenta con ciertos aliados aislados.

Facción aquilana. Formada por los conspiradores que envenenaron secretamente al Emperador Mexalas, padre de Wexes e hijo del Gran Emperador Críxtenes II, para sentar en el trono de Tol Éredom a Aquilán, sobrino del Gran Emperador. Con la llegada de Wexes tuvieron que retirarse al norte. Estos son los países aliados de esta facción (en negrita los que aparecen mayormente en este librojuego):

- o En la región de Domos y el mar de Juva:
  - ▪ **Grobes.**
  - ▪ **Hermia.**
  - ▪ **Islas Jujava** (cuna de los juvis).
- o En la región de Valdesia, cuenta con el apoyo de Tarros y Tallarán, interesados en mantener su autonomía frente a cualquier pretensión de Safia o del Imperio Dom.
- o En la región de Azâfia, cuenta con la mayor parte de Hebria (cuna de los hebritas).

Potencias ajenas a Wexes y Aquilán con intereses propios (en negrita los que aparecen mencionados en este librojuego):

- o **La orgullosa y antigua Safia.** Rival histórico de Tol Éredom pero ahora colaborador interesado en la región de Valdesia para ejercer presión sobre Tallarán, antes de su propiedad.
- o **Héladar.** Los temibles silpas venidos de las Islas Héladar y en clara expansión por Térragom. Acaban de traicionar el acuerdo con Wexes en

Valdesia arrebatando una zona de esa región. Controlan a sus esclavos con la mente.

- o **Hordas Xún.** Pueblos de humanos de ojos rasgados del lejano este y autores de dos grandes invasiones. La primera, sucedida hace ya muchos siglos, provocó el primer exilio de pueblos que acabaron siendo la semilla del Imperio. La segunda, hace unas décadas, llevó al borde del colapso al Imperio hasta que el Gran Emperador Críxtenes II pudo expulsarlos de vuelta al lejano este.
- o En la región de Azâfia:
  - El agresivo **Patriarcado de Sahitán.** Aprovecha la debilidad del Imperio para hacer adquisiciones por la fuerza.
  - Árayum. Neutral aunque en la órbita del Imperio.
- o En la Península de Novakia, destaca Barosia y otras potencias menores que se mantienen al margen.
- o Reinos enanos de Mitania (en la Cordillera de los Mitanes) y Anurrim (en la Cordillera de Midênmir)
- o Skullheim (en el Gran Bosque de Skull al norte de la Marca del Este).
- o Otros países, reinos y estados que pueblan el vasto mundo de Térragom y que irás conociendo a lo largo de la saga.

Razas de Térragom.

- • **Humanos:**
  - o Burfos: pueblos exiliados tras la primera invasión de las hordas Xún que acabaron poblando la vasta región de Domos y fundando los países que conformaron el Imperio Dom y la nación de Safia. Estos pueblos son los domios, tirranos, gomios, esvelios, grobanos, hermios y safones.
  - o Chipras: de complexión delgada y frágil. Son los pobladores originales de la región de Domos. Fueron invadidos y dominados por los burfos.
  - o Valdesios: originarios de la región de Valdesia.
  - o Norteños novak: originarios de la Península de Novakia.
  - o Arameyas, sahitanos y arnüles en la región de Azâfia.
  - o Xún: hombres del este de ojos rasgados y autores de dos grandes invasiones de la región de Domos.
  - o Otros pueblos y clanes humanos que irás conociendo a lo largo de la saga.

- • **Enanos:**
  - o Midok. En sus fortalezas de piedra de las montañas. Se aliaron con los humanos para derrocar a los nebrak.
  - o Nebrak. En sus fortalezas de piedra de las montañas. Aún recuerdan con dolor la alianza de los humanos y los midok contra ellos.
  - o Tullos. Pobladores de las faldas de las cordilleras, de los montes bajos y de las llanuras, donde cohabitan con humanos desde hace muchos siglos.

- **Juvis.** Pequeños y joviales seres provenientes de las islas Jujava. De naturaleza cooperativa y comercial.

- **Hebritas.** De naturaleza mercantilista, política y reflexiva. Su aspecto frágil contrasta con su firme decisión. Fueron víctimas de un exterminio en masa cuando fueron criminalizados por los conspiradores de la facción de Aquilán, quienes les acusaron de ser los responsables del envenenamiento del Emperador Mexalas. Son los fundadores del Hebrismo, religión que fue oficial del Imperio durante mucho tiempo, pero ahora también caída en declive a causa de la anterior maniobra.

- **Silpas.** Criaturas desconcertantes capaces de controlar las mentes débiles penetrando en ellas y que, a pesar de no tener ojos ni vista, son perfectamente capaces de ver a través de sus esclavos mentales. Son los líderes del creciente estado de Héladar.

- **Grabbins** (linaje degenerado de los juvis, caóticos y sin organización política destacable).

- **Otras razas de Térragom que apenas se mencionan en este librojuego:**
  - Orguls (linaje degenerado de los humanos, caóticos y sin organización política destacable).
  - Dúplaks.
  - Fothos.
  - Fank.

MAPAS

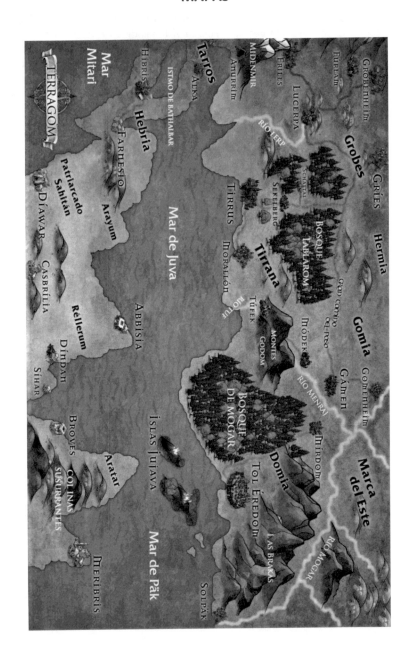

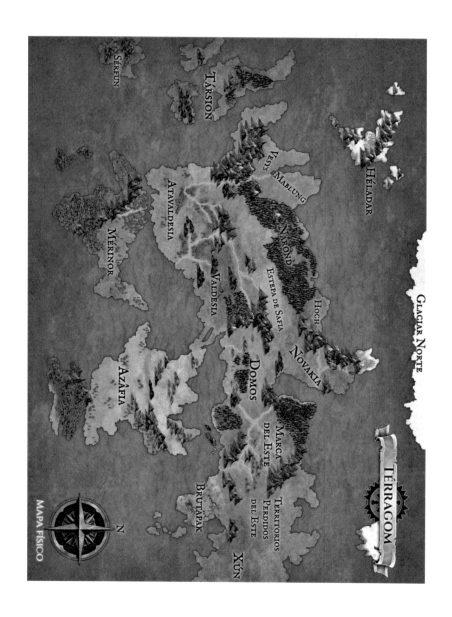

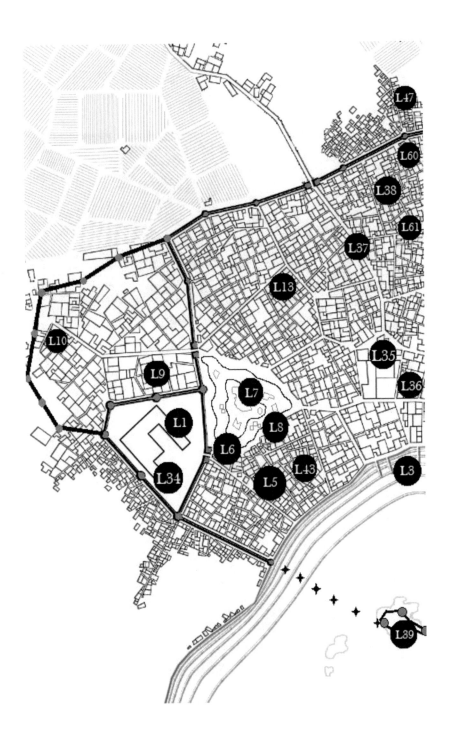

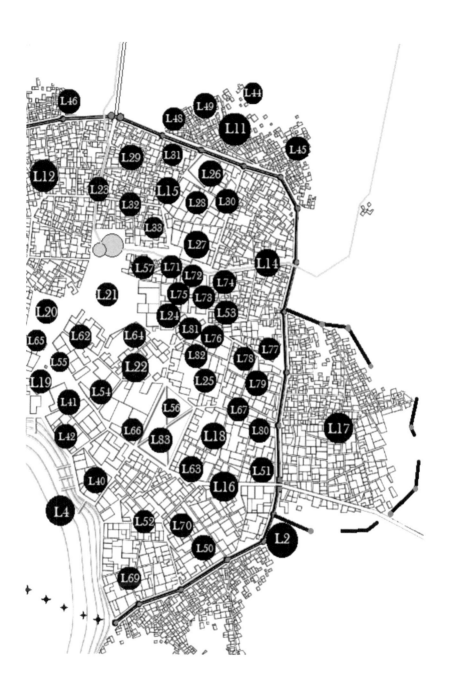

Personaje pregenerado listo para jugar

Nombre: Jossna　　　　　　　　　**Raza:** Humano chipra.
Nivel dificultad: Pardillo

Características	Valor inicial (repartir 7 puntos)	Modificador por raza	Modificador habilidades especiales	Modificador por armas y/o objetos	VALOR TOTAL (suma de los anteriores)
Combate	+3		+1	+1	+5
Huida	-3	+1	+2		+0
Percepción	+2				+2
Destreza	+1			+0	+1
Inteligencia	-3		+2		-1
Carisma	+1				+1

Compañeros (anota los posibles efectos especiales que tengan):
Aplica +1 PV de daño causado a tu rival por cada acompañante que vaya contigo siempre que tu rival luche en solitario y le inflinjas daño

Gruff _____

_____

_____

_____

Puntos de Experiencia
(P. Exp) (0 al inicio):

0 puntos

Lugares de Despertar (anota los Códigos de las secciones y el contador de tiempo en el momento de llegar a ellos):

Puntos de ThsuS (según nivel de dificultad tienes un valor al inicio):

4 puntos

Habilidades especiales
Mente fina (Inteligencia +2)
Rapidez (Huida +2)
Suerte (repetir una tirada por día)
Fuerte (Combate +1)
Don de gentes

PISTAS (anota los Códigos):

Puntos de Vida (PV) (25 al inicio)	Días transcurridos:
25 PV	240 días

-Inventario-

Valor de carga restante (valor inicial 10 y máximo 21)	Dinero restante (COs):
~~13 VC~~ 2 VC	40 CO

Armas	Modificador al Combate (Combate sí puede ser menos de -3 o más de +3)	Modificador a la Destreza (nunca Destreza puede ser menos de -3 o más de +3)	Valor de carga (VC)
Espada (uso ésta)	+1	+0	3
Manos desnudas (sin armas)	-3	+3	0

Armaduras	Daño que evita que pierdas cada turno de combate donde eres herido	Valor de carga (VC)
Coraza de cuero	1	1

Objetos	Efectos en la partida	Valor de carga (VC)
Cantimplora	Puede ayudarme en algunas secciones	1
Comida para 3 días	Evita perder 5 PV a final del día	3 (1 x día)
Mapas	Ver páginas finales del librojuego	0
Pócima curativa +2D6	Permite recuperar 2D6 puntos de vida	2 (1 x ud.)
Cofre	Debo transportarlo hasta Meribris	1
Pasaje barco a Meribris	Pasaje desde Tol Éredom a Meribris	0

Ficha de investigación

Visita la web **www.cronicasdeterragom.com** y descarga la ficha de investigación ampliada. Es recomendable que imprimas como mínimo 3 copias de la misma.

FICHA DE INVESTIGACIÓN *(imprime 3 copias como mínimo)*							
Contador de tiempo de la investigación (empieza por día cero)	Día ___	Día ___	Día ___	Día ___	Día ___	Día ___	Día ___
Al final del día incrementa también el contador de tiempo que tenías antes de iniciar la investigación. Anótalo aquí (ver nota abajo *)							
Localización 1							
Localización 2							
Localización 3							
Localización 4 (solo si no dormiste en casa de Mattus anoche)							
PISTAS CONSEGUIDAS (ver nota abajo **)							
Lugares de despertar encontrados (ver nota abajo ***)							
Anotaciones relevantes para tu investigación / localizaciones desbloqueadas							
¿Te has alimentado? (Sí/No)							
¿Dónde te hospedas? (Posada o casa de Mattus: ver nota abajo ****)							

(Texto lateral: Anota las localizaciones visitadas junto con su número de sección)

* Como siempre, cuando mueras resetea los contadores de tiempo a los que tuvieras cuando llegaste al lugar de despertar desde el que retomes la partida.

** Estas pistas se pierden en caso de que mueras y tengas que regresar a un lugar de despertar (conservarás las pistas que tuvieras cuando llegaste a ese lugar de despertar, pero las que consiguiste después tendrás que volver a conseguirlas de nuevo).

*** Lo ideal es que hagas una foto a esta FICHA DE INVESTIGACIÓN cada vez que alcances un lugar de despertar nuevo.

**** Si te alojas en una taberna, pagarás 2 CO por la cena y otras 4 CO por el hospedaje. En caso de marchar a casa de Mattus, la manutención y refugio no tendrán coste, pero el día siguiente podrás visitar una localización menos (es decir, solo 3) que los días donde previamente te hayas alojado en posada (4 localizaciones).

Para cualquier duda acerca del uso de la misma puedes contactar con el autor en **cronicasdeterragom@gmail.com**

TABLA DE COMBATE

Tabla de Combate	PCA – PCD Puntos de Combate del **Atacante** (PCA) menos Puntos de Combate del **Defensor** (PCD)												
Resultado 2D6 del atacante	El atacante es más fuerte							El defensor es más fuerte					
	+6 o más	+5	+4	+3	+2	+1	0	-1	-2	-3	-4	-5	-6 o menos
2	0	0	0	0	0	0	0	0	0	0	0	0	0
3	3	2	2	1	1	0	0	0	0	0	0	0	0
4	4	3	3	2	2	1	0	0	0	0	0	0	0
5	6	5	4	3	3	2	1	1	0	0	0	0	0
6	7	6	5	4	3	3	2	1	1	1	0	0	0
7	8	6	6	5	4	4	3	2	2	1	1	1	1
8	9	8	7	6	6	5	4	3	3	2	2	2	1
9	10	8	8	7	7	6	5	4	4	3	3	2	2
10	12	10	9	9	8	7	6	5	5	4	4	4	3
11	M	12	11	10	9	9	8	7	6	6	5	5	4
12	M	M	M	M	12	11	10	10	10	9	9	8	7

M: muerte inmediata

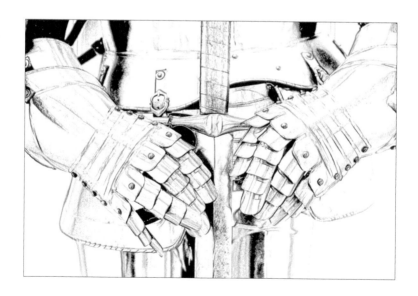

TABLA DE SIMULACIÓN LANZAMIENTO 2D6

Cierra los ojos y posa tu lápiz o boli sobre una de las celdas de la tabla siguiente. El número indicado en la celda simulará el lanzamiento de dos dados de seis caras. De esta forma podrás jugar sin necesidad de tener dados a tu alcance.

Tienes permiso para imprimir esta tabla y tenerla a mano en un folio aparte para mayor comodidad mientras juegas.

7	5	9	6	8	5	10	9	7	5	6	8
6	11	2	7	6	9	2	10	4	3	12	9
9	7	6	4	7	8	11	6	9	7	8	7
8	4	8	3	10	6	7	3	5	11	5	6
7	5	11	9	5	7	4	7	10	8	10	4
5	9	3	6	8	11	7	10	6	7	4	6
9	7	5	9	6	5	6	2	8	2	9	7
4	10	8	3	11	7	10	8	7	5	8	5
8	6	12	4	6	8	3	12	5	9	10	7
9	4	7	10	7	12	5	8	9	11	6	8
6	9	5	8	11	2	7	11	4	3	8	5
8	4	7	6	9	10	8	7	6	10	4	9
7	3	8	6	5	8	4	6	7	3	6	4
5	10	3	11	7	9	10	8	5	9	12	7
7	6	7	9	8	10	6	7	6	5	8	4

TABLA DE SIMULACIÓN LANZAMIENTO 1D6

Cierra los ojos y posa tu lápiz o boli sobre una de las celdas de la tabla siguiente. El número indicado en la celda simulará el lanzamiento de un dado de seis caras. De esta forma podrás jugar sin necesidad de tener dados a tu alcance.

Tienes permiso para imprimir esta tabla y tenerla a mano en un folio aparte para mayor comodidad mientras juegas.

2	3	4	1	2	4	2	6	3	4	5	3
4	6	2	6	3	5	1	5	1	2	6	2
5	3	5	1	6	4	5	1	2	6	4	3
3	4	1	6	1	5	4	2	4	1	3	6
1	6	3	2	4	2	6	3	6	5	2	1
2	5	1	4	6	3	1	5	4	2	4	3
6	4	3	5	2	5	4	2	6	1	6	2
3	1	6	4	1	3	6	4	1	5	1	5
2	5	2	3	6	4	2	6	4	3	6	1
5	3	1	2	5	1	3	1	5	2	3	4
4	1	6	3	6	4	5	3	4	1	6	5
6	3	2	6	4	2	1	5	6	3	4	3
2	4	1	6	5	3	5	4	5	2	5	1
4	5	2	4	1	5	6	1	3	5	1	6
1	2	3	5	6	4	2	5	2	3	2	3

Made in the USA
Thornton, CO
01/02/25 15:22:47

9cdaf70b-ed8c-4c8f-8dd3-d5a0e252e147R01